Leonardo Padura

Die Durchlässigkeit der Zeit

Zu diesem Buch
Bobby, ein alter Freund, taucht aus dem Nichts auf und bittet Mario Conde, ihm zu helfen: Die Schwarze Madonna wurde gestohlen. Sie ist nicht nur deshalb von unschätzbarem Wert, weil Bobbys Vorfahren sie aus den Pyrenäen nach Kuba gebracht haben, sondern auch, weil sie angeblich heilende Kräfte hat. Bobby verdächtigt seinen Ex-Freund, sie mitgenommen zu haben, doch Conde merkt bald, dass Bobby nicht so unschuldig ist, wie er anfangs gedacht hat. Seine Suche führt ihn zu gerissenen Kunsthändlern, in die Unterwelt Havannas und mitten hinein in eine Geschichte, in der Gegenwart und Vergangenheit ineinanderfließen.

»Leonardo Padura geht in die Slums, schreibt über illegales Bauen, über vertane Chancen. Die alltägliche Misere und die schwindende Hoffnung der Menschen, die in ihr leben, lassen die Jagd nach dem Madonnendieb, selbst die Morde, die deshalb geschehen, in den Hintergrund treten. Aber genau das macht die gut vierhundert Seiten ja so interessant.« *HR 2 Kultur*

Der Autor
Leonardo Padura, geboren 1955 in Havanna, zählt zu den meistgelesenen kubanischen Autoren. Sein Werk umfasst Romane, Erzählbände, literaturwissenschaftliche Studien sowie Reportagen. International bekannt wurde er mit seinem Kriminalromanzyklus *Das Havanna-Quartett*. Im Jahr 2012 wurde ihm der kubanische Nationalpreis für Literatur zugesprochen, und im Juni 2015 erhielt er den spanischen Prinzessin-von-Asturien-Preis in der Sparte Literatur. Leonardo Padura lebt in Havanna.

Im Unionsverlag sind außerdem lieferbar: *Das Havanna-Quartett (Ein perfektes Leben; Handel der Gefühle; Labyrinth der Masken* und *Das Meer der Illusionen); Adiós Hemingway; Der Nebel von gestern; Der Mann, der Hunde liebte; Der Schwanz der Schlange; Ketzer; Die Palme und der Stern* und *Neun Nächte mit Violeta*.

Der Übersetzer
Hans-Joachim Hartstein, geboren 1949, übersetzt seit 1980 französisch- und spanischsprachige Literatur. Er hat u. a. Werke von Georges Simenon, Léo Malet, Luis Goytisolo, Juan Madrid, Marina Mayoral, Leonardo Padura und Ernesto Che Guevara ins Deutsche übertragen.

Mehr über den Autor und sein Werk auf *www.unionsverlag.com*

Leonardo Padura

Die Durchlässigkeit der Zeit

Roman

Aus dem Spanischen
von Hans-Joachim Hartstein

Unionsverlag

Die Originalausgabe erschien 2018 im Verlag Tusquets Editores, Barcelona.
Die Übersetzung des Mottozitats stammt aus *Der Pilgerweg nach Santiago*, in: *Krieg der Zeit*, Suhrkamp 1977. Übersetzt von Anneliese Botond.
Die Veröffentlichung dieses Werks wurde vom spanischen Ministerium für Kultur und Sport unterstützt.

Im Internet
Aktuelle Informationen, Dokumente und Materialien
zu Leonardo Padura und diesem Buch
www.unionsverlag.com

Unionsverlag Taschenbuch 887
© by Leonardo Padura 2018
Diese Ausgabe erscheint in Vereinbarung mit Tusquets Editores, Barcelona, Spanien.
Originaltitel: La Transparencia del Tiempo
© by Unionsverlag 2020
Neptunstrasse 20, CH-8032 Zürich
Telefon +41 44 283 20 00
mail@unionsverlag.ch
Alle Rechte vorbehalten
Die erste Ausgabe dieses Werks im Unionsverlag erschien 2019
Reihengestaltung: Heinz Unternährer
Umschlagfoto: Werner Pawlok, *House of Eulalia* (Ausschnitt)
Umschlaggestaltung: Sven Schrape
Lektorat: Anne-Catherine Eigner
Satz: Greiner & Reichel, Köln
Druck und Bindung: CPI – Clausen & Bosse, Leck
ISBN 978-3-293-20887-2

Der Unionsverlag wird vom Bundesamt für Kultur mit einem
Verlagsförderungs-Strukturbeitrag für die Jahre 2016–2020 unterstützt.

Auch als E-Book erhältlich

*Für Lucía –
wie und warum, ist ja bekannt*

Er sagt es jetzt jedem, der es hören will,
er komme von dorther zurück,
wo er noch niemals gewesen war.

ALEJO CARPENTIER,
Der Pilgerweg nach Santiago

I

4. September 2014

Das blendend helle Licht des tropischen Morgens fiel wie der Lichtkegel eines Theaterscheinwerfers durchs Fenster auf den kartonierten Jahreskalender an der Wand. Die zwölf Monatsquadrate waren auf vier Farbfelder verteilt, die ursprünglich unterschiedliche Schattierungen vom jugendfrischen Frühlingsgrün zum winterlich angestaubten Grau aufgewiesen hatten. Bei diesem Farbenspiel war offensichtlich ein fantasiebegabter Grafiker am Werk gewesen, denn auf dieser karibischen Insel gab es schlichtweg keine vier Jahreszeiten. Im Laufe der Monate hatte Fliegenschiss den Kalender mit vereinzelten Pünktchen verziert, und die verblassten Farben zeugten davon, dass er täglich dem gleißenden Sonnenlicht ausgesetzt war. Striche und Kringel zeigten, dass er rege benutzt wurde. Bizarre geometrische Figuren an den Rändern und sogar direkt neben bestimmten Daten deuteten darauf hin, dass sich da jemand Erinnerungshilfen notiert hatte, um ja nicht etwas Wichtiges zu vergessen. Lauter Spuren der vergehenden Zeit und Hinweise auf Vergesslichkeit und ein langsam verkalkendes Gedächtnis.

Die Jahreszahl am oberen Kalenderrand war mit besonders vielen kryptischen Zeichen verziert worden, und der neunte Oktober war umwuchert von Zeichen der Verwunderung, mehr noch, der Bestürzung, so wütend unterstrichen mit schwarzer Kugelschreibertinte, dass diese wie Druckerschwärze wirkte und kaum von den Buchstaben und Zahlen auf dem Kalenderblatt zu unterscheiden war. Und neben diesen Zeichen der Verwunderung die magische Zahlenfolge, die ihm jetzt zum ersten Mal auffiel: *9-9-9*.

Seit Beginn dieses trägen, trüben, zähflüssigen Jahres – wie überhaupt in seinem bisherigen Leben – hatte der sonst so geschichtsbewusste und erinnerungsbesessene Mario Conde kaum darüber nachgedacht, was solche Zäsuren in der sich beschleunigenden, dahinrasenden Zeit bedeuteten. Waren das Meilensteine seines eigenen Lebens und der Menschen um ihn herum? Geburtstage, Hochzeitstage und Jubiläen von allerlei denkwürdigen Ereignissen, die für andere ein Grund zum Feiern, Trauern oder einfach Innehalten zwischen Lebensabschnitten waren, vergaß er mit peinlicher Regelmäßigkeit. Doch die alarmierende Tatsache, dass zwischen den dreihundertfünfundsechzig auf diesem billigen Kalender verzeichneten Tagen der unvorstellbare, wenn auch bedrohlich endgültige, reale Tag auf der Lauer lag, an dem er sechzig Jahre alt werden würde, versetzte ihm einen bleibenden Schock. Er wurde immer heftiger, je näher der Stichtag kam: 9-9-9. Welch eine erdrückende Menge an Jahren, und dazu der obszöne Klang des Wortes: Sech-zig, sech-zig. Da platzte etwas, aus dem zischend Luft entwich, sechch-zzig! War das nicht eine endgültige Bestätigung dessen, was sein Körper ihm seit einiger Zeit vermeldete: eingerostete Knie, Lenden und Schultern; eine verfettete Leber; ein immer trägerer Penis? Und erst sein Geist: verkümmerte oder für immer verlorene Träume, Pläne, Wünsche. Das obszöne Nahen des Alters ...

Sinnend stand er vor dem an die Wand seines Zimmers geschlagenen Jahreskalender, dessen Einzelheiten vor ihm zerflossen wie eine verschwommene Landschaft. War er nun tatsächlich ein alter Mann? Er antwortete sich mit Gegenfragen: War sein Großvater Rufino mit sechzig Jahren nicht alt gewesen, als er ihn auf die Kampfplätze mitgenommen und in die Künste und Tricks des Hahnenkampfs eingeweiht hatte? Hatte man Hemingway nicht schon Jahre, bevor er sich – mit dreiundsechzig – umbrachte, »den Alten« genannt? Und war Trotzki nicht »der Alte« gewesen, als Ramón Mercader ihm in seinem zweiundsechzigsten Lebensjahr mit einem stalinistisch-proletarischen Eispickel den Schädel zertrümmerte? Doch Conde kannte seine Grenzen und wusste, dass ihn vieles von seinem pragmatischen Großvater und erst recht von Berühmtheiten wie Hemingway, Trotzki oder anderen, aus gutem oder falschem Grund prominenten alten Männern unterschied. Und darum spürte er, dass er zwar die schmerzhafte, deprimierende runde Zahl ansteuerte, aber wenig Gründe hatte, sich als »den Alten« zu bezeichnen. Von allen Ausprägungen des Greisenalters, egal ob definiert von der hochoffiziellen geriatrischen Wissenschaft oder der empirischen Weisheit der Straßenphilosophie, galt für ihn nur die eine: Bald war er ein alter Sack.

Dieser Vormittag hatte schon beim Morgengrauen stickig begonnen. Beim Anblick seines Kalenders sann er mit wachsender Beklemmung den Verbindungslinien zwischen Arithmetik, Statistik, Erinnerung und Biologie nach. Schließlich stand ihm bestürzend und kristallklar die Erkenntnis vor Augen: Selbst im besten aller Fälle (was in seinem Fall nur hieß, weiter am Leben zu bleiben, falls Leber und Lungen mitmachten) hatte er bereits drei Viertel (vielleicht mehr, niemand kann das wissen) seiner maximalen Zeit auf Erden verbraucht. Zahlen lügen nicht. Und sicher war, dass der letzte Lebensabschnitt nicht der erfreulichste sein würde. Alt sein war ein schauriger Zustand – selbst wenn man am Ende kein alter Sack wurde. Nicht nur wegen der Begleitumstände, sondern vor allem, weil die letzten Jahre unter der unerbittlichen Drohung des nahenden Todes standen. Dieser Gleichung kann niemand entrinnen. Zwei und zwei sind vier. Oder besser gesagt: Vier minus drei ist eins. Nur eins ist geblieben, Mario Conde, das eine Viertel deines Lebens!

Es lag nicht an den üblichen körperlichen Beschwerden und existenziellen Frustrationen beim Aufwachen, dass er an diesem Morgen vollkommen aus dem Gleichgewicht geraten war. Es lag an diesem Warnsignal am Horizont, das unaufhaltsam näher kam. Auch wenn es vielleicht wieder in die Ferne rückte, würde es sich niemals in nichts auflösen. Er wollte leben, weiterleben, und dieses Bedürfnis paarte sich mit einem heftigen Druck auf der Blase. Also unterdrückte er den Wunsch, mit einem guten Buch in der Hand liegen zu bleiben (so viele Bücher wollte er noch lesen, aber immer weniger Zeit blieb, ihrer Herr zu werden!). Auch das ewige Verlangen, endlich selbst mit dem Schreiben zu beginnen, schob er beiseite und fasste den Entschluss, das Bett zu verlassen.

Nachdem er den reichlichen und streng riechenden Morgenurin ausgeschieden hatte, leitete er den nächsten, schon mühseligeren Prozess ein: Sich mit dem nötigen Lebensmut zu wappnen. Es sollte ja nicht so weit kommen, dass der unausweichliche Tod weit vor der Zeit, womöglich durch bloße Entkräftung, eintrat. Kurz und gut, er musste hinaus in die verdammte Welt, sich dem realen Leben, oder was ihm davon noch blieb, stellen, um dieses letzte Stündchen so lange wie möglich hinauszuzögern. Schluss jetzt mit dieser pseudophilosophischen, pseudoliterarischen Selbstbefriedigung!

Während er seinen Kaffee trank, ruhte sein Blick grimmig auf der verfluchten Zigarettenschachtel. Aufs Rauchen hatte er noch immer nicht verzichten können und wollen, und so genehmigte er sich die erste Nikotindosis des Tages. Derweilen betrachtete er seinen friedlich schlafenden Hund, den einst so stürmischen Basura II., der mit den Jahren ebenfalls träger und auch häuslicher geworden war. In letzter Zeit dehnte der ehemals ständig liebestolle Herumstreuner seinen Mittagsschlaf aus und fraß weniger. Untrügliche Alterserscheinungen, die sich auch an seiner grauen Schnauze, seinen trüben Augen und den schwärzer werdenden Zähnen offenbarten. Was für ein Elend, dachte El Conde. Während er den Hund hinter den Ohren kraulte, versuchte er ohne rechte Begeisterung, seinen Tagesablauf zu planen. Der war allerdings recht übersichtlich. Wie an jedem anderen Vormittag würde er auf der Suche nach alten Büchern durch die Stadt streifen und danach irgendwo ein leicht verdauliches Mittagessen zu sich nehmen. Oder vielleicht – falls er bei Yoyi El Palomo, seinem Geschäftspartner, Station machte – etwas wirklich Nahrhaftes essen. Danach würde er, mit oder ohne Rum, bei seinem Freund, dem dünnen Carlos, vorbeigehen, um dann bei Tamara, wo er durch zwei Tage unentschuldigter Abwesenheit geglänzt hatte, die Nacht zu verbringen. Dies alles bot wenig Überraschung, doch auch keinen Grund zur Klage: Arbeit, Freundschaft, Liebe, alles ein wenig abgenutzt, auch alt geworden, aber immer noch solide und real. Das Beschissene, gestand er sich ein, war seine Geistesverfassung, diese ewige Tristesse und Melancholie. Nicht nur aufgrund dieses bedrohlich runden Geburtstags, der so übel nach nahendem Alter klang und sicher überaus üble Konsequenzen hatte, sondern weil er vom Leben unendlich enttäuscht war. Was konnte er an der Schwelle der sechzig Jahre vorweisen? Nichts. Rein gar nichts! Was erwartete ihn, worauf konnte er hoffen? Dasselbe Nichts, aber im Quadrat. Mehr fiel ihm nicht ein als Antwort auf diese einfachen, bohrenden Fragen. Schlimm war das alles! Und was noch beunruhigender war: So viele Menschen seines Alters, Bekannte oder Fremde, wussten in diesen Zeiten auch keine bessere Antwort.

Inzwischen angekleidet, stellte er Basura II. ein paar Essensreste hin und gewährte ihm ein paar Streicheleinheiten, bei denen er gleich auch einige Zecken aus dem Fell entfernte. Dann gönnte er sich die dritte und letzte Tasse aus seiner italienischen Kaffeekanne, was seine Stimmung ein wenig aufhellte.

Da ließ ihn das Läuten des Telefons hochschrecken. Seit einiger Zeit versetzten ihn Telefonanrufe am frühen Morgen oder späten Abend in Alarmbereitschaft. So viele Leute um ihn herum waren in seinem Alter. Da konnte jeder Anruf eine Todesnachricht oder die Ankündigung eines nahenden Todes bedeuten.

»Ja?«, meldete er sich lauernd, wie immer das Schlimmste befürchtend.

»Spreche ich mit Mario Conde?«, fragte eine Stimme, langsam und zögerlich.

Mario konnte sie nicht identifizieren. Ein Unbekannter. »Ja«, antwortete er, neugierig geworden. »Was wollen Sie?«

»Du weißt nicht, wer hier spricht, oder?«

Die Neugier war wie weggeblasen. So eine Frage am Telefon brachte ihn zur Weißglut. Und an diesem Morgen, den er mit existenzialistischen Fragestellungen begonnen hatte, reizte sie ihn wie einen wilden Stier. »Zum Henker, lassen Sie diese Spielchen!«

»Entschuldige«, bat die Stimme, jetzt rasch und entschlossen. »Hier ist Bobby, Bobby Roque, der aus der Oberstufe. Erinnerst du dich?«

Conde schloss die Augen, nickte und begann zu lächeln. Tief in seinen Hirnwindungen regten sich verschüttete Erinnerungen, denen der wohlig modrige Geruch fernster Vergangenheit anhaftete. Ja, natürlich erinnerte er sich.

Roberto Roque Rosell. Ro-Ro-Ro ... Der Gleichklang seiner beiden Familiennamen erhielt mit dem Vornamen Roberto den letzten Schliff. Drei R's und drei O's, robust, rund, rau – es passte vorzüglich zur strahlenden Zukunft, die seinem Leben zugedacht war, als mache tatsächlich, wie man so leichthin sagt, der Name den Menschen aus. Vielleicht darum weigerten sich seine Eltern, ihn mit Kosenamen wie Robertico oder Robby zu rufen. Von der Wiege an, als er noch ein dralles Baby war, nannten sie ihn Robertón, als wollten sie ihn mit diesem würdevollen Rufnamen auf eine erfolgreiche Lebensbahn bringen. Denn seine Erzeuger hatten Großes vor mit ihrem Sprössling und hofften, er würde ihnen Ehre machen.

Als Conde mit ihm in einer der Klassen der Oberstufe von La Víbora saß – zusammen mit dem dünnen Carlos, Andrés, dem Hasenzahn, dem roten Candito und natürlich auch Tamara und Rafael Morín –, war Robertón zu einem schmächtigen, immer hungrigen Jungen herangewachsen, zwei oder drei Zoll größer als seine Mitschüler, allerdings mit ein paar Pfund zu wenig, sodass seine schlottrige Erscheinung, zum Leidwesen der Eltern, keineswegs imposant war. Und jedermann nannte ihn Bobby. Nicht weil Bobby einer der vielen damals angesagten angloamerikanischen Modenamen war, auch nicht, weil Bobby Fischer sich zu der damaligen Zeit auf dem Gipfel seiner exzentrischen Berühmtheit befand. Nein, Bobby war Bobby, weil man mit dem Namen genau das verband, was an ihm auffiel: Mit seinen fünfzehn, sechzehn Jahren war der ehemals hoffnungsvolle Robertón etwas doof und eher schlaff – oder wie man es in der Sprache von Mario und seiner Clique ausdrückte: irgendwie schwul.

Obwohl sie nie wirklich Freunde waren, schufen die gemeinsamen Jahre in derselben Klasse eine gewisse Nähe zwischen Conde, Carlos, dem Hasenzahn, Andrés und dem unscheinbaren Bobby, mit dem sie in Wirklichkeit nicht viel gemein hatten. Über Baseball wollte er nicht reden, und im Studienfach Politik plapperte er nur die gängigen Parolen nach. Sein Musikgeschmack war zudem abartig, er zog Maria Callas den Beatles und sogar den Creedence Clearwater Revival vor. Allerdings brillierte er in den naturwissenschaftlichen Fächern, worauf seine Mitschüler während des hastigen Büffelns jener bockigen Materie kurz vor den Prüfungen gerne zurückgriffen. Conde und seine Freunde hatten ihn als eine Art Tutor in ihre Gruppe aufgenommen und boten ihm als Gegenleistung Schutz vor den Grausamkeiten und Spötteleien seitens der anderen Mitschüler, die nur auf eine Gelegenheit warteten, ihn fertigzumachen, sobald er irgendeine Schwäche – zum Beispiel für Maria Callas! – zeigte.

Sie analysierten ihn gemeinsam und kamen zu dem Schluss, dass Bobby noch nicht wirklich homosexuell war, bei der ersten sich bietenden Gelegenheit jedoch aufgespießt werden würde. Und nicht etwa durch einen von Paris oder Pandaros abgeschossenen Pfeil wie die griechischen Helden der Ilias, über die Bobby zu sprechen pflegte, als hätte er sie persönlich gekannt. »Kommt es euch nicht etwas merkwürdig vor, dass er ständig von Achilles schwärmt, he?«, fragte der Hasenzahn, der unerschütterlich für die Trojaner und gegen die gehörnten Griechen Partei nahm. Der dünne Carlos, der damals noch dünn, aber bereits der barmherzige Samariter war, der er sein Leben lang bleiben würde, nahm sich sogar vor, Bobby vor dem fatalen Fehltritt zu bewahren. Er betrachtete es als seine Aufgabe, eine Retterin unter den Freundinnen seiner damaligen Freundin Dulcita zu suchen, doch seine Bemühungen waren nicht von Erfolg gekrönt: Weder Dulcitas Freundinnen noch Bobby zeigten Interesse an einer körperlichen Rettungsmaßnahme. Aus jedem neuen Annäherungsversuch wurde im Handumdrehen eine Herzensfreundschaft, bei der zwei Vertraute miteinander tuschelten, kicherten und Hand in Hand über den Schulhof gingen.

Als die Freunde sich nach dem Abitur auf verschiedene Fakultäten verteilten, sah Conde Bobby weniger häufig. Manchmal begegneten sie sich in der Universitätskantine, gelegentlich trafen sie sich auf einer der politischen Pflichtveranstaltungen der Studentenvertretung, oder sie fuhren im selben Bus. Immer begrüßten sie sich herzlich, Bobby sogar beinahe freudig, aber viele Worte wechselten sie nicht. Beide spürten wohl, dass sie nun in verschiedenen Welten lebten und sich immer weniger zu sagen hatten. Einmal begegnete Conde – noch am selben Abend musste er den Freunden darüber berichten – zu seiner Überraschung Bobby in einer der Bars nahe der Universität, wo sich das Wunder ereignen konnte, am Nachmittag in Havanna Bier zu bekommen. Und Bobby war in Begleitung einer Frau, die er als seine Freundin vorstellte. Das Mädchen, so befand Conde wohl aufgrund seiner Vorurteile, war nicht wirklich eine Schönheit – sehr viel kleiner als Bobby, etwas dicklich, in Aussehen und Verhalten ziemlich burschikos. Dennoch freuten sie sich alle über Bobbys Eroberung. Nur der Hasenzahn, Experte in Sachen Dialektik der Historie, warf ein, dass dieser aktuelle Zustand keineswegs ewigen Bestand haben müsse. »Der gute alte Bobby kann doch auch bisexuell sein, nicht wahr? Wie Achilles, der Flinkfüßige!«

Bei dieser Begegnung, die legendär werden sollte, war Bobby ausgelassen und glücklich gewesen, denn er feierte seine ehrenvolle Aufnahme in die exklusive Kommunistische Jugend. Er lud Conde ein, ein paar Bier zu trinken, mit ihm, seinem roten Parteibuch (Studium! Arbeit! Gewehr!) und seiner Freundin (Yumilka? Katjuschka? Matrjoschka?), die er sehr häufig und sehr feucht küsste. Doch danach löste sich der Junge in Luft auf, wie das Phantom der Oper. Das war wohl 1978 gewesen, als Conde nach dem dritten Jahr sein Studium aufgeben musste, um nicht einen frühen Hungertod zu erleiden. Der Eintritt in die Polizeiakademie gab dem, was sein Leben hätte werden können (zeitlebens ein bohrender Gedanke), eine radikale Wendung. Von da an war Bobby aus Condes Leben verschwunden, sogar aus den nostalgischen Erinnerungen, in die er hin und wieder mit seinen Freunden eintauchte. Nur hin und wieder tauchte der Geist jenes undefinierbaren Jungen plötzlich wieder auf: Was zum Teufel ist wohl aus Bobby geworden? Ist er in den Norden gegangen wie so viele, viele Leute? Nein, nicht Bobby, nicht dieser Rotgardist. Oder vielleicht doch, wie so viele andere angebliche Orthodoxe, die aus der einen Orthodoxie in die andere gewechselt waren?

Als vor Conde ein androgynes Wesen auftauchte, mit aschblond gefärbten Haaren und einem Ring im linken Ohrläppchen, mit nachgezogenen Augenbrauen und einem strahlenden Lächeln auf dem bereits von ein paar rebellischen Falten gezeichneten Gesicht, war sein Hirn unfähig, die Verbindung zu dem zuletzt gespeicherten Bild von Bobby herzustellen: das Bierglas in der einen Hand, den anderen Arm um Yumilkas (Swetlanas?) Schultern gelegt, die Augen überschäumend vor Freude und militantem Männerstolz. Conde wusste, dass er es war, sein musste, denn am Telefon hatten sie sich um diese Zeit (»perfekt, um fünf also«) verabredet (»ja, bei mir zu Hause, wie früher, dasselbe Haus, nur älter und kaputter … wie alles, wie wir alle«).

»Hey, du, du siehst ja noch genau gleich aus!«, begann der soeben Eingetroffene, während sein Gastgeber sich noch am Türgriff festhielt und fassungslos glotzte.

»Beleidige mich nicht, Bobby«, erwiderte er, nachdem er sich von dem Schock erholt hatte. »Wenn ich schon vor vierzig Jahren eine solche Visage hatte, dann war ich schon damals ziemlich am Arsch. Aber du, du hast dich verändert.«

»Nicht wahr? Wie gefällt dir mein Look?«, fragte der andere, um dann leise hinzuzufügen: »Made in Miami, Alter! Ehrlich gesagt, ich färbe die Haare jetzt, um die grauen Strähnen zu übertönen. In meinem Alter … Vade retro!«

Conde empfand, dass der extravagante, feminine Look ungeheuer gut zu Bobby passte. Denn auch seine Persönlichkeit hatte sich radikal verändert, was die wenigen Sätze, die sie miteinander gewechselt hatten, deutlich machten. Dass Bobby sich nun als das akzeptierte, was er immer hatte sein wollen, hatte ihn von seiner großen Schüchternheit befreit. Die Person, in die er sich verwandelt hatte, strahlte eine heitere Unbeschwertheit aus. Nichts erinnerte mehr an den in sich gekehrten, niedergedrückten, fast konnte man sagen, unterdrückten Jungen. Als hätte er sämtliche Taue gekappt und wäre zu einem völlig anderen Menschen geworden: Der Segen der Freiheit.

»Siehst gut aus«, sagte Conde, immer noch perplex. »Komm rein. Du lebst also jetzt in Miami?«

»Nein, nein«, stellte der andere richtig. »Look und Färbemittel sind aus Miami. Der Rest ist hundert Prozent kubanisch. Apropos, dir würde es auch guttun, deine Haare zu färben. Hier, die grauen Härchen. Ein Dunkelbraun wäre gut!«

Bevor Conde die Tür schloss, sah er sich nach allen Seiten um. Der Gedanke, die Leute aus dem Viertel könnten sehen, wie er »so einen« ins Haus ließ, behagte ihm nicht besonders, obwohl ... nach all den Jahren hatte er wohl keinen guten Ruf mehr zu verlieren.

Er führte Bobby in die Küche, bot ihm einen Stuhl an und ging zum Herd, entzündete eine Flamme und stellte die vorbereitete Kaffeekanne darauf. »Möchtest du ein Glas Wasser?«, fragte er seinen Gast, der sich mit einer müden Geste den Schweiß von der Stirn wischte.

»Hast du Mineralwasser? Oder wenigstens abgekochtes?«

»Mineralwasser? Abgekochtes Wasser?«, fragte Conde verblüfft zurück.

»Vergiss es. Ich hab mein Wasser immer dabei.« Bobby öffnete seine farbenfrohe Schultertasche, entnahm ihr eine etikettierte Flasche Wasser, stellte sie auf den Tisch und legte einen Briefumschlag daneben. »Man muss auf seine Gesundheit achten. Bazillen, Viren, der ganze Mist, der in der Luft herumfliegt. Cholera! Ebola! Chikungunya! Schon die Namen klingen schrecklich! Wie Stiche ins Kleinhirn.«

»Recht hast du«, sagte Conde. »Nächstes Jahr fang ich an, Wasser abzukochen.«

»Ach, du wieder ... der ewige ...«

»Ewige was?«

Bobby zögerte einen Moment, bevor er antwortete: »... Macho ...«

»Scheiße, Bobby, sogar das ist vorbei. Ich hab zu hohen Blutdruck, und weil ich mein Wasser nicht abkoche, bin ich wohl bald unter der Erde.« Er ging zum Herd und stellte fest, dass der Kaffee fast durchgelaufen war.

»Für mich ohne Zucker!«, rief Bobby, als Conde die Kanne vom Herd nahm.

»Kaffee ohne Zucker?«

»Wegen der Gesundheit. In unserem Alter muss man auf sich aufpassen.«

»Hör mir bloß damit auf!« Conde reichte seinem Besucher eine Tasse und löffelte dann Zucker in seine eigene. Während sie ihren Kaffee tranken, unterzog er seinen ehemaligen Schulkameraden einer genaueren Inspektion. Es war Bobby und war es doch wieder nicht. Etwas fester war er geworden, nicht viel, aber genug, um wohlproportioniert auszusehen. Nur sein Gesicht war schmaler geworden nach so vielen Jahren, aber auch, vermutete Conde, weil sich seine Geisteshaltung verändert hatte. Und noch etwas überraschte ihn: Abgesehen von dem Ohrring, den aschblond gefärbten Haaren und den nachgezeichneten Augenbrauen, trug Bobby ein Armband mit blauen Glasperlen, Zeichen seiner Initiation in die Santería, die so pragmatische afrikanische Religion, die es geschafft hatte, allen Angriffen der christlichen Kolonialisierung, der bürgerlichen Moral der Republik und sogar, in den letzten fünfzig Jahren, der marxistisch-atheistischen Offensive zu widerstehen. Bobby, der stramme Parteisoldat, war also Santero geworden.

»Erzähl mir von deinem Leben«, forderte er Bobby auf. Er zündete sich eine Zigarette an – womit er sich vermutlich über irgendeine Gesundheitsvorschrift seines Besuchers hinwegsetzte –, stieß den Rauch aus und hörte zu.

»Es ist so viel passiert, Conde!«, begann der andere und unterstrich die Worte mit einer feinen, femininen Geste. »Ich weiß gar nicht, womit ich anfangen soll, Junge.«

»Wo es dich am meisten kratzt«, schlug Mario vor. »Mit dem Ohrring und den blonden Haaren zum Beispiel, ich weiß nicht …«

Bobby lächelte irgendwie traurig. »Aschblond, Conde. Das ist eine lange, lange Geschichte, aber ich wills kurz machen. Ich habe geheiratet, wir bekamen zwei Söhne, die inzwischen erwachsene Männer sind, richtige Männer übrigens.«

»Wie schön!« Conde kam nicht aus dem Staunen heraus. »Hast du das Mädchen von der Universität geheiratet? Yumilka?«

»Katjuschka!«, rief Bobby und fügte schnell hinzu: »Katjuschka, diese Schlampe! Du erinnerst dich an sie?«

»Was hat Katjuschka dir angetan? Hat sie dir Hörner aufgesetzt, so hässlich, wie sie war?«, fragte Conde zurück, um nicht antworten zu müssen.

Bobby sah ihn so hilflos an, dass der ehemalige Polizist in dem Mann, den er vor sich hatte, zum ersten Mal den schwächlichen

Jungen von früher erkannte: ein Anflug von Verzweiflung mit ein wenig Traurigkeit, viel Zerbrechlichkeit und sehr viel Angst.

»Nein, Katjuschka hat mir keine Hörner aufgesetzt, und ich hab sie auch nicht geheiratet. Katjuschka hat mir mein Leben versaut. Oder gerettet, ich weiß es nicht. Aber das ist nicht die Geschichte, die ich dir erzählen wollte. Egal, hier mein Lebenslauf, in aller Kürze: Nach dem Studium heiratete ich Estela, Estelita, die Mutter meiner beiden Söhne. Alles ging seinen normalen Gang, bis ich bei einem meiner Geschäfte Israel kennenlernte und … da hat es bei mir gefunkt! Ich hab mich verliebt wie ein Hund … Nein, wie eine räudige Hündin!«

Vielleicht läuft Bobbys großartige Geschichte nur auf eine plötzliche Befreiung heraus, dachte Conde.

Der Besucher schlürfte den Rest Kaffee aus seiner Tasse und zeigte auf die Zigarettenschachtel.

»Schadet das nicht der Gesundheit?«, fragte Conde.

»Tut es«, sagte Bobby, »aber jetzt ist mir danach.« Er zündete sich eine Zigarette an und stieß demonstrativ genussvoll den Rauch aus. »Sag mal, Conde, hast du inzwischen was geschrieben?«

»Ja, ich hab da was«, sagte Mario, was ja auch stimmte, aber aus irgendeinem Grund, den er selbst nicht kannte, schmückte er seine Antwort ein wenig aus, als müsste er sich vor der Welt rechtfertigen. »Ich bin dabei, ein Buch zu schreiben. Aber vergiss es, erzähl weiter.«

»Na ja, ich trennte mich von Estela und zog zu Israel. Etwa zehn Jahre waren wir zusammen, bis er nach Miami ging, weil er die Hitze nicht länger ertragen konnte.«

»In Miami soll es aber auch verdammt heiß sein. Oder stimmt das nicht?«

»Ach, das mit der Hitze ist so eine Redensart. Israel ertrug es einfach nicht mehr. Du weißt schon, die allgemeine Lage, die Sache …« Er machte eine Geste, als wollte er den gesamten Globus umfassen.

»Ach ja, die Sache.« Conde nickte. »Und dann?«

»Na ja, das Übliche. Ich hatte mehrere Beziehungen, bis ich vor etwa zwei Jahren Raydel kennenlernte. Und wieder verliebte ich mich wie eine räudige Hündin, eine verrückte und dazu noch alte!«

»Es ist schön, sich zu verlieben«, sagte Conde, der jederzeit bereit war, aufs Neue in jenen Zustand der Gnade und Wehrlosigkeit zu verfallen, auch wenn es in seinem Fall immer nur Frauen gewesen waren. Und seit vielen Jahren ein und dieselbe Frau.
»Aber gefährlich, sehr gefährlich. Deswegen bin ich hier.«
»Weil du verliebt bist?«
»Wegen der Folgen.«
»Jetzt versteh ich gar nichts mehr.«
Bobby drückte die halb aufgerauchte Zigarette im Aschenbecher aus, nachdem er einen letzten gierigen Zug getan hatte, genau in dem Augenblick, als Conde sich eine zweite aus der Schachtel nahm und anzündete. »Also, wie soll ich es dir erklären ...« Bobby fuhr sich mit der Hand über seine aschblonden Haare und blinzelte mehrmals. »Es ist so furchtbar, Alter! Raydel hab ich bei meinem Patenonkel kennengelernt«, begann er und berührte das glitzernde Perlenarmband an seinem Handgelenk. Dann beugte er sich zu einer Seite hinunter, drückte die Fingerkuppen auf den Boden und führte sie schließlich an die Lippen. »Ich bin jetzt seit achtzehn Jahren Santo. Yemayá ...«
»Aber warst du nicht einer von den historisch-dialektischen Materialisten?«, fragte Conde, der Bobbys Ritual interessiert verfolgt hatte und es sich nicht verkneifen konnte, ein wenig auf jemandem herumzuhacken, der früher die Parolen und Glaubenssätze des Marxismus nachgebetet hatte, um dann einer der primitiven afrokubanischen Religionen beizutreten, die laut Marx wie alle Religionen natürlich Opium waren.
»Ich hab mich hinter einer Maske verborgen, Conde, wie fast alle. Mein ganzes Leben lang musste ich verstecken, dass ich von Kopf bis Fuß schwul bin und dass ich an Gott und die Heilige Jungfrau glaube. Die ersten vierzig Jahre meines Lebens musste ich mich verstellen, mich unterdrücken und quälen, damit meine Eltern, damit ihr, meine Mitschüler, damit alle Welt in diesem machistisch-sozialistischen Land glaubte, ich sei der, der ich zu sein hatte, und man mir nicht das Leben schwer machte: ein mustergültiger Junge, männlich, militant, atheistisch und gehorsam. Du kannst dir nicht vorstellen, wie mein Leben war, wirklich nicht.«

Conde enthielt sich jeden Kommentars. Er kannte sich gut mit der Heimlichtuerei und dem Druck aus, den so viele Leute hatten aushalten müssen, um in einer Gesellschaft überleben zu können, die sich vorgenommen hatte, das ethische, politische und soziale Verhalten aller zu kontrollieren und jede abweichende Äußerung gnadenlos zu unterdrücken. Und Bobby schien das perfekte Opfer gewesen zu sein.

»Also, wie gesagt, ich lernte Raydel im Hause meines Patenonkels kennen. Raydel war soeben aus Palma Soriano gekommen, aus der Gegend um Santiago de Cuba, und verkaufte Tiere an die Santeros. Du hättest ihn sehen müssen: ein Viertelmulatte mit atemberaubenden Augen, Wimpern, einem Mund …!«

»Das reicht«, unterbrach ihn Conde. »Du hast dich also verliebt. Und dann?«

»Ich habe ihn gebadet, um ihn von dem Ziegengestank zu befreien, und dabei ist es passiert. Danach hab ich den Goldschatz mit nach Hause genommen. Zwei Jahre haben wir zusammengelebt, es war wie in einem Traum. Dann hat Israel mich nach Miami eingeladen, und die Herren Imperialisten waren so verrückt, mir das Visum zu erteilen. Ich fuhr für zwei Monate hin, um Israel zu treffen und bei der Gelegenheit geschäftliche Dinge zu regeln.«

»Geschäfte?« Conde zog eine Augenbraue hoch. Sein alter Schulkamerad steckte voller Überraschungen. Jetzt also auch Geschäftsmann.

»Ja, An- und Verkauf wertvoller Dinge. Kunstgegenstände, Juwelen, teures Zeug …«

»Und als du zurückkamst, war Raydel ausgeflogen, mit allem, was er in die Finger kriegte.«

Bobbys Überraschung war echt. Er blinzelte unaufhörlich, als könnte er nicht glauben, was er gehört hatte.

»Scheiße, Bobby«, kam ihm Conde zu Hilfe, »ich bin kein Santero und kein Hellseher, aber ich war zehn Jahre Polizist, vergiss das nicht. Ich bin sicher, dass du nach mir gesucht hast und jetzt hier bist, weil dir irgendwas Schlimmes passiert ist.«

Bobby nickte, und auf seinem Gesicht spiegelte sich unendliche

Traurigkeit wider. »Er hat alles mitgenommen, Conde, alles ... Die Juwelen, den Fernseher, sogar die Glühbirnen und die Töpfe!«

»Scheiße!«

»Zum Glück hatte ich vor meiner Abreise vieles verkauft, um an Dollars zu kommen und in Miami ein Geschäft aufzuziehen, was mir auch gelungen ist. Aber Raydel ist mit einem Lastwagen gekommen und hat einen richtigen Umzug gemacht. Die Matratze! Den Topf, in dem ich das Wasser abgekocht habe, um die Bazillen abzutöten!«

»Und hast du ihn bei der Polizei angezeigt?«

Bobby schüttelte langsam den Kopf, als wehre er sich gegen etwas in seinem geheimsten Innern. »Ich bin noch immer verliebt! Wenn ich ihn anzeige, geht er in den Knast und ...«

Conde warf die Kippe aus dem Fenster. Er zwang sich, Bobby und seine sentimentale Schwäche nicht zu verurteilen, schließlich hatte auch er sich in Liebesdingen so manche Dummheit geleistet. Oder besser gesagt, alle möglichen Dummheiten. Allerdings mit Frauen, beruhigte er sich – ganz der Macho.

»Und wann bist du aus Miami zurückgekommen?«

»Vor ... acht Tagen«, rechnete Bobby nach.

»Uff, acht Tage sind eine lange Zeit! Und was soll ich nun ...?« Conde verstummte alarmiert, als er endlich begriff, worum es hier ging, und wechselte das Thema: »Verdammt, Bobby, wie hast du mich gefunden?«

»Durch Yoyi El Palomo natürlich. Ich habe ihn gebeten, dir nichts zu erzählen, ich wollte dich überraschen.«

Conde sah seinen ehemaligen Mitschüler jetzt nicht mehr wie einen Schwulen an, mit gefärbten Haaren und gezupften Augenbrauen, nicht wie einen Gläubigen und Geschäftsmann aus Havanna, der seine Fühler bis nach Miami ausstreckte, sondern wie einen Außerirdischen.

»Und woher kennst du El Palomo?«

»Geschäfte ... Hör zu, Conde«, versuchte Bobby zu erklären, »ich hab zwei oder drei Mal mit Yoyi Geschäfte gemacht, wertvolle alte Bücher und einige Gemälde von kubanischen Malern. Als er hörte, was mir passiert war, und weil er wusste, dass wir beide uns von der

Oberstufe kennen, dass wir mal Freunde waren, da hat er mir geraten, zu dir zu gehen. Du seist zwar kein Polizist mehr, hat er gesagt, aber hin und wieder würdest du dich überreden lassen, Leute oder Dinge zu suchen. Und weil ich dir vertraue ...«

Mario konnte sich ein Grinsen nicht verkneifen. Wie klein war doch die Welt! Da hatte Bobby also von seinem Geschäftspartner El Palomo ein paar wertvolle Bücher gekauft, die er, Conde, auf seiner Jagd quer durch Havanna aufgestöbert hatte. Und weil sein Kompagnon ihm außerdem hin und wieder Arbeit als Privatdetektiv verschaffte, saß Bobby nun vor ihm und schmeichelte sich unter Berufung auf alte Zeiten bei ihm ein.

»Verdammt, Bobby, du musst verrückt sein, wenn du alles glaubst, was El Palomo sagt.«

»Ach, mein Freund, du musst mir helfen«, unterbrach ihn Bobby und ergriff seine Hand. »Ich möchte Raydel nicht anzeigen, ich hoffe nicht mal darauf, dass er mir einige der wertvollen Stücke zurückgibt. Aber meine Jungfrau von Regla ...«

»Hat der Typ sogar die Heiligen mitgehen lassen?«

»Ich habs dir doch gesagt, Conde. Alles, wirklich alles. Außer den Halsketten und dem weiten Mantel von Yemayá. Anscheinend hat er Angst gekriegt und diese Sachen nicht angerührt. Aber die Statue der Jungfrau von Regla hat er mitgenommen.«

»Und du willst allen Ernstes eine Marienstatue zurückbekommen, die du in jedem Laden kaufen kannst?«

»Das ist nicht irgendeine Marienstatue, Conde! Es ist meine, *meine!* Die schwarze Jungfrau ist meine Mutter!« Bobby stöhnte auf, am Boden zerstört. »Du musst wissen, diese Jungfrau von Regla gehörte meiner Großmutter, ihr Papa hat sie ihr geschenkt, als sie noch ein kleines Mädchen war. Und als ich Santo wurde und Yemayá empfing, die ja auch die Jungfrau von Regla ist, das weißt du doch, da hat sie mir die Statue geschenkt. Nein, Junge, das ist nicht irgendeine Jungfrau. Sieh mal, wie schön sie ist!«

Aus dem Umschlag, den er auf den Tisch gelegt hatte, zog Bobby mit leicht zitternden Händen zwei Farbfotos im Format 5×7. Auf einem war er selbst zu sehen, ein paar Jahre jünger, weiß gekleidet und mit rituellen Halsketten angetan, vor einem kleinen Wandaltar, auf dem sich die Statue einer schwarzen Muttergottes befand. Sie saß majestätisch auf einem thronartigen Stuhl, in einen weiten blauen, silbrig durchbrochenen Mantel gehüllt, eine kleine goldene Krone auf dem von einem königlich anmutenden Tuch bedeckten Kopf. Auf ihrem rechten Knie stand, von ihrem Arm umfangen und schwarz wie sie, das Jesuskind. Es lehnte sich an die mütterliche Brust, hielt in seiner Linken eine Erdkugel und hatte die Rechte erhoben. Der rechte Arm der Madonna war nach vorn gerichtet, aber die Hand sah Mario nicht. Bobbys Körper als Maßstab nehmend, schätzte er, dass die Statue etwa vierzig oder fünfzig Zentimeter hoch sein musste, etwas größer also als die serienmäßig hergestellten Statuen, die für Hausaltäre gedacht waren.

»Fehlt der Jungfrau die rechte Hand?«

»Ja, die muss wohl irgendwann abgebrochen sein. Ich kenne sie nur so, ohne die rechte Hand. Aber sag mal, mein Lieber, ist sie nicht wunderschön?«

Das zweite Foto zeigte ein Dreiviertelprofil der Madonna. Hier konnte Mario ihre Gesichtszüge besser erkennen: schwarz, aber dennoch eher mediterran als afrikanisch, mit einem grünlichen oder bläulichen Schimmer in den leicht geschlitzten Augen. Ihr aus schwarz glänzendem Holz geschnitztes Gesicht war von friedvoller, tiefer Schönheit. Der Ausdruck von Güte und zugleich ernster Strenge wurde durch ihre königliche Haltung noch unterstrichen.

»Ja, sie ist wirklich schön«, musste Conde zugeben, »und ungewöhnlich, nicht wahr?« Er rückte die Brille zurecht, die er aufgesetzt hatte, um sich die Fotos genauer anzusehen, und kniff zusätzlich die Augen zusammen. »Ich kenn mich da ja nicht so aus, aber ich glaube, ich hab noch nie eine Jungfrau von Regla auf einem Stuhl sitzen sehen. Irgendetwas ist da …«

»Genau deswegen bin ich hier, Alter«, unterbrach ihn Bobby. »Weil sie etwas hat. Diese Jungfrau ist eine Reliquie, sie begleitet meine Familie seit ich weiß nicht, wie vielen Jahren. Und sie ist mächtig! Wirklich mächtig! Conde, du musst mir helfen, Raydel zu finden und ihn dazu zu bewegen, mir meine kleine Jungfrau zurückzugeben.

Du bist der Einzige, zu dem ich Vertrauen habe. Du musst mir helfen, wegen der alten Zeiten, wegen unserer Freundschaft, ja?«

Als Bobby gegangen war, rief Conde unverzüglich seinen Freund Carlos an, um ihm von dieser sensationellen Begegnung zu erzählen. Bobby Roque persönlich! Bobby in voller Entfaltung! Santero und Geschäftsmann! Mit gebrochenem Herzen, von einem Adonis aus Santiago um sein Hab und Gut gebracht! Carlos nahm Conde das Versprechen ab, so bald wie möglich bei ihm vorbeizukommen, um ihm in allen Einzelheiten die wunderbare Wiederauferstehung von Roberto Roque Rosell zu schildern. Und unterwegs solle er natürlich eine Flasche Rum kaufen. Und er solle nicht vergessen, dass in einem Monat sein Geburtstag anstehe und sie … Conde verabschiedete sich und legte auf.

Um sich von seinem Schock zu erholen und Antworten auf seine Fragen zu finden, fuhr er mit einem Privattaxi zu Yoyi El Palomo und dachte unterwegs darüber nach, was er soeben erlebt hatte. Sein früherer Klassenkamerad wollte ihn engagieren. Bei Geld höre die Freundschaft auf, hatte Bobby gesagt und angeboten, sechzig Dollar pro Tag zu zahlen – das gefürchtete Wort »sechzig« klang auf einmal wohltuend und vielversprechend. Dazu tausend, wenn er die Muttergottes zu ihm zurückbringe. So groß war seine Verehrung für eine ganz gewöhnliche Statue? War sie nicht nur ein Stück Holz oder Gips, dem äußere Merkmale wie Mantel, Krone oder Farben ein besonderes Aussehen verliehen? War die Tatsache, dass es sich um eine Art Familienreliquie handelte, so wichtig für den neuen, authentischen Bobby? Und was hatte es mit der Bemerkung auf sich, sie sei mächtig? Conde, trotz seines latenten Mystizismus eine Mischung aus Agnostiker und Atheist, fühlte sich nicht imstande, Bobbys mystische, fast liebevolle Beziehung zu einer kleinen Figur zu verstehen, deren spirituelle Bedeutung nur in dem bestand, was die Gläubigen ihr zuschrieben, wobei in diesem Fall die familiäre Bedeutung hinzukam.

Yoyi erwartete ihn vor seinem Haus. Er trug eine weiße Leinenhose und ein noch weißeres Hemd, unter dem sich sein wie bei einem Täuberich gewölbter Brustkorb abzeichnete. Darauf glänzte an einer dicken goldenen Halskette baumelnd ein Medaillon aus massivem

Gold – mit dem Abbild der Jungfrau Maria in der Version der Barmherzigen Jungfrau von Cobre. Am Bordstein funkelte, nagelneu lackiert, die Schnauze Richtung Stadtzentrum, sein Cabrio, ein Chevrolet Bel Air Baujahr 1957. Die Jungfrau Maria mochte wissen, auf welchen Wegen der Lack aus der Fabrik von Ferrari zu Yoyi gelangt war ...

Die beiden Männer gaben sich die Hand. Conde ließ sich in einen der Schaukelstühle fallen und rückte ihn zurecht, sodass er seinem Gastgeber ins Gesicht sehen konnte.

»Dann war der Kunde also schon bei dir?«, fragte Yoyi mit seinem schönsten spöttischen Lächeln.

»Vor einer Stunde ist er gegangen.«

»Und, wie fandest du Bobby? Eine echte Type ... Und als er mir erzählt hat, was ihm passiert ist, hab ich zu mir gesagt: ein Job für Conde!«

»Und warum hast du mich nicht vorgewarnt, Kollege?«

»Scheiße, *man,* weil Bobby gesagt hat, dass ihr Freunde wart, und weil ich weiß, dass dich alles interessiert, was mit der Oberstufe von La Víbora zu tun hat. Und, ach ja, weil ich dein Geschäftspartner und Manager bin und weiß, dass du die hundert Dollar Tagesgage gut gebrauchen kannst.«

Conde hob eine Hand, um den Redefluss zu unterbrechen. »Wie viel? Was hast du gesagt?«

Hellhörig geworden, verstummte Yoyi ahnungsvoll. Wenn ihn irgendetwas auszeichnete, dann sein Riecher für Geschäfte und Finanzen. Und dass er sich in geschäftlichen Dingen zwar knallhart, aber immer fair und transparent verhielt. Und schließlich war da noch seine Schwäche für El Conde. Obwohl fünfundzwanzig Jahre jünger als sein Kompagnon beim An- und Verkauf alter Bücher, hegte Yoyi ein unerschütterliches Gefühl der Freundschaft für den ehemaligen Polizisten. Dies nicht nur, weil der ihn einmal aus einer Prügelei rausgehauen hatte, die tödlich hätte enden können, sondern weil sie sich geschäftlich ausgezeichnet verstanden und nicht fürchten mussten, vom andern betrogen zu werden. Yoyis Schwäche für Conde zeigte sich darin, dass er ihn seit Jahren unterstützte. Da er mit unterschiedlichsten Aktivitäten – sein Spektrum war nicht nur weit gefächert, sondern schlicht unendlich – viel Geld verdiente, half er dem weniger geschickten Freund aus der Not und rettete ihn aus dem notorischen Geldmangel, indem er ihm hin und wieder ein weniger lukratives Geschäft überließ. Zog ihn aus der Scheiße, wie die beiden das zu nennen pflegten.

»Hundert, hab ich gesagt.« Yoyis Pupillen weiteten sich, als wollte er Conde noch näher unter die Lupe nehmen.

Conde schüttelte den Kopf. »Sechzig pro Tag und tausend, wenn ich die Madonna zurückbringe.«

»Dieses Schlitzohr!«, rief Yoyi. »Wir hatten hundert pro Tag ausgemacht, plus Spesen, und zweitausend für die Statue.«

Das Herz schlug Conde bis zum Hals. »Aber Yoyi, so viel! Für eine Jungfrau von Regla?«

»Was heißt hier viel, Conde? Diese Jungfrau ist ein Kunstwerk aus dem 19. Jahrhundert, das aus Andalusien nach Kuba gebracht wurde und bestimmt viel wert ist. Und Bobby stinkt vor Geld! Weißt du, wie viel er an den beiden Bildern von Portocarrero, dem von Amelia Peláez und dem von Montoto und einigen Zeichnungen von Bedia in Miami verdient hat? Abzüglich der Investition für den Ankauf und des Bestechungsgeldes, um die Bilder aus Kuba rausschmuggeln zu können, hat er siebzig Riesen in die Tasche gesteckt. Reingewinn, *man!* Einfach so, auf die Hand. Siebzigtausend Dollar! Du weißt wohl nicht, wer hier in Kuba seine Kunden sind und was er schon alles verkauft hat! Hast du nie was von den gefälschten Landschaften von Tomás Sánchez gehört, die in Miami aufgetaucht sind?«

Jetzt blieb Condes Herz stehen. Siebzigtausend Dollar Reingewinn in einem Rutsch und dazu gefälschte Bilder in Miami! Und sie hatten Bobby früher einmal für einen ausgemachten Blödmann gehalten …

»Überlass das mit dem Geld nur mir. Konzentriere du dich darauf, diese Schwuchtel zu suchen und herauszufinden, wo zum Teufel die verdammte Madonna geblieben ist. Du willst diese Kohle doch verdienen.«

Tief erschüttert nickte Conde mehrmals, während er auf der Suche nach der Zigarettenschachtel seine Hosentaschen abklopfte. Ihm war entfallen, dass er sie samt Feuerzeug auf die Glasplatte des Eisentischchens gelegt hatte. Als er sie schließlich entdeckte, zündete er sich eine Zigarette an, um sich durch Nikotin zu beruhigen.

»Damals haben wir immer gedacht, der Typ wär blöd. Und schwul angehaucht.«

El Palomo lachte. »Wenn er damals blöd war, ist er vollkommen geheilt, denn jetzt kauft und verkauft er Bilder wie ein Irrer und bringt sie ins Ausland, wenns sein muss. Was das andere betrifft, habt ihr ihn total unterschätzt. Er ist nämlich stockschwul, wie du ja wohl gesehen hast. Und wie er das genießt!«

Conde hatte Yoyis Ausführungen nur mit halbem Ohr zugehört, denn er war ganz in seine Kalkulationen vertieft. Hundert Dollar am Tag! Vier oder fünf Jahre war es nun her, dass der Maler Elias Kaminsky in Havanna aufgetaucht war, mit der Bitte, ihm zu helfen, die Geschichte seines Vaters, des Juden Daniel Kaminsky, zu ermitteln. Conde hatte damals für seine Nachforschungen eine Menge Dollars erhalten. Doch seitdem steckte er in einem schwarzen Tunnel, denn der An- und Verkauf von Büchern brachte immer weniger ein. Er dachte sogar daran, umzusatteln und wie einige seiner Kollegen eine andere Überlebensmöglichkeit zu finden.

»Also, mach dir um die Knete keine Sorgen. Du nimmst den Job an, oder?«

Conde war immer noch am Nachdenken. Wie, zum Henker, sollte er es anstellen, in Havanna oder weiß der Himmel, wo einen Typen zu finden, der nicht gefunden werden wollte? Nur mithilfe der Polizei, beantwortete er sich selbst seine Frage.

»Wird nicht einfach werden«, seufzte er und drückte die Zigarette aus.

»Deswegen wirst du ja bezahlt, *man*. Aber jetzt lad ich dich erst mal zum Essen ein. Um neun bin ich im Vedado mit einer Frau verabredet.« Yoyi zeigte auf seinen Bel Air.

»Und wie sieht heute das Tagesmenü aus?«, fragte Conde, der sich immer über die Gerichte wunderte, die sich sein Partner gönnte. Um seinen Gourmet-Gaumen zu verwöhnen, hatte der ehemalige

Ingenieur Jorge Reutilio Casamayor Riquelmes, alias Yoyi El Palomo, eine weiß gekleidete Köchin samt Chefkochmütze engagiert, die die exquisitesten Speisen zubereiten konnte, auf die er Lust verspürte. Zusätzlich bügelte sie aufs Exquisiteste – weil er es sei – seine groben und feinen Leinenhemden, eine Kunst, die sie ihren Worten zufolge von ihrer Großmutter, einer philippinischen Wäscherin und Büglerin, erlernt hatte.

»Etwas Leichtes heute, habe ich Esther gesagt. Ich treffe mich ja gleich mit der Frau. Du verstehst. Nur eine Kleinigkeit, Reis mit Gemüse, Salat mit viel Grünzeug und Gazpacho. Das Richtige bei dieser Hitze.«

Conde hatte sich bei der Aufzählung nach und nach aufgerichtet, doch das Ende war so enttäuschend, dass er in ein tiefes Loch zu stürzen glaubte. Das war alles? Reis und Grünzeug? War der Gesundheitsfimmel, mit dem er neuerdings konfrontiert wurde, eine Verschwörung gegen seinen Appetit? Als Yoyi Condes Gesicht sah, musste er lachen.

»Dazu zwei Rinderfilets, Conde, aus dem Dutch Oven, mit viel grünem Paprika. Schließlich wusste ich, dass du hier auftauchen würdest! Es war wie eine Vorahnung, *man*, ich habs hier drin gespürt.« Yoyi legte die Fingerspitzen auf die Stelle unterhalb seiner linken Brustwarze, die am Rand seines Taubenbrustkorbs schlingerte.

»Erzähl keinen Scheiß, Yoyi, für so was bin ich zuständig«, erwiderte Conde, um sein Monopol bei Vorahnungen zu verteidigen. »Apropos, gibt es in Kuba überhaupt noch Kühe? Mit Filets?«

Panik stieg in ihm auf, er fühlte sich eingekreist, ja, attackiert, als wären sie alle darauf aus, ihn unterzukriegen. Er fand es gut, dass sich alle retten wollten, aber dass sie gleichzeitig auch ihn im Visier hatten, machte ihm Angst. Kamillentee statt Kaffee! Und auch noch ohne Zucker! Hielten sie ihn wirklich für so alt und kaputt?

Conde beobachtete Tamara, wie sie den Deckel der Teekanne festhielt, während sie die grünliche Flüssigkeit in die Teetassen mit Goldrand goss. Wie immer bewunderte er die Eleganz und Präzision ihrer harmonischen, aristokratisch anmutenden Bewegungen, die sich so sehr von seinen ungeschliffenen Manieren eines frustrierten Baseballspielers unterschieden. Warum erträgt mich diese Frau? Und geht sogar mit mir ins Bett?

Mit ihren siebenundfünfzig Jahren sah Tamara zehn Jahre jünger aus. Wie sie sich ernährte, der Sport, die Haarfärbemittel und Cremes (italienisch, teuer und effektiv, von ihrer Zwillingsschwester Aymara aus Übersee geschickt) wirkten sich bei ihr so positiv aus, wie katastrophale Ernährung, Zigaretten, Alkohol und gleißende Sonne während seiner täglichen Wanderungen auf der Suche nach alten Büchern bei ihm negativ zu Buche schlugen. Und wie um ihm unter die Nase zu reiben, was er sich während seiner häufigen Abwesenheiten entgehen ließ, hatte Tamara ihn heute Abend in einem fast durchsichtigen Negligé empfangen, ohne Büstenhalter, mit einem schwarzen Tanga, der den Spalt ihres großzügig gewölbten, knackigen Hinterns – die Jahre konnten ihm nichts anhaben – nur unzureichend bedeckte. Als Mario hereingekommen war, hatte er sie von oben bis unten und von vorn bis hinten betrachtet und sich beglückwünscht, als sich sein Hodensack leicht zusammengezogen und sein Penis sich vielversprechend geregt hatte.

Während sie ihren Kamillentee tranken – er hatte sich geweigert, auf Zucker zu verzichten –, berichtete er ihr die Sensation dieses Tages: Bobbys Auftauchen aus dem Vergessen. Tamara fand es unglaublich, dass ihr ehemaliger Mitschüler jetzt Santero und Geschäftsmann war. Seine sexuelle Präferenz überraschte sie dagegen weniger, und als Conde ihr das Foto zeigte, lächelte sie anzüglich.

»Kriegst du jetzt keine Pickel mehr, wenn du mit einem Gay zusammen bist?«, stichelte sie in Anspielung auf dieses und die zahlreichen anderen Vorurteile ihres Geliebten.

»Du weißt doch, dass ich schon lange geheilt bin. Oder so gut wie.«

Tamara nickte. Conde ließ erneut seinen Blick über sie wandern. Ja, sie war immer noch wunderschön.

»Und was willst du unternehmen, um diesen Raydel zu finden?«, fragte sie, und in diesem Moment überkam Mario das sichere Gefühl, dass seine Qualitäten als Spürnase mit schwindelerregender Geschwindigkeit den Bach runtergingen. Ganz offensichtlich lief seine

Zeit ab. »Ich bin völlig von der Rolle. Hab Bobby nicht mal gefragt, ob er ein Foto von dem Kerl hat. Ich hoffe, er hat eins.«

»Und wenn er nach Santiago zurückgegangen ist?« Tamara schien sich wirklich Sorgen zu machen. Sie wusste, dass Conde, wenn er nach Santiago de Cuba fuhr, imstande war, Wochen oder gar Monate dort zu bleiben und sich in einem Dschungel aus Rumflaschen zu verirren.

»Bobby meint, der Kerl ist noch in Havanna, weil er glaubt, dass er das, was er ihm geklaut hat, hier besser verkaufen kann. Angeblich sind die Leute in Santiago völlig abgebrannt, schlimmer als hier.«

Diszipliniert trank Conde das grüne Gebräu aus und zündete sich eine Zigarette an. Angesichts der durchschimmernden Nacktheit Tamaras hatte er Mühe, einen klaren Gedanken zu fassen. Auch wenn oder vielleicht gerade weil er dabei war, in das dritte oder vierte Lebensalter einzutreten, war seine Empfänglichkeit für weibliche Reize ungebrochen und sogar noch größer als in den längst vergangenen Zeiten seiner blühenden Manneskraft. Wie magisch angezogen, drehte sich Conde jedes Mal um, wenn eine gut gebaute Frau an ihm vorbeiging (nach seinen ästhetisch-geometrischen Maßstäben gehörte zu einer guten Figur ein fester Po), schielte in jede offene Bluse oder vergaß sich beim Anblick eines schönen Frauengesichts. Sein Leben lang hatte ihn die Freude am Betrachten und, wenn möglich, am ganz konkreten Kosten der weiblichen Schönheit begleitet. Wie ein Schnüffler mit trainierter Spürnase hatten sich seine Fähigkeiten erweitert. Wenn er in einen Bus stieg, erspähten seine Augen unwillkürlich das schönste Mädchen. Wenn eine gut gewachsene Frau in Uniform seinen Weg kreuzte, spielten seine Hormone verrückt. Wenn er einen Film sah, erregten ihn die angedeuteten oder offen zur Schau gestellten weiblichen Reize. Wie hatte er für Stefania Sandrelli in *Wir waren so verliebt* und für Candice Bergen in *Lebe das Leben* geschwärmt! Wie oft hatte er mit der nackten Sônia Braga in *Doña Flor und ihre zwei Ehemänner* vor Augen sich selbst befriedigt! Und wie talentlos und mager waren die Schauspielerinnen von heute, großer Gott!

Obwohl er wusste, dass er mehr auf ästhetische denn körperliche Reize reagierte, konnte er seine Impulse nicht kontrollieren, lebte sie bei jeder sich bietenden Gelegenheit aus. Er nährte sich vom Anblick der Schönheit, saugte sexuelle Anziehungskraft in sich auf, staunte immer aufs Neue über die unauslotbaren Mysterien im Geist und Körper der Frauen, leckte sich wie ein Vampir nach dem Blutsaugen die Lippen und fühlte sich wieder jung.

Aus diesem Grund hatte er Bobby und seinesgleichen nie verstanden und würde sie nie verstehen. Wie konnte ein Mann sich von einem behaarten, ungehobelten Manneswesen angezogen fühlen, mit diesen hässlichen Dingern, die zwischen seinen Beinen baumelten, wo es doch jenes großartige andere gab, mit zarten Ausbuchtungen, perfekten Krönungen, wohligen, unwiderstehlichen Höhlen?

Als er endlich Tamara lieben durfte, einst das schönste Mädchen der Oberstufe von La Víbora, fühlte er sich, als habe er das große Los gezogen. Er genoss diese Höhepunkte seines erotischen, sexuellen und vor allem ästhetischen Lebens mit allen fünf Sinnen. Diese Tamara, die ihn in der Oberstufe behandelt hatte wie ein bedeutungsloses Insekt, während ihm bei ihrem Anblick das Wasser im Mund zusammengelaufen war. Jahre später, als Polizist, war Conde ihr zufällig wieder begegnet, weil er den Befehl erhalten hatte, ihren am letzten Tag des Jahres 1988 verschwundenen Ehemann wiederzufinden, das opportunistische, korrupte Riesenarschloch Rafael Morín. Als er am Ende der Ermittlungen mit ihr ins Bett ging, begann eine andere Phase seines Lebens. In der er nicht glauben konnte, das zu haben, was er hatte und genießen durfte. In der er sich immer wieder fragte, wie es möglich war, dass sich diese wunderbare Frau zu einem Taugenichts wie ihm hingezogen fühlte. Schließlich waren sich die beiden so fest verbunden, dass sie es nicht für nötig erachteten, ihre Verbindung zu legalisieren. Sie lebten zufrieden in einer Art ewiger Verlobungszeit, einem Zustand gegenseitigen Respekts, der umso befriedigender war, da kein zermürbendes Zusammenleben ihn belastete. Auch jetzt noch sah Mario Conde in Nächten wie dieser seine Tamara an und fragte sich: Ist es wirklich wahr?

Laut aber fragte er: »Übrigens, wer hat dir diesen hübschen Verlobungsring geschenkt, den du da am Finger trägst?« Ein Ritual, das er über alles liebte und bei jeder sich bietenden Gelegenheit wiederholte.

Tamara tat ihm den Gefallen und gab die erwartete Antwort. »Den hat mir mein Mann geschenkt«, flüsterte sie verträumt.

»Dann bist du also verheiratet?«

»Nein, aber so gut wie«, antwortete sie gemäß Drehbuch und zeigte stolz den Ring. »Ich habe ihn zur Verlobung bekommen.«

Conde hielt es für angebracht, die Sache zu beschleunigen. »Und wo findet das Fest statt?«

Tamara lächelte. »Hier ganz in der Nähe, glaube ich.«

»Und dafür muss man sich so anziehen?« Er ließ seinen Blick und die Spitze seines Zeigefingers über ihren Körper wandern.

»Gefällt es dir?«

»Ich bin entzückt.«

»Immer noch?«

»Mehr denn je.«

»Aber du warst zwei Tage nicht hier!«

»Ich habe Sport gemacht, um Kräfte zu sammeln. In meinem Alter ...«

»Und? Hast du Kräfte gesammelt?«

Conde tat so, als würde er nachdenken, bevor er antwortete. »Wollen wir den Beweis antreten?« Er stand auf, stellte sich hinter Tamara, küsste sie auf den Hals und begann, ihre Brüste zu streicheln. Im Spalt ihrer Pobacken spürte sie sein hellwaches Glied – es schien zu sagen, es wolle jetzt seine Kraft beweisen. Unbekümmert um die Last der Jahre, dank der Schönheit dieser Frau, deren Haut so frisch duftete, deren Speichel und Atem nach süßen Früchten schmeckte, jedes Mal und immer, immer wieder.

2

Antoni Barral, 1989–1936

Das Geräusch der sich schließenden Tür reißt ihn aus seinem Schlaf, der so tief, leer und lang ist, dass er schmerz- und zeitlos scheint. Er will nach der Frau rufen, sich vergewissern, dass sie bei ihm ist, will dieser abgrundtiefen, überwältigenden Einsamkeit, dieser Vorbotin noch größerer Einsamkeiten, ein Schnippchen schlagen. Doch es gelingt ihm nicht, die gedachten Worte in gesprochene zu verwandeln. Er fühlt sich verlassen, zerbrechlich, weiß, dass er so gut wie am Ende ist. Bis hierher hat er es geschafft. Mit der Langsamkeit des Besiegten öffnet er die Augen und schaut auf seine Füße. Das Beste, was er machen kann, vielleicht das Einzige. Wann immer eine Situation drohte sein Leben von Grund auf umzukrempeln, schaute er auf seine Füße, so als reagiere er auf einen Befehl von oben. Er weiß, dass andere es vorziehen, Gesicht, Augen, den Zug um den Mund zu mustern, um darin Spuren von Freude, Angst, Erwartung zu suchen. Oder auch um eine Antwort zu finden. Andere wiederum schauen auf ihre Hände. Hände, die vielleicht ruhmreiche, abscheuliche, nicht wieder gutzumachende Dinge getan haben. Manche dagegen betrachten ihr Geschlecht, weil sie wissen, dass dort der Ursprung menschlicher Entscheidungen, des Glücks oder häufig auch des schrecklichsten Unglücks liegt, schamhaft verborgen oder schamlos unverhüllt. Er dagegen hat seit seiner Jugend in den Bergen auf seine Füße geschaut, angezogen von einer seltsamen Kraft, in der sich Vertrautheit und Fremdheit, Nähe und Distanz immer neu mischten. Diese inzwischen deformierten, nutzlosen Füße offenbaren, was sein Leben gewesen ist. Mit ihnen hat er selbst gewählte oder ihm aufgetragene Wege zurückgelegt, hat sein eigenes Leben gelebt oder das ihm auferlegte. Seine Füße sind die zurückgelegten Wege. Sie trugen ihn von der Unschuld zur Schuld, von der Unwissenheit zum Wissen, vom Frieden zum Tod. Unbeschwert schlendernd, mühsam kletternd, bis zur Flucht ohne Heimkehr. Immer getrieben von Unruhe und Angst, haben diese Füße ihn getragen, und jetzt, kraftlos geworden, führen sie ihn auf den letzten Weg. Antoni Barral weiß, dass er einen unumkehrbaren Schritt tun wird, der ihn zu seiner Mutter Paula bringt, zu seinem Vater Carles, zu seinem Bruder Andreu, dem armen Irren, der sinnlos und irrtümlich zum Märtyrer dieses schrecklichen Krieges geworden ist. Ja, bis hierher hat er es mit seinen Füßen geschafft. Alles Weitere wird Schweigen sein.

Blutige Körpersäfte schwitzen aus den Geschwüren, die seinen Rücken und seinen Hintern bedecken. Er hört mit Schrecken sein eigenes Ein- und Ausatmen, ist erschöpft von einem Kampf, den er verloren weiß, der ihn endgültig niedergestreckt hat. Doch er lässt nicht locker. Vielleicht schaut er jetzt zum letzten Mal auf seine Füße mit den gekrümmten, ins Fleisch eingewachsenen Fußnägeln, auf die gespenstisch hervortretenden Gelenke, die nur noch Hornhaut und Knochen sind. Aus den vertrauten Füßen eines einst ausdauernden Wanderers und Kletterers sind unbrauchbare, leblose Extremitäten eines Todgeweihten geworden. Fremd sind sie ihm geworden, als seien es gar nicht die seinen. Alles an ihm kommt ihm fremd vor. Doch nein: SIE ist noch seine, wird nie aufhören, seine zu sein, früher wie jetzt. Und dieser Gedanke reißt ihn aus seiner Starre. Leicht hebt er den Blick und sieht SIE auf ihrem Sockel, Herrin der Zeit, aller Zeiten. Majestätisch in ihrer Machtfülle, schwarz schimmernd im Schein der Duftkerze, die die Frau vor dem Verlassen des Zimmers angezündet hat, um ihn nicht im Dunkeln zurückzulassen und mit dem Kerzenduft den säuerlichen Geruch des Todes zu übertönen. SIE ist seine, weil SIE ihn bis hierher geführt hat, ans Ende seines wechselhaften, von Schicksalsschlägen gezeichneten Lebens. SIE wird ihn auch auf die andere Seite begleiten, wenn seine Füße den letzten Schritt tun und ihn vor den Schöpfer führen, damit Er ihn richte und für die begangenen Sünden bestrafe. Auch für die größte Todsünde der Zehn Gebote, für die es keine Vergebung gibt, auch nicht unter mildernden Umständen: den Mord, den er, wie er sich jahrelang eingeredet hat, für SIE beging. Um SIE zu retten.

Seit fünfzig Jahren peinigt ihn diese Schuld, die er nie abschütteln konnte. Seit mehr als fünfzig Jahren verfolgt ihn der Blick dieses Toten, der seinen Tod nicht verstand, und der Schmerz darüber, dass er für seine Lieben nicht einmal das Grab hat ausheben können. Und wieder geht sein Blick zu seinen Füßen. Er erinnert sich, wie er im schummrigen Licht des stinkenden, feuchten Laderaums eines Handelsschiffes vor IHRE tiefschwarz glänzende Statue niederhockte, sich dann die schwärzlichen, zerfetzten Stoffschuhe mit der Hanfsohle überstreifte und sich ins Unbekannte stürzte. Auch in jenem Moment hat er innegehalten und auf seine Füße geschaut, in dem Bewusstsein, dass sie sein Schicksal bestimmt hatten und immerdar bestimmen würden. Versehrt waren sie gewesen, von Fußpilz eiternd, aber jung und stark, so nah und zu ihm gehörig, wie er sie nie zuvor gesehen hatte und später nie wieder sehen würde. Er vertraute ihnen und IHR, um der Gefahr zu entkommen, wie er so vielen Gefahren entkommen war.

Sechzehn Tage auf See waren vergangen, seit er sich im baskischen Hafen Saint-Jean-de-Luz heimlich wie eine Ratte auf das unter französischer Flagge fahrende Handelsschiff geschlichen hatte. Er hatte nicht die geringste Vorstellung, zu welchem Punkt der Erde ihn dieses Schiff, wenn er denn überlebte, bringen würde. Der Junge hatte es sich einzig und allein deshalb ausgesucht, weil es von allen Schiffen, die bald in See stachen, am leichtesten zu entern war. Alles war besser als dieser Krieg, der wie ein böses Schicksal über ihn hereingebrochen war und die Herrschaft über sein Leben übernommen hatte. Dabei hatte er sich in seinem abgelegenen Winkel, wo seit Jahrhunderten seine Vorfahren lebten, so sicher vor den Heimsuchungen der Zeit gefühlt. Dort war das Leben ein immerwährender Kreislauf, der nur aufging, wenn der Schöpfer einem Menschen für seine kurze Zeitspanne auf Erden das Tor öffnete, und der sich wieder schloss, wenn die ihm zugebilligte Zeit abgelaufen war.

Nachdem er als blinder Passagier aufs Schiff gegangen war, hatte er sich in den untersten Laderaum geflüchtet und hinter den Butterfässern eingerichtet, die streng nach Fett rochen. Er ahnte, was ihm blühte, wenn er entdeckt würde. Er hatte Geschichten über blinde Passagiere gelesen und gehört, die ausgepeitscht oder sogar ins Meer geworfen worden waren. Gewiss drohte ihm, sollte die Überfahrt länger dauern und sein Proviant zu Ende gehen, ein solches Schicksal. Um zu überleben, schleppte er in seinem Kohlensack einige Flaschen Wasser und zwei dunkle Brotlaibe mit sich. Dazu drei Dutzend in Fettpapier gewickelte Oliven, die er von seinem letzten Geld gekauft hatte, und den für seinen Geschmack zu kräftigen Ziegenkäse, den er auf dem Jahrmarkt in der Stadt geklaut hatte. Außerdem die dunkle Statue der Heiligen Jungfrau von La Vall und, am Gürtel, sein Jagdmesser, das sich schon so oft bewährt hatte: Beim Schneiden, Schälen, Sägen und, wenn nötig, Rasieren. Sogar zum Töten. Und noch wichtiger schien ihm: Er war sechzehn und konnte klettern wie eine junge Bergziege. Und ihn schützte die unbesiegliche Macht der schwarzen Madonna.

Am zweiten Tag im Laderaum hörte er, wie die Ankerketten hochgezogen wurden. Gleich darauf spürte er das Vibrieren der angeworfenen Motoren. Er bekreuzigte sich und gab sich in IHRE Hände. Als das Schiff sich in Bewegung setzte, ließ seine Anspannung nach, und er schlief ein paar Stunden – wie viele, wusste er nicht. Doch dann veränderten sich die Geräusche und der Rhythmus des Schiffes, und er schreckte aus dem Schlaf. Warum verlangsamte es seine Fahrt? Wo waren sie? Antoni Barral verkroch sich in die hinterste Ecke des Laderaums und rollte sich zusammen. Von dort aus sah er, wie mehrere Männer mit Säcken auf dem Rücken zu ihm herabstiegen und die Säcke auf Holzpaletten zu einem Berg aufstapelten. Ihren Worten glaubte er zu entnehmen, dass sie im Hafen von Bordeaux vor Anker lagen und ihre Fahrt über den Atlantik fortsetzen würden, sobald die Fracht verstaut war.

Als das Schiff sich wieder in Bewegung setzte, atmete der Junge erleichtert auf, harrte aber noch einen ganzen Tag in seinem feuchten Winkel aus. Dann fand er, dass der Moment gekommen sei, ein sicheres Versteck für die Schwarze Madonna zu suchen. Mit seinem

Messer brach er so vorsichtig, wie er konnte, den Deckel eines Butterfasses auf, küsste den Armstumpf der Madonna – ihre Hand hatte sie durch seine Unachtsamkeit verloren – und versenkte die Statue in der weißen Masse, hoffend, dass niemand auf den Gedanken kommen würde, sie dort zu suchen. Dann markierte er den Deckel mit einem kaum sichtbaren Kreuz und verschloss das Fass wieder, wobei er die Dauben an ihrer ursprünglichen Stelle anbrachte.

Später erfuhr er, dass er vier Tage in seinem dunklen Versteck zugebracht hatte. Dann verriet ihn der Gestank seiner Exkremente, seines Urins und seines Schweißes. In der ohnehin verpesteten Luft des Laderaums hatte er ihn selbst nicht wahrgenommen. Aber ein Matrose, der zum Salzholen hinuntergeschickt worden war, schlug Alarm. Mit einem zweiten Matrosen kam er kurz darauf wieder herunter, beide mit einer abgeblendeten Laterne und einem Knüppel bewaffnet. Sie riefen, wer immer sich hier verstecke, solle herauskommen, sonst würden sie ihn mit Gewalt hervorzerren. Die Lage war aussichtslos, also kroch er schließlich aus seinem Zufluchtswinkel und ging auf die beiden Männer zu, die ihn streng ansahen, so als hätten sie einen Dieb erwischt. Denn das und nichts anderes ist ein blinder Passagier. Er erschleicht sich eine Überfahrt, für die er nicht bezahlt und nicht arbeitet.

Wenn er später auf sein Leben zurückblickte, schien Antoni Barral, dass sein Verhältnis zum Glück immer zwiespältig gewesen war. Doch in den wirklich entscheidenden Momenten hatte sich die launische Fortuna am Ende stets zu seinen Gunsten entschieden. Und auch in dieser Situation, einer der gefährlichsten, die er zu bestehen hatte, leuchtete ein guter Stern über ihm – oder war es das Werk der schwarzen Madonna? Als der Kapitän der *Saint Martin* sah, dass der blinde Passagier fast noch ein Kind war, hörte er sich zuerst dessen Geschichte an. Kapitän Rogelio Flores, ein Mann aus Cádiz, hatte mehr Jahre auf dem Meer zugebracht als an Land und brüstete sich damit, ein Enkel von Pedro Blanco zu sein, einem der letzten staatenlosen Sklavenhändler auf der Atlantikroute. Und der legendäre Roger de Flor, Pirat und Kapitän des *Falken,* des berühmten Kriegsschiffes des Templerordens, sei sein Vorfahre. Außerdem habe er sein

Seemannsleben ebenfalls als blinder Passagier begonnen! Antoni Barral setzte alles auf eine Karte und erzählte ihm, dass er Spanier sei, ein Katalane aus den als Alta Garrotxa bekannten Vorpyrenäen von Girona. Bei Kriegsbeginn sei er aus seinem Heimatdorf geflohen, nachdem gewalttätige Anarchisten seinen Vater Carles und seinen Bruder Andreu festgenommen und beschuldigt hätten, bürgerlich zu sein, nur weil sie sich geweigert hätten, ihre Ziegen im Namen der Revolution ins Volkseigentum zu überführen. Aus Angst, dasselbe Schicksal zu erleiden, hatte er die Sierra über einen Bergpfad, einen *coll,* überquert, den nur Schmuggler, Hirten und Maultiertreiber aus der Gegend kannten und auf dem er nicht erwischt werden konnte. In Frankreich dann hatte er beschlossen, den Sternen zu folgen und auf dem Jakobsweg weiterzugehen. Man hatte ihm gesagt, so würde er irgendwann den Ozean am Kap Finisterre, dem Tor zu Amerika, erreichen. In der Hafenstadt Saint-Jean-de-Luz kam ihm zu Ohren, dass die *Saint Martin* in wenigen Stunden über den Atlantik aufbrechen würde, und es fiel ihm nicht schwer, auf das Schiff zu gelangen.

Kapitän Flores, der aus Cádiz stammte, hielt die Idee, Ziegen, Fischerstiefel und Hühner zu sozialisieren, um die Welt zu verändern, für absurd. Er wusste von den Kriegsgräueln in seiner Heimat, und der unselige jahrhundertalte Drang seiner Landsleute, sich gegenseitig umzubringen, schmerzte ihn. In einem Anflug von Rührung entschied der alte Kapitän, der Junge könne sich sein Essen und die Reise bis zur ersten Zwischenlandung in Havanna abverdienen, indem er die niedrigsten Schiffsarbeiten erledigte. Er sollte den stinkenden Laderaum schrubben und die Latrinen und Duschen der Offiziere auf Hochglanz bringen. Schlafen solle er in derselben dunklen Höhle, in der er sich bisher versteckt hatte. Zur Sicherheit wurde sein Messer konfisziert und ihm auch später nicht zurückgegeben. So wurde er Teil dieser Mannschaft.

Vierzehn Tage dauerte die Überfahrt in die legendäre Stadt Havanna, von der Pater Joan gesagt hatte, hier könne einem das Beste wie das Schlimmste auf dieser Welt widerfahren. Diese Stadt in ewiger Hitze, deren alte, schwermütige Lieder aus Katalonien stammten, aber schon längst ihr selbst zugeschrieben wurden. Für Kapitän Rogelio Flores und seine Matrosen war Havanna allerdings ein quirliger, einmaliger Ort der Freiheit, von Vergnügen und Verruchtheit, erfüllt von Musik und bevölkert von unwiderstehlichen weiblichen Schönheiten, wie sie nur in den Tropen durch die Vermischung der Abstammungen entstehen können. Während der Fahrt schrubbte Antoni Barral Böden und Latrinen und zerbrach sich den Kopf, wie er mit seiner schwarzen Madonna unter dem Arm das Schiff verlassen konnte. Gewiss würde sie ihm der Kapitän als Entgelt für die Überfahrt wegnehmen, er würde sie »vergesellschaften« und vielleicht auch seine ganze Geschichte vom Kriegsflüchtling in Zweifel ziehen. Wer um sein Leben flieht, belastet sich doch nicht mit so einem Klotz von schwerem, massivem Holz! Und wenn die Marienstatue tatsächlich so wertvoll war, wie Pater Joan behauptet hatte? Als einzige Möglichkeit blieb ihm wohl, ins Meer zu springen, sobald das Schiff anlegte. Nur war das Meer, das wusste Antoni, nicht mit den seichten Becken der Bergbäche zu vergleichen, in denen er als Kind an Sommertagen geplanscht und sich mit wilden Armbewegungen über Wasser gehalten hatte.

Als der Morgen des vierzehnten Tages ihrer Fahrt über den Atlantik anbrach, wurden die Motoren gedrosselt: Das ersehnte erste Ziel der *Saint Martin* war in Sicht. In den Tiefen seines Laderaums richtete sich Antoni Barral auf, suchte seine zerschlissenen Stoffschuhe und schaute auf seine Füße. Wieder machten sie sich auf den Weg, doch ob sie das Ziel erreichten, hing diesmal einzig und allein von der Marienstatue ab, die er am Abend zuvor aus dem Butterfass geholt, gründlich gereinigt und in seinem Kohlensack verstaut hatte.

Wie ein auf der Lauer liegendes Tier wartete er, bis die drei Heultöne der Schiffssirene die Landung ankündigten. Er hoffte, die Mannschaft und Kapitän Flores hätten ihn im üblichen Chaos vor dem Festmachen vergessen. Er schickte ein Stoßgebet zum Himmel, rief die wundertätige, schwarze Madonna um Hilfe an und stieg hinauf an Deck.

Die Matrosen waren schon ganz aufgeregt wegen der zwei ausschweifenden Tage, die sie erwarteten, bevor sie ihre Reise nach

Veracruz und Recife fortsetzen würden. Auf der einen Seite erblickte Antoni die Stadt mit ihren Kuppeln, Türmen und wenigen Kreuzen, auf der anderen einen steinernen Leuchtturm, der sich aus einer ländlich anmutenden, mit vereinzelten Mangrovenbäumen bestandenen Küste erhob, von der kleine hölzerne Landungsstege ins Wasser reichten. Darüber, als Krönung einer steil aufragenden Böschung, zog sich eine endlos wirkende, unüberwindliche Mauer dahin, hinter der sich eine alte Festung befand. Wohin sollte er springen, zur Stadt oder zum Felsen? Instinktiv wusste er, dass für ihn nur die Seite des Leuchtturms infrage kam, um einen der Holzstege zu erreichen. Einen Moment lang starrte er in das dunkle Wasser. Der Gedanke blitzte in ihm auf, dass nun sein Leben davon abhing, ob die Statue schwimmen würde. Noch einmal sandte er ein Stoßgebet zu IHR, befestigte den Kohlensack mit der Statue am Gürtel, umarmte und küsste ihn. Dann stürzte er sich ins Meer und fiel ins Unbekannte.

Während der junge katalanische Ziegenbauer im trüben Wasser der Bucht versank, blieb ihm Zeit, sich zu wundern: Im Gegensatz zu den Teichen der Sierra war das Meer warm wie Suppe. Und offensichtlich gab es darin so viel Auftrieb, dass, als seine Lungen nach Sauerstoff zu japsen begannen, er mitsamt Sack und Madonna an die Oberfläche gehoben wurde und ein paar Meter vor den grünlichen Planken eines zerfallenen Landungsstegs auftauchte. Die von der *Saint Martin* erzeugten Wellen trugen ihn, während er mit Armen und Beinen strampelte, wie er es bei Hunden gesehen hatte, zum glitschigen, ins Meer ragenden Holz. Gerade als die Kräfte ihn verließen und er wieder zu versinken drohte, hob ihn eine Welle hoch, und es gelang ihm, sich an der Planke festzuklammern. Keuchend sah er zu dem Handelsschiff hinüber, das sich von einem kleinen, flachen Boot mit Außenbordmotor in den Hafen lotsen ließ. Er glaubte, an Deck das Gesicht von Kapitän Rogelio Flores zu erkennen. Den Rest seines Lebens sollte Antoni schwören, dass der Mann aus Cádiz lächelte. Und was ihm noch mysteriöser vorkam: Jetzt hatte er das Gefühl, dem Kapitän lange vor jener Überfahrt schon begegnet zu sein.

Sich mit den Füßen von Planke zu Planke stoßend, erreichte er schließlich die Felsküste und brach erschöpft zusammen. Erst jetzt bemerkte er, dass er seine Schuhe in den Fluten verloren hatte. Er schaute auf seine dreckigen Füße. Ihm war klar, dass sie sich an den scharfen Felskanten schneiden würden, aber sie hatten ja schon manche andere Herausforderung gemeistert. In der Ferne erblickte er weitere Schiffe und an der Küste ein paar bescheiden wirkende Häuser. Auch wenn er nicht die geringste Ahnung hatte, was die nächsten Tage bringen würden, wärmte ihm die Gewissheit, dass er sich an diesem unbekannten Ort in Sicherheit befand, das Herz.

Als er an jenem gesegneten Nachmittag an den paar Fischerhütten des Küstendorfes vorbeilief und die kleine Kirche betrat, wusste Antoni Barral, der staatenlose Flüchtling und Mörder, dass die Wunderkräfte der Statue, die er seit der Flucht aus seinem Dorf mit sich herumgeschleppt hatte, tatsächlich wirkten, schicksalhaft und universell. Denn vom Altar der Kapelle an der Meeresküste der fernen Tropen sah eine andere schwarze Madonna, prunkvoll gekleidet und von Votivkerzen umgeben, auf ihn herab, als hieße sie ihn willkommen, als hätte sie auf ihn gewartet, auf ihn oder auf SIE. Unsere Heilige Jungfrau von Regla, las er auf einem kleinen Täfelchen, auf dem Messen, Totenfeiern, Hochzeiten und Taufen angekündigt wurden. Von dem Moment an war er überzeugt, dass seine Rettung und die seiner Madonna auf einer wundersamen Verbindung zwischen der soeben aus einem verlassenen Dorf im tiefsten Katalonien Eingetroffenen und ihrer ebenfalls schwarzen amerikanischen Gastgeberin zurückzuführen war. Sie war die Herrin dieser Kapelle, von der aus man das Meer riechen und auf eine Stadt der Träume und der Lieder blicken konnte: Havanna, die neue Heimat von Antoni Barral. Sechs Jahre später sollte er erfahren, dass sein Vater Carles und sein Bruder Andreu von falschen Revolutionären ermordet worden waren. Aber da hatte sein Leben schon auf ungeahnte Weise einen neuen Anfang genommen. In dieser Stadt konnte er aufgehen und als ein anderer den Rest seines Lebens verbringen.

Als er dann schließlich seinen letzten Atemzug tat, verwirrt und schon apathisch, stand ihm als letzte Erinnerung sein großes Abenteuer auf See vor Augen. In jener Nacht starb der Greis, allein, ohne ein Wort der Klage. Seine weit aufgerissenen Augen waren auf die Statue der schwarzen Heiligen Jungfrau von La Vall gerichtet, die vom Schein einer Kerze erleuchtet und von ihrem Lavendelduft eingehüllt war, dem Duft dieses abgelegenen Tals, aus dem die Wirren der Geschichte ihn vertrieben hatten.

3

5. September 2014

Bobby war die einzig mögliche Quelle. Als Conde das klar wurde, legte er sich eine Strategie zurecht. Er war überrascht, wie routiniert er dabei vorging, wie seine verschütteten Polizisteninstinkte wieder erwachten und wie sehr er die Freuden der Jagd zu genießen begann.

Das Ganze erschien ihm wie eine Reminiszenz an ein anderes Leben, an eine frühere Inkarnation vielleicht. Fünfundzwanzig Jahre war es jetzt her, dass er den Polizeidienst quittiert hatte, doch er wusste, dass die Vergangenheit einen nicht loslässt, und er hatte aus seiner früheren Existenz unauslöschliche Instinkte bewahrt und Reaktionen beibehalten. Als er Tamaras Haus verließ, um Bobby aufzusuchen, begann sein Hirn, die bisherigen Informationen zu verarbeiten und die Lücken aufzuspüren, die er füllen musste, um einen gewissen Raydel Rojas Dubois aufzuspüren, der ihn zu einer alten Statue der Jungfrau von Regla führen konnte.

Als er auf der 7. Avenida in Miramar aus dem Sammeltaxi stieg, befand er sich auf halbem Weg zwischen der Küste und Bobbys Haus. Ohne nachzudenken, ging er die leicht abschüssige Straße zum felsigen Ufer hinunter und schaute auf das an diesem frühen Septembermorgen friedlich daliegende Meer hinaus.

Das Meer hatte ihn schon immer magisch angezogen. Die Farben des Ozeans zu sehen, seinen Geruch in sich aufzunehmen, seine geheimnisvolle Unergründlichkeit zu spüren, erfüllten ihn mit Zuversicht und Ruhe: Das Meer versprach Freiheit anstelle von Begrenzung und Enge. Zu viele Jahre schon träumte er davon, untergründige und berührende Geschichten wie die von Salinger zu schreiben.

Und seine Wörter messerscharf zu setzen wie Hemingway. Teil dieses sehnsüchtigen Traums war auch ein bescheidenes, kühles Häuschen am Meer. Vormittags schreiben, nachmittags am Strand liegen und im Meer baden, abends angeln, nachts eine wundervolle Frau lieben und dabei, berauscht vom Murmeln des Ozeans, die salpeterhaltige Luft einatmen. Konnte es ein paradiesischeres Leben geben? Aber sein Lebensweg und der Weg seines Landes, beides gewiss im jeweils eigenen Rhythmus und doch schmerzhaft miteinander verbunden, hatten diesen verlockenden Wunsch in jenen Winkel der Erinnerung verbannt, wo die noch nicht realisierten oder vielleicht nie realisierbaren Träume wohnen.

In dieser widersprüchlichen Stimmung ging er die Straße hinauf zum Haus seines ehemaligen Schulkameraden aus der Oberstufe. Bobby wohnte jetzt mitten in einem der privilegierten Viertel der Stadt, in einem hübschen zweistöckigen Haus, so wie man sie in den Fünfzigerjahren baute. Nein, wer so ein Haus sein Eigen nennt, mit dem hat das Schicksal es nicht schlecht gemeint.

In Bermudashorts und einem übergroßen T-Shirt öffnete ihm Bobby die Tür. Und sofort stand Mario Conde wieder mit beiden Beinen in der Realität und war voll und ganz bei der Sache. Auf den ersten Blick stellte er fest, dass hier alles aus dem Gleichgewicht geraten war: Die wenigen Möbel schienen irgendwie planlos im Raum zu stehen, während an den Wänden die Spuren der abgehängten Bilder sichtbar waren. Das Tageslicht fiel ungehindert durch die Fenster, weil am nackten Gestänge keine Vorhänge hingen und die Jalousien verschwunden waren. Raydels Werk.

Conde setzte sich in einen der schmiedeeisernen Schaukelstühle auf der zum Garten hin offenen Terrasse und betrachtete den frisch geschnittenen englischen Rasen, der von giftgrünen Aronstäben und baumhohem Farn in Jurassic-Park-Dimensionen umgeben war.

Bobby kam mit dem versprochenen Kaffee auf die Terrasse zurück, und Conde atmete den Duft gierig ein. Gleich nach dem ersten Schluck wusste er: Dieses magische Pulver stammte aus Italien oder Miami, nicht aus einem der hiesigen Läden, deren miserabler Kaffee neuerdings die Insel überschwemmte. Er nahm noch einen Schluck und wartete darauf, dass sich das Wohlgefühl in seinen Geschmacksnerven und in seinem Gedächtnis festsetzte, um dann das Vergnügen mit einer Zigarette abzurunden, die glücklicherweise nach wie vor aus gutem kubanischen Tabak bestand. Sein Gastgeber hatte sich ihm gegenüber niedergelassen und mit einem lang gezogenen Seufzer begonnen, sein Tässchen mit abgespreiztem kleinem Finger leer zu schlürfen.

Nun war Conde bereit, zum Angriff überzugehen. Die Fronten mussten geklärt werden. »Bobby, wir zwei kennen uns nun schon seit vielen Jahren«, sagte er. »Als wir gestern miteinander gesprochen haben, hatte ich das Gefühl, wir seien alte Freunde, und ich sollte dir helfen. Aber du hast mich nicht um einen Gefallen gebeten, sondern ich soll für dich einen Job erledigen. Vor allem anderen sollten wir erst einmal klarstellen, dass wir ein Geschäft abwickeln.«

Bobby hob die Hand mit dem Tässchen, um den ehemaligen Polizisten zu unterbrechen: »Ja, ich weiß. Yoyi hat mich angerufen und mich zur Sau gemacht. Entschuldige, Conde! Hundert pro Tag und zweitausend, wenn du die Madonna findest. Nicht dass ich dich bescheißen wollte – manchmal kann ich einfach nicht anders. Ich habs so oft mit Gaunern zu tun, dass ich mich manchmal wie ein Gauner verhalte. Entschuldige, entschuldige … Ich geb dir fünfhundert Dollar Vorschuss. Wenn du die Statue innerhalb von fünf Tagen findest, kannst du den Rest behalten.«

Conde war benommen und erleichtert zugleich. Über Geld zu sprechen, fiel ihm immer schwer, so als wäre es etwas Verbotenes. Doch gestern Abend hatte Yoyi Klartext geredet: Bobby hatte Geld, viel Geld sogar, und Conde nagte am Hungertuch. Bobby wollte seine Jungfrau wiederhaben, und der beste Weg dahin führte über Conde. Gute Arbeit ist ihr Geld wert, das waren Yoyis Worte gewesen. So funktioniert die Weltwirtschaft. Oder sollte sie wenigstens.

»Danke, Bobby. Und jetzt brauche ich ein paar Dinge von dir. Erstens ein Foto von Raydel. Oder mehrere. Hast du welche?«

»Zurzeit nur ein einziges, das in meiner Brieftasche. Die anderen hat er mitgenommen. Die Abzüge und die Fotos, die auf dem Computer sind, samt Computer und allem, wie du dir denken kannst.«

»Dann brauche ich eine Liste der wichtigsten Dinge, die er geklaut hat. Die Bilder, die im Salon gehangen haben, zum Beispiel. Waren sie wertvoll?«

»Nein, ehrlich gesagt, nicht wirklich, das waren fast alles Drucke. Einige der wertvollen Bilder konnte ich vorher verkaufen, und die anderen hab ich nach Miami mitgenommen.«

»Hat er auch Schmuck oder anderen Krimskrams mitgehen lassen?«

Bobby legte eine Hand auf die Brust und seufzte. »Zwing mich nicht, darüber zu reden, sonst kommen mir die Tränen. Den Verlobungsring meiner Mutter und … Schon gut, du kriegst die Liste«, schloss er sichtlich bewegt.

»Gut. Ich brauche auch Namen und Adressen von Leuten, mit denen Raydel in Kontakt steht.«

»Soweit ich weiß, hat er hier keine Familie, nur zwei oder drei Freunde. Von dem einen weiß ich, dass er im Zentrum wohnt, und der andere wohnt irgendwo in San Miguel del Padrón, glaub ich. In dem Viertel landen viele, die aus dem Osten Kubas kommen. Und dann gibts noch einen, der wohnt im Cerro oder irgendwo da in der Gegend. Das sind alles Kleinkriminelle, wie er. Leben von irgendwelchen krummen Geschäften. Ich schreib dir auf, was ich weiß.«

»Vielleicht haben die ihm geholfen, das Haus leer zu räumen. Kann mir nicht vorstellen, dass er das alleine geschafft hat. Die Namen brauch ich sofort.« Bobby nickte, und Conde schaute auf den Garten. Das Grün der Aronstäbe leuchtete in der Sonne. »Hast du eine Idee, wem Raydel die Bilder und die wertvollen Dinge verkauft haben könnte? Kannte er deine geschäftlichen Kontakte?«

Bobby dachte einen Moment nach, bevor er antwortete: »Einige kannte er, schließlich hat er bei mir gewohnt. Aber ich glaube nicht, dass er zu diesen Leuten gegangen ist. Das wäre, als würde er sich freiwillig stellen. In diesem Geschäft kennt jeder jeden, und jeder weiß, was der andere hat, so funktioniert das nämlich. Ich verkaufe, was ich habe, und wenn ich es nicht habe, verkaufe ich das, was ein anderer hat, und kassiere eine Provision. Das ist ein ungeschriebenes Gesetz, und jeder respektiert es, weil alle davon profitieren. Ich habe zwei Leute gefragt, die über alles, was in diesem Geschäft läuft,

Bescheid wissen, aber sie haben nichts gesehen und nichts gehört. Obwohl … Da gibt es einen Typen, das ist eine Ratte, der hätte keine Hemmungen, Raydel abzukaufen, was immer der verkaufen will.«

»Wie heißt der Typ?«

»René Águila. Ein Mulatte, ein Riesenarschloch, ein Aasgeier. Ich geb dir die Adresse.«

»Ich nehme mal an, dass keiner von deinen Leuten weiß, wo Raydel sich aufhält.«

»Er ist wie vom Erdboden verschwunden.«

»Könnte es nicht sein, dass er alles an jemanden verkauft hat, der die Sachen erst einmal versteckt, und dass er mit dem Geld aus Kuba abgehauen ist? Ist doch schon mehr als zehn Tage her, dass er dich beklaut hat.«

»Daran habe ich auch schon gedacht, aber …«

»Aber was?«

»Es ist nicht ganz einfach, die gestohlenen Sachen zu verkaufen. Es sei denn, unter Preis. Aber geh mal zu René, dem Arschloch …«

»Lass uns mal nachdenken: Um eine Matratze, einen Computer, Möbel und Töpfe zu verkaufen, braucht man keinen Spezialisten, so was kauft jeder, wenn es nur billig genug ist. Mit Juwelen und anderen wertvollen Dingen ist es anders, die kann er aufbewahren, um sie loszuschlagen, sobald sich eine Gelegenheit bietet. Vielleicht will er sie auch außer Landes bringen, um sie zu einem höheren Preis zu verkaufen, so wie du es gemacht hast.«

»Genau das sagt auch Eli, Elizardo, einer meiner Geschäftsfreunde. Aber nein, nein, ich glaube, Raydel ist noch hier in Kuba, Conde, das hab ich so im Gefühl.« Bobby klopfte sich auf die linke Brust. Dann senkte er den Blick. »Raydel ist ein Simpel, nicht besonders helle, so wie fast alle diese jungen Leute von heute. Er interessiert sich nur für den Schund und das Scheißzeug, das dieses Land überschwemmt. Bunte Klamotten, unechte Goldkettchen um den Hals, vor den Freunden angeben, Pillen einwerfen, dazu Alkohol, und Abheben im Gedröhn von diesem Reguetón … In den Tag hinein leben und sein hübsches Gesicht und seinen Pimmel zu Geld machen. Einen Pimmel hat der! Wie ein Pferd, Alter!«

Als Conde die Beschreibung von Körper und Geist dieses Raydel hörte, stellte er verblüfft fest, dass in letzter Zeit alle seine Freunde von den gleichen Vorstellungen besessen schienen. Immer schien es um das Gleiche zu gehen. Doch er verscheuchte das Bild von Bobby, der den Ständer eines Pferdes in den Hintern geschoben bekam.

»Der Junge hat mir wirklich das Herz gebrochen.«

Und noch so einiges andere, dachte Conde, während er sah, wie Bobby sich ein paar Tränen abwischte und den Kopf schüttelte, um die Fassung wiederzuerlangen. Conde hatte Mitleid mit ihm und bedauerte, dass er das Gespräch so ruppig und geschäftsmäßig begonnen hatte. Der gute alte Bobby, den seine Mitschüler in der Oberstufe ständig gehänselt hatten, der seine Natur so lange hatte unterdrücken müssen, brauchte nun seine Hilfe, um eine Familienreliquie wiederzubeschaffen, ohne dem Übeltäter zu schaden, obwohl der ihm alles geklaut und ihm das Herz gebrochen hatte. Eine Mischung aus Mitleid, Verständnis und Solidarität übermannte den selbst ernannten Detektiv und stutzte ihn auf das Maß eines Normalsterblichen zurecht, der bereit ist, einem Freund zu Hilfe zu eilen, weil der Freund diese Hilfe braucht.

Bobby schrieb die gewünschten Namen und Adressen auf und reichte Conde den Zettel. Der faltete ihn zusammen, schob ihn in die Brusttasche seines Hemds und fragte: »Wann hast du festgestellt, dass Raydel dein Haus ausgeräumt hat?«

»Als ich zurückgekommen bin. Ich ahnte schon, dass etwas passiert sein musste, denn ich hatte ihn aus Miami anzurufen versucht, aber er ist nicht ans Telefon gegangen.«

»Dann kann es auch viel länger als zehn Tage her sein.« Conde ließ seinen Blick nochmals durchs ausgeplünderte Haus schweifen. »Wie kannst du weiter hier wohnen? Das Haus ist zwar sehr hübsch, aber … Und deine Eltern?«

Bobby seufzte wieder theatralisch, was er offenbar sehr gerne tat. »Mein Vater wohnt da, wo er immer gewohnt hat, im Casino Deportivo, erinnerst du dich?«

»Klar, da haben wir immer Physik und Chemie mit dir gebüffelt. Er hat darauf bestanden, dich Robertón zu nennen.«

»Und meine Mutter ist vor ungefähr zehn Jahren gestorben.«

»Das tut mir leid.«

»Hier hat meine Großmutter mütterlicherseits gewohnt, Consuelo hieß sie, zusammen mit ihrem zweiten Mann, einem Spanier, der vor dem Bürgerkrieg geflohen war. In den ersten Jahren der Revolution bekleidete er verschiedene Posten, keine wichtigen, obwohl er selbst das anders sah. Im damaligen Chaos bekam er dieses Haus zugeteilt, als die Besitzer nach Miami gingen. Als man mich von der Universität wies, zog ich hierher zu meiner Großmutter. Als sie und ihr Mann starben, erbte ich das Haus.«

Conde versuchte, die Informationen zu verarbeiten. »Wie war das noch gleich? Du wurdest von der Uni verwiesen wegen …?« Er sprach den Satz nicht zu Ende.

»Deswegen, genau. Das ist eine lange Geschichte, und ich rede nicht gern darüber. Das war achtundsiebzig, kurz vor Ende des dritten Studienjahres. Der Prozess zur Vertiefung des Revolutionären Bewusstseins, erinnerst du dich?«

»Ich erinnere mich«, sagte Conde und wartete auf weitere Erklärungen.

»Na ja, man beschuldigte mich, homosexuell zu sein. Und das stimmte ja auch. Ich war mit einem Jungen ins Bett gegangen.«

»Einem von der Uni?«

»Nein, nicht von der Uni. Aber sie haben davon erfahren. Und weißt du, was das Schlimmste ist?«

»Gibt es noch was Schlimmeres?«

»Das Schlimmste ist, dass ich vorher nie mit jemandem geschlafen hatte. Weder mit einer Frau noch mit einem Mann. Mit dreiundzwanzig Jahren war ich immer noch Jungfrau, völlig unberührt. In einem Haus am Strand, wo wir mit einer Gruppe von Leuten waren, hat es mich übermannt.«

Conde schluckte. Sex als Sündenfall und Straftat. So stark waren Vorurteile und Repressionen damals gewesen! Er wusste es schon lange, doch er wunderte und empörte sich nach wie vor über den Machtmissbrauch, der ihnen im Land der proklamierten Freiheit und des Humanismus derart zugesetzt hatte.

»Sie wussten alles, und ich konnte und wollte mich nicht verteidigen. Dadurch, dass ich meinen Hintern hingehalten hatte, wurde ich zu einem ideologischen und gesellschaftlichen Krebsgeschwür, zu so was wie einem Kriminellen, einem Feind. Sie warfen mich aus der Kommunistischen Jugend und entfernten mich von der Universität. Man wollte mir das Leben kaputt machen. Aber ich nahm mir vor, ihnen diesen Gefallen nicht zu tun, wollte beweisen, dass ich mich selbst erlösen konnte. Denn so dachte ich damals. Ich lebte in einem ständigen Kampf zwischen Versteckspiel, Abwehr, Angriff und Vortäuschung, und ich glaubte an Erlösung. Also ging ich von zu Hause fort, zog zu meiner Großmutter und nahm mir vor, ein Mann zu werden. Ich meine, ein richtiger Mann … Einundachtzig durfte ich an die Universität zurückkehren und die Vorlesungen für Werktätige belegen. Keiner fragte mich, ob und warum man mich rausgeschmissen hatte, also schrieb ich mich wieder ein und beendete das Studium. In der Zeit lernte ich Estelita kennen. Sie war hübsch, ein wahrer Engel, wir fingen eine Beziehung an und heirateten. Und ich schwöre dir, ich war glücklich, Conde, und ich war noch glücklicher, als meine Söhne geboren wurden. Ich fühlte mich ganz Mann und von meiner Schwäche geheilt. Auch wenn es gegen mein wirkliches Ich war, durfte ich mich nicht unterkriegen lassen. Ich wollte ja erlöst werden und musste sein, wie es vorgeschrieben war. Also unterdrückte ich meine Natur, kontrollierte mich, überwachte, beschwichtigte und belog mich. Und zuletzt beglückwünschte ich mich, weil ich von meinem Laster losgekommen war, wie ein Drogenabhängiger, der glaubt, seine Sucht überwunden zu haben.«

Bobby machte eine Pause und tupfte sich den Schweiß von der Oberlippe. Conde wagte kaum zu atmen.

»Ich schwöre dir, ich war überzeugt davon, dass ich es geschafft hatte.« Bobby schüttelte lächelnd den Kopf. »Bis Israel auftauchte und alles zusammenbrach. Durch ihn wurde mir bewusst, dass mein angebliches Glück eine totale Lüge gewesen war. Ich war einfach ein Feigling, der sich an seine Umgebung angepasst hatte. Israel hat alles geradegerückt. Jetzt war ich wirklich glücklich, denn ich fing an, dauerhaft ich selbst zu sein, ohne mich die ganze Zeit überwachen zu müssen. Ohne Angst, Conde. Zumindest mit weniger Angst. Meine Eltern waren außer sich, aber meine Großmutter unterstützte mich. Estelita machte aus meiner Entscheidung kein Drama, auch wenn sie traurig war. Das Leben fing an, mir zuzulächeln, und selbst Yemayá segnete mich.« Wieder beugte sich Bobby vor und berührte den Boden mit den Fingerkuppen, um sie dann an die Lippen zu führen und zu küssen. »Aber jetzt habe ich alter Knacker mich von Raydel täuschen lassen, und da stehe ich nun hier in dem ausgeräumten Haus und heule mir die Augen aus.«

Wieder musste Conde schlucken. Was sollte er darauf antworten? Nun fühlte er sich noch schäbiger, weil er zu Beginn ihres Gesprächs vom Geschäftlichen geredet hatte.

»Ich werd mal das versprochene Geld holen«, sagte Bobby und stand auf. Er wirkte müde. »Soll ich noch Kaffee aufsetzen?«

»Wenn du ihn mir nicht vom Honorar abziehst …« Mit diesem Scherzchen versuchte Conde, die Situation zu entspannen, und Bobby seufzte niedergeschlagen. Mit einem weiteren Seufzer ging er in die Küche, um Kaffeepulver in die Kanne zu füllen und sie auf den Herd zu stellen.

Aus der Küche rief er: »Du weißt doch, dass übermorgen der Tag der Jungfrau von Regla ist, oder?«

Conde dachte einen Moment nach, seinen ausgeblichenen Kalender vor Augen. »Klar, der siebte September«, erinnerte er sich. Als er ein kleiner Junge war, pflegte seine Mutter am siebten und achten September, den Tagen der Heiligen Jungfrau von Regla und der Barmherzigen Jungfrau von Cobre, zwei der wichtigsten Daten des kubanischen Heiligenkalenders, zur Messe zu gehen.

Bobby kam aus der Küche und redete weiter: »Ich hab immer einige Freunde hierher eingeladen, um den Tag der Jungfrau von Regla zu feiern, der auch der von Yemayá ist. Ich hab Wein gekauft, etwas gekocht. Aber nach dem, was passiert ist …« Er schien sehr betrübt, drehte sich um und ging hinauf in die erste Etage, wo er wohl sein Geld aufbewahrte.

Dass der sich noch traut, an diesem Ort seine Kohle aufzubewahren, wunderte sich Conde, als es an der Haustür läutete. Von der Terrasse aus sah er Bobby die Treppe heruntereilen und die Tür öffnen. Er breitete die Arme aus, umarmte den Besucher überschwänglich und küsste ihn sogar auf die Wange.

»Gesegnet seien die Augen, die dich sehen!«, rief er aus und trat zur Seite, um den Gast einzulassen.

Der musste lächeln, sagte aber gespielt vorwurfsvoll: »Jetzt mach mal halblang, Bobby, von mir zu dir ist es ein Katzensprung, genauso wie von dir zu mir. Und wir haben uns vorgestern zuletzt gesehen.«

»Hereinspaziert! Der Freund, von dem ich dir am Telefon erzählt habe, ist gerade bei mir«, sagte Bobby und begleitete den Gast auf die Terrasse, um die beiden Männer miteinander bekannt zu machen. »Also«, begann er mit übertriebener Gestik und sah von einem zum anderen, »Conde, das ist mein Freund Elizardo Soler. Eli, das ist mein Freund Mario Conde, du weißt schon, der, der früher mal Polizist war.«

Die beiden Männer gaben sich die Hand, und Conde hatte das Gefühl, dass Elizardo Soler die seine einen Moment länger festhielt, als es für einen förmlichen Händedruck nötig gewesen wäre.

»Es gibt Dinge, die man nie aufhört zu sein«, sagte Elizardo mit liebenswürdiger Ironie.

»Das ist wahr. Aber es gibt auch andere. Michael Jackson war schwarz und wurde dann ... blass. Und in meinem Fall täuschst du dich. Entweder du bist Polizist, oder du bist keiner mehr«, erwiderte Conde, entschlossen, sich keine Blöße zu geben.

»Ich halte das eher für ein chronisches Leiden«, gab Elizardo zurück. »Lebenslang ...«

»Aber behandelbar. Und heilbar«, entgegnete Conde, bereit, die Schlagfertigkeit des anderen anzuerkennen.

Bobby forderte die beiden auf, sich zu setzen, und verschwand wieder in der Küche. Der Kaffee sei gleich durchgelaufen, verkündete er. Conde lächelte den Besucher an, um die Spannung zu lösen. Der andere lächelte zurück.

Conde nutzte die Gelegenheit, um den neuen Gast einzuschätzen. Auch wenn er kein Polizist mehr war, so war er doch einer gewesen. Und das konnte man nicht ändern, wie dieser Elizardo Soler ganz richtig gesagt hatte. Der Mann, der auf die fünfzig zuging, strahlte Selbstsicherheit und Entschlossenheit aus. Obwohl Conde Gays kannte, denen man es nicht anmerkte, war er sich sogleich sicher, dass Bobbys Freund nur das war, ein Freund. Vielleicht ein sehr guter, aber ohne jede sexuelle Komponente. Elizardo hatte schwarzes, gelocktes Haar ohne eine graue Strähne. Die Lässigkeit seiner Kleidung schien Conde wohlkalkuliert. Einer von denen, die wissen, wann man sich wie kleiden muss, dachte er. Markenklamotten. Die braunen Mokassins ließen ihn vor Neid erblassen. Man sah ihnen an, dass sie weich und bequem waren und das Leben des Trägers mit Wohlgefühl erfüllten. Um solche Schuhe zu besitzen, würde er sogar eine Jungfrau von Regla klauen, spottete er über sich selbst, passend zu seinem neuen Fall.

Bobby kam mit einem Tablett zurück, auf dem drei Tassen, ein Schälchen mit süßem Gebäck und drei Gläser Wasser standen. Er redete pausenlos. Irgendwie schien ihn Elizardos Auftauchen verlegen oder nervös zu machen. Darum hatte er ihn auch mit dieser unangebrachten Überschwänglichkeit begrüßt, dachte Conde. Als wäre sein Freund verschollen gewesen, dabei hatte er ihn noch vor Kurzem gesehen. Oder steckte mehr dahinter?

»Wie ich dir gesagt habe, Eli, dieser Mann und ich, wir sind alte Freunde. Wir kennen uns von früher, von ganz früher«, fügte er hinzu, um es noch vertrauter klingen zu lassen.

»Drück dich etwas präziser aus, Bobby«, forderte Conde ihn auf.

»Wir kennen uns seit Urzeiten. Darum will er mir helfen, die Marienstatue und die anderen Sachen zu suchen. Mal sehen, ob du das schaffst, Conde.«

»Wie willst du das denn anstellen, wo du doch kein Polizist mehr bist?«, fragte Elizardo Soler, nachdem er den ersten Schluck Kaffee getrunken hatte.

Conde leerte genüsslich seine Tasse, bevor er antwortete: »Ich habe gelernt, wie man sucht. Ich verfüge über einen guten Riecher und über die richtige Methode.«

»Wie gesagt: ein chronisches Leiden«, gab Elizardo triumphierend zurück. »Ich weiß, wovon ich rede.«

»Warst du etwa auch Polizist?«, fiel es Conde ein, zu fragen.

»Polizist? Ich? Nein, ganz bestimmt nicht«, antwortete Elizardo. Conde wartete auf eine Präzisierung, doch nichts davon kam, vielleicht, weil Bobby dazwischenredete: »Hör zu, Conde, keiner kennt sich auf dem kubanischen Kunstmarkt besser aus als Eli. Er hat die nötigen Spezialisten und vertritt mehrere kubanische Maler, hat eine eigene Galerie, kennt eine Menge Händler auf der halben Welt. Ein Zauberer. Er beschafft dir alles, was immer du willst.«

»Und alles legal«, stellte Elizardo Soler nachdrücklich und halb im Scherz klar. »Ich helfe Bobby ebenfalls, diese verdammte Jungfrau von Regla aufzutreiben, die ihm so sehr am Herzen liegt.«

»Aber ...« Conde war sich nicht sicher, wie er ihn nennen sollte. Elizardo oder Eli?

»Eli, du kannst Eli zu mir sagen«, bot ihm der andere an. Offensichtlich konnte auch er Gedanken lesen. Oder war zumindest überaus scharfsinnig.

»Ihr glaubt also, dass die Madonna einen künstlerischen Wert hat?«, fragte Conde, wobei er die angebotene Anrede umging. Warum zum Teufel macht mich der Kerl so misstrauisch?, dachte er.

»Hat sie. Wenn auch keinen so großen, wie Bobby meint, und außerdem hat der, der sie geklaut hat, keine Ahnung davon. Das macht die Sache so kompliziert. Denn wenn sie sehr wertvoll wäre und Raydel das wüsste, wäre es einfacher, ihre Spur zu finden. Wer kann sie kaufen, wer will sie haben, wer würde sie außer Landes bringen wollen? Da könnte man ansetzen, meiner Meinung nach.«

»Du hast recht«, stimmte Conde ihm zu. »Deswegen glaube ich, dass die Juwelen die bessere Spur sind.«

»Unterschätzt meine kleine Jungfrau nicht, Gentlemen«, widersprach Bobby. »Sie ist eine Reliquie.«

Conde lächelte, und in diesem Augenblick fiel ihm auf, dass er durch den anhaltenden Redefluss seines ehemaligen Schulkameraden ganz vergessen hatte, die Frage zu stellen, von der seine Strategie wesentlich abhing.

»Bobby, wieso bist du so felsenfest davon überzeugt, dass Raydel es war, der dich beklaut hat? Du warst nicht in Kuba, die Polizei hat nicht ermittelt. Für Raydels Verschwinden kann es mehrere Gründe geben.«

Bobby nickte und zögerte eine Weile, bevor er antwortete: »Er muss es gewesen sein, weil ein gewöhnlicher Dieb nicht so vieles mitgenommen hätte. Es sind auch Dinge verschwunden, von denen außer mir nur er das Versteck kannte.«

»Was denn?«

»Persönliche Dinge«, sagte Bobby halb bekümmert, halb verlegen.

Conde ahnte, dass sie etwas mit den sexuellen Praktiken seines Auftraggebers zu tun haben mussten. Und mit denen seines jungen Liebhabers. Nutzte der gesundheitsbewusste Bobby über dessen Pferdeständer hinaus leblose Hilfsmittel? Conde nickte nur und drückte die Zigarette aus, die er sich nach dem Kaffee angezündet hatte. Dann schlug er sich auf die Oberschenkel, um seinen Aufbruch anzukündigen. »Also, ich muss dann mal … Ich hab zu arbeiten«, sagte er und verabschiedete sich von Elizardo Soler mit einem erneuten Händedruck, den er diesmal abkürzte. Doch dann stellte er noch eine Frage: »Übrigens, Elizardo, was haben deine bisherigen Nachforschungen ergeben?«

»Wenig. Oder besser gesagt, nichts. Ich habe mich mit gut informierten Leuten unterhalten. Da Raydel auch ein paar Drucke geklaut hat, bin ich zuerst zu Karla Choy gegangen, um sie zu warnen. Sie wusste noch nichts von dem Diebstahl. Und wenn die Chinesin nichts weiß von irgendetwas, das in diesem Land umhergeistert, weiß es niemand!«

»Wer ist sie? Eine richtige Chinesin, aus China?«, fragte Conde verwundert.

Bobby verzog verächtlich den Mund. Elizardo antwortete mit einem Lachen: »Nein, sie ist kubanischer als Portulak-Gemüse. Ihr Großvater kam aus China. Aber sie hat Haare wie eine Chinesin, und ihre Augen sind auch ein wenig chinesisch. Und was Geschäfte angeht, macht ihr kein Chinese etwas vor! Diese kubanische Chinesin ist ein wildes Tier.« Elizardo lachte über seinen Scherz.

»Sie ist vulgär«, urteilte Bobby. »Mit diesen knallengen Leggins. Und wie sie ihre Brüste zeigt …«

»Sie sieht super aus«, konterte Elizardo. »Und sie hat Klasse. Sie ist nicht vulgär, ganz im Gegenteil.«

Conde, der sich mit schönen Chinesinnen etwas auskannte, nahm an, dass Bobbys Freund der Wahrheit näher kam. »Und sie kauft und verkauft auch Kunst?«

»Sogar Flugzeuge und U-Boote!«, eiferte sich Bobby. »Außerdem hat sie bei sich zu Hause eine Galerie eingerichtet.«

»Neid macht blind und ist lebensgefährlich«, bemerkte Elizardo. »Karla Choy ist gebildet, kompetent, zäh – die Beste in unserem Geschäft. Mit ihrem Riecher, ihrem chinesischen Riecher, weiß sie, wo sie suchen muss. Sie betritt nie vermintes Gelände.«

»Ich muss sie kennenlernen«, sagte Conde und winkte Elizardo zum Abschied kurz zu, um einen erneuten Händedruck zu vermeiden.

Bobby entschuldigte sich bei seinem Freund, um Conde hinauszubegleiten. Vor der Haustür übergab er ihm einen Umschlag. »Hier ist das besprochene Honorar. Und das Foto von Raydel.«

»Danke, Bobby. Ich werde mein Möglichstes tun.«

»Das weiß ich, Conde. Auf dich kann ich mich verlassen.«

»Und Eli?«

»Was, Eli?«

»Ist er loyal?«

Bobby riss die Augen weit auf. »Total, Conde! Wir machen schon seit Jahren Geschäfte, er hat sich immer korrekt verhalten. Und er ist ein Phänomen: Immer, wenn Israel mich aus Miami anruft und nach etwas fragt, das schwer aufzutreiben ist, besorgt er es, einfach so. Zack!«

»Ist er gay?«

Bobby hob die Augenbrauen. »Schön wärs. Nein, er ist wie du: machistisch-leninistisch. Hast du nicht gehört, wie er über Karla geredet hat? Ihm läuft das Wasser im Mund zusammen, wenn er sie nur sieht. Und auch wenn er es abstreitet, diese Chinesin ist eine Schlange.«

Conde geriet ins Nachdenken. »Bobby, wenn Eli dir bei dieser Geschichte hilft, warum hast du mir nichts davon gesagt?«

»Aber ich hab dir doch erzählt, dass er einer von denen ist, die über die Bewegungen auf dem Kunstmarkt bestens informiert sind«, verteidigte sich Bobby.

»Das sind zwei verschiedene Dinge, und das weißt du. Der Mann genießt dein ganzes Vertrauen, und ich glaube, dass er mehr Möglichkeiten hat als ich, die gestohlenen Sachen zu finden. Er weiß Dinge, von denen ich mir nicht mal vorstellen kann, wie sie funktionieren. Er kennt die entsprechenden Leute. Aber du hast mir nie etwas von ihm erzählt.«

Bobby schlug die Augen nieder, ganz offensichtlich fühlte er sich ertappt. »Ich bin mir sicher, dass er nichts mit Raydels Machenschaften zu tun hat, und deswegen ...«

»Bobby, du musst mir nicht antworten, wenn du nicht willst. Aber lüg mich bitte nie wieder an. Das ist jetzt schon das zweite Mal, soweit ich weiß. So kann ich nicht arbeiten, und es belastet mich. Also gut, ich ruf dich an, wenn ich was rausgefunden habe oder wenn ich mehr Informationen brauche.« Conde drehte sich um und ging. Jetzt hatte er das Gefühl, Bobby gegenüber im Vorteil zu sein. In seinen Jahren als Polizist hatte er gelernt, wie man eine Beute verletzt, ohne sie gleich zu töten.

»Du wirkst so gehetzt, Kollege. Das macht dich noch hässlicher, als du bist.« Mayor Manuel Palacios sah Conde an, wobei er so viel Missbilligung wie möglich in seinen Blick legte. Und wie immer, wenn er so schaute, begann eines seiner Augen zu schielen.

»Glaubst du, ich tu nur so, Mann?«, protestierte Conde. Er streckte ihm die Hand hin, und der andere drückte sie. Sie hatten sich um elf Uhr in einer Cafeteria in der Nähe der Kripozentrale verabredet, und Conde war schwitzend und außer Atem eine Viertelstunde zu spät gekommen.

»Der Wagen, mit dem ich gekommen bin, hatte eine Panne, und ich musste einen anderen nehmen und ... Willst du ein Bier?«

»Ich glaubs nicht! Der Mann hat Dollars, um Bier zu kaufen?«

»Ich bin eine solvente Persönlichkeit, Manolo, kein Hungerleider wie du.«

»Ich bin im Dienst. Oder besser gesagt, ich sollte im Dienst sein und nicht blöd hier rumsitzen. Bestell einen Saft für mich. Das Bier gibst du mir ein andermal aus. Die Biere«, korrigierte sich Manolo und betonte die Mehrzahl. »Also sag schon, was zum Teufel hast du jetzt schon wieder?«

Conde rief die Kellnerin herbei und bestellte einen Mangosaft für Manolo und ein kühles Bier für sich. »Ich suche einen Typen. Dafür brauche ich deine Hilfe«, begann er, verstummte aber gleich wieder, als die junge Kellnerin mit den Getränken kam.

Manolo sah ihm gierig zu, wie er das eiskalte Bier ins Glas goss. »Wer ist der Typ? Was hat er dir getan?«

»Mir nichts, aber einem Freund von mir. Und möglicherweise auch noch einigen anderen. Deswegen wollte ich mit dir sprechen.«

Fünfundzwanzig Jahre zuvor waren Teniente Mario Conde und Sargento Manuel Palacios die effizientesten Ermittler der Kripozentrale gewesen. Der zehn Jahre jüngere Manolo war Polizist mit Leib und Seele und arbeitete mit unbestechlicher Logik. Deswegen war er die perfekte Ergänzung gewesen zum emotionalen Teniente, dessen unkonventionelle Methoden eher auf Intuition beruhten. Als Conde den Dienst quittierte, war Manolo bei der Polizei geblieben und verdientermaßen in Rang und Verantwortung aufgestiegen. Inzwischen war er Chef der Abteilung für Kapitalverbrechen, die sich unter anderem mit Mord, bewaffnetem Raubüberfall und Drogenhandel befasste. Im Laufe der Jahre war aus dem schlaksigen, fast ausgemergelten Jungen, den der Teniente unter seine Fittiche genommen hatte, ein Mann in den Vierzigern mit schmalen Schultern, einem kleinen Bauchansatz, einem flachen Hintern und einem Pfannkuchengesicht geworden: ein Meisterwerk der Disproportion. Aber nach wie vor war Manolo ein guter Freund. Deswegen hatte Conde ihn bei verschiedenen Gelegenheiten beratend unterstützt und in dem einen oder anderen merkwürdigen oder komplizierten Fall sogar als sein Assistent fungiert. Als Gegenleistung hatte Mayor Palacios mit seinen Beziehungen El Conde geholfen, wenn der sich wieder einmal, manchmal gegen seinen Willen, darauf eingelassen hatte, nach jemandem zu suchen.

Conde hatte sich eine Zigarette angezündet, und Manolo hatte ihm, wie üblich, eine stibitzt und spielte nun damit herum, während sein ehemaliger Kollege ihm von dem Missgeschick seines alten Freundes Bobby Roque Rosell und von der verschwundenen Madonna berichtete.

»Du musst für mich in den Archiven nachsehen, was über diesen Raydel Rojas Dubois vorliegt.«

»Hatte er schon mal Probleme mit uns?«

»Das weiß ich nicht, aber ich nehme es an. Obwohl er noch sehr jung ist. Auf jeden Fall brauche ich seine Adresse, falls er eine hat.«

»Viele von denen, die von dort hierherkommen«, Manolo zeigte in eine Richtung, die wohl den Osten der Insel anzeigen sollte, »haben hier keinen festen Wohnsitz. Sie bekommen keine Aufenthaltsgenehmigung.«

»Ein Palästinenser«, bemerkte Conde. Mit diesem Wort bezeichneten die Habaneros die Zuwanderer aus dem Ostteil des Landes.

»Genau. Wir haben ständig Probleme mit ihnen, und es ist eine Scheißarbeit, sie zu lokalisieren.«

»Was von da kommt, ist nicht immer das Beste …«

»Ist das eine Feststellung oder eine Frage? Na ja, ehrlich gesagt, da ist alles Mögliche dabei, und einige bereiten uns tatsächlich Kopfschmerzen. Sie sind verzweifelt, lassen sich auf krumme Sachen ein, und täglich kommen mehr. Hin und wieder machen wir Razzien, und ein paar von ihnen gehen uns ins Netz. Wir schicken sie zurück in den Osten, und nach einem Monat tauchen sie wieder in einem anderen Viertel auf, in einem anderen Dorf, und es geht wieder von vorne los. Es gibt Dörfer in der Umgebung von Havanna, in denen Hunderte von ihnen rumlaufen. Sie sind dermaßen am Arsch, dass sie als Tagelöhner bei den Bauern arbeiten. Die zahlen ihnen einen Scheißlohn und lassen sie auf ihren Höfen schlafen. Und die Palästinenser klauen, was nicht niet- und nagelfest ist. Wenn sich ihnen die Möglichkeit bietet, bleiben sie hier und zimmern sich mit Kartons und Zinkblechen irgendwelche Hütten zusammen. Sie sind so was wie die Illegalen Kubas. Ach ja, und einige gehen sogar zur Polizei. Also, ich muss dann mal, bei uns ist die Hölle los.«

»Wann denn nicht, Manolo?«

Mayor Palacios stand auf und ließ die Zigarette auf den Tisch fallen.

»Willst du sie nicht rauchen?«

»Ich rauche nicht mehr, Conde, aber ich hab gerne eine Zigarette in der Hand.«

»Seit wann rauchst du nicht mehr, Manolo?« Aus Condes Frage sprach Neid. Er hasste, bestaunte, bewunderte jeden, der es schaffte, von diesem hartnäckigen Laster loszukommen.

»Seit gestern.«

»Scher dich zum Teufel, du Blödmann!« Conde seufzte erleichtert auf. Manolo war nicht besser als er: Conde hatte das Rauchen schon Hunderte von Malen aufgegeben.

Der andere lächelte und beugte sich zu seinem Freund hinunter. »Kennst du den: Vor Kurzem wurde ein Mann hier in Havanna von einem Polizisten aus dem Osten angehalten. Der Polizist hat ihn durchsucht und ihm nebenbei eine Schweizer Uhr abgenommen. Der Ärmste rannte zur nächsten Polizeidienststelle, um den Polizisten anzuzeigen, der ihm die Uhr geklaut hatte, und als er mit dem diensthabenden Offizier sprach, merkte er, dass der auch aus dem Osten war. Der Offizier fragte ihn: ›Also, Bürger, worum gehts bei deiner Beschwerde?‹ Der Mann dachte kurz nach und sagte: ›Wachtmeister, ich geh da so über die Straße, und da klaut mir ein Schweizer Polizist meine Uhr aus dem Osten …‹«

Manolo lachte über seinen Witz, aber Conde schüttelte nur missbilligend den Kopf. »Manolo, dieser Witz ist nicht nur schlecht, sondern auch regionalistisch und politisch unkorrekt, wie man neuerdings sagt.«

»Deswegen ist es ja auch ein Witz, Mann! Also gut, ich ruf dich an, wenn ich was habe«, sagte Mayor Palacios, immer noch lachend, und gab Conde die Hand. Dann nahm er die Zigarette wieder vom Tisch und schob sie in die Brusttasche seiner Uniformjacke.

»Manolo, noch etwas.« Conde hielt ihn am Arm fest und holte einen Zettel aus seiner Hosentasche hervor. »Wenn du schon dabei bist, versuch doch bitte, einige von denen zu lokalisieren. Das sind alles Freunde von Raydel. Ich glaube, das sind auch Schweizer. Und komm heute Abend zum dünnen Carlos, ich lad dich zum Essen ein.«

Manolo nahm den Zettel und sah Conde spöttisch an. »Du lädst mich auch noch zum Essen ein? Wie viel zahlen sie dir, damit du die Schwuchtel suchst, Kollege?«

»Dienstgeheimnis! Man nimmt, was man kriegen kann. Ich seh dich heute Abend. Es gibt ganz viel Bier …«

Manolo winkte ihm zum Abschied zu. Er sah müde aus und bedrückt. Conde sah ihm nach, wie er sich in Richtung Kripozentrale entfernte, und gegen seinen Willen sehnte er sich zu den alten Zeiten zurück, in denen er zusammen mit Manolo unter dem Befehl von Antonio Rangel gearbeitet hatte. Doch sogleich dachte er: Nein, keine Nostalgie! Wie zum Teufel hatte er es ganze zehn Jahre bei der Polizei aushalten können? Sogar Bobby hatte ihn das heute Morgen gefragt!

Er rief die Kellnerin, bestellte noch ein Bier und bat um die Rechnung. Er konnte nicht anders: Wie ein kleiner Junge freute er sich an dem Gesicht der Kellnerin, als er ihr den Hundert-Peso-Schein – hundert konvertible Pesos! – hinhielt, einen von den fünfen, die Bobby ihm gegeben und die ihn mit einem Schlag zu einem reichen Mann gemacht hatten.

Bevor er sich zu Hause eine Siesta gönnte, um die mörderische Mittagshitze zu überleben, rief er seinen Freund Carlos an. Da er nun reich sei, erklärte er ihm, würden er und seine Freunde für eine Weile wie reiche Leute leben. Es war immer dasselbe: Jedes Mal, wenn er zu etwas Geld kam, löste sich sein Reichtum innerhalb weniger Tage in Luft auf. Manchmal innerhalb von Stunden.

Auf dem Heimweg hatte er eine pensionierte Ärztin aufgesucht, die, natürlich illegal, ein wenig Geld verdiente, indem sie auf Bestellung Essen zum Mitnehmen anbot. Er hatte bei ihr ein Festessen bestellt, das er um sieben Uhr abholen würde: fünf gegrillte Hähnchen, ebenso viele Portionen Yuca in Knoblauchsud und Reis mit schwarzen Bohnen, dazu eine große Schüssel gemischten Salat und als Nachspeise Kokoskompott. Dann war er in eine Wohnung in dem alten Gebäude neben dem Laden gegangen, wo Waren gegen Devisen angeboten wurden. Dort erstand er einen Kasten Heineken und drei Flaschen Rum, allerdings zu einem reduzierten Preis, denn der Verkäufer machte seine Privatgeschäfte mit Produkten, die er aus dem Laden entwendete. Aber darum war die Qualität garantiert, der Rum nicht gepanscht und das Bier nicht das elende Gebräu vom Fass, das von Zwischenhändlern, die nebenbei auch illegal Süßgetränke für die Kneipen des Viertels herstellten, in Flaschen gefüllt wurde. Trotz seiner kostengünstigen Einkäufe hatte Conde nun bereits den ersten der fünf Scheine ausgegeben, die er am Morgen erhalten hatte. Und mit der Arbeit hatte er noch gar nicht recht begonnen. Aber für die Verpflegung war immerhin gesorgt, und er bat Carlos, dem Hasenzahn Bescheid zu sagen und der alten Josefina zu verbieten, die Schürze umzubinden. Die Mutter des Dünnen würde heute Abend freihaben, sie alle würden wie Fürsten speisen, und danach würden er und der Hasenzahn wie Aschenputtel den Abwasch besorgen.

»Weißt du jetzt, warum ich dich Barbaren so sehr liebe?«, sagte Carlos. »Der Hasenzahn wollte sowieso kommen, er hat nämlich was mit dir zu besprechen. Was, weiß ich nicht.«

»Höre ich richtig? *Du* weißt nicht, *was?*«

»Beim Leben meiner Mutter, ich schwöre, dass ...«

»Hüte dich vor Meineid, du scheinheiliger Heuchler.«

Es wurde ein fürstliches Mahl, wie angekündigt. Doch bevor die drei alten Freunde sich zu Tisch setzten, leerten sie, während sie auf Manolo warteten und das Bier im Kühlschrank kalt wurde, die erste Flasche Rum und redeten über die beiden Bobbys. Den alten Bobby, den sie von früher kannten, das Opfer gesellschaftlicher und politischer Vorurteile, und den neuen Bobby, den befreiten, selbstverwirklichten, durch die katholische Kirche und die Yoruba-Macht von Orula und Yemayá zum Santo gewordenen und nun ausgeraubten Bobby. So beschrieb ihn Conde den beiden Freunden. Carlos und der Hasenzahn kamen gar nicht aus dem Staunen heraus, angesichts der historischen, sexuellen und ideologischen Umwälzungen von Bobbys Geschichte.

Als er ihnen das Foto des neugeborenen Bobby zeigte, wie er vor seiner inzwischen verschwundenen Schutzpatronin stand, starrte Carlos fassungslos auf das Bild, ebenso fassungslos wie Conde am Tag zuvor.

Der Hasenzahn dagegen, ganz der professionell neugierige Historiker, konzentrierte sich mehr auf die Madonna als auf den Mann, der sie verehrte. »Woher stammt die Madonna, hat Bobby gesagt?«, fragte er, den Blick konzentriert auf das Foto gerichtet.

»Von seiner Großmutter«, antwortete Conde. »Es ist die Jungfrau von Regla und seit Langem in Familienbesitz.«

»Die Jungfrau von Regla? Auf einem Stuhl sitzend?«

»Warum sollte sie nicht sitzen, Hase?«, mischte sich Carlos ein. »Werden Jungfrauen nicht müde?«

»Die kubanische Jungfrau von Regla sitzt nicht. Die spanische, weiß ich nicht, aber die kubanische ganz bestimmt nicht.«

»Mir ist auch schon aufgefallen, dass irgendetwas mit ihr nicht stimmt«, gestand Conde. »Aber ich dachte, das hätte was mit künstlerischer Freiheit zu tun. Es muss doch Tausende davon geben, oder? Wie Christusfiguren. Obwohl diese hier anscheinend aus Andalusien stammt.«

»Ist sie aus Holz oder aus Gips?«, fragte der Hasenzahn weiter.

»Aus schwarzem Holz. Den Mantel über ihren Schultern hat Bobby extra anfertigen lassen, aber die übrige Kleidung hat man vor einer Ewigkeit auf das geschnitzte Holz gemalt, deswegen ist die Farbe an so vielen Stellen abgeblättert. Und die Augen sind auch aufgemalt. Sie sieht wirklich sehr alt aus.«

»Umso logischer, dass sie sitzt«, beharrte Carlos und genehmigte sich einen großzügigen Schluck Rum.

»Grüne Augen, grüne Augen«, murmelte der Hasenzahn, mehr zu sich selbst. »Eine merkwürdige Madonna, Leute. Ich weiß nicht …«

»Ach, Hase, hör auf mit dem Scheiß«, sagte Carlos. »In Kuba haben blonde Frauen einen Po wie Schwarze, und schwarze Frauen die Augenfarbe, die ihnen passt! Wichtig ist, dass Conde die Statue wiederfindet. Aber besser, er lässt sich etwas Zeit damit, dann verdient er mehr Kohle. Ich liebe es, einen reichen Freund zu haben!«, rief er aus, leerte sein Glas auf einen Zug und wischte sich mit dem

Hemdärmel erst über die Lippen und dann über die schweißnasse Stirn. »Aber sag mal, Hase, worüber wolltest du mit Conde reden?«

»Bobby hat mir gar nichts von Andalusien erzählt«, grübelte Conde, den die sitzende Haltung der Madonna so sehr beschäftigte, dass er die Frage des Dünnen überhörte. »Es war Yoyi, der mir gesagt hat, dass sie aus Andalusien stammt. Seltsam, nicht wahr?«

Während sie die erste Flasche leerten, hatten sie zur Belebung des Gesprächs die CD mit den Greatest Hits von Creedence Clearwater Revival eingelegt und zwei Mal *Proud Mary* gehört, denn das gehörte zu ihrem Ritual. Dann hatten sie auf Andrés angestoßen, den immer in ihrer kollektiven Erinnerung und Sehnsucht anwesenden Abwesenden. Wie üblich sangen sie den einen oder anderen Song mit und schwärmten von der göttlichen Stimme Tom Fogertys. Er singt wie ein Schwarzer! Nein, wie ein Gott! Denn obwohl sie inzwischen sehr wohl wussten, dass es nicht Tom war, der *Proud Mary* sang, sondern sein Bruder John, interessierte sie die wahre Identität des Sängers einen Scheißdreck. Sie wollten nur das Lied hören, immer und immer wieder, Tag für Tag, Jahr für Jahr, vielleicht bis in alle Ewigkeit.

Die trotz ihrer über achtzig Jahre immer noch wieselflinke Josefina unterbrach die Unterhaltung mit der Aufforderung, sich zu Tisch zu begeben, es sei nämlich schon halb neun Uhr, und sie wolle ihre Telenovela nicht verpassen. Die alte Frau hatte ihre beste Tischdecke und ihr schönstes Geschirr hervorgeholt. Außerdem, fügte sie hinzu, habe sie das Essen aufgewärmt und werde es nicht ein zweites Mal tun, sonst würden die Hähnchen austrocknen. Manolo solle sich dazusetzen, wenn er komme. Sie wusste ganz genau, wie sie die widerspenstige Horde aufscheuchen konnte. Bevor sie ihre Plätze einnahmen, ging Conde in die Küche, um das Bier aus dem Kühlschrank zu holen. Der Hasenzahn nutzte die Gelegenheit, Carlos mit einer Geste zu bedeuten, er solle das angekündigte Gespräch mit dem Freund nicht mehr erwähnen. Der andere nickte, legte aber pantomimisch das Datum fest: Morgen.

Fasziniert betrachteten die Tischgenossen das gastronomische Wunder, das Condes plötzlicher Wohlstand ermöglicht hatte: die nach Holzfeuer riechenden Hähnchen mit der goldbraun glänzenden Haut, die Yucas mit ihrem vielversprechenden Innenleben, den duftenden Reis mit schwarzen Bohnen, der sie wie ein starker Magnet anzog. Wohl hatten sie dank Josefinas geheimnisvollen Künsten immer mal wieder gut gespeist, aber nie waren sie jenen Heißhunger losgeworden, der sie und Millionen von Kubanern ein ganzes Leben begleitete. Jahrzehntelang hatten sie nie ihre Mägen so richtig vollschlagen können, wegen dieser Lebensmittel- oder, besser gesagt, Überlebensmittelheftchen, die sie vor dem Verhungern bewahrten, aber nicht vor dem Hunger retteten.

Und darum gingen sie, nachdem sie der kunstvollen Präsentation des Mahles ihren Respekt erwiesen hatten, zum Angriff über. Attacke! Als Manolo eintraf, erging er sich in Entschuldigungen, er sei hundemüde. Lediglich Josefina fand tröstende Worte für ihn, Conde und die beiden anderen zeigten nur auf seinen Stuhl und seinen Teller, vollauf damit beschäftigt, Hühnerknochen abzunagen und sich die butterweichen, mit Knoblauch und gehackten Zwiebeln bedeckten und mit dem Saft bitterer Orangen übergossenen Yucas schmecken zu lassen. Josefina aß ein halbes Hähnchen, denn die andere Hälfte wollte sie Conde für Tamara mitgeben, um ihn vor den Folgen seiner unverzeihlichen Unaufmerksamkeit zu bewahren. Die vier Männer jedoch verputzten ihre Hähnchen bis zum letzten Fleischfitzelchen, wie die Wikinger mit bloßen Händen und mit fetttriefendem Kinn. Der Hasenzahn zermalmte auch gleich noch die Knorpel. Und all das begleitet von eiskaltem Bier.

Als die zweite Flasche Rum auf dem Tisch stand und sie die Nachspeise in Angriff nahmen – Josefina hatte das Kokoskompott mit einem halben Frischkäse pro Kopf vervollständigt –, bequemte sich Manolo, inzwischen entspannter und mit einer Zigarette zwischen den Lippen, Conde von seinen Nachforschungen zu berichten. »Es ist immer dasselbe mit dir, Kollege«, sagte er. »Du machst dir und nebenbei gleich auch noch mir das Leben schwer.«

»Was ist los, Manolo?«

Bevor der Polizist antwortete, trank er einen Schluck Rum und zündete sich die Zigarette an, womöglich die, die er am Morgen

Conde geklaut hatte. »Was los ist? Ganz einfach: Raydel Rojas Dubois existiert nicht.«

»Wie, er existiert nicht, Manolo? Und wer ist das auf dem Foto, das ich dir gegeben habe? Ein Phantom?«

»Jawohl, ein Phantom, das existiert hat, aber nicht mehr existiert. Raydel ist nämlich vor vier Jahren bei einem Motorradunfall ums Leben gekommen.«

»Ich verstehe nicht. Existiert er, oder hat er existiert, oder existiert er nicht? War er Bobbys Mann, oder war ers nicht?«

»Es ist ganz klar, Carlos, der Freund eures Freundes hat sich eine fremde Identität angeeignet. Oder zumindest einen fremden Namen, den eines Toten. Der richtige Raydel Rojas sah ihm allerdings ziemlich ähnlich.«

»Aber Bobby hat seinen Personalausweis gesehen.« Conde dachte nach. »Hat er ihn etwa gefälscht?«

»Nicht unbedingt«, sagte Manolo. »Er kann sich den Ausweis des richtigen Raydel irgendwie unter den Nagel gerissen haben, als Raydel verunglückt ist. Wie gesagt, er sah ihm ziemlich ähnlich. Ich habe das Foto des toten Raydel Rojas gesehen.«

»Dann …«, Conde zog während des Redens seine Schlussfolgerungen, »… muss das jemand gewesen sein, den er kannte. Sein Bruder?«

»Das haben wir auch gedacht, aber wir haben festgestellt, dass Raydel keine leiblichen Brüder hatte. Jedenfalls keine gesetzlich anerkannten.«

»Und wer zum Teufel ist dann der Kerl, der Bobby beklaut hat?«, fragte Carlos, jetzt wirklich irritiert.

»Das herauszufinden, ist eine Aufgabe für unseren Super-Conde«, lachte Manolo und leerte sein Glas auf einen Zug. »Gieß mir noch einen ein, Kollege, ich hab ihn mir verdient, oder? Ich hab dir nämlich auch die Adresse von Yuniesky Bonilla mitgebracht, einem Freund des Typen, der sich für das Phantom Raydel ausgibt. Sei vorsichtig, Conde! Weiß der Himmel, was dieser Schweizer alles angestellt hat, dass er sogar seinen Namen ändern wollte.«

Bei dieser letzten Bemerkung seufzte Conde auf und nahm den

Zettel entgegen, den er am Morgen Manolo gegeben hatte und auf dem jetzt eine Adresse stand. Dann sah er der Reihe nach Manolo, Carlos, den Hasenzahn und schließlich die halb leere Flasche Rum an und sagte: »Wo wir doch so nett hier zusammensitzen ... Warum, verdammt noch mal, muss ich mich immer auf so was einlassen?«

4

*6. September 2014,
Vorabend des Tags der Jungfrau von Regla*

Er ließ seiner Sehnsucht freien Lauf und verlor sich in erlebten und angelesenen Erinnerungen. Es war die Strafe für seine anhaltende physische und emotionale Besessenheit, seine stürmische Leidenschaft, die wie jede richtige Liebe mit Anfällen von Hass gespickt war. Jedes Mal, wenn Conde durch die Straßen des Zentrums von Havanna lief, die durch Armut und Verwahrlosung historischer Bausubstanz immer mehr verkamen, versuchte er, unter all dem Schmutz und Elend die Reize dieses Stadtbezirks zu entdecken, der einst in voller Blüte stand, als die alten Mauern aus der Kolonialzeit diese wachsende, mächtige und prunksüchtige Stadt nicht mehr eindämmen konnten.

Genüsslich ließ er sich dann die Namen der Straßen auf der Zunge zergehen. Ethische Begriffe wie Virtudes (Tugenden), Lealtad (Treue), Concordia (Eintracht), Amistad (Freundschaft) … Exotische Tierwesen wie Águila (Adler) und Dragones (Drachen). Und dann die Verbeugungen vor katholischen Heiligen, biblischen Gestalten und heidnischen Göttern in bunter Mischung: San Miguel, San Rafael, Ángeles und Neptuno in friedlichem Miteinander, wie in den Herzen vieler Kubaner. Sklerotische Verkehrsadern, in denen Generationen von Habaneros und heimisch gewordenen Fremden gewohnt hatten, Bourgeois und Proletarier, Menschen, die aufgebaut, und andere, die zerstört hatten. Kaum zu glauben, dass sich in dieser ärmlichen Gegend das Geschäftszentrum der Stadt befunden hatte, mit eleganten Läden, von denen einige so exklusiv waren wie die in New York, Paris und Mailand. Gleich daneben das Chinesenviertel mit seinen verlockenden Gerüchen und seinen entwurzelten Asiaten. Als stille Nachbarn gefolgt von den »Zonen der Toleranz« mit ihren »Frauen des freien Lebens«, wie sie offiziell genannt wurden, den Liebesdienerinnen verschiedenster Nationalitäten, Spezialitäten und Tarife. Großbürgerliche Paläste waren zu sehen, Theater und Markthallen, Kunstwerke des Eklektizismus, des Modernismus und des Art déco, in direkter Nachbarschaft zu proletarischen Wohnblöcken mit Gemeinschaftsklos und Gemeinschaftsküchen. Doch nun schritten in diesen Vierteln Armut und Zerfall unaufhaltsam voran. Von jenem so typischen Teil Havannas sagten die Bewohner der Peripherie, wie zum Beispiel die Familie von El Conde, wenn sie sich ins Zentrum aufmachten: »Wir fahren in die Stadt« – als wäre es das Ganze. Am Zentrum war nun der Zustand des ganzen Landes ablesbar, dessen Mauern und Fundamente ebenfalls Risse bekamen, besiegt vom Gewicht der Zeit, der Nachlässigkeit und der historischen Erschöpfung.

Beim Schlendern durch Havanna erwachten in ihm auch Erinnerungen an Menschen, die gegangen waren. An den alten Juan Chion zum Beispiel, den Vater seiner ehemaligen Kollegin Patricia. Der gutmütige und spitzbübische Kantonese hatte ihn in die Geheimnisse des Chinesenviertels eingeweiht, ein Mann, der die ungewöhnlichsten Speisen erfand und ihn häufig zum Probieren eingeladen hatte. Oder an Juan El Africano, einen Schwarzen, der im Leben und im Tod glücklos geblieben war, chronisch arm, jedoch mit unerschütterlicher Moral. Sein wertvollster materieller Besitz war ein Baseball mit dem Autogramm eines Sportidols seiner Kindheit gewesen. Auch der Geist von Daniel Kaminsky ging dort um, einem polnischen Juden, der, Schweinegrieben essend, Baseball spielend, Musik hörend und mit weit aufgerissenen Augen der endlosen Parade kolossaler Hinterteile, strammer Schenkel und enormer Brüste hinterherstarrend, seinen doppelten Salto ohne Netz gewagt hatte: In diesen Straßen war Daniel zum Kubaner und Katholiken geworden. Er blieb es bis zu seiner überstürzten Flucht aus Kuba, seinem erzwungenen und schmerzhaften Abschied aus dieser Stadt der tausend Klänge, in der er seinen größten Kummer und seine überwältigendsten Freuden erlebt hatte.

Durch diese Straßen war auch sein Großvater Rufino El Conde zu den beliebtesten Hahnenkampfplätzen gegangen, häufig begleitet von seinem Enkel – der jetzt, in vorgerücktem Alter, sein Bündel von sehnsüchtigen, wehmütigen Erinnerungen durch diese Straßen trug.

Vor dem Gebäude in der Calle Perseverancia angekommen, das Manolo ihm auf den Zettel geschrieben hatte, betrachtete er die Spuren ruhmreicher Tage an dieser inzwischen heruntergekommenen großbürgerlichen Residenz. Aus den modernistischen Arabesken am Giebel und den eisernen Trägern der Balkone schloss El Conde, dass sie aus den ersten Jahrzehnten des vorherigen Jahrhunderts stammte. Offensichtlich lag den ursprünglichen Eigentümern daran, ihren bemerkenswerten Wohlstand zur Schau zu stellen. Durch die offene Eingangstür waren marmorne Treppenstufen zu sehen, die wahrscheinlich aus Italien oder Belgien stammten. Die verwitterten Kacheln an den Wänden, vielleicht aus Portugal oder aus Sevilla, waren zum größten Teil herausgerissen, genauso wie ein Teil des Treppengeländers mit den im französischen Stil gedrechselten Pfosten, das sich in einer sanft geschwungenen Kurve zu den oberen Stockwerken schwang. Eine massige, schmiedeeiserne Laterne hatte alle Katastrophen und Widrigkeiten wie durch ein Wunder überstanden und hing – allerdings ohne das Glas, das sie einst geschützt haben mochte – an einer dicken Kette von der Decke der Vorhalle herab. Der Rest war der reinste Dschungel. Vor langer Zeit war das Gebäude in Einzelwohnungen unterteilt und separat vermietet worden. Im Laufe der Jahre hatte man diese erneut aufgeteilt, bis eine Art Bienenstock entstanden war, in dem nun Dutzende Familien wohnten. Nach und nach waren in diesen alten Kasten robuste Holzbalken eingezogen worden, die dazu dienten, Decken, Balkone und Bögen abzustützen. Und durch nackte elektrische Kabel, Wäscheständer, eiserne Wassertanks, Fußböden, die sich abgesenkt hatten, und Wände, von denen der Putz blätterte, heulte in voller Lautstärke wie eine Kriegserklärung ein lasziver Reguetón.

Der zahnlose Schwarze mit der schuppigen Haut, den Conde gleich hinter der Eingangstür auf einer Holzbank sitzend antraf, im Mund eine billige Zigarre, bestätigte Conde, dass hier die Fledermaus wohnte, und präzisierte: »Zweiter Stock, letztes Zimmer, immer dem Gestank nach.«

»Der wird wohl noch schlafen«, fügte der Alte hinzu. »Der schläft immer tagsüber. Oder fast immer. Wie Fledermäuse eben. Ich glaub, an einem Bein hängend oder so. Aber sag mal, was willst du kaufen?«

»Im Moment nichts.«

»Was die Fledermaus hat, hab ich auch. Und wenn nicht, weiß ich, wo es das gibt. Mehr und besser. Garantiert.«

»Danke.«

»Auch Huren, falls dir danach ist.«

»Nein, mir ist nicht danach.«

»Billige junge Huren«, insistierte der Schwarze. »Für drei Dollar holen die dir einen runter, für fünf blasen sie dir einen, und für zehn kriegst du den Komplettservice. Von hinten ficken geht extra.«

»Das sind jetzt die Tarife?«

»Für Kubaner, in der Nachsaison. Für Yankees siehts anders aus. Das Motto ist: Jeder ist sich selbst der Nächste!«, rief der Alte und entblößte sein zahnloses, weißliches Zahnfleisch.

»Und wo sind diese Frauen?«

»Nicht Frauen, Mädchen ... Sechzehn, siebzehn Jährchen. Zu Hause sind die, schauen sich Telenovelas an. Oder sie sind gerade beschäftigt. Mit du weißt schon ... Na, ist dir jetzt danach?«

»Nein, mir ist immer noch nicht danach.«

»Da verpasst du was. Erstklassiges Material. Ach ja, ich kenn auch einen Typen, der Viagra hat. Amerikanisches und kubanisches, garantiert echt. Und noch andere Pillen für Ficki-ficki. Wie das Zeug heißt, weiß ich nicht, ehrlich gesagt, aber damit kriegst du 'n Ständer wie 'n Kanonenrohr. In deinem Alter ...«

Im Inneren der Mietskaserne wurde Condes Stimmung noch eine Spur resignierter. Yuniesky Bonilla, alias »die Fledermaus«, war im Moment die einzige Spur, die ihn zu dem falschen Raydel führen konnte. Von dem anderen Freund des Jungen, dessen Namen er hatte, einem gewissen Ramiro Gómez, wusste er nur, dass er möglicherweise in einer der zahlreichen »Siedlungen« von Emigranten aus dem Osten Kubas wohnte, die in den Außenbezirken wie Pilze aus dem Boden schossen. Laut Bobby wurde Yuniesky »die Fledermaus« genannt, weil er einen angeborenen Augenfehler hatte, der ihn zwang, die Lider bei Tageslicht zu schließen. Manolos Nachforschungen hatten ergeben, dass der kleine Vampir bereits zwei Jahre wegen wiederholtem Einbruchdiebstahl im Gefängnis gesessen hatte, denn sein Augenfehler schien ihn zu befähigen, durch Häuserwände zu schauen, und wo er etwas Begehrenswertes fand, pflegte er dann auch gleich durch die Wand zu gehen und es einzusammeln.

»Wenn du nichts kaufen willst, was willst du dann bei der Fledermaus?«, fragte der schuppige Alte, nahm seine Zigarre aus dem Mund und zeigte damit auf Conde. »Nicht dass es mich interessieren würde, aber vielleicht, wo ich doch alle Welt hier kenne ... Oder willst du dir vielleicht zu den Klängen der Nationalhymne eins reinpfeifen?« Er strich mit dem Zeigefinger über seine Nasenlöcher und atmete tief ein.

»Ich suche nach etwas Bestimmtem, und man hat mir empfohlen, ich soll mit ihm reden«, sagte Conde, ohne sich von der Stelle zu bewegen. Er hatte inzwischen begriffen, dass der Alte wohl als Anbahner für die verschiedensten Geschäfte fungierte, die hier getätigt wurden. Denn nur aus Faulheit oder Gier würde es kaum jemand lange hier inmitten der Duftschwaden von abgestandener Pisse und frisch ausgeschiedener Scheiße aushalten.

»Du wirst wissen, was du willst«, entgegnete der Schwarze, »aber wenn er schläft oder wenn er nicht hat, was du willst, kommst du zu mir.«

»Ganz bestimmt«, sagte Conde und hob die Hand zum Abschied, bevor er in den zweiten Stock hinaufstieg.

Auch die Decke des Korridors, der zu den hinteren Zimmern führte, war mit Holzbalken verstärkt, und da vertikale Stützbalken den darüber liegenden Flur vor dem Einsturz bewahrten, wirkte das Ganze wie eine der fantastischen Konstruktionen des russischen Künstlers Tatlin. Ein Wunder der Statik. Dieses Gebäude verspottete nicht nur die Gesetze der Physik, sondern war ein exemplarischer Beweis für den seit den Zeiten des Cro-Magnon-Menschen bestehenden Urtrieb, ein Dach über dem Kopf zu haben. Selbst wenn dieses zu einem

Sarg werden konnte, wie es in diesem und anderen Vierteln der Stadt immer wieder geschah.

Den Balken ausweichend, an denen da und dort stinkende Müllbeutel hingen, drang Conde weiter in den Schlund der Mietskaserne vor, wobei er es vermied, ins Innere der Zimmer zu sehen, deren Türen fast alle offen standen. Um verdächtige Rinnsale, die von den Wänden ausgeschwitzt wurden, machte er einen Bogen. Er stieg über zwei magere Hunde, deren Fell mit Zecken übersät war. Die kraftlosen, ausgehungerten Tiere ließen sich nicht dazu herab, ihn anzubellen, nicht mal, ihn anzusehen.

Die Tür der Fledermaus war geschlossen, und Conde klopfte behutsam dagegen. Da keine Antwort kam, klopfte er lauter, drei, vier Mal, bis eine Stimme aus der Höhle drang: »Verdammt noch mal, ich schlafe ...«

Conde klopfte erneut gegen das Gedudel des endlosen Reguetón an. »Ich such was, Kumpel«, rief er, »und wenn du mir auf die Sprünge hilfst, kriegst du einen Teil ab.«

Keine Reaktion. Ein paar Minuten später und nach weiteren Schlägen gegen die Tür meldete sich wieder die Stimme: »Was zum Teufel suchst du, Kollege?«

»Willst du, dass ich das hier rausposaune?«, gab Conde zurück. Trotz des Lärms um ihn herum glaubte er zu hören, dass sich in dem Zimmer etwas bewegte. Die Tür wurde geöffnet, und zum Vorschein kam der Kopf des Bewohners, dessen Haare sich spiralförmig wie Schlangen oder wie die Wege eines Labyrinths wanden. Mit den winzigen, fast geschlossenen Äuglein in dem schlaftrunkenen Gesicht versuchte der junge Mulatte, den ungebetenen Besucher zu fixieren.

»Also, sag endlich«, forderte die Fledermaus ihn auf, »was willst du?«

»Juwelen, Gold«, flüsterte Conde und trat einen Schritt zur Seite, um dem fauligen Atem des Jungen auszuweichen. Da er wusste, dass es nur eine Chance gab, die Mauer zu durchbrechen, setzte er alles auf eine Karte: »Man hat mir gesteckt, dass dein Freund aus dem Osten was hat.«

»Was für ein Freund aus dem Osten?«, fragte der Mulatte.
Conde musste schnell schalten. »Stell dich nicht blöd, Kumpel. Wenn du mir hilfst, mit ihm ins Geschäft zu kommen, kriegst du für jeden Hunderter, den ich bei ihm lasse, einen Zehner.« Er bewegte seine zehn Finger vor den blinzelnden Lidern des Jungen. »Ich weiß, dass er eine Ladung bekommen hat, aber er ist verschwunden, und ich muss ihn unbedingt finden, bevor alles verkauft ist.«

Die Fledermaus öffnete ein wenig die Augen. Conde sah, dass die kaffeebraune Farbe seiner Iris ziemlich verblasst war. »Warte, ich zieh mir mal schnell was über«, sagte der Junge und schloss die Tür.

Conde zündete sich eine Zigarette an und betrachtete wieder den allgemeinen Zerfall um ihn herum. Aus dieser jahrelang kumulierten Verwahrlosung konnte nichts anderes entstehen als noch mehr Verwahrlosung, dachte er, und zwar die schlimmste von allen: die menschliche Verwahrlosung. Die argwöhnischen Blicke der Leute kamen tief aus ihren Seelen. Ihre Lage, ein lupenreines Prekariat, hatte sich durch die Krise der letzten zwanzig Jahre verschlimmert, und jeder Traum von besseren Lebensumständen war zunichtegemacht. Hunderte solcher Gebäude gab es, in denen Tausende lebten, die nichts mehr von der Gesellschaft erwarteten und ihr folglich nichts gaben. Sie lebten von der Hand in den Mund, saugten aus den bereits Schwachen die letzte Kraft, wie die Zecken auf den ausgehungerten Hunden, über die er eben gestiegen war. Dazu dröhnten sie sich mit ohrenbetäubendem Reguetón und billigem Fusel zu. Wie viele Schichten Elend, Resignation, Verwahrlosung und Frustration trennten diese Menschen von der wohlgepflegten und wohlgenährten Welt eines Yoyi, Bobby und Elizardo Soler? Sie und ihresgleichen schwebten in unerreichbaren Höhen. Lebten sie wirklich auf dem gleichen Planeten? Und wo standen, zwischen diesen Extremen, Typen wie er selbst und seine Freunde? Was hinderte sie daran, aufzusteigen, und was bewahrte sie vor dem Absturz? Immer wieder stellte sich Conde diese Fragen, aber sie überforderten ihn, weil es nur schwierige und schmerzhafte Antworten gab. Für den Moment begnügte er sich mit einer offenkundigen Tatsache: Das Bild von Hieronymus Bosch stellte die Realität dar. Für eine bessere Welt brauchte es ein Wunder.

In diesem Augenblick des Abschweifens durchzuckte es ihn: Irgendetwas hatte er noch zu erledigen, etwas Wichtiges, wie er glaubte. Aber es fiel ihm nicht mehr ein. Lag das etwa auch am Alter?

Endlich öffnete Yuniesky Bonilla wieder die Tür. Er trug knallbunte Shorts und hatte seine Augen hinter einer Brille mit Metallgestell und grün getönten Gläsern verborgen, auf denen die Marke zu lesen war: Ray-Ban. Gefälscht oder echt? Als Conde das Zimmer betrat, schlug ihm derselbe Gestank entgegen, der auch im Hausflur hing, angereichert jedoch mit durchdringendem Schweißgeruch. Er sah das Bett mit den schmutzigen Laken, das Kopfkissen ohne Bezug; auf einem kleinen Tischchen eine elektrische Kochplatte, an der hart gewordenes Fett klebte; ein graues, ehemals wohl weißes Waschbecken, in dem sich Teller und Gläser stapelten, und ein Seil, an dem ein paar Kleiderbügel mit Wäsche baumelten. Wo kackte und pinkelte der Typ? Hatte er keinen Ventilator, um die stickige Luft ein wenig zu vertreiben? Wenn die Fledermaus etwas von dem geklauten Zeug aus Bobbys Haus abgekriegt hatte, musste sein Gewinn winzig gewesen und sofort für Drogen und Alkohol draufgegangen sein. Eventuell noch für eine gefälschte Markensonnenbrille *Made in China,* gekauft in Ecuador.

Der Mulatte warf einen Rucksack und Kleidungsstücke von einem Stuhl auf den Boden und bot Conde die einzig mögliche Sitzgelegenheit an. »Worum gehts?«, erkundigte er sich, zündete sich eine Zigarette an und setzte sich auf die Bettkante.

»Man hat mir erzählt, dass dein Freund Raydel oder wie immer er heißt, einen großen Coup gelandet hat. Und ich interessiere mich für Juwelen.«

»Wer hat dir das erzählt? Die Polizei?«

Conde grinste. Es war Zeit, eine weitere Karte auszuspielen. »Die alte Schwuchtel ist nicht zur Polizei gegangen. Er will nicht, dass die Scheiße hochgekocht wird. Drum will er mit Raydel sprechen. Bis jetzt gelten die Juwelen für ihn nicht als gestohlen. Sagen wir, Raydel hat sie sich ohne die Erlaubnis des Besitzers ausgeliehen …«

Die Fledermaus musterte Conde nun etwas aufmerksamer. Offenbar arbeitete sein beduseltes Hirn auf Volltouren. Raydel hatte also geklaut und doch nicht geklaut? »Der Typ ist spurlos verschwunden«, sagte er schließlich.

»Das weiß ich schon. Sonst wäre ich nicht hier und würde dir Geld anbieten, um ihn zu finden. Oder meinst du, ich verschenke mein Geld?«

Yuniesky nickte. Condes Logik war bestechend.

»Wie ich gehört habe, hat er jede Menge Zeug verkauft.«

»Kann ich mir vorstellen. Aber Juwelen verkaufen sich nicht so leicht. Da gehts um richtig Kohle.«

Wieder nickte Yuniesky. Und Conde fuhr auf gut Glück fort: »Kumpel, ich weiß, dass du Raydel beim Umzug geholfen hast. Und dass er dir nur Kleinkram überlassen hat, so gut wie nichts. Schau dich mal um.« Conde zeigte auf das Bett, den Tisch, das Waschbecken. »Wenn alles gut geht, macht er den Reibach, und du haust weiter in diesem Loch. Aber wenn er Pech hat, fängt er bestimmt an zu singen, und alle wandern für ein paar Jährchen in den Knast. Bist du Wiederholungstäter? Du weißt, was denen blüht! Natürlich weißt du das. Und weißt du auch, dass Raydel nicht Raydel heißt und dass die Bullen ganz scharf drauf sind, mit ihm ein Wörtchen zu reden?«

Yuniesky hob den Kopf und drückte die Zigarettenkippe auf dem Boden aus. Er rückte sich die Brille mit den grünen Gläsern zurecht und seufzte. »Das ist nicht mein Problem.«

»Selbstverständlich ist es das. Unter anderem, weil du wusstest, dass Raydel nicht Raydel ist.« Jetzt hätte Conde gerne die Augen des anderen gesehen. »Einer, der sogar seinen Namen ändert, muss irgendwo dicke Schulden haben, und die, die sie eintreiben wollen, ob Polizisten oder Ganoven, werden sich jeden vorknöpfen, der mit ihm zu tun hatte. Soll ich weiterreden, oder hast du jetzt endlich Lust, mir was zu erzählen?«

»Da wusste ich nix von, dass er nicht Raydel heißt. Ich weiß nur, dass das Arschloch sich mit dem ganzen Kram in Luft aufgelöst hat. Pfff!« Er machte eine Geste, die veranschaulichen sollte, wie Raydel sich in Luft aufgelöst hatte: wie der Geist von Aladins Wunderlampe. »Er hat verbreitet, dass er wieder nach Santiago oder sonst wo in der

Gegend wollte, aber das glaubt ihm eh keiner. Ich glaube jedenfalls, dass er alles verkauft hat, um in die Staaten abzuhauen.«

»Das würde er wohl machen, wenn er einigermaßen auf Zack wär. Sein alter Knacker ist nicht zur Polizei gegangen, aber er will die Sache auch nicht auf sich beruhen lassen. Er mag stockschwul sein, aber wenns ums Geschäft geht, ist er ein Tiger. Und er hat ein paar Freunde, das sind echt üble Burschen. Wenn ich dich gefunden hab, dann schaffen die das auch. Und üble Burschen machen üble Dinge, alles klar? Dieser falsche Raydel wird ihnen ganz sicher nicht durch die Lappen gehen.«

Yuniesky Bonilla stand vom Bett auf. »Scheiße, ich hab noch nicht mal meinen Kaffee getrunken.« Er nahm eine italienische Kaffeekanne mittlerer Größe von einem Bord, füllte schlammfarbenes Kaffeepulver ein und setzte die Kanne auf die elektrische Kochplatte. »Und woher weiß ich, dass ich meine Kohle krieg, wenn du mit Raydel einen Deal machst?«

»Wenn du nicht so ein Hornochse wärst, hättest dus längst gemerkt. Ist dir nicht klar, dass ich dein bester Deal bin? Die anderen, die hinter Raydel her sind, sind nämlich die Bullen oder die üblen Freunde des Schwulen. Also, versuch, deinen Kumpel zu finden, und ich mach das Geschäft mit ihm. Kannst ruhig dabei sein. Bei jedem Hunderter geb ich dir einen Zehner. Bei einem Tausender sind das hundert. Zweitausend, zweihundert. Kapiert? Und nach dem, was ich gehört habe, können es leicht ein paar Tausend werden, also, fang an zu rechnen. Ich kenn den Typen, der die nötigen Tausender hat. Und außerdem kassierst du nur das, was Raydel dir ohnehin schuldet. Hast du ihm nicht beim Umzug geholfen? Bessere Geschäfte macht nicht mal Rockefeller.«

Die Fledermaus nickte wieder, diesmal nachdenklich. Er starrte eine Weile auf die glühende Kochplatte. »Okay«, sagte er schließlich. »Ich schau mal, was ich tun kann. Vielleicht weiß der Albino was. Sie waren immer ziemlich dicke miteinander. Ich wusste nicht, dass es um so viel Knete geht. Aber damit eins klar ist, Alter: Wenn du dein Geschäft gemacht hast und ich meinen Anteil gekriegt hab, knöpf ich mir Raydel vor. Oder wie immer der Wichser heißt.«

»Das geht mich nichts an, Kumpel. Eure Probleme sind eure Probleme. Ich mach nur Geschäfte, ich kaufe, zahle und … pfff!«

»Wie finde ich dich?«, fragte die Fledermaus, als die Kaffeekanne zu dampfen begann. Es roch nach minderwertigen, zu lange gerösteten Bohnen.

Seit Conde von zu Hause fortgegangen war, hatte er keinen Kaffee mehr getrunken, er hätte sein Leben für eine Tasse gegeben. Aber nicht für so ein Gesöff, in diesem Saustall. »Wir sehen uns morgen Abend um acht im Parque Central. Gegenüber dem Cine Payret.«

»Und wenn ich ihn bis dahin nicht aufgetrieben habe?«

»Dann suchst du eben weiter. Wir treffen uns jeden Tag, derselbe Ort, dieselbe Zeit, bis er auftaucht. Aber je länger du brauchst und je mehr Sachen er verkauft, umso weniger Kohle gibts. Für dich und für mich.«

Die Fledermaus nahm die Kanne von der Kochplatte und gab einen Esslöffel Zucker in den oberen Teil, in dem sich der durchgelaufene Kaffee befand. Er gab sich Mühe, gut durchzurühren, um den Zucker gleichmäßig zu verteilen, und hielt dann nach etwas Ausschau, worin er ihn servieren konnte. Auf dem Bord fand sich eine Tasse mit abgebrochenem Henkel. Er nahm sie herunter, goss den dampfenden Kaffee in die Tasse und reichte sie Conde.

»Nein, danke, Kumpel. Bei Kaffee spielt mein Magengeschwür verrückt. Wenn du mir einen Kamillentee machen könntest …«

»Kamillentee!«, brach es aus der Fledermaus heraus. »Seh ich etwa so aus, als würde ich Kamillentee trinken, Alter?«

»Für mich siehst du aus wie eine Fledermaus«, traute sich Conde zu antworten. Er steckte eine Hand in die Hosentasche, zog einen Zehner hervor – zehn konvertible Pesos – und wedelte damit herum. »Morgen um acht. Die Kasse ist geöffnet, und es liegt Geld drin. Aber wenn ich diesen Raydel selbst finde, ist die Kasse für dich geschlossen. Und wenn ihn die Polizei findet oder einer von denen, die hinter ihm her sind, dann versteck dich besser.«

Conde gab dem Mulatten den Schein, stand auf und streckte ihm die Hand hin, die die Fledermaus glücklich lächelnd drückte. Das Geschäft ließ sich gut an. Der Pakt war besiegelt.

Halb komatös vor lauter Koffeinentzug, wagte es Conde, sich an einem der Hunderte von Kiosken, die auf den Straßen der Stadt entstanden waren, einen Kaffee zu kaufen. Als er nach längerem Zögern und eingehenden Riechtests den ersten Schluck trank, musste er feststellen, dass die schwarze Brühe nach Lindenblüten schmeckte. Er tröstete sich mit dem Gedanken, dass das zumindest seine Nerven beruhigen würde.

An der Ecke zum Parque Central von Havanna, von wo aus die Sammeltaxis ins Viertel El Vedado fuhren, zündete er sich eine Zigarette an und betrachtete das Treiben um ihn herum. Hier standen einige der schönsten Gebäude der Stadt, und er erfreute sich an ihrem protzigen Eklektizismus. All diese Arabesken, Säulen und Volutenkapitelle zeugten vom einstigen Wohlstand dieser einzigartigen, schillernden Stadt. Das ehemalige Galicische Zentrum, jetzt ein Theater und Kulturhaus, und das alte Asturische Zentrum, nun ein Kunstmuseum, demonstrierten mit ihrer überladenen Pracht den wirtschaftlichen Erfolg ihrer Förderer. Die alten, wiederauferstandenen Hotels Inglaterra und Plaza brüsteten sich mit ihrer ruhmreichen Vergangenheit, genauso wie die ebenfalls renovierten Hotels Telégrafo und Parque Central. Die marode Manzana de Gómez, eins der ersten Einkaufszentren der Welt, wurde endlich wieder hergerichtet, zum Luxushotel und in das, was es früher gewesen war: ein Einkaufszentrum, wo man bald Waren gegen eine Währung tauschen konnte, die für die Mehrheit der Inselbewohner unerreichbar war. Zurück in die Vergangenheit?

Unbegreiflich war, dass solch prunksüchtige Orte unmittelbar neben heruntergekommenen Gegenden hatten existieren können, fast Wand an Wand mit Höhlen wie der der Fledermaus, mit den Quartieren der Schwarzen, Chinesen, Huren, Ganoven, Proletarier, Santeros und *ñáñigos,* den Mitgliedern des Männerbundes Abakuá. Die Pracht der Gebäude um den Parque Central erschien Conde abartig inmitten dieser Umgebung, aber auch angesichts der rollenden Wracks, die in der Hitze unterwegs waren. Die alten nordamerikanischen Limousinen, die immer und immer wieder repariert wurden und seit fünfzig, sechzig oder sogar siebzig Jahren umherfuhren, beherrschten auch jetzt noch das Straßenbild. Ihre bloße Existenz verhöhnte die Gesetze des Marktes, der Automechanik und der Umwelt. Sie hatten sich in lärmende Ungeheuer verwandelt, deren Auspuffe schwarze Rauchwolken in die Lungen der Menschen und, in letzter Konsequenz, in das, was von der Ozonschicht noch übrig war, pumpten. Die Menschenscharen, die unter der noch immer mörderischen Septembersonne durch die Straßen gingen, während sie eigentlich mit ganzer Kraft für eine bessere Zukunft arbeiten sollten, sahen erschlagen aus, verbraucht, mehr noch als die alten Fords oder Chevrolets oder Pontiacs. Ziellos wie Ameisen, die man aus ihrem Bau vertrieben hatte, egal ob sie hasteten oder dahinschlenderten. Verschwitzt und mürrisch, schlecht gekleidet oder gar zerlumpt – die meisten hatten leere Plastiktüten oder Stofftaschen bei sich. Wohin gehen sie, woher kommen sie? Wer arbeitet eigentlich in diesem Land? Warum gibt es immer mehr heruntergekommene Leute?, fragte sich Conde, wenn er sah, wie sie hastig, ja selbstmörderisch versuchten, die Straße zu überqueren, ohne nach links und rechts zu blicken, den Blick auf den Asphalt gerichtet, als kröche ihr Glück aus den Eingeweiden der Erde hervor.

Conde wusste, dass er durch höhere Fügung und den Segen einer Madonna, dazu noch einer schwarzen, an diesem Tag eine beachtliche Geldsumme in der Tasche hatte. Dreißig, nein, jetzt nur noch zwanzig konvertible Pesos. Doch er wusste auch, dass er, wie seine desorientierten, umherirrenden Landsleute, an den meisten Tagen am Hungertuch nagte. Er fragte sich, ob, wenn er auf der Suche nach alten Büchern durch die Straßen lief, die anderen ihn sahen, wie er sie sah: Lauter arme Seelen. Und vor allem: Interessierte sich überhaupt irgendjemand wirklich für das erbärmliche Schicksal, das so viele Menschen seit so vielen Jahren miteinander teilten?

Die Antwort ließ nicht lange auf sich warten. Nur wenige Minuten später sollte Conde feststellen, dass dies eitle Räsonnement eines tropischen Existenzialisten Schall und Rauch war in diesem torkelnden, flatterhaften Land, welches das seinige war. Hier gab es keine Logik, oder zumindest keine für Rationalisten durchschaubaren Regeln. Gelassen bleiben, den Weg des geringsten Widerstands wählen, den Kopf einziehen, wenn es eng wird, nicht mit dem Feuer spielen, an dem man sich verbrennen kann – diese simplen Lebensstrategien sicherten mehr schlecht als recht das tägliche Überleben der Menschen und ihre Seelen im Lot. Zum Teufel mit der Philosophie, der Psychoanalyse und dem Klimawandel!

Conde stieg in das Sammeltaxi, das in den Vedado fuhr. Der umgebaute Buick aus den Fünfzigerjahren – er konnte anstatt der vorgeschriebenen sieben Fahrgäste zehn befördern und nutzte das voll aus – wurde ihm zum Exempel seiner Weltsicht (so hochgestochen wollte er es ja eigentlich nicht nennen). Kaum hatte der Fahrer-Eigentümer-Umbauer den Motor gestartet, drückte er auch schon auf eine Taste des Kassettenrekorders am Armaturenbrett. In ohrenbetäubender Lautstärke begannen die wummernden Schläge eines Reguetón zu dröhnen. Derselbe wie in der Mietskaserne?, fragte sich Conde. Oder klang ein Reguetón wie der andere, und er konnte sie deshalb nicht unterscheiden? Sogleich reagierten die anderen neun Fahrgäste, plus Fahrer, ausgenommen El Conde, mit synchronem Schwingen und Zucken der Hüften und Schultern, um dann im Chor das Lied mitzusingen. Sie alle kannten den Text Wort für Wort, Grunzer für Grunzer, außer El Conde, der in Scham versank. Als das Taxi in die Calle Neptuno einbog, in der das Gedränge noch dichter war als in der Gegend um den Parque Central, und Passanten, Karren und Fahrradtaxis zu umkurven begann, bedeutete der zu einer Art Chorleiter mutierte Fahrer seinen Fahrgästen, allen, wirklich allen, einzustimmen:

Dame un chupi chupi
Que yo lo disfruti
Abre la bocuti
Trágatelo tutti …

Komm her, wir machen knutsch knutsch
Und jetzt Mündchen auf
Und mache lutsch lutsch
Und dann schön schluck schluck

Während alle sangen, verdeutlichten die männlichen den weiblichen Fahrgästen den Sinn dieser Zeilen, und diese mimten bereitwillig eine Fellatio samt genüsslichem Schlucken des imaginären Spermas, sodass die Mitfahrer vor Lust erzitterten. Die Insassen des Sammeltaxis, Damen wie Herren, jung und alt, abgerissen und gut gekleidet, schienen in diesem Augenblick den Kümmernissen dieser Welt entrückt, immun gegen die Hitze und den Dieselgestank, der das Innere des Fahrzeugs erfüllte. Sie alle spielten mit in dieser wie einstudiert wirkenden Choreografie, sie wiegten sich im Rhythmus des Reguetón und genossen die mörderisch-selbstmörderische Fahrt an Bord eines knatternden, zu einem Dieseltaxi *Made in Cuba* umgebauten Buick aus den Fünfzigerjahren.

Verwirrt, ein Alien im eigenen Land, erlitt El Conde eine neuerliche Attacke grüblerischer Nachdenklichkeit. Glückliche Armut, philosophierte er. Das ist der Rettungsanker der Nation.

Sobald man in die Nähe des Gebäudes kam, wurden Augen, Ohren und Nase hinterrücks von brutalen Kräften attackiert. Jeder Sinn für Ästhetik und Architektur sah sich beleidigt von den Abwasserrohren, die kreuz und quer unter den Dächern und an den Häuserwänden entlangliefen und durch die man das trübe Abwasser rauschen hörte. Treppen aus nacktem Beton mit ungleichmäßigen Stufen machten den Auf- und Abstieg zu einer Herausforderung. Conde musste an die sinnige Bemerkung eines alten Freundes denken: Diese Häuser, in den Achtzigerjahren für Helden der Arbeit gebaut, waren nicht mit Zement, sondern mit Wut errichtet worden. Als zusätzliche Kränkung wuchsen im Innenhof, wo ein Garten blühen sollte, lediglich Zigarettenkippen und Zigarrenstummel, leere Flaschen und Hundescheiße, darunter wohl auch der eine oder andere menschliche Beitrag, in verschiedenen Stadien der Mumifizierung.

Als der ehemalige Polizist die Treppe hinaufzusteigen begann, hatte er außerdem das ungute Gefühl, ein Gefängnis mit unzähligen Zellen auf jeder Seite betreten zu haben. Vor den dicht nebeneinanderliegenden Türen aus wurmstichigem, billigem Holz befanden sich Eisengitter von unterschiedlicher Qualität und in sehr unterschiedlichem Zustand, die wohl die wertvollen Schätze, oder eher die wenigen Habseligkeiten, beschützen sollten, die die Bewohner mühevoll zusammengetragen hatten. Das schummrige Licht in den inneren Fluren schuf ein feuchtes, stickiges Halbdunkel, in dem sich der Gestank von Schweiß, schmutziger Wäsche, Gebratenem und ranzigem Öl verdichtete. An einer Tür wurde Eis angeboten, an einer anderen die Reparatur von Handys, und das Herzchen an der nächsten wies darauf hin, dass hier ungeduldige Liebespaare stundenweise ein Zimmer mieten konnten. Am Ende eines Korridors bot ein eher leichtgläubiger als gläubiger Mensch seine Wohnung an: »Mein Haus ist Dein Haus, o Herr!« Und Conde dachte: Das heruntergekommene Havanna der Fledermaus und dieses schäbige Havanna der hastig hochgezogenen Wohnblocks unterschieden sich nur durch ein paar Jahrzehnte, nicht aber im Wesen. Und es war höchst unwahrscheinlich, dass »der Herr« an einem der beiden Orte einziehen wollte.

Im dritten Stock, am Ende des Korridors, steckte Conde eine Hand durch die Gitterstäbe und hämmerte gegen die Tür der mutmaßlichen Wohnung von René Águila. Laut Bobby war er der unerbittlichste und skrupelloseste Kunsthändler der Stadt, aber irgendwie schien dieser Ort nicht zum Ruf dieses Mannes zu passen. Hatte er nicht die Mittel, sich eine andere Bleibe zu leisten?

Die Tür öffnete sich, und der kühlende Lufthauch einer Klimaanlage empfing den halb erstickten Besucher. Conde schaute in das glatt rasierte Gesicht eines Mulatten mit regelmäßigen Gesichtszügen. Der etwa fünfunddreißigjährige, gut aussehende Mann roch nach echtem Kölnischwasser aus Köln, trug ein tomatenrotes Polohemd von Lacoste, makellos weiße Jeans mit einem Metallschildchen, das ihn als Mitglied des Calvin-Klein-Ordens auswies, und dunkelbraune Ledersandalen, ein unverwechselbares Produkt aus dem Hause Birkenstock.

»René Águila?«, fragte Conde, während er versuchte, sich mit seinem bereits feuchten Taschentuch den Schweiß vom Gesicht zu wischen. Die kühle Luft, die aus der Wohnung entwich, spürte er wie eine Liebkosung.

»Wer will das wissen?«

Conde sah nach rechts und links, drehte sich sogar halb um, als gelte es, eine weitere, plötzlich aufgetauchte Gestalt auszumachen. »Ich glaube, ich …«, sagte er schließlich.

»Und?«

»Sind Sie René Águila?«

»Kann sein …«

Conde schüttelte den Kopf. Entweder war der Kerl total bescheuert oder sehr schlau. Oder er war ein Blödmann, der sich für sehr schlau hielt. Vielleicht aber war er nur ein Witzbold, der ihn ein wenig verarschen wollte.

»Ich bin ein Freund von Bobby Roque …«

Der schöne Mulatte grinste breit. Er hatte ein strahlend weißes, perfektes Gebiss. »Dann bin ichs«, sagte er, zog einen Schlüssel hervor und öffnete das Schloss der Kette, die das Gitter sicherte. Mit einer Handbewegung lud er den Neuankömmling ein, die klimatisierte Wohnung zu betreten.

Der Zustand der Wohnung war nicht besser als der des Hausflurs. Im Wohn-Esszimmer stand nicht viel mehr als ein einfacher Tisch mit vier Stühlen. Der Verdacht des ehemaligen Polizisten verdichtete sich zur Gewissheit. Gebäude, Wohnung, Einrichtung passten nicht zu den sicherlich lukrativen Geschäften dieses Mannes, der sich Markenklamotten leisten konnte und diesen trockenen, unwiderstehlichen germanischen Duft verströmte.

René Águila verschwand in der Küche, um den Kaffee zuzubereiten, und Conde nahm in einem der hölzernen Schaukelstühle Platz. Er zwang sich, seine vorgefasste Meinung zu vergessen. Es hatte ihn nicht zu interessieren, was Bobby vom kaufmännischen Ethos seines Gastgebers hielt, sondern nur das, was dieser Mann dazu beitragen konnte, den falschen Raydel zu finden.

René kam mit zwei Tassen Kaffee zurück, echten Art-nouveau-Porzellantassen mit goldgeränderten Untertellern, und reichte eine davon Conde. Die Flüssigkeit hatte die Farbe von echtem Kaffee und roch nach echtem Kaffee. Condes Abwehrhaltung nahm mit schwindelerregender Geschwindigkeit ab. Nach dem ersten Schluck spürte er, wie seine sieben Sinne wieder ins Gleichgewicht kamen. Der Kaffee schmeckte nach Kaffee, nach richtigem Kaffee.

»Ist er mir gelungen?«, fragte René und beobachtete die Reaktion seines Besuchers.

»Er ist hervorragend. Genau das habe ich gebraucht«, versicherte Conde, und er meinte es ernst.

»Kaffee ist mein Laster, und ich lasse es mir was kosten. Der Kaffee, den Sie gerade trinken, ist eine Mischung aus einem, den man mir aus Miami schickt, und einem anderen, den ich aus Italien bekomme. Wussten Sie, dass der beste Kaffee der Welt in Italien getrunken wird und der beste kubanische Kaffee in Miami gemacht wird?«

»Dann haben Sie also die optimale Kaffee-DNA entdeckt.« Conde versuchte, mit Ironie zu kontern. Es brachte ihn zur Weißglut, wenn man ihm solche Lektionen erteilen wollte. Diese uralte Binsenweisheit kannten sogar jene, die, wie Conde, noch nie einen Fuß auf die Apenninenhalbinsel gesetzt hatten. Und dass in Kuba, außer an für Normalsterbliche unzugänglichen Orten, der schlechteste und in Miami der beste kubanische Kaffee getrunken wurde, war ein weiterer Gemeinplatz der Kaffee-Experten. Zum Glück für Conde versorgte seine Schwägerin Aymara ihre Schwester Tamara mit Kimbo-Kaffee aus Neapel. Und seine Freundin Dulcita, die in Florida lebte, pflegte ihre ehemaligen Mitschüler mit einem Kaffee zu beglücken, der sie um den Verstand brachte. Einmal hatte Dulcita ihnen erzählt, dass der Flughafen in Miami nach kubanischem Kaffee dufte, was ihr bei ihrer Rückkehr nach Florida das Gefühl gebe, nach Hause zu kommen.

Der Mulatte lachte zufrieden, trank ebenfalls einen Schluck und fuhr fort: »Ehrlich gesagt, ich bin immer wieder begeistert.«

»Ganz ehrlich, ich auch«, stimmte der Besucher ihm zu.

»Aber das Geheimnis, der Schlüssel, sind die Tassen. Wenn sie nicht aus Porzellan sind, verfliegt das Aroma.«

»Das wusste ich allerdings nicht.« Conde war bereit, die Waffen zu strecken. Mit fragendem Blick zeigte er auf seine Zigarettenschachtel. René nickte: Ja, er könne rauchen. Der Mulatte stand auf, ging in die Küche und kam mit einem kleinen Aschenbecher aus Ton zurück. Porzellantassen und Tonaschenbecher?

»Früher habe ich auch geraucht. Es ist mir furchtbar schwergefallen, es aufzugeben, aber ich habe es geschafft. Was man dazu braucht, ist Willenskraft.«

»Wo kann man so was kaufen? Oder muss man das auch importieren?« Conde zündete sich seine Zigarette an, und beide lächelten.

»Ich liebe Tabakgeruch … Also, was ist nun mit Bobby?«, eröffnete René die Unterhaltung.

»Wie Sie wissen, ist er ausgeraubt worden. Was man ihm gestohlen hat, hat man entweder bereits verkauft, verkauft es gerade oder wird es demnächst verkaufen. Und weil Sie in dem Geschäft tätig sind …«

Wieder zeigte René Águila seine makellos weißen Zähne. Conde schätzte, dass er ausnehmend viel Glück bei den Frauen hatte. Er strahlte Sicherheit, Kraft und Verbindlichkeit aus. Dass er in Geschäftsdingen eine Ratte war, das spielte hierbei wohl weniger eine Rolle. Das spielte in diesen Tagen wohl nirgends mehr eine Rolle.

»Na ja, was man ihm gestohlen hat, war doch nur Krimskrams, oder?«

»Einiges davon hatte einen gewissen Wert, Juwelen, zum Beispiel.«

»Kleinscheiß, billiger Kram«, wiederholte René. »Nichts, das jemanden interessiert, der groß im Geschäft ist, wie Bobby. Und Sie helfen ihm, den Dieb oder die Ware zu finden?«

»Kommt drauf an, was zuerst auftaucht.«

»Und warum?«

Conde dachte einen Moment nach. Wegen Geld, war die erste Antwort, die ihm einfiel, doch die zweite schien ihm eleganter und letztlich genauso wahr zu sein. »Weil ich ein Freund von Bobby bin, seit Urzeiten. Und er vertraut mir.«

Der Mulatte schüttelte den Kopf. »Ihr vertrauensseliger Urzeit-Freund hat bewiesen, dass er vor allem ein erstklassiger Blödmann ist. Alle Welt wusste, dass seine Geschichte mit diesem Raydel schlecht enden würde. Ein hübscher Junge von zwanzig Jahren und ein alter Knacker von sechzig mit Geld, großer Gott!«

Bei diesen Worten spürte Conde in der lädierten Wirbelsäule die Last seiner sechzig Jahre. »So ist das Leben nun mal. Was wissen Sie über Raydel?«

»Nichts. Na ja, nur dass der Junge ein Tiger ist. Er nimmt, was er kriegen kann, macht da und dort Geschäfte. Bobby hat es ihm leicht gemacht: Er musste nur seinen Schwanz arbeiten lassen.«
»Und nachdem er Bobby ausgeraubt hat, haben Sie nichts von ihm gehört?«, fragte Conde weiter.
»Nein. Und das wundert mich.«
»Warum wundert Sie das?«
»Sie sind doch kein Polizist, oder?«
Conde beschloss, mit offenen Karten zu spielen. Hier ging es nicht um René, sondern um Raydel. Die Tatsache, dass er eine Vergangenheit als Polizist hatte, konnte ihm nützlich sein. Offensichtlich merkten es ihm alle sofort an: Einmal Polizist, immer Polizist. Elizardo Soler hatte es ihm versichert, Conde wusste es selbst, und René Águila hatte auch keine Zweifel.
»Ich war einmal einer, in einem anderen Leben. Jetzt gehöre ich zu denen, die sich irgendwie durchschlagen, so anständig wie möglich. Bobby ist nicht zur Polizei gegangen. Trotz allem, was Raydel ihm angetan und was er zerstört hat, will er ihm nicht schaden.«
René Águila dachte eine Weile nach, seufzte, lehnte sich in seinem Schaukelstuhl zurück. »Raydel ist nicht mal ein richtiger Dieb, höchstens ein kleiner Gauner. Er hat nicht viel auf dem Kasten. Bobby hat ihm alles auf dem Silbertablett serviert, und er hat genommen, was er kriegen konnte. Aber um auf das zurückzukommen, was er Bobby geklaut hat – falls wirklich was Wertvolles dabei ist und er das weiß, wird der Kleine jemanden brauchen, der ihm hilft. Fleisch aus einem Schlachthof zu klauen oder Schweine illegal zu schlachten, ist etwas ganz anderes, als Juwelen, Stilmöbel oder sonst ein wertvolles Stück zu verkaufen. Ich wiederhole: *falls* etwas wirklich Wertvolles dabei ist. Es gibt dafür nur wenige Anbieter und wenige Interessenten. Wir kennen uns alle, denn häufig müssen wir uns gegenseitig helfen. Ich gebe Ihnen ein Beispiel: Jemand kommt zu mir und sucht ein bestimmtes Gemälde, sagen wir, von Wifredo Lam, und ich habe es nicht. Dann sage ich dem Käufer, er soll warten, und gehe zu dem, der einen Lam hat oder besorgen kann, und wir machen ein Dreiecks- oder Vierecksgeschäft. Und weil ich den Kunden aufgetan habe, bekomme

ich meinen Teil ab. Wie viel Prozent, ist Verhandlungssache, je nach den Schwierigkeiten.«

»Bobby hat mir davon erzählt. Aber versuchen Sie nicht manchmal, sich gegenseitig übers Ohr zu hauen?«

»Klar versuchen wir das. Wir sind Konkurrenten, und in diesem Business sind alle wie Raubtiere. Aber wir übertreiben es nicht, und wir beklauen uns nicht. Wenn das Vertrauen verloren geht, geht alles den Bach runter, und dann sind wir alle am Arsch. Keiner von uns hat Interesse daran, dass die Polizei sich daran erinnert, dass es uns gibt.«

»Leuchtet ein«, musste Conde zugeben, gespannt auf weitere Einzelheiten.

»Wir wissen alle, dass Raydel ein Dreckskerl ist, der einen Kollegen beklaut hat. Und Raydel weiß, dass wir das wissen. Natürlich kann es jemanden aus der Zunft geben, der sich traut, einem Raydel was abzukaufen, aber dann wird er Probleme haben, die Sachen loszuwerden. Und wenn bekannt wird, dass er die gestohlene Ware des Kollegen auf den Markt gebracht hat, wirds gefährlich. Hier spricht sich nämlich alles rum. Alles.«

»Das heißt?«

»Das heißt, die Geschichte mit Bobby ist kompliziert. Unter uns ...«

»Sie meinen: Unter den Leuten aus der Zunft?«, unterbrach ihn Conde.

»Jawohl, ich lege Wert darauf, es ›Zunft‹ zu nennen. Klingt hübsch, nicht wahr? Und hat einen historischen Bezug. Also gut, wir reden ja miteinander. Soweit ich weiß, hat niemand eine Idee, wo Raydel sich rumtreibt und was er vorhat. Obwohl ich glaube, dass er bereits einiges verkauft hat. Vor allem Möbel, Kleidung, Nippsachen, alles Dinge, mit denen wir nichts zu tun haben. Juwelen dagegen, Wertsachen und Kunst, das ist ein anderes Kaliber. Aber Bobby behauptet, es sei nichts Wertvolles dabei, wobei ich Ihnen sagen muss, dass es manchmal nicht einfach ist, Ihrem Freund Bobby zu glauben. Fest steht jedenfalls, dass wir nichts von Raydel gehört haben. Falls er etwas verkauft hat, hat er es also außerhalb unserer Kreise getan, und das wiederum heißt, dass er einen Scheiß dafür gekriegt hat.«

»Mit wem aus Ihrer ... Zunft haben Sie über Raydel gesprochen?«

»Mit nur einem einzigen Menschen. Es ging um etwas anderes, um ein spezielles Geschäft, und dabei sind wir auf Bobby zu sprechen gekommen.«

»Mit wem? Mit Elizardo Soler?«

»Mit diesem Angeber rede ich kein Wort! Der hält sich für einen Aristokraten oder für was noch Besseres. Dieser Schwanzlutscher! Ich halte ihn außerdem für einen Informanten, einen Polizeispitzel, und darum lassen sie ihn gewähren. Und er ist ein Schwindler ...«

»Ich sehe schon, ihr mögt euch sehr.«

René Águila lachte und schüttelte den Kopf. »Der bringt mich immer aus der Fassung. Nein, gesprochen habe ich mit Karla Choy. Die mischt überall mit und hält sich aus allem raus. Eine Frau wie ein Erdbeben.«

»Ein Erdbeben?«, fragte Conde verdutzt nach.

»Sie hat ihre Finger in tausend Dingen, aber soweit ich weiß, legt sie sich mit keinem von uns an. Wenn Sie sie irgendwann mal zu Gesicht bekommen, werden Sie das mit dem Erdbeben sofort verstehen.« Renés Augen bekamen einen seltsamen Glanz, und um seine Lippen spielte ein lüsternes Lächeln.

Conde notierte sich im Geiste einige Dinge, die ihm in Zukunft nützlich sein konnten: Renés starke Abneigung gegen Elizardo sowie die neu gewonnenen Erkenntnisse über die Talente von Karla Choy.

»Nehmen wir einmal an, dass Raydel die interessantesten Sachen noch nicht verkauft hat. Kann es nicht sein, dass er nur auf eine Gelegenheit wartet, sie außer Landes zu bringen?«

René überlegte ein paar Sekunden. »Möglich. Vielleicht hat er einiges verkauft, um das zu finanzieren. Dich aus Kuba rauszuschleusen, kostet acht-, zehntausend grüne Scheine. Vielleicht stellt Raydel sich vor, dass der Erlös ausreicht, um seine Ausreise zu finanzieren und danach in Miami ein großes Leben zu führen. Vielleicht glaubt er außerdem, dass wir es nicht mitkriegen, wenn er dort drüben irgendwas verkauft. Aber die Zunft operiert international, verstehen Sie?«

Conde nickte nachdenklich. Dieses Netzwerk aus Geschäftsverbindungen mit seinem Moralkodex und seinen Informationskanälen schien ihm komplizierter und mächtiger, als er gedacht hatte. Das Geflecht aus Tentakeln hatte mafiöse Strukturen. Deswegen beschloss er, dem Gespräch eine andere Wendung zu geben.

»Wussten Sie«, fragte er, »dass dieser Raydel gar nicht Raydel heißt? Dass er sich eine andere Identität zugelegt hat?«

Der Mulatte kniff nachdenklich die Augen zusammen. »Wie meinen Sie das?« Sein unterdrücktes Erstaunen schien echt zu sein.

»Sie alle halten Raydel für einen Dummkopf. Aber wenn man sich jahrelang erfolgreich für einen anderen ausgibt, kann man so dumm nicht sein. Und wenn man sich für einen anderen ausgibt, wird das einen Grund haben.«

»Sie wissen nicht, wer der Mann ist, für den er sich ausgibt, und warum er das tut?«

»Nein, das weiß ich nicht. Aber das könnte wichtig sein. Zu wissen, wer Raydel in Wirklichkeit ist und was für eine Geschichte dahintersteckt.«

Der andere dachte wieder nach. Conde hatte den Eindruck, dass er beunruhigt war. Warum?, fragte er sich. Er hakte nach, um die Unsicherheit des Mannes, der sonst so selbstsicher wirkte, auszunutzen. »René, wie haben Sie von dem Diebstahl erfahren?«

Jetzt lächelte René Águila wieder. Ein so strahlendes, makelloses Gebiss hatte Conde noch nie gesehen. »Bobby hat mir davon erzählt. Ich weiß, er hält mich für einen skrupellosen Kerl und sich und Elizardo für tibetanische Mönche. Glauben Sie ihm kein Wort! Aber egal, vor vier oder fünf Tagen kam er mit seinem Freund Eli zu mir, um mich um Hilfe zu bitten. Ich solle ihm Bescheid sagen, wenn ich etwas erfahre. Ehrlich gesagt, ich glaube, die beiden wollten mich eher warnen.«

»Er kam also mit Elizardo hierher. René, ich weiß ja, dass Sie Elizardo nicht besonders mögen. Nur weil er ein Angeber ist?« Conde wollte die Gelegenheit nutzen und zusätzliche Informationen herausholen.

»Dass er ein alter Angeber ist, heißt nicht, dass er nicht auch seine Qualitäten hat. Auch wenn er Lügengeschichten erzählt und ein Polizeispitzel ist. Ziemlich kompliziert, nicht wahr? Seis drum, jedenfalls ist Elizardo der König des Kunstmarkts in Havanna«, antwortete René, jetzt wieder die Ruhe selbst. »Er hat die besten Kontakte und Beziehungen zu Leuten, die wichtig sind in diesem Land. Er kauft sie mit Geld und mit Liebesdiensten.«

»Mit Liebesdiensten? Materieller oder körperlicher Art?«

»Beides, behaupten böse Zungen.« René lachte amüsiert auf. »Eli scheint da sehr flexibel. Homo, hetero, bi, tri … Was immer Sie wollen. Er weiß, wen man wie schmieren muss, längerfristig an sich binden, wie es neuerdings so schön heißt. Verdammt noch mal, natürlich ist dieses Arschloch ein Spitzel, ein inoffizieller Mitarbeiter der Polizei.«

Conde fügte seiner Liste die neuen Details hinzu, manche konnten ja durchaus Hand und Fuß haben, auch wenn er wusste, wie sehr Neid das Urteil über Erfolgreiche beeinflussen konnte. Anderseits ärgerte es ihn zunehmend, wie viele Dinge ihm Bobby verheimlicht hatte. Er fühlte sich desorientiert, so als hätte man ihm einen manipulierten Stadtplan untergejubelt. Was war das für eine Welt, in die er sich da hineinbegab? In welche Höhen und Tiefen reichten die Beziehungen der »Zunft«? Er beschloss, René, die Ratte, noch ein wenig mehr aus der Reserve zu locken.

»Dann vergesse ich also die Zunft und suche woanders?«

René Águila nahm sich Zeit mit der Antwort. »Ich würde in Raydels Kreisen suchen, auch wenn das nicht einfach ist. Es kann auch gefährlich sein für jemanden, der kein Polizist mehr ist. Wenn die Typen Angst haben, dass man ihnen das große Geschäft versaut, werden sie ungemütlich, verstehen Sie? Und wenn dieser Raydel nicht der ist, der zu sein er behauptet, umso schlimmer. Was ich damit sagen will: Diese Leute sind nicht so wie wir aus der Zunft. Die schauen nicht zwei Mal hin. Die fackeln nicht lange und denken nicht an die Konsequenzen. Das sind ganz gewöhnliche Kleinkriminelle.«

»Im Gegensatz zu denen aus der Zunft?«

»Touché!«, rief René und schenkte Conde erneut sein spektakuläres Lächeln. »Wir sind weder gewöhnlich noch klein.«

Conde musste feststellen, dass sein Gastgeber keineswegs nur die Ratte war, als die er ihm angekündigt worden war. Eher eine verschlagene Katze mit scharfen Krallen. Ein Mann, der sogar drei Mal hinschaute. Um Zeit zu gewinnen, nahm Conde in aller Ruhe eine weitere Zigarette aus der Schachtel, und bevor er sie anzündete, fragte er: »Ist noch etwas Kaffee da?«

»Ja, aber er wird inzwischen kalt sein. Die Klimaanlage …«

Conde hielt ihm seine Tasse hin. »Egal. Das Porzellan macht das wett …«

Als er den noch lauwarmen Kaffee ausgetrunken hatte, zündete er sich die Zigarette an. Nun konnte er es wagen, einen Schritt weiterzugehen. Mit einem Seufzen leitete er die nächste Frage ein, es sollte erschöpft oder verwirrt klingen. Und ein wenig einfältig. Genau so fühlte er sich ja auch.

»Entschuldigen Sie die Indiskretion, ich bin sehr neugierig …«

»Logisch. Sie waren ja Polizist«, bemerkte René.

»Warum wohnen Sie an einem so schäbigen Ort?«

René Águila lachte herzlich auf. »Weil ich nicht so blöd bin wie Bobby. Wenn man mir ans Leder will, muss man sich schon etwas einfallen lassen. Das hier ist der reinste Dschungel.« Er rief in Richtung einer Tür neben der Küche. »Yusniel!«

Die Tür öffnete sich, und heraus kam ein junger Schwarzer: mittelschwer, rasierter Schädel, stramme Muskeln unter dem T-Shirt. Sein Blick durchbohrte den Besucher, als wollte er ihn spüren lassen: Ich kann dir sehr wehtun …

Auf einen Wink von René zog er sich wieder in seine Höhle zurück. Conde nickte erneut. Offensichtlich wusste René Águila sehr wohl, was er tat. Trotz dem Schutz eines Leibwächters verwahrte dieser Geschäftsmann neuen Typs seine Wertsachen, sein Geld und seine Habseligkeiten offenbar an einem anderen, sichereren, unauffälligeren Ort. Hier war nur das Büro. Zweifellos war der Mulatte der Vorsichtige unter den Angehörigen der Zunft. Trotz seinem hübschen Gesicht und allem anderen.

»Rufen Sie mich an, wenn Sie etwas von Raydel hören?«

»Selbstverständlich«, versprach René und sah zu, wie Conde seine

Telefonnummer und die von Carlos auf einen Zettel schrieb. »Wir von der Zunft müssen uns gegenseitig schützen. Umso mehr, wenn dieser falsche Raydel eine Gefahr für uns darstellt.«

»Ich bin Ihnen sehr dankbar«, sagte Conde und drückte die Hand seines Gastgebers. Dessen warme, weiche, fast weibliche Haut rief bei Conde eine befremdliche körperliche Reaktion hervor, und er zog seine Hand schnell wieder zurück. Was zum Teufel passierte hier in der Wohnung dieses auf den ersten Blick so zugänglichen, redseligen, attraktiven Mannes, dem der Ruf vorausging, in geschäftlichen Angelegenheiten so rücksichtslos zu sein?

Er redete sich ein, dass ihm das florierende Business dieses seltsamen René Águila eigentlich egal sein konnte. Es ging ja nur um Raydel und Bobby. Er, Conde, war ja kein Polizist mehr, und mit dem verschwundenen falschen Adonis und der geklauten einhändigen schwarzen Madonna hatte er schon genug Probleme. Dennoch weckte dieser Mann eine unbestimmte Vorahnung in ihm, die er nicht entschlüsseln konnte. Auf jeden Fall – drei Mal hinzuschauen war sicher nicht falsch.

Er setzte sich auf das Mäuerchen und spürte, wie ihm durch die Steine die Hitze des langen, tropisch heißen Tages in den Körper drang. Die Sonne, inzwischen im freien Fall, zwang ihn immer noch, eine Sonnenbrille zu tragen. Obwohl er wusste, dass seine Kühnheit ihn bald ins Schwitzen bringen würde, beschloss er, dort auszuharren. Seine Füße, die ihm fast sechzig Jahre treu gedient hatten, waren an diesem Tag über die Maßen beansprucht worden. Nun konnte er sie schonen, denn er musste hier, auf diesem Mäuerchen neben der Treppe, die zur Adventistenkirche führte, auf den roten Candito warten.

Conde war zur Mietskaserne in Santo Suárez gegangen, in der sein Freund seit ewigen Zeiten wohnte, und hatte vor verschlossener Tür gestanden. Eine Frau mit ausgeblichenem Haar, die von seiner Freundschaft mit dem Roten wusste, hatte ihm gesagt, dass ihre Nachbarn an einer Messe im Stadtviertel Sevillano teilnahmen, und ihm die genaue Adresse gegeben. Hin und wieder lasse sie sich von Candito überreden, ihn dorthin zu begleiten, hatte sie erklärt, vor allem, wenn sie resingiert sei (sie hatte »resingiert« gesagt, nicht »resigniert«). Sie könne sich ja nicht einmal irgendwelchen kleinen Mist kaufen, ein beschissenes Leben sei das. Dann habe sie plötzlich Lust, jemanden umzubringen oder sich an einem Mangobaum aufzuhängen. Und dann hatte sie ihrem Ausbruch noch hinzugefügt: »Man hat schlechte Tage und noch schlechtere Tage.«

Jetzt wartete Conde in diesem freundlichen Wohnviertel also auf seinen alten Freund aus der Oberstufenzeit, der inzwischen Adventistenpriester geworden war. Die ersten Gläubigen trafen ein. Der Kirchenraum befand sich auf der überdachten Terrasse eines schön gestrichenen Hauses mit einem sehr gepflegten Garten. Verschlungen sind die Wege des Schicksals, sinnierte er. Niemand, der Candito aus der Schulzeit und, vor allem, aus den zwanzig, dreißig Jahren danach gekannt hatte, hätte sich vorstellen können, dass der Rote sein Außenseitertum aufgeben und, auf der Suche nach spirituellem Frieden, den seine Umgebung ihm nicht geben konnte, ins Übersinnliche abdriften würde. Der in Armut und Enge aufgewachsene, zornige Candito hatte einst als rauflustiger Straßenjunge immer gleich mit den Fäusten seine Probleme mit der Welt lösen wollen. Niemand hätte ihm zugetraut, sich in einen Prediger des Friedens, des Gebets, des ergebenen Wartens auf eine Rettung der Seele im Jenseits zu verwandeln. Conde hatte immer gewusst, dass Canditos Charakter viele Facetten aufwies und dass seine Gewaltbereitschaft nur ein Schutzschild war. Während des Studiums hatte er festgestellt, dass in dem Mulatten mit dem flammend roten Kraushaar ein Mann mit einem strengen Moralkodex steckte, der sich von Loyalität, Fairness und Opferbereitschaft leiten ließ. Deswegen waren sie Freunde geworden, deswegen waren sie es geblieben, als Conde Polizist und Candito Verbrecher wurde, und deswegen hatte ihre Freundschaft auch dann noch gehalten, als Candito sich zu einem strenggläubigen Adventisten und Conde sich zu einem immer überzeugteren Agnostiker wandelte.

Plötzlich schlug sich Conde mit der flachen Hand gegen die Stirn, denn endlich erinnerte er sich an diese wichtige Sache, die noch zu erledigen war. Vor zwei Tagen hatte Carlos angekündigt, sein Freund Hasenzahn wolle mit ihm über irgendetwas sprechen. Doch Conde war immer beschäftigt und gehetzt gewesen und hatte es vergessen. Was für eine Art Freund bin ich denn?, fragte er sich, doch die Antwort war so erbärmlich, dass er sie lieber nicht hören wollte.

Die Sonne war schon verschwunden, als Condes Schul- und Studienfreund auftauchte, begleitet von Cuqui, seiner Frau seit fünfundzwanzig Jahren. Die soeben vierzig gewordene Mulattin, fest und stark, mit den zimtfarbenen Augen einer sanften Tigerin, war noch immer so schön oder gar noch schöner als in der Zeit, als Candito sie erobert hatte.

Der Rote erkannte ihn, lächelte und sagte Cuqui etwas ins Ohr, bevor er Conde die Hand gab.

»Hast du vor, zu konvertieren?«

Conde drückte die Hand des Freundes und gab der Frau einen Kuss auf die Wange, den sie erwiderte. »Mir reicht es, zu wissen, dass Jehova groß ist, und fest daran zu glauben, dass es einen Teufel gibt. Wie geht es dir, Cuqui?«

»Gut, Conde, gut. Und selbst?«

»Kann mich nicht beklagen«, antwortete er und reichte ihr die Plastiktüte, die er in der Hand gehalten hatte.

Cuqui sah hinein. Die Tüte enthielt ein Päckchen Kaffee, ein Beutelchen Waschmittel und eine Flasche Olivenöl. Candito warf einen schiefen Blick auf die Geschenke.

»Aber Conde ...«, sagte Cuqui.

»Kann ich dir nichts schenken, ohne dass der Typ da gleich eifersüchtig wird?«

Candito lächelte noch breiter, ließ seinen Blick zwischen den beiden hin- und herwandern und sagte schließlich: »Du kannst es ruhig annehmen, Schatz. Conde ist zu Geld gekommen, und das macht ihn übermütig. Er muss es sofort ausgeben.«

»Ich bring euch den besten Kaffee mit, der in Havanna aufzutreiben ist, und echtes Olivenöl für deinen Salat, und du sagst so was! Rum hab ich nicht mitgebracht, weil du so ein Langweiler geworden bist, fast ein Heiliger ... Aber immerhin Kaffee.«

»Danke, Conde«, sagte Cuqui und beschenkte ihn mit einem weiteren Kuss auf die Wange.

Der ehemalige Polizist zeigte auf die Treppe, die zu der überdachten Terrasse führte, auf der rund fünfzig Stühle bereitstanden. »Ist das eine offizielle oder eine alternative Kirche, Roter?«

»Ein Ort des Gebets. Zurzeit bin ich hier der Vorsteher«, antwortete Candito.

»Und wem gehört dieses prächtige Haus?«

»Uff, das ist eine romanwürdige Geschichte. Der Besitzer war ein hohes Tier, Führer der Kommunistischen Jugend, dann stellvertretender Direktor und später Direktor eines Unternehmens, noch später Vizeminister und schließlich sogar Minister, wegen seiner Effizienz und Zuverlässigkeit. Und dann … explodierte er, und man hat ihn rausgeschmissen. Ich weiß nicht, ob dir das schon aufgefallen ist: Je lauter sie bellen oder sogar beißen, desto eher werden sie irgendwann mal rausgeschmissen. Na ja, dann haben sie sich taufen lassen, erst seine Frau und danach er, und jetzt sind sie gute Christen.«

»Was für eine hübsche Geschichte. Der Weg zum Heil«, sagte Conde. »Und vorher waren sie keine guten Christen?«

Candito dachte nach. »Außerhalb der Kirche und fern von Gott … Nein. Obwohl sie vielleicht durchaus gute Menschen sein konnten.«

»Verstehe, aber ich glaube nicht so recht an so eine Erlösung. Na ja, ich als Agnostiker … Sag mal, hast du ein wenig Zeit? Ich möchte etwas mit dir besprechen. Dauert nicht lange.«

Candito sah auf die Uhr. »Ja, es ist noch früh. Cuqui, geh schon mal rauf und bereite alles vor.«

Seine Frau nickte und schenkte Conde einen dritten Kuss. »Danke noch mal und komm doch in den nächsten Tagen mal auf einen Kaffee vorbei.«

»Lass was für mich übrig, ich komm bestimmt.« Und leise fügte er hinzu: »Wenn dein Mann nicht zu Hause ist.«

Lächelnd ging die Frau nach oben. Candito nahm Conde am Arm und führte ihn zur nächsten Straßenecke, wo sich ein weiteres geeignetes Mäuerchen zum Sitzen fand.

»Was ist, Bruder?«, fragte Candito.

»Glaubst du, dass ich ein guter Freund bin, Roter?«

Candito sah ihn mit gerunzelter Stirn an. Er kannte die Schuldgefühle, die Conde häufig überfielen, zur Genüge. »Lass hören, Kollege. Was hast du jetzt schon wieder getan ... Oder nicht getan?«

»Ich habe vergessen, dass ein Freund seit zwei Tagen mit mir sprechen will.«

Candito grinste. »Ja, du bist ein miserabler Freund. Machst sogar meine Frau an. Aber ich vergebe dir. Und deswegen hast du hier auf mich gewartet?«

Conde schüttelte den Kopf. Jetzt lächelte auch er. »Manchmal glaube ich nämlich, dass ich ... Ach, vergiss es, Roter. Sag mal, erinnerst du dich an Bobby? Roberto Roque Rosell?«

Candito zog die Augenbrauen hoch, und Conde zündete sich eine Zigarette an, um seinem Freund die Geschichte von der Wiederauferstehung des rundum erneuerten ehemaligen Mitschülers in allen Einzelheiten zu erzählen.

»Dann ist er jetzt also schwul, Santero, Geschäftsmann und reich!«, wunderte sich Candito, wie alle anderen, die Bobby von früher kannten.

»Und auch wenn du das Lieblingsschaf Gottes im Himmel bist, musst du mir helfen. Hier unten.«

»Ich wüsste nicht, wie. Was habe ich mit Bobbys Welt zu schaffen, Alter?«

»Du musst und wirst mir helfen.« Conde warf die Zigarettenkippe auf die Straße und öffnete den Umschlag mit den Fotos von Bobby und seiner schwarzen Jungfrau von Regla. »Sieh dir das an und sag mir, was du davon hältst.«

Er reichte Candito die beiden Fotos, und der rückte näher an die Straßenlaterne heran, um besser sehen zu können, holte seine Brille aus der Hemdtasche und setzte sie auf. Wir sind alles alte Säcke, dachte Conde, als er Candito mit der Lesebrille und seinen fast vollständig weißen Haaren sah, die nur noch ein paar Spuren von dem feurigen Rot aufwiesen, das ihm seinen Spitznamen eingebracht hatte.

»Das ist Bobby?«, fragte er ungläubig. »Wenn ich ihn auf der Straße sähe, würde ich ihn nicht erkennen. Aber jetzt sieht er wirklich sehr schw... sehr gay aus.«

»Stockschwul, haben wir das früher genannt.« Der Mulatte, der solche Ausdrücke nicht mehr verwendete, musste lachen.

»Sieh dir die Madonna an, Candito.«

»Was ist mit ihr? Na gut, sie ist schwarz. Und ihr fehlt eine Hand.«

»Es ist eine Jungfrau von Regla.«

»Eine Jungfrau von Regla?« Candito schaute erneut hin.

»Sagt jedenfalls Bobby.«

»Aber irgendetwas ist anders. Ich erinnere mich, dass ...«

»Ja, die kubanische Jungfrau von Regla ist immer im Stehen abgebildet, und die da sitzt. Sieh dir auch die Form der Krone an. Und die Gesichtszüge.«

Candito nickte mehrmals, dann schüttelte er den Kopf. »Nein, Conde, das ist nicht die Jungfrau von Regla.«

»Was macht denn die Jungfrau von Regla aus? Schwarz ist sie, Jungfrau ist sie, also könnte es auch die von Regla sein.«

»Es gibt bestimmte Merkmale, aber ich kenn mich da nicht besonders gut aus.«

Conde wirkte enttäuscht.

»Conde, ich war Atheist, danach Santero, dann Katholik, und jetzt bin ich Protestant. Ich weiß so manches, aber dafür musst du dir jemanden suchen, der über die katholischen Heiligen Bescheid weiß.« Candito gab seinem Freund die Fotos zurück. »Was ich dir aber sagen kann, ist, dass die kubanische Jungfrau von Regla die Kopie einer Madonna ist, die es in Andalusien gibt, ich glaube, in Cádiz. Alle sehen gleich aus, und soweit ich weiß ...« Candito verstummte.

»Was, Roter?«

Candito schloss die Augen und versuchte, sich zu erinnern. »Meine Nachbarin Antonia hat eine Jungfrau von Regla. Ich sehe sie jeden Tag. Das Gesicht der Jungfrau ist schwarz ... Ich habs, Junge, das Jesuskind ist weiß!«

Conde starrte auf Bobbys Fotos: Muttergottes und Gottessohn, beide waren schwarz. »Natürlich! Klar«, stimmte er zu. Bobbys Behauptung, dass dies die Jungfrau von Regla sei, hatte sein Gedächtnis vernebelt. Auch die Jungfrau seiner Mutter sah aus wie die von Canditos Nachbarin. Machte es einen Unterschied, dass das Kind dieser Madonna schwarz war? Er wusste es nicht. Vielleicht war es im Zuge der Jahrhunderte durch die Patina schwarz geworden?

Conde steckte die Fotos wieder in den Umschlag und zündete sich gierig die nächste Zigarette an. »Wenn das nicht die Jungfrau von Regla ist, was für eine Jungfrau ist es dann, verdammt noch mal?«

»Ich kann dir wirklich nicht helfen, mein Freund. Soviel ich weiß, ist die einzige schwarze Madonna, die sitzt, die der Katalanen.«

»Klar, die Morenata, die Madonna von Montserrat. Ich glaube, ihr Kind ist auch schwarz.«

»Glaub ich auch, aber sicher bin ich mir nicht.«

»Sag mir noch eins, Roter. Immer, wenn Bobby von Yemayá spricht, berührt er den Boden und küsst danach seine Fingerspitzen. Warum?«

»Du weißt doch, dass die Sklaven, die aus dem Reich der Ifa kamen, ihre Göttin Yemayá mit der Jungfrau von Regla gleichgesetzt haben, nicht wahr? Hier in Kuba ist sie die Schutzpatronin der Seeleute, die Göttin des Meeres. Wie das in Spanien ist, weiß ich nicht. Und Yemayá ist die Herrin der Wasser, sie verkörpert das Meer. Beide sind Mütter von Göttern. Yemayá ist die Mutter aller Götter. Deswegen haben die Afrikaner die eine mit der anderen gleichgesetzt. Bobby macht diese Geste, weil keiner, der Yemayá empfangen hat, ihren Namen aussprechen darf, ohne den Boden zu berühren und danach seine Fingerspitzen zu küssen, als Zeichen des Respekts und der Erkenntnis: Aus der Erde kommen wir, und zu ihr werden wir zurückkehren. Die Erde ist die Mutter von allem. Die Flüsse fließen über die Erde, und die Wellen des Meeres küssen die Erde …«

»Siehst du, du kannst mir immer helfen, Roter. Lass dir gesagt sein, du wirst mir noch mehr helfen müssen, bei weniger religiösen Dingen. Auch deswegen bin ich zu dir gekommen.«

»Lass hören …«, seufzte Candito, der Condes Hilferufe schon immer gefürchtet hatte.

»Wie es aussieht, wohnt ein Freund von Bobbys Freund in einem Viertel bei San Miguel del Padrón, in dem sich die Leute aus dem Osten niedergelassen haben. Es nennt sich Las Alturas del Mirador, ein schreckliches Viertel. Wenn die Fledermaus, ein anderer Kumpel von Bobbys Freund, mir nicht helfen kann, werde ich den Kerl dort selbst suchen müssen.«

»Und was hab ich damit zu tun?« Candito sah seinen Freund verständnislos an.

»Zweierlei: Erstens traue ich mich nicht allein in diese Elendsgegend. Wie ich gehört habe, wagt sich nicht mal die Polizei dahin.«

»Du weißt doch, Conde, ich prügle mich nicht mehr.«

»Aber du sieht immer noch aus wie einer, der sich prügelt. Und drei Leute sind besser als zwei.«

»Drei?«

»Wenn ich dorthin gehen muss, nehm ich auch den Hasenzahn mit, aber mit seiner blöden Fresse ...«

»... bringen sie euch um, drehen euch durch den Fleischwolf und verkaufen euch als Sojafrikadellen.«

»So ungefähr. In allen diesen Vierteln gibt es aber etwas, das in dein Ressort fällt. Das wäre wirklich praktisch. Garantiert gibt es dort irgendeinen Adventisten und vielleicht sogar einen eurer Priester. Du weißt, wo du sie finden kannst und wie du mit ihnen reden musst. Und wenn es einen Priester gibt, kennt der sich doch bestimmt bestens in der Gegend aus, oder?«

Candito kratzte sich am Kopf, nicht gerade überzeugt von Condes Vorschlag.

»Krieg raus, ob einer von deinen Leuten in diesem Viertel wohnt. Und stell den Kontakt her. Wenn ich selbst dort nach einem Typen frage, von dem ich nicht mal den richtigen Namen kenne, wird mir keiner auf die Sprünge helfen.«

Candito hatte lange genug in einer Mietskaserne und später als Paria auf Havannas Straßen gelebt und wusste, wie recht sein Freund hatte. »Warum zum Teufel lässt du dich auf so was ein, Conde?«

»Das frag ich mich auch. Nun, erstens, weil Bobby mich bezahlt und ich das Geld dringend brauche. Du weißt ja, dass ich immer pleite bin. Und zweitens, na ja, aus demselben Grund, warum du dich darauf einlässt, Roter. Weil dich ein Freund darum bittet.«

»War Bobby dein Freund?«

»In gewisser Weise. Kein so guter Freund wie du, aber vielleicht hab ich mich da ja geirrt.«

»Du änderst dich nie, Condenado«, stellte Candito lächelnd fest.

»Meinst du, ich sollte mich ändern?«

Candito sah zu der Dachterrasse hoch, auf der heute Abend gebetet würde, demütig gebetet, und wandte sich schließlich wieder seinem Freund zu. »Nein, Conde, ändere dich nicht. Du bist eine Prüfung, aber eine gute. Und du und ich, wir wissen beide: Was gut ist, daran sollte man besser nicht rühren. Man weiß nie, was danach kommt. Mach dir keinen Kopf, Alter, du warst immer ein guter Freund für deine Freunde.« Er streckte Conde die Hand hin, und der zog Candito zu sich heran, um ihn zu umarmen. »Mal halblang, du musst nicht gleich rührselig werden«, murmelte Candito. »Ich hör mich um, ob uns jemand helfen kann, und dann ruf ich dich an.«

»Danke, Roter. Und wo wir schon mal rührselig und auf Fahndung sind, sag mir noch eins: Gibt es den Teufel wirklich?«

Einer der alarmierendsten Beweise dafür, dass das Greisenalter im Eiltempo nahte, war Condes Verhältnis zum Alkohol. Seit einiger Zeit zeigte er neuartige, unerwartete Reaktionen, wenn er sich zu Carlos flüchtete, um zu zweit oder zu dritt eine Partie Alkoholschach zu spielen. Er war völlig verstört gewesen, als er eines Nachts den Teufel von Angesicht zu Angesicht sah und sogar roch.

Es war vor ein paar Monaten gewesen, während eines wilden, erbitterten Kampfes mit drei Literflaschen eines abenteuerlichen Rums, der in der Desperado-Bar zu einem bezahlbaren Preis verkauft wurde. Da der Abend heiß und feucht war, hatten sich die drei Freunde zum Trinken in Carlos' Patio gesetzt, und Conde hatte sogar sein T-Shirt ausgezogen. Am Himmel war kein Wölkchen zu sehen, der gelbliche Vollmond färbte sich rötlich und hing unheilschwanger über ihnen. Bei der dritten Flasche angekommen, kümmerte sich keiner mehr darum, eine neue Kassette in den Rekorder zu schieben, und Condes leerer Magen begann, gegen die teuflische Wirkung des Rums zu rebellieren. Dann fingen die drei Freunde ein philosophisches Streitgespräch an. Was war der Sinn des Lebens, wenn man am Abgrund stand? Einig waren sie sich darüber, dass rund um sie herum nur gähnende Leere war. Verbittert dachten sie, wie sich die meisten ihrer Träume und Hoffnungen in nichts aufgelöst hatten. Früher hatten sie Pläne geschmiedet, ihre Hoffnungen hatten sie mit Tatendrang erfüllt, vor sich sahen sie eine strahlende Zukunft. Doch all dies war ihnen nach und nach abhandengekommen. Immer, wenn dieses Thema aufkam, versank Conde in Selbstmitleid und gab allen und allem die Schuld an seinem Scheitern.

Den anderen erging es nicht besser. Es war eine alte, hartnäckige Gewohnheit, die sie nicht mehr abschütteln konnten. War irgendwo am Horizont eine Änderung zum Besseren in Sicht? Nicht in ihrem Leben. Mit Carlos war das Schicksal besonders hinterhältig umgegangen. Mit dreißig Jahren hatte es ihn dazu verurteilt, für den Rest seiner Tage im Rollstuhl zu sitzen, das Rückenmark zerstört von einer Kugel, die ihn in einem fernen Krieg erwischt hatte. Seither musste er zusehen, wie sein Körper sich immer mehr in eine unförmige, schlaffe Masse verwandelte, mit Dellen, in denen sich der Schweiß sammelte.

Auch dem Hasenzahn waren im allgemeinen Niedergang, der Stagnation und Erschöpfung alle hochfliegenden Pläne zwischen den Fingern zerronnen. Doch er schien das klaglos zu akzeptieren und flüchtete sich in die Lektüre historischer Bücher, die seine Attacken von Schlaflosigkeit und innerer Unruhe linderten. Die Geschichte, sagte er, zeige zu allen Zeiten das gleiche Elend: Fundamentalismus, Arroganz, Machtgier und die unzähligen Strategien der einen, um die anderen zu betrügen, auszubeuten, zu beherrschen und, in letzter Konsequenz, zu zerstören. Dennoch träumte er manchmal vage Zukunftspläne, die sich nie verwirklichten, ihn aber immerhin aufrecht hielten. In den letzten Jahren litt er unter der Abwesenheit seiner Tochter Esmé, die ihren einer Kurzgeschichte von J. D. Salinger entliehenen Namen einer Wette, die Conde fast dreißig Jahre zuvor gewonnen hatte, verdankte. Das Mädchen war immer seine Kleine, sein Augapfel und die Tränen in seinen Augen gewesen. Gleich nach dem Studium hatte die junge Frau das Land verlassen auf der Suche nach einem Ort, an dem sie nach ihren Vorstellungen leben konnte, und ihr Fortgang hatte ihn in abgrundtiefe Trauer gestürzt. Deswegen vermied er es, wenn möglich, über die Abwesenheit seiner Tochter zu sprechen, obwohl das Thema niemals – Conde, Carlos und Candito wussten es – aufgehört hatte, ihn zu quälen, so als wäre es seine Schuld oder seine Sünde.

In vielerlei Hinsicht sahen sich die Freunde als Musterexemplare ihrer Generation. Sie hatten sich nicht, wie so viele andere, fürs Exil entschieden. Eisern klammerten sie sich an ihrem eigenen Boden fest. Die Jahrgänge, die geglaubt und gekämpft hatten, waren so gut wie gar nicht für die Opfer entschädigt worden, zu denen man sie aufgerufen und gelegentlich auch gezwungen hatte. Wer nicht den Wunsch, die Kraft oder die Möglichkeit hatte, fortzugehen, sah ringsum viele der tragenden Säulen eine nach der anderen einstürzen. Und jetzt lebten sie so dahin, so gut es eben ging, jammerten ein wenig oder auch nicht, je nach der wechselnden Stimmung des Tages. Aber immer waren die Taschen leer. Und der Horizont wurde immer enger. Ihre Zukunft war absehbar. Sie konnten sich nicht mehr neu erfinden. Zwischen Opportunisten, cleveren Unternehmern, Abzockern und Siegertypen der neuen Schule, einige davon mit Diplomen der alten Schule, würden sie aufgerieben. Eine Welt gefräßiger Menschen, die alles verschlingen wollten, was diese narkotisierte Gesellschaft geschaffen oder übrig gelassen hatte. In der nur Kontrolle und Schönfärberei immer neu aufblühten, unter laufend angepassten Parolen und Drohungen. In friedlicher Koexistenz mit Opportunismus und Korruption, mit wild wuchernder Aggressivität, Gleichgültigkeit, Unhöflichkeit und der Hoffnungslosigkeit so vieler Menschen. Wunderbare Aussichten!

Zu der Zeit, als ihm der Teufel erschienen war, machte Conde gerade mal wieder eine seiner immer häufiger wiederkehrenden Phasen finanzieller Flaute durch. Das Geschäft mit dem An- und Verkauf alter Bücher lag am Boden. Seit fast fünfundzwanzig Jahren waren so gut wie keine neuen Bücher ins Land gekommen, und die Mine, die sich in früheren Epochen gefüllt hatte, erschöpfte sich allmählich. Die Situation wurde bedrohlich, und Conde sah sich nach einer Alternative um. In Wahrheit gab es nicht viele Möglichkeiten für einen wie ihn. Er beherrschte kein Handwerk, hatte kein Kapital, um irgendein Geschäft aufzumachen, noch die Unverfrorenheit, das Selbstbewusstsein und den Mut, sich auf verbotenes und deshalb einträglicheres Terrain zu begeben. Einige seiner umtriebigeren Kollegen benutzten den Ankauf von Büchern als Tarnung für andere Deals. Zu bisweilen lächerlichen Preisen kauften sie Kleidung, Töpfe, Nippes und Möbel den Besitzern ab, die bereits ihr Ausreisevisum in der Tasche hatten, oder auch Leuten, die noch verzweifelter und ärmer waren als sie selbst. Und verkauften die Dinge dann mit ordentlichem Gewinn.

Einer von Condes Geschäftskollegen, Barbarito Esmeril, hatte seinen Handel auf diese Weise neu orientiert. In seinem Wohnzimmer richtete er eine Art Bazar ein. Seine Frau wusch und bügelte die gebrauchte Kleidung, die Barbarito auf seiner Suche nach alten Büchern erworben hatte, hängte sie auf Bügel oder legte sie in Kartons, um sie jenen Verzweifelten zu verkaufen, denen die offiziellen Läden zu teuer waren. Im Viertel war sein Wohnzimmer bald als »Esmerils Klamottenladen« bekannt, und sein Erfolg galt als Beweis für den Unternehmergeist, der angeblich im Herzen eines jeden Kubaners schlummert.

Insgeheim bewunderte Conde Barbarito und andere mutige Kollegen, doch die letzten Überreste seines Stolzes hinderten ihn daran, gewisse Grenzen zu überschreiten. Darum hatte er, abgesehen von gelegentlichen Glücksfällen mit bibliophilen Kostbarkeiten, in den letzten Jahren nur dank Yoyi und dessen einträglichen Geschäften überlebt. Mit diesen eher sporadischen Einkünften musste Conde, der kurz sogar die närrische Idee in Betracht zog, als Nachtwächter zu arbeiten oder zu unterrichten, zurechtkommen. Derweil vervielfachten sich die Preise sämtlicher Waren und Dienstleistungen im täglichen Leben, ohne dass die staatlichen Löhne Schritt gehalten hätten.

Diese aggressive, ruinöse beziehungsweise ruinierte Stimmung beherrschte ihn auch an jenem schwülen und mondhellen Abend. Von den drei Freunden war er sicherlich derjenige gewesen, der am häufigsten das Glas erhoben hatte, er suchte ganz bewusst den gnadenreichen Zustand der Bewusstlosigkeit. »In diesem Jahr werd ich sechzig«, hatte er gesagt und mit unsicherem Zeigefinger zuerst auf Carlos, dann auf den Hasenzahn gezeigt. »So wie du, Dünner, der du nicht mehr dünn bist. So wie du, Hase, der du immer weniger wie ein Hase aussiehst. Du ähnelst mehr einem dünnen Frettchen, verdammt noch mal. Und die beschissenen Jahre, die uns noch bleiben, werden noch beschissener. Aber wisst ihr was? Wir sind noch nicht ganz unten angelangt. Es gibt Leute, die sind noch weiter unten.« Er zeigte auf die Erde, als wollte er sie mit dem Zeigefinger durchbohren, und trank einen Schluck, auf den sein Körper mit einem heftigen Schütteln reagierte.

»Hör auf zu nerven, Conde, bitte«, flehte Carlos.

»Lass mich ausreden, verdammt noch mal. Also, neulich war ich mal wieder wer weiß wie viele Stunden unterwegs, ich war völlig fertig, hab geschwitzt wie ein Pferd, und als ich nach Hause kam, sah ich einen alten Mann, und ich denk noch, irgendwas ist komisch mit seinen Füßen ... Irgendwie seltsam ... Als er näher kam, sah ich, dass er keine Schuhe anhatte, nur dreckige, fast schwarze Plastiktüten, die er sich um die Füße gewickelt hatte, wahrscheinlich hatte er sie aus dem Müll gezogen. Dann hab ich ihn angesehen, und da hab ich gemerkt, dass er gar nicht alt war, der Mann war vielleicht, ich weiß nicht, so alt wie wir oder etwas älter. Aber wie er aussah ... Ein Zeitgenosse, meine Herren! Und ich hab mich gefragt ... Ihr wisst ja, ich frag mich immer, ich überlege, immer im Kreis, immer denselben Scheiß ...«

»Erzähl uns nichts, was wir schon wissen«, ermahnte ihn der Hasenzahn. »Was hast du dich gefragt?«

»Also, ich hab mich gefragt: Wie zum Teufel konnte es so weit kommen, dass dieser Mann nicht mal ein Paar Schuhe hat und sich Plastiktüten um die Füße wickeln muss? Vielleicht hat er gesoffen ... Mehr als wir. Aber wahrscheinlich reicht seine Rente nicht aus, um sich Essen zu kaufen. Und ein Paar Schuhe oder sonst was, das er sich an die Füße tun kann. Wisst ihr, was Schuhe kosten, solche, die aussehen, als wär das Leder vom Dinosaurier? Fast einen Monatslohn! Als ich den Alten so vor mir sah, etwa so alt wie ich, da hab ich plötzlich gespürt, wie sich mir das Herz zusammenzog. Ich hatte verdammt Lust, zu weinen ... Um diesen alten Mann ohne Schuhe und um mich, denn irgendwie war ich dieser Alte. So tief kann auch ich sinken, hab ich mir gesagt. Wenn Tamara und Josefina nicht wären, oder wenn es euch nicht gäbe, wenn es Yoyi nicht gäbe, dann würde auch ich am Ende mit Plastiktüten an den Füßen durch die Straßen latschen. Scheiße! Ich weiß, es gibt auf der ganzen Welt Menschen, die so leben, aber dieser Typ stand direkt vor mir, der ging mich was an, der hat mir den Spiegel vorgehalten. Da hab ich zu ihm gesagt, er soll warten, und bin ins Haus gegangen. Ich hab nach einem uralten Paar Schuhe gesucht, hellbraune Schnürschuhe, die ich seit tausend Jahren nicht mehr angehabt habe. Die, die vorne gedrückt haben, erinnert ihr euch? Ich hatte sie nicht weggeworfen, denn in diesem Land wirft man nichts weg. Aber wisst ihr was? Ich hab sie nicht gefunden. Weder im Schrank noch unterm Bett und auch nicht in der Kiste, in der ich jeden Mist aufbewahre. Hatte ich sie doch weggeworfen? Nein, sicher nicht. Und dann hab ich mich erinnert, dass ich sie zum letzten Mal in einer Kiste mit Büchern gesehen hatte, die ich nicht verkaufen konnte. Ich hab nachgesehen, und da waren sie, halb verschimmelt wegen der Feuchtigkeit und steinhart, aber noch zu gebrauchen. Besser jedenfalls als Plastiktüten, die man am Fußknöchel festbindet. Findet ihr nicht? Und wenn er sie nicht gebrauchen kann, soll er sie verkaufen oder gegen etwas anderes eintauschen, keine Ahnung. Ich hab die verdammten Schuhe ein bisschen abgeklopft und bin zurück auf die Straße. Aber der Alte war weg! Dabei hatte ich ihm doch gesagt, er soll warten! Wahrscheinlich hatte er keine Lust mehr, oder er hat gedacht, ich hätte ihn verarscht, ich weiß es nicht ... Na ja, ich war zwar hundemüde, aber ich hab im ganzen Viertel nach ihm gesucht. Als ich ihn nicht fand, hab ich angefangen, die Leute nach dem Typen mit den Plastiktüten an den Füßen zu fragen. Aber keiner hatte ihn gesehen, und auch die Besoffenen in der Desperado-Bar kannten ihn nicht. Einer mit Plastiktüten an den Füßen fällt doch auf, oder? Wie war das möglich? Hatte ich mir den Mann nur eingebildet?«

»Siehst du schon Gespenster, Alter?« Carlos schien ernstlich besorgt. Um das Gefühl loszuwerden, trank er den Rest Rum, der noch in seinem Glas war.

»Nein, nein! An dem Tag hatte ich nichts getrunken, ich schwörs. Ich hatte nicht fantasiert, ich war ihm tatsächlich begegnet ...« Je mehr Conde sich in die Geschichte von dem Penner hineinsteigerte, umso mehr schwitzte er aus allen Poren, und umso leerer wurde das Glas, das er in der Hand hielt. Er versuchte, sich mit dem bereits feuchten Taschentuch den Schweiß vom Gesicht zu wischen, goss sich den Rest der Flasche ins Glas und gönnte sich einen kräftigen Schluck, um die Geschichte zu Ende zu erzählen. »Jedenfalls bin ich etwa eine Stunde rumgelaufen, hab mich durchgefragt und Gott und die Welt verflucht, weil ich so lange brauchte, um diese verdammten Scheißschuhe zu finden. Bis ich schließlich aufgab und heimging. Wobei ich mir nicht mehr so ganz sicher war, ob ich mir das alles vielleicht nur zusammenfantasiert hatte. Aber so viel Fantasie habe ich nicht, nein, natürlich nicht. Den Kerl gab es, es gibt ihn! Seit dem Tag geht er mir nicht mehr aus dem Kopf, ich sehe ihn durch die Straßen gehen, mit schlurfenden Schritten, damit die Plastiktüten ihm nicht von den Füßen abfallen. Ich frag mich noch immer, wie zum Teufel jemand in diesem Land so leben kann, ohne dass es irgendjemandem in den Sinn kommt, ihm ein Paar Schuhe zu schenken. Ohne dass es irgendjemanden interessiert! Schlimmer noch, ohne dass ihn irgendjemand überhaupt sieht! Als wäre er ein Gespenst! Dann überkamen mich Gewissensbisse, weil ich nicht das getan hatte, was ich hätte tun müssen: ihm die Schuhe geben, die ich anhatte, als ich ihm auf der Straße begegnet bin. Weil ich vorhatte, ihm etwas zu geben, das ich nicht mehr brauchte, und nicht das, was ich hatte. Das hätte ich tun müssen, wenn ich nicht so ein erbärmliches Arschloch wär ...«

Carlos und der Hasenzahn warfen sich einen Blick zu, verzichteten aber auf eine ihrer sarkastischen Bemerkungen. Conde trank den letzten Schluck und schaute ins Glas, als könnte er sich nicht erklären, warum es leer war. Das Schweigen der Freunde, die Hitze, der Alkohol, der unheilvolle Einfluss des schmutzig rötlichen Mondes auf sein gequältes Gewissen, all das kam in diesem Moment zusammen, es implodierte, denn plötzlich spürte Conde, wie seine sämtlichen Motoren mit einem letzten Schütteln absoffen. Auf seiner Netzhaut erschien ein rötlicher Fleck, feurig, blutig, aus dem eitrige Tentakel hervorwuchsen, die in grünen, klauenartigen Ausstülpungen endeten, und er nahm einen Schwefelgeruch wahr, der ihn zu betäuben drohte. Er sah noch, wie ihn der Fleck einhüllte, ihn mit seiner klebrigen, undefinierbaren Masse und seinen Tentakeln umklammerte. Gleichzeitig spürte er eine Hitze in sich, die von den Knochen und den Eingeweiden nach außen drang. Sein Blut pochte in den Schläfen, seine schweißbedeckte Haut begann, sich ab- und im Plasma der schwefelhaltigen, klebrigen Masse aufzulösen ... Bis er das Gefühl hatte, zu explodieren. Wie ein Luftballon, wie eine Bombe, wie Kotze ...

Laut Carlos und Hasenzahn fiel Conde das Glas aus der Hand und zersplitterte auf dem Boden in tausend Stücke. Er saß eine Weile wie abwesend da, wie weggetreten, obwohl er am ganzen Körper zitterte. Als er wieder zu sich kam, spürte er, wie sein Körper sich langsam beruhigte, als kehre er von einer langen Reise zurück. Was eine lange Reise war, wusste er allerdings nicht so recht, denn er war nie an einen Ort gereist, den man nicht mit dem Bus erreichen konnte. Schließlich sah er das verschwommene Bild seiner Freunde, und er spürte einen Druck in den Schläfen und gleichzeitig eine große Erleichterung: die Erleichterung desjenigen, der in die Großen Geheimnisse eingeweiht worden war. Er war fort gewesen und wieder zurückgekommen, man hatte ihn auserwählt, aber man hatte ihn wieder gehen lassen. Um seine Erleuchtung zu verdauen, trank er die letzten Tropfen, die sich auf dem Boden der Flasche versteckt hatten. Kaum hatte er getrunken, begann er, auf seinem Stuhl zu schwanken, wie ein angesägter Baum, angezogen von der einzig verbliebenen Kraft des Universums: der Schwerkraft.

Während er langsam, aber sicher vom Stuhl fiel, vernahm er noch die Stimme des dünnen Carlos: »Schnell, Hasenzahn! Halt ihn fest, er kackt ab!«

»Ich liebe den Roman von Updike«, murmelte Conde oder glaubte es zumindest. »*Rabbit, Run* ...«

Dann fiel er in eine breiige Wolke, der er erst mehrere Stunden später wieder entsteigen sollte, als er sich im sonnendurchfluteten Wohnzimmer in Carlos' Haus auf dem Sofa streckte und reckte und, noch immer in Unterhosen, nach einer Handvoll Tabletten verlangte, die seiner aufgeweichten Gehirnmasse wieder auf die Sprünge helfen sollten.

Als die alte Josefina ihm eine Tablette mit einem Glas Wasser brachte, versuchte er zu lächeln und hob den Blick zu der Mutter seines Freundes, die irgendwie auch seine Mutter und die Mutter der ganzen Welt war. »Jose, ich glaube, ich werde mit dem Trinken aufhören …«

Josefina schüttelte den Kopf. »Warum hast du gestern Abend so viel getrunken?«

»Weil … Na ja … Weil ich den Teufel gesehen habe!«, sagte er und schnüffelte an seinen Achselhöhlen. »Komm mir nicht zu nah, ich rieche wie er …«

Josefina lächelte. Auch Carlos und der Hasenzahn hatten gelächelt, als Conde ihnen die Geschichte seiner satanischen Offenbarung erzählt hatte. Der Hasenzahn hatte sie daran erinnert, dass er grüne Mäuse zu sehen pflegte, wenn er so richtig dicht war. Das nenne man *Delirium tremens,* sagten sie. Aber Mario Conde wusste, dass das nicht stimmte. Das war kein Delirium gewesen, sondern eine reale Reise in den Abgrund, wo ein Mann ziel- und ruhelos mit Plastiktüten an den Füßen umherirrte. Ohne dass ihn jemand sah …

Doch bald schon hatte Conde sein Versprechen der Enthaltsamkeit vergessen. Als ihm der rote Candito nun versicherte, dass es den Teufel wirklich gab, überlegte er, ob es nicht eine gute Gelegenheit sei, den Bösen zu versuchen. Mit zwei Flaschen Rum unter dem Arm hielt er triumphalen Einzug im Haus des dünnen Carlos, der schon lange nicht mehr dünn war und weder an grüne Mäuse noch an infernalische Erscheinungen glaubte, außer an die eigenen in seinem täglichen Leben.

5

Antoni Barral, 1936

Wie zwei Unglücksboten kehrten sie nach La Vall de Sant Jaume zurück. Das Land befinde sich im Krieg, verkündeten sie. Im Krieg mit wem?, fragte man sie in Molló, in Beget, in Rocabruna und anderen Siedlungen des Tals, wo noch niemand die schlechte Nachricht erfahren hatte. In Camprodón sagten sie: Im Krieg mit sich selbst, Spanier gegen Spanier. Und warum bekämpften sie sich? Weil die einen Kommunisten oder Anarchisten, Syndikalisten, Trotzkisten oder Faschisten waren und die anderen nicht? Weil die einen an Gott, Moral und Anstand glaubten und die anderen nicht oder weniger und weil sie außerdem Freimaurer waren? Weil die einen keine Republik wollten und die anderen um jeden Preis, weil einige die Monarchie wollten und andere nicht und einige sogar weder Monarchie noch Republik? In Camprodón wussten alle etwas, aber keiner wusste etwas Genaues. Aus den wenigen Radios im Dorf kamen widersprüchliche Nachrichten. Nur eines war gewiss: Der Krieg, den viele hatten kommen sehen, war tatsächlich ausgebrochen.

Carles Barral und der junge Antoni mussten in aller Eile und mit Verlust ihre Ladung Kohle verkaufen, denn in Camprodón waren die Sympathien auf die verfeindeten Parteien verteilt, und alle dachten nur an den Krieg, sprachen nur vom Krieg. Viele bereiteten sich sogar schon darauf vor und verlangten nach Waffen, um in den Kampf zu ziehen und ihre faschistischen oder kommunistischen Feinde so schnell wie möglich zu vernichten. Während Carles sich beeilte, die Ware zu verkaufen und von dem Geld ein paar Lebensmittel zu kaufen, ging sein aufgeweckter Sohn Antoni ins Gemeindehaus, in die Kirche, auf den Markt und ins Haus der Anarchisten und stellte

Fragen. Er schnappte sich jede zerfledderte Zeitung, blieb bei jedem Radio stehen, und riss die noch nach Druckerschwärze riechenden Flugblätter, die die verschiedenen Parteien in der einzigen Druckerei des Dorfes hatten drucken lassen, von den Mauern. Die Stimmung war angespannt und konfus. Hüben wie drüben regierten Angst und Hass oder beides gleichzeitig, jeder beschimpfte jeden. Er erfuhr, dass sich das heimgeholte Afrikakorps gegen die Regierung der Republik erhoben und sich zahlreiche Garnisonen dem Aufstand angeschlossen hatten, andere jedoch treu zur Regierung standen und wieder andere unentschlossen waren. Manche riefen dazu auf, nun unverzüglich das Volk zu bewaffnen, um die Republik zu verteidigen. Katalonien habe fast vollständig Treue zur legitimen Regierung bekundet. In Barcelona seien die Menschen auf die Straße gegangen und hätten nach Waffen verlangt, weil sie kämpfen wollten. Das bedeutete Krieg, und noch bevor in den abgelegenen Bergdörfern der erste Schuss fiel, hatte er mit all diesen Nachrichten auch in Camprodón schon begonnen. Noch bevor der junge Antoni Barral all das begriff, war der Krieg auch in sein Leben getreten, um es bis zur Unkenntlichkeit umzukrempeln.

Als die erschöpften Maultiere wieder im Stall neben dem schiefergedeckten Steinhaus standen, das praktisch unverändert mehrere Generationen der Barrals beherbergt hatte, trug Carles seinem Sohn auf, zur Einsiedelei zu laufen und Pater Joan zu erzählen, was sie wussten. Mit seinen fünfzehn Jahren war Antoni der klügste Junge in La Vall de Sant Jaume. Als einer der wenigen konnte er fehlerfrei lesen und schreiben und sogar rechnen, ohne die Finger zu Hilfe zu nehmen. Er konnte auch Karten lesen, und sogar die Sterne kannte er, alles dank Pater Joan, der seine natürliche Intelligenz entdeckt hatte und ihm in den wenigen Stunden, die die Arbeit als Köhler und Ziegenhirte dem Jungen ließ, Unterricht erteilte.

Seit mehreren Jahrhunderten war Pater Joan der erste Priester, der sich im Dorf niedergelassen hatte – jedenfalls erinnerte sich in dieser armen, abgelegenen Gemeinde niemand an einen Pfarrer. Um seine im Überfluss vorhandene freie Zeit zu nutzen, unterrichtete er, neben der unvermeidlichen Unterweisung in Religion und dem Leben der Heiligen, die Jungen und Mädchen im Lesen, Schreiben und Rechnen. Außerdem half er nach Kräften den Familien seiner Gemeinde bei der einen oder anderen Arbeit. Böse Zungen behaupteten, der Pfarrer verbüße wegen irgendeines Fehlverhaltens eine Strafe. Dies sei der Grund, dass er sein Leben unter ein paar analphabetischen Bauern fristete. Die Messe las er in der Einsiedelei, einer kleinen Kapelle mit ein paar Bänken, einem steinernen Altar und einem Kreuz aus unbehauener Steineiche. Allerdings schmückte sie eine alte Heiligenfigur, eine pechschwarze und weithin als wundertätig anerkannte Madonna. Über die Wunder, die sie schon bewirkt hatte, kursierten unzählige Geschichten. Vor langen Zeiten hatte ein vornehmer Herr aus der Gegend die Statue im geborstenen Stamm einer verdorrten Steineiche entdeckt, war einer ihrer zahlreichen Wundertaten teilhaftig geworden und hatte zu Ehren der Madonna die Kapelle genau an der Stelle erbauen lassen, wo die Eiche gestanden hatte.

Antoni musste durchs halbe Dorf laufen, um Pater Joan aufzuspüren. Schließlich fand er ihn am Flussufer, in der Hand ein Buch, die verblichene Soutane bis zu den Knien hochgerafft. Er versuchte, seinen von Frostbeulen und Schwielen übersäten Füßen in dem Fluss, der in den karstigen Bergen entsprang und durch das bewaldete Tal floss, bevor er im Ter mündete, Linderung zu verschaffen. Der hierher verbannte Pater, ein Städter, war das ständige Klettern über die steilen Pfade in dieser Bergwelt nicht gewohnt, zudem waren seine Schuhe völlig ungeeignet und diesen Herausforderungen nicht gewachsen. Um sich das Gehen zu erleichtern, hatte sich der Priester eigenhändig ein lächerliches Schuhwerk aus ungegerbtem Ziegenfell und Hanfschnüren gefertigt. Anfangs hatten die Dörfler ihn belächelt, doch dann hatten sie den Alten, vielleicht auch aufgrund seines freundlichen Wesens, zu so etwas wie einer universellen Autorität gemacht. Er vermittelte bei Geschäftsproblemen und Familienstreitigkeiten, verschrieb den Kranken sogar Medikamente. Denn dieses Dorf war so unbedeutend, dass ihm der Staat nur einmal im Jahr Aufmerksamkeit schenkte: Dann kamen Steuereintreiber, unerbittlich, unbarmherzig wie Schmirgelpapier und so unvermeidlich wie die Wintergrippe.

Pater Joan hörte Antonis Bericht über die Stimmung in Camprodón und las daraufhin die Flugblätter und die Zeitungen, die der Junge eingesammelt hatte. Obwohl der Priester auf die achtzig zuging, konnte er noch ohne Brille lesen, und während er das tat, bewegte er die Zehen im klaren Wasser, um die kleinen Fische zu verscheuchen, die um seine Pusteln schwärmten. Als Antoni Barral die malträtierten und deformierten Füße dieses Mannes mit dunkler Vergangenheit sah, der zudem der Schwelle des Todes so nahe stand, schoss ihm eine plötzliche Erkenntnis durch den Kopf, so heftig, dass er für den Rest seines Lebens darin ein Zeichen oder eine Vorahnung sehen sollte. Sehr bald schon würde er die ganze Bedeutung dieses Gedankenblitzes erkennen.

»Armes Spanien«, sagte der Priester schließlich. Er faltete die Papiere zusammen und legte sie zwischen die Seiten des abgegriffenen Buches, in dem er an jenem Nachmittag gelesen hatte: *Buch von guter Liebe,* von Juan Ruiz, dem Erzpriester von Hita. »Armes Spanien«, wiederholte er.

La Vall de Sant Jaume war eine bitterarme, friedliche Gemeinde, die immer am Rande der Geschichte oder mit dem Rücken zu ihr gelebt hatte. Seit sich die ersten Bergbauern in jenem schwer zugänglichen, vom Klima jedoch begünstigten Tal in den katalanischen Pyrenäen niedergelassen hatten, war ihr Leben in engen Bahnen verlaufen. Hier war alles bestimmt durch unabänderliche Kreisläufe, wie ein Geschenk oder eine Schicksalsfügung. Zwischen der Geburt und dem Tod der Bewohner, die in dem Tal ausharrten, gab es lediglich den Wechsel der Jahreszeiten, Regen oder Schnee, Seuchen oder Epidemien, Eheschließungen und Taufen. Niemals hatten Kriege, technische Umwälzungen oder politische Veränderungen diesen Ablauf gestört. Da zudem die Geschichte des Dorfes in keiner Chronik verzeichnet war, konnte niemand sagen, wie viele Jahrhunderte es bereits existierte. Niemand erinnerte sich an ein denkwürdiges Ereignis, das nicht mit einer Naturkatastrophe zusammenhing. Man wusste nicht einmal mit Gewissheit, ob die alte Einsiedelei in dem Dorf errichtet worden oder das Dorf um die Kapelle herum entstanden war. Laut

Pater Joan war das Gebetshaus aus dem weißen Stein der Gegend vier- oder fünfhundert Jahre alt, aber das interessierte keinen der Hirten und Köhler. Für sie war die Zeit eine vage Äußerlichkeit, obwohl sie unverrückbare Spuren hinterließ, zum Beispiel die jahrhundertealte, dicht belaubte Steineiche mit den süßen Eicheln im Innenhof der Klause.

Die Kapelle der Einsiedelei und ihre schwarze Jungfrau waren der Mittelpunkt von La Vall de Sant Jaume geworden. Jeder Bauer war dort getauft worden, alle Eheleute hatten zwischen ihren Mauern das Sakrament der Ehe erhalten, von einem herbeigereisten Priester aus Oix, Beget oder Molló und sogar aus Camprodón, denn die größeren Ortschaften der Gegend hatten alle eine richtige Pfarrkirche mit einem ständig anwesenden Pfarrer. Jede der Frauen des Dorfes hatte die Heilige Jungfrau von La Vall um das Geschenk der Fruchtbarkeit und dann um den Segen einer leichten Geburt gebeten. So groß war der Glaube an ihre Jungfrau, dass sie sogar die kranken Ziegen und Schafe zu ihr brachten, damit ihre Fürbitte die Tiere heile. Viele Male, so versicherten sie, hatte die Jungfrau ihre Gebete erhört, Genesung geschenkt und Kindersegen bewirkt. Unvergessen war das Wunder, dass ein Kind mit sechs Fingern an jeder Hand das Licht der Welt erblickte, wenige Tage darauf starb, aber durch ein Wunder zu einem zweiten Leben erwachte und in seinem zweiten Leben hundertzehn Jahre alt wurde. Die Geschichte jenes Wunders und ihres Erscheinens im geborstenen Baum hörte im Dorf jedes Kind als allererste, sobald es in der Lage war, Geschichten zu verstehen. So war das seit undenklichen Zeiten.

Dass der Krieg in Girona, Barcelona und in weiten Teilen der Halbinsel bereits begonnen hatte und bald das ganze Land erfassen würde, störte anfänglich die Routine des täglichen Lebens in der Gemeinde kaum. Die erste Erschütterung spürten die Bewohner, als Jaume Pallard, Herr über endlose Ländereien und Patriarch seiner uralten Familie, die jeder in der Region kannte, vom Anarchistischen Komitee als Despot und Feind des Volkes verurteilt und vor einer Mauer in Olot standrechtlich erschossen worden war. Doch in den Wochen danach bestand die größte konkrete Sorge von Familien wie den Barrals darin, ob sie in den wachsenden Wirren für ihren rezenten Ziegenkäse und die Holzkohle, die sie im Herbst und Winter an den Berghängen brannten, weiterhin Kunden fänden. Oder konnten sie mit ihrer Ware vielleicht sogar einen höheren Preis erzielen?

Nur Pater Joan und sein Schüler Antoni Barral sprachen über die Zusammenstöße und lasen die Zeitungen, die die Bauern dem Priester aus den Nachbarorten mitbrachten. Der Pfarrer von Sant Aniol, der ein Radio besaß, ließ zudem seinem Kollegen durch einen Maultiertreiber oder einen Schmuggler Nachrichten zukommen. Deswegen wussten sie inzwischen, dass an verschiedenen Punkten der Halbinsel gekämpft wurde, dass in Barcelona ein von den Anarchisten angeführter Volksaufstand stattgefunden hatte und dass das ganze Land von Rachsucht und Gewalttätigkeit beherrscht war. Es hieß, fast die gesamte obere Hierarchie der katholischen Kirche unterstütze die aufständischen Militärs, derweil die radikalsten Gruppen der Republikaner sich an den Priestern, den Nonnen und sogar an den Bischöfen rächten, derer sie habhaft werden könnten. Berichte über brennende Kirchen und Klöster, gefangene und sogar gefolterte Mönche schienen nicht nur Propaganda, sondern wahr zu sein. Hatten tatsächlich zahlreiche Bischöfe den Aufstand der brutalen und fanatischen Militärs gesegnet? Diese Tatsache beunruhigte den alten Priester sehr.

Der junge Antoni Barral versuchte, das alles zu verstehen. Nur zu gern lief er in eins der nahe liegenden Dörfer, um sich umzuhören. Mit der Geschicklichkeit eines Berglers huschte er über die Gebirgspfade und mischte sich am Ziel unauffällig unter die Leute. Dennoch hatte er sich in Camprodón über eine der Mauern des Innenhofs retten müssen, in den man ihn gebracht hatte, um ihn gewaltsam für das republikanische Heer oder irgendeine Miliz oder weiß der Himmel, welche Kolonne anzuwerben. Zwar hegte er gewisse Sympathien für die Republik, die versprochen hatte, das Leben aller Spanier, Proletarier wie Bauern, zu verbessern. Aber er konnte nicht erkennen, dass dieser Krieg ihn etwas anging.

»Doch, das ist auch dein Krieg«, sagte Pater Joan zu ihm, als der Junge ihm von seiner Flucht erzählte. »Erstens, weil dieser Krieg unser Land verändern wird, und auch dieses Tal, in dem nie etwas passiert ist. Zweitens, weil Neutralität dieses Mal unmöglich scheint. Und drittens, weil der Krieg früher oder später zu dir kommen wird, auch wenn du vor ihm davonläufst. Ob es nun eine Revolution gibt oder nicht, niemand wird sich vor diesem Krieg retten können. Ob du willst oder nicht, du wirst dich entscheiden müssen, mein Junge.«

Wenn Pater Joan zu dem Berghang hochstieg, auf dem Antoni seine Ziegen und Schafe weidete, oder an den Abenden, an denen der Junge den Pfarrer in seiner Hütte am Dorfausgang besuchte, immer sprachen sie über das, was jenseits des Tals geschah. Antoni begriff allmählich: Wenn der Hass sich einkapselt, bricht er am Ende hervor. Wenn wichtige Dinge sich aufstauen, werden die Folgen umso größer. Wenn es den Mächtigen gelingt, die politischen, religiösen und nationalistischen Fanatiker für ihre Ziele einzuspannen, kann jeder Funke eine Explosion auslösen.

Zehn Jahre lebte Pater Joan nun schon in der Verbannung in La Vall de Sant Jaume. Er war in Barcelona geboren, hatte dort studiert und danach ein Priesteramt bekleidet. Er hatte klare Meinungen über das, was gerade vor sich ging. Der junge Antoni versuchte, sie zu begreifen: Spanien war ein Land, das seinen Sinn für Gerechtigkeit verloren hatte, und alle gesellschaftlichen Kräfte, auch die katholische Kirche, waren verantwortlich für die allgegenwärtigen Ungerechtigkeiten. Die Verbannung in dieser entlegenen Einsiedelei in der Alta Garrotxa, der unwirtlichen »zerklüfteten Erde«, hatte die Haltung des Paters noch verstärkt. Er hatte sich den Positionen der Republikaner angenähert, bisweilen sogar denen der Anarchisten. Mit den kirchlichen Machthabern hatte er gebrochen.

Seine Auffassungen pflanzten in Antoni Barral eine Saat. Er begann zu verstehen und gewann Einsichten, die ihm für den Rest seines Lebens blieben: Niemand kann außerhalb der Geschichte stehen. Wer denkt, dass die Geschichte ihn verschont hat, weiß nicht, dass er ohne sein Zutun Teil einer unkontrollierbaren Realität ist. Der Gedanke, dass du dich vor ihr retten kannst, ist eine Illusion, auch wenn du an einem entlegenen Ort lebst, der einem toten Flussarm gleicht. Denn wenn eine Sintflut kommt, wird alles überschwemmt, wird alles aufgewühlt, und der Fluss sucht sich ein neues Bett.

Als Pater Joan gleich nach seiner Ankunft in La Vall de Sant Jaume einen Religionsunterricht eingerichtet hatte, hatte er bemerkt, dass Antoni, dieser aufgeweckte Junge mit den großen schwarzen verträumten Augen, den anderen Kindern im Dorf weit voraus war. Deswegen brachte er ihm, mit Carles Barrals Erlaubnis, Lesen und Schreiben bei und unterwies ihn zudem in Geschichte, Literatur, Geografie und Naturwissenschaften. Bald stellte er fest, dass Antoni in diesem bäuerlichen Tal eine Ausnahmeerscheinung war: Er lernte, behielt und verarbeitete das Gelernte, als würden die Worte des Lehrers lediglich altes, in seinem Gedächtnis verborgenes Wissen freilegen. Um den Unterricht lebendiger zu gestalten, sprach der Priester von Königen, Kaisern, Generälen und Päpsten, als würde er dem Jungen Märchen erzählen. Wenn er über so unterschiedliche Dinge wie Befruchtung oder Geografie sprach, dann immer ausgeschmückt mit anschaulichen Anekdoten. So wuchsen in Antoni Barral die Traumbilder von der weiten, fremden Welt jenseits seiner vertrauten Berge. Früher, das nannte man »Geschichte«, gab es dort viele Menschen, die mit ihren Taten oder Ideen, schlechten wie guten, versucht oder erreicht hatten, die Welt zu verändern. In dem Jungen keimte der Wunsch, jenes Universum kennenzulernen. Doch der Vorschlag des Priesters, Antoni nach Camprodón auf eine Schule zu schicken, wurde von Vater Carles abgelehnt. Andreu, der älteste Sohn, war einfältig und träge. Er konnte nicht einmal einen Kohlenmeiler anständig beaufsichtigen, ein Schaf scheren, ohne es zu verletzen, oder bei der Geburt einer Ziege helfen. So war der Vater, der seit zehn Jahren Witwer war, auf Antoni angewiesen, um das harte, entbehrungsreiche Leben, das im Dorf, im Tal, im ganzen Land gelebt wurde, zu meistern. Pater Joan akzeptierte die Entscheidung des Vaters widerspruchslos, bekam aber die Erlaubnis, Antoni bei allen seinen Arbeiten, sogar bei der Jagd auf Hasen, Rothühner und Ringeltauben, zu begleiten. Auf diese Weise setzte er seine pädagogische Mission fort. Aus einem Pappkoffer, den er aus Barcelona mitgebracht hatte, gab er ihm Bücher zu lesen. Unerschöpflich schien dieser Koffer, aus dem er immer wieder einen neuen Band hervorzauberte, den Antoni noch nie gesehen hatte.

Der Wunsch des Jungen, die Welt jenseits der Gebirgskette und sogar jenseits der Meere kennenzulernen, andere Menschen als die von Oix, Molló, Beget, Camprodón und Olot zu sehen, wurde immer größer. Doch er wusste sehr wohl, dass ihm derartige Erfahrungen nicht vergönnt waren, und er verrichtete seine Arbeiten nicht nur mit Eifer, sondern auch mit Freude. Darauf achten, dass der Kohlenmeiler nicht in die Luft flog, Schafe scheren, einen Koppel Maultiere über Gebirgspfade führen, jedes seiner Tiere kennen und versorgen, all das betrachtete er als seine Lebensaufgabe. Der Unterricht und die Bücher von Pater Joan trugen nur dazu bei, dass er in der Arbeit noch mehr Glück fand. So konnte er immerhin sein Leben und das Dorf mit anderen Orten vergleichen. Und, manchmal, konnte er auch träumen.

Bei einer ihrer Zusammenkünfte, kurz vor dem Aufstand der Militärs und dem Beginn des Krieges, fragte Pater Joan den Jungen, was er in seinem Leben gerne gewesen wäre. Antoni sah ihn nur freundlich an. Er verstand die Frage nicht. In La Vall de Sant Jaume hatte sich niemand je eine solche Frage gestellt. Dort stand das Schicksal der Menschen festgeschrieben, von vor der Geburt bis zur Stunde ihres Todes. Mit seinen fünfzehn Jahren war für Antoni Barral klar, dass sein Leben wie das seiner Vorfahren verlaufen würde. Er beklagte sich nicht, stellte es nicht infrage. Und doch ... Wenn er einen Tagelöhner, der sich gerade im Dorf aufhielt, von der Notwendigkeit sprechen hörte, eine Gesellschaft zu schaffen, in der alle Menschen gleich wären ... Wenn der Pfarrer von anderen Zeiten und fantastischen Orten erzählte, oder er selbst eine Geschichte darüber las ... Da tauchte manchmal der Traum auf, es könnte alles auch ganz anders sein. Aber er wusste, das war nur ein aberwitziger Traum, eine Illusion. Erst als die Sintflut ihn aus seinen Träumen riss, wurde alles ganz anders.

Die Nachricht, dass die Kolonne von Anarchisten der Nationalen Arbeiterkonföderation CNT und der Iberischen Anarchistenvereinigung FAI von Sant Joan les Fons in Beget, dem benachbarten Dorf, einmarschiert war, versetzte die paar Dutzend Bewohner von La Vall de Sant Jaume in Aufruhr. Es hieß, die zwanzig bis dreißig bewaffneten Männer hätten den Befehl, die Dörfer in der Gegend zu befreien, für ihre Revolution zu erobern, die Feinde des Volkes zu verhaften und Zwangsrekrutierungen vorzunehmen. Dazu gehöre auch die Ausschaltung unerwünschter Feinde, zu denen vor allem Großgrundbesitzer, Bourgeois und Priester zählten. Ihr Fernziel bestehe darin, eine neue Gesellschaft zu errichten, in der allen alles gehöre und es weder Privateigentum noch gesellschaftliche Klassen gebe, mit anderen Worten, einen Krieg gegen die Ausbeutung und den Staat zu führen. Eine totale Revolution also. Das klang nicht schlecht, obwohl die Gerüchte, die den Revolutionären vorauseilten, besagten, Kolonnen wie diese hätten in anderen Berg- und Küstendörfern eine Kollektivierung in Gang gesetzt, der nicht nur kleine Fabriken und Werkstätten zum Opfer fielen, sondern auch die Boote der Fischer und die Ziegen und Schafe der Hirten. Die seien nun nicht mehr das Eigentum der Fischer und Hirten, sondern allgemeiner Besitz des Dorfes. Ob das stimmte? Und waren sie es gewesen, die Señor Pallard erschossen hatten? Ja, so sagte man. Und hatten sie nicht die Kirche von Sadernes mitsamt dem Pfarrer in Brand gesteckt? Kreuz und quer schwirrten die Gerüchte, doch niemand konnte mit Bestimmtheit sagen, welchem Arm der republikanischen Regierung diese Männer nun wirklich angehörten. Nur in einem waren sich die Dorfbewohner einig: Auch für La Vall de Sant Jaume würde nun der Krieg beginnen, wie Pater Joan vorausgesagt hatte.

Der erste Gedanke, der Carles Barral angesichts der bevorstehenden Ankunft der anarchistischen Truppe durch den Kopf ging, war, sich mit seinen Ziegen und Söhnen in die Berge zurückzuziehen. Niemand konnte so gut wie sie, die Barrals, die Herden über Geröllfelder und schroffe Felsen führen, ihnen auf den baumlosen Höhen Weideplätze und Wasser finden, sie vor dem kommenden Winter schützen! Doch Antoni brachte den Vater von dieser Idee ab: Diesmal handele es sich nicht um ein vorübergehendes Gewitter, sondern um eine Sintflut, argumentierte er mit den Worten des Priesters. Wie lange und unter welchen Bedingungen würden sie in den unwirtlichen Bergen überleben können? Das Leben im Dorf sei schon hart genug, warum es sich noch schwerer machen? Ohnehin könne die Sache lange dauern. Und zudem könnten sie für ihre Flucht bestraft werden.

Auch Pater Joan meinte, es sei das Beste, die Herausforderung anzunehmen, trotz des schrecklichen Schicksals einiger seiner Kollegen, die erschossen, verfolgt oder eingesperrt worden waren. Zum Beispiel Pater Josep María aus Beget, wie es hieß, und viele Priester und Mönche aus Barcelona. Pater Joan vertraute darauf, dass die Anarchisten nicht die Grenzen der Vernunft überschritten, wie er sagte. Sein ganzes Leben lang sollte sich Antoni fragen: Hatte Pater Joan das tatsächlich geglaubt? Gab es überhaupt Grenzen für die Vernunft? Oder Grenzen für die Unvernunft? Warum hatte der Krieg ausgerechnet gegen seinen Bruder, den einfältigen und friedfertigen Andreu, diesen Engel Gottes, gewütet. Und warum gegen seinen armen Vater Carles? Hatte der abtrünnige, lebenslustige Pater das Herz eines Märtyrers?

Ihr letztes Gespräch führten der alte Pater Joan und der junge Antoni Barral am Flussufer, beide mit den Füßen im Wasser. Der Junge war aufgeregt und voller Angst vor dem, was die Ankunft der Anarchisten, diese angebliche Befreiung, der Krieg für sie alle bedeuten könnten. Doch der Priester versuchte, ihn zu beruhigen. »Mach dir um mich keine Sorgen«, sagte er zu dem Jungen. »Sieh dir meine Füße an: Sie sind zu alt, um mich noch weit zu tragen. Außerdem glaube ich nicht, dass die Anarchisten daran interessiert sind, ihre Zeit mit einem Geistlichen wie mir zu vergeuden. Falls mir etwas zustößt, mach dir keine Sorgen: Es war mein Schicksal. Auch die Ziegen und die Schafe müssen dir nicht leidtun. Wenn nötig, lass sie in die Berge laufen, sie kommen da oben besser zurecht als du, auch wenn du fast einer von ihnen bist. Nur um eines möchte ich dich bitten, mein Sohn: Nimm dich der Madonna an. Irgendein Verrückter könnte mit ihr einen Blödsinn anstellen, sie in Stücke schlagen, sie verbrennen. Dafür ist sie zu kostbar, es wäre jammerschade um sie.«

Antoni nickte. Als er die letzte Bitte hörte, dachte er nach. Dann machte er einen Vorschlag, den er für eine gute Idee hielt: Man sollte die Statue der Muttergottes aus der Kapelle holen und sie dort verstecken, wo sie, wie es hieß, schon einmal aufbewahrt worden war, nämlich in dem hohlen Stamm eines Baumes, oder sie in einem Brunnen versenken oder sie in eine der vielen Höhlen der Gegend bringen.

»Das könnten wir machen«, stimmte der Pfarrer zu, »aber das würde übel ausgehen. In dieser Gegend weiß jeder, dass die Statue das einzig Wertvolle in unserem Dorf ist. Wenn die Anarchisten sie nicht finden, werden sie wütend. Wir dürfen ihnen nicht noch mehr Vorwände geben als die, die sie bereits haben oder zu haben glauben. Kannst du dir vorstellen, dass sie die Kapelle in Brand stecken, wie sie es in Sadernes getan haben? Ob es wohl stimmt, dass sie die Kathedrale in Barcelona anzünden wollten und dass sie die in Lérida angezündet haben?«

Antoni sah zur Kapelle hinüber, deren schief in den Angeln hängende Tür nachts geschlossen wurde, um zu verhindern, dass ein wildes Tier dort eindrang. Er erinnerte sich an die Geschichte von dem Wolf, der während eines strengen Winters dorthin geflüchtet war. Als er von einem Bauern entdeckt wurde, näherte er sich ihm und leckte ihm die Hand, wie ein Hütehund. Ein weiteres Wunder der Jungfrau. Genau deswegen, weil sie wundertätig war, musste man sie in Sicherheit bringen!

»Glaubst du an Wunder?«, fragte ihn der Priester.

Antoni nickte. »Ich glaube daran, wie alle im Dorf«, antwortete er. »Die Jungfrau hat viele Wunder bewirkt.«

Glaubte Pater Joan nicht daran?

»Ich glaube an den Glauben«, begann der Pfarrer. »Und du weißt ja: Der Glaube bewirkt Wunder. Ich glaube an den Glauben, den ihr Bauern in die Heilige Jungfrau von La Vall habt. Aber ich glaube auch an Symbole. Und diese schwarze Madonna ist ein Symbol für vieles, das sich vor langer Zeit ereignet hat. Niemand weiß, woher sie gekommen und wie sie hierhergelangt ist. Es heißt nur, dass ein Herr aus der Gegend sie in dem Stamm einer verdorrten Steineiche, die einem Kreuz ähnelte, gefunden hat, und dass die Jungfrau ihn mit einem Wunder belohnt hat. Aber was ich mit Sicherheit sagen kann, ist, dass diese schwarze Holzstatue das Werk eines Menschen und außerdem ein Symbol für den Glauben ist. Ein Künstler hat sie aus schwarzem Holz geschnitzt, weil er mit dieser speziellen Farbe etwas sagen wollte. Er hat sie auf einen Stuhl gesetzt, weil er ihrer Macht Ausdruck verleihen wollte. Er hat ihr Farbe und Leben verliehen, um sie bedeutsamer und auch schöner zu machen. Wer immer sie geschaffen oder sie in Auftrag gegeben hat, wollte in ihr den Ursprung von allem darstellen: die Erde, in die der Same fällt und aus der das Leben entsteht, die Mutter des Erlösers, der die Welt zu einem besseren Ort machen wollte. Und ich glaube, jemand hat sie aus einem bestimmten Grund hierhergebracht. Vielleicht weil er sie retten oder vor irgendetwas beschützen wollte. Wovor, weiß ich nicht, kann ich nicht wissen. Aber ich bin mir sicher. Auch sie weiß es. Und vielleicht bist du derjenige, der sie ein zweites Mal vor den Exzessen der Menschen retten soll. Nicht wegen ihrer angeblichen Wunder, an die wir glauben können oder auch nicht, sondern wegen des bloßen Wunders, dass sie so viele Jahrhunderte hindurch existiert und die Menschen in ihren Kümmernissen begleitet hat. Eine Zeugin der Zeit. Das ist ein ausreichender Grund dafür, sich ihrer anzunehmen und sie zu beschützen.«

Von der Anhöhe aus, auf die er seine Herde gebracht hatte, sah Antoni Barral den Trupp näher kommen. Er kam auf dem Weg von Camprodón her, und nicht, wie sie erwartet hatten, von Beget. Es waren nicht so viele wie angekündigt, nur etwa zwölf Männer, und nur zwei von ihnen zu Pferd. Als sie das Dorf vor sich sahen, machten sie halt, um sich zu besprechen. Die beiden Reiter stiegen sogar ab, und als sie wieder aufsaßen, hielt einer von ihnen eine Lanze in die Höhe, an der ein schwarz-rotes Tuch hing. War das die Fahne der Anarchisten? Inzwischen hatten sich mehrere Dorfbewohner vor der Kapelle versammelt. Unter ihnen entdeckte Antoni Pater Joan in seiner Soutane und mit seinen weißen Haaren, sowie seinen Bruder Andreu, der es sich in letzter Zeit angewöhnt hatte, mit einem Stock herumzulaufen, den er wie ein Gewehr über der Schulter trug, als wollte er in den Krieg ziehen.

Antoni sah in den wolkenlosen Septemberhimmel und verspürte einen übermächtigen Impuls. Ohne nachzudenken, trieb er seine Ziegen und Schafe weiter den Berg hinauf und dann hinüber zu einem anderen Hügel. Dahinter befand sich ein kleines Tal, das vom Dorf aus nicht eingesehen werden konnte. Was trieb ihn an? Warum tat er das? Er wusste es ganz genau: Er hatte jede Ziege, jedes Schaf geboren werden und aufwachsen sehen, hatte ihnen einen Namen gegeben, kannte ihren Charakter, ihre Vorlieben und Eigenheiten. Es waren *seine* Ziegen und Schafe.

Es wurde schon dunkel, als Antoni vom Berg herabstieg, in der Hand drei Hasen, die in seine Fallen gegangen waren und ihm als Vorwand für seine Abwesenheit dienen konnten. Beunruhigt durch die Stille, die nur gelegentlich von einer laut schreienden Stimme unterbrochen wurde, schlich er sich vorsichtig zwischen den Steinhäusern zum Fluss hinunter. Er folgte seinem Lauf, bis er so nah wie möglich bei der Kapelle innehielt, geschützt durch die alte Brücke, die die beiden Ufer miteinander verband.

Der Mann, dessen Stimme Antoni hörte, fluchte. Er verfluchte alles und jeden: die bürgerlichen Elemente, die Militärs, die Großgrundbesitzer, die Pfaffen, die Anwälte. Sie, die Revolutionäre, würden diese Parasiten hinwegfegen. Wer sich ihnen entgegenstellte, würde ebenfalls erbarmungslos hinweggefegt werden, so wie die bürgerlichen Elemente, die Militärs, die Großgrundbesitzer, die Pfaffen, die Anwälte. Die besitzende Klasse, die Ausbeuter, die Parasiten!, schrie er. Die Dorfbewohner dagegen, die Armen dieser Erde, brüllte der Redner, müssten alles Geld, das sie hätten, jeden Gegenstand von Wert, auch ihre Jagdgewehre, abliefern. Als Beitrag zur Revolution! Für eine Gesellschaft, in der Geld, der Ursprung allen Übels, nicht mehr nötig sein wird!

Geschickt wie eine Bergziege kletterte Antoni den Steinhügel hoch, auf dem der Brückenpfeiler stand. Von dort sah er nur undeutlich, was oben vor der Kapelle geschah, doch das war beunruhigend genug: Fast alle Dorfbewohner, auch sein Vater Carles und sein Bruder Andreu, waren vor die Mauer der Kapelle gestellt worden. Einen Schritt vor ihnen stand Pater Joan, zu seinen Füßen lagen die Reste eines

Buches. Der Wortführer, ein hochgewachsener Mann mit olivbrauner Haut, auf dem Kopf eine Art Barett, angetan mit etwas, das einer Uniformjacke ähnelte, hielt ein Gewehr in der Hand, das er in bestimmten Momenten seiner Tirade auf die Dorfbewohner und ihren Pfarrer richtete. Dann stellte er sich vor Pater Joan hin und schrie ihn an, um plötzlich die Waffe umzudrehen und ihm einen kräftigen Schlag mit dem Gewehrkolben in die Magengrube zu versetzen. Der Priester knickte zusammen und sank auf die Knie, während einer der Genossen den Redner laut anfeuerte: »Weitermachen!« Weitermachen mit was?

Mit wehem Herzen rutschte Antoni wieder zum Fluss hinunter und suchte Schutz unter der Brücke. Was würde passieren? Was konnte er tun? War Krieg so, oder zumindest dieser Krieg? War die Befreiung, die der Mann mit dem Barett verkündete, eine so brutale Sache? Schlotternd vor Angst, hatte der Junge das Gefühl, dass hier irgendetwas aus dem Ruder lief. Er fasste seinen ersten Entschluss. Er streifte die Stoffschuhe ab und folgte dem Fluss bis zur kleinen Furt hinter der Kapelle. Dort stand die hundertjährige Steineiche, genau an der Stelle, wo auch die verdorrte Eiche gestanden hatte, in deren Stamm die schwarze Madonna gefunden worden war. Er kroch zur Seitenmauer der Kapelle, in der sich eins der beiden Geheimnisse des Dorfes befand. Der Länge nach auf dem Boden liegend, platzierte Antoni seine Füße auf einen der Steinblöcke, und bevor er sich dagegenzustemmen begann, betrachtete er seine Zehen mit den schmutzigen Nägeln, die hervorstehenden Mittelfußknochen und die dicken Venen quer über ihnen, seine Füße, die ihm in diesem Augenblick weit weg, fast fremd erschienen. Waren das wirklich seine Füße? Egal, er presste sie gegen den Steinblock, schloss die Augen und legte all seine Kraft hinein. Der Steinblock lockerte sich und ließ sich ganz langsam nach innen schieben. Mit aller Kraft stemmte er sich erneut dagegen und gewann so weitere Zentimeter. Er wartete. Nichts. Er wiederholte seine Bemühungen, wartete, doch wieder keine Reaktion auf die Verschiebung des Blocks, die immer sichtbarer wurde. In diesem Moment hörte er aufgeregtes Stimmengewirr, und dann fiel ein Schuss. Danach wieder Geschrei, vielleicht auch Weinen.

Dann ein zweiter Schuss. Und dann endgültig Stille. Antoni lag da wie gelähmt, die Füße gegen den Stein gepresst. Er hörte das Echo der Schüsse von den Bergen und den Buchen- und Pappelwäldern widerhallen, bis es verstummte und von Neuem eine erdrückende, tödliche Stille herrschte. Warum war geschossen worden? Auf wen? Warum zwei Mal? Beide Male auf Pater Joan? Antoni dachte nicht länger darüber nach und unternahm eine letzte Anstrengung, und schließlich begann der Steinblock, ins Innere der Kapelle zu gleiten. Wieder wartete er, und als er neue Kräfte gesammelt hatte, verbreitete er die Lücke in der Mauer. Schließlich konnte er sich hindurchzwängen und kroch in die Kapelle, in der fast vollkommene Dunkelheit herrschte, da die Tür angelehnt war. Wie ein Fuchs schlich er zu dem kleinen steinernen Altar, auf dem die schwarze Jungfrau thronte. Er hob sie hoch. Zum ersten Mal in seinem Leben hielt er sie in den Armen. Sie war schwer, ihre glatt polierte Oberfläche glitschig, jedoch vertraut und nah. Als er sie mit den Fingerspitzen berührte, ertastete er einen Riss in den Falten des Mantels, der ihren Rücken bedeckte. Doch vor allem hatte er das Gefühl, dass er sie nicht zum ersten Mal in Händen hielt, dass die schwarze Statue der Heiligen Jungfrau auf eine körperliche, überwältigende Weise seine war. Ein Gefühl, das er nicht verstand, nie verstehen würde, und das ihn nie mehr verlassen sollte. Antoni hielt sie unter ihren nach vorn gestreckten Armen, einer trug das Jesuskind an ihrer Brust, der andere war mit einer gütigen Geste auf den Betrachter gerichtet. Um mit ihr aus der Kapelle zu kriechen, ohne sie zu beschädigen, musste er die Lücke noch ein wenig mehr erweitern.

Als Antoni wieder neben der Steineiche stand, spürte er tonnenschwer Angst und Zweifel auf sich lasten. Er zitterte. Hatte er die Madonna wegen Pater Joans Auftrag aus der Kapelle geholt? Oder war er einem inneren Zwang gefolgt? Weil er mutig war, weil er Angst hatte, weil er verrückt war? Er stellte die Statue auf den Boden und ließ sich gegen den Stamm der Steineiche fallen. Er musste sich beruhigen und darüber nachdenken, wie es weitergehen konnte. Die Madonna irgendwo in den Bergen zu verstecken und ins Dorf zurückzugehen, schien das Vernünftigste zu sein, würde ihn aber als Dieb entlarven. Mit ihr und seiner Herde in die Berge zu fliehen, war ein Wahnsinn, von dem er selbst seinen Vater abgehalten hatte. Die Statue am Flussufer zurückzulassen und zu versuchen, etwas über die Schüsse zu erfahren, würde alles aufs Spiel setzen, denn wenn sie ihn erwischten, würde es sehr schwer sein, ihnen zu entkommen. War es ein Wahnsinn gewesen, die Statue aus der Kapelle zu holen? Warum alles riskieren, vielleicht alles verlieren, was er war, besaß und wollte, um eine Marienstatue zu retten? Wer war er eigentlich? Warum war gerade er in eine so ausweglose Lage geraten?

Jeder Rückzug war Selbstmord. Es gab nur einen einzigen Weg. Bevor er sich die Schuhe wieder anzog, schaute er auf seine Füße. Alles hing von ihnen ab. Er und die Jungfrau hingen von ihnen ab. Dann schlüpfte er in die Schuhe, hob die Statue hoch und machte sich auf den Weg nach Hause, wobei er versuchte, sich im Schatten der Bäume und Mauern zu halten. Zum Glück, stellte er fest, gab es nur vor der Kapelle Licht von Laternen und Fackeln, während das übrige Dorf wie tot im Dunkeln lag. Da tauchte aus dem Schatten eine Gestalt vor ihm auf. Antoni blieb wie gelähmt stehen und atmete erst auf, als er sah, dass es die alte Carmeta war. Als sie ihn erkannte, nahm sie sein Gesicht in ihre rauen Hände und raunte ihm mit ihrem ewigen Öl- und Knoblauchatem zu: »Geh fort und blick nicht zurück. Geh für immer fort. Rette dich, Antoni.« Sie zeichnete ein Kreuz auf seine Stirn und küsste die ausgestreckte Hand der schwarzen Madonna. In der nächsten Sekunde war die Alte in der Dunkelheit verschwunden, als hätte es sie nie gegeben.

Mit klopfendem Herzen und Carmetas eindringlichen Worten im Kopf kam er zu Hause an und stieß die angelehnte Tür auf. Im Schein einer Petroleumlampe, den man von außen nicht sehen konnte, erblickte er ihn.

Wie angewurzelt blieb er stehen, in den Armen die Madonna. Der Eindringling, ein junger Mann mit einer doppelläufigen Flinte über der Schulter, war gerade dabei, das Haus zu durchsuchen, und schnüffelte in den Sachen herum. Antoni sah, wie er eine alte Keksdose schüttelte, und hörte das Klimpern der Peseten, die, zusammen mit der Ziegen- und Schafherde, das gesamte Vermögen der Familie darstellten. Und da wusste er, was die Anwesenheit des Fremden zu bedeuten hatte. Er erinnerte sich an den Satz, den er kurz zuvor aus dem Mund des Mannes mit dem Barett gehört hatte: Alles für die befreite Revolution. Befreite Revolution? Musste es nicht *befreiende* Revolution heißen? Und hätten die Anarchisten nicht aus Beget, im Osten, kommen müssen? Warum waren sie aus Camprodón, im Westen, aus dem Ter-Tal, gekommen? Schlagartig wurde Antoni klar, dass sie Opfer des schlimmsten Krebsgeschwürs jenes Krieges waren: Die Männer gehörten zu einer Verbrecherbande, die im allgemeinen Chaos, mit den Parolen anderer ihre Gräueltaten begingen.

Antoni Barral sollte viele Jahre Zeit haben, um über das, was in diesem Augenblick geschah, nachzudenken. Noch auf seinem Sterbebett ging es ihm durch den Kopf, während er auf seine kraftlosen Füße schaute und versuchte, das Geschehene ungeschehen zu machen, obwohl er um die Unumkehrbarkeit der Zeit wusste. In jenem Moment jedoch hatte er nicht gezögert. Seine Empörung war stärker als er, und der Hass, der in der Luft lag, übermannte ihn. Als der Unbekannte den Jungen fluchen hörte, ließ er die Blechdose fallen und versuchte, das Gewehr von der Schulter zu reißen. Antoni ließ die Marienstatue fallen und riss das Jagdmesser aus dem Gürtel. Der Mann richtete die Waffe auf Antoni, der sich, blind vor Zorn und laut schreiend, auf ihn stürzte. Der metallene Schlagbolzen klickte, doch der erwartete Schuss folgte nicht. Und bevor der Dieb das Gewehr mit der Ladehemmung umdrehen konnte, um es als Schlagwaffe zu benutzen, stach der Bauernjunge zu und spürte, wie die Klinge in den Hals des anderen drang, beinahe müheloser als in den einer Ziege oder eines Schafs. Blut schoss hervor, Antoni schloss die Augen, um nicht den entsetzten Blick des Eindringlings sehen zu müssen, und zog das Messer aus seinem Hals.

Antoni Barral wischte das Blut von der Klinge und wusch sich Hand und Arm. In seinen Schläfen pochte es, er konnte kaum atmen, ihm wurde schwindlig. Als Messer und Haut vom Blut gereinigt waren, spürte er eine große Erleichterung. Er bemühte sich, das Gesicht des Toten nicht anzusehen, und suchte unter dem Tisch nach der Keksdose mit dem Geld, das der Eindringling zu stehlen versucht hatte.

Er öffnete sie und zählte einhundertvierzig Peseten. Eine lächerliche Summe. Aber das gehörte nun ihm. Er steckte das Geld ein, holte im anderen Zimmer die Decke von seinem Strohsack, einen alten Wollschal, den seine Mutter für ihn gestrickt hatte, bevor sie gestorben war, und eine Wollmütze mit Ohrenklappen. Das alles stopfte er in einen sauberen Kohlensack. Er nahm das bisschen Essen, was in der Speisekammer war – Brot, Käse, ein Stück Pökelfleisch –, und verstaute es ebenfalls in dem Sack. Als Letztes hob er die Statue, die er neben der Tür hatte fallen lassen, vom Boden auf, und als er sie einpacken wollte, bemerkte er, dass sie beim Sturz die rechte Hand verloren hatte. Er suchte im Halbdunkel den Lehmboden nach der Hand ab, konnte sie aber nicht finden und beschloss, sie zurückzulassen. Das Petroleumlicht war zu schwach, und er durfte keine Zeit verlieren. Er steckte die Madonna in den Kohlensack. Bevor er hinausging, wagte er einen Blick auf die Leiche des jungen Mannes. Die Augen des Toten waren weit aufgerissen und zeigten noch dieselbe Mischung aus Angst und Überraschung wie in dem Moment, als er die Welt verlassen hatte. Antoni stellte fest, dass der Mann kaum älter war als er selbst. Fast noch ein Kind.

Er warf sich den Kohlensack über die Schulter und trat in die tiefschwarze Nacht des Gebirges hinaus. Aus der Höhe blies der kalte Wind des beginnenden Herbstes. Wohin sollte er jetzt gehen? Würde er irgendwann zurückkommen? Was würde aus seinem Dorf werden? Er wusste nicht, dass vor der Kapelle Pater Joan auf Knien und mit Tränen in den Augen für die Seelen seines Bruders Andreu und seines Vaters Carles betete, deren Leichen in der kalten Nacht steif wurden, zufällige Opfer des Krieges, der sie überrascht hatte. Antoni wusste nur eins: Den Camí de la Menera konnte er nicht nehmen, den Weg, der ins nahe Frankreich führte, denn der wurde von Militärtrupps kontrolliert. Also war der Moment gekommen, sich das zweite Geheimnis von La Vall de Sant Jaume zunutze zu machen: den von zwei massigen Felsbrocken verborgenen Höhlengang, der durch den Berg auf die Flanke des Pic de les Bruixes führte. Der Coll dels Llops, so nannten die Dorfbewohner den Weg, ersparte einem den Aufstieg über mehrere Steilhänge, einen langen Weg am

Rand von Abgründen und die Überquerung des Gebirgskamms. Am anderen Ende des Höhlengangs befand sich der alte Bergpfad, der ihn in die unermessliche Welt führen würde. Beginnend in dem Land, das Frankreich genannt wurde. Es war der Anfang eines anderen Lebens.

6

*7. September 2014,
Tag der Jungfrau von Regla*

Dann bereite ich am besten mal einen Brunch für uns vor.«
»Einen was?«
»Einen Brunch, Conde, ich sagte *Brunch*. Ach, mein Lieber, wie antiquiert du bist!«, sagte Bobby lachend.

Als Conde seinen Besuch für den nächsten Morgen angekündigt hatte, hatte Bobby ihn zum Frühstück einladen wollen. Doch da sie sich schließlich für zehn Uhr verabredeten, änderte er seine Meinung – um diese Zeit war ein Brunch angebracht. Also musste Bobby den antiquierten Verkäufer alter Bücher darüber aufklären, dass die Mahlzeit zwischen *Breakfast* und *Lunch Brunch* genannt wurde.

Dieser ominöse Brunch allerdings begeisterte Conde, als er auf die Terrasse seines ehemaligen Mitschülers trat. Mitten auf dem Tisch stand eine hohe, geschliffene Kristallvase mit weißen und gesprenkelten Lilien, die Conde recht affektiert vorkam. Darum herum ein Krug mit Orangensaft, ein Teller mit einer riesigen spanischen Tortilla, ein Tablett mit Toastbrot, mehrere Gläser mit exotischen Marmeladen von Heidelbeere bis Erdbeere, eine Stange Butter, eine dampfende Kaffeekanne, ein Kännchen mit warmer Milch, ein Teller mit gebratenem Speck, einige Gläschen Joghurt und ein Brett mit einem weißen und einem gelben Käse samt Käsemesser. Dieser Luxus verschlug Conde die Sprache, doch sein Magen begann hörbar zu knurren. Sein Frühstück bestand jeweils aus zwei Tassen Kaffee und einem mehr oder weniger kaubaren Kanten Brot, im Glücksfall mit irgendetwas Essbarem darauf. Sein Mittagessen beschränkte sich häufig auf eine fettige, mit billigem Käse überbackene Pizza, die er irgendwo unterwegs aß. Von einem solchen Festschmaus am Vormittag würden er und mit ihm neunzig Prozent seiner Landsleute nicht einmal zu träumen wagen. Und mit Tamara war an eine solche Tafel ohnehin nicht zu denken, denn sie hatte aus dem Mangel eine Tugend gemacht und bekämpfte ihren Hunger mit irgendeinem zuckerfreien Fruchtsaft und, zu Condes Entsetzen, einem ebenfalls vollkommen ungesüßtem Tee. Die verfluchte Panik vor dem Alter!

Conde aß von allem, so viel er konnte, diesbezüglich hatte er die Lebensphilosophie eines Kamels. Als schließlich die Teller, Schüsseln, Krüge, Kännchen, Gläser und Bretter leer gefegt waren, kamen sie auf die kritischen Punkte des Falls zu sprechen, der sie zusammengeführt hatte.

»Sag mal, Bobby, und das ist jetzt sehr wichtig … Wusstest du, dass Raydel nicht Raydel ist?«

Bobby seufzte und schüttelte den Kopf. »Manchmal schien mir, es gebe dunkle Punkte in seiner Vergangenheit, dass er etwas verheimlichte. Aber das ist doch normal, oder? Es hat mich nicht gestört, er war immer ganz für mich da … Nie hätte ich mir vorstellen können, dass er sich für einen Toten ausgibt. Warum hat er das wohl getan?«

»Um etwas zu verbergen, um sich vor irgendjemandem zu verstecken, um zu verschleiern, wer er war. Ich wüsste nicht nur gerne, warum, sondern auch, wozu.«

»Versteh ich nicht …«

»Warum eine falsche Identität annehmen? Was hat er getan, dass er sich hinter einem fremden Namen verstecken musste? Und was hatte er damit vor?«

»Was glaubst du?«

»Ich glaube, dass er etwas Schlimmes getan hat, etwas verdammt Schlimmes. Der Junge, in den du dich verknallt hast, ist ein Betrüger. Weiß der Himmel, was er zu verbergen hat. Ich glaube nicht, dass er so einfältig ist, wie du gedacht hast. Er hatte einen Plan. Irgendwas hatte er vor …«

»Mich auszurauben?«

»Das auch … Aber da steckte mehr dahinter. Vielleicht das, was wir alle denken: Er hat dich ausgeraubt, weil er Geld brauchte, um das Land zu verlassen. Oder weil er vor etwas fliehen wollte, vor dem er Angst hatte.«

»Warum zum Teufel muss ich immer so ein Pech haben, Alter?« Bobby legte sich eine Hand auf die Brust. Er trug eine weiße Hose und ein weißes Hemd mit langen Ärmeln, an den Füßen elegante Stoffschuhe, ebenfalls weiß. Unter dem Hemd waren mehrere Halsketten mit bunten Perlen sichtbar. War das das passende Outfit für einen Brunch? Conde musste lächeln.

Nun war der Moment gekommen, über die Besonderheiten von Bobbys Madonna zu reden. »Erinnerst du dich an Candito, Bobby?«

»Aber natürlich, Conde! Der Mulatte mit dem roten Kraushaar, der aussah wie ein Teufel! Ich erinnere mich sehr gut an ihn, weil ich nämlich eine Scheißangst vor ihm hatte. Ein übler Bursche.«

»Der Schein trügt, Bobby, na ja, manchmal. Candito war immer ein prima Kerl. Und jetzt ist er so was wie ein protestantischer Priester.«

»Das soll ihm abkaufen, wer will. Und was ist mit ihm?«

»Candito und auch der Hasenzahn sind der Meinung, dass deine Madonna sehr speziell ist. Anders als die Jungfrau von Regla auf den Bildchen und den Altären in Kuba. Auch anders als die in Andalusien. Candito fühlte sich eher an die Moreneta erinnert, die Madonna von Montserrat. Deine Jungfrau ist schwarz, und das Jesuskind auch, und ...«

»Sie ist uralt, Conde«, unterbrach ihn Bobby. »Und wichtig ist nicht, ob sie der Jungfrau in der Kirche von Regla ähnelt, sondern das, was die Gläubigen in ihr sehen. Wie viele Abbildungen von Jesus hast du gesehen? Und von Maria? Tausende, nicht wahr? Und einige sind eben schwarz. Es gibt sogar japanische Marias! Der Christus, der dir am bekanntesten vorkommt, ist bestimmt der auf dem Bild vom Heiligen Herzen Jesu, das jeder hier hat.«

Bobby versuchte, das Bild, das fromme Kubaner in ihrem Wohnzimmer hängen hatten, pantomimisch darzustellen: ein Jesus mit ernstem, aber gütigem Gesicht, die linke Hand auf der Brust, wo sein blutendes Herz zu sehen war. Da musste Conde an ein ganz anderes Christusbild aus einer ganz anderen Epoche denken, das von Rembrandt: Es war mit den abenteuerlichen Lebenswegen jüdischer

Familien verbunden gewesen, die sich ihm während der Recherche eröffnet hatten.

»Meine Großmutter hat diese Jungfrau von Regla von ihrem Vater geerbt«, fuhr Bobby fort. »Ich weiß nicht, ob die Statue aus Spanien gekommen ist oder hier in Kuba geschnitzt wurde. Ich weiß nur, dass es *meine* Jungfrau von Regla ist. Und dass dieser Dreckskerl sie mir gestohlen hat.«

Conde goss sich Kaffee nach und zündete sich die nächste Zigarette an. »Du hast recht. Und dass sie so besonders ist, macht es vielleicht einfacher, sie zu finden. Übrigens, Yoyi hat mir erzählt, dass sie aus Andalusien stammt.«

»Das ist durchaus möglich, sie ist ja so alt. Aber ehrlich gesagt, sicher bin ich mir nicht.«

Conde wollte das Thema nicht weiter vertiefen, denn es gab ein anderes, das ihn mehr beschäftigte. »Erklär mir eins, Bobby. Du warst doch katholisch. Warum bist du dann Yoruba-Santo geworden?« Er zeigte auf die Halsketten seines Gastgebers. »Warum läufst du heute ganz in Weiß rum und hängst dir solche Klunker um den Hals?«

Bobby legte eine Hand auf die Stirn und bedeckte seine Augen. Es war die schwulste Geste, die Conde in seinem Leben jemals gesehen hatte.

»Um Gottes willen ... Willst du mir erzählen, du weißt nicht, dass heute der Tag der Jungfrau von Regla ist?«

Conde riss die Augen auf. Wie war es möglich, dass er das vergessen hatte? Ausgerechnet jetzt, wo er in diese Geschichte verwickelt war?

»Gleich gehe ich zu meinem Paten. Heute feiern wir nämlich das Fest von Yemayá. Und meine kleine Jungfrau ist verschwunden, Alter ...«

»In kirchlichen Feiertagen bin ich eine Null«, gab Conde zu. »Hab ich doch glatt den Tag der Jungfrau von Regla vergessen. Aber sag mal, warum bist du Santo geworden, wo du doch an Gott und an die Jungfrau Maria glaubst?«

Bobby lehnte sich auf seinem Stuhl zurück und streckte mechanisch, wie nebenbei, die Hand aus, um Conde eine Zigarette zu klauen.« »Früher war es fast ein Verbrechen, ein Verstoß gegen die Ideologie. Jetzt ist es Mode geworden, Santo zu werden. Wenn es den Leuten richtig dreckig geht, glauben sie an irgendetwas. Schlimm ist, dass das Ganze ein Geschäft geworden ist. Wenn du heute zu einer Santera gehst, sagt sie dir als Erstes, dass du ein großes Problem hast und Santo werden musst. Sie schickt dich zu einem Babalao, der gleichzeitig ihr Pate, ihr Liebhaber und meistens auch ihr Geschäftspartner ist. Sie veranstalten dann eine Zeremonie und kassieren von dir eine Stange Geld für diesen ganzen Initiationszauber. Und du zahlst gerne, denn du wirst in ihren Clan aufgenommen und erhältst göttlichen Schutz. Na ja, wenn du an göttlichen Schutz glaubst. Oder du steigst gleich ins Geschäft ein und veranstaltest nun deinerseits die Zeremonie für andere, und wenn sie aus dem Ausland kommen und Dollars bringen, umso besser. Aber ich bin zu seriösen Leuten gegangen. Ich habs gemacht, weil ich Hilfe brauchte und wirklich gedacht habe, ich würde verrückt.«

»War das, nachdem du von der Uni geflogen bist?«

»Nein, etwa fünfzehn Jahre später. Als ich mich von Estelita getrennt habe und zu Israel gezogen bin. Das hat mein ganzes Leben auf den Kopf gestellt. Obwohl es das war, was ich mir am meisten wünschte, worauf ich so sehnsüchtig gewartet hatte. Meine Frau, meine Kinder, meine ganze Geschichte, alles geriet durcheinander. Ich habs kaum verkraftet. Einerseits war ich glücklich, den Schritt gemacht zu haben, und gleichzeitig desorientiert, wie verloren. Da hat mich Israel zu seiner Santo-Patin mitgenommen und ... Du weißt schon. Sie mussten mir ›den Kopf zurechtrücken‹, wie sie sagten. Es gibt eine Zeremonie, die so heißt. So kommt eins zum anderen, bis ich schließlich Santo wurde.« Bobby zeigte auf das Armband mit den blauweißen Perlen an seinem Handgelenk, dann strich er liebevoll über die Perlenketten, die er um den Hals trug.

Conde wollte Bobby noch genauer verstehen und bohrte nach. »Ja, das war sicher nicht leicht. Und was wurde aus Estelita und deinen Kindern?«

Bobby lächelte schwach. »Das, was aus vielen Leuten wird. Sie leben jetzt in Las Vegas. Als ich in den Staaten war, habe ich ein paar Tage bei ihnen verbracht. Nach Kuba wollen sie nämlich nicht kommen. Es ist ihnen scheißegal, was hier passiert, sie wollen nichts davon wissen. Schlimm, nicht wahr?«

»Ja«, begnügte sich Conde zu sagen. Er wollte das Gespräch nicht in stürmische Gewässer lenken. Nicht jetzt. »Und dann?«

Bobby goss sich Kaffee nach, trank einen Schluck, griff nach dem Feuerzeug auf dem Tisch und zündete die Zigarette an, die er schon eine ganze Weile zwischen den Fingern gehalten hatte. Alles sehr bedächtig, beinahe lustlos. Erst als er wohlig den Rauch in die Lungen sog, leuchtete sein Gesicht kurz auf.

»Es war wirklich nicht leicht«, betonte er einmal mehr. »Ich glaube, du wirst das nie verstehen. Mein ganzes Leben hätte ganz anders verlaufen können, aber sie haben es mir versaut, Conde.« Aus seinen Worten sprachen Trauer und Zorn.

»Aber hast du nicht gesagt, du hättest dich am Ende selbst gefunden, wärst glücklich gewesen?«

Bobby nickte mehrmals. »Ja, am Ende wars so. Aber was man mir vorher angetan hat, war die Hölle. Und ich neige nicht zur Melodramatik. Ich rede nicht gerne darüber, mein Lieber, aber manchmal brauche ich das.« Er drückte die Zigarette aus und seufzte, was sich anhörte, als würde er Druck ablassen. Er sah in den Innenhof, und als die fein geschwungenen Lilien auf dem Tisch in sein Blickfeld gerieten, rückte er eine zurecht, die, wie er meinte, schlecht stand.

»Du brauchst mir nichts zu erzählen, wenn du nicht willst«, sagte Conde nachdrücklich, aber der andere redete weiter, als hätte er ihn nicht gehört.

»Als ich mich mit Katjuschka angefreundet habe, auf der Uni, na ja, ich tat das, weil ich wie die anderen sein wollte. Nicht schwul, sondern normal! Hörst du? Erinnerst du dich an den Druck, der auf uns ausgeübt wurde? Aber die Beziehung zu Katjuschka war seltsam. Wenn wir alleine waren, küssten wir uns, machten uns heiß, und manchmal holte sie mir einen runter, sie forderte mich auf, sie da unten zu lecken. Aber gevögelt haben wir nicht, ich durfte ihn ihr nicht reinstecken, aus irgendeinem Grund hat sie mich immer gebremst. Später habe ich erfahren, warum.«

Conde musste schlucken. Diese Liebesgeschichte fing langsam an, seltsam zu werden.

»Irgendwann fuhren wir in ein Haus am Strand. Wir waren zu acht, und Katjuschka fuhr am ersten Abend gleich wieder nach Havanna zurück. Sie hatte ja verschiedene Posten in der Jugendorganisation inne und am nächsten Morgen eine wichtige Versammlung in der Uni. Es war sehr heiß, wir tranken viel Bier und viel Rum, und später, es muss nach Mitternacht gewesen sein, gingen wir baden. Ein Mädchen sagte, da es dunkel sei und sich niemand sonst am Strand aufhalte, könnten wir doch nackt baden, es mache viel mehr Spaß, einfach so ins Meer zu gehen. Alle zogen sich aus, besoffen, wie wir waren. Da stand plötzlich neben mir ein Cousin von Katjuschka. Und als ich seinen Schwanz sah und seinen geilen Blick ... Na ja, mehr muss ich dir ja nicht erzählen ... Da spürte ich, wie ich innerlich auftaute. In jener Nacht hatte ich mein Debüt in Sachen Sex. Weißt du, dass ich noch Jungfrau war, vorne und hinten? Jungfrau, mit dreiundzwanzig Jahren, in Kuba! Na ja, jene Nacht war eine Epiphanie. Sagt man das so? Epiphanie? Egal, es hört sich gut an, jedenfalls hat er es mir besorgt, und ich habs ihm besorgt, bis kein Tropfen mehr rauskam. Plötzlich fühlte ich, dass ich mich gefunden hatte, Conde. Dass ich ich war, verstehst du? Am nächsten Morgen taten wir beide so, als wär nichts geschehen. Das mussten wir doch, oder? Als Katjuschka gegen Mittag zurückkam, ging alles weiter wie bisher. Oder ich tat so, obwohl sich in Wirklichkeit alles verändert hatte. Ich fühlte es hier drin, in meinem Herzen, und ich fühlte es außen, auf meiner Haut. Abends küssten wir uns, Katjuschka und ich, wir masturbierten uns, wie schon so oft, aber ich stellte fest, dass diese erotischen Spielchen mit einer Frau für mich keinen Sinn mehr hatten. Dass sie eine Farce waren. Ich bekam eine Krise. Niemand durfte erfahren, was ich am Strand getan hatte. Ich unterdrückte meine Neigungen noch mehr und spielte erst recht den Macker. Bis ich eines Tages nicht mehr konnte und in ein schwarzes Loch fiel. Ich kam mir vor wie ein mieser Betrüger und beschloss, mich Katjuschka zu öffnen. Ich erzählte, was mir mit ihrem Cousin passiert war, und gestand ihr die Wahrheit über mein Leben. Ich flehte sie an, mich zum Mann zu machen, mir zu helfen, die perversen Gedanken aus meinem Kopf zu bekommen. Ich weiß noch, wie sie mir zugehört hat, mich nach Einzelheiten gefragt hat, wie es mit ihrem Cousin gewesen sei. Am Ende sagte sie, ja, sie wolle mir helfen, ich solle ihr ein paar Tage Zeit geben. Sie wolle überlegen, wie wir es machen könnten, das alles komme sehr überraschend für sie.«

»Du hast dich in die Scheiße geritten, Bobby«, stieß Conde hervor, weil er das Ende vorausahnte.

»Vielleicht musste es so kommen. Drei Tage später gab es eine Versammlung der Studentenvertretung, um das Festival der Jugend in jenem Jahr vorzubereiten, erinnerst du dich? Am Ende bat Katjuschka, die dem Organisationskomitee angehörte, ums Wort. Sie sagte, sie habe dem Kollektiv etwas mitzuteilen. Genau so sagte sie es: dem Kollektiv etwas mitzuteilen. Diese Worte vergesse ich nie. Etwas sehr Schwerwiegendes, sagte sie. Etwas, das den Genossen Roberto Roque Rosell betreffe. Und dann erzählte sie die ganze Geschichte, die ich ihr erzählt hatte. Aber es kam noch schlimmer. Sie sagte, ihr Cousin sei bereit, zu bezeugen, wie ich seinen betrunkenen Zustand ausgenutzt hätte, um … Ich bin rausgerannt, Conde, wie ein Verrückter habe ich geheult und getobt, ich glaubte, ich müsste sterben. Zwei Tage danach sind sie zu mir nach Hause gekommen, ein Professor und die Generalsekretärin der Kommunistischen Jugend, um mir mitzuteilen, dass Katjuschkas Cousin mich nicht anzeigen werde, ich aber von der Universität verwiesen worden sei. Wegen schwerwiegender ideologischer und moralischer Verfehlungen, die mit dem Verhalten eines jungen revolutionären Studenten nicht vereinbar seien.«

»Was für ein Miststück, diese Katjuschka!«

Bobby lächelte. Es war ein trauriges Lächeln mit einem Schuss Melancholie. »Nur wer so etwas selbst erlebt hat, kann mich verstehen. Damals begann meine Zeit in der Hölle. Den Rest meiner Geschichte habe ich dir bereits erzählt, so ungefähr jedenfalls. Aber das Schönste kennst du noch nicht …«

»Gibt es auch was Schönes daran?«

»Ich glaube, ja. Zumindest ist es aufschlussreich. Ein paar Jahre später bin ich Katjuschka wieder begegnet. Weißt du, warum sie keinen Sex mit mir haben wollte?«

Conde schlug sich mit der flachen Hand an die Stirn. Das Bild von Katjuschka in der Bar nahe der Universität traf ihn wie ein Bumerang. Und plötzlich ging ihm die Wahrheit auf. »Weil sie lesbisch war!«, rief er.

»In Lesbenkreisen wird sie Joaquín genannt. Jetzt ist sie die Leiterin eines Lesbenzentrums und Verteidigerin der Würde von Homosexuellen und Transsexuellen und Transformierten! Ein Leader, Alter, eine Wortführerin! Verdammt, sag jetzt nicht, dass das kein Happy End ist!«

Verzückt betrachtete er die tiefgrünen Blätter des Avocadobaums, der majestätisch und zeitlos den Patio seines Freundes Carlos beherrschte. An den Ästen hingen noch ein paar jener wunderbaren Früchte mit dem vorzüglichen grüngelben Fruchtfleisch, die Kubaner nie als Obst essen, sondern als Salat zubereiten. Wie viele Avocados hatte er wohl im Laufe von mehr als vierzig Jahren seiner Freundschaft mit Carlos, Andrés und dem Hasenzahn gegessen? Wie oft hatten sie den Hunger bekämpft, indem sie mit Salz gewürzte Avocadoscheiben auf einem Stück Brot gegessen hatten! Wie viele üppige Mahlzeiten hatten diese Avocados begleitet, manchmal mit Olivenöl und ein paar Tropfen Zitrone beträufelt, die den üppigen Geschmack noch verstärkten, dazu Zwiebelscheiben, um die Gaumen- und Magenfreuden zu steigern. Gerührt dachte er an die intensiven, prallen Jahre, die sie miteinander verbracht und in denen sie alle guten und schlechten Seiten des Lebens kennengelernt hatten. Jahre, Jahrzehnte gar der Verbundenheit und des gegenseitigen Verstehens. Jeder ein Individuum und gleichzeitig Teil der Clique, ein unentwirrbarer Knäuel aus glücklichen Stunden und bedrückten Tagen. Eifersüchtig kapselten sie ihre gemeinsamen Erfahrungen gegen außen ab, als sei ihr Bund ein Mauerwerk, das ihnen, als Überlebenden vieler Katastrophen, vor neuen Angriffen Schutz bot.

In der befremdlichen Stimmung, in die Bobbys Beichte ihn versetzt hatte, hatte er beschlossen, das aufgeschobene Gespräch mit dem Hasenzahn nachzuholen. Sie hatten sich bei Carlos verabredet, unter der Bedingung, dass kein Alkohol fließen dürfe. Wer war auf die Idee gekommen? Carlos, der Hasenzahn, er selbst? Eine Vorahnung? Die Angst vor dem Teufel? Conde erinnerte sich nicht mehr.

Sie kannten sich so gut, dass Conde wusste, es ging um etwas Wichtiges, als der Hasenzahn Carlos angesehen und dieser dem Freund aufmunternd zugeblinzelt hatte, ohne einen seiner Sprüche von sich zu geben. Conde seinerseits hatte sich dafür entschieden, sich zurückzuhalten und die Entwicklung der Unterhaltung abzuwarten. Vielleicht hatte er auch Gewissensbisse, weil er das Treffen, um das der Hasenzahn ihn zwei oder drei Tage zuvor gebeten hatte, zuerst aufgeschoben und dann vergessen hatte. Vielleicht fühlte er sich dadurch gehemmt und litt unter quälenden Zweifeln: War er ein guter Freund? Wie hatte er die Bitte des Hasen hintanstellen und schließlich sogar vergessen können? Wegen dem Geld, das Bobby ihm zahlte? Er kam sich erbärmlich vor. Schweigend nahm er die Tasse Kaffee entgegen, die Josefina ihnen auf die Terrasse brachte, und zündete sich eine Zigarette an. Die alte Frau war so zurückhaltend, dass sie den Grund des Treffens wohl kannte.

Als er das Schweigen nicht mehr aushielt, schaute er dem Hasenzahn in die Augen und streckte ihm, Zigarette im Mund, seine Handflächen entgegen: Los, sag schon, was du mir zu sagen hast!

»Ich verreise, Conde«, begann der Freund. »Oder richtiger: Ich plane eine Reise.«

Conde atmete erleichtert auf. Das war also das Problem? Niemand war krank auf den Tod, keine Prostata oder Leber in Todesgefahr?

»Du gehst also auf Reisen. Wie schön, ich freue mich für dich. Neuerdings reisen viele Leute.«

»Ich weiß nicht, ob ich zurückkomme.«

Conde traf es wie eine Ohrfeige. Ging nun auch sein Freund? Noch einer? Einer der standhaftesten, der zähesten Überlebenden dachte daran, sie zu verlassen? Wer würde das Licht am Leuchtturm El Morro ausmachen, wenn keiner mehr blieb?

»Was erzählst du mir da, mein Freund?«

Der Hasenzahn sah ihn an, ohne zu blinzeln. »Das, was mich beschäftigt. Meine Tochter hat die Papiere vorbereitet, Andrés übernimmt die Kosten. Wenn sie mir das Visum geben, fliege ich für eine

Weile nach Miami. Dort werde ich entscheiden, ob ich bleibe oder nicht. Esmé und Andrés sagen, sie würden mir helfen. Aber ich habe Angst. Angst, zu fliegen und zu bleiben. Angst, zurückzukommen und ...«

Conde spürte, dass in dieser Minute etwas in sich zusammenzustürzen drohte. »Wie lange schleppt ihr diese Geschichte schon mit euch herum, du, Andrés, der Dünne, deine Tochter Esmé, Josefina und weiß der Himmel, wer noch?«

»Keine Ahnung. Zwei, drei Monate ...«

»Und warum hast du mir nichts davon gesagt, Hase?«

»Weil ich Angst habe«, gab der andere zu.

»Sieh mal, Conde ...«, mischte sich Carlos ein.

Doch Conde brachte ihn mit einer Handbewegung zum Schweigen. »Angst wovor, Hase?«

»Vor allem davor, zu reisen, und dann entscheiden zu müssen, ob ich bleibe oder doch lieber zurückkommen soll. Davor, dass du sauer auf mich bist.«

»Warum sollte ich sauer auf dich sein?«

Der Hasenzahn sah wieder zu Carlos hinüber, und der Dünne antwortete für ihn: »Weil wir wissen, wie du bist, Alter. Weil wir dich lieben. Weil du jetzt schon sauer bist, oder?«

Carlos' Antwort war niederschmetternd, aber sie stimmte: Hier ging es um Liebe, und er fühlte sich in diesem Moment wie ein Liebhaber, der jetzt dann gleich verlassen wird. Doch er versuchte, seinen Egoismus, seinen Instinkt, die Sippe zusammenzuhalten, und die Angst vor dem Verlust auszuschalten.

»Und was willst du verdammt noch mal machen, wenn du drüben bleibst? Mit sechzig! Hier leben wir wie durch ein Wunder, aber wir leben.«

»Die Leute da drüben leben auch. Hier ist es schlimm, und es sieht so aus, als würde es noch schlechter. Aber ich weiß noch gar nicht, ob ich bleibe, ehrlich, Conde. Ich weiß nicht mal, ob ich reisen kann, ob sie meiner Frau und mir das Visum erteilen. Ich will es einfach nur probieren. Mindestens das: die Möglichkeit haben, es zu probieren und, wenn man mich lässt, zu entscheiden. Danach kann ich Bilanz ziehen und sehen, ob ich mich geirrt habe. Und vielleicht zurückkommen. Ich will gar nicht unbedingt bleiben. Es ist nur so: Wir hatten nie die Gelegenheit, selbst zu wählen. Sie haben uns das Recht genommen, uns zu irren.«

Conde nickte. Er wusste, dass es gegen die historische und menschliche Logik seines Freundes keine stichhaltigen Argumente gab. Wählen und sich irren ... oder auch nicht. Dennoch war er bestürzt. Eine irrationale Angst beschlich ihn: Wenn ein Freund nach dem anderen ging, würden sie alle am Ende einsam und verloren sein? Würden sie das vierte und letzte Lebensalter in Leere, Entbehrung und Mangel verbringen? Voller Kummer hob er den Blick und betrachtete den Baum mit den Avocados, die so viele Male ihren Magen und ihren Geist genährt hatten. Der Baum zumindest stand noch da. Noch.

»Du hast recht, Hase«, sagte er schließlich. »Ja, probier es aus ... und irre dich, sooft es dir Spaß macht. Das heißt doch, dass wir noch leben, oder? Ach ja, und wenn ich die verdammte Madonna finde und Bobby mich bezahlt, kriegst du Geld, wofür auch immer du es brauchst. Mit dem Rest werden wir uns hier vierzig Mal besaufen, der Dünne und ich, und uns immer dieselben Geschichten erzählen. Bis wir platzen wie Knalltüten. Oder bis du zurückkommst und uns berichtest, ob es dir gelungen ist, rauszukriegen, ob du dich geirrt hast oder nicht mit dem, was du selbst entschieden und was du gemacht hast, weil du verdammt noch mal Lust darauf hattest. Aber weißt du was? Ich werde dir keine einzige Avocado von dem Baum da übrig lassen. Ich werde sie alle alleine essen, bis sie mir aus den Ohren rauskommen.«

Kurz vor acht setzte sich Conde auf eine Bank an der Seite des Parque Central, die auf das heruntergekommene Cine Payret zeigte. Noch ganz benommen von der Entscheidung des Hasen, beobachtete er das Kommen und Gehen. Nach Sonnenuntergang hatte es sich schlagartig verändert. Und nicht unbedingt zum Besseren. Als wollten sie die an sich schon aufgeheizte Stimmung zusätzlich anfeuern, ließen sich die vielen Polizisten, die sich in der Gegend herumtrieben, von Schäferhunden begleiten, bewaffnet, als zögen sie in den Krieg der Sterne. Augenscheinlich hatten mit Einbruch der Dunkelheit zwielichtige Gestalten hier das Zepter übernommen, die allesamt mit ihren raffinierten oder schäbigen Tricks auf Geld, Sex oder Vergnügen aus waren, oder alles auf einmal. Es war die Stunde der Kakerlaken. Und wieder einmal freute sich Conde, dass er kein Polizist mehr war und dieses Treiben von einem Logenplatz aus beobachten konnte. Als einfacher Zuschauer durfte er nun das Schauspiel dieser turbulenten, wuchernden Welt bestaunen, die es in seiner Zeit als Staatsdiener so nicht gegeben hatte.

Nach einer halben Stunde tauchte die Fledermaus auf. Offensichtlich hatte der Junge geduscht, denn er roch nicht mehr so streng wie tags zuvor. Er trug ein T-Shirt mit viel silbernem Glitter, und seine Augen wirkten fast normal, höchstens ein wenig kleiner, als sie sein sollten. Ein Augenleiden? Oder Marihuana?

»Was gibts?«, fragte Conde, während der andere sich neben ihn auf die Bank setzte.

»Ich hab mir wegen dir den Arsch aufgerissen, Kollege.«

»Nun übertreib mal nicht, Yuniesky. Hast du dir das T-Shirt von dem Geld gekauft, das ich dir gegeben habe?«

»Ja«, grinste der Junge. »Scharf, was?«

»Hübsch. Aber jetzt erzähl mal. Was hast du über deinen Freund Raydel rausgekriegt?«

Die Fledermaus schien zu zögern, doch dann legte er los. »Er wurde im Viertel der Orientalen in San Miguel del Padrón gesehen. Da hat er einen Cousin namens Ramiro.«

»Hab schon von ihm gehört. Ramiro, und wie weiter?«

»Ramiro der Rochen. Den Nachnamen kenn ich nicht. Aber wenn er Rochen genannt wird, dann ist er bestimmt ein harter Typ.«

»Woher weißt du das? Hat dieser Cousin von Raydel mit dir und Raydel die Schwuchtel beklaut?«

»Hör mal, du fragst viel und zahlst wenig!«, konterte die Fledermaus. Offenbar hatte Conde ins Schwarze getroffen, und der Junge legte Wert darauf, sich von seinen Freunden zu distanzieren. »Ich hab dir gesagt, was dich interessiert. Ich kenn diesen Ramiro nicht. Begnüg dich mit dem, was ich dir gesagt hab, und zahl.«

Conde sah ihn unbeteiligt an. »Gezahlt wird später, wenn ich mit Raydel ins Geschäft komme.«

Die Fledermaus nickte. Er schien erleichtert und kam mit einem Vorschlag: »Ich werd dir was sagen, was fünf Dollar wert ist. Soll ich?«

Conde zeigte keine Regung.

»Weißt du, dass Raydel nicht Raydel heißt?«

»Das hab ich dir gestern gesagt, Mann.«

Die Fledermaus kratzte sich am Kopf, wie er es immer tat. »Scheiße, stimmt, das warst du. Das Zeug, das ich rauche, fährt echt ein. Neulich hab ich einen Joint geraucht, und der Typ da«, er zeigte mit dem Daumen hinter sich auf die Statue von José Martí, »hat mir was von einem Ungeheuer erzählt, das deine Eingeweide auffrisst.«

»Weißt du wenigstens, wie dieser Raydel in Wirklichkeit heißt?«

»Nein, das weiß ich nicht. Manduca auch nicht, der Typ, der mit ihm zusammen das Rindfleischgeschäft hatte. Der Albino hat mir gesagt, wo Raydel sich rumtreibt, dem schuldet Raydel nämlich auch noch Geld, das er ihm vor 'ner Ewigkeit geliehen hat. Was für ein Arsch, dieser Raydel! Deswegen hat er seinen Namen geändert, und deswegen sind alle hinter ihm her.«

Conde nickte. »Morgen mach ich mich auf die Suche nach Raydel. Wenn ich ihn finde, werden wir ja sehen, ob wir ins Geschäft kommen. Begleitest du mich?«

Die Fledermaus riss die Augen auf, bis sie eine fast normale Größe erreichten. »Du spinnst!«, rief er, und leise fügte er hinzu: »Weder Raydel noch der Rochen oder sonst wer darf erfahren, dass ich dir den Tipp gegeben hab. Die machen mich sonst fertig, Tiger, hörst du? Die machen mich fertig.«

Conde nickte erneut.

»Und wann hat der Albino erfahren, dass sich Raydel bei seinem Cousin aufhält?«

»Vor etwa einer Woche. Raydel hat ihm gesagt, er geht zu seinem Cousin, und sobald er ein paar Sachen verkauft hat, bezalt er seine Schulden.«

»Vor einer Woche ... Vielleicht ist er schon wieder weg.«

»Wo sollte er hin? Wieder in den Osten? Ach was ...« Die Fledermaus dachte nach. »Alter, wenn Raydel irgendwo ist, dann da, in dem Viertel. Das ist das reinste Piratenloch.«

»Aber die Beute wird er da nicht aufbewahren. So blöd ist er nicht.«

Wieder kratzte sich die Fledermaus am Kopf. Es sah aus, als habe er Kopfschmerzen vom vielen Nachdenken. »Stimmt. Aber in Santiago auch nicht, oder?«

Conde stand auf. »Morgen fahre ich nach San Miguel.«

»Und mein Anteil? Wie krieg ich meinen Anteil, wenn du mit Raydel Business machst?«

»Ich komm bei dir vorbei. Ehrenwort.«

»Ehrenwort?«, wiederholte der Mulatte skeptisch. »Wer zum Teufel hält in dieser Stadt ein Ehrenwort, Chef?«

»Ich«, sagte El Conde. »Und du mit deinen Fledermausaugen musst es mir abnehmen, weil dir nämlich nichts anderes übrig bleibt. Wirklich sehr hübsch, dein T-Shirt.«

7

*8. September 2014,
Tag der Barmherzigen Jungfrau von Cobre*

Die Ausdünstungen von Armut und verlorener Hoffnung schlugen ihnen aggressiv entgegen und verfolgten sie auf Schritt und Tritt. Es war eine bedrückende Mischung: Stinkende, schwarze Abwässer, die durch offene Kloaken flossen. Ranziges, zu oft erhitztes Fett. Faulige Abfallhaufen, von Myriaden summender Fliegen umschwirrt. Grob zusammengezimmerte Schweinekoben, wo sich die Tiere im Schlamm und in der eigenen Scheiße suhlten.

Am Abend zuvor hatte sich Mario Conde, während er mit dem dünnen Carlos trank, in allen Einzelheiten zurechtgelegt, wie er bei seinem Ausflug in die Eingeweide der Stadt vorgehen wollte, als ginge es darum, Berlin einzunehmen. Diese Mission in San Miguel del Padrón, wo die Kubaner aus dem Osten hausten, war nicht ungefährlich, aber sie schien ihm der einzige Weg, um zum falschen Raydel und zu Bobbys merkwürdiger Madonna vorzudringen.

Candito hatte ihn wissen lassen, dass seine Suche nach einem Adventisten, der dort lebte, erfolgreich gewesen war und er selbst mitkommen würde. Auch der Hasenzahn hatte seine Beteiligung zugesagt, denn dieses Abenteuer wollte er sich nicht entgehen lassen. Also hatten sie sich für den nächsten Morgen um neun Uhr vor der Mietskaserne des Roten verabredet. Yoyi El Palomo hatte zwar angeboten, sie in seinem Bel Air dorthin zu bringen, doch Mario wollte das schmucke Auto nicht einer so heiklen und möglicherweise sogar gefährlichen Reise in eine unbekannte Welt aussetzen.

An Bord des klapprigen, aber einwandfrei funktionierenden Studebakers, den Condes Nachbar gelegentlich und unerlaubt anbot und selbst steuerte, fuhren die Teilnehmer der Expedition die Calzada de San Miguel del Padrón hinauf in den Südosten der Stadt. Kurz vor San Francisco de Paula bogen sie nach links ab. In dem Viertel hatte Hemingway zwanzig Jahre in seiner Finca Vigía gelebt, deren Geheimnisse Conde bei einer früheren Gelegenheit erforscht hatte, mit einbegriffen die intimen Geheimnisse eines Slips von Ava Gardner. Ihr Ziel lag auf einem Hügel und trug den wenig fantasievollen Namen Alturas del Mirador, also »Aussichtspunkt«. Tatsächlich hatte man von dort einen wunderbaren Blick auf den Nordosten Havannas, einschließlich eines Teils der Bucht und des Dorfes Regla, wo die Jungfrau gleichen Namens verehrt wurde. Aus dieser Höhe und aus der Entfernung sah die Stadt friedlich, ja, sogar einladend und über jegliche Hektik erhaben aus.

Den Anleitungen der Anwohner folgend, hatte der Fahrer den Studebaker durch ein Labyrinth aus Straßen voller Schlaglöcher, Kloaken, Menschen und streunenden Straßenkötern gelenkt, bis sie das Ende des befahrbaren Teils erreichten, das wohl auch das Ende westlicher Zivilisation markierte. Conde, Candito und der Hasenzahn stiegen aus und gingen weiter bis zur Außengrenze der »Ansiedlung«, wie die Bewohner diese Ansammlung von Elendshütten zu nennen pflegten. Um die Unversehrtheit des alten Studebakers zu garantieren, mit dem er seinen Lebensunterhalt bestritt, blieb der Besitzer als Wächter im Wagen zurück.

Nach kaum hundert Metern auf der früher einmal asphaltierten Straße begriffen sie, dass sie in eine andere Welt eintraten, ganz so, als würden sie durch ein schwarzes Loch in eine andere Dimension von Zeit und Raum gelangen. Nun waren sie in der »Welt der Unsichtbaren«. Das Gewirr der Gassen aus gestampfter Erde wurde immer enger und verwinkelter. Auf beiden Seiten der Wege standen zwischen aufgetürmten Erd- und Schutthügeln Behausungen in allen Formen, die umso verfallener waren, je weiter sich die Männer in einem der vielen holprigen Seitenwege verloren. Wenn die Freunde am Eingang des Viertels und auf der Hauptader der Siedlung noch Steinhäuser, einige sogar mit Betonplatten verstärkt, gesehen hatten, so übernahmen nun Armut und Improvisation die Herrschaft. Die Hütten waren aus Steinblöcken oder Ziegelsteinen oder wurmstichigem Holz zusammengezimmert, andere aus kaputten Zinkblechen oder sogar Pappkartons. Manche waren gegen Regen und Sonne mit nichts als wasserdichtem Papier, geteertem Stoff oder Plastikplanen gedeckt und prekär mit Steinen oder Eisenstangen beschwert. Die Gesetze des Städtebaus, der Architektur und auch der Schwerkraft schienen unbekannt in dieser chaotischen Ansammlung von Elendshütten, die einem den Atem nahm.

Conde, der jeden Tag auf der Suche nach alten Büchern durch Havanna lief, hatte geglaubt, die heruntergekommensten Gegenden der Stadt zu kennen: die alten, immer schon ärmlichen Proletarierviertel wie das, in dem er seit seiner Geburt lebte. Dann hatte er eine nahe gelegene Ansiedlung von Immigranten aus dem Osten Kubas besucht, eine Ansammlung von auf freiem Feld zwischen zwei Wohnvierteln illegal errichteten Hütten. Damals hatte er geduckte, dicht an dicht stehende Häuser mit unverputzten Mauern gesehen, Wand an Wand, ohne Ordnung und Abstimmung errichtet, aber immerhin als Häuser zu bezeichnen. Das, was man nach seinen Maßstäben arm nennen konnte. Jetzt aber sah er den Bodensatz von Havanna, das Schlimmste vom Schlimmen.

»Wo zum Teufel sind wir denn hier, Conde?«, fragte der Hasenzahn, der sich nach allen Seiten umsah und seinen Augen nicht traute.

»In der Unterwelt«, sagte Conde. »Aber auch dieses Leben ist real.«

»Leben?«, fragte der Hasenzahn zweifelnd.

»Ja, Hase, auch wenn sie wollen, dass es unsichtbar ist«, antwortete Conde. »Ich habs dir doch gesagt: Es gibt immer einen, der noch tiefer gesunken ist als man selbst.«

»Aber wie kann es sein, dass es Leute gibt, die so am Arsch sind? Hier, in diesem Land? In der heutigen Zeit?«, fragte der Hasenzahn fassungslos. »Wie in Haiti, in Afrika. Und dabei wurde ich selbst in einem armen Scheißviertel geboren. Aber verdammt noch mal, im Vergleich zu dem hier war mein Zuhause der Taj Mahal, Junge …«

»Du weißt nicht, was Armut ist, Hase«, mischte sich jetzt Candito ein und gab damit seine Rolle als stummer Beobachter auf.

Bald schon sollten die Freunde erfahren, dass diese Gegend in den Neunzigerjahren besiedelt worden war, als die Krise begonnen hatte. Eine Gruppe von Leuten aus dem Osten des Landes wollte irgendwie der Not entkommen und war auf diese unbewohnte Gegend gestoßen, eine Art Niemandsland. Mit der Hartnäckigkeit jener, denen es ums blanke Überleben geht, klammerten sie sich an diesen Flecken Erde. Es begann ein geräuschloser Kampf, von dem kaum jemand Notiz nahm, als wären die Palästinenser der Insel nicht einmal eine Randnotiz wert. Da es sich um eine illegale Besetzung staatlichen Grundbesitzes handelte, begannen die zuständigen Behörden, die Besetzer zu vertreiben. Doch auf jede polizeiliche Räumung folgte die Rückkehr der »Pioniere«, begleitet von neuen verzweifelten Familien aus allen möglichen Landesteilen. Über Nacht errichteten sie ihre neuen Hütten genau über den abgerissenen. Parzelle um Parzelle wuchs das namenlose Viertel der Eroberer.

Angesichts der regelmäßigen Räumungsversuche der zu Abrissbrigaden gewordenen Baubrigaden begannen sie, den Angriffen der Gesetzesmacht Barrikaden der Not entgegenzusetzen. Sie bildeten Menschenketten aus Kindern und Frauen – wenn diese schwanger waren, umso besser – und versperrten den Polizeiwagen und den seelenlosen Planierraupen den Zugang. Der Kampf dauerte mehrere Jahre. Die Bewohner hatten keine Alternative und waren entschlossen, ohne Wasser, Strom und Kanalisation zu überleben, sogar ohne die Lebensmittelheftchen, die den Bürgern des Landes die Versorgung mit lebenswichtigen Nahrungsmitteln zu subventionierten Preisen garantierten. Für sie gab es kein Zurück, daraus schöpften sie ihre Beharrlichkeit und ihre Kraft. Bis zu ihrem Pyrrhussieg: Da es unmöglich war, ihnen eine einigermaßen würdige Alternative anzubieten, beschloss irgendjemand, wegzuschauen und sie dort dahinvegetieren zu lassen, unter der Bedingung, sich unsichtbar zu machen. Auf den Waffenstillstand folgte die Phase des »Komm-und-bleib«, wie sie es nannten. Jeder Familie wurde eine Parzelle zugewiesen, um darauf ihre Hütte zu errichten und außerdem ein Schwein zu halten oder Bananenstauden zu pflanzen, um das Überleben zu erleichtern. Auf diese Weise, mit kleinen Abweichungen, entstanden und wucherten verschiedene Ansiedlungen, wie Pusteln an den Rändern der Stadt.

Erst viele Jahre nach ihrer Entstehung, wenn sie nicht mehr zu übersehen waren, tauchten sie aus ihrer »Unsichtbarkeit« auf.

Aufgrund seiner Vergangenheit schien Candito als Anführer am besten geeignet. Er fragte immer wieder den einen oder anderen der herumlungernden Bewohner, wobei er im Wortschatz seiner Zeit als Asphaltcowboy kramte. Schließlich ließ sich einer von ihnen, nachdem er die drei Fremden eingehend gemustert hatte, dazu herab, ihnen zu verraten, wie man zu Oriol kam. Oriol El Santo, so hatten sie den Adventisten getauft. Wie empfohlen bogen sie in eine schmale, ansteigende Gasse ein, neben der ein stinkender Abwasserkanal dahinplätscherte, an dem Kinder spielten. Anscheinend war gerade das Spiel mit Glasmurmeln aktuell. In ein paar Wochen wird es dem Kreisel weichen, das wiederum vom Drachensteigen und später vom Hüpfspielfieber abgelöst wird, so wie es seit Ewigkeiten geschieht, denn Abwechslung im Leben und Spielen muss sein, auch mitten im Dreck.

Nach einigen Wegen und Umwegen standen sie vor der Hütte von Oriol, genannt El Santo. Wie so viele andere bestand sie aus Holz und Pappe über einem Boden aus gestampfter Erde. Der Mann empfing sie vor der Tür, und nachdem Candito seinen Namen genannt hatte, ließ er sie in den einzigen Raum des Hauses treten, ein fünf mal fünf Meter großes Zimmer, in dem zwei Betten, ein kleiner Tisch, ein Kerosinkocher und drei Stühle standen. Conde notierte sich im Geiste zwei Details: Ein Bad war nicht zu sehen, dafür aber ein Fernsehapparat, ein Videogerät und eine imposante Stereoanlage mit zwei riesigen Lautsprechern.

Oriol war ein Weißer von etwa dreißig Jahren mit Bürstenhaarschnitt, olivfarbener Haut und den sanftmütigen Augen eines zahmen Tieres. Er sprach mit einem starken ostkubanischen Akzent, wobei er alle möglichen und sogar unmöglichen S-Laute verschluckte, in bedächtigem Tonfall und mit der Selbstgewissheit eines religiösen Würdenträgers. Während er den Kaffee durchlaufen ließ, den er den Besuchern unbedingt anbieten wollte, gab er ihnen Auskunft über die Wunder dieser Ansiedlung. Er lebte erst seit ein paar Monaten hier, hatte aber von anderen Bewohnern viel erzählt bekommen. Etwa, dass die Häuser seit ein paar Jahren Elektrizität hatten, seit ein tüchtiger und hilfsbereiter Elektriker sein Leben riskierte, die Hauptleitungen bei Alturas del Mirador anzapfte und Kabel in das Viertel verlegte. Von da an waren alle mit geklautem Strom versorgt, den sie, selbst wenn sie gewollt hätten, nicht bezahlen konnten. Weil sie keine legalen Mietverträge besaßen und auch keine Aufenthaltsgenehmigung für die Hauptstadt, konnten sie die Dienste der staatlichen Elektrizitätswerke nicht in Anspruch nehmen. Mit dem Wasser hatten sie mehr Glück gehabt, erzählte Oriol. Ein leitender Mitarbeiter der Wasserwerke hatte sich ihrer erbarmt und ein Rohr in die Siedlung legen lassen, von wo sich die Bewohner Leitungen zu ihren Häusern gezogen hatten. Dadurch gab es für vier oder fünf Stunden am Tag – aber nur an manchen Tagen – fließendes Wasser. Die Kinder wurden dauerprovisorisch auf die Schulen der umliegenden Viertel geschickt, und in den Polikliniken der Umgebung wurden die Bewohner medizinisch versorgt, einschließlich der Impfung ihrer Kinder. Das Hauptproblem aber blieb die Versorgung mit Lebensmitteln, insbesondere mit Milch für die Kinder. Ohne offizielle Papiere der Meldebehörde hatten sie kein Anrecht auf das Lebensmittelheftchen. Es war ein Land innerhalb und gleichzeitig außerhalb des Landes.

Die Besucher saßen auf den Stühlen, Oriol servierte ihnen den Kaffee in Gläsern und setzte sich auf eins der Betten. Conde fiel auf, dass auf beiden Betten hübsche, mit bunten Stickereien verzierte Bettdecken lagen – auch hier lebte also das Bedürfnis, sein Heim zu verschönern.

Candito kam sogleich auf den Anlass ihres Besuchs zu sprechen: Sie seien hier, weil sie Ramiro Gómez alias »der Rochen« suchten, und vor allem einen Freund von ihm, der sich Raydel nenne, aber nicht wirklich Raydel heiße. Seinen wirklichen Namen wisse Gott allein.

Oriol lächelte, als er das hörte. »Einen Raydel kenne ich nicht, aber Ramiro den Rochen sehr wohl. Er ist der Schlimmste von allen.«

Nun übernahm Conde: »Und was macht dieser Ramiro so?«

»Alles Mögliche. Bestimmt was mit Drogen. Und außerdem ist er einer der Geschäftsführer des Casinos.«

»Casino?«

Oriol El Santo strich sich mit der Hand über seine Haarstoppeln. Er wusste, dass das Leben in der Siedlung für diese Aliens ein Buch mit sieben Siegeln war. »Sie haben es wohl bereits bemerkt. Die Dinge funktionieren hier anders, man könnte sagen, nach anderen Gesetzen. Viele in dieser Siedlung arbeiten nicht für den Staat, weil sie keine Arbeitserlaubnis bekommen oder weil sie der Hungerlohn, den ihnen der Staat bezahlt, nicht interessiert. Weil die meisten keine offizielle Adresse in Havanna haben, gibt man ihnen auch sonst keine Arbeit. Legale Arbeit, meine ich. Aber hier ist alles vertreten, von Gaunern und Geschäftemachern jedweder Art bis hin zu anständigen Leuten, die sich als Maurer und Mechaniker ihren Lebensunterhalt verdienen, die Innenhöfe verputzen oder Blechdosen und Kartons sammeln. Damit Sie sehen, wie verrückt es hier zugeht, sage ich Ihnen, dass hier auch Polizisten, Wachmänner und Inspektoren wohnen, sogar ein Rechtsanwalt. Aber wer hier leben will, muss die Spielregeln dieses Ortes akzeptieren. Außerhalb des Viertels kann er sein, was er ist. Dies ist Apachenland, wie die Leute sagen. Hier wird alles verkauft, was man sich vorstellen kann: Rindfleisch, Pornofilme, Baumaterial. Es gibt professionelle und Gelegenheitsprostituierte. Und natürlich Drogenhändler, obwohl sie sehr vorsichtig agieren, weil sie wissen, dass man da draußen«, er zeigte auf die Stadt, auf den anderen Planeten, »damit keinen Spaß versteht. Ach ja, und fast alle spielen: Lotterie, Karten, Domino. Sie wetten sogar auf die Anzahl der Welpen, die eine Hündin wirft. Um keine Scherereien zu bekommen, hatten die, die dieses Geschäft kontrollieren, die Idee, ein Stück Land zu kaufen, mit einer Hütte wie dieser drauf. Da haben sie dann das Spielcasino eingerichtet. Die Idee ist einfach: Sollte die Polizei auftauchen, rennen sie in alle Richtungen davon und verschwinden. Wie Sie gesehen haben, ist dies ein Labyrinth. Da das Casino allen und keinem gehört, kann es auch keinem weggenommen werden, und sie verlieren höchstens die Kartenspiele, die Dominosteine, solchen Kram. Nach einer Woche kommen sie zurück, und das Geschäft geht weiter. Ramiro der Rochen ist einer von denen, die das Ganze organisieren. Er hat das Monopol auf Bier und Rum, die im Casino verkauft werden. Und er hat wohl auch was mit Drogen zu tun. Höchst erfolgreich! Aber ...«, Oriol machte eine lange Pause, bevor er weitersprach, »weder Ramiro noch sonst wer darf erfahren, dass ich Ihnen das erzählt habe.«

Mit wachsendem Erstaunen lauschten Conde, Candito und der Hasenzahn Oriols Ausführungen über die Überlebensstrategien der Bewohner. Schon viel hatten sie in ihrer Stadt gesehen, aber dieses Viertel kam dem Wilden Westen am nächsten: ein Land ohne Gesetze. Oder mit seinen eigenen Gesetzen.

»Aber die Leute wissen, dass wir zu Ramiro wollen«, gab Conde zu bedenken.

»Dann erzähle ich eben, dass ich Ihnen gesagt habe, wo er wohnt, weil Sie ein Geschäft mit ihm machen wollen«, schlug El Santo vor, was allen vernünftig schien.

»Wo finden wir nun den Vogel?«, fragte Conde.

»Sie gehen bis zur Hauptstraße, den Hügel hinauf und dann den letzten Weg links rein. Im letzten Haus wohnt Ramiro. Von da oben kann man fast die gesamte Siedlung überblicken. Und gleich hinter dem Haus befindet sich ein unbebautes Gelände voller Geröll und Marabusträuchern mit solchen Stacheln, dass sich kein Schwein reinwagt. Da kann man sich leicht verirren.«

Conde und seine Freunde bedankten sich bei Oriol für den Kaffee und die Informationen und machten sich auf die Suche.

»Meine Herren«, sagte der Hasenzahn, »habt ihr bemerkt, dass fast überall etwas verkauft wird?« Er zeigte auf die Verkaufsstände vor vielen der Hütten, wo Essen, Kleidung und andere Dinge angeboten wurden.

»Könnt ihr euch vorstellen, wie es hier aussieht, wenn es regnet?«, sagte Candito und kratzte sich an den Armen.

»Und wenn ein Zyklon kommt?«, ergänzte, apokalyptischer, El Conde, der sich immer schon vor Hurrikans gefürchtet hatte.

»Möge Jehova sie schützen«, murmelte Candito und überlegte sich, ob diese Leute hier vielleicht sogar für den allmächtigen Schöpfer unsichtbar waren.

Die Hauptstraße, die sie nun entlanggingen, stieg leicht an, als sie das kommerzielle Zentrum der Siedlung mit improvisierten Cafés, unzähligen Verkaufsständen und einem nicht abreißenden Strom von Passanten hinter sich gelassen hatten. Conde fiel auf, dass neben Leuten in sehr abgetragener Kleidung auch Jugendliche in Jeans und glitzernden T-Shirts nach der neusten Mode zu sehen waren, sogar in den neuerdings überall beliebten Trikots von Real Madrid und Barcelona. Der Polizist, der gegen seinen Willen immer noch in ihm steckte, fragte sich, woher das Geld kam, das all diese dubiosen Geschäfte am Laufen hielt und es einigen erlaubte, sich auf eine Weise zu kleiden, die so gar nicht zu der Umgebung passen wollte. Und er stellte sich mit inquisitorischer Hartnäckigkeit die alte Frage: Wer zum Teufel arbeitet überhaupt in diesem Land? Wie immer blieb seine Frage unbeantwortet.

Keuchend bewältigten sie den Aufstieg und fanden den Weg linker Hand neben einem freien, von feindseliger Vegetation überwucherten Feld. Die Behausungen in dieser Gegend, fast alle aus auf Latten genagelten Pappkartons und Plastikbahnen, waren vielleicht die ärmlichsten des ganzen Viertels.

Das letzte Haus vor dem unbebauten, steinigen Gelände, von dem Oriol gesprochen hatte, war als einziges hier mit Steinblöcken erbaut und mit gewelltem Faserzement gedeckt. Obwohl unverputzt, schien es sehr solide. Vor dem Haus saß, auf einem Stuhl neben einem Mangobaum, ein Mulatte mit grünen Augen, eine geschönte Kopie der Fledermaus. Conde war sich sofort sicher, dass dies Ramiro der Rochen war. Ohne dem Mann Zeit zu lassen, nachzudenken, sprach er ihn an.

»Ramiro, ich wollte zu dir …«

Ramiro öffnete den Mund und ließ seine vergoldeten Zähne blinken, und über der nackten Brust blinkte gleichzeitig seine massive Kette, die vielleicht sogar aus purem Gold war. Ramiro strahlte das Selbstbewusstsein des Unverwundbaren aus.

»Und wer bist du?«

»Ich will mit dir ins Geschäft kommen.«

»Ich mache keine Geschäfte.«

Conde kramte in den Tiefen seiner Jugenderinnerungen aus der Vorstadt. Bevor er weitersprach, spuckte er nach einer Seite aus, wobei er den Speichel so weit wie möglich schleuderte. So hatte er es damals gelernt. »Ich weiß, wie du zu Geld kommen kannst.«

»Interessiert mich nicht.«

»Geld, das dir gehört und ...«

»Das mir gehört? Was meinst du damit?« Ramiro stand auf und ging ein paar Schritte auf die Fremden zu.

»Geschäfte, bei denen es um viel Geld geht. Juwelen, zum Beispiel.«

Ramiro musterte Conde durchdringend. Er wirkte verschlagener und härter und weniger simpel als die Fledermaus. Seine grünen Augen in dem kupferfarbenen Gesicht trugen zu dem diabolischen Eindruck bei.

»Ist nicht mein Ding.«

»Vielleicht nicht, aber das ist das, was dein Freund Raydel im Moment anzubieten hat. Die Juwelen, die ihr seinem schwulen Freund geklaut habt und die 'ne Menge wert sind.«

Ramiro schwieg. Er überlegte wohl, ob diese Leute, die ihn aufgespürt hatten, etwas über sein Verhältnis zu Raydel wussten.

»So, Schluss mit dem Gequatsche. Jetzt reden wir Klartext«, schaltete sich Candito ein. Er rieb sich die Hände, als wollte er Feuer machen, und beendete die Aktion mit lautem Händeklatschen. »Wir sind keine Bullen. Du weißt besser als jeder andere, dass die Polizei nicht drei alte Säcke wie uns mit so einer Geschichte hierherschicken würde. Und schon gar nicht so ...« Candito hob sein Hemd an, um zu zeigen, dass er unbewaffnet war. »Aber wir wissen, dass Raydel, oder wie immer der Vogel heißt, hier bei dir war, nachdem er die alte Schwuchtel ausgeraubt hatte. Bevor er anfängt, die geklauten Juwelen zu verkaufen, wollten wir uns mit ihm kurzschließen. Und mit dir. Wir wollen euch ein Geschäft vorschlagen. Zunächst einmal: Wo steckt Raydel?«

Aus seiner weiten Hose, die ihm bis tief auf die Hüften hing und das gekräuselte Haar über dem Gummizug mit dem Dolce-&-Gabbana-Logo sehen ließ, nahm Ramiro eine Zigarettenschachtel. Er zündete sich eine Zigarette an und stieß den Rauch in die Luft. Er dachte nach.

»Ich weiß nicht, wovon ihr redet«, sagte er schließlich. »Ich kenne keinen Raydel.«

Conde schüttelte lächelnd den Kopf und bat Candito mit einer Geste darum, eingreifen zu dürfen.

»Dann müssen wir noch deutlicher werden, Ramiro. Wir wissen, dass Raydel hier bei dir war. Und wir wissen, dass er das, was er gestohlen hat, verkaufen will, um nach Miami abzuhauen. Vor allem wissen wir, dass er das, was am meisten wert ist, nicht an jeden x-Beliebigen verkaufen kann, und schon gar nicht an Leute, die er durch seinen Freund kennengelernt hat. Denn die Leute, die über die nötige Kohle verfügen für solche Geschäfte, würden ihn sofort anzeigen. Die halten nämlich zusammen, sie haben ihre eigene Mafia, und für sie seid ihr Kakerlaken, die man am besten zerquetscht.«

»Mach mal halblang, Alter«, protestierte Ramiro.

»Spiel jetzt bloß nicht den Sensiblen, Kollege, wir sind nicht blöd. Wir sind hier, um von dem Kuchen was abzukriegen. Wenn wir mit Raydel ins Geschäft kommen, darfst du dabei sein. Du siehst, wie viel wir zahlen, und kannst dir hinterher deinen Teil schnappen. Und den von der Fledermaus, falls ihr ihm was abgeben wollt, aber das ist euer Bier. Außerdem wissen wir, dass du mit Raydel an dem Tag zusammen warst, als er seinen Freund ausgeraubt hat, zusammen mit der Fledermaus. Siehst du, was wir alles wissen?«

»Was hat euch dieser dämliche Blindfisch erzählt? Dass ich bei dem Coup dabei war?« Ramiro schien verärgert, hatte aber offensichtlich angebissen, wie von Conde vorausgesehen.

»Das war gar nicht nötig. Wir wissen, dass ihr drei gemeinsam den Coup gelandet habt, weil ein Nachbar euch beobachtet und Raydels Freund davon erzählt hat.« Conde improvisierte. »Er hat euch beide beschrieben, denn Raydel kannte der Freund ja bereits, klar.«

»Wieso wisst ihr das alles?« Ramiro kniff die Augen zusammen. Zweifellos war er ein Schnelldenker. Dieser Intelligenz verdankte er seine geschäftliche Vormachtstellung im »Komm-und-bleib«.

»Weil ich Raydels Freund kenne«, sagte Conde. »Er hat mir erzählt, dass ihr ihn beklaut habt, aber … wie soll ich sagen … mich interessiert nur, mit euch ins Geschäft zu kommen. Darum muss ich Raydel treffen. Alles andere ist euer Problem und das von Raydels ehemaligem Freund und der Polizei. Also, wo zum Teufel ist Raydel?«

Erneut musterte Ramiro die drei Besucher und strich über die Goldkette auf seiner unbehaarten Brust. Er ließ sich Zeit. Am Ende kam er wohl zu dem Schluss, dass er nichts zu verlieren, aber einiges zu gewinnen hatte.

»Wenn ihr wirklich Geschäfte machen wollt, können wir reden. Aber wenn ihr vorhabt, mich reinzulegen ... Ich kann ungemütlicher werden als Aids.«

»Auch das wissen wir«, sagte Conde und wartete.

Ramiro drückte seine Zigarette aus und blickte über die primitiven Dachkonstruktionen hinweg, die sich vor ihm ausbreiteten. »Raydel war hier«, sagte er schließlich. »Aber seit einer Woche ist er wie vom Erdboden verschwunden. So ist er nun mal: Er taucht auf und verschwindet wieder, wie ein verdammtes Gespenst. Er hat mir gesagt, er hätte einen Käufer für ein paar Sachen gefunden, auch für die Juwelen, und dann hat sich der verrückte Kerl in Luft aufgelöst. Ich will gar nicht daran denken, dass er mich reingelegt hat und nach Miami abgehauen ist, was er immer gewollt hat. Denn wenn er mich übers Ohr gehauen hat ...«

»Jetzt was anderes«, unterbrach ihn Conde. »Der ehemalige Freund von Raydel hat mir auch erzählt, dass dein Kumpel nicht Raydel heißt.«

Ramiro grinste. »Das wusste der Typ? Also gut, der Blödmann Raydel heißt Yúnior und ist ein Hurensohn, auch wenn er der Sohn meiner Tante ist, die übrigens wirklich eine Hure ist. Als er hierhin nach Havanna flüchten musste, hab ich ihn zu mir genommen. Er hat bei mir gewohnt, und ich hab ihm das Rindfleischgeschäft besorgt.«

»Vor wem ist er geflüchtet?«, wollte Conde wissen. Vielleicht gab die Antwort darauf Aufschluss darüber, wie dieser Raydel, der in Wirklichkeit Yúnior hieß, tickte und warum er so handelte, wie er handelte.

»Vor einem Typen, den er in Santiago übers Ohr gehauen hat. Ich weiß nicht genau, worum es dabei ging, aber anscheinend hat es sogar eine Schießerei gegeben.«

»Hatte Yúnior eine Knarre?«

Ramiro lachte. »Nein, aber der Typ, den er reingelegt hatte. Yúnior bekam solchen Schiss, dass er sogar seinen Namen geändert hat und hierhergeflüchtet ist. Das Problem meines Verwandten ist, dass er eine lose Zunge hat. Und dass er meint, jeden bescheißen zu können. Aber wenn er glaubt, er könnte auch mich einkochen, dann wird er sich einer plastischen Operation unterziehen müssen. Am besten einer, bei der sie dir deinen Pimmel entfernen und dir eine Muschi da unten machen.«

»Und was ist hier in Havanna passiert?«

»Na ja, bei dem Rindfleischgeschäft hat er den alten Sack kennengelernt, und der hat sich in ihn verliebt. Das war für ihn wie sechs Richtige im Lotto. Bei dem Typen hat er wie ein Fürst gelebt. Aber als der nach Miami geflogen ist, hat er mir und der Fledermaus erzählt, dass er ihn ausrauben wollte und wir ihm dabei helfen müssten. Andere bescheißen, das macht er am liebsten. Wir haben das Haus leer geräumt, mit einem Lkw und allem Drum und Dran. Aber dass Yúnior Juwelen mitgenommen hat, hab ich nicht gesehen. Wir haben Möbel weggeschleppt, Nippsachen, ein paar Bilder, Teller, alles, was wertvoll aussah. Und das war eine ganze Menge! Sogar eine Jungfrau von Regla …«

Conde fuhr dazwischen: »Ihr habt eine Jungfrau von Regla geklaut? Mit so was spielt man nicht!« Er versuchte, bestürzt auszusehen.

»Yúnior hat gesagt, dass er sie für sich wollte. Dass ihm sehr viel an ihr liegt.«

»Und Yúnior hat alles verkauft?«

»Fast alles außer ein paar Nippes, die wertvoll aussahen, den Bildern, den Juwelen, die ich nie zu Gesicht bekommen habe, und eben dieser Statue. Einen Wirbel hat er um sie gemacht! Hat gesagt, die Heilige hätte magische Kräfte und lauter so schräges Zeug. Das hatte die Schwuchtel ihm erzählt, die er am Hintern gepackt hat. Ach ja, Yúnior ist jetzt nämlich auch noch gläubig geworden. Sagt er jedenfalls. Mir geht so was am Arsch vorbei, ich glaub an nichts und niemanden und schon gar nicht an ein Stück Holz mit dem Gesicht einer Jungfrau.«

»Hat er mit euch geteilt?«, fragte Conde weiter.

»Ja, aber viel haben wir dafür nicht gekriegt, wir mussten es ja so schnell wie möglich loswerden. Wo, zum Henker, soll man einen Tisch mit sechs Stühlen und ein Bett mit Matratze und allem verstecken? Oder einen vollständigen Satz Gläser? Wir haben abgemacht, dass wir uns die Knete teilen, wenn er die Nippes zu Geld gemacht hat. Aber von Juwelen hat Yúnior kein Wort gesagt. Nur von einer Uhr und einem Armband, beides aus Gold. Das hat er mir gezeigt. Nichts Besonderes. Keine wertvollen Ketten oder Ringe oder so was.« Er hob die goldene Kette an, die er um den Hals trug.

»Aber der alte Knacker behauptet, dass auch sehr wertvolle Dinge weggekommen sind«, sagte der Hasenzahn.

»Zum Beispiel?«, fragte Ramiro.

»Goldene Ketten, Ringe, Perlenketten von Bobbys Großmutter, antike Uhren, ein goldenes Kruzifix.« Conde ließ seiner Fantasie freien Lauf und fügte am Ende noch hinzu: »Und zwei Armbänder mit Diamanten …«

Jetzt rastete Ramiro aus. »So ein Arsch! Davon hat er uns nichts gesagt!«

Conde stocherte mit dem Fuß in der gestampften Erde und sah Ramiro dem Rochen in die grünen Augen. »Es geht um viel Geld. Wenn du die Juwelen nicht gesehen hast, hat er sie eingesteckt, ohne euch was davon zu sagen. Aber wenn Raydel, pardon, Yúnior von der Polizei geschnappt wird, geht alles zurück an die Schwuchtel, und ihr drei wandert in den Knast. Der Alte mag zwar schwul sein und alles, aber er hat beste Beziehungen. Also, hast du nun Interesse daran, mit uns ins Geschäft zu kommen, oder nicht? Wirst du uns helfen, das Arschloch zu finden?«

»Ist es so weit?«

Er saß in der ersten Bank, direkt vor dem Altar. Als er die Stimme hörte, drehte er sich um.

»Noch nicht«, antwortete er.

Conde war zur Kirche gegangen bis zur Erstkommunion. Dann, mit sieben Jahren, hatte er sich von jedweder Religion verabschiedet. Das Abkommen, das er mit seiner Mutter getroffen hatte, erschien ihm heute noch von einer für sein damaliges Alter ungewöhnlichen Reife: Er hatte seiner Mutter versprochen, bis zur Ersten Heiligen Kommunion am Religionsunterricht teilzunehmen. Danach hatte er sich an den Sonntagvormittagen weltlichen Aktivitäten zugewandt: auf dem freien Feld des Viertels Baseball zu spielen mit seinen Freunden, verwahrlosten Straßenjungen, die sich, wie er, mit größter Leidenschaft und tödlichem Ernst jenem Spiel hingaben. Als wäre es ihre Religion. Oder besser gesagt, weil es ihre Religion war.

Die eine oder andere Folge dieser eng begrenzten Glaubenserfahrung war ihm bis heute nützlich. So genoss er die friedliche, harmonische Atmosphäre im Inneren katholischer Kirchen. In einer Bank vor einem Altar zu sitzen, so schlicht er auch sein mochte, verschaffte ihm ein körperliches und geistiges Wohlbehagen, das er allerdings nicht mit höheren Mächten in Verbindung brachte, denn er glaubte weder an Gott noch an die Existenz von schwarzen Löchern im All. Niemand hatte sie gesehen, und die Offenbarung des einen sowie die mathematischen Gleichungen, die die Existenz der anderen beweisen sollten, hielt er für ausgemachten Schwindel. Er war durchaus kein Kirchgänger, aber in Kirchen, insbesondere im bescheidenen Kirchlein seines Viertels, erlebte er körperliche, geistige, vielleicht ästhetische, ja, sogar übersinnliche Regungen, die in einen spirituellen Frieden umschlagen konnten. Innerhalb der Kirchenmauern war nichts zu spüren von dem hektischen und aggressiven irdischen Überlebenskampf, wo mit jedem Tag mehr Gemeinheit, Hetze und Konkurrenz herrschten.

Ein handfester Nutzen war zudem die Beziehung, die Conde seit seiner Kindheit zu dem unverwüstlichen Pfarrer Mendoza hatte aufrechterhalten können. Sie gründete mehr auf Freundschaft als auf einer spirituellen Übereinstimmung. Der Priester hatte seine Eltern in der kleinen Pfarrkirche des Viertels getraut, hatte Mario getauft, ihm Religionsunterricht erteilt, ihm die Beichte abgenommen, ihn zur Ersten Heiligen Kommunion geführt und schließlich mit ansehen müssen, wie der Junge sich von ihm abwandte, um sich in das unchristliche Leben auf der Straße zu stürzen.

Mit seinen neunzig Jahren versah der alte Pfarrer nach wie vor seinen Dienst, und er verfügte immer noch über seine spitze Zunge. Seit Kurzem stand ihm ein junger Priester bei seinen Aufgaben in den umliegenden Pfarreien zur Seite, aber Mendoza legte Wert auf die Feststellung, dass dies *seine* Kirche war und die Gläubigen des Viertels ihm allein gehörten. Ihnen war er ein stets streitbarer Ansprechpartner. Obwohl er mit seinem Sprengel umging wie ein Hirte mit seinem Vieh, war er für seine bisweilen verborgene Hilfsbereitschaft und Güte bekannt. Ganz anders war es mit Condesito: Die Ironie und die Forschheit des »Jungen« hatten die Basis für eine Beziehung auf Augenhöhe geschaffen, womit beide sich wohlfühlten.

Wenn Conde sich mit Dingen beschäftigte, in denen Übersinnliches mitspielte, war ihm Pater Mendoza eine wichtige Anlaufstelle.

»Es ist noch nicht so weit, aber du bist ganz nah dran, oder?«, insistierte der Pfarrer.

»Schon möglich. Ob es daran liegt, dass ich alt werde?«

»Der Geruch des Grabes bringt gar manche zur Besinnung, aber dir bleibt noch ein ordentliches Stück Weg, bevor du von uns gehst.« Der Pfarrer kam mit schleppenden Schritten auf ihn zu, ein Buch unter dem Arm.

»Sag das nicht. Ich bin nicht du. Ich geh auf dem Zahnfleisch. Ich weiß nur nicht, warum mich plötzlich alle Welt bekehren will.«

»Um dich zu retten, mein Sohn.«

»Versuchs erst gar nicht. Ich bin rettungslos verloren.«

Die Dialoge zwischen dem Priester und seinem ehemaligen Katechumenen waren stets ritualisiert und scharfzüngig. Dahinter stand eine alte Wette: Bevor er sterbe, sagte Mendoza, werde er noch erleben, dass Conde zur Herde zurückkehre. Vielleicht ließ er sich deshalb so viel Zeit mit seinem eigenen Aufstieg in den Himmel oder seinem Sturz in die für Jähzornige vorgesehene Hölle.

Pater Mendoza setzte sich zu ihm in die Bank, und Conde drehte sich ein wenig zu ihm, um ihm ins Gesicht sehen zu können. Conde schaute in das immer schmaler werdende, von Falten und Runzeln durchfurchte Gesicht des Priesters. Er registrierte die gerötete Bindehaut der Augen, die wässrigen Pupillen und das allmählich verblassende Schwarz der Iris. Und er beneidete ihn nicht sonderlich darum, so viele Jahre auf Erden zu weilen. Ein solches Alter kam ihm ganz und gar nicht ehrwürdig vor, sondern eher trist und geplagt von all den Verschleißerscheinungen, die er drohend an sich selber spürte.

»Wie geht es dir, Pater?«

»Ziemlich beschissen. Jetzt macht mir meine Prostata zu schaffen.«

»Was sagt der Arzt?«

»Ich soll mich nicht beklagen. Und dass ich möglichst viel Wasser trinken soll, um viel zu pinkeln. Denn Geld für Medizin in mich zu investieren, sei Verschwendung.«

»Das ist wahr«, stimmte Conde zu, um die Erwartungen des Pfarrers nicht zu enttäuschen. »Und was liest du gerade?«

»Ein Buch, das ich schon einmal gelesen habe. Das *Buch von guter Liebe,* vom Erzpriester von Hita.«

»Das liest doch kein Mensch mehr.«

»Möglich, aber der Verfasser war ein Kollege von mir.«

»Dann werde ich es auch noch einmal lesen.«

»Sag mal, wenn du nicht hergekommen bist, um zu beichten und vor Gott auf die Knie zu fallen, was zum Teufel willst du dann hier? Über mittelalterliche Literatur sprechen?«

Conde wandte den Blick von dem faltigen Gesicht des Priesters, bevor er antwortete: »Es ist so ... Neulich habe ich den Teufel gesehen, und heute war ich in der Hölle.«

Der Pfarrer lächelte. »Und man hat dich wieder gehen lassen?«

Conde nickte. »Der Teufel wollte mich erschrecken, aber bei mir ist das nicht so einfach. Weil ich kein Tintenfass hatte, hab ich ihm einen Kugelschreiber an den Kopf geworfen. Was mich aber richtig fertiggemacht hat, war das ›Komm-und-bleib‹, in dem ich war, eins dieser Viertel, in dem die leben, die aus dem Osten nach Havanna gekommen sind.«

»In welchem warst du?«, wollte der Priester wissen.

»In dem bei San Miguel del Padrón, hinter San Francisco de Paula. Von allem, was ich in Kuba gesehen habe, ähnelt das der Hölle am meisten, Pater.«

»Ich hab einiges von diesen Vierteln gehört. In dem, von dem du sprichst, gibt es einen jungen Priester, der versucht, das Vertrauen der Leute zu gewinnen. Aber er sagt, das sei nicht einfach.«

»Es ist nicht nur nicht einfach, es ist schrecklich! Nicht mal die Protestanten haben es geschafft, da Fuß zu fassen.«

»Die armen Menschen. Nach so vielen Sonntagsreden und Versprechungen …«

Conde berichtete ihm von dem, was er am Morgen gesehen hatte. Er war immer noch benommen von den Eindrücken aus dieser Siedlung. Und von den Adrenalinstößen, die das Gespräch mit Ramiro in ihm ausgelöst hatte.

»Was hattest du da zu suchen?«, erkundigte sich Mendoza.

»Eine Madonna«, antwortete Conde und wartete auf die Wirkung seiner Worte.

Aber Mendoza war zu ausgefuchst, um ihm in die Falle zu gehen. Er sagte nur: »Ich hoffe, du hast eine gefunden. Soweit ich weiß, werden alle Frauen als Jungfrau geboren und bleiben es, bis sie keine mehr sind. Und das geschieht immer früher, nebenbei gesagt. Die Welt ist verdorben.«

Conde konnte sich ein Grinsen nicht verkneifen. »Ich brauche deine Hilfe, Pater.« Er entnahm dem Umschlag, der die Fotos von Bobby und der schwarzen Madonna enthielt, die Großaufnahme von der Skulptur und reichte sie dem Priester, der sie studierte.

»Brauchst du denn keine Brille?«

»Seit der Operation kann ich nah gut sehen. Von Weitem seh ich nicht mal meine Rettung«, murmelte der Priester, ohne den Blick von dem Foto abzuwenden. Schließlich fragte er: »Woher hast du das?«

»Das ist die Jungfrau von Regla. Sie gehört einem Freund von mir. Eine Familienreliquie. Sie wurde ihm gestohlen.«

»Wer behauptet, dass das eine Jungfrau von Regla ist?«

»Der Besitzer. Sie ist ja auch schwarz. Was für eine Jungfrau kann das sonst sein?«

Conde gab sich angriffslustig, aber der Priester schüttelte den Kopf und betrachtete erneut das Foto. »Die Jungfrau von Regla ist nicht die einzige schwarze Madonna.«

»Ja, ich weiß, in Frankreich und in Spanien gibt es noch andere. Die von Montserrat, zum Beispiel. Und es gibt afrikanische Versionen der Muttergottes, die auch schwarz sind.«

»Eben, es gibt viele schwarze Madonnen«, stimmte Pater Mendoza zu. »Auch in Polen und in Deutschland. Aber die hier ähnelt eher der von Montserrat als der von Regla, egal ob von hier oder aus Andalusien.«

»Aber die hier hat ein kubanischer Künstler im 19. Jahrhundert geschaffen. Die meisten von ihnen waren freie Schwarze, und vielleicht hat er sie kopiert.«

Mendoza wiegte nachdenklich den Kopf. »Sie sieht älter aus, ich weiß nicht … So gar nicht kubanisch.«

Conde kramte seine Lesebrille aus der Hosentasche hervor und nahm dem Pfarrer das Foto aus der Hand, um sich noch einmal die Statue anzusehen. »Was willst du damit sagen, Pater? Dass sie aus Spanien stammt? Aus Andalusien?«

Mendoza ließ sich Zeit mit der Antwort. »Ein Foto sagt nicht viel, man müsste sie aus der Nähe sehen können, *in persona*. Zuerst einmal muss man zwei Dinge abklären: ob die Statue ursprünglich schon schwarz war oder das Holz mit der Zeit nachgedunkelt oder oxidiert ist oder schwarz lackiert wurde. In Spanien gibt es nämlich Madonnen, die schwarz angemalt wurden. Andere sind mit der Zeit nachgedunkelt wie zum Beispiel die von Montserrat. Und es gibt auch richtig schwarze Jungfrauen, um es einmal so auszudrücken. Sozusagen von Natur aus.«

»Dann ist die Moreneta also gar nicht richtig schwarz?«

»Nein, ursprünglich war sie es nicht. Aber, na ja, wenn diese hier eine Jungfrau von Regla ist, wie du sagst, dann ist sie jedenfalls äußerst sonderbar und ziemlich alt, würde ich sagen, eine freie Version. Denn die Jungfrau von Regla wird immer stehend dargestellt, und das Jesuskind auf ihrem Arm ist weiß. Und wenn es keine Jungfrau von Regla ist, wie ich meine, dann ist sie noch sonderbarer und noch älter.«

Pater Mendoza machte eine nachdenkliche Pause. »Aber nein, das glaube ich nicht. Es gibt nicht viele echte schwarze Madonnen, und die stehen nicht einfach so herum. Die echten sind mittelalterliche, romanische Skulpturen. Sie sind fast tausend Jahre alt, mein Junge. Jedenfalls ist die hier merkwürdig. Wie ist dein Freund noch mal an sie gekommen, sagst du?«

»Er hat mir erzählt, dass er sie von seiner Großmutter geerbt hat, die sie wiederum von ich weiß nicht, wem geerbt hat. Einmal sagt er, dass es eine kubanische Skulptur ist, und dann wieder, dass sie aus Andalusien stammt.«

Erneut betrachtete Mendoza das Foto. »In der Kirche von Regla gibt es einen jungen Priester, ach was, jung, Quatsch, er ist in deinem Alter«, korrigierte sich Mendoza. »Er kennt sich damit aus, weil er seit mehr als zwanzig Jahren dort Pfarrer ist und sich mit schwarzen Madonnen beschäftigt. Sag ihm, dass ich dich geschickt habe. Gonzalo heißt er. Pater Gonzalo Rinaldi«, präzisierte er und gab Conde die beiden Fotos zurück. »Heiliger Strohsack, Conde, gestern war der siebte September, der Tag der Jungfrau von Regla! Und heute ist der Tag der Barmherzigen Jungfrau von Cobre! O Gott, mein Gedächtnis! So langsam werde ich plemplem!«

Conde lächelte. »Gibt es keine Messe für die Barmherzige?«

Jetzt lächelte auch Mendoza. »Natürlich gibt es eine Messe. Hab ich Alzheimer, oder verblöde ich so langsam? Mein Assistent wird heute die Messe lesen, um fünf. Uff, bin ich froh! Und wo du schon mal hier bist und ich Zeit habe und du Zeit hast und das Wetter draußen kriminell heiß ist und heute der Tag der Barmherzigen Jungfrau von Cobre ist und deine Eltern sie verehrt haben ... Warum nutzen wir nicht die Gelegenheit, und ich nehme dir die Beichte ab? Du kannst mir ja eine Zusammenfassung deiner Sünden geben.«

Ein solcher Vorschlag durfte bei keiner ihrer Begegnungen fehlen. Und der Sünder hatte den Verdacht, dass der Priester mehr aus weltlicher Neugier denn aus pastoralem Pflichtbewusstsein daran interessiert war, sich die lange Liste der Vergehen seines ehemaligen Katechumenen anzuhören.

»Dafür ist nicht genug Zeit, Pater, nicht mal für eine Zusammenfassung. In der nächsten Woche gehe ich auf Reisen. Ich fahre nach Alaska, endlich!«

Mendoza zeigte sein weißes, ebenmäßiges, unverschämt falsches

Gebiss. »Hast du nicht gesagt, sie könnten sich Alaska in den Hintern schieben?«

»Das sage ich immer noch, Pater. Gibst du mir deinen Segen?«

»Natürlich, mein Sohn. Fahr nach Alaska, und geh mit Gott. Und mit der Jungfrau. Ich meine, wenn du sie findest.«

An diesem brennend heißen, feucht-klebrigen Abend bewies das tropische Klima, dass es gut und gerne bis Oktober oder noch länger mit der sommerlichen Hitze weitermachen konnte. Conde, Carlos und der Hasenzahn saßen vor dem Haus des Dünnen, profitierten von den Bemühungen eines alten chinesischen Ventilators, der schon so manche Schlacht geschlagen hatte, und tranken aus hohen Gläsern den eisgekühlten Saft der von Conde gekauften und von Josefina gequirlten Guaven. Carlos schluckte den Saft mit ernstem, angestrengtem Gesichtsausdruck, als handle es sich um einen Heiltrunk, während der Hasenzahn in großen Schlucken trank, fast ohne Atem zu holen, entschlossen, es so schnell wie möglich hinter sich zu bringen. Die Idee, an diesem Abend ausschließlich Saft zu trinken, stammte von Conde, der sich körperlich und emotional so erschöpft fühlte, dass er entschieden hatte, für einmal auf Alkohol zu verzichten. Man musste doch etwas für die Gesundheit tun, jetzt, wo das Greisenalter bald an seine Tür klopfen würde.

Der dünne Carlos versäumte nicht, es ihm unter die Nase zu reiben. »Kollege«, rief er ihm zu. »Noch ein Monat und ein Tag, dann hast du Geburtstag. Wir müssen das Fest organisieren und …«

»Was für ein Fest? Was gibt es denn zu feiern, verdammt noch mal? Dass der da sich aus dem Staub macht?« Er zeigte auf den Hasenzahn. »Oder dass die Orientalen in diesem dreckigen Viertel hausen?«

Der Besuch in der Siedlung der Emigranten aus dem Osten hatte einen bitteren Geschmack in seinem Mund und eine Wunde in seiner Seele hinterlassen. Conde war in einem Land aufgewachsen, in dem man mit viel Mühe und Willenskraft die materielle Not zurückgedrängt hatte. Bei ihm zu Hause, wo nie Überfluss geherrscht hatte, war manchmal von »sehr armen Familien« die Rede, und eine davon war die Familie des Hasenzahns gewesen. Damals lebte die Sippe seines Freundes in einem kleinen Häuschen aus nackten Ziegelsteinen und einem Dach aus Faserzement, das sie unter großen Opfern nach und nach verschönert hatten, was mit dem Lohn des Vaters zu der damaligen Zeit ein zwar schwieriges, aber mögliches Unterfangen war. Später dann war die Bezeichnung »arme Leute« aus dem allgemeinen Sprachgebrauch verschwunden, denn irgendwie schafften es die Menschen, ihre Situation zu verbessern, ihren Lebensstandard anzuheben und, wenn auch nicht komfortabel, so doch wenigstens in Würde zu leben.

Doch in Wirklichkeit waren damals auf der Insel eigentlich alle mehr oder weniger arm gewesen. Conde erinnerte sich noch an die Zeit, als er nur ein Paar russische Halbstiefel hatte, die härter waren als das Eis in Sibirien, und Mokassins aus Plastik, in denen unausrottbar der Fußpilz florierte. Aber jeder hatte seine Chance zum Aufstieg. So konnte der Hasenzahn, Sohn von Analphabeten, sein Geschichtsstudium mit einem Diplom abschließen und von der Zukunft träumen, auch wenn es anderen, wie Candito, nur unter großer Mühe gelang, sich hochzuarbeiten – ihre ursprüngliche Randexistenz klebte an ihnen wie eine Klette. Erst in den letzten Jahren waren Conde und seine Landsleute Zeugen eines wachsenden sozialen Auseinanderdriftens geworden, das einige aufsteigen und andere abstürzen ließ. Wenn die Aufsteiger es aus eigener Kraft, mit Willenskraft und Kreativität schafften, hatten sie es nach Condes Meinung verdient. Aber diejenigen, die durch die Umstände abgehängt wurden oder abstürzten, waren für ihn unschuldige Opfer der Politik und der Geschichte. Und das Schicksal der Männer, Frauen und Kinder, die in einem »Komm-und-bleib«, das euphemistisch als Ansiedlung bezeichnet wurde, Zuflucht gesucht hatten, überstieg seine Toleranzschwelle.

Condes Traurigkeit steckte die beiden anderen an. Den ganzen Abend über berichteten er und der Hasenzahn von dem, was sie in der Siedlung erlebt hatten, damit Carlos eine Vorstellung von dem Abgrund bekam, durch den seine Freunde gewandert waren. Nur dass Pater Mendoza die Zweifel Canditos und des Hasenzahns in Bezug auf die Herkunft der schwarzen Madonna stützte, belebte das Gespräch ein wenig.

»Ich wusste, dass die Madonna merkwürdig ist«, triumphierte der Hasenzahn. »Gib mir ein paar Tage, Conde, mal sehen, ob ich was rausfinde.«

»Worüber?«

»Über den Stil, die Epoche, keine Ahnung. Etwas, das ein wenig Licht in diese dunkle Geschichte bringt. Am besten, ich schreibe einem Kollegen von mir, einem Spanier.«

»Einen Brief?«

»Stell dich nicht blöder, als du bist, Conde. Eine E-Mail.«

»Du hast Internet?«

Der Hasenzahn lächelte. »Seit einem Monat. Ich bin soeben im 21. Jahrhundert angekommen.«

»Da bin ich platt. Willst du wirklich abhauen, Bruder, und uns alleine lassen?«

»Nerv uns nicht wieder damit, Conde«, stöhnte Carlos, der so sehr ins Gespräch vertieft war, dass er sein Glas ausgetrunken hatte, fast ohne es zu merken. »Heutzutage kommen und gehen die Leute. Von hier ist man schneller in Miami als in Santa Clara. Also nerv nicht und vergiss den Quatsch, bis wir Rum haben. Übrigens, Hase, wenn du nach Miami fährst und wieder zurückkommst, denn du kommst ganz bestimmt wieder zurück, was für ein Geschenk bringst du mir dann mit?«

»Heute hab ich mich daran erinnert, dass ich mal gesagt habe, ich will nach Alaska«, warf Conde ein.

»Also, ich war mal in Angola«, erinnerte sich Carlos und zeigte auf seine nutzlosen Beine.

»Scheiße«, sagte Conde, »der Einzige von uns dreien, der mal weggekommen ist. Und dann das.«

»Hört auf damit«, unterbrach ihn Carlos schnell, um zu verhindern, dass die Unterhaltung noch tiefer abstürzte. »Erklärt mir mal eins, ihr beiden: Wusste Bobbys sauberer Freund, dass die Madonna etwas Besonderes ist?«

»Sein Cousin Ramiro behauptet, er habe gesagt, dass sie magische Kräfte hat«, erwiderte Conde. »Vielleicht hat Yúnior die Geschichte geglaubt, die Bobby ihm erzählt hat, um ihn zu beeindrucken.«

»Oder aber Bobby glaubt wirklich an diese Kräfte«, bemerkte der Hasenzahn. »So versessen, wie er darauf ist, die Statue wiederzubekommen.«

»Kann sein«, stimmte Conde zu. »Aber irgendwie ist es seltsam, dass sich Bobby und Raydel so sehr für die verdammte Madonna interessieren. Ich glaube nicht, dass es um ihre Bedeutung geht. Sondern darum, dass sie möglicherweise antik ist. Übrigens, gestern war der Tag der Jungfrau von Regla.«

»Ja, heute hab ich mich daran erinnert«, sagte der Hasenzahn. »Was für ein Zufall, nicht wahr? Meine Großmutter war ...«

Carlos streckte beide Arme vor, als versuchte er, eine Lawine aufzuhalten, die auf ihn zukam. Er schaffte es, die Freunde zum Verstummen zu bringen und ihm zuzuhören: »Und wenn Bobby uns etwas verschweigt?«

Conde wollte sich gerade eine Zigarette anzünden, hielt jedoch inne. »Was sollte er verschweigen? Die Wunder, die diese Jungfrau bewirkt hat?«

»Sei nicht blöd, Alter.« Der Dünne schien verärgert. »Das, was die Marienstatue wirklich wert ist, natürlich. Ob sie nun die aus Regla ist oder eine aus Burundi.«

Conde sah zuerst Carlos und dann den Hasenzahn an, der eifrig nickte.

»Bobby ist ein Arschloch. Yoyi glaubt, dass er sogar Fälschungen verkauft, aber ... Was wolltest du sagen, Carlos?«

»Ganz einfach, mein Lieber. Alles, was du über die Statue weißt, hat dir Bobby erzählt, stimmts? Aber Bobby hat dir eben nur das erzählt, was ihm in den Kram passt. Erst der Hasenzahn, Candito und Mendoza haben dir den Teufel auf den Hals geladen. Na ja, ist so eine Redensart. Apropos, hast du tatsächlich den Teufel gesehen, Alter, oder ist das wieder eine deiner Horrorgeschichten?«

»Vergiss den Teufel und erzähl weiter«, forderte Conde ihn auf und zündete sich endlich die Zigarette an.

»Also gut. Wie wäre es, wenn das Innere der hölzernen Madonna vollgepackt ist wie ein Zauberwürfel? Mit Dingen, die wertvoll sind, sehr wertvoll? Und deswegen hat sich Bobby das Märchen von der wundertätigen Jungfrau ausgedacht, damit Freund Raydel Angst bekommt, wodurch er aber das Gegenteil erreicht hat.«

Conde hörte zu, dachte nach. »Du meinst also, im Innern der Statue befinden sich die Juwelen, die echten, nicht die erfundenen, von denen ich Raydels Freunden erzählt habe?«

»Diamanten, zum Beispiel«, präzisierte Carlos. »Wie die Armbänder, die du dir ausgedacht hast.«

Conde und sein Freund sahen sich an. Ihr Geist lief auf Hochtouren, denn anstelle des Treibstoffs Alkohol wirkte in ihnen der Saft roter Guaven, der nach Meinung von Wissenschaftlern wie ein Rostschutzmittel wirkt und eine Vitamin-C-Bombe ist.

Und dann kamen die Worte des Hasenzahns, des Logikers und Historikers in ihrer Runde. Sie kamen zögernd und tastend, als versuchte er, die geeignetsten auszuwählen.

»Und wenn ... Ich meine ... Wenn das wirklich Wertvolle die Madonna ist? Die Statue selbst ...«

8

9. September 2014

Ohne Aussichten aufzuwachen, kann schmerzhaft oder erfreulich sein, falls man überhaupt die Wahl hat. An diesem Morgen entschied sich Mario Conde für die erfreuliche Variante. In der Nacht zuvor hatte er mit Tamara geschlafen, und vielleicht war das der Grund, warum er sich nicht einen Tag älter fühlte, auch wenn er eine halbe Viagra geschluckt hatte, natürlich ohne Tamara etwas davon zu sagen. Als er entsprechend gut gelaunt aufgewacht war, hatte er beschlossen, an diesem Vormittag nicht auf der Suche nach alten Büchern durch die Straßen zu laufen. Denn was immer er tat oder nicht tat, er würde an diesem Tag hundert Dollar verdienen, das Doppelte von dem, was Tamara als Zahnärztin im ganzen Monat bekam. Er wollte an nichts denken, nicht mal an die Reisepläne des Hasen, die ihm wie ein Dolch zwischen den Rippen steckten. Und schon gar nicht an die schwarze Madonna und alles, was mit ihr zu tun hatte. Als könnte er, der kompromisslos Besessene, sich selbst überlisten und seine Gedanken unterdrücken.

Im Moment aber war er fast glücklich über seine Entscheidung. Die bereits eingeschlagenen Pflöcke, so war er überzeugt, musste er vorerst gar nicht gewaltsam festklopfen, um den Jungen ausfindig zu machen, der, wie er inzwischen von Manolo erfahren hatte, mit vollem Namen Yúnior Colás Gómez hieß und nichts weiter zu sein schien als ein berufsmäßiger Betrüger. Auch war ihm ganz und gar nicht danach, die einzige Zeitung des Landes zu lesen, mit ihren immer gleichen und nie wirklich guten Nachrichten. Er verspürte nicht mal Lust, sich an seine alte Schreibmaschine zu setzen, um das zu beginnen, was sich bislang als unerreichbar erwiesen hatte. Wie konnte man sich vornehmen, eine untergründige und berührende Geschichte wie jene von Salinger zu schreiben, nachdem man das Leben von Tausenden in der Ansiedlung gesehen hatte? Salinger konnte von Schlichtheit als einem buddhistischen Gefühl spiritueller Leichtigkeit erzählen. Aber dort ging es um bedrückende, unüberwindbare Trostlosigkeit. Nein, er würde nichts tun. *Dolce far niente* in vollen Zügen. Freiheit der Wahl und glückliches Erwachen. Endlich.

Tamara war früh aufgestanden und in die Klinik gefahren, denn es war Operationstag. In dem breiten, hübschen Bett im klimatisierten Schlafzimmer, eingehüllt in eine angenehme, allumfassende Stille, von der er in seinem Viertel nur träumen konnte, genoss Conde die wohlige Behaglichkeit. Der Duft nach Sauberkeit und Lavendel, nach Frau und Sex strömte aus den Laken. Entspannt zögerte er den Moment hinaus, in dem er das Bett verlassen würde, um sich den ersten Kaffee des Tages zuzubereiten. Wenn nicht der Druck auf die Blase gewesen wäre – oder fing die Prostata jetzt an, ihn zu plagen? –, hätte er sich nicht vom Fleck gerührt, nicht für Stunden, Jahre, Jahrhunderte.

Er blickte durchs Küchenfenster hinaus auf den Innenhof des Hauses. Dank der finanziellen Unterstützung, die Aymara aus Italien schickte, war es ihrer Zwillingsschwester gelungen, das Haus samt Grundstück in Schuss zu halten, wie es ihr Vater, ein vor und nach 1959 mit Macht ausgestatteter Botschafter, getan hatte. Der Effekt der italienischen Finanzspritzen zeigte sich noch deutlicher, wenn man das gepflegte Haus der Valdemiras mit jenem verglich, das ein paar Straßen weiter in der Calle Mayía Rodríguez stand. Es war baulich und altersmäßig ähnlich, aber als die Eigentümer nach Dallas, Texas, zogen, wurde es zu einer unbedeutenden staatlichen Einrichtung degradiert und sah inzwischen aus wie von grünen Ameisen zerfressen.

Gedankenverloren trank Conde seinen ersten Kaffee des Tages, zündete sich die erste Zigarette an und überlegte sich, ob er irgendwann ganz in dieses saubere, helle Haus umsiedeln sollte. Obwohl … Er wusste, dass er das nie wirklich könnte. Weder er noch sein Hund Basura II. würden die hier herrschende strenge Disziplin von morgens bis abends ertragen können. Zum Beispiel die Aufgabe, den Garten des Hauses laubfrei zu halten, würde er dann bestimmt übernehmen müssen. Aber siehe da, an diesem Morgen beschloss er, es später freiwillig zu tun. Denn an diesem Morgen war Conde nicht nur glücklich, sondern fühlte sich auch als umweltbewusster, naturverbundener und verantwortungsbewusster Mensch. Er musste über sich selbst den Kopf schütteln.

Als das Telefon klingelte, dachte er gar nicht daran, ranzugehen. Wenn jemand Tamara anrief, sollte er besser eine Nachricht auf dem Beantworter hinterlassen, das war zuverlässiger. Und wenn es für ihn war, würde er zurückrufen, sobald sein Glückszustand sich aufgezehrt hatte. Das Telefon klingelte acht Mal, bevor sich die automatische Stimme des Anrufbeantworters meldete – »Sie sind verbunden mit …« Doch dann kam eine vertraute Trompetenstimme: »Hey, Conde, verdammt, ich weiß, dass du da bist!«

Er rannte zum Telefon, das neben dem Kühlschrank stand, und nahm den Hörer ab. »Was zum Teufel hast du denn jetzt schon wieder, Manolo?«

»Hast du noch geschlafen?«

»Nein. Ich habe beschlossen, heute nichts zu denken, den Innenhof zu fegen, dem Zwitschern der Vögel zu lauschen und wieder mit dem Schreiben anzufangen. Jetzt trinke ich gerade den Kaffee, den ich mir eben zubereitet habe.«

Vom anderen Ende der Leitung kam ein Seufzer und dann ein ungeduldiges Schnalzen. »Bist ein Glückspilz. Ich hab kein Auge zugemacht, und der Kaffee hier schmeckt beschissen.«

»Was heißt ›hier‹?«

»Hier in der Zentrale, du Arsch.«

»Du rufst mich aus der Zentrale an, um diese Zeit?«

»Weil ich glaube, dass ich hier in der Zentrale etwas habe, was dich interessiert«, sagte Manolo schnippisch.

Schlagartig erwachten in Conde die eingerosteten Polizisteninstinkte. »Was heißt das, Manolo? Sag schon, Junge, tu nicht so geheimnisvoll. Oder willst du mich auf die Folter spannen?«

Manolo lächelte. Er hatte tatsächlich seinen Spaß daran, Conde den Speck durch die Nase zu ziehen. Doch nun legte er los: »Ich hab eine Leiche im Leichenschauhaus, und die Fingerabdrücke besagen, dass es sich um einen gewissen Yúnior Colás Gómez handelt. Er hat eine große Ähnlichkeit mit deinem Freund Raydel. Fast ein Doppelgänger. Ich würde sagen: Das ist dein Mann.«

Schon in seiner Zeit als Polizist hatte er es möglichst vermieden, ins Leichenschauhaus zu gehen. Und er nahm sich vor, es trotz der Einladung von Mayor Manuel Palacios auch jetzt nicht zu tun, schon gar nicht wegen einer Leiche, bei der der Verwesungsprozess bereits eingesetzt hatte. Laut Gerichtsarzt war der Mann, als sie ihn gefunden hatten, seit hundertzwanzig bis hundertvierzig Stunden tot. Seit fünf oder sechs Tagen also, an denen es außerdem sehr heiß gewesen war. Eine stinkende Leiche also. Zudem war sein Schädel zertrümmert, als hätte man ihn, so Manolo, »im Mörser zerstampft«. Und dazu am ganzen Körper Spuren von unzähligen Schlägen, Verletzungen, die auf Folter oder sadistische Quälerei schließen ließen.

Ein Mann vom freiwilligen Grenzschutz hatte die Leiche in der Nähe von Boca de Jaruco gefunden. Der Mann, ein ehemaliger einfacher Soldat, kontrollierte als Kampf gegen den Imperialismus und für die Verteidigung des Vaterlandes fast jede Nacht einen Abschnitt der Felsenküste östlich von Havanna. Seine selbst auferlegte Mission lautete, eventuelle Drogenlieferungen, die von der Golfströmung hier angespült wurden, abzufangen oder die illegale Ausreise von Landsleuten zu verhindern, die sich auf eine der Florida vorgelagerten Inseln absetzen wollten. Kurz vor Mitternacht war ihm an einem Felsvorsprung ein intensiver Verwesungsgeruch in die Nase gestiegen. Er kam aus einem Strauch von Wildreben zwischen spitzen Felsen, die von den Fischern nicht ohne Grund »Hundezähne« genannt wurden. Der selbst ernannte Grenzschützer alarmierte die lokale Polizei, die sogleich die Kripozentrale verständigte, denn es gab nicht den geringsten Zweifel daran, dass es sich um einen ziemlich brutalen Mord handelte.

Seit Conde fünfundzwanzig Jahre zuvor den Polizeidienst quittiert hatte, war er nicht mehr in jenem Büro gewesen. Dort hatte er Hunderte von Gesprächen in allen denkbaren Tonlagen, von der freundlichsten bis zur eisigsten, mit seinem ehemaligen Chef Mayor Antonio Rangel geführt. Und dort hatte er zwei Wochen nach dem Rauswurf des alten Rangel dessen Nachfolger Coronel Alberto Molina seinen endlich gefassten Entschluss mitgeteilt, den Dienst zu quittieren. Nun dirigierte von diesem Raum aus seit einigen Jahren Mayor Manolo Palacios, sein Untergebener jener vergangenen Zeiten, die Ermittlung von Fällen, die als Gewaltverbrechen eingestuft wurden.

Conde ließ seinen Blick durch das Büro schweifen und warf auch einen Blick durchs Fenster auf die Umgebung. »Sieht aus, als hätte man mit einem Stein auf ihn eingeschlagen«, sagte Manolo und nahm auf dem Chefsessel mit der hohen Rückenlehne Platz. Conde ließ sich auf einem der beiden Sessel aus Stahl und Vinyl, die vor dem Schreibtisch standen, nieder. »Und das nicht nur einmal, sondern mehrmals und mit blinder Wut.«

»Wurde der Stein gefunden?«

»Noch nicht. Ich glaube nicht, dass er irgendwann gefunden wird. Wenn der Täter ihn ins Meer geworfen hat …«

»Irgendein anderer Hinweis?«

»Die Verletzungen am Körper könnten von einer Prügelei stammen, aber das ist unwahrscheinlich, dafür sind es zu viele. Einige sind wohl von Fußtritten. Die Spurensicherung untersucht gerade alles, was am Fundort der Leiche gefunden wurde: Coladosen, Papierfetzen, ein Zigarrenstummel …«

Wehmut überkam Conde. Eine halb aufgerauchte Zigarre hatte ihnen geholfen, einen der letzten Fälle zu lösen, die er und Manolo gemeinsam bearbeitet hatten, vor langer Zeit, in einem anderen Leben.

»Darum also ist der Junge nie aufgetaucht«, murmelte Conde.

»Und darum hab ich dich angerufen. Du musst mir alles erzählen, was du über ihn herausgefunden hast.«

»Ach, und ich dachte, du hättest mich angerufen, um mir bei der Geschichte mit der verschwundenen Madonna behilflich zu sein.«

»Vergiss die Madonna, Mann! Jetzt haben wir einen Toten!«, rief Manolo. »Ich hab dich angerufen, damit du mir bei meinem Fall hilfst. Und ich warne dich, Mario Conde, lass die Finger davon!

Alle Finger! Die geklaute Statue ist jetzt nur ein Detail unter vielen, vielleicht wichtig, vielleicht auch nicht, aber ein Detail in einem schlimmen Mordfall. Wie du dir vorstellen kannst, ist nach dem, was du mir neulich erzählt hast, unser Hauptverdächtiger dein Freund aus der Oberstufe. Wie hieß er noch gleich?«

Conde schüttelte den Kopf. »Bobby? Nein, Manolo. Nicht Bobby.«

»Doch, Conde. Yúnior Colás hat ihn verlassen, ihn ausgeraubt, ihn gedemütigt. Er selbst hat dir erzählt, dass er in den Jungen verliebt war wie ein Hund. Reicht dir das nicht für einen Verdacht? Du musst dir nur ansehen, wie der Junge ermordet wurde, mit welchem Furor.«

»Wer bis zum Hals in der Scheiße steckt, schlägt keine Wellen, Manolo. Aber sag mal, was glaubt ihr, was ist an der Felsenküste passiert?«

Manolo lehnte sich auf seinem Stuhl zurück. »Wie du weißt, wird das gesamte Küstengebiet zwischen Havanna und Matanzas zur illegalen Ausreise genutzt. Möglicherweise wollten der Junge und sein Mörder von dort abhauen. Oder man hat Yúnior unter dem Vorwand, ihn außer Landes zu bringen, dorthin gelockt, um ihn zu ermorden oder Informationen aus ihm herauszuprügeln, was er geklaut und noch nicht verkauft hatte. Wenn dein Freund Bobby nicht bestohlen worden wäre, könnte ich andere Möglichkeiten in Betracht ziehen. Aber mit dieser Geschichte …«

»Ehrlich gesagt, ich glaube nicht, dass Bobby, dass Roberto Roque Rosell … Nein, dazu ist er nicht fähig. Ich kenne ihn. Und du weißt, er ist mein Freund.«

»Das ist mir egal. Wir müssen in alle Richtungen ermitteln. Gib mir seine Adresse.«

Conde kratzte sich an den Armen, wie im Reflex auf die verzwickte Situation, in die er sich gebracht hatte. Nein, die Adresse gehörte nicht zu den sensiblen Daten, dachte er und diktierte sie Manolo. Der Mayor nahm den Hörer von einem der drei Telefonapparate auf dem Schreibtisch, wählte eine Nummer, gab Bobbys Namen und Adresse durch und wandte sich wieder Conde zu.

»Und jetzt erzähl mir, was du bisher herausgefunden hast.«

Conde wusste, dass er keine Wahl hatte. Außerdem entlasteten die Informationen seinen ehemaligen Mitschüler eher. Warum sollte Bobby, wenn er denn tatsächlich Yúniors Mörder war, ihn, Mario, am Tag nach dem Mord um Hilfe gebeten haben? Warum Staub aufwirbeln? Oder hatte er das Verbrechen begangen und wollte nun die Tat verschleiern? Nein, das war zu weit hergeholt, zu gefährlich und außerdem theatralisch. Eine solche Handlungsweise verlangte viel Kaltblütigkeit und sehr krumme Gedankengänge.

»In Ordnung. Unter einer Bedingung.«

»Keine Bedingungen, Conde!« Manolo sprang auf, der Stuhl rollte zurück. »Wir ermitteln in einem Mordfall, und du weißt, dass ...«

»Lass mich doch ausreden, verdammt noch mal! Spiel nicht den Polizisten, Alter!«

Manolo sog hörbar die Luft ein und gab Conde mit einer Handbewegung grünes Licht.

»Ich verlange nur zwei Dinge: Erstens, dass du nicht vergisst, dass Bobby mein Freund ist. Und zweitens, dass du mir Bescheid sagst, wenn sich irgendetwas ergibt, was mit der Jungfrau von Regla oder mit den anderen Dingen, die Yúnior gestohlen hat, in Zusammenhang steht. Nur so, damit ich Bescheid weiß.«

Manolo sah ihn mit seinen schielenden Augen durchdringend an. »Einverstanden. Aber warum so viel Wirbel um die verdammte Jungfrau?«

»Weil in dieser Geschichte nichts so ist, wie es scheint. Die schwarze Jungfrau ist offenbar nicht das, was die Leute sagen oder glauben.«

Manolo schielte noch ärger und ging sogleich zum Angriff über. »Lass dieses Gerede über Schein und Sein. Sag endlich, was Sache ist!« Er setzte sich wieder und rollte den Stuhl mit den Füßen an den Schreibtisch heran. Alles, was Conde herausgefunden hatte, notierte er in seinem kleinen Notizbuch. Dass Yúnior den Diebstahl in Bobbys Haus geplant und zusammen mit Yuniesky der Fledermaus und Ramiro dem Rochen durchgeführt hatte. Dass ein Teil der Beute umgehend an jemanden verkauft worden war, den Conde noch nicht hatte identifizieren können, den man aber, falls nötig, ermitteln konnte. Dass Yúnior nach dem Coup bei seinem Cousin Ramiro untergetaucht war, der behauptete, seit mehreren Tagen nichts mehr von seinem Komplizen gehört zu haben, obwohl er sogar bei seinen Verwandten, die noch im Osten der Insel lebten, nachgefragt hatte. Dass Yúnior seinen Namen geändert hatte, weil er vor jemandem auf der Flucht war, den er in Santiago de Cuba aufs Kreuz gelegt hatte und dessen Rache er nun fürchtete. Eine wichtige Information, da sie vielleicht mit dem Tod des Jungen in Zusammenhang stand. Und schließlich, dass Yúnior außer der Jungfrau von Regla und einigen vermutlich nicht sehr wertvollen Gemälden und Nippes auch etliche Juwelen hatte mitgehen lassen, deren genauen Wert Conde nicht kannte (ein Verlobungsring mit Halbedelsteinen schien das Kostbarste zu sein), die der Junge aber möglicherweise für wertvoll hielt. In der Annahme, die Juwelen könnten seine Rettung sein, hatte Yúnior vielleicht einen Käufer gesucht, mit Sicherheit außerhalb der »Zunft« der Händler, zu der auch Bobby gehörte und in der René Águila einen so schlechten Ruf genoss. Dagegen verschwieg Conde die Überlegungen, die er mit seinen Freunden und Pater Mendoza in Bezug auf die schwarze Madonna angestellt hatte: dass ihr Wert vielleicht bloß spirituell war, oder dass in ihr Juwelen versteckt waren, oder dass sie eine außerordentlich seltene Antiquität von historischer Bedeutung war. Und er verschwieg auch, dass Bobby zwar als »alter Freund« durchgehen mochte, in Wirklichkeit aber ein völlig Unbekannter für ihn war, der mehrmals, mit wechselndem Erfolg, seinen Lebensentwurf verändert hatte. Konnte er diesem aus ferner Vergangenheit wiederauferstandenen Bobby überhaupt trauen?, fragte sich Conde beunruhigt. Er hatte ihn beim ersten Treffen, als er von seinem Kummer erzählte und ihn um Hilfe bat, mit weniger Geld, als zuvor mit Yoyi El Palomo vereinbart, abspeisen wollen. Conde befürchtete, dass Bobby noch mehr Schwierigkeiten bekam, wenn dieses pikante Detail bekannt wurde. Dass er homosexuell war, leistete ohnehin den alten und neuen moralisch ideologischen Polizistenvorurteilen Vorschub.

Conde erzählte also, was er für angebracht hielt, wobei er die zusammengetragenen Informationen ermittlungstechnisch sinnvoll ordnete. Doch er spürte mit Unbehagen, wie er sich auf gefährliches

Terrain begab. In seinem einstigen Leben als Polizist hatte er häufig die verschiedensten Druckmittel angewandt, um an Informationen zu kommen. Jetzt aber war er derjenige, der Einzelheiten preisgab, die andere Personen in Bedrängnis bringen und sie sogar als schuldig erscheinen lassen konnten. Zum Beispiel die über den Diebstahl, in den Yuniesky und Ramiro verwickelt waren, denen gegenüber er sich als Vertrauter von Bobby ausgegeben hatte, nicht als Vertreter des Gesetzes. Obwohl ihm sein ethisches Empfinden sagte, dass er damit letztendlich niemandem schadete, der nicht zuvor anderen geschadet hatte, und obwohl er wusste, dass angesichts eines Gewaltverbrechens die hergebrachten Regeln von Loyalität nicht mehr galten, sträubte sich irgendetwas in seinem Innern gegen diese Kooperation mit der Polizei. Wurde er zum Verräter? Auch wenn er alles Menschenmögliche tat, um Bobby nicht in Gefahr zu bringen, ihn als Opfer darstellte, der unfähig wäre, so grausam einem Menschen mit einem Stein den Schädel einzuschlagen, rückte er ihn doch ins Scheinwerferlicht dieser Ermittlung. Auch wenn er nicht der Täter war, konnte er ja die Spur liefern, die zum Täter führen konnte. Mit Sicherheit würde Bobbys privates und geschäftliches Leben genau unter die Lupe genommen werden, und vielleicht würde dabei allerlei Mist zum Vorschein kommen.

»Ist das alles?«, fragte Manolo, nachdem Conde seine Informationen auf den Tisch gelegt hatte.

»Ja«, sagte Conde.

»Sicher?«

»Was ist los mit dir, verdammt noch mal?«

»Ich kenne dich sehr gut, Mario Conde. Wenn Bobby dein Freund ist ...«

Conde grinste. »Auch du bist mein Freund, Manolo. Und wie du will ich wissen, wer den Jungen plattgemacht hat wie eine Kakerlake.«

»Es war wirklich brutal«, stimmte der Polizist zu. »Der Mörder könnte sehr gefährlich sein. Das war keine Prügelei, das war eine grausame Metzelei, die reinste Folter.«

»Habt ihr gewusst, dass Yúnior drüben in Santiago einen Typen beschissen hat? Das könnte das Motiv sein.«

»Ja, wir haben uns die Akte von Yúnior Colás kommen lassen. Aber der Typ, vor dem er geflüchtet ist, ein gewisser Braudilio Castillo, kann es nicht gewesen sein: Er liegt gerade in einem Krankenhaus in Manzanillo im Sterben. Krebs im Endstadium.«

»Vielleicht hat er jemanden beauftragt?« Conde versuchte, diese Möglichkeit in den Vordergrund zu rücken.

»Alles ist möglich, aber das glaube ich nicht. Warum gerade jetzt, wo Braudilio im Sterben liegt und Yúnior in noch größeren Schwierigkeiten ist, weil er einen anderen beklaut hat?«

»Ja, das ist verzwickt, verdammt verzwickt. Sag mal, wirst du selbst den Fall bearbeiten?«

Manolo schnaubte müde. »Nein, nein, ich hab tausend Sachen am Hals. Hab den Fall einem jungen Kollegen übergeben, dem neuen strahlenden Stern am Himmel der Zentrale. Er ist intelligent, hat einen guten Instinkt und kennt sich mit Computern aus und mit dem ganzen elektronischen Kram, mit dem wir hier jetzt arbeiten. Und er ist ein Jagdhund. Wenn er einmal auf der Fährte ist, lässt er nicht mehr locker.«

»Wer ist dieser Wunderhund?«, erkundigte sich Conde, irgendwie neidisch. Zu früheren Zeiten war er selbst »der leuchtende Stern der Kripozentrale« gewesen. Und jetzt, was war er jetzt? Ein Scheißdreck!

»Er heißt Miguel Duque und … verdammt, wir nennen ihn El Duque!«, rief Manolo, plötzlich verblüfft. Erst in diesem Augenblick ging ihm der Zusammenhang auf: El Conde und El Duque – sein ehemaliger Mentor und sein jetziger Schüler hatten beide quasi adlige Familiennamen.

»Hoffen wir, dass er wirklich gut ist«, sagte Conde widerwillig. »In Kuba hat es nur zwei Duques gegeben: den alten, der gestorben ist, und den jungen, der ein besseres Leben gefunden hat.«

»Erzähl keinen Scheiß! Duque Hernández ist tot, der Baseballspieler?«

»Ich habe gesagt, dass er ein besseres Leben gefunden hat. Er ist in die USA gegangen, hat vier Weltmeisterschaften gewonnen und ist jetzt steinreich. Spielt Golf und alles.«

»Du erzählst dummes Zeug, Conde!«

»Und du, was denkst du, Manolo? So ganz unter uns ...«

Der Mayor sah seinem ehemaligen Vorgesetzten in die Augen, wobei seine Pupillen ihre Reise begannen, als suchten sie hinter der Nasenscheidewand Zuflucht.

»Schiel mich nicht an und antworte. Ich habe auch alles gesagt.«

Manolo schloss die Augen, und seine Pupillen gewannen ihr Gleichgewicht zurück. »Ich denke, dass es in dieser Geschichte viele offene Fragen gibt. Zunächst einmal habe ich einen zwanghaften Lügner und Betrüger, der möglicherweise viele Leute übers Ohr gehauen hat. Er ist Teil eines Verbrechertrios, das einen Coup landet, mit dessen Löwenanteil er sich davonmacht und die anderen sitzen lässt. Jetzt ist er tot, und ich kann nicht ausschließen, dass es sich um einen Racheakt handelt für etwas, wovon wir keine Ahnung haben. Andererseits ist da der Liebeskummer deines Freundes Bobby, der gekränkt ist, weil man ihn ausgeraubt hat. Sag, was du willst, aber so jemand ist zu allem fähig. Dann ist da der größte Teil der Beute, von dem wir nicht wissen, wo er sich befindet, und der vielleicht eine Menge Kohle einbringt. Und das wiederum kann andere anlocken, denn wir wissen weder, ob es dafür Kaufinteressenten gibt, noch um welche Summen es geht, falls die Juwelen, die der Ermordete gestohlen hat, tatsächlich wertvoll sind. Schließlich könnte auch sein, dass jemand illegal das Land verlassen wollte, mit Objekten unbekannten Werts, die er mitzunehmen beschlossen hatte, ohne den Profit zu teilen. Aber vor allem habe ich ein Gewaltverbrechen und eine Geschichte, die zum Himmel stinkt, wie die Leiche von Yúnior Colás Gómez. Mit anderen Worten, Conde, ich habe jede Menge Müll, aber nichts Handfestes. Aber das sind ja die Fälle, an denen du Spaß hattest, erinnerst du dich?«

Conde nickte und kam sich dabei fremd vor. »Ja, ich erinnere mich. Na ja, ehrlich gesagt, ich bin froh, dass das nun ein anderer lösen muss. Zum Glück hast du einen brillanten Duque an deiner Seite!«

Überzeugt, dass er dabei war, eine schöne Erinnerung zu zerstören, ließ er den eisernen Gitterzaun hinter sich, der dem eines Gefängnisses glich und dessen Funktion es war, das verwitterte und trotz Sonnenschein düstere Gebäude zu schützen. Als einziger Lichtblick winkte dahinter das Meer – für ihn seit jeher ein Versprechen von Freiheit. Neben der Tür verwies ein Schild auf das Kriegsgerät, das nicht ins Innere mitgenommen werden durfte: Kanonen, Gewehre und Macheten bis hin zu Handsägen und Hämmern. Fehlte nur noch die Warnung Dantes: *Lasst, die Ihr eintretet, alle Hoffnung fahren.* Verboten war auch die gefährlichste aller Waffen, der Rum. Auf dieser Verbotsliste war zudem alles mit einem et cetera versehen, was das Unzulässige bis ins Unendliche erweiterte. Zerberusse achteten streng darauf, dass diese Vorschriften auch eingehalten wurden. Die beiden Polizisten, ein schlecht rasierter Mann und eine schlecht geschminkte Frau, beide in olivgrünen, nach Maß angefertigten Uniformen, deren Maße allerdings nicht die ihren waren, musterten ihn mit kritischem, geschultem Auge, kamen wohl gemeinsam zu dem Schluss, dass es sich um einen harmlosen Alten handelte, und winkten ihn einfach durch. Andere Besucher vor und nach ihm mussten ihre Taschen leeren. Einige wurden sogar einer Leibesvisitation unterzogen, als würden sie ein intergalaktisches Raumschiff besteigen und nicht diese klapprige, langsame Fähre, die schon ganz rammdösig war vom endlosen Dienst unzähliger Tage. Von morgens bis abends, Jahr für Jahr, verband sie die Stelle des Hafens, die seit der Zeit der Spanier als El Emboque de Luz, Lichtschneise, bekannt war, mit dem gegenüberliegenden Ufer der Bucht, wo sich seit vier Jahrhunderten das kleine Dorf Regla befand, so getauft nach der andalusischen Madonna, Schutzpatronin der Seeleute, die bei seiner Gründung dort aufgestellt worden war. Die zwei oder drei Fähren, die die immer gleiche Überfahrt absolvierten, waren zu einer nationalen Institution geworden und hatten die so schlichte wie zutreffende Bezeichnung La Lanchita de Regla, die Fähre von Regla, bekommen. Ihre Aufgabe war es, abgesehen von aufgekratzten Passanten, die die Fähre aus reinem Vergnügen bestiegen, die Bewohner des »überseeischen« Dorfs, wie die Habaneros Regla nannten, sowie die Gläubigen und Pilger, die die Kapelle besuchen wollten, von einem Ufer zum anderen zu befördern. Und weil die Bewohner der Insel immer wieder von der Sehnsucht, das Land zu verlassen, gepackt wurden, galten die Barkassen seit zwei Jahrzehnten als »strategisches Transportmittel«.

Conde erinnerte sich daran, wie er, zusammen mit seinem Großvater Rufino, zum ersten Mal an Bord einer dieser Fähren gegangen war. Rund fünfundfünfzig Jahre war das her, als sein Großvater ihn auf seine Streifzüge zu den Hahnenkampfplätzen von Havanna mitgenommen hatte, bevor sie im Namen der Revolution abgeschafft worden waren. Damals leuchtete der Rumpf der Fähren in grellem Orange, und auf Deck standen backbords und steuerbords einladende Bänke.

Schon bei seiner ersten Fahrt war Conde überwältigt von diesem Abenteuer. Er genoss die Liebkosung der Brise, streckte das Gesicht in den Wind und witterte den Geruch des Meeres, das damals noch nach Meer roch. Mit kindlichem, dem Wind zugewandtem Staunen beobachtete er die An- und Ablegemanöver, begleitet vom lauten Stampfen der von Keuchhusten geplagten Maschine. Wie spielerisch sich auf diesem Schiff Perspektiven, Dimensionen und Proportionen veränderten! Das eine Ufer entschwand, und im Gegenzug rückte das andere näher. Bald war Havanna mit einem einzigen Blick zu erfassen, majestätisch und unverrückbar mit seinen unzähligen Wachtürmen, Glockentürmen, Kuppeln, Dächern und Antennen. Derweil wurde Regla groß und größer und zeigte ohne Scheu seine stoische proletarische Bescheidenheit. Als Erstes sprangen einem die gelblich gekalkten Mauern des Kirchleins ins Auge, in dem man der schwarzen Jungfrau huldigte, der legitimen Nachfahrin der schwarzen Madonna von Chipiona. Die Originalfigur hatte der Legende nach der heilige Augustinus, »der Afrikaner«, Bischof von Hippo, mit seinen eigenen Händen geschaffen, inspiriert vom Erlebnis seiner eigenen Bekehrung.

Auch in den letzten Jahren hatte Conde die Dienste der Fähre mehrmals in Anspruch genommen. Zum letzten Mal, um von einem alten Kenner des Bantu-Rituals *Palo Monte* zu erfahren, aus welchem mystischen Grund jemand die Knochen eines Chinesen oder Juden von einem Friedhof klaute. Von diesem Schwarzen hatte er gelernt, dass für einen Angehörigen der Religion der *Paleros,* der Übles im

Schilde führte, der Knochen eines Chinesen oder Juden die wirksamste Zutat in der *Nganga,* dem Behälter der Macht, darstellte. Ein Glaube aus dem tiefsten Afrika, von den Kubanern mit hebräischen und asiatischen Menschenknochen angereichert! So werden Grenzen und nationale Widersprüche überschritten, zum Nutzen der einen wie zum Schaden der anderen ...

Inzwischen waren vom leuchtenden Orange, dem Wahrzeichen der Fähren, nur noch vereinzelte Flecken übrig geblieben. Den Geruch nach Meer hatte der üble Gestank des Säure- und Dieselölteppichs auf der Wasseroberfläche verdrängt, und die gelbe Farbe war von den Mauern der Kapelle abgeblättert, zerfressen von Sonne, Salpeter und nationaler Schlampigkeit.

Kurz nach Condes letzter Überfahrt war die Lanchita de Regla von ihrer Route abgekommen. Passagiere hatten den vor sich hindösenden Kompass auf ein neues, nicht vorgesehenes Ziel ausgerichtet: Nordwärts! Das heißt, auf *Den Norden,* wie die Kubaner ihren nördlichen Nachbarn zu nennen sich angewöhnt hatten. Den hektischen und brutalen Norden. Als die verheerende Krise auf der Insel allumfassend wurde, kamen Piraten neuen Typs auf die Idee, die Fähre zu kapern, um ihre bescheidene Pendelroute über den Horizont hinaus zu erweitern. Bei mehreren Versuchen erwies sich, dass der Treibstoff im Tank nur ausreichte, um sich ein paar Meilen von der Küste zu entfernen. Also musste die Tankfüllung aufgestockt werden. Die Fahrt, die am weitesten kam, hatte sich als fröhlicher Dampferausflug getarnt: An der Mole von Havanna ging eine lärmende Menschenmenge in Feierlaune mit Trillerpfeifen, Rasseln und Gitarren an Bord, angeblich um die Hochzeit eines Babalao aus Guanabacoa und einer Santera aus Regla zu feiern. Sie schleppten kistenweise Bier, flaschenweise Rum und sogar riesige Hochzeitstorten auf die Fähre. Doch das Fest sollte sehr viel weiter nördlich stattfinden. In den Bier- und Rumflaschen reiste kein lustig machender Alkohol mit, sondern Dieselöl, und unter der bunten Sahne der überdimensionalen Torten steckten weitere Treibstoffkübel. Aus dem Futteral der Gitarren holten sie Messer und eine Pistole hervor und zwangen den Steuermann zum Kurswechsel. So kam es, dass sich die Lanchita de Regla in militärisches Gebiet verwandelte, mit Polizisten an Bord und an den Anlegestellen, um weitere kreative Überfälle von einheimischen Piraten und Korsaren der Moderne zu verhindern.

Als Conde an diesem Morgen die Fähre bestieg, wusste er noch nicht genau, was er mit dieser Reise bezweckte. Der Tod von Yúnior-Raydel hatte ihn aus seiner wohligen Behaglichkeit gerissen. Diese Ermittlung, die ja noch ganz in den Anfängen steckte, roch nun nach Tod und Schrecken. Der Wagen war aus der Spur gesprungen, und Conde waren die Zügel entglitten. Es war offensichtlich, dass hier größere und üblere Interessen mitspielten, als er gedacht hatte.

Während der Überfahrt quer durch die Bucht, der die Stadt ihre Existenz, ihren Ruhm und ihren Wohlstand verdankte, wurde er sich des ganzen Ausmaßes seiner Verwirrung bewusst. Wenn er herausfinden wollte, wo Bobbys schwarze Jungfrau nun war und was zu dem Mord an dem undankbaren Liebhaber geführt hatte, musste er noch einmal ganz von vorn beginnen, und zwar mit der allergrößten Aufmerksamkeit. Und die Leerstellen auffüllen, die sich nun aufgetan hatten.

Nachdem die Fähre angelegt hatte, ging er zu der nahen Kapelle, einem kleinen, aus Backsteinen und Ziegeln errichteten Gebäude mit einem Glockenturm und einer unscheinbaren Kuppel. Diese angenehm schlichte Kirche war vor etwa zweihundert Jahren exakt an der Stelle errichtet, wo seit 1696 eine bescheidene Kapelle die Jungfrau, angeblich aus Cádiz hierhergebracht, beherbergte, als Schutzpatronin der Seeleute, Reisenden und durchziehenden Wandersleute.

Das erste Kirchlein – aus Holz und mit Palmendach – war nur drei Jahre nach seiner Errichtung von einem nach dem Erzengel Rafael benannten Zyklon hinweggefegt worden, wie um das Schicksal der Heiligen mit dem der Insel für immer zu verbinden. Von Natur aus dem Meer ausgesetzt – »das verfluchte Wasser, das uns von allen Seiten umgibt.« Und der Willkür der Zyklone ausgeliefert – »Hurrikan, Hurrikan, nahen fühle ich dich!« Beides haben die hiesigen Dichter besungen.

Von der Anlegestelle bis zur Kirche waren es nur ein paar Schritte, und Conde begab sich wie magnetisch angezogen direkt dorthin. Ohne innezuhalten, überschritt er die Schwelle und sah ganz vorn den bescheidenen Altar, der von der kleinen Madonna mit dem schwarzen Gesicht und dem weißen Kind auf ihrem Arm beherrscht wurde. Generationen von Kubanern, ob Seeleute oder Landratten, Katholiken oder Santeros, weiß oder schwarz, reich oder arm, hatten sie um ihren himmlischen Beistand gebeten, der, so versicherten einige, wahre Wunder bewirkt hatte. Links und rechts, vom Retabel bis zu den Rändern des Altars, wurde die Schutzpatronin von mehreren Bildern flankiert, die Conde dank seines Religionsunterrichts identifizieren konnte: die heilige Teresa und der heilige Johannes Bosco; Jesus von Nazareth und sein vermeintlicher Vater, der heilige Josef; der heilige Antonius von Padua und sein Namensvetter Antonius Abad der Große mit einem Rüsselschwein; der heilige Franz von Assisi mit seinen Tauben, der heilige Lazarus mit seinen Hunden; Unsere Liebe Frau der Barmherzigkeit, nach afrikanischem Ritus auch als die mächtige Obatalá angebetet, und die Barmherzige Jungfrau von Cobre, die spirituelle Mutter aller auf der Insel Geborenen, vereinigt in Ochún, der Schönsten, der Fruchtbarsten.

Vor dem Altar türmten sich Haufen verwelkter Blumen, die einen intensiven, schon leicht fauligen Geruch verströmten. In den Bänken saß vielleicht ein Dutzend Menschen, meist alte Leute, obwohl Conde auch ein paar jüngere sah. Sie waren ganz in Weiß gekleidet, wie es ihre kurz zuvor erfolgte Initiation in die Riten aus dem afrikanischen Reich der Yorubas verlangte.

Conde setzte sich in die Mitte der ersten Reihe, direkt vor den Altar und die Jungfrau. Von der kleinen hölzernen Statue waren nur Gesicht und Hände zu sehen, tiefschwarz aufgrund ihres afrikanischen Ursprungs. Der Rest war Stoff, bunter Flitter in Blau und Gelb, Silber und Gold, der ihr ihre pyramidenhafte Form verlieh. Von dieser Statue standen Tausende von Reproduktionen aus Gips in Hausaltären und wurden angebetet. Jedes Kind auf der Insel kannte sie. Für eine Marienfigur, dachte Conde, war das Gesicht eigentlich nicht majestätisch oder mütterlich, eher unergründlich, beinahe ausdruckslos. Das weiße Kind kontrastierte mit ihren schwarzen

Händen, die es hielten, was noch verstärkt wurde durch die Geste, mit der sie es vor sich hielt, als wollte sie den Erlöser der Welt zum Geschenk machen.

Conde nahm das Foto, das Bobby ihm gegeben hatte, aus der Tasche und verglich die beiden Madonnen miteinander. Außer der Farbe und dem priesterlich strengen Ausdruck konnte er keine Ähnlichkeit feststellen. Das war nicht die gleiche Madonna, wie er bereits wusste. Und nicht, weil Bobbys Jungfrau eine freie oder volkstümliche Version gewesen wäre. Nein, sie war unzweifelhaft ganz anders. Sicher war das keine Laune des Bildhauers, denn das Kunstwerk zeugte von großer Geschicklichkeit im Umgang mit dem Beitel und von einem geschulten Sinn fürs plastische Gestalten. Die Madonna auf dem Foto saß, während diese hier stand. Und der Kopfschmuck? Und warum hatte der Künstler die Position des Gottessohns verändert und ihn der Jungfrau auf den Schoß gesetzt, nahe der Brust? Warum war einer weiß und der andere schwarz, wie seine Mutter? Hatten die unterschiedlichen Farben verschiedene Bedeutungen?

Condes Vorahnungen, Fragen, Mutmaßungen und Erkenntnisse verdichteten sich zu einer beunruhigenden Gewissheit: Bobbys gestohlene Madonna war nie und nimmer eine Kopie der Schutzpatronin von Regla. Und auch nicht eine des Originals von Chipiona. Und wenn jemand das schon immer gewusst hatte, dann natürlich Bobby. Es handelte sich um eine vollständig andere Mariendarstellung, und Conde war sich inzwischen sicher, dass genau in diesem Unterschied der Hauptgrund für Bobbys Interesse und sein Verhalten und möglicherweise auch für das Verschwinden der Statue lag. Und dass sie darum so wertvoll war.

Conde sah eine Frau aus der Sakristei kommen und zum Altar gehen. Sie war schwarz wie die Madonna und trug am Arm einen Korb, in den sie die verwelkten Blumen zu legen begann. Er stand auf, ging auf sie zu und sprach sie über das Geländer hinweg an, das den Altar abschirmte. »Guten Tag, Señora, entschuldigen Sie …«,

»Ja, bitte, Señor?« Ihre Stimme war so sanft wie der Ausdruck, den Conde auf ihrem Gesicht wahrnahm.

»Warum die vielen Blumen?«

Die Frau lächelte. »Wissen Sie nicht, dass vorgestern der siebte September war, der Tag der Jungfrau von Regla?«

»Stimmt«, murmelte er. »Gab es eine Wallfahrt?«

»Eine Prozession«, korrigierte sie ihn. »Ja, wir haben jetzt die Erlaubnis für eine Prozession außerhalb der Kirche. Jahrelang musste sie hier drin oder auf dem Vorhof stattfinden.«

»Ich habe davon gehört. Vielen Dank.«

»Gern geschehen«, lächelte die Frau und fuhr fort, die verwelkten Blumen einzusammeln.

Erst jetzt erinnerte sich Conde, warum er sie angesprochen hatte.

»Señora, wäre es möglich, Pater Gonzalo Rinaldi zu sprechen?«

Die Frau unterbrach erneut ihre Arbeit und kam, immer noch lächelnd, zu ihm. »Tut mir leid, der Pater hält gerade seinen Unterricht im Priesterseminar ab. Aber vielleicht kann ich Ihnen weiterhelfen? Möchten Sie sich taufen lassen? Beichten? Heiraten?«

»Nein, danke, das hab ich alles schon hinter mir. Kein Problem, ich komm ein andermal wieder.« Conde betrachtete nochmals die Statue, diesmal ganz aus der Nähe und von unten. Er hatte das Gefühl, dass die Jungfrau von Regla seinen Blick erwiderte.

»Ach, Conde! Um Gottes und der Jungfrau willen!« Die heitere Unbekümmertheit und die dramatische Bestürzung, die sich bei ihren früheren Begegnungen auf Bobbys Gesicht abgewechselt hatten, waren von blanker Angst abgelöst worden. Der flehende Ton seiner Stimme verstärkte diesen Eindruck noch.

Von Regla war Conde direkt zu Bobbys Haus gefahren. Er hatte sich nicht einmal die Zeit genommen, unterwegs etwas zu essen. Mehrere Stunden musste er mit leerem Magen auf Bobbys Rückkehr warten. Diese Folter hatte ihn beinahe veranlasst, seine Absicht aufzugeben. Doch nun kam er endlich, noch ganz erhitzt und aufgewühlt vom Verhör, dem Condes hartnäckige Ex-Kollegen ihn unterzogen hatten.

Als Conde ihn sah und seinen Klageseufzer hörte, wusste er, dass er richtiggelegen hatte. Es war *sein* Moment, und er beschloss, ihn zu nutzen.

»Haben sie dich in die Mangel genommen?«, fragte er.

Bobby ließ sich unter Anrufung sämtlicher Gottheiten in einen der schmiedeeisernen Schaukelstühle vor dem Haus fallen. »Fast hätten sie mich auf die Folterbank gelegt! Diese Typen sind wie Raubtiere. Warst du auch so, als du noch bei der Polizei warst?«

Conde lächelte. »Kam ganz drauf an.«

»Worauf?«

»Ob die Person die Wahrheit sagte oder ein verdammter Scheißlügner und betrügerischer Hurensohn war. So wie du, du altes Arschloch!«

Bobby fuhr hoch. Conde hatte sich vorgebeugt, um ihm die Beleidigungen direkt ins Gesicht zu schleudern. Bobbys Reaktion bewies ihm, dass er die gewünschte Wirkung erzielt hatte, und er legte wieder los: »Du steckst bis zum Hals in der Scheiße. Sie haben dich freigelassen, aber sie sind noch nicht fertig mit dir. Glaub das bloß nicht! Sie haben dich im Visier, denn sie sind sich zu neunundneunzig Prozent sicher, dass du mit dem Mord an Raydel, oder wie zum Teufel der Junge auch heißen mag, irgendetwas zu tun hast. Oder ihn selbst begangen hast! Heute haben sie sich erst auf dich eingeschossen. Wenn das Spielchen richtig losgeht, scheißt du dir in die Hose.«

Bobby legte beide Hände auf die Brust und fing an zu weinen. Conde schaute stumm zu, aber nur so lange, bis Bobby so weit war, um weitermachen zu können.

»Also los, raus damit!«

»Ich habe ihn nicht umgebracht, Conde.«

»Das weiß ich doch, und darum bin ich hier.«

»Dann hilf mir, Alter, hilf mir. Wegen früher, wegen unserer Freundschaft.«

»Hast du Angst, Bobby?«

Aus Bobbys Augen kullerten die Tränen, jetzt aber größere, aus einem anderen Grund. »Angst? Nein, Alter, ich habe Panik. Das ist etwas ganz anderes. Angst hatte ich mein ganzes Leben lang. Ich habe immer mit Angst gelebt. In diesem Scheißland ist Angst ein Dauerzustand, und Leute wie ich sind das bevorzugte Opfer. Aber das jetzt ist was anderes, etwas ganz anderes.«

Conde nickte. Aber dies war nicht der Moment für Mitgefühl, oder um die Daumenschrauben zu lockern. Jetzt musste er den Mann sturmreif schießen, um etwas aus ihm herauszubekommen. Er holte die Fotos von Bobby und der Madonna hervor und warf sie ihm hin. »Was soll dieses Märchen von der Jungfrau von Regla deiner Großmutter?«

Bobby fuhr hoch, als hätte man ihn mit Säure übergossen. Sein Schluchzen und seine Tränen waren wie weggewischt. »Wovon redest du?«

»Tu nicht so. Wenn du mir nicht die Wahrheit erzählst, kann ich dir nicht helfen, und dann ...«

Bobby fing wieder zu schluchzen an und sah auf seinen gepflegten Vorgarten. Mittendrin stand ein fürstlicher Rosenstrauch, dessen dunkelrote Blüten sich in aller Pracht entfalteten. In Conde blitzte die Erinnerung an jene in Kuba so exotischen Rosen namens Schwarze Madonna auf, die früher den Garten seines Elternhauses geschmückt hatten, da sie die Lieblingsblumen seiner Mutter gewesen waren. Wie viele Jahre war es jetzt her, dass er die bereits in die Jahre gekommenen Schwarzen Madonnen geschnitten hatte? Er liebte sie für die Schönheit ihrer Blüten. Und er hasste sie wegen der aggressiven Dornen, die ihn so oft gestochen und sein Blut gefordert hatten. Es hatte dieselbe dunkelrote Farbe gehabt wie die Blütenblätter.

Bobbys Schluchzen holte ihn wieder in die tropenheiße Gegenwart zurück. »Meine Großmutter hat ihre Jungfrau verehrt, als wäre es die von Regla. Aber sie war aus Spanien gekommen, zusammen mit dem Katalanen, mit dem sie verheiratet war. Der Mann war so etwas wie mein Großvater. Josep Bonet hieß er, aber hier nannten ihn alle José, obwohl er in Wirklichkeit weder Josep noch José hieß. Aus irgendeinem Grund, den ich nicht kenne, hatte er seinen Namen geändert, als er nach Kuba kam oder schon bevor er nach Kuba kam. Seinen wirklichen Namen habe ich nie erfahren. Jedenfalls hat José die Statue von dort mitgebracht.«

»Bobby, erzähl mir jetzt keine Märchen!«

»Nein, Alter, so wars, ich schwörs dir. José ist nach Kuba gekommen, als der Bürgerkrieg dort in vollem Gange war. Er wollte die Statue niemandem zeigen. Und auch nicht sagen, wo genau er sie herhatte. Mal behauptete er, sie stamme aus Andalusien, mal, aus Katalonien. Vielleicht war da irgendeine dunkle Geschichte mit der Madonna. Vielleicht auch nicht. Keine Ahnung. Was ich mit Sicherheit weiß, ist, dass José selbst eine dunkle Geschichte hatte. Aber, na ja, wer die Statue sah, fragte nicht weiter. Es war eine Madonna, sie war schwarz und stammte aus Spanien. Was kann eine schwarze Madonna in Kuba anderes sein als die Jungfrau von Regla? Oder muss der Vatikan das erst beurkunden, damit eine schwarze Madonna als Jungfrau von Regla verehrt werden kann?«

»Aber du weißt ganz genau, dass es keine Jungfrau von Regla ist. Vielleicht wissen andere das nicht, Raydel zum Beispiel. Aber du, Bobby, du weißt es: Sie ist etwas anderes. In den meisten Fällen mag das ja egal sein, aber in diesem nicht. Und es ist auch nicht egal, dass du mir das nicht von Anfang an gesagt hast.«

Bobby strich sich mehrmals mit der flachen Hand über die Brust, als wollte er den Druck, der auf ihr lastete, durch eine Öffnung weiter unten ablassen. »So ist es. Ich habe Nachforschungen angestellt und wusste es. Das Original stammt aus Katalonien oder aus dem Baskenland oder aus dem Süden Frankreichs. Dort gibt es verschiedene Madonnen in diesem romanischen Stil. Einige sind sehr alt, aus dem Mittelalter. Aber es ist eine ganz gewöhnliche Statue, eine Reproduktion, sogar kleiner als die meisten Originale.«

»Woher weißt du, dass es sich um eine gewöhnliche Reproduktion handelt und nicht um eine echte Madonna aus dem Mittelalter?«

»Weil José erzählt hat, dass er sie auf einem Markt in einem Dorf namens Camprodón gekauft hat. Es sei die Madonna gewesen, die bei ihnen zu Hause gestanden habe, seine persönliche Moreneta, wie er sagte.«

Conde seufzte. »Bobby, wie zum Teufel kann ich sicher sein, dass du mich nicht wieder anschwindelst?«

»Verdammt, Alter, das ist die Wahrheit! Jedenfalls die Wahrheit, die ich kenne. Ich schwöre es dir bei meiner Großmutter. Von mir aus auch bei der Jungfrau!«

Conde sah wieder zu den Rosen hinüber und erinnerte sich, wie heimtückisch ihre Schönheit war. Konnte er Bobby glauben, auch wenn er bei der Jungfrau schwor? Mir bleibt nichts anderes übrig, sagte er sich. Aber es blieb ein Rest von Misstrauen.

»Und warum, sagst du, hat dieser José sie nach Kuba gebracht?«

»Weil Krieg herrschte. Er wollte dem Krieg entkommen und ist hierher geflüchtet und hat seine Jungfrau mitgebracht, die von zu Hause. Normal, oder?«

»Ich weiß nicht. Und hat sie nichts in sich? Etwas Wertvolles?«

»In sich? Wie?« Bobbys Verblüffung schien echt zu sein.

»In ihrem Innern, im Hohlraum.«

Bobby zögerte eine Weile, bevor er antwortete. »Nein, soweit ich weiß. Es ist eine Statue aus Holz, Conde, auf einem Markt gekauft! Ihr Wert besteht in dem, was sie für mich bedeutet, was sie für meine Großmutter bedeutet hat, was sie für ihren Mann bedeutet hat. Und weißt du, warum? Weil diese Jungfrau Macht hat! José hat es bestätigt, und auch meine Großmutter wusste es. Und ich weiß, dass es stimmt, Conde. Darum will ich sie zurückhaben. Wer hat behauptet, dass sie etwas ›in sich hat‹, wie du sagst?«

»Ist nur so eine Idee, Bobby. Vielleicht hat Raydel oder jemand anderer das vermutet, bei dem Zirkus, den du um die Statue veranstaltet hast. Vielleicht hat ja dieser andere Raydel abgemurkst, um sich die Madonna unter den Nagel zu reißen.«

»Und die Juwelen.«

»Was, außer dem Verlobungsring, ist von wirklichem Wert?«

»Das war nur Kleinkram, Familienschmuck. Auch die Bilder sind nicht viel wert. Aber Raydel dachte, das sei ein kostbarer Schatz. Ehrlich gesagt, auch der Ring hat keinen großen Wert. Er ist einfach ein Erinnerungsstück, wie die Jungfrau!«

Conde versuchte nachzudenken. Irgendetwas an diesem Puzzle stimmte nicht. Er wusste noch nicht, was, aber er war überzeugt, dass es da einen blinden Fleck gab, irgendeinen Schwindel. Es ärgerte ihn, dass er nicht sagen konnte, wo. Ging es wirklich nur um die »Macht« der Jungfrau, von der Bobby sprach? Er selbst glaubte nicht an solche Mächte, doch er wusste, dass andere es sehr wohl taten. Sie spürten sogar ihre positiven Auswirkungen. Spielte spirituelle

Macht bei dem Verschwinden der Madonna eine größere Rolle als der mögliche materielle Wert, den Bobby abstritt? Ging es wirklich nur um die mystische Verbindung mit dem, was die Statue verkörperte, wie Bobby behauptete?

Conde wusste, dass er sich da in etwas hineinsteigerte, auf das es möglicherweise eine ganz simple Antwort gab. Aber in dieser Geschichte, der er nachjagte, war nichts so, wie es schien, und was wichtig schien, war am Ende nichts. War es denkbar, dass jemand Yúnior getötet hatte, um sich eine mächtige Madonna anzueignen? Oder hatte er ihn umgebracht, um eine wertvolle Statue zu erbeuten? Glaube oder Verstand? Und wenn der Mord mit der Jungfrau gar nicht zusammenhing und Bobby ihn mit seinen hartnäckigen Behauptungen in die Irre geführt hatte?

Das waren wohl die entscheidenden Fragen, sagte sich Conde. Er entschied, jetzt nicht weiter darüber nachzudenken. Er musste in einer besseren physischen und mentalen Verfassung sein, um Antworten zu finden.

»Lad mich zu einem Brunch ein«, forderte er Bobby auf. »Ich bin so hungrig, dass ich nichts mehr sehe und nicht mehr denken kann.«

»Das ist nicht die Uhrzeit für einen Brunch, Conde.«

»Dann eben zu einem Crunch! Gib mir was zu beißen, Kollege! Und danach erzählst du mir mehr von den Leuten, die im Kunst- und Antiquitätengeschäft sind. Mal sehen, ob wir da weiterkommen. Und danach verrate ich dir, wie du dich bei der Polizei verhalten musst. Ich weiß, welche Mittel sie haben, um dich zum Reden zu bringen.«

»Wirklich, Conde?« Bobby schien gerührt, aber doch skeptisch zu sein.

»Mach schon, los, ich bin wirklich am Verhungern!«

Bobbys Kühlschrank war besser bestückt als jeder Supermarkt in Havanna. Aber sogar Condes Mordshunger musste irgendwann kapitulieren. Mit vollem, mit der Verdauung beschäftigtem Magen und entspannten Nerven entwarf Conde eine Verhaltensstrategie für Bobby gegenüber seinen ehemaligen Kollegen. »Nur das sagen, was unbedingt nötig ist und dazu beitragen kann, die schwarze Madonna zu finden. Nie Schuld eingestehen.« Dann machten sie einen Plan für Condes weiteres Vorgehen angesichts der jüngsten Ereignisse.

Nachdem sie eine zweite Kanne Kaffee bis zur Neige geleert hatten, entschied der Conde, dass an diesem Tag noch genug Zeit blieb, um seine Nachforschungen einen Schritt voranzutreiben. Er verabschiedete sich.

»Da ist noch etwas, das ich dir nicht erzählt habe«, flüsterte Bobby, als sie bereits den Salon durchquerten.

»Was denn noch?«, polterte Conde los. Der Ärger stieg wieder in ihm hoch. Er hatte die Nase voll von dieser Wundertüte namens Bobby. Wann würden sie in den letzten Winkel vordringen, zum Kern des Verwirrspiels, das Bobby nach und nach enthüllte wie eine Zwiebel?

Bobby war ernst geworden. Todernst. Er wies auf einen der Sessel, die im Salon standen, und schaltete den Deckenventilator ein, um die Luft etwas abzukühlen. Dann setzte er sich mit halbem Hintern auf die äußerste Kante des Sofas, so als würde er jeden Moment aufspringen und davonlaufen wollen. Er rieb die Hände gegeneinander, sah erst seinen Freund an und dann zur Wand, wo früher wohl ein Bild gehangen hatte. Conde war sich sicher, dass eine wichtige Enthüllung bevorstand, und zog es vor, den Hausherrn nicht zu drängen.

»Ich rede nicht gern darüber und habe fast mit niemandem darüber gesprochen. Aber da ich weiß, dass du mir nicht glaubst und dass diese schrecklichen Polizisten, die mich verhört haben, mir nicht glauben ... Conde, das mit der Macht der Jungfrau ist kein Märchen. Weder mein Quasi-Großvater noch ich haben es erfunden. Er behauptete, sie habe heilende Kräfte. Er hat die Geschichte von einem Jungen in seinem Dorf erzählt, der sechs Finger an jeder Hand hatte und den die Jungfrau ins Leben zurückgeholt hat. Er sagte, er habe es mit seinen eigenen Augen gesehen! Und ich sage dir, sie wirkt Wunder, ich habe es selbst erlebt.«

Conde musste lächeln. Er wollte einen Witz über das Kind mit den sechs Fingern machen, beherrschte sich aber. Bobby schien zu ernst, man durfte jetzt seine Geschichte nicht ins Lächerliche ziehen.

»Als ich dann Santo wurde und Yemayá empfing«, Bobby deutete das entsprechende Ritual an, »habe ich das nicht gemacht, weil ich mit meinem Leben nicht mehr klarkam, wie ich dir erzählt habe. Obwohl das übrigens auch der Wahrheit entspricht …«

»Um Himmels willen, Bobby! Komm zu Potte!«

»Ich habe das getan, weil ich kurz davor war, zu sterben, Alter. Man hat Brustkrebs bei mir diagnostiziert. Schau mich nicht so an, das hat nichts mit dem anderen zu tun.« Bobby knöpfte sein Hemd auf und enthüllte seine Brust. Conde stellte fest, dass seine Brustwarzen vielleicht etwas dicker waren als bei anderen Männern, und unterhalb der kleinen Wölbung der Brust sah er zwei fast nicht wahrnehmbare Narben, zwei Halbkreise in der makabren Form eines Lächelns. »Siehst du? Auch Männer können Brustkrebs kriegen, sogar richtige Männer, und mich hat es erwischt. Offenbar war der Krebs total aggressiv. Natürlich bin ich zu einem Spezialisten gegangen und hab mich behandeln lassen. Aber da ich schon immer gläubig war, habe ich auch andere Wege gesucht. Israels Babalao-Pate hat mich empfangen, und als er Ifá befragte, kam heraus, dass ich zum Wohle meiner Gesundheit Yemayá empfangen müsse, die Jungfrau von Regla. Zufall oder kosmisches Zusammenwirken? Weißt du, wie viele Orishas es gibt? Warum Yemayá und nicht irgendeine andere? Das war ein Fingerzeig, und ich beschloss, ihm zu folgen. Ich bereitete alles vor, um Santo zu werden, aber vorher stellte ich mich unter den Schutz meiner schwarzen Jungfrau, wie meine Großmutter mir empfohlen hatte. Ich betete zu ihr, bat sie um Hilfe und Kraft, und sie begleitete mich den gesamten Initiationsprozess hindurch. Und dann legte ich ein Gelübde ab: Wenn ich von meinem Krebs geheilt würde, würde ich meiner Jungfrau eine goldene Krone schenken. Und ich gelobte, mich niemals von ihr zu trennen und sie wie eine Mutter zu verehren.«

Conde musste sich eine Zigarette anzünden. Er fand Bobbys Geschichte anrührend und pathetisch zugleich.

»Und die Jungfrau hat das Wunder vollbracht?«

»Ja, das hat sie, auch wenn du es nicht glaubst. Sie hat das Wunder vollbracht. Während der Zeremonie zum Empfang Yemayás war die Jungfrau bei mir in dem Zimmer, in dem du mehrere Tage allein verbringen musst, um zu meditieren und dich innerlich zu reinigen. Als ich am zweiten Morgen aufwachte, sah ich, dass meine Jungfrau ganz nass war, sie tropfte, als hätte man sie aus dem Wasser gezogen. Ich sah an die Zimmerdecke, um festzustellen, ob es eine undichte Stelle gab, fragte meine Patin, ob jemand die Statue nass gespritzt habe, aber nein. Das Wasser tropfte weiter von ihr herab, als käme es aus ihrem Innern, als schwitzte sie ein Fieber aus, und sie roch seltsam. Und dann traute ich mich: Ich berührte die Statue mit dem Finger und probierte das Wasser, das von ihr abtropfte, und ... Es schmeckte salzig, roch aber nach Öl, nach Fett. Es war Meerwasser, öliges Wasser! Du musst mir nicht glauben, wenn du nicht willst, Conde. Und sieh mich nicht so an, denn jetzt kommt das wirklich Unglaubliche: Ein paar Tage, nachdem ich Yemayá empfangen hatte, ging ich ins Krankenhaus. Du kannst dir nicht vorstellen, was für ein Gesicht die Ärzte gemacht haben. Der Krebs war mit einer Geschwindigkeit zurückgegangen, die durch die medizinische Behandlung nicht zu erklären war. Es war so außergewöhnlich, dass die Onkologen von einem Wunder sprachen, einem Wunder der Natur! Natürlich habe ich ihnen nichts gesagt. Die Tumoren waren kleiner geworden und hatten sich so sehr lokalisiert, dass ich operiert werden konnte und keine bösartigen Zellen zurückblieben. Zwei Jahre lang haben die Ärzte mich beobachtet und untersucht, für den Fall, dass die Krankheit zurückkehren würde. Aber von meinem Krebs war keine Spur mehr. Als hätte es ihn nie gegeben! Wenn du willst, zeige ich dir mein Krankenblatt, ich habs aufbewahrt. Ein Onkologe hat sogar geschrieben: ›Tumor aus unerklärlichen Gründen verschwunden.‹ Wie zum Teufel willst du etwas erklären, das für einen Wissenschaftler nicht zu erklären ist? Verstehst du nun, warum ich felsenfest von der Macht der Jungfrau überzeugt bin? Warum ich das Gefühl habe, mein Gelübde gebrochen und sie enttäuscht zu haben, seit Raydel sie mitgenommen hat? Warum ich mir vor Angst in die Hosen mache, weil ich sie nicht bei mir habe? Und warum ich dir diese ganze Geschichte erzähle, obwohl du sie mir nicht glauben wirst? Ich weiß, dass sie wahr ist, weil ich sie erlebt habe. Es ist ein Wunder, dass ich noch lebe, mein Freund. Ein Wunder dieser Jungfrau von Regla.«

9

Antoni Barral, 1472

In diesem Tempo, einen Tag, Herr«, hatte Antoni gelogen, nachdem er so getan hatte, als würde er nachrechnen. Der Caballero Jaume Pallard hatte erwidert: »Ich schaffe es nicht, Antoni, ich schaffe es nicht.« Auch Antoni wusste, dass, wenn kein Wunder geschah, sein Herr es niemals schaffen würde. Mit den minderwertigen, erschöpften Tieren würden sie mindestens zwei Tage brauchen, um diese Talsenke, durch die sein starrköpfiger Herr unbedingt den Weg hatte abkürzen wollen, zu durchqueren. Der Caballero wurde vom Fieber geschüttelt, und sein blutiges Erbrechen verbreitete einen schwefligen Gestank. Seine Tage waren gezählt.

»Ist das dein Tal, Antoni?«, fragte der Caballero.

Antoni antwortete: »Ja.« Früher einmal war es das gewesen.

»Und was ist das für ein Berg?«

»Das ist der Pic de les Bruixes, Herr.«

»Machen wir Rast. Wo auch immer, jeder Ort ist ein schlechter Ort zum Sterben, nicht wahr, Antoni?« Der Knappe antwortete wieder mit einem Ja, fügte jedoch hinzu, dass der Herr nicht sterben werde. Was konnte er auch anderes sagen? Dieses Tal jedoch, das ihn zu seinen Wurzeln zurückbrachte, war für Antoni Barral, der den Ausdünstungen der schwarzen Pest, mit der sich sein Herr angesteckt hatte und die ihn töten würde, schutzlos ausgesetzt war, der beste Ort. Sein Ort.

Nach zehn Jahren Abwesenheit, Jahren des Krieges, der Gewalt, des Hasses und des Todes, erkannte Antoni das Tal kaum wieder. Nicht, weil es sich radikal verändert hätte. Aber er selbst war ein anderer geworden, wie jeder, der einen Krieg erlebt und Menschenblut vergossen hat. Antoni erkannte das Tal schließlich an den Umrissen der Berge wieder, an der dunklen, baumlosen Masse des Pic de les Bruixes, an den Windungen des unbeirrt dahinziehenden Flusses und an dem intensiven Grün, das es in der gesamten Region so einzigartig machte. Doch was einmal ein fruchtbarer Garten gewesen war, mit Olivenhainen und Weinbergen, Weizen- und Gerstenfeldern, den schönsten Schafen und Ziegen weit und breit, war zu einem öden Landstrich geworden. Nur Steinhaufen und verkohlte Balken erinnerten an das Haus, den Stall oder den Getreide- und Futterspeicher, die dort gestanden hatten. Jedes Lebenszeichen war vom Krieg hinweggefegt, alles ausgelöscht und verlassen. Kein Blöken unterbrach die Stille. Kein Hahn krähte. Es herrschte eine totale und für Antoni Barral bedrückende, unheilvolle Trostlosigkeit.

Exakt zehn Jahre lang hatten sich die Katalanen des Königreichs Aragón untereinander bekämpft. Zehn Jahre Raserei, um alles zu verwüsten. Sie hatten in Barcelona, in Girona, in Lérida gekämpft, an der Küste und in den Tälern, in jedem Winkel des Landes. Sie hatten für König Johan II. und gegen ihn Krieg geführt und für Fürst Karl von Viana selbst dann noch, als dieser bereits tot war. Sie hatten für das Recht auf Land gekämpft, für das Recht auf Mobilität, für die Aufrechterhaltung und für die Abschaffung von Abgaben. Einige sagten, sie hätten für die Unabhängigkeit von ausländischen Mächten gestritten, sichtbaren und unsichtbaren: Vom König von Frankreich, der sich die Gebiete der reichen Grafschaft Rosellón einverleiben wollte, die sich bis jenseits der Pyrenäen erstreckten und dem gallischen Souverän vom aragonischen König als Gegenleistung für seine militärische Unterstützung versprochen worden waren. Vom ehrgeizigen Monarchen Portugals, der sein Herrschaftsgebiet ausweiten wollte. Vom mächtigen Herzog Renatus von Anjou, dem Herrn der Provence. Obwohl viele sagten, sie wüssten, wofür sie kämpften und auf welcher Seite, hatte Antoni den Eindruck, dass sie im Laufe der Jahre ihre Beweggründe vergessen, ihre Treueschwüre gebrochen oder sich neue Beweggründe zurechtgelegt hatten. Als hätte es nicht schon genug Tote gegeben. Als sei der Hass zum einzigen Lebenszweck geworden. Als sei verfeindet zu sein Teil einer uralten Gesinnung.

Mit den Jahren erinnerte sich fast niemand mehr daran, dass der Krieg als ein Konflikt zwischen radikalen Gruppierungen begonnen hatte. Sie trugen ihren Zwist in alle Landesteile, verwüsteten das Königreich, verwickelten Lehnsherren und Bauern in die Kämpfe und hinterließen überall das größte Chaos. Bisweilen entzündeten sich die Streitigkeiten so plötzlich, dass den Menschen keine Zeit blieb, sich zu entscheiden, welcher Seite sie sich anschließen wollten. Männer fanden sich aufgrund mehr oder weniger zufälliger Umstände in einer der Truppen wieder, so wie etwa Antoni Barral, der Bauer, Leibeigene, Knappe der mächtigen Familie Pallard. Antoni wusste nichts von Kriegen und hatte nie etwas von Kriegen wissen wollen, in denen Leute wie er am Ende immer die Verlierer waren. Dennoch war er gezwungen gewesen, zehn Jahre seines Lebens in einem Bruderkrieg zu vergeuden, in dem es am Ende keinen eindeutigen Sieger gab. Denn zum Schluss steckten die Kontrahenten ihre Schwerter aus purer Entkräftung in die Scheiden. Ob jemand auf der einen oder der anderen Seite kämpfte, für den Monarchen oder gegen ihn, hing am Ende nur davon ab, wo er sein Haus stehen hatte. Oder welchem Herrn er Gehorsam schuldete. Über Nacht waren die Regionen, die Städte, die Dörfer und Weiler, ja sogar die Familien zerstritten. Sie wurden zu Feinden in diesem verheerenden Bürgerkrieg, der nach einem Jahrzehnt weder Sieger noch Besiegte zurückließ noch das Land zum Besseren veränderte. Ganz Katalonien hatte sich in ein ödes, mit Leichen übersätes Land verwandelt, der König war immer noch König, und die Erstarrung, in der das Königreich versunken war, lastete weiterhin so schwer auf ihm wie die Berge der Pyrenäen, die der Knappe jetzt sah. Doch mit Gottes Hilfe hatte Antoni Barral, nach zehn nutzlosen und verlustreichen Jahren, etwas bewahrt, das ihm in Wirklichkeit nie ganz gehört hatte: sein Leben.

Der Knappe nahm die Zügel des Pferdes seines Herrn in die Hand und beschloss, noch tiefer zu steigen, zu einem kleinen Eichen- und Buchenwald an einer Biegung des Flusses. Dort würden sie Wasser, Schatten und eine Weide für die Pferde finden. Das brauchten sie jetzt, und dieses fruchtbare Tal konnte es ihnen auf ihrem Rückweg, der vielleicht hier enden würde, schenken. Eigentlich war jeder Zufluchtsort gut genug, dachte Antoni. Zumindest war dies ein schöner Ort.

Zwei Tage zuvor war das Fieber des Señor Pallard angestiegen, und vielleicht wäre es das Beste gewesen, nach Girona zurückzukehren, um einen Arzt oder einen Heiler oder auch einen Hexenmeister aufzusuchen, der ihn zumindest zur Ader gelassen, Pflaster appliziert und ihm auf diese Weise einen weniger grausamen Tod ermöglicht hätte. Doch der eigensinnige, willensstarke Jaume Pallard hatte darauf bestanden, nach Camprodón und von dort zu den Gütern seiner Familie weiterzureiten, überzeugt, dass er es schaffen würde, sein Zuhause zu erreichen, das er vor vielen Jahren verlassen hatte. Tags zuvor jedoch war er mit geschwollenen Lymphknoten am ganzen Körper aufgewacht, und er hatte sich zum ersten Mal erbrechen müssen. Dennoch hatten sie den Marsch fortgesetzt, und Antoni ahnte, dass ihr Weg nun in die Hölle führte. Fast niemand überstand diese Krankheit, und nur wenige der Überlebenden waren gegen die darauf folgenden Entzündungen gefeit. Das wussten alle in diesem Landstrich, den die Pest bereits heimgesucht hatte, bevor die Lanzen und Schwerter des Bürgerkriegs ihn erneut hatten ausbluten lassen.

Als sie den kristallklaren Fluss überquerten, erblickten sie eine merkwürdige Steineiche von außergewöhnlicher Größe. Sie schien den kleinen, vom Flusslauf begrenzten Wald zu beherrschen. Sie stand abseits von den übrigen Bäumen, die zweifellos schon vor vielen Jahren abgestorben waren. Der Eiche waren lediglich zwei riesige, wie Arme ausgebreitete Äste geblieben, die ein fast vollkommenes Kreuz bildeten. Ihr von Insekten zerfressener und von Flechten überzogener Stamm war mittendurch gespalten, eine tiefe Wunde, eingebrannt vom Feuer eines Blitzes, der die Eiche vor Gott weiß, wie vielen Jahren getroffen hatte. Antoni hatte dieses Tal oft durchwandert und wunderte sich nun, dass ihm dieser einzigartige Baum nie aufgefallen war. Noch mehr staunte er, als er am Fuße der verkohlten Eiche die Reste trockener Haut, ein paar Stofffetzen, weiße Haarsträhnen und von der Sonne ausgebleichte, vom Regen ausgewaschene Knochen liegen sah, Überreste eines Skeletts. Wer konnte das gewesen sein? Wie war es möglich, dass es nicht von Wölfen und Aasfressern vollkommen vernichtet worden war? Stimmte es, dass Raubtiere kein Fleisch fraßen, das von der Pest befallen war? Hatte niemand den Toten gesehen und beschlossen, ihn würdig zu bestatten? Obwohl Antoni Barral so viele Tote gesehen hatte, jagte ihm das Skelett einen gewaltigen Schrecken ein, und er wollte sich schnellstens von dem Ort entfernen. Doch Señor Pallard gab vom Pferd herab seinen auf dieser Welt vielleicht letzten Befehl: »Hier rasten wir, Antoni. Neben der toten Eiche und dem Skelett. So werde ich ewige Gesellschaft haben.«

Antoni Barral war in der Nähe jenes tiefgrünen Tals geboren worden. Es lag in eine zerklüftete Landschaft eingebettet. Eine majestätische Gebirgskette trennte hier die katalanische Garrotxa von der Grafschaft Rosellón. Seine Familie von Bauern, Hirten und Köhlern hatte seit undenklichen Zeiten an diesem von Gott und von der Geschichte vergessenen, namenlosen Weiler gelebt, stets in Abhängigkeit von den Pallards. Welchen Platz jemand hier in der Gesellschaft einnahm, war schon vor der Zeugung bestimmt durch die Familie, in die er hineingeboren wurde. Antonis Geschick als Reiter und Hochwildjäger zog bald die Aufmerksamkeit von Jaume Pallard auf sich, dem nur wenige Jahre älteren jungen Herrn. Diese Fähigkeiten veränderten sein Leben – zum Besseren, glaubte Antoni. Aus dem Bauern und Schafhirten wurde bald der Knappe des jungen Herrn, welcher es liebte, sich in Abenteuer zu stürzen, die oftmals die auch für ein Mitglied seines Standes geltenden Grenzen des Erlaubten überschritten. Antoni lernte als Erster und für Jahrhunderte vielleicht Einziger seiner Sippe Lesen und Schreiben und genoss allerlei Privilegien. Nach Neapel zu segeln und die starken Destillate jenes Königreichs zu trinken. Quer durchs Land zu reiten, Lederstiefel mit Schnallen zu tragen und in Gasthäusern in Aragón, Castilla, León und Navarra zu übernachten, wenn auch, um genau zu sein, meist in den Stallungen. An Orten, wo bis zur Besinnungslosigkeit getrunken, gegessen und gevögelt wurde, wo die realen oder erdichteten Heldentaten der fahrenden Ritter und der Seefahrer des Mittelmeeres besungen wurden, für die Antoni sich so sehr begeisterte. Besonders faszinierten ihn die Lieder von den ruhmreichen Abenteuern und dem Tod des berühmten Kapitäns Roger de Flor, der, so erzählte man sich, den *Falken* kommandierte, das zu seiner Zeit größte und mächtigste Schiff und der Stolz der Tempelritter. Später dann machte Roger de Flor, zum Piraten geworden, die Küsten des Mittelmeeres als Anführer einer als »Katalanische Kompanie« berüchtigten Korsarenbande unsicher. Ein Held ganz nach seinem Geschmack war dieser Roger de Flor.

Antonis Talente und seine Intelligenz hatten sein Leben von Grund auf verändert. Doch was zunächst als unerwartetes Geschenk erschien, führte später dazu, dass sein Glück zerrann. Denn der Lauf der Geschichte zwang Antoni Barral, zehn furchtbare Jahre lang an der Seite seines Herrn zu kämpfen. Und immer war ihm dabei bewusst, dass er in diesem Krieg für Ziele stritt, nach denen andere trachteten, über die andere entschieden hatten: die Mächtigen, die von jeher den Lauf der Geschichte bestimmten.

Wie viele Menschen hatte er in den langen Jahren des Krieges getötet? Dass er geschickt war im Umgang mit der Lanze und dem Schwert – geschickter sogar als Jaume Pallard, sein Herr –, hatte ihm in den vielen Schlachten das Leben gerettet. Und das eigene Überleben bedeutete immer den Tod anderer. Zu Beginn des Krieges hatte er oft mit Señor Pallard und seinen Gefährten gesprochen und gehofft, dieser Kampf würde das Leben seiner Standesgenossen verbessern, die Abhängigkeit der Bauern von den Lehnsherren und ihrem Land sprengen, der schlechten Behandlung und den erdrückenden Abgaben ein Ende setzen und den ausgestorbenen *Masos,* jenen Gehöften, die in den Jahrzehnten der Pestkatastrophe verlassen worden waren, neues Leben einhauchen. Doch je länger der Krieg dauerte, desto undurchsichtiger wurde ihm der Krieg seiner Herren, denn plötzlich kämpften sie für entgegengesetzte oder ganz neue Ziele. Nur eines war Antoni Barral bald restlos klar: Er und die Seinen würden immer bleiben, was sie waren – Leibeigene, abhängig von höheren Interessen, die ihren Horizont überstiegen. Denn er besaß weder Ländereien noch Textilwerkstätten noch Geschäfte in Barcelona oder Warenhäuser in Alexandria oder auf Sizilien, war weder ein Oligarch noch ein reicher Geschäftsmann. Nicht mal ein Verehrer des Königs oder ein Anhänger des Fürsten. Er war nicht mehr als ein geschicktes Schwert in der Hand seiner Herren. Und seine ewige Verdammnis in der Hölle hatte er mehr als verdient, weil er in diesem weder gerechten noch heiligen Krieg unzählige Menschen getötet hatte, die meisten von ihnen arme Teufel seines Standes, Leibeigene wie er, erbärmlich wie er, mitgerissen wie er von der Lawine der Geschichte. Minderte es seine Schuld, war es ein Trost, dass manche, die es wissen mussten, gesagt hatten, dass dieser Krieg für die Freiheit geführt werde? Dass sie das kostbarste Gut freier Menschen darstelle? Dass Knechtschaft mit dem Tode zu vergleichen sei? Konnte diese Freiheit vielleicht auch die seine sein?

Das intensive Jahrzehnt im Feld hatte Antoni Barrals Überlebensfähigkeiten noch weiter geschärft. Nachdem er Señor Pallard neben die verdorrte Eiche mit den kreuzförmigen Ästen gebettet hatte, war es ihm gelungen, zwei Hasen und ein Rothuhn zu fangen, die nun über dem Feuer rösteten. Bald würde er sich den Magen vollschlagen können. Erleichtert saß er am Fluss auf einem Stein, kühlte seine nackten Füße in dem belebenden Wasser und sah zu, wie die Sonne hinter dem Tal unterging. Stunden zuvor hatten seine Gelenke zu schmerzen begonnen, was er der Ermüdung und der Jagd zuschrieb. Seine wunden Füße hatten im Wasser eine bleiche Farbe angenommen, und plötzlich kamen sie ihm wie seltsame fremde Tiere vor. Ein kalter Schauer überlief seinen Körper, und er meinte, schon früher einmal an ebendiesem Ort in derselben Position gesessen und ganz ähnliche Gefühle gehabt und sich die dümmsten aller Fragen gestellt zu haben: Was willst du mit deinem Leben anfangen? War das nicht eine völlig sinnlose Frage für einen wie ihn, dessen Weg auf jedem Schritt von den Entscheidungen anderer bestimmt war? Ein seltsames Gefühl war es, eine vergessene Erfahrung erneut zu durchleben. Gewiss war das nur eine Fantasie. Doch sie erschien deutlich und klar vor ihm, wie die Erinnerung an einen Moment aus einer anderen Epoche. Aber noch beunruhigender war die wie eine Offenbarung in ihm aufblitzende Ahnung, dass sich dieselbe Handlung und dieselben Überlegungen in einer fernen Zukunft wiederholen würden, in einer Zeit völlig außerhalb der Jahre seines Erdendaseins. All diese Empfindungen waren verworren und gleichzeitig glasklar, denn sie wurden von Sinneseindrücken begleitet: von einem Geruch nach Öl und Meer, nach sonnenverbrannter Haut, nach brennendem Weihrauch, nach Lavendelkerzen. Da kam ihm der Gedanke, dass er die Zeit wie durch einen lichtdurchlässigen Wassertropfen sah, der an einem Zweig hing. Oder war es eine klare, durchscheinende Träne, die eine erschütternde Vision seinen Augen entlockt hatte?

»Gib mir noch etwas Wasser«, bat der Kranke, und Antoni Barral erwachte aus der rätselhaften Zauberwelt, in der er versunken gewesen war. Der Geruch des Essens über dem Feuer wirkte so belebend, dass Señor Pallard, der gegen den verdorrten Baumstamm gelehnt war, die Augen öffnete und schwach lächelte. Bevor der Knappe der Bitte seines Herrn nachkam, betrachtete er erneut seine Füße im Wasser und sah nur noch das: seine kräftigen und nun sauberen, aber immer noch schmerzenden Füße. Er stand auf und warnte seinen Herrn: »Vielleicht müsst Ihr erbrechen.«

»Darauf kommt es jetzt auch nicht mehr an. Gib mir Wasser«, wiederholte er, »ich verbrenne innerlich!« Antoni Barral füllte den Krug im Fluss und führte ihn an die Lippen seines Herrn. Jaume Pallard nahm ihm den Krug aus der Hand, und es gelang ihm, ein paar Schlucke zu trinken. Als Antoni die Hände des anderen für einen kurzen Moment streifte, dachte er, dass er noch nie einen Menschen berührt hatte, von dessen Haut eine solch glühende Hitze ausging. In der Tat, im Innern seines Herrn brannte ein Feuer. War das das Vorspiel für den Eintritt in die ewige Verdammnis?

Antoni drehte die Fleischstücke um. »Wenn ich hier sterbe, begrabe mich nicht«, hörte er wieder die Stimme seines Herrn. »Was solls, ich werde in der Hölle erwartet, das weißt du ja. Lass mich so liegen, neben meinem Nachbarn. Irgendwann werde auch ich ein Geheimnis sein wie er. Bis dahin leisten wir uns Gesellschaft. Mal sehen, vielleicht erzählt mir mein Freund, wer er war und wie er hierhergekommen ist.«

Antoni Barral nickte. Der Señor hatte häufiger solche Einfälle. »Euer Schicksal wird sich wenden«, log Antoni, und wieder lächelte der andere. »Und wenn du dich nicht mit der Pest angesteckt hast, Antoni, was wirst du dann mit deinem Leben anfangen?«, fragte der Kranke.

Der Knappe sah überrascht auf. Noch nie hatte ihn jemand so etwas gefragt. War das nicht die gleiche Frage, die er sich in diesem seltsamen Erlebnis von vorhin selbst gestellt hatte? Was geschah da gerade in diesem Tal? Waren da vielleicht die unsichtbaren Herren der Wälder und Berge am Werk?

»Ich weiß es nicht, Herr«, antwortete er schließlich. »Bisher hing alles von Euch ab. Wenn Ihr sterbt, werden mir Eure Herren Brüder nicht den Lohn zahlen, den sie mir schuldig sind. Und sie werden mir auch nicht das Land geben, das Ihr mir versprochen habt.«

»Darum also bemühst du dich so sehr, mich nach Hause zu bringen?«

»Ihr wisst sehr wohl, dass das nicht stimmt, Herr. Ich bin seit zwanzig Jahren in Euren Diensten.«

»Haben wir etwas zum Schreiben?«

»Ich fürchte, nein, Herr.«

Jaume Pallard lächelte. »Dann gib mir etwas zu essen. Deine einzige Rettung besteht darin, dass ich gerettet werde.«

»Ihr werdet Euch erbrechen.«

»Aber vorher werde ich etwas essen. Das Fleisch der Hasenschenkel ist am saftigsten.«

Während sie aßen, brach die Nacht über das Tal herein. Antoni legte Holz nach, damit das Feuer ihnen Licht spendete und sie wärmte, und setzte sich mit dem Rücken zu dem Skelett auf den Boden. Irgendwann begann sein Herr, wie im Delirium über das schändliche Ende dieses schändlichen Krieges zu sprechen, der das Land zerstört habe. Wie die Würdenträger die Loyalität der Bewohner des Königreichs mit der Behauptung manipuliert hätten, sie seien von ausländischen Mächten bedroht. Über das Schicksal der besitzlosen Bauern, das sich nach so vielen Kriegsjahren kaum verbessert habe. Dieser sinnlose Bürgerkrieg, sagte Jaume Pallard mit einer Energie und einer Klarheit, die seinem Zustand nicht entsprachen, sei nur einer von vielen in der Kette von vergangenen und künftigen Kriegen, die das

Schlimmste der menschlichen Natur zutage brächten. Sagte er das alles im Fieberwahn? Hatte er den Verstand verloren? Dieser reiche, mächtige, oftmals despotische Mann, der sich mal ritterlich, dann wieder erbärmlich verbrecherisch benommen hatte, sprach Gedanken aus, die Antoni beunruhigten. Sie waren ihm so fremd wie vertraut. Vielleicht hatte er sie im Laufe des Krieges schon mal aufgeschnappt. Doch nun brannten sie sich in seinen Verstand ein, denn sie kamen wie eine Offenbarung von diesem Sterbenden.

Die Nacht war tiefschwarz. Señor Jaume Pallard gab unter furchtbaren Krämpfen alles, was er gegessen und getrunken, wieder von sich und verfiel in eine Art spasmodisches Zucken, was Antoni als den Anfang vom Ende deutete. Als er ihn anhob, um ihn bequemer an den Stamm der verkrüppelten Eiche zu betten, spürte er erneut die glühende Hitze, die die Haut seines Herrn verströmte. Er bekreuzigte sich. Unglaublich, dass dieser fieberheiße Mann noch am Leben war, dachte der Knappe. Doch dann erbrach er selbst unvermittelt eine stinkende, dunkle Flüssigkeit und hatte das Gefühl, seine Eingeweide würden ihm herausgerissen. Kein Zweifel, das war keine Magenverstimmung nach dem Verzehr des Hasenfleischs oder dem Genuss verseuchten Wassers. Sein Schicksal als Diener und Knappe war so eng mit dem seines Herrn verbunden, dass auch er sich mit der schwarzen Pest angesteckt hatte.

Als er sich ein wenig erholt hatte, kroch er zitternd so nah wie möglich an das Feuer heran und hüllte sich in seine Decke. Da war nichts mehr zu machen. Doch bevor er das Bewusstsein verlor, musste er die Pferde losbinden, dachte er, damit sie nicht verhungerten, wenn sie die Weidefläche abgegrast hätten. Aber er wusste, dass er nicht die Kraft hatte, sich aufzurichten. Was konnte er noch tun außer beten? Er bat um Vergebung für all seine Vergehen, und auch für Untaten, die man ihm zu Unrecht angelastet hatte. Er flehte um eine zweite Chance, im jetzigen oder im verheißenen ewigen Leben. In diesem Augenblick hörte er ein Krachen, dessen Echo in den Bergen widerhallte: Zuerst mit einem scharfen Knacken, dann mit einem schweren, dumpfen Schlag war einer der beiden Äste, die der Eiche die Form eines Kreuzes verliehen hatten, vom toten Stamm abgebrochen. Und nun lag das riesige Stück Holz über dem Kopf von Jaume Pallard.

Auf allen vieren kroch Antoni zu seinem Herrn. Er sah dunkles Blut aus dessen Stirn sickern, doch Señor Pallard atmete noch. Wie hatte dieser glühend heiße, ausgedorrte, von der Pest verwüstete Körper diesen Schlag überleben können? Antoni versuchte, den Ast anzuheben, doch es gelang ihm nicht. Er kam zu dem Schluss, dass er das schwere Stück Holz nur mithilfe eines, vielleicht beider Pferde von der Stelle würde bewegen können. Unter größter Anstrengung machte er sich daran, einen Strick um den Ast zu winden. Er spürte, wie sein Körper zu glühen begann, hörte seine Gelenke erbärmlich knirschen und knacken, über seine Augen legte sich ein Schleier, und der Schmerz drohte seine Schläfen zu sprengen. Doch schließlich schaffte er es. Er ging zu den Tieren, lehnte sich gegen sie, legte ihnen den Strick um den Hals und machte einen Knoten. Zwei Mal erbrach er blutigen Auswurf, während die Pferde den Ast wegzogen. Als er sah, dass der Körper seines Herrn befreit war, schnitt er den Strick durch und ließ die Tiere frei. Gegen den Stamm der Eiche gelehnt, wartete er, bis er wieder zu Atem kam. Dann schleppte er sich zum Fluss, um zu trinken und den fiebrigen Kopf in das kalte Wasser zu tauchen.

Antoni Barral, Diener, Bauer, Hirte und Knappe, Sohn von Carles Barral, ebenfalls Diener, Bauer, Hirte und Soldat, gefallen in einem anderen Krieg, der nicht der seine war, Enkel von Pau Barral, im Frieden von Beruf dasselbe wie seine Nachfahren und im Krieg mit demselben Schicksal geschlagen wie sie, ließ sich mit letzter Kraft neben seinen Herrn fallen. Mit jenem Mann hatte er die große weite Welt jenseits seiner heimatlichen Täler und Berge kennengelernt und sogar davon geträumt, ein freier Mann zu sein. Der Besitzer von einem Stück Land, auf dem er widerstandsfähige Rebstöcke aus der Levante und dem Duero-Tal pflanzen wollte. Und Ziegen mit langen Bärten und üppigen Mähnen züchten, wie sie in jenen Landstrichen zu Hause waren. Ein unerfüllbarer Traum für einen Mann seiner Herkunft, dem zudem ein so unseliger Lebensweg aufgezwungen worden war.

Als die Sonne am nächsten Morgen aufging, öffnete Jaume Pallard die Augen und sah wieder ganz scharf und deutlich das Glitzern des Tageslichts auf dem Fluss. Sein Kopf tat ihm weh, und er betastete die Wunde und die Beule an seiner Stirn, auf der das Blut getrocknet war. Wie hatte er sich verletzt? Er konnte sich nicht daran erinnern. Neben sich sah er den leblosen Körper seines Knappen Antoni Barral liegen, den Hals verunstaltet von den Pestbeulen, der Ursache seines Todes. War nicht er der Kranke und Antoni der Gesunde gewesen? War das alles ein Fiebertraum? Hinter Antoni sah er den dicken Ast, an dem ein Strick hing. Da wurde ihm alles klar: An der verdorrten Eiche fehlte ein toter Ast, ein Kreuzesarm. Mühsam schleppte sich Jaume Pallard zum Fluss und trank ein wenig Wasser. Trotz der Geschwüre in der Mundhöhle schmeckte es angenehm. Erschöpft, aber fieberfrei und ruhig und regelmäßig atmend, ließ er sich neben dem Fluss auf den Rücken fallen. Er spürte, wie sich der Pesthauch und das verseuchte Blut aus seinem Körper verflüchtigten und flussabwärts trieben. Im Liegen ging sein Blick zur toten Steineiche und der Stelle, an der der Ast abgebrochen war. Und da sah er sie. Zuerst traute er seinen Augen nicht. Delirierte er schon wieder? Aber doch, da war sie noch immer. Dort saß sie im hohlen Stamm: eine schwarze Statue, eine majestätische, kunstvolle Darstellung Unserer Lieben Frau und Mutter. Ihr linker Arm hielt das Jesuskind auf ihrem Schoß, und ihre rechte Hand zeigte genau in die Richtung, wo er mittlerweile kniete, zeigte auf ihn, erwählte ihn. In diesem Moment wusste Jaume Pallard, und er sollte es im Laufe der dreißig Jahre, die ihm noch zu leben blieben, immer wieder sagen: Ihm war ein Wunder zuteilgeworden. Jetzt verstand er auch die betende Haltung der ausgetrockneten Leiche neben dem verkohlten Baum. Noch immer am Flussufer kniend, den Blick auf die schwarze Madonna gerichtet, gelobte er, für den Rest seines Lebens, das der Himmel ihm zugestand, in Keuschheit zu leben, kein Schwert mehr in die Hand zu nehmen und, so bald als möglich, an genau dieser Stelle eine Kapelle zu errichten, um jene wundertätige Jungfrau, die ihm das Leben zurückgegeben hatte, zu beherbergen und zu verehren. Dort, unter dem Altar, würde er auch die sterblichen Überreste jenes

Unbekannten bestatten, der in betender Haltung vor der aus dem magischen Baum erwachsenen Madonna gestorben war. Und auch die von Antoni Barral, dem treuen Diener, der ihn an diesen Ort geführt hatte, an dem sich das Wunder seiner Rückkehr aus dem Reich der Toten ereignet hatte.

10

9. September 2014 (Abend)

Um einen Mann niederzustrecken, benötigte sie keine Feuerwaffe, kein Giftgas, kein Messer, keine Granate. Sie selbst war die Waffe. Einen Mann auf die Knie zu zwingen, kostete sie nur einen Blick oder ein Lächeln. Ihr Anblick rief bei Conde die erwartbare Wirkung hervor, denn dieses Geschöpf konnte keinen männlichen Betrachter mit normalem Hormonspiegel gleichgültig lassen, auch wenn er vorgewarnt war. Ein Erdbeben, jawohl, ein Erdbeben! Karla Choy war eine lebende Bombe, und die Zündschnur glomm bereits.

Bobbys Beichte hatte Conde bewegt. Die tiefe Bindung seines ehemaligen Mitschülers zu dieser wundertätigen Marienstatue war offensichtlich echt. Also überprüfte Conde noch einmal die möglichen Verbindungen zwischen dem Verschwinden der Madonna und dem Mord an Raydel-Yúnior. Dabei sprang ihm Karlas Name ins Auge wie eine gezinkte Karte. Am Vortag hatten Bobby und sein Freund Elizardo Soler mit der jungen Kunsthändlerin zu Abend gegessen. Karla hatte sie auf etwas hingewiesen, das Bobby im Nachhinein für sehr wichtig hielt: Angenommen, jemand hatte Raydel zu dem Coup ermutigt, konnte dieser Jemand nicht ein gläubiger Katholik oder Afrokubaner sein, ein Babalao zum Beispiel, der von der Macht der Madonna überzeugt war? Wenn jemand wirklich an sie glaubte, würde er doch alles riskieren, um in ihren Besitz zu gelangen! Alles Geld der Welt würde er bieten, hatte die Frau gefolgert, die sich in Geldsachen und weltlichen Dingen bestens auskannte. Das konnte vieles erklären, meinte Bobby, angefangen beim Verschwinden der Statue bis hin zu Raydels Tod. Ein Glaubensfanatiker sei bekanntlich zu allem fähig, das habe er ja am eigenen Leibe erfahren.

Weil diese Idee Conde nicht losließ und der Ruf, welcher der Kunsthändlerin vorauseilte, ihn lockte, hatte er Bobby gebeten, so bald wie möglich einen Termin mit ihr zu vereinbaren. Bobby hatte ihm mitgeteilt, Karla halte sich gerade in ihrer Galerie auf, wo sie die Vorbereitungen für eine Ausstellung beaufsichtige. Gerne wolle sie Conde helfen, Bobbys immer komplizierter werdende Probleme zu lösen.

Die Galerie befand sich in einer Villa an der Hauptstraße von Kohly, einer vornehmen Wohngegend ganz in der Nähe der Brücke über den Almendares. Das Gebäude aus den Vierzigerjahren hatte einen hohen Giebel und viele Fenster mit Bleiverglasung und war von einer unaufdringlichen Eleganz. Eine jener Villen, die dem Wechsel der Zeiten und der Moden mit Würde trotzen. Conde stieg die kurze Außentreppe hinauf, die das Haus ein paar Meter über das irdische Niveau erhob, und durchquerte den von Säulen gesäumten und mit glänzenden Granitsteinen ausgelegten Eingangsbereich. Er näherte sich der offen stehenden Tür, bereit zu klopfen oder zu rufen, als er die unverwechselbare Gestalt der Fee aus der Tiefe des Hauses auf sich zukommen sah. Als nur noch ein paar Meter die beiden trennten, spürte er, wie bei ihrem bloßen Anblick eine ähnliche Hitze in ihm hochstieg wie in der Nacht, als er dem Teufel begegnet war. Doch dieses Feuer brannte heißer.

Ihr pechschwarzes, glattes Haar bewegte sich in dem Rhythmus des sich wiegenden Körpers. Das eng anliegende Shirt mit den Spaghettiträgern und die Lycra-Bermudas, unter denen sich Schoß und Schenkel abzeichneten, enthüllten mehr, als sie verbargen. Eine vollkommene Gestalt: gebräunte Haut, zwei kleine, gereckte Brüste, die den Stoff des Shirts fast durchstoßen wollten, flacher, straffer Bauch und starke Hüften, zwischen denen sich das magische Dreieck wölbte, das, so meinte Conde, der wahre Ursprung und Mittelpunkt der Welt war, der Stein der Weisen, nach dem weltfremde Alchimisten vergeblich gesucht hatten. Und schließlich die hypnotisierend schimmernde Haut der feingliedrig festen Unterschenkel und die perfekt geformten Knöchel und Füße. Diese Frau war ein Naturwunder. Die Krönung aber waren die Augen. Alles liegt in den Augen, hatte Conde irgendwann einmal gehört oder gelesen. So war es. Die Augen von Karla Choy, der kubanischen Chinesin, waren schwarz, tief, geschlitzt, glänzend, intelligent, leicht verschlagen. Ohne jeden Zweifel mörderisch. Bolero-Augen.

»Du bist der König, der Freund von Bobby?«, fragte Karla den zur Salzsäule erstarrten Conde auf der Türschwelle. Die warme Stimme harmonierte aufs Trefflichste mit ihrer Erscheinung und bewies, dass es sich um eine reale Person handelte und nicht um einen von einem Traumfabrikanten gefertigten Avatar.

Der Mann schluckte, kam langsam wieder zu Atem. Offensichtlich machte sie sich lustig über seinen Namen, El Conde, »der Graf«. Er räusperte sich versuchsweise. Als das klappte, brachte er hervor: »Zum König hab ichs nicht gebracht … Ich bin Conde.«

Sie lachte herzhaft. »Ach ja, stimmt, entschuldige. Aber komm doch rein.«

An den Säulen, die den weitläufigen Salon in zwei gleiche Hälften unterteilten, lehnten mehrere Bilder des Malers, den Conde von allen kubanischen Malern am meisten verabscheute. Ein völlig talentloser Künstler, dessen Renommee und Omnipräsenz aber überwältigend waren, wohl aufgrund irgendwelcher Beziehungen. Vielleicht politisch, vielleicht ökonomisch, das kam aufs Gleiche heraus. Das Bild, das den zentralen Platz einnahm, zeigte ein molliges, lächelndes Mädchen mit Engelsgesicht. Als Conde es sah, spürte er, wie er aus dem fernen Orbit, in den ihn Karla Choys Anblick katapultiert hatte, zurück in die Wirklichkeit geworfen wurde.

»Ist das der Maler, den du jetzt ausstellst?«, traute er sich zu fragen, als er die drei jungen Leute, zwei Männer und eine Frau, sah, die zur Vorbereitung der Ausstellung Gemälde und Flächen ausmaßen.

»Ja, warum?«, fragte Karla zurück und blieb vor dem Gemälde mit dem glücklichen Kind in der besseren Welt der Cherubinen stehen.

»Na ja …« Er traute sich nicht, weiterzusprechen. In dieser Branche kannte er sich nicht aus und fürchtete, sich zu weit aus dem Fenster zu lehnen.

»Sag mir die Wahrheit, ganz ungeniert«, ermutigte sie ihn.

»Für mich sieht es total scheiße aus«, murmelte Conde, damit die Assistenten ihn nicht hörten.

Wieder lachte Karla. Wenn sie lachte, war sie noch attraktiver. Absolut und todsicher tödlich. »Es sieht nicht nur so aus, es *ist* Scheiße. Aber die Welt ist voll von Leuten, die Scheiße kaufen. Die Scheiße sogar lieben. Und ich … Na ja, wer bei mir Scheiße kaufen will und bezahlt, dem verkaufe ich sie. Komm, wir gehen ins Esszimmer.«

Conde genoss das Schauspiel, sie vor sich hergehen zu sehen. Was er sah, stand dem Anblick von vorn in nichts nach. Wie wäre es, mit so einer Frau zusammenzuleben?, fragte er sich und gab sich auch gleich die Antwort: Es wäre eine Reise in den siebten Himmel … und wieder zurück in die Hölle. Tamaras unaufdringliche, menschliche Schönheit war schon Grund genug für ihn, in Eifersucht und Zorn zu versinken, wenn andere Männer sie mit den Augen verschlangen. Aber ein Spaziergang mit Karla durch Havanna, wo auch weniger begünstigte Frauen mit Blicken ausgezogen wurden, hätte ihn in permanente Raserei gestürzt.

Auch das Esszimmer war überaus stilvoll. Die bleiverglasten, geometrisch geformten Fenster reichten bis zum Boden. Die leistungsstarke Klimaanlage summte fürsorglich, beinahe intim. Der Büfettschrank mit seinen Tellern und Gläsern stammte vermutlich aus Venedig. Und das prominent an der Wand platzierte Bild stammte von einem der kubanischen Künstler, die Conde am meisten bewunderte. Dessen naiv angehauchten Gemälde zeigten Traumszenen mit bisweilen deutlich erkennbaren Personen und Puppen mit verrenkten Gliedern. So auch die Leinwand, vor der Conde jetzt stand. Eine durchscheinende, suggestive Traumwelt in meisterhaft zurückhaltend aufgetragenen Pastellfarben. Dieser hoch gehandelte und längst anerkannte Künstler war in letzter Zeit unliebsam geworden, er wurde offiziell geächtet und ausgegrenzt. Seine Taten und seine öffentlich geäußerten Meinungen waren so scharf und schneidend, dass sie die Grenzen dessen überschritten, was geduldet war. Dennoch hatte der Maler, zur Genugtuung Condes und hoffentlich vieler Leute, nicht vor der orthodoxen Lehre kapituliert. Er arbeitete weiter und schuf unwiderstehliche Werke, denen weder seine Marginalisierung noch andere menschliche Widerwärtigkeiten etwas anhaben konnten.

»*Das* ist ein Maler«, sagte Conde.

»Klar. Aber wer kauft das schon! Dieses Gemälde ist wertvoller als alle anderen zusammen, die wir im Salon ausstellen werden. Aber die Rechnung ist einfach. Ich bin Kunsthändlerin, nicht das Kulturministerium.«

Conde setzte sich auf den Stuhl, auf den Karla zeigte.

»Was darf ich dir anbieten?«

»Was *kannst* du mir anbieten?«, fragte Conde dreist zurück.

»Was du möchtest.«

Conde fühlte sich herausgefordert. »Irischen Single Malt?«

»Kommt sofort!«, rief Karla. Sie ging zu einem schmalen, hohen Schrank, öffnete eine der Türen und kam mit zwei Gläsern und einer Flasche zurück: Zwölfjähriger irischer Malt Whisky. »Ich werde einen mittrinken, zur Entspannung.« Sie füllte die eckigen Gläser, tat ein paar Eiswürfel hinein und trank, ohne deren Wirkung abzuwarten, einen Schluck aus ihrem Glas.

»Danke«, sagte Conde, bevor er trank. Als das Destillat seinen Gaumen berührte, durchflutete ihn ein Glücksgefühl. Leider ein teures, gar seltenes Glück.

»Was gibts«, drängte ihn Karla. »Auf mich wartet viel Arbeit.«

Demnach gehörte diese Erschütterung auslösende Schönheit zu den wenigen Personen im Land, die sich der Arbeit widmeten. Conde trank noch einen Schluck, holte seine Zigaretten hervor und bat mit einer Geste um Erlaubnis, die sie ihm gewährte, indem sie die Hand ausstreckte und den schweren Glasaschenbecher von der Mitte des Tischs zu ihm hinschob.

Conde berichtete über den Diebstahl, dessen Opfer Bobby geworden war, und von Bobbys schwieriger Lage, seit der mutmaßliche Dieb und ehemalige Liebhaber und Schützling ermordet aufgefunden worden war. Über all die Spekulationen, die sich nun um dieses Verbrechen rankten, von dem alle annahmen, dass es mit dem Diebstahl zusammenhing. Conde wurde richtig gesprächig. Der Blick dieser Frau und ihre starke Präsenz entwaffneten ihn. Er lieferte sich ihr aus, wurde zutraulich und gab Informationen preis, ohne die Grenzen der Vorsicht zu beachten.

»Bobby hat angerufen und mir gesagt, dass man den Jungen ermordet hat ... Schrecklich!«, bemerkte Karla. »Aber ehrlich gesagt, ich weiß nicht, wie ich ihm helfen kann. Armer Bobby ...«

»Bis heute habe ich geglaubt, der Schlüssel zum Auffinden der verdammten Madonna wäre Raydel oder Yúnior, wie der Dieb in Wirklichkeit hieß. Aber jetzt denke ich, dass jemand im Hintergrund agiert. Ein gerissener Kerl, der Raydel in Bewegung gesetzt hat. Man hat mir gesagt, dass du derselben Meinung bist. Und dass du über alles, aber wirklich alles Bescheid weißt, was in diesem Geschäft passiert ...«

Karla lächelte, offensichtlich geschmeichelt. »Bist du sicher, dass die schwarze Madonna wertvoll ist? Als Kunstwerk, meine ich.«

»Wertvoll ist sie, aber ich weiß nicht, wie wertvoll«, gestand Conde. »Das hängt von vielen Dingen ab. Vor allem von ihrem Alter und ihrer Seltenheit. Bobby sagt, das wisse niemand genau. Er behauptet, sie sei weder alt noch selten. Andererseits kann sie auch nur wegen der religiösen Bedeutung wertvoll sein. Jedenfalls für die, die an so was glauben.«

Karla nickte. »Ja, genau das habe ich Bobby auch gesagt. Aber hat die Polizei irgendeine Spur? Verdächtigen sie jemanden, der diesen Raydel ermordet haben könnte?«

»Nein, sie haben keine Ahnung. Ich glaube, noch weniger als ich, denn sie wissen nicht, was ich über die Madonna weiß. Sie werden Bobby und Raydels Komplizen in die Mangel nehmen, bis sie etwas aus ihnen herauskriegen oder die Lust verlieren und woanders suchen.«

»Was könnten sie aus ihnen rauskriegen?«, hakte Karla nach.

»Keine Ahnung. Irgendeine Information.«

Sie nickte. Dann lächelte sie wieder. »König, was für ein Polizist bist du eigentlich?«

»Nur Conde«, korrigierte er sie.

»Warum darf ich dich nicht König nennen? Das gefällt mir besser als Conde.«

Er fühlte sich dahinschmelzen und fragte sich in einem letzten lichten Moment, ob diese Frau ihn zu manipulieren versuchte, um ihm Informationen zu entlocken. Oder besser gesagt, ob sie es mit ihren Blicken, ihrem Lächeln und dem irischen Whisky bereits geschafft hatte.

»Okay, nenn mich König. Es ist mir eine Ehre. Noch nie war ich so weit oben. Fast in den Wolken.« Er hob sein Glas, ohne den Blick von der jungen Frau abzuwenden.

»Also, was für eine Art Polizist bist du?«

»Mehr oder weniger das, was du in deiner Branche bist: ein Polizist auf eigene Rechnung. Ich gehöre nicht zu denen, die Leute in den Knast bringen. Ich suche sie, wenn sie verloren gegangen sind. Von irgendwas muss ich schließlich leben.«

»Das gefällt mir. Also der erste kubanische Privatdetektiv seit 1959. Ein König, ich wusste es! Ich habe einen sechsten Sinn. Aber sag mal, kann man in diesem Land eine Lizenz bekommen, um als Detektiv auf eigene Rechnung zu arbeiten?«

»Nicht dass ich wüsste, ich arbeite im Geheimen.«

»Im Geheimen, auch das gefällt mir. Also gut, König, das Problem ist, dass ich dir nicht helfen kann. Dass ich Bobby nicht helfen kann, aus dem Schlamassel herauszukommen oder seine Jungfrau zurückzukriegen. Wenn es um Santeros und andere Gläubige geht, halte ich mich raus. Das ist nicht meine Welt. Ich glaube an nichts.«

»Aber es muss ja nicht unbedingt ein Fanatiker dahinterstecken. Es kann auch sein, dass bei einem Geschäft etwas schiefgegangen ist. Da kennst du dich bestimmt aus.«

»In einen solchen Sumpf begebe ich mich nicht, König. Ich bin vielleicht verrückt, schnell und impulsiv. Aber nicht, wenn es ums Geschäft geht. Für ein paar Pesos gehe ich keine Risiken ein. Was ich habe, ist alles durch Arbeit und Geschick, aber auch durch Hartnäckigkeit erreicht. Ich habe dafür einen hohen Preis bezahlt. Streit, Feinde ... und viele von denen da oben«, sie zeigte auf einen Punkt, der hoch über der Dachterrasse lag, »mögen mich nicht sehr. Eine Galerie wie diese war immer mein Traum, und ich habe ihn verwirklicht! Ich habe Architektur studiert, weil ich gerne etwas baue. Aber in diesem Land kann man weder Häuser noch Brücken oder sonst was bauen. Drum baue ich Zauberwelten. Dies hier ist Magie, König.«

Conde schätzte Menschen mit Unternehmergeist, die den Schwung besaßen, der ihm fehlte. Wenn ihre Geschäfte sauber waren, bewunderte er sie. Und wenn sie so hübsch waren, schmolz er dahin.

»Ich werde dich nicht mit meiner Lebensgeschichte langweilen, aber da ich dir bei deinem Problem nicht helfen kann, erzähle ich dir ein wenig, während wir diesen wunderbaren Whisky trinken.« Sie trank einen weiteren Schluck. »Mein Großvater war ein bettelarmer Chinese aus Kanton. Er kam hierher, um reich zu werden. Er arbeitete bis zum Umfallen und brachte es dennoch zu nichts. Mein Vater und meine Mutter waren beide Kubaner, ebenfalls bettelarm. Auch sie haben wie die Tiere geschuftet. Jetzt sind sie sechzig Jahre alt, verbraucht, von allem enttäuscht, und wenn sie mit ihren fünfzehn Dollar Rente nicht verhungern, dann deshalb, weil ich für ihren Unterhalt sorge. Was mich angeht, nun, ich hatte mehr Möglichkeiten als sie, aber am Ende erwartete mich mehr oder weniger dasselbe: In einem dunklen Büro frustriert an einem Schreibtisch sitzen. Und verzweifelt nach einer Möglichkeit suchen, sich korrumpieren zu lassen, um dem zu entkommen. Aber du weißt ja, Chinesen haben starke Gene. Sie kommen noch nach Generationen zum Vorschein. Und ich habe diese Gene, die guten und die schlechten, die sichtbaren und die unsichtbaren. Ich kann arbeiten bis zum Umfallen, wie meine Familie. Aber als halbe Chinesin macht es mir auch nichts aus, Scheiße zu verkaufen, wie du gesehen hast. Hast du die chinesischen Kühlschränke gesehen, die sie den Leuten hier verkaufen? Schrott, purer Schrott. Aber sie werden gekauft! Also gut, ich ging auf die Uni, da war die Krise in vollem Gang. Da es so gut wie nie Strom gab, fuhren keine Busse, und ich weiß nicht, wie ich jeden Tag zum Institut gekommen bin. Es gab nichts zu essen, und auch da weiß ich nicht, wie ich mit leerem Bauch studieren konnte. Ich hatte nie einen Peso in der Tasche. Aber ich hab mir den Arsch aufgerissen und in die Pedalen getreten, in die des Lebens und die meines beschissenen chinesischen Fahrrads, auf dem ich mich fortbewegt habe. Und ich hab mein Diplom gemacht. Aber dann hab ich mir gesagt, dass ich nicht enden wollte wie mein Großvater oder meine Eltern oder wie mein chinesisches Fahrrad. Ich wollte es aber auch nicht so machen wie so viele Mädchen meiner Generation, die sich irgendeinen alten Ausländer anlachen, der sie dann aus Kuba rausholt und für ihren Lebensunterhalt sorgt und sie im Gegenzug vollsabbert. Nein, für so was bin ich nicht zu haben. Ich hab nicht das Zeug zur Hure, nicht mal zu einer verheirateten. Ich brauche keinen Mann, der mich aushält, denn wenn sie dich aushalten, wollen sie dich kontrollieren. Wenn einer die Kontrolle haben will, dann bin ich es. Ich wollte es auch nicht so machen wie einige meiner Kollegen, die ihr Diplom nur dazu benutzen, den Leuten Geld abzuknöpfen, die ein Haus renovieren lassen oder kaufen oder verkaufen wollen. Du musst nicht meinen, dass ich sie kritisieren will! Nein, denn alle, ob Hure oder Hurensohn, sind schließlich und endlich Opfer. Jeder nimmt, was er kriegen kann, erst recht, wenn sich der Regen in Sintflut verwandelt. Die einen halten ihren Arsch hin, die anderen nehmen Arschlöcher aus, die das Geld haben, um sich große Häuser zu kaufen, aber auch arme Teufel, denen das Dach über dem Kopf zusammenbricht. Man muss schließlich leben, wie du so richtig gesagt hast, und da ist jedes Mittel recht. Ich hab mich also ins Zeug gelegt und mich in diesem Geschäft hochgearbeitet. Zuerst hatte ich von allem keine Ahnung, nur den unbedingten Willen, es zu schaffen. Ich fing ganz unten an, mit nichts, nur mit Energie, mit Lust. Ich arbeitete fünfzehn Stunden täglich und … Du siehst es ja, jetzt kann ich dir diesen Whisky anbieten. Oder jedes x-beliebige andere Getränk. Brandy, Portwein, finnländischen Wodka, Mescal …«

Gebannt lauschte Conde dieser Lektion in Pragmatismus, und langsam wurde sein Kopf wieder klar. Ohne es zu beabsichtigen, enthüllte Karla Choy ihm die Grundzüge einer Lebensphilosophie, die immer mehr Menschen im Land beherzigten, um nicht in das tiefe Loch zu fallen: Jeder ist sich selbst der Nächste.

»Läufst du dabei nicht ständig Gefahr, eine rote Linie zu überschreiten?«, fragte er leise.

»Klar, diese Gefahr besteht immer. Aber ich passe auf, damit ich nicht aufs Spiel setze, was ich habe. Ich tätige tausend Geschäfte, aber ich mach mir nicht die Hände schmutzig. Das weiß ganz Havanna.

Darum kommt niemand auf die Idee, mir eine Fälschung von irgendeinem kubanischen Meister anzubieten und natürlich schon gar nicht eine geklaute Scheißmadonna, die keine hundert Pesos wert ist und von der nur ein Blödmann wie dein Freund Bobby oder ein Zombie wie dieser Raydel oder ein verrückter Mystiker glauben kann, dass sie etwas wert ist, bares Geld oder esoterische Kräfte oder wie immer sie das nennen. Und falls sie wirklich wertvoll ist, dann ist es mir trotzdem egal. Sie ist ›verbrannt‹, wie wir sagen, und jetzt klebt auch noch Blut dran. So siehts aus, König. Ich mach mir nicht die Hände schmutzig. Aber weil ich dich mag, lade ich dich ein andermal wieder zu einem Whisky ein. Für heute ist die Sprechstunde beendet. Ich muss arbeiten. Arbeiten!«

Sie lächelte und streckte ihm zum Abschied die Hand hin. Conde, die Salzsäule, war jetzt zu Stein erstarrt. Zum Teufel, war das eine Frau! Wer war sie? In welcher Fabrik wurde so etwas hergestellt?

Als Tamara ihn fragte, wie es um seinen Hunger bestellt sei, schürzte er die Lippen und tat so, als würde er nachdenken. Schließlich sagte er: So lala. Nur eine Kleinigkeit. So könne sein Magen ein wenig ausruhen, er wolle ihr gesundes, frugales Mahl teilen, versicherte er sehr ernst.

Tamara sah ihn an, als wollte sie sagen: Mach mir nichts vor, Mario, ich kenne dich. Aber sie sprach es nicht aus. Natürlich würde er auch unter Folter nicht gestehen, dass Bobby um fünf Uhr nachmittags ein Festessen mit den Delikatessen aus seinem Kühlschrank und seiner üppig bestückten Speisekammer aufgefahren hatte: marinierte Schwertfischfilets, Foie gras auf Salzcrackern, Kartoffelsalat mit Ei, Serrano-Schinken, mittelalter Manchego-Käse, mit Sardellen gefüllte Oliven, eine Flasche Malbec aus Argentinien, eine halbe Kokosnuss mit zwei Kugeln Mamey-Eis und echten Kaffee in nicht rationierten Mengen. Und Tamara spielte die Rolle der Frau, die glücklich ist über die Fortschritte, die sie bei der Ernährungsumstellung ihres Liebsten erzielt, bestrafte ihn allerdings mit einem Teller Spargelcremesuppe und grünem Salat.

Dagegen berichtete Conde ihr von der Wendung, die seine neusten

Nachforschungen genommen hatten. Ein Toter ändere alles, sagte er zu ihr, in seinem Kopf arbeite es mit tausend Umdrehungen pro Minute, denn er spüre, dass irgendein Steinchen nicht ins Puzzle passe, dass es fehle oder überzählig sei. Die mystische Geschichte von Bobbys wunderbarer Heilung übersprang er, ebenso die Tatsache, dass ihn eine kubanische Chinesin in seinen Fundamenten erschüttert hatte. Er bat Tamara darum, sich für ein paar Stunden ins ehemalige Arbeitszimmer von Doktor Valdemira zurückziehen zu dürfen, dasselbe, das der verstorbene Rafael Morín vor vielen Jahren in Besitz genommen hatte. Er müsse ein paar Telefonanrufe tätigen und eine Weile nachdenken, sagte er.

»Bevor du anfängst, über Bobby und die Madonna nachzudenken, muss ich dir etwas sagen«, unterbrach sie ihn.

Conde zündete sich eine Zigarette an, lehnte sich auf seinem Stuhl zurück und heuchelte Interesse. »Was gibt es denn?«

»Was es gibt? Du bist ein verdammter Scheißegoist und verdienst nicht die Freunde, die du hast.«

Auf so einen Frontalangriff war er nicht gefasst gewesen. Die für Tamara ungewöhnlichen Worte, aber vor allem der scharfe Ton kamen einer schweren Anklage gleich. »Was meinst du damit?«

»Siehst du?«, entgegnete sie. »Du weißt nicht mal, was ich meine. Du bist unmöglich. Dein ganzes Gerede von Freundschaft, Freiheit, Treue und …«

Endlich reagierte Conde. »Hast du mit dem Dünnen gesprochen, dem alten Waschweib?«, fragte er.

»Ja, ich war bei Carlos, weil er eine schöne Geburtstagsparty für dich vorbereiten will. Als guter Freund, der er ist. Er hat mir erzählt, dass du mit dem Hasen geschimpft hast, weil er verreisen will, weil er vielleicht bei seiner Tochter in Miami bleibt, weil du nicht damit einverstanden bist, was er mit seinem Leben machen will oder kann. Mit welchem Recht, Mario Conde?«

Er sah seiner Frau in die Augen. Sie glänzten wie immer, aber ein tiefer, schmerzlicher Vorwurf sprang ihm entgegen. »Ich habe ihm gesagt, dass ich ihm helfen werde, so gut ich kann«, rechtfertigte sich Conde. »Der Hase hilft mir bei der Suche nach der Madonna …«

»Ach, und dafür schleppst du ihn in dieses Viertel, obwohl du weißt, dass er nicht mal eine Bananenschale nach einem Chinesen werfen kann!«

»Bring nicht alles durcheinander, Mädchen. Ich hab dem Hasen gesagt, dass ich, wenn Bobby mich bezahlt ... Aber was zum Teufel hab ich eigentlich gemacht?«

»Frag besser, was du nicht gemacht hast«, konterte sie. »Du hast ihm nicht gesagt, dass er das Recht hat, frei zu wählen. Dass das das Wichtigste im Leben ist. Oder glaubst du nicht mehr daran? Mario, niemand muss sein Leben nach deinen Wünschen ausrichten, nach dem, was *du* willst oder brauchst. Auch ich nicht, damit das klar ist. Du bist doch derjenige, der ständig von Freiheit redet! Oder etwa nicht?«

Er drückte seine Zigarette im Aschenbecher aus, nippte an seinem Kräutertee – mit dem Honig von Bienen gesüßt, die ausschließlich an türkischem Jasmin gesaugt hatten – und nickte schließlich. »Ihr habt recht, du und Carlos. Ich bin ein unmöglicher Scheißegoist. Aber ich kann nicht anders, Tamara. Versteh mich doch, verdammt! Ich ertrage einfach keinen weiteren Verlust mehr. Dulcita und Andrés sind weg, Candito ist jetzt ein Santo, Josefina ist alt und kann jeden Moment sterben, das weißt du. Und ich soll mich darüber freuen, dass jetzt auch noch der Hase abhauen will? Nein, das kann ich nicht.«

»Musst du aber, Mario. Wenn du am Ende allein zurückbleibst, wenn wir allein zurückbleiben, dann muss das eben so sein. Meinst du, es macht mich glücklich, dass mein Sohn und meine Schwester in Italien leben? Denkst du, dass die Salbe gegen Cellulitis, die sie mir schicken, mir darüber hinweghilft? Natürlich nicht. Aber ich verurteile sie nicht.« Ihre Augen wurden immer glänzender, und schließlich kamen Tränen und flossen ihr über die Wangen. »Genauso wenig, wie sie mich dafür verurteilen können, dass ich hiergeblieben bin und alle möglichen Katastrophen ertrage. Dich eingeschlossen. Es ist mein Recht. Meine Wahl.«

Conde stand auf, ging um den Tisch herum und stellte sich hinter Tamara. Er beugte sich zu ihr hinunter und küsste die Tränenspuren. Und flüsterte ihr ins Ohr: »Du wirst mich nie verlassen?«

»Ich weiß es nicht. Das kann man nie wissen.«

»Das ist eine sehr ernste Sache, Tamara. Wenn du mich verlässt, sterbe ich.« Er küsste sie auf die Lippen, die salzig schmeckten, wie die Tränen, wie das Leben. »Bin ich wirklich so eine Katastrophe?«

»Das fragst du mich?« Tamara streckte eine Hand aus und streichelte das Gesicht ihres Liebsten. Es überraschte sie nicht, die Feuchtigkeit nun seiner Tränen an ihren Fingern zu spüren.

Conde saß am Mahagonischreibtisch, den Blick auf den Kamin gerichtet, der das Arbeitszimmer schmückte. Er musste an die immer weiter zurückliegenden Zeiten denken, an Erfolge und Zukunftsperspektiven, an Nachmittage und Abende, an denen er, Tamara, Aymara, Dulcita, Carlos, Andrés, der Hasenzahn und andere Freunde sich hier getroffen hatten, um zu lernen, Limonade zu trinken und die ersten Platten von den Beatles, von Creedence und Chicago zu hören. Doktor Valdemira, ihr heimlicher Komplize, hatte sie seinen Töchtern aus Übersee mitgebracht. Die Träume der Jugend hatten ihnen jene Jahre vergoldet, die für andere so hart gewesen waren. Doch mit den Jahren waren die Enttäuschungen und Beschwernisse gekommen. Andrés, Aymara, Dulcita und vielleicht bald auch der Hasenzahn gingen. Nein, das Heute war nicht das, was sie sich damals als Zukunft versprachen. Und am Horizont stand düster die Einsamkeit, von der Tamara gesprochen hatte. War das der Lauf der Geschichte? Dies war der größte und schlimmste Verlust: die Zerstreuung in alle Winde, die Vereinzelung und Vereinsamung, die erlittenen und künftigen Verluste, die verkümmerten Träume, der Schmerz über die Gegenwart und die Furcht vor der Zukunft.

Um sich von den trübsinnigen Gedanken zu befreien, wählte er die Nummer von Mayor Palacios, der sich schlecht gelaunt meldete. Er sei halbtot vor Erschöpfung, sagte er. Und dann ermahnte er Conde erneut, sich aus dem Mordfall herauszuhalten. Dann folgte ein kurzer Disput darüber, was er Conde erzählen dürfe und was nicht. Zuletzt gab Manolo eine präzise Übersicht der bisherigen Ermittlungsergebnisse, die sich in wenigen Worten zusammenfassen ließ: Sie hatten nichts in der Hand. Die Vernehmungen von Bobby, von Ramiro dem Rochen und Yuniesky der Fledermaus hatten keine Erkenntnisse geliefert. Offenbar hatte seit über einer Woche niemand etwas von Yúnior gehört, und das konnte durchaus stimmen, denn die Verhörten hatten dem Druck in den »Gesprächen«, wie Manolo die Vernehmungen euphemistisch nannte, hartnäckig widerstanden. Von der Fledermaus hatten sie erfahren, wo die von Yúnior gestohlenen und verkauften Möbel gelandet waren, doch der Käufer hatte trotz der Drohung, man werde ihn wegen Hehlerei drankriegen, auch keine wertvollen Hinweise darauf geben können, wohin der Ermordete nach dem Verkauf gegangen war. Auch die Juwelen, die Gemälde und die Madonna waren nirgendwo aufgetaucht. Am späten Nachmittag schließlich hatten sie den Ex und die Freunde des Toten gehen lassen, in der Absicht, sie in den nächsten Tagen noch einmal vorzuladen und Ramiro und Yuniesky wegen Beihilfe zu schwerem Diebstahl vor Gericht zu bringen.

Conde legte nicht übermäßig enttäuscht auf, denn so etwas Ähnliches hatte er erwartet. Er schloss für ein paar Minuten die Augen und versuchte, voreilige Schlussfolgerungen aus seinem Geist zu verscheuchen und so etwas wie Klarheit zu schaffen. Sein Yin zu reinigen, wie es die Buddhisten nannten. Einige Jahre zuvor hatte er gelernt, wie nützlich so was sein konnte, und auch, dass das beste Reinigungsmittel für das Entfernen geistigen Ballastes Alkohol war, je destillierter und älter, desto besser. Diese Lektion verdankte er einem Chinesen aus China, der, wie der Großvater von Karla Choy, ebenfalls voller Träume nach Kuba gekommen war und dessen Träume sich ebenfalls nie erfüllt hatten.

Doch Conde befolgte seit langer Zeit strikt die Disziplin, in Tamaras Haus keinen Rum oder Vergleichbares zu trinken, außer es wurde eine Party gegeben, oder sie hatten etwas zu feiern. Das gehörte zum gegenseitig vereinbarten Kodex ihres Zusammenlebens. Entsprechend war es schon ziemlich schwierig, wenn er mit Alkohol im Blut bei ihr aufkreuzte. Und es wurde noch schwieriger, wenn er ihn in Flaschen anschleppte. Deswegen pflegte er die alkoholfreudigen Abende mit Carlos und seinen Freunden meist im eigenen Bett zu beschließen. Oder, wenn er es zu arg getrieben hatte und gar dem

Teufel begegnet war, auf dem Sofa in Josefinas Wohnzimmer, wo eine Sprungfeder seine Lunge durchbohrte und sein Hintern in einer Kuhle lag. Deshalb würde er hier und jetzt sein Yin mit Wasser und Seife reinigen müssen. Oder mit einem Kräutertee, gesüßt mit dem Honig türkischer Bienen.

Bobbys Geschichte von der Macht der schwarzen Madonna beunruhigte den praktizierenden Agnostiker mehr, als er erwartet hatte. Solche Kräfte bei einem bearbeiteten Stück Holz waren in seinen Augen komplett absurd. Aber er wusste sehr wohl, dass solche Mystifikationen bei wirklich Gläubigen funktionierten: körperlich, handfest, sogar beweisbar. Außer durch Wunder offenbarte sich laut Bobby die Macht der Holzstatue dadurch, dass sie bei intensiver Betrachtung einen tiefen spirituellen Frieden hervorrief, wie ein Sedativum, das über den Weg des Glaubens, der Meditation und des Gebets in die Seele eindringt. Der katalanische Quasi-Großvater hatte diese Kraft der Madonna entdeckt, als er sie als ganz junger Mann zum ersten Mal zwischen anderen religiösen Figuren sah, auf dem Markt eines kleinen Dorfes in den katalanischen Pyrenäen, in das er und sein Vater immer hinunterstiegen, um ihre Holzkohle zu verkaufen. Bobby hatte Conde erzählt, wie Josep Bonet zum ersten Mal ohne seinen Vater, der in eine Schlucht gestürzt und gestorben war, ins Dorf habe gehen müssen. Und da, sagte er, habe er sie, als hätte sie auf ihn gewartet, auf einem Trödelmarkt entdeckt. Seine Erschütterung beim Anblick der Statue war so groß, dass Josep Bonet, der damals noch nicht Josep Bonet hieß, sämtliche Peseten, die er durch den Verkauf der Kohle verdient hatte, für die schwarze Madonna wieder ausgab. Von diesem Moment an sollte die Statue ihn begleiten und seine Wege erleuchten. Bobbys Großmutter, eine energische und pragmatische Frau, hatte jahrelang behauptet, sie halte das ganze Geschwätz für ein katalanisches Märchen. Der Eindruck, den die schwarze Madonna auf den jungen Josep gemacht habe, sei die logische Reaktion eines Kindes, das eine persönliche Tragödie erlebt habe, dessen Welt durch den Tod des Vaters und den Beginn eines Krieges zusammengebrochen sei. Josep, sagte sie, habe einen Halt gebraucht. Das wieder zum Leben erweckte Kind mit den sechs

Fingern, die unfruchtbaren Frauen, die wunderbarerweise plötzlich schwanger geworden seien, und die geheilten Ziegen, all das gehöre in ein und denselben Sack abstruser, abergläubischer Geschichten.

»Märchen oder nicht«, sagte Bobby, »fest steht, dass mein Stiefgroßvater eine ganz besondere Beziehung zu der Statue gehabt hat. Als er ahnte, dass er sterben würde, bat er darum, die Jungfrau zwischen seine Füße zu legen. Nicht zwischen die Hände oder auf die Brust: zwischen die Füße, damit sie seinen letzten Schritt begleite, wie sie seine früheren begleitet hatte. Und dann tat er seinen letzten Seufzer.«

Wie der Katalane José hatte auch Bobby sich, vielleicht wegen der schlimmen Erfahrungen in seinem Leben voller Verheimlichungen und Tarnungen, häufig an die schwarze Jungfrau gewandt. Sie habe ihm, das hätte er Conde mit der Hand auf der Bibel schwören können, Trost gespendet. Frieden, Ruhe, Zuversicht. Und als sie ihn dann vom Krebs heilte, hatte sogar seine ungläubige Großmutter vor der offensichtlichen Macht der Madonna die Waffen gestreckt.

Frieden, Ruhe, Zuversicht: ewige, universelle Bestrebungen. Eine übernatürliche Macht, die sich auf Erden manifestieren konnte: ein schwieriges Terrain. Inmitten dieser verschlungenen Gedankengänge tauchte das Haus in der Emigrantensiedlung, in dem Ramiro der Rochen wohnte und arbeitete, vor Condes geistigem Auge auf. Irgendetwas dort wollte nicht ins Bild passen. Irgendetwas an diesem Ort, wo alles andere als Frieden oder Ruhe herrschte, beunruhigte ihn. Irgendetwas, das ihm bisher nicht aufgefallen war und ihm genau in diesem Moment, als er über Frieden und Ruhe nachgedacht hatte, in den Sinn gekommen war. Er konzentrierte sich. Es hatte nichts damit zu tun, dass Ramiros Haus etwas weniger ärmlich war als die Elendshütten der Nachbarn, die sich verzweifelt bemühten, die Armut zu überwinden und zumindest ihren Kindern ein besseres Leben zu ermöglichen. Denn alle, Ramiro und Yúnior eingeschlossen, suchten nach einer Möglichkeit, voranzukommen. In ihren Städten und Dörfern im Osten der Insel war das Überleben so schwierig geworden, dass sie sich auf einen Exodus fast biblischen Ausmaßes begaben. So groß war die Welle der Emigranten im eigenen

Land, dass es in den letzten Jahren zu einem Gemeinplatz geworden war, zu sagen: Für jeden Habanero, der nach Miami oder Madrid geht, kommt einer aus dem Osten Kubas in die Hauptstadt. Oder drei. Allerdings kam es nicht zu einem automatischen Austausch: Die freie Wohnung oder die frei gewordene Arbeitsstelle, die die rettenden Dollars versprach, wurde am Ende nur selten von einem jener Parias besetzt. Darum waren diese meistens gezwungen, Tätigkeiten nachzugehen, die von den Hauptstadtbewohnern verachtet wurden, darunter die des Streifenpolizisten. Doch in den ärmlichen Siedlungen an den Rändern der Stadt konnten sie wenigstens leben. Leben, das heißt Hoffnung, so vage oder unbegründet sie auch sein mag. Aber Frieden, Ruhe, geistige Erholung? Das war an diesem Ort wohl zu viel verlangt …

Aber wenn Ramiro der Rochen rentable Geschäfte machte, warum wohnte er dann immer noch im Dreck neben Tagelöhnern, Maurern oder Müllmännern? Weil er hier Abnehmer für die todbringenden Drogen oder das geklaute Rindfleisch fand? Nein, jeder wusste, dass man solche Waren in wohlhabenderen Vierteln viel besser losschlagen konnte, bei Leuten, die sich Laster und Luxus leisten konnten. Dann hatte Ramiro also in dieser Siedlung lediglich seine Büro- und Lagerräume? Ein geeigneter Rückzugsort. Das Steinhaus auf der Kuppe des Hügels, von wo aus man das gesamte Viertel überblicken konnte, wirkte wie das Schloss eines Feudalherrn. Es bot Schutz, Macht, Ansehen. Außerdem begann dahinter uneinnehmbares, unwegsames Gelände. Brachliegendes, mit Steinen übersätes Land, beherrscht von aggressiven Marabusträuchern mit Stacheln wie Lanzen. Ein Gelände, das wohl weder für Ackerbau noch für Tierhaltung taugte. Dass das Grundstück nicht schon längst von armen Teufeln belegt war, lag daran, dass sein Besitzer es mit einem Stacheldrahtzaun eingegrenzt hatte, wie Oriol ihnen erzählt hatte. Umso mehr war dieses Brachland ein hervorragendes Versteck für ein brisantes Material, dachte Conde. Allerdings nur dann, wenn der Rochen irgendeinen Schutz genoss, eventuell sogar einen polizeilichen. Denn wenn all die Nachforschungen, durch die er sich hindurchkämpfte, mehr oder weniger in die richtige Richtung führten, konnte dann nicht ein cleverer Polizist, der die Gegend und ihre Bewohner kannte, auf den gleichen Gedanken gekommen sein? Lag da möglicherweise der Schlüssel zu dem Geheimnis?

Von seiner Vorahnung geleitet, wählte Conde die Nummer des Handys von Yoyi El Palomo und fragte ihn, ob er einen Moment Zeit für ihn habe und ob es in der Nähe einen Festnetzanschluss gebe, unter dem er ihn erreichen könne, damit das Telefongespräch weniger kostspielig würde. Ein Handy anzurufen, sei nämlich vierundzwanzig Mal teurer, als einen Festnetzanschluss anzurufen.

Yoyi sagte, er solle aufhören, ihn zu nerven, und endlich sagen, was er wolle. Er werde jetzt nicht zum Telefonieren in ein Restaurant laufen, in dem er eineinhalb Monatslöhne eines genügsamen kubanischen Arbeiters für einen Garnelenspieß und eine Flasche tiefgekühlten Albariño bezahle.

»Wie du meinst«, sagte Conde resigniert. Er gab ihm eine kurze Zusammenfassung der jüngsten Ereignisse und fragte ihn, ob er es wagen würde, ihn am nächsten Tag in das Reich von Ramiro dem Rochen zu begleiten. Denn, ja, natürlich habe er wieder eine seiner Vorahnungen. Und die seien wie immer strapaziös. Aber vor allem konstruktiv.

Inzwischen war Conde leicht überfordert von all seinen Überlegungen und Vorahnungen, den Vorwürfen Tamaras, der Aufregung über den für den nächsten Morgen geplanten Ausflug und der Sorge um den vernachlässigten Basura II. Also beschloss er, nach Hause zu gehen, um dort zu übernachten. Tamara, die sehr wohl wusste, wann ihr Liebster die Wahrheit sagte und wann nicht, akzeptierte bereitwillig seinen Wunsch und tröstete ihn damit, dass sie ihn in finsteren Zeiten nie verlassen werde. Zudem wolle sie ohnehin den Film sehen, der von einer Mutter handle, die mit aller Kraft für die Genesung ihres kranken Kindes kämpfe … ohne Erfolg. Tamara wusste, dass Conde derartige Filme nicht sehen wollte, vor allem, wenn sie auf einer wahren Begebenheit beruhten. In seinem täglichen Leben habe er bereits mit ausreichend vielen, überaus realistischen Tragödien zu kämpfen, sagte er. Da sei er nicht bereit, freiwillig und in ästhetischer Verpackung noch weitere zu konsumieren.

Da er genug Geld in der Tasche hatte, machte er in dem neuen Café Station, das auf den Ruinen des Kiosks seiner Kindheit errichtet worden war. Dort hatte er in den Pausen der Baseballspiele, in die er einst alle freie Zeit investierte, mit Guavenkonfitüre gefüllte Krapfen, Kokoskuchen und Saft von roten Melonen gekauft. Jetzt aber bestellte er vier Hamburger »zum Mitnehmen« und rechnete aus, dass sie vier oder fünf Tagelöhne eines proletarischen Landsmanns kosteten. Warum stellt jeder auf der Insel, ob reich oder arm, ständig diese peinvolle Gleichung auf?, fragte er sich. Eine nationale Obsession.

Vom Essensduft angelockt, empfing ihn Basura II. freudig, aber doch mit dem lauten Gebell berechtigten Vorwurfs. »Du hast also gedacht, ich hätte dich vergessen?«, begrüßte Conde den Hund und öffnete die Tür. Basura folgte ihm schwanzwedelnd. »Du und ich, wir beide werden jetzt etwas essen«, redete Conde weiter auf ihn ein. »Was ich von Bobby bekommen habe, ist nämlich schon längst verdaut. Und die Spargelcremesuppe ... Kannst du dir vorstellen, was es heißt, Spargelcremesuppe und Grünzeug zu essen, Basura?«

Conde nahm ein Glas und goss sich den letzten Rest der letzten Flasche ein, die er in der Küche fand. Vier Finger breit. Mehr gab es nicht, doch für das, was er zu tun gedachte, reichte es. »Los, auf gehts«, rief er dem Hund zu und öffnete die Hintertür. Mit der Hamburgertüte in der einen und dem Glas in der anderen Hand stieg er, gefolgt von Basura II., über die Eisentreppe auf das Flachdach und ging an den äußersten Rand der Terrasse, zu dem Zementblock, auf dem er so gern saß, zu seinen Füßen die Straße. Er setzte sich, nahm einen Hamburger aus der Tüte und reichte ihn samt Brötchen Basura, der ihn vorsichtig in den Mund nahm. Conde faszinierte es immer wieder, zu sehen, wie gesittet sein Hund auch beim größten Hunger war. Er nahm den Hamburger mit einer Wohlerzogenheit entgegen, die wohl seiner Dankbarkeit Ausdruck verleihen sollte. Doch damit endete die Zurückhaltung: Mit drei Bissen ließ Basura Brot und Hackfleisch verschwinden. Conde streichelte ihn begütigend und machte sich seinerseits über den Hamburger her. Erst als er ihn aufgegessen hatte griff er unter dem wachsamen Blick des Tieres, das weder mit der Wimper zuckte noch mit dem Schwanz wedelte, erneut in die Tüte, reichte Basura den zweiten Hamburger und holte den letzten für sich selbst hervor. Das Tier verschlang seinen so schnell wie den ersten und setzte das schönste bettelnde Hundegesicht auf. Conde aß drei Viertel seines zweiten Hamburgers und überließ Basura den Rest, als Belohnung für tadelloses Benehmen. Basura ahnte irgendwie, dass das Festessen zu Ende war, denn kaum hatte er den Bissen hinuntergeschlungen, wedelte er mit dem Schwanz, entfernte sich von seinem Herrchen und suchte sich eine geeignete Stelle zum Pinkeln.

Mit dem Schlückchen Rum, das ihm geblieben war, spülte Conde den Geschmack von billigem Senf und höchst zweifelhaftem Fleisch hinweg und reinigte gleichzeitig seinen Denkapparat. Er sah zu dem wolkenlosen, sternenklaren Septemberhimmel hoch. Mit dem fortschreitenden Abend hatte die Hitze um ein paar Grad nachgelassen, und es wehte eine kühle Brise. Wie angenehm war es, hier zu sitzen, mit seinem Hund und den vielen Erinnerungen, gesättigt, ein Glas Rum in der einen und eine Zigarette in der anderen Hand! Deswegen weigerte er sich, an das drohende Alter zu denken, an die verschwundene Madonna, an die Abreise des Hasen, an das elende Leben in der Ansiedlung, an die Schicksalsschläge, die jederzeit aus jeder Richtung kommen konnten. Nein, jetzt nicht an die Launen der Geschichte und der Mächte denken. Und auch dem immer quälenderen Wunsch, zu schreiben, würde er nicht nachgeben. Er verbot es sich sogar, an Karla Choy zu denken, mit oder ohne Lycra-Bermudas.

Das Haus, das jetzt auf der gegenüberliegenden Straßenseite stand, erinnerte ihn an das grün gestrichene Holzhaus mit den französischen Dachziegeln, das früher dort gestanden hatte, an den Schuppen hinter dem Haus, in dem sein Großvater Rufino mit seinen Freunden aus dem Viertel Kampfhähne in Käfigen hielt. Der unverwechselbare Geruch der Stallung, eines nostalgieverklärten Ortes, stieg ihm scharf in die Nase: eine Mischung aus Zedernspänen, Hühnerkacke, feuchten Federn, fauligen Tamarindenblättern und reifen Mangos. Auf den Geruch folgte, wie üblich, die kräftige Gestalt seines Großvaters mit dem Strohhut auf dem Kopf, dem unvermeidlichen Messer im Gürtel, einem spöttischen Grinsen auf den Lippen und einem Hahn mit feuerrotem Gefieder in den Händen. Dem fünf, sechs, sieben Jahre alten Jungen kam er wie ein Riese vor. Wie alt mochte Großvater Rufino damals gewesen sein? Bestimmt älter als sechzig. Conde vermochte es nicht genau zu sagen, doch er erinnerte sich deutlich an die schwieligen Hände mit den knotigen Fingerknöcheln. Nun war er selbst fast sechzig, wie damals dieser stämmige und glückliche alte Mann, stolzer Besitzer eines Kampfhahns mit blutroten und goldenen Federn, der seinem Enkel den in ihren gemeinsamen Jahren so oft wiederholten Rat gab: »Spiele nie, wenn du nicht sicher bist, dass du gewinnen wirst.«

Warum erinnerte er sich ausgerechnet jetzt an diese Worte? Ein Mysterium des Unterbewussten, sagte er sich, um nicht weiter darüber nachdenken zu müssen. Doch der Stachel blieb in seinem Herzen. Er trank das Glas leer und spürte, wie der Alkohol, begleitet von Wehmut, durch seinen Körper rann. Nie hatte er die Gewissheiten seines Großvaters besessen, und darüber hinaus hatte er alle Spiele verloren, an denen er in seinem Leben teilgenommen hatte.

Tränen der Erinnerung, der Schmerzen und der Schuldgefühle verschleierten seinen Blick. Dann sah er den Alten aus der Dunkelheit kommen und über den Bürgersteig vor seinem Haus davongehen. Er wusste, dass er es war, dass es kein anderer sein konnte, und dass er unbestreitbar real war, denn er sah die Plastiktüten an seinen Füßen glänzen und hörte das schlurfende Geräusch des Plastiks auf dem Asphalt. Dort ging der Unsichtbare!

Conde überlegte keine Sekunde. Er stellte das Glas ab, hastete die Eisentreppe hinunter, lief durchs Haus, öffnete die Vordertür und rannte, ohne sich die Mühe zu machen, die Tür zu schließen, in die Richtung, in die der Mann verschwunden war. Er suchte die Straße nach ihm ab, doch ohne Erfolg. Das durfte nicht wahr sein! Er konnte sich doch nicht wieder in Luft aufgelöst haben! Verzweifelt lief Conde bis zur Ecke der Straße, auf der er als Kind immer Baseball gespielt hatte. Und da entdeckte er ihn im Dämmerlicht, auf halber Höhe des Wohnblocks, erkennbar an den Plastiktüten an den Füßen. Conde beschleunigte den Schritt, denn der Mann lief schnell, als flüchte er vor ihm. Als Conde nur noch etwa zehn Meter von ihm entfernt war, beschloss er, ihn anzusprechen.

»He, Señor! Señor!«, rief er, voller Angst, seine Worte könnten den Zauber brechen und die davoneilende Gestalt sich in Luft auflösen.

Der Mann drehte sich kurz um, blieb aber nicht stehen. Bestimmt dachte er, er könne mit der Anrede »Señor« nicht gemeint sein. Als Conde klein war und mit seinen Freunden aus dem Viertel durch diese Straßen gelaufen war, hatte er sich an dem grausamen Zeitvertreib beteiligt, den Verrückten und Behinderten Spitznamen hinterherzurufen, die sie ganz besonders aufbrachten und meist aggressive Reaktionen auslösten. Diesen armen Mann, dachte Conde, hätten sie »Plastiktüte« genannt. Darum wiederholte er die respektvolle Anrede, als er nur noch einen Meter von ihm entfernt war.

Endlich blieb der Mann stehen und drehte sich um. Conde traf es wie ein Blitz: Helle Augen sahen ihn mit einem Ausdruck an, der nicht der eines verwirrten Menschen zu sein schien. Im Gegenteil, aus dem Blick des Mannes mit der schmutzigen Haut, den schmierigen Haaren und dem ungepflegten Bart sprach Intelligenz. Die Erkenntnis, dass es sich nicht um einen Verrückten handelte, zumindest nicht um einen ganz normalen Verrückten, brachte Conde aus dem Konzept. Wer war dieser eigenartige Mensch? War er krank? Wie hatte es so weit mit ihm kommen können? Der Gestank, den Körper und Kleidung verströmten, wurde nicht von einer Alkoholfahne begleitet, also war er kein Alkoholiker. Warum sah er ihn so an? Wohin ging er so eilig? Und woher kam er?

Das Schweigen des Mannes mit den Plastiktüten an den Füßen half auch nicht weiter. Conde wusste nicht, wie er ihn ansprechen sollte, denn schließlich hatte er kein Recht, ihn auszufragen, so gern er auch etwas über ihn erfahren hätte. Trotz all dem Schmutz und den lächerlichen Plastiktüten an seinen Knöcheln strahlte der Mann, der kaum älter war als er, eine unerschütterliche, beeindruckende Würde aus.

Schließlich wagte Conde zu sprechen, und rechtfertigte sich zunächst für seine Aufdringlichkeit. »Vor ein paar Wochen hatte ich

Sie gebeten, vor meinem Haus zu warten, da drüben, gleich um die Ecke, erinnern Sie sich?«

Der Mann sah ihn noch durchdringender an, und nach einer Weile nickte er und erwiderte: »Sehr gut sogar.«

Conde lächelte entschuldigend und überlegte, ob er ihn bitten solle, ihn nach Hause zu begleiten, damit er ihm ein Paar Schuhe geben konnte. Doch dann erinnerte er sich daran, wie erbärmlich ihm abgetragene Schuhe als Geschenk vorgekommen waren. In diesem Augenblick traf er eine Entscheidung. Er setzte sich auf ein Mäuerchen und fing an, seine Schuhe auszuziehen. Als er sie in Händen hielt, reichte er sie dem Mann und sagte schüchtern: »Ich hoffe, sie passen Ihnen.«

Der Mann wirkte nicht überrascht, nickte und nahm das Angebot an. Bevor Conde sich zum Gehen wandte, sah er ihm wieder in die hellen Augen. Hoffentlich hatte er nicht die Würde dieses armen Teufels, der durch das ganze Viertel gehen konnte, ohne dass ihn irgendjemand bemerkte, verletzt. Auf dem Weg zurück zu seinem Haus bohrte sich jedes einzelne Steinchen des Bürgersteigs in die Fußsohlen. Als er sich ein paar Meter entfernt hatte und bereits in den Hosentaschen nach einer Zigarette suchte, die er jetzt wie nur selten in seinem Leben brauchte, hörte er hinter sich die Stimme des Mannes.

»Ich glaube, sie passen mir.«

Conde blieb stehen und drehte sich um. Der Mann lehnte am Mäuerchen, um das Gleichgewicht zu halten, und fing an, die Plastiktüten von den Knöcheln zu lösen. Mit zwei Schritten war Conde bei ihm und sah seine schmutzigen, verkrüppelten, schwieligen Füße mit den knotigen Zehenknöcheln. Wieder musste er an die Hände seines Großvaters Rufino denken.

»Probieren Sie sie an.«

»Mit diesen Füßen bin ich viel gelaufen«, sagte der Mann und bemühte sich, die Schnürsenkel zu lockern, um die Schuhe leichter anziehen zu können. »Mehr, als sich irgendjemand vorstellen kann. Ich war mit ihnen an vielen Orten, einige waren unvergesslich, an andere erinnere ich mich kaum noch. Meine Füße sind alles für mich, deswegen pflege ich sie. Nicht so, wie es sein müsste, aber so gut ich kann. Was würde ohne meine Füße aus mir werden? Ich könnte nicht zurück. Ich könnte nicht zurück ...«, wiederholte der Mann, die Schuhe bereits an den Füßen.

»Zurück wohin?«, fragte Conde.

Die Augen des Mannes waren von einer unergründlichen Tiefe, als käme sein Blick aus einer fernen Region der Zeit und der Erinnerung. Aber es waren nicht die Augen eines Schwachsinnigen, es war ein Blick von eindringlicher Klarheit. »Das habe ich vergessen«, antwortete er, und Conde hatte das Gefühl, als wäre es dem Mann peinlich, dass sein Gedächtnis ihn im Stich ließ. »Ich könnte nicht weiterleben, wenn ich mich daran erinnern würde, woher ich komme. Ich weiß nur, dass ich zurückmuss. Das ist mein Schicksal.«

Conde nickte ein paar Mal, als würde er irgendetwas verstehen. »Ja, meine Schuhe passen Ihnen«, stellte er fest. »Das freut mich.« Mit diesen Worten entfernte er sich aufs Neue, wobei er die pikenden Steinchen verfluchte.

»Danke, Caballero. Möge es die Jungfrau Ihnen vergelten.«

Ohne sich umzudrehen, winkte Conde ihm zum Abschied zu und ging weiter. Hatte der Mann ihn »Caballero« genannt? Bevor er in die Straße einbog, in der sich sein Haus befand, lehnte er sich mit dem Rücken gegen einen Strommast und klaubte die Steinchen aus den Strumpfsohlen, um besser gehen zu können. Dann sah er zurück zu der Stelle, an der er mit dem Mann gestanden hatte, doch er sah nichts als die Dunkelheit der Nacht. Da war eine beunruhigende Leere, die ihm aufgrund irgendeiner seltsamen Gedankenverbindung das Gefühl vermittelte, die Welt durch den Filter der Zeit zu betrachten.

11

10. September 2014

Während Yoyi seinen blitzenden Chevrolet Bel Air über die Calzada de Güines lenkte, dachte Conde nach. Er wusste, dass er eine Tür aufstoßen würde, hinter der vielleicht ein gefährlicher Abgrund lauerte, in den er ohne Netz und doppelten Boden zu stürzen riskierte. Wieder einmal nahm er an einem Spiel teil, dessen Regeln er nicht kannte. Doch nun konnte er nicht mehr zurück. Sein Instinkt sagte ihm, dass es hinter jener Tür genauso gut auch einen Weg geben konnte. Er wollte die Risiken auf sich nehmen und den Weg gehen – sogar in den knüppelharten Lederstiefeln, die er aus seinem fast leeren Schuhschrank ausgewählt hatte. Seis drum, dachte er, schließlich werde ich dafür bezahlt. Wurde er dafür bezahlt? Ja und nein ... Eine Analyse seiner salomonischen Antwort schenkte er sich: Er begab sich in dieses Labyrinth, weil er neugierig war. Und vor allem ein Blödmann. Anders konnte er seinen altmodischen Sinn für Verantwortung und Gerechtigkeit nicht beschreiben.

Yoyi war wegen des bevorstehenden Abenteuers so aufgeregt, dass er ihn schon vor der verabredeten Zeit abgeholt hatte. Zudem hatte er, um die Unversehrtheit seines geliebten Autos zu garantieren, den Mechaniker seines Vertrauens mitgebracht, einen Typen, den ganz Havanna als Paco Chevrolet kannte. Der Mann, ein Glatzkopf mit kugelrundem Schädel und dem Gesicht eines Verbrechers, galt für diese Automarke als fähigster Spezialist und graue Eminenz auf der Insel, und Yoyi behandelte ihn denn auch mit gebührender Ehrfurcht.

Als sie zur Abzweigung kamen, die zur Finca Vigía hinunterführte, sah Conde die armselige Bar, die früher einmal die Bar der Seligen gewesen war. Sogleich fiel ihm ein, dass sich hier noch die Toilette befinden musste, die das Glück gehabt hatte, Ava Gardners intimste Geheimnisse gekannt zu haben, als sie für einen Abend vor den Wutanfällen eines von literarischer Impotenz bedrohten Hemingway hierhergeflüchtet war.

»Ich bin irgendwie komisch drauf … Seit Tagen habe ich wieder Lust zu schreiben«, sagte Conde. Es klang, als hätte er eine Bemerkung übers Wetter gemacht.

Yoyi wandte den Blick für einen Moment von der Fahrbahn ab. »Richtig Lust?«

»Ich weiß nicht, mehr als sonst. Gestern Abend ist mir was Seltsames passiert. Ich hatte so was wie eine Erleuchtung.« Aber er traute sich nicht, Yoyi zu erzählen, dass er einem Phantom seine Schuhe geschenkt hatte.

»Dann fang doch einfach an, *man,* bevor die Lichter wieder ausgehen. Vergiss nicht, es gibt hier immer wieder Stromausfälle.«

Conde nickte. Wenn das nur so einfach wäre! Er zündete sich eine Zigarette an und wechselte lieber das Thema. »Übrigens, gestern hab ich Karla Choy kennengelernt.«

»Und?«

»Ein Erdbeben. Hat sie einen Mann?«

Yoyi grinste. »Ob es ihr Mann ist, weiß ich nicht. Ein steinreicher Italiener, sagt man.«

»Alt?«

»Wieso alt? Die Frau hat die freie Auswahl, Conde.«

»Was weißt du sonst noch über sie?«

Yoyi dachte ein paar Sekunden nach. »Fast nichts. Ich hab noch nie Geschäfte mit ihr gemacht, keine Ahnung, warum. Aber natürlich kennen wir uns, klar. Eine merkwürdige Frau. Verschlossen, geheimnisvoll. Sie weiß, dass sie jeden Mann um den Finger wickeln kann, und benutzt diese Waffe auch dementsprechend. Solche Frauen sind gefährlich. Um Geschäfte zu machen, meine ich.«

»Gestern hat sie mir ihr Leben erzählt«, sagte Conde mit gewissem Stolz.

»Sei vorsichtig mit solchen chinesischen Märchen, *man.*«

»Ich halte sie für eine intelligente Frau, die weiß, was sie will.«

»Das weiß sie, allerdings, deswegen ist sie ja so gefährlich. So wie die aussieht. Jung, intelligent, berechnend ... *Too much!* Besser, man macht keine Geschäfte mit ihr.«

»Genau«, mischte sich von der Rückbank aus Paco Chevrolet ein, um dann wieder in sein Schweigen zu verfallen.

»Glaubst du, sie könnte was mit Bobbys verschwundener Madonna zu tun haben?«

Yoyi überlegte einen Moment. »Das weiß ich nicht. Aber diesen Toten hat sie wohl kaum auf dem Gewissen, oder?«

»Manchmal geraten die Dinge außer Kontrolle.«

»Stimmt auch wieder. Sag mal, wo muss ich abbiegen?«

Conde zeigte auf die nächste Kreuzung, und als sie durch die holprigen Straßen von Las Alturas del Mirador fuhren, erläuterte er dem Partner und Freund seine Strategie. »Wenn Ramiro zu Hause ist, will ich unter vier Augen mit ihm reden.«

»Aber du hast mich doch mitgenommen, damit ich auf dich aufpasse und mir den Typen ansehe, bevor wir ins Geschäft kommen?«

»Ja, schon. Aber lass mich erst mal allein reingehen. Du wartest draußen, und wenn ich dich rufe, kommst du und hilfst mir. Ich werde dich als Käufer vorstellen, der viel Geld hat und an allem Möglichen interessiert ist.«

»Seh ich aus wie ein Dealer?«

»Ein wenig, ehrlich gesagt. Nicht ganz so wie Paco, aber durchaus wie einer, mit dem nicht zu spaßen ist«, sagte Conde und schaute nach hinten zu dem Mechaniker. Yoyi grinste stolz. Conde wagte es, einen Schritt weiter zu gehen. »Hör mal, Yoyi, darf ich dich mal was Persönliches fragen?«

Den Blick weiterhin auf die Fahrbahn gerichtet, antwortete der Jüngere: »Schieß los. Paco kann schweigen wie ein Grab. Auf den ist Verlass. Stell dir vor, ich vertraue ihm sogar meinen Wagen an. Und sieh dir an, wie er ihn in Schuss hält.«

Conde druckste herum. »Also ... Na ja ... Ich wollte wissen ... Hast du irgendwann schon mal Drogen verkauft?«

Yoyis Grinsen erstarb. Er fuhr den letzten befahrbaren Straßenabschnitt bis zur Grenze der Ansiedlung und hielt an. »Fragst du mich das im Ernst?«

»War nur eine Frage, Alter.«

»Also gut. Nein, auf so was lass ich mich nicht ein, das weißt du doch. Ich hab mit tausend Dingen zu tun, aber damit … nein.«

»Gut so«, bemerkte Paco Chevrolet.

»Aus Angst oder wegen moralischer Bedenken?«, fragte Conde weiter.

»Mit Drogen hab ich nichts am Hut. Außerdem bin ich ja nicht blöd. Hör mal, Conde, du weißt, dass die Leute in diesem Land fünftausend Geschäfte machen und viertausendneunhundertneunundneunzig davon illegal sind? Denn was in Kuba nicht verboten ist, ist illegal. Und ich mache all diese Geschäfte. Ich lebe davon, aber es gibt zwei … Zweige … von denen man besser die Finger lässt: Politik und Drogen. Bei diesen beiden Dingen verstehen deine ehemaligen Kollegen und die, die noch weiter oben sitzen, keinen Spaß. Denn dabei geht es um Macht. Um wirkliche Macht. Und wenn diese Herren ungemütlich werden, sind sie unerbittlich. Also ist es besser, sich anderweitig zu orientieren. Und da hier in Kuba alles fehlt und alles gebraucht wird, muss jemand dafür sorgen, dass alles zu haben ist. Da komm ich ins Spiel. Alles klar? Außerdem kann ich Drogenhändler nicht ausstehen. Das sind Ratten.«

Conde streckte seinem Freund die Hand hin. Yoyi El Palomo war ein kluger Mann, und sein privater wie geschäftlicher Erfolg waren der deutliche Beweis dafür.

»Auf gehts«, sagte Conde und stieg aus.

Yoyi übergab die Autoschlüssel Paco Chevrolet, der ebenfalls ausgestiegen war. »Ich vertraue ihn dir an, Paco. Vergiss nicht, dies ist Apachenland. Pass auf, dass sich nicht mal 'ne Fliege draufsetzt!« Liebevoll strich er über die Motorhaube seines Wagens.

Zum ersten Mal an diesem Morgen lächelte der Mechaniker. Der bloße Anblick seiner kariösen Zähne tat weh. »Klar, Palomo. Ich lass keine Obstfliege auch nur in die Nähe kommen. Du kannst beruhigt sein. Nicht mal 'n Schmetterling!« Besitzer und Mechaniker stießen die Fäuste gegeneinander.

Sie betraten die Ansiedlung über einen der Wege, die zur Hauptstraße führten. Yoyi hatte sich passend mit Stiefeln mit verstärkter Sohle, Jeans und einem weiten Hemd ausstaffiert, unter dem er allerlei verstecken konnte, auch seinen stark gewölbten Brustkorb. Und natürlich hatte er seine dicke Goldkette mit dem ebenfalls goldenen Medaillon zu Hause gelassen. Während Conde mit unvermindertem Entsetzen die herrschende Armut sah, blickte sich Yoyi kühl und unbeteiligt um, als könnte ihn nichts an dieser städtebaulichen und menschlichen Katastrophe in Erstaunen versetzen. Die zwanzig Jahre Altersunterschied ließen sie unterschiedlich auf dieselbe Realität reagieren. Für Conde war das Elendsviertel eine gesellschaftliche, politische und ökonomische Verirrung, für seinen Partner nur eine weitere Facette dieses Landes. Ist doch normal, hätte er gesagt.

An der Stelle, wo sich die Straße gabelte und ein Weg zum Hügel hinaufführte, auf dem Ramiro der Rochen wohnte, bat Conde seinen Freund zu warten, bis er ihn rufen würde.

»Bist du ganz sicher, Conde?«, fragte Yoyi. »Neulich haben dich Candito und der Hasenzahn begleitet, und da wusste noch niemand, dass Raydel ermordet worden war.«

»Und heute weiß Ramiro, dass die Polizei ihn im Auge hat und du in der Nähe bist. Der weiß alles. Lass mich nur machen. Vergiss nicht, ich bin zwar alt, aber noch kein alter Sack.«

»Okay, aber nimm das hier, für den Fall, dass etwas schiefgeht.« Yoyi reichte ihm ein altes Handy mit Tasten.

»Damit kenn ich mich nicht aus, Alter«, wehrte Conde ab.

»Red keinen Stuss, *man*. Das gibts doch nicht. Ein Kubaner, der im Jahr 2014 nicht weiß, wie man ein Handy bedient, der keinen Internetzugang hat und sich von seinem Lohn nicht ab und zu eine Reise nach London gönnt, in einem guten Hotel absteigt und sich an Ort und Stelle von der dekadenten Realität in Großbritannien überzeugt!«

»Wovon redest du, verdammt noch mal?« Conde sah ihn an, als hätte er einen Irren vor sich. Auch nachdem die Regierung endlich Mobiltelefone erlaubt hatte, blieben sie ein Luxus, den er und Millionen andere sich aufgrund der kubanischen Preise und Tarife nicht leisten konnten. Das Internet funktionierte nur in den Serien des staatlichen Fernsehens, die Conde sich nie ansah, da er bei sich zu Hause nicht mal einen Fernseher hatte. Er wollte seine vom Alkohol malträtierten Neurosen nicht auch noch weiteren Attacken aussetzen. Und London war für alle Kubaner eine neblige Stadt, in der Jack the Ripper und Sherlock Holmes herumliefen, und in der es eine Straße mit einem Zebrastreifen gab, über den die Beatles gegangen waren.

»Wovon ich rede? Von den Fortschritten, die wir gemacht haben und von denen du nichts mitgekriegt hast, *man*. Habs neulich in einer Zeitschrift gelesen. Du stagnierst, Conde! Du verweigerst dich der Zukunft! Hier, nimm schon. Wenn du es benutzen willst, klappst du es auf, drückst auf diese Taste und danach auf diese beiden, und ich melde mich auf meinem.« Yoyi zeigte ihm sein nagelneues Handy, das neuste Modell der letzten Generation, mit Touchscreen.

Widerstrebend steckte Conde das gute Stück in die Hemdtasche, rückte sich die Sonnenbrille zurecht und begann den Aufstieg zu dem Haus, in dem er zwei Tage zuvor den Rochen zum ersten Mal getroffen hatte. Vor dem schief in den Angeln hängenden Gartentor drehte er sich noch einmal um, versicherte sich, dass sein Partner in Sichtweite war, ging durchs Tor und über den ausgetrockneten Lehmboden die wenigen Meter zum Haus. Vor der Tür rief er Ramiros Namen und gab sich zu erkennen.

Nach einigen Sekunden rief eine Stimme zurück: »Moment!«

Conde holte eine Zigarette hervor und zündete sie an. Yoyi hatte sich ein wenig zur Seite bewegt, um ihn im Auge zu behalten. Er hob ein paar Mal den Daumen und machte lachend das Zeichen, das die Polizisten in Kriminalfilmen machen, bevor sie eine Operation starten.

Ein paar Minuten später öffnete Ramiro die wurmstichige Holztür, forderte Conde mit einer Geste zum Eintreten auf und schloss hinter ihm die Tür wieder. »Was willst du denn noch? Sie haben Yúnior gefunden, damit ist unser Geschäft gestorben. Die Polizisten haben mich im Visier, und zwar nicht irgendwelche. Sogar die Sicherheit hat sich eingeschaltet!«

»Die Staatssicherheit?«, wunderte sich Conde.

»Was für eine andere Sicherheit kennst du, Alter?«
»Nein, das hat nichts mit der Staatssicherheit zu tun.«
»Du weißt aber auch alles. Hau doch einfach ab!«

Conde fragte sich, was Manolo getan hätte, um dem Rochen klarzumachen, dass die Geschichte sehr viel ernster war, als sie bereits vorher gewesen war. Er dachte nicht im Traum daran, zu verschwinden. Als hätte er alle Zeit der Welt, sah er sich in dem Zimmer mit dem blanken Zementboden um. Es gab einen Kühlschrank, zwei Ventilatoren, die auf Hochtouren liefen, einen Fernseher, der ohne Ton lief, ein Bett und einen quadratischen Tisch mit vier Stühlen. Kein Bad, keine Küche. Vermutlich ließ sich Ramiro das fertige Essen bringen, wenn er überhaupt hier aß. Und seine Notdurft verrichtete er irgendwo anders, vielleicht in einem Nachbarhaus oder auf dem steinigen Gelände, das durch das hintere Fenster hell, fast blendend in der Sonne leuchtete. Auf dem Tisch standen zwei Tassen und eine Thermosflasche, die wohl Kaffee enthielt. In einer Ecke sah er mehrere leere Rumflaschen und auf einem kleinen Bord ein Holzgefäß mit Deckel, leuchtend blau angestrichen, in dem er irgendwelche religiösen Utensilien vermutete, darunter die Knochen eines Chinesen oder Juden. Rituelle Halsketten oder Armbänder trug Ramiro allerdings keine. Aber Conde entdeckte an ihm die beiden unauffälligen Narben eines »Gezeichneten« der Religion des Palo Monte. In der Luft hing, wie eine verblichene Erinnerung, ein spezieller Geruch, etwas süßlich, wie von Zigaretten mit hellem Tabak ... Amerikanische Zigaretten!, dachte Conde.

»Bobby hat mir erzählt, dass man deinen Cousin brutal ermordet hat, Ramiro«, sagte er und setzte sich unaufgefordert auf einen der Stühle.

»Ja, und wegen dieser alten Schwuchtel haben sie mich abgeholt und mir vier Stunden lang alle möglichen Fragen gestellt. Haben mich richtig in die Mangel genommen und mir das Geschäft versaut. Jetzt muss ich erst mal 'ne Weile die Füße stillhalten. Sie haben mich sogar gezwungen, die Leiche zu identifizieren!«

»Von dir hat Bobby der Polizei gar nichts erzählt«, log Conde. »Kann sein, dass dein Freund Yuniesky ...«

»Die Fledermaus hat nichts gesagt. Er weiß, was er sagen darf und was nicht«, erwiderte Ramiro. »Aber das ist jetzt egal. Ich hab nämlich nichts mit dem zu tun, was Yúnior passiert ist. Also, hau schon ab, ich hab heute keine Zeit für dich. Was willst du überhaupt, verdammt noch mal? Ich hab dir doch schon gesagt, dass das Geschäft gestorben ist!«

Conde stand auf und ging zum Fenster, um die Zigarettenkippe hinauszuwerfen. Das Brachland des angrenzenden Grundstücks flimmerte in der Sonne. »Was ich will? Klar, Yúniors Leiche ist aufgetaucht, aber von der Madonna oder den Juwelen keine Spur.«

»Weil der, der Yúnior abgemurkst hat, alles mitgenommen hat, was sonst?«

»Das wäre eine Möglichkeit. Aber sicher bin ich mir nicht.«

»Dein Problem! Zu mir hat Yúnior weder was von der Aktion noch von den Juwelen gesagt. Ich weiß nur, dass er sich verpissen wollte. Aber das hat er jeden Tag ein paar Mal gesagt, vor allem, seit er aus Santiago abhauen musste. Yúnior war schlicht ein Blödmann. Wollte groß rauskommen und dachte, er könnte in Miami wie ein Fürst leben, weil er einen großen Schwanz und ein hübsches Gesicht hatte. Das hat man ihm jetzt kaputt geschlagen!«

Conde ließ sich Zeit. »Setz dich, Ramiro, ich hab dir was Wichtiges zu sagen.«

Der junge Mann musterte den ungebetenen Gast, der es wagte, ihm in seinem eigenen Haus Befehle zu erteilen. Seine erste Reaktion war es, ihn in die Schranken zu weisen. Doch etwas hielt ihn zurück, und Conde wusste in diesem Augenblick, dass er auf dem richtigen Weg war. Ramiro hatte Angst. Der Mulatte zog einen Stuhl zu sich heran, um Abstand zu halten, und setzte sich, die Unterarme auf den gespreizten Knien, den Körper vorgebeugt.

»Ich hab dir ja schon gesagt, dass ich früher Polizist war und es jetzt nicht mehr bin«, begann Conde. »Aber wenn ich etwas gelernt habe, dann, wie solche Geschichten ablaufen, in die Yúnior verwickelt war. Wenn der, der ihn getötet hat, derselbe ist, der ihm versprochen hat, ihn außer Landes zu bringen, und er sich das, was Yúnior hatte, unter den Nagel gerissen hat, dann ist die Geschichte zu Ende, und unser

Geschäft hat sich erledigt. Aber wenn, und jetzt hör mir gut zu, wenn Yúnior wegen dem ermordet wurde, was er Bobby geklaut hat, und das bei ihm nicht gefunden wurde – Dinge, die für einige Leute sehr wertvoll sind –, dann ist die Geschichte noch lange nicht zu Ende.«

Ramiro, der anfangs nur widerwillig zugehört hatte, folgte den Ausführungen seines Besuchers nun mit wachsendem Interesse. Er wandte den Blick ab, nahm eine Zigarette aus seiner Schachtel und schob sie sich zwischen die Lippen, zündete sie aber nicht an. Es war schwarzer Tabak, wie der, den sein Gesprächspartner rauchte.

Er denkt nach, schloss Conde, und sprach weiter. »Die, die deinen Verwandten umgebracht haben, sind üble Burschen, so richtig üble Kerle. Sie haben ihn gefoltert, ihn nach allen Regeln der Kunst totgeprügelt. Du hast ihn ja gesehen. Die haben ihn regelrecht in Stücke gehauen. Warum? Also, ich glaube, weil Yúnior an dem Tag nicht das hatte, was sie suchten. Sie wollten aus ihm herausprügeln, wo er es versteckt hatte. Meinst du nicht auch?« Ramiro antwortete nicht.

Conde stieß einen Seufzer aus. »Und jetzt wissen wir nicht, ob Yúnior geredet hat oder nicht.« Er machte eine Pause, bevor er seinen letzten Trumpf ausspielte. »Vor allem wissen wir nicht, ob er verraten hat, wo ihr, du und er, die Sachen versteckt habt.«

Ramiro nahm die unangezündete Zigarette aus dem Mund, legte sie auf den Tisch und widersprach heftig: »Sag mal, was redest du da für einen Scheiß? Warum glauben alle, dass ich weiß ...«

Conde richtete den Zeigefinger drohend auf die Stirn seines Gegenübers. Die Geste zeigte Wirkung, der Rochen verstummte.

»Ramiro, einer, der das macht, was du machst, kennt sich draußen auf der Straße gut aus. Du bist ein kluger Kerl. Aber der oder die Polizisten, die ihre schützende Hand über dich halten, damit du hier in dem Viertel in Ruhe deine Geschäfte machen kannst, spielen da nicht mehr mit. Erst der Tote und jetzt auch noch die Staatssicherheit. Hör mir gut zu und denk nach, denn das wird nötig sein. Ich würde sagen, Yúnior hat nicht geredet, das Ganze ist aus dem Ruder gelaufen, und die Typen haben die Kontrolle verloren und ihn zu früh umgebracht. Das sind üble Burschen, wie gesagt, aber keine Profis. Aber sie wissen ganz genau, dass es bei dem Diebesgut etwas gibt, das wirklich viel wert ist. Drum haben sie einen Mord in Kauf genommen. Und dir ist jetzt sicher klar: Wer einen tötet, tötet auch zwei. Wenn es sich lohnt.«

Ramiro nahm die Zigarette vom Tisch und zündete sie endlich an. Conde hatte Lust, es ihm gleichzutun, doch er beherrschte sich. »Was ist das, das so wertvoll ist, Ramiro? Egal, was es ist, ich will und kann es kaufen. Draußen steht der Mann mit der Kohle, und er will unbedingt Geschäfte machen.«

Der Mulatte sog an der Zigarette, sah zum Fenster, dann zu Conde, und sagte schließlich mit leiser Stimme: »Du bist verrückt, Alter! Geschäfte machen, wenn es brennt? Ich weiß nicht, ob Armbänder mit Diamanten dabei waren. Aber die Madonna, die ist 'ne Menge wert, das weiß ich.«

»Eine Jungfrau von Regla aus Holz?« Conde spielte das Spiel weiter und senkte ebenfalls die Stimme. »Das glaubt nicht mal der Pfarrer aus meinem Viertel.«

»Sie ist Millionen wert!«

»Was faselst du da, Ramiro?« Conde spürte, dass er sich auf einem vielversprechenden Weg befand.

»Ein Freund von Yúnior, einer, der wie er reiche alte Männer und Frauen vögelt, hat im Internet nachgeschaut. Er sagt, die Madonna kommt aus Spanien und ist Millionen wert.«

»Dass sie aus Spanien kommt, weiß inzwischen jeder. Aber das mit den Millionen?«

Ramiro wurde sauer und seine Stimme wieder lauter. »Das hat mir Yúnior erzählt, Alter! Dass die Madonna im Internet war!«

Conde dachte nach, suchte nach dem besten Weg, um weiter voranzukommen. »Wer ist dieser Freund von Yúnior?«

»Ich kenne ihn nicht. Einer, der für Geld alte Amis fickt, Frauen und Männer. Sie nennen ihn Platero, wegen seinem Pimmel. Wie der Esel aus diesem Buch.«

»Und wo wohnt der?«

»Das weiß ich auch nicht. Ich glaube, im Cerro. Aber genau weiß ich das nicht. Ist auch egal.«

»Und Yúnior hat die Madonna jemandem angeboten, nachdem er erfahren hatte, dass sie viel Geld wert ist?«

»Das hab ich auch schon der Polizei gesagt. Er hat mir erzählt, dass er jemanden treffen wollte, der ihm für die wertvolleren Sachen Käufer vermitteln konnte. Aber wen, hat er mir nicht gesagt. Und dann ist er von hier verschwunden, und ich hab ihn nicht mehr gesehen. Ich dachte, er hätte mich übers Ohr gehauen. Das hat er ja gerne gemacht, Leute übers Ohr hauen. Dabei ist er nicht mehr wieder aufgetaucht, weil sie ihn plattgemacht haben.« Ramiro warf die Zigarettenkippe aus dem Fenster.

Conde folgte dem perfekten Bogen der Kippe mit den Augen, und sein Blick blieb auf dem steinigen Grundstück mit den stachligen Marabusträuchern hängen. Also hatte Yúnior mit jemandem gesprochen, der ihm die Madonna abkaufen wollte. Mit jemandem von der »Zunft«? Conde behielt diesen Gedanken im Hinterkopf und beschloss, zum Angriff überzugehen, obwohl er spürte, dass es in diesem Verwirrspiel von Verhandlungsstrategien und Täuschungsmanövern einen wesentlichen Punkt gab, der noch im Dunkeln lag. Doch ihm blieb keine Zeit zum Nachdenken, er musste aufs Tempo drücken.

»Ramiro, ich weiß, dass ich nicht besonders schlau aussehe, aber du wirst gemerkt haben, dass ich gar nicht so blöd bin, oder? Du erzählst mir Wahrheiten, Halbwahrheiten und Lügen. Früher oder später werde ich das überprüfen und herausfinden, wie der Hase läuft. Aber verarsch mich nicht zu sehr, mein Freund. Hier geht es um viel Geld, und ich weiß, dass du weißt, wo die Madonna ist.«

»Aber wieso?«, protestierte Ramiro. »Ach, hör auf, mich zu nerven, und hau endlich ab! Ich hab schon mehr gesagt, als ich sollte. Los, los, mach die Fliege!«

Conde sah dem Jungen in die Augen. »In Ordnung«, sagte er und stand auf. »Aber eine Kleinigkeit noch, das Wichtigste: Die, die Yúnior getötet haben, wissen bestimmt auch, dass die Madonna sehr viel wert ist. Und weil sie wissen, dass ihr dicke Freunde wart, Yúnior und du, da könnten sie auf die gleiche Idee gekommen sein wie ich. Dass du sie nämlich vielleicht da drüben«, Conde zeigte auf das Brachland, »versteckt hast. Sie müssen nur herkommen und suchen, denn du wirst …«

Conde nahm nur eine flüchtige Veränderung der Lichtverhältnisse im Raum und das Entsetzen auf Ramiros Gesicht wahr. Und einen Geruch nach amerikanischen Zigaretten. Und dann plötzlich eine heftige Erschütterung. Dann gingen alle Lichter aus.

Nach drei, vier Backpfeifen hob Conde stöhnend die Augen, erkannte Yoyi und schloss sie wieder. In seinem Schädel war ein hartes, explosives Klopfen, und der Gestank nach Erbrochenem stieg ihm in die Nase. Instinktiv fasste er sich an den Hinterkopf und betastete ängstlich und behutsam die glühend heiße, klebrige Beule, die dort entstanden war.

»Wach auf, *man,* los, mach schon! Was zum Teufel ist hier passiert?«, schrie Yoyi verstört.

Conde bedeutete ihm mit einer matten Handbewegung, er solle ihm etwas Zeit geben. Der andere gewährte ihm ein paar Sekunden, bevor er fragte: »Kannst du aufstehen und gehen? Red schon, Conde, verdammt noch mal!«

Wieder bat Conde mit einer Geste um Zeit, bis er schließlich zu sprechen begann: »Weiß ich nicht … Alles dreht sich … Es tut weh, höllisch weh. Man hat mir den Schädel eingeschlagen! Ich blute, sieh dir das an. Was ist passiert?«

»Das frag ich dich! Woher zum Teufel soll ich wissen, was passiert ist, Alter? Du warst doch hier. Sieh mal, was sie mit dem Typen gemacht haben, schau dir das an!«

Conde zwang sich dazu, die Augen zu öffnen, zu reagieren, zu verstehen. »Ramiro?«

»Keine Ahnung, sie haben ihn abgeschlachtet. Guck mal, ich glaub, man kann seine Gedärme sehen. Man kann seine Gedärme sehen! Ein richtiges Blutbad.«

So in Panik hatte Conde seinen Partner noch nie gesehen. Er stützte sich mühsam auf einem Ellbogen auf und blickte um sich. Er sah alles doppelt. Rechts von ihm, hinter dem Tisch, vor dem Fenster, durch das die Sonnenstrahlen ins Zimmer fielen, sah er zwei Ramiros auf dem Boden liegen, die Gesichter zur Grimasse verzogen, die Augen blasser und ohne das satanische Funkeln, die beiden Unterleiber blutgetränkt. Viel dunkles Blut.

Conde ließ sich auf den Boden zurückfallen und schloss wieder die Augen. »Ruf Manolo an, Yoyi«, bat er seinen Freund. Als kehre er von einer langen Reise zurück, klopfte er sich auf die Hemdtasche. »Das Handy! Sie haben dein Handy mitgenommen, Yoyi. Fass nichts an! Los, verdammt, ruf Manolo an!«

»Bist du sicher? Mit dem da ist es aus und vorbei. Wir hauen ab. Ich will hier weg. Da liegt ein Toter, sie haben ihn abgeschlachtet«, wiederholte Yoyi in immer größerer Panik. »Ich will damit nichts zu tun haben, *man*.«

»Reg dich ab, Alter. Ruf Manolo an, verdammt, ruf ihn an! Sag ihm, man hat Ramiro getötet, und um ein Haar hätten sie auch mich kaltgemacht. Und gib mir etwas Wasser … Besser Rum, wenn du welchen findest. Und trink du auch einen Schluck, zur Beruhigung.«

Von seiner Position aus sah Conde, wie El Palomo sich umdrehte und die letzten Reste der Flüssigkeit erbrach, die sich noch in seinem Magen befanden.

Da er die Tatort-Vorschriften kannte, gestattete er es Yoyi nicht, zwei Stühle vor die Tür zu stellen, um draußen auf die Ankunft der Polizei zu warten. Also setzten sie sich auf einen umgefallenen Baumstamm unter dem Mangobaum, denn sie brauchten beide etwas Ruhe: Conde wegen seiner Wunde am Hinterkopf, die zwar zu bluten, aber nicht zu klopfen aufgehört hatte. Und Yoyi wegen seiner Panik. Noch nie habe er einen Toten gesehen, wiederholte er immer wieder. Und einen solchen!

Schweigend saßen sie im Schatten, bis sie den Streifenwagen kommen sahen. Die Uniformierten versuchten, einen professionellen Eindruck zu machen, aber man sah auf den ersten Blick, dass sie nur die Polizisten des Viertels waren und Erfahrung nur mit Schlägereien und kleineren Straftaten hatten. Sie fühlten sich sichtlich unbehaglich in diesem Haus, das sie nach Möglichkeit mieden. Hinter ihnen strömten nach und nach Leute aus der Siedlung herbei. In einer Mischung aus Neugier, Abscheu und Angst sahen sie den Ordnungskräften zu, zu denen sie offensichtlich ein gespanntes Verhältnis hatten. Was ist passiert?, diese Frage beschäftigte das ganze Viertel.

Zwanzig Minuten später traf, in zwei Geländewagen, die Sonderkommission ein, allen voran Teniente Miguel Duque und der alt gewordene Gerichtsarzt Flor de Muerto. Conde kannte ihn noch aus seiner Zeit bei der Polizei. Teniente Duque inspizierte den Tatort, und bevor die Spurensicherung in Aktion trat, trat er zu Conde und Yoyi, um ihre Version der Ereignisse zu hören. Währenddessen desinfizierte der Gerichtsarzt Condes Wunde am Hinterkopf.

»Ganz schön heftig«, stellte Flor de Muerto fest.

»Muss es genäht werden?«, wollte Conde wissen, denn er hatte panische Angst vor medizinischen Eingriffen und musste sogar wegschauen, wenn ihm Blut abgenommen wurde.

»Ich kann es dir mit Draht nähen. Sieht nicht schön aus, hält aber besser, und du hast ja eine Haut wie ein Straßenköter, Conde. Sag mir, wie viele Finger siehst du?« Der Arzt formte ein V vor den Augen des Verletzten.

»Acht?«, fragte Conde.

»Alles in Ordnung mit dir«, urteilte der Arzt. »Ich hab die Wunde gereinigt. Kühl sie mit Eiswürfeln und nimm ein paar Schmerztabletten. Und in den nächsten vierzig Tagen kein Sex.«

»Und was sagen wir deiner Frau?«

»Ich werd mich anstrengen. Sie ist sehr verständnisvoll.«

»Danke, mein Freund, du bist immer so … Scheiße, Flor de Muerto, erinnerst du dich daran, wie Mayor Rangel dich einmal erwischt hat, als …«

»Kann ich mal was fragen?«, unterbrach Teniente Duque, genervt vom Geschwätz und den Erinnerungen der ehemaligen Kollegen. Miguel Duque war ein hellhäutiger Mulatte mit Froschaugen und übertrieben martialischem Auftreten. Er hatte eine tiefe Kommandostimme und artikulierte alle Buchstaben und Silben mit der Deutlichkeit eines Nachrichtensprechers. Solche Polizisten, die es vierundzwanzig Stunden am Tag in vollen Zügen genossen, Polizist zu sein, kannte Conde zur Genüge. Einige konnten durchaus fähige

Leute sein, und ebendieser Ruf eilte Duque voraus. Er kam aus dem Osten der Insel, ein Palästinenser, wie die Verstorbenen Yúnior und Ramiro.

Conde erzählte ihm das wenige, das er wusste: Er habe Ramiro aufgesucht, um mit ihm über den Tod seines Cousins Yúnior Colás und das Verbleiben der aus dem Haus von Roberto Roque Rosell entwendeten Objekte zu sprechen. Er habe das gemacht, weil Roque sein Freund sei. Mitten im Gespräch habe er einen Schlag auf den Kopf erhalten, dabei deutete er auf die Verletzung, ohne sie zu berühren. Den Angreifer habe er nicht gesehen. Vielleicht sei er deshalb noch am Leben. Er sei erst wieder zu sich gekommen, als sein Freund Jorge Casamayor Riquelmes, der in der Nähe des Hauses gewartet habe, gekommen sei, um nachzusehen, weil er, Mario Conde, weder aus dem Haus gekommen noch ans Handy gegangen sei, das man ihm übrigens gestohlen habe, als er bewusstlos war. Es sei das erste Mal, dass er ein Handy gehabt habe. Und bevor er es habe benutzen können, habe man es ihm geklaut. Genau deswegen habe er nie ein Handy haben wollen, und man sehe ja, was passiert, wenn … Duque brummte unwillig, und Conde beendete seinen Bericht: Den Rest könne man im Haus des soeben verstorbenen Ramiro Gómez, alias der Rochen, begutachten.

Duque hörte zu und machte sich Notizen, ohne Condes Bericht zu unterbrechen. Er wusste, dass der ehemalige Teniente ihm, trotz der gezielten Abschweifungen, eine Zusammenfassung der Ereignisse lieferte, wie es nur ein Polizist konnte, im Augenblick aber lediglich das sagen würde, was er sagen wollte. Also wandte er sich an den Gerichtsarzt und die Experten der Spurensicherung, die an der Haustür warteten, und forderte sie auf, mit ihrer Arbeit zu beginnen.

Duque sah Conde durchdringend an. Auch diese Blicke kannte Conde. »Kann ich glauben, was Sie mir erzählt haben?«

Conde zuckte mit den Achseln. »Es wird Ihnen wohl nichts anderes übrig bleiben, Teniente. Sogar der Generalsekretär der Vereinten Nationen, Sie wissen schon, der Chinese, der immer aussieht, als wüsste er nicht, wo er sich gerade aufhält, weiß, dass ich den Mann nicht getötet habe.«

»Der Koreaner.«

»Diese Chinesen. Immer verwechsle ich sie.«

Duque nickte und atmete tief durch. »Auf jeden Fall werden wir Ihnen beiden die Fingerabdrücke abnehmen. Und ich muss Sie bitten, mir Ihre Pässe zu geben«, fügte der Teniente hinzu.

»Oh – sollten Sie meinen finden, dann passen Sie gut auf ihn auf. Ich trage mich mit dem Gedanken, nach Alaska zu reisen.«

Der Teniente runzelte die Stirn. Wollten sie sich über ihn lustig machen? »Vergessen Sie nicht, dass ich Offizier bin. Was hat Ramiro Ihnen über die gestohlenen Objekte erzählt?«

»Er hatte keine Ahnung, wo sie geblieben sind. Und auch von dem Mord an seinem Cousin hat er erst erfahren, als Sie ihn gestern angerufen haben. Aber das wussten Sie ja schon. Ich glaube, der Junge hatte nichts mit Raydels Tod zu tun. Jedenfalls nicht direkt.«

»Und Sie haben vermutet, dass Ramiro etwas über besagte Objekte wusste?«

»Sagen wir mal, ich hoffte es. Hab ihn ein wenig unter Druck gesetzt.«

»War Ramiro nervös, hatte er Angst, hat er auf jemanden gewartet?«

Conde dachte nach, bevor er antwortete. Das waren gute Fragen. Er entschied, dass es hier die Polizei brauchte. Und sie konnte außerdem nützlich sein. Täter, die fähig waren, zwei Männer umzubringen, noch dazu auf solche Weise, waren wirklich eine Gefahr für die Gesellschaft. Wenn die Polizei verhindern konnte, dass sie sich mit den gestohlenen Objekten aus dem Staub machten und das Land in einem Boot verließen, umso besser für alle, auch für ihn selbst und für Bobby.

»Ich glaube, er war ein wenig nervös, weil Sie ihn gestern vernommen haben. Möglicherweise hatte er auch Besuch, bevor ich gekommen bin. Als ich ins Haus kam, hat es nach hellem Tabak gerochen, aber Ramiro hat schwarzen geraucht. Er hat auch lange gebraucht, bis er die Tür geöffnet hat. Ach, und auf dem Tisch standen zwei Kaffeetassen. Als wir vorhin rausgegangen sind, waren sie nicht mehr da, glaub ich jedenfalls. Außerdem glaube ich, dass Ramiro das Diebesgut versteckt hat, zumindest einen Teil davon. Ich habe so eine

Vorahnung, dass es sich auf dem Grundstück hinter Ramiros Haus befand oder noch befindet.«

»Eine Vorahnung?«, hakte Teniente Duque nach.

»Haben Sie etwas gegen Vorahnungen?«

»Ich halte nicht viel von Vorahnungen«, gestand der andere und fügte hinzu: »Ich bin Marxist.«

Jetzt war es Conde, der sein Gegenüber anstarrte. Ein richtiger Marxist, lebend, gesund und munter?

»Ich bin Dialektiker«, sagte Conde. »Ein Schüler von Heraklit. Deswegen glaube ich an Telepathie.«

Duque versuchte, seine Autorität zurückzugewinnen, die durch das unangebrachte Bekenntnis seiner philosophischen Zugehörigkeit gelitten hatte. »Lassen wir das. Warum sind Sie so sicher, dass das, was da drin passiert ist, etwas mit dem Diebstahl zu tun hat? Soweit wir wissen, hatte Yúnior Colás noch andere offene Rechnungen. Und auch Ramiro hatte bestimmt noch irgendwelche unbezahlten Schulden.«

»Da haben Sie wohl recht, Teniente. Aber meine Vorahnungen sagen mir, dass der Diebstahl des Pudels Kern ist. Ihr Marxisten schätzt Vorahnungen nicht? Wie wärs mit etwas Respekt für die subjektiven Faktoren?«, fragte Conde angriffslustig. Er war bereit, den Finger in die Wunde zu legen. Doch in diesem Moment verscheuchten die Uniformierten die Neugierigen, um einem Zivilfahrzeug Platz zu machen, dem Mayor Manuel Palacios entstieg. Conde glaubte, Dampf aus den Ohren seines ehemaligen Untergebenen entweichen zu sehen, und nahm sich vor, sich mit ironischen Bemerkungen zurückzuhalten.

Duque steckte sein Notizbuch ein, ging zu seinem Vorgesetzten und grüßte militärisch knapp. Drei oder vier Minuten lang sprachen die beiden miteinander. Conde beobachtete sie und erinnerte Yoyi an seinen Part: Als Conde nicht zurückgekommen sei, sei er ins Haus gegangen, um ihn zu holen, mehr wisse er nicht. Der andere hörte ihm schweigend zu.

Teniente Duque machte dem Gerichtsarzt ein Zeichen, er solle mitkommen, und beide betraten das Haus des toten Ramiro, um den Tatort und die Leiche zu untersuchen.

Manolo kam sehr langsam auf Conde und Yoyi zu. Er gab ihnen nicht die Hand. »Was für ein Scheißort! Was soll das? Auf dem Weg hierher ist mein Wagen fast auseinandergefallen. Wie geht es dir?«, fragte er seinen ehemaligen Kollegen.

»Ich werds überleben. Nur wenn ich kacken muss, wird es wehtun, oder wenn ich dein Gesicht seh.«

Manolo ging um ihn herum, um die Verletzung zu begutachten, stellte sich wieder vor Conde und sah ihn ernst an. »Es soll dir auch wehtun, denn du hast es wieder mal verkackt. Hab ich mich nicht klar ausgedrückt, verdammt noch mal? Du bist kein Polizist mehr und auch nichts, was einem Polizisten im Entferntesten ähnelt. Wann begreifst du das endlich? He?«

Conde scharrte unruhig mit den Füßen, während Manolo ihn anschnauzte. Yoyi betrachtete eingehend seine Fingernägel, um zu sehen, ob sie irgendwie Schaden genommen hatten.

Conde stieß einen Seufzer aus. »Sei nicht so grob, Manolo.«

Mayor Palacios zeigte mit dem Finger auf Conde, und seine Augen fingen an zu schielen. Er war kurz davor, zu explodieren. Conde beschwichtigte ihn mit einer Handbewegung. »Ich weiß, du hast ja recht. Ich bin ein Blödmann, der sich in Dinge einmischt, die ihn nichts angehen, und der die Arbeit der Polizei behindert.«

»Und warum machst du es dann, Alter?«

»Weil ich nicht anders kann, Manolo. Das weißt du doch. Ich kann einfach nicht anders«, gestand Conde. »Ich hatte eine Vorahnung, und jetzt hab ich deren zwei.«

»Fängst du schon wieder mit deinen Vorahnungen an? Sieh mal, ich bin ...«

»Bist du auch Marxist?«

»Wieso, verdammt noch mal?«

»Darf ich auch mal was sagen?«, mischte sich Yoyi ein. Er schien sich von dem Schrecken erholt zu haben, sein Gesicht hatte wieder Farbe und sein Blick Scharfsinn angenommen.

»Hast du auch eine Vorahnung?«, wollte Manolo wissen.

El Palomo schüttelte den Kopf. »Manolo, die Typen, die *den* da umgebracht haben«, er zeigte auf das Haus des toten Ramiro, als stünden sie nicht direkt davor, »und die *den* hier zusammengeschlagen haben, haben ein Handy geklaut, das ich *dem* geliehen habe. Das hab ich schon *dem* da gesagt, dem Mulatten, der ins Haus gegangen ist. Könntet ihr das orten, um herauszufinden, wo es geblieben ist? Ich mein ja nur. Wie in den amerikanischen Serien.«

Manolo sah Yoyi und dann Conde an, drehte sich um und brüllte: »Teniente Duque!«

Es war schmerzhaft und tröstlich. Verheerend und lehrreich. Auch eine solche Niederlage war Teil des Lebens. Deshalb begab er sich, wann immer er Zeit dazu fand, auf eine ganz besondere Wallfahrt, mit der er der Freundschaft und der Vergangenheit Tribut zollte. Gleichzeitig erfüllte er damit eine persönliche, nicht übertragbare Mission. Und wenn er Probleme hatte, versäumte er es erst recht nicht. Es ging nicht mehr um praktische Lösungsvorschläge, welcher Art auch immer, noch um Ratschläge oder Schelte. Er erwartete auch keine Wunder. Doch er verspürte eine körperliche und seelische Linderung, wenn er dieses spezielle Sakrament der Beichte erhielt. So beglich er seine Schuld an Dankbarkeit und Liebe gegenüber diesem Mann, der ihn schweigend und ohne sichtbare Gemütsbewegung ansah.

Mario Conde wusste, dass der Mann ihm zuhörte, dass er die Informationen, die er bekam, verarbeitete und sich lebendig fühlte, weil er die kleine, aber für ihn wichtige Gelegenheit hatte, der Vertraute von jemandem zu sein, der ihn liebte, ihn brauchte und vielleicht auch verstand.

Vor nunmehr fünf Jahren hatte der ehemalige Polizist Mayor Antonio Rangel einen schweren Gehirnschlag erlitten, der ihm fast vollständig seine Bewegungsfreiheit und seine Sprache geraubt hatte. Bis zu der heimtückischen Attacke seines eigenen Körpers hatte der seit Langem pensionierte Rangel, »der Alte«, wie sie ihn genannt hatten, zehn Jahre jünger ausgesehen als seine achtzig Jahre. Er hatte sogar noch Sport getrieben und sich in Form gehalten, drahtig wie in der Zeit, als er noch seine stets gebügelte und makellos saubere Offiziersuniform getragen hatte. Als nach diesem Schlag sein Leben für einige

Tage an einem seidenen Faden hing, hatte Mario Conde die Frau und die sofort aus Europa herbeigeeilten Kinder des Mayors gebeten, die Nachtwache übernehmen zu dürfen, hatte einen Schaukelstuhl mit Plastikbespannung organisiert und sich neben das Bett des Freundes gesetzt. Nacht für Nacht hatte er ihm irgendwelche Geschichten erzählt, in der Hoffnung, ihm bei der Rückkehr ins Leben helfen zu können, oder ihm wenigstens den Schritt in den Tod ein wenig zu erleichtern. Die Anekdote, die er am häufigsten erzählte, war die von der Montecristo Nr. 5, die er seinem Chef stibitzt hatte, um ein Verbrechen aufzuklären. Und wie der Mayor ihn wegen dieser Dreistigkeit zusammengestaucht hatte: Eine Montecristo Nr. 5 klauen, als wäre es eine Papiergirlande!

Als der Mayor schließlich außer Lebensgefahr gewesen, sein Körper aber für immer zerstört war, wurde er nach Hause entlassen. Sein ehemaliger Untergebener und Freund hatte ihn so oft wie möglich besucht, und versucht, ihn an den Freuden des Lebens teilhaben zu lassen. Deswegen brachte der Zigarettenraucher Conde ihm bei jeder seiner Wallfahrten eine Havanna mit und zündete sie an. So konnte Rangel den Rauch einatmen, den er so geliebt hatte, als er noch ein gesunder Mensch gewesen war und nicht das menschliche Wrack, das, weil er so viel Sport getrieben hatte, sich weigerte, seine Seele freizugeben und ihn in Frieden ruhen zu lassen. Ein so elendes Schicksal verdiente ein Mann wie Antonio Rangel wirklich nicht.

Wann immer es ihm möglich war, schob Conde den Rollstuhl, in dem der Alte dahinvegetierte, vor die Haustür. Von dort aus konnten sie den Garten sehen, um den sich Antonio Rangel seit seiner vorzeitigen Versetzung in den Ruhestand bis zu seinem Schlaganfall gekümmert hatte. Und dahinter die friedlich daliegende Straße des Stadtviertels Bahía, durch die nur wenige Anlieger fuhren, und den strahlend blauen Himmel, der sich an diesem Septembernachmittag ohne jede Wolke präsentierte. Eine fast idyllische Welt, das absolute Gegenstück zu der Siedlung, in der heute Morgen Mario Conde dem Tod von der Schippe gesprungen war.

Nach zwei Schmerztabletten, die María Luisa, Rangels Frau, ihm gegeben hatte, und einem frisch zubereiteten Kaffee zündete Conde die Havanna an, die er unterwegs gekauft hatte, und nebelte seinen alten Chef ein.

»Diese billige Zigarre schmeckt beschissen, aber sie riecht gut«, stellte er fest. »Es ist keine Montecristo oder Cohiba oder Rey del Mundo wie die, die du so gerne geraucht hast, aber sie ist nicht schlecht, ich schwörs dir«, versicherte er dem Alten, um dann erneut an der krautigen Havanna zu ziehen und den wohlduftenden Rauch in die Luft zu blasen. »Willst du mal dran ziehen?«

Rangel in seinem Rollstuhl sah seinen früheren und widerspenstigsten Schüler rauchen, atmete gierig den Rauch der Havanna ein und bewegte zustimmend und genussvoll die Augenlider. Was für ein Elend, dachte Conde. Was für ein Scheißleben, dachte, das wusste Conde, Antonio Rangel. Bestimmt war er dem ehemaligen Untergebenen dankbar für die unerschütterliche Treue und bedauerte es, dass sein Freund ihm nicht bei dem helfen konnte, wonach er am meisten verlangte: endlich Schluss zu machen.

»Die Sache ist die, dass mich meine Vorahnung nicht getäuscht zu haben scheint, Alter«, sagte Conde, nachdem er ihm seine missliche Lage dargelegt, ihm die Beule am Hinterkopf gezeigt und ihm von dem Mord an Ramiro dem Rochen und auch von seinem Besuch in der Kripozentrale berichtet hatte, wo man Yoyi und ihm die Fingerabdrücke abgenommen und ihre Fingernägel auf Spuren untersucht hatte. »Die Forensiker sagen, dass jemand auf dem brachliegenden Grundstück gewesen ist und Spuren hinterlassen hat. Ob er etwas gefunden hat, wissen sie nicht, aber falls er wusste, wo das war, was er gesucht hat, hat er es sich bestimmt geschnappt und ist damit abgehauen. Manolo meint, dass es deshalb keinen Sinn hat, auf dem Gelände weiterzusuchen, und ich meine das auch. Und dieser Jemand ist höchstwahrscheinlich auch der Mörder, denn wer zum Henker sollte es sonst sein? Damit scheidet eine Abrechnung unter Ganoven aus, und der Diebstahl rückt in den Fokus. Unsere Hoffnung ist jetzt, dass dieses Scheißhandy, das man mir geklaut hat, dabei hilft, den Typen zu lokalisieren, obwohl ich ja nicht glaube, dass er so blöd ist, es auch zu benutzen. Weißt du, wie man ein Handy ortet, wenn damit nicht angerufen wird? Ich hab nämlich nicht die geringste Ahnung von so was, und ich nehme mal an, du auch nicht. In den amerikanischen Filmen ist das kinderleicht, sagt jedenfalls mein Freund Yoyi. Und wenn sie den Mann tastsächlich lokalisieren, glaube ich nicht, dass Manolo mich anruft, um es mir zu sagen. Der Plattarsch ist nämlich ziemlich sauer auf mich. Diese Idioten haben mir sogar den Pass abgenommen! Meinen Pass! Manolo hat genauso reagiert wie du, wenn ich mal wieder Scheiße gebaut habe, erinnerst du dich?«

Antonio Rangel war nicht nur zehn Jahre lang Condes Vorgesetzter in der Zentrale für die Ermittlungen von Gewaltverbrechen gewesen. Er war es auch, der das Potenzial des unkonventionellen jungen Polizisten entdeckt hatte, der gegen Waffen, Gewalt und Regeln aller Art allergisch war, der zu viel las, zu schreiben vorgab und behauptete, sich von Eingebungen, Voreingenommenheit und Vorahnungen leiten zu lassen: Lauter Eigenschaften, die ein Polizist nicht haben durfte. Und alles in allem hatte Rangel sich nicht in ihm getäuscht. Im Laufe der zehn Jahre ihres stets angespannten Arbeitsverhältnisses hatten die beiden Männer festgestellt, dass zwischen ihnen eine tiefe Geistesverwandtschaft bestand, und sie waren Freunde geworden. Doch trotz sorgsam gepflegter Freundschaft war der Mayor mehrmals drauf und dran, Conde vom Dienst zu suspendieren. Einmal hatte er ihm sogar seinen Verantwortungsbereich entzogen und ihn zur Tätigkeit in den Katakomben der Archive verdonnert, aus denen er ihn zuvor herausgeholt hatte, nachdem ihm seine deduktiven Fähigkeiten aufgefallen waren. Als Mayor Rangel zehn Jahre nach ihrer ersten Begegnung der Nachlässigkeit gegenüber der Korruption einiger Untergebener beschuldigt und vorzeitig in der Ruhestand versetzt worden war, hatte Conde, der diese Maßnahme als ungerecht empfand, aus Solidarität ebenfalls den Polizeidienst quittiert, etwas, das er seit einiger Zeit ohnehin vorgehabt hatte.

Nach jenem Debakel hatte Rangel sich die zusätzliche Demütigung erspart, gegen die Willkür, als deren Opfer er sich betrachtete, zu protestieren. Er hatte sich selbst so hart bestraft, dass am Ende eine Vene in seinem Gehirn geplatzt war. Es war eine schwierige Zeit gewesen. Der ehemalige Mayor hatte wie ein aus dem Nest gefallener Vogel gewirkt. Zudem fiel sein Rauswurf mit dem Beginn der Krise zusammen, während der, wie die Frau des Alten Conde mehr als einmal gestanden hatte, die beiden nur mit der Unterstützung ihrer beiden Töchter, die außerhalb Kubas wohnten, überlebt hatten. Das galt, um der Wahrheit die Ehre zu geben, auch heute noch, denn die Pension des Polizeibeamten reichte nicht mal bis zum Fünfzehnten des Monats. Erst recht nicht, nachdem Rangel den Gehirnschlag erlitten hatte und Betreuung benötigte, um ihn schlecht und recht am Leben zu erhalten.

Irgendwann, lange nach dem erzwungenen Abschied von der Polizei, hatte Rangel Conde seine Enttäuschung gestanden. »Manchmal glaube ich, es wäre besser gewesen, wenn ich wirklich korrupt gewesen wäre. Dann hätte ich jetzt wenigstens genug zum Leben und wäre nicht von meinen Töchtern abhängig. Von der Barmherzigkeit anderer zu leben, auch wenn es sich dabei um die eigene Familie handelt, ist demütigend. Jedenfalls für mich. Und ich will niemanden um den Gefallen bitten, mir eine Arbeit als stellvertretender Direktor oder Versorgungschef eines Touristenhotels oder irgend so einen Scheißjob zu besorgen, mit dem sich pensionierte Militärs oder Polizisten etwas Geld dazuverdienen und das Gefühl genießen, andere Leute herumkommandieren zu können. Mein Leben ist jedenfalls im Arsch, ich bin ein Aussätziger. Du bist der Einzige, der sich diesem Haus nähert, Mario Conde. Was für ein Elend! Weißt du, warum ich mich noch nicht an einem der Bäume im Hof aufgehängt habe? Weil ich damit auch María Luisa umbringen und meinen Töchtern wehtun würde. Deswegen lebe ich weiter, aber mit Wut im Bauch, jeden Tag, von morgens bis abends. Und diese Wut und die Demütigung bringen mich um, Conde.« Die Worte dieses einst so aufrechten, unverwüstlichen Mannes kamen Conde bei jedem Besuch im Haus des Dahinvegetierenden in den Sinn. Er wusste, dass es der größte Wunsch des besten aller Polizeichefs war, so bald wie möglich sterben zu dürfen. Doch die Natur bestrafte ihn, indem sie ihn am Leben hielt. An seinem Scheißleben.

»Was mir Sorgen macht, Alter«, berichtete Conde weiter, »ist, dass wegen der Madonna oder irgendwas Wertvollem oder angeblich Wertvollem zwei Menschen umgebracht wurden. So läuft das nämlich jetzt: Man bringt irgendjemanden wegen irgendwas um. Oder wegen nichts und wieder nichts. Hör dir das an: Vor ein paar Tagen hat mir Manolo erzählt, dass drei Typen einen anderen umgebracht haben, nur um die harten Jungs zu markieren. Ja, du hast richtig gehört. Sie haben untereinander ausgeknobelt, wer den armen Kerl, der zufällig vorbeikam und sich mit niemandem angelegt hat, fertigmachen sollte. Und dann haben sie ihn erstochen, haben ihm die Leber und die Lungen perforiert. Zweiundzwanzig Stiche! Nur so zum Spaß, um anzugeben. Jeder der drei hatte ein Messer bei sich, sie waren betrunken und haben sich gelangweilt. So weit ist es mit uns gekommen, Alter. Sei glücklich, dass du kein Polizist mehr bist. So wie auch ich mich freue, denn da draußen jetzt, das ist der Dschungel. Und es wird immer schlimmer, das kannst du dir nicht vorstellen. Das Viertel der Emigranten, wo ich diesen Schlag auf den Kopf gekriegt habe, so was hast du noch nie gesehen. Wie diese Leute leben, zwischen Kacke und Gewalt, da geht es ums nackte Überleben! Ja, Alter, so weit ist es mit uns gekommen. Dasselbe passiert im Zentrum von Havanna und im halben Land. Du musst nicht meinen, dass das auf bestimmte Regionen begrenzt ist. Nein, nein ... Verdammt, die Zigarre ist ausgegangen!«

Während seines Lamentos hatte er die Havanna ganz vergessen. Er zündete sie wieder an, und als er sah, dass sie gut brannte, schaute er zur Straße hinüber. »Wenn du doch nur sprechen könntest, Alter, mir wenigstens sagen, dass ich mich irre. So wie du es früher immer getan hast.«

Am Rand von Condes Gesichtsfeld bewegte sich etwas. Was war es gewesen? Er sah Rangel an, denn es schien von ihm gekommen zu sein. Da sah er, dass der Alte seinen Zeigefinger ganz leicht hob. Conde starrte auf die Hand, dann in die Augen des Kranken. »Hast du den Finger bewegt, weil du ihn bewegen wolltest?«

Conde wartete. Rangel bewegte den Finger.

Conde zögerte, dachte nach. »Hör mal, Alter, wenn du sagen willst, dass du den Finger bewegt hast, weil du ihn bewegen wolltest, heb ihn zwei Mal, okay?« Er starrte auf Rangels Zeigefinger, der sich schließlich einmal hob. Und nach einer Sekunde noch einmal.

»Scheiße, das ist ja wunderbar!«, freute sich Conde, und er glaubte so etwas wie ein komplizenhaftes Zwinkern im Blick seines ehemaligen Chefs zu entdecken. »Seit wann kannst du das?«

Conde wartete auf eine Antwort. Doch es kam keine. »Egal. Sag mir vor allem eins: Glaubst du, dass ich ein unverbesserlicher Blödmann bin?«

Rangel hob den Zeigefinger. Und dann noch einmal.

»Das denkst du also von mir. Na ja, das hast du ja immer gedacht. Aber glaubst du auch, dass sich unter den Dingen, die Bobby gestohlen wurden, etwas befindet, das sehr wertvoll ist?«

Conde wartete. Der Finger bewegte sich einmal, zweimal.

»Und dieses Wertvolle sind die Juwelen, stimmts?«

Erneutes Warten. Rangels Hand bewegte sich nicht.

»Dann ist es also die Madonna, Alter?«

Conde beugte sich zu seinem Gesprächspartner vor und sah, wie sich der Zeigefinger zweimal bewegte.

»Die Madonna! Wegen dem, was sie enthält? Diamanten oder so was?«

Die Hand des Alten blieb unbeweglich liegen, wie tot.

»Dann also die Madonna selbst?«

Der Finger bejahte mit zwei Bewegungen, die heftiger zu sein schienen als zuvor.

»Weil sie Macht hat oder jemand glaubt, dass sie welche hat?«

Rangel hob den Finger dreimal.

Conde wollte sich am Kopf kratzen, beherrschte sich aber. Zweimal hieß Ja. Und dreimal?

»Ja und nein?«, rätselte er.

Zwei Fingerbewegungen.

»Aha. Dann, weil sie antik ist?«

Wieder bejahte Rangel.

»Und weil sie antik und im Internet ist, ist sie wertvoll, wie der Rochen gesagt hat?«

Wieder ein Ja.

»Dann werden also wegen einer antiken Marienstatue, die viel Geld wert ist, Leute umgebracht? Und weil sie Macht hat?«

Rangel ließ seinen Finger ruhen.

»Weil jemand an diese Macht glaubt, wie zum Beispiel Bobby?«

Der Mayor im Ruhestand bewegte den Zeigefinger zweimal. Conde hatte es gewusst: Rangel war nach wie vor der beste Chef, den die Kripozentrale jemals gehabt hatte und haben würde. In diesem Augenblick stellte er fest, dass die mittelmäßige Havanna wieder ausgegangen war. Wo er jetzt doch Geld besaß, warum, verdammt noch mal, hatte er keine Montecristo gekauft, um dem alten Antonio Rangel ihren Duft zu schenken?

»Ist diese Zigarre eine nationale Schande, Alter?«

Zwei Fingerbewegungen. Damit war alles gesagt und bewiesen: Diese Havanna war eine Schande.

Da seine Kopfschmerzen zwar nachgelassen hatten, aber nicht verschwunden waren, beschloss Conde, an einem sicheren Ort unterzukriechen. Doch bevor er zu Tamara ging, schaute er bei sich zu Hause vorbei und bereitete das Abendessen für Basura II. zu: eine Art Risotto mit ziemlich obskurem Hühnerfrikassee, dem er ein paar Scheiben Speck hinzufügte, um den Geschmack zu verbessern. Und etwas Salz. Basura hasste fades Essen. Während Conde seinem Hund beim Futtern zusah, überlegte er, ihn zu Tamara mitzunehmen, doch das würde zu einem ernsten Problem werden. Andererseits schmerzte ihn der Gedanke, Basura II. allein zu lassen, umso mehr, da der ehemals so stürmische Kerl alt und von ihm abhängig war. Ich bin von Alter und Einsamkeit umgeben, dachte Conde. Und wenn ich ihn zu Carlos bringe?

Als Tamara ihn mit seinem neuen Look hereinkommen sah, schlug sie die Hand vor den Mund. Conde machte eine beruhigende Geste und ging auf die Gästetoilette, um sich zum ersten Mal seit diesem Schlag auf den Kopf im Spiegel zu betrachten. Das wenige Haar, das ihm blieb, glich einer klebrig schmierigen Masse und sein Gesicht einem Schlachtfeld … Nach der Schlacht. Das Hemd, das zwei Nummern zu groß war, schlotterte an ihm wie eine Vogelscheuche.

»Das Hemd hat mir María Luisa geborgt, Rangels Frau. Meins war voller Blut«, berichtete er mit einem Gesicht, als wäre er von den Toten auferstanden. »Ich muss erst mal duschen. Komm mit, ich erzähl dir alles.«

Tamara folgte ihm ins Bad, sah ihm zu, wie er sich auszog und unter die Dusche stellte. Das Wasser, das über seinen Kopf und seinen Körper floss, verschwand dunkel im Abfluss. Er begann, ihr von den Vorkommnissen des Tages zu berichten. Sie stellte die eine oder andere Frage, dann ging sie hinaus, um die saubere Wäsche zu holen, die er als strategische Reserve bei ihr deponiert hatte. Die schmutzige Wäsche nahm sie mit, wobei sie sie zwischen zwei Fingerspitzen hielt, als handle es sich um kontaminiertes Material.

Conde setzte sich nackt auf die Kloschüssel, und Tamara trocknete ihm behutsam den Kopf ab. Dann begutachtete sie die Wunde. »Sie ist nicht groß, aber jeder Schnitt in der Kopfhaut blutet stark.«

»Um ein Haar hätten sie mich umgebracht, Tamara. Sie haben brutal zugeschlagen. Es wollte gar nicht aufhören zu bluten.« Conde übertrieb. »Trockne bitte meinen Rücken ab, mir tut alles weh.«

Bereitwillig und mit derselben Behutsamkeit wie zuvor trocknete sie ihm den Rücken ab, und als sie wieder vor ihn trat, bemerkte sie Condes physische Reaktion.

»Und was ist das?«, fragte sie.

»Du bist eben mein Viagra.«

»Vergiss den Tango. Heute ist nichts für dich drin. Du musst dich ausruhen.«

»Nach der Schlacht ruht der Krieger«, stimmte Conde zu und musste mit ansehen, wie seine Manneskraft rasch und unerbittlich schrumpfte, als Tamara sich mit einem Fläschchen sauerstoffhaltigem Wasser näherte. Während sie seine Wunde betupfte, schrie er, als würde er gefoltert.

Sie aßen in der Küche zu Abend, und Tamara bot ihm ein Glas aus der Whiskyflasche an, die sie von einem Patienten geschenkt bekommen hatte und für besondere Gelegenheiten aufbewahrte. Als Conde sich ein wenig erholt hatte, schnappte er sich das nicht schnurlose Telefon und wählte die Nummer von Manolo Palacios.

»Manolo? Ich bins.«

»Das weiß ich. Bist du nicht tot?«

»Lebendiger denn je. Sag mal, gibts was Neues von dem Handy?«

»Nichts, vermutlich haben sie den Chip rausgenommen und weggeworfen. Möglicherweise haben sie auch gleich das Handy weggeworfen. Sie haben es mitgenommen, damit du nicht telefonieren konntest.«

»Habt ihr endlich die Fledermaus gefunden?«

»Ja, aber er kann Ramiro nicht getötet haben. War von acht Uhr morgens bis zwei Uhr mittags im Büro der Liga gegen das Erblinden. Als er gehört hat, was Ramiro passiert ist, hat er angefangen zu zittern.«

»Was habt ihr dann überhaupt?«

»Mehrere Fußspuren auf dem Gelände hinter dem Haus, aber nichts, was nach vergrabenen Gegenständen oder einem geplünderten Versteck aussieht. Die Spürhunde haben die Stellen gefunden, an denen sich Ramiro aufgehalten hat. Offensichtlich ist der Typ zum Pinkeln und Kacken dorthin gegangen. Ansonsten hat das mit den Hunden nichts erbracht. Es gibt auch Hinweise darauf, dass jemand durchs Fenster in Ramiros Haus eingestiegen ist, aber das kann jeder x-Beliebige gewesen sein. Auch Ramiro selbst, wenn er aufs Nebengrundstück gegangen ist.«

»Also so gut wie nichts«, stellte Conde fest.

»Außer zwei Toten ...«

Conde nickte. »Sind die Kaffeetassen wieder aufgetaucht?«

»Nein. Und auf der Thermoskanne gab es keine Fingerabdrücke. Wurden vermutlich abgewischt.«

»Warum habt ihr Ramiro gesagt, ihr wärt von der Staatssicherheit?«

»Was erzählst du da, Conde?«

»Ramiro hat mir gesagt, jemand von der Staatssicherheit sei hinter ihm her, wegen Yúnior.«

»Ramiro hat dummes Zeug geredet.«

Conde nickte. Er schloss die Augen. »Weißt du was, Manolo? Ich war bei Mayor Rangel zu Hause.«

Der andere sagte eine Weile nichts. Dann: »Wie geht es dem Alten?«

»Unverändert.«

Schuldbewusstes Schweigen. »Ich muss ihn mal besuchen. Ich bin ein treuloser Hund, aber die Arbeit … Ich sitz dauernd in diesem beschissenen Büro rum.«

»Ich hab mit ihm gesprochen. Ja, gesprochen! Nicht mit Worten, aber ich habe mit ihm gesprochen. Der Alte glaubt auch, dass die Madonna der Schlüssel zu allem ist. Alle Welt glaubt das.«

Das Schweigen am anderen Ende der Leitung zog sich hin. Manolo wusste, dass Rangels Polizistennase außerordentliche Fähigkeiten besaß. »Und was meinst du?«

»Ich glaube, du kannst die Möglichkeit ausschließen, dass die Morde an Yúnior und Ramiro was mit einer alten Rechnung zu tun hatten. Deswegen werde ich morgen früh …«

Jetzt reagierte Manolo prompt: »Wage es nicht, Mario Conde! Ich hab deinen Freund Bobby und die Fledermaus hier in der Zentrale, außerdem den Typen, der Yúnior die geklauten Sachen abgekauft hat, und einen gewissen Manduco El Albino, der ebenfalls ein Kumpel von Yúnior und Ramiro war. Wir legen ihnen die Daumenschrauben an, denn einer von denen muss irgendetwas wissen. Willst du, dass ich dich auch herkommen lasse? He, was meinst du? Das ist eine polizeiliche Ermittlung, Conde. Es gibt zwei Tote, und wenn sie auch reiner Abschaum waren, ich kriege Druck von ganz oben. Man spricht sogar schon von einem Serienmörder! Halt dich da raus! Sonst reserviere ich dir ein Zimmer in unserem Hotel, ich schwörs dir. Bei meiner Mutter, Conde, bei meiner Mutter.«

»Ist ja gut, ich lass die Finger davon. Aber wenn du was rauskriegst, sagst du mir Bescheid? Wegen der alten Zeiten, Manolo. Damit ich dem alten Rangel was zu erzählen habe.«

Manolo stöhnte auf. Conde schloss wieder die Augen und zog den Kopf ein, um sich gegen die Explosion zu wappnen.

»Mario Conde! Du bist der hinterlistigste, ausgekochteste Erpresser dieser Scheißinsel und aller umliegenden Inseln!«, schrie Manolo und legte auf.

Conde öffnete die Augen und lächelte. Mit Leidensmiene zeigte er Tamara das leere Glas. Er brauchte mehr Medizin.

12

Antoni Barral, 1314–1308

Unberührt vom Vergehen der Zeit ragten die Silhouetten der Berge so hoch auf, dass ihre Gipfel sich in die Wolken bohrten und den Blicken entzogen. Das Glücksgefühl, langsam wieder in die Menschenwelt zurückzukehren, durchflutete ihn. Irgendwann, viele Jahre zuvor, vielleicht in einem anderen Leben, war er ein Kind gewesen, ein Jugendlicher, und jene schneebedeckten, scheinbar unzugänglichen Gipfel hatten ihm Anfang und Ende der Welt bedeutet. Doch dann war jener Tag gekommen, an dem alles anders wurde, er ins Ungewisse aufbrach und die Gebirgskette überquerte. Ein neues Leben begann, ein turbulentes Leben, so voll von heftigen Erschütterungen, dass er, auch angesichts der jüngsten Ereignisse, manchmal das Gefühl hatte, es sei vielleicht gar nicht für ihn bestimmt gewesen. Oder war sein Schicksal von einer höheren Macht festgeschrieben worden, in einem Buch, dessen Seiten nicht zerrissen, gelöscht oder neu geschrieben werden konnten?

Auch aus der Distanz von dreißig Jahren konnte sich Antoni Barral an jedes einzelne Geheimnis dieser stolzen Landschaft erinnern. Die Gipfel, die Bäche, die tiefen Schluchten, die Pässe, die Wälder, die Vögel und alles, was da kreuchte und fleuchte, die ganze Welt redete in einer uralten Sprache zu ihm. Geleitet von seinem Herzen und auf die Kraft seiner alten Knie vertrauend, begann er den Aufstieg zum ersten Ausläufer der Sierra. Er war sich sicher, dass er den schwer zugänglichen, rettenden Pass würde finden können, der ihn auf die andere Seite führte, ohne dass er über die Berge klettern musste. Diesen Pfad, den die launenhafte Hand des Schöpfers zur Südseite geöffnet hatte. Von dort würde er schließlich zum Tal seines tausendjährigen Stammes hinuntersteigen können. Als er dann in den immer noch dichten Niederwald eindrang, hatte er das deutliche Gefühl, in eine andere Dimension der Zeit einzutreten, in einen beklemmenden, abgeschlossenen Raum, der ihn bedrängte und bedrohte. Als würde er durch den flirrenden, durchscheinenden Wasserspiegel eines Bergbaches in eine andere Welt vordringen. Wie einer, der über die Grenzen der Zeit hinweggeht, unbeirrbar auf einem Weg ohne Anfang und Ende, ewig und endgültig.

Zwei Monate hatte es ihn gekostet, die letzte Strecke seiner Wanderung bis zur Sierra zu bewältigen. Ein Jahr zuvor hatte überraschend die unerbittliche Verfolgung der Ritter des Ordens des salomonischen Tempels in den Herrschaftsgebieten des französischen Monarchen und seiner Verbündeten begonnen. Der Templer Antoni Barral war auf seiner ziellosen Flucht in einem kleinen Sprengel der Bruderschaft im Rosellón untergekommen. Die Bleibe war so bescheiden, dass niemand einen Schatz dort vermutet hätte, sie also das Interesse der Männer, die Jagd auf die Mitglieder des geächteten Ordens machten, nicht wecken würde. Jene Aasgeier durchstreiften die romanischen Königreiche, sei es aus Verblendung oder wegen der Aussicht auf eine Belohnung oder aus purem Neid. Sie waren auf der Suche nach jenen einstmals als beispielhafte Christen verehrten Männern, die von einem Tag auf den anderen, aufgrund der von der Macht losgetretenen, erbarmungslosen Maschinerie einer Verleumdungskampagne zu üblen Verbrechern und Banditen geworden waren. Zu Feinden.

Ein Sargento der Bruderschaft, ein greiser, blinder Kaplan und ein Dutzend dienender Brüder, einfache Bauern aus der Gegend, bewohnten diese beschauliche Siedlung, die vom Orden unterhalten wurde. Ihre Hauptaufgabe bestand darin, einige Fass feinsten Olivenöls aus ihrem sorgsam bestellten Ackerland zu gewinnen und den Pilgern und den Ordensbrüdern in dieser abgelegenen Gegend Verpflegung und ein Dach über dem Kopf zu bieten.

Frater Antoni hatte es in diesen vergessenen Winkel der Welt verschlagen, nachdem er von Marseille aus plan- und ziellos umhergeirrt war. Dort war er nach der Großen Niederlage, dem dramatischen Verlust des Heiligen Landes, vom Schiff gegangen. Wie einige wenige seiner Brüder und mehrere Hundert Zivilisten war er an Bord des *Falken* gekommen, jenes prächtigen, von Roger de Flor befehligten Schiffes. Wie durch ein Wunder hatte er sich auf das Schiff der Templer retten können. Fünfzehn Jahre hatte er danach in jener Stadt am Mare Nostrum gelebt, diesem Ort, an dem sich sämtliche Wege der Welt kreuzten, stets in Erwartung eines neuerlichen militärischen oder klösterlichen Befehls. Doch diese Order kam nicht. Und in Marseille hatte ihn denn auch jener königliche Erlass überrascht, dieser verräterische Dolchstoß, der die Festnahme und Einkerkerung aller Mitglieder des Templerordens verfügte. Sie wurden der Ketzerei, der Gotteslästerung, der Sodomie, der Götzenanbetung und der Untergrabung des Friedens in den christlichen Reichen beschuldigt.

Beunruhigt durch die Anschuldigungen und die angedrohten Strafen, hatte Antoni Barral so etwas wie eine Erleuchtung gehabt. Er beschloss, dieses eine Mal die Ordensregel zu brechen und seinen Oberen nicht zu gehorchen. Ein Veteran wie er konnte nicht verstehen, dass ihre Vorgesetzten sie zwangen, sich der königlichen Justiz zu unterwerfen und nicht den Gesetzen des Vatikans, denen sie durch ihren Kodex verpflichtet waren. Es wurde ihnen befohlen, die schwersten aller Sünden zu bekennen, die man einem im Glauben Christi erzogenen Menschen zur Last legen konnte. Anstatt sich den Soldaten und Inquisitoren von König Philippe zu stellen, packte Antoni Barral, ohne es sich zweimal zu überlegen, die aus der Schatzkammer entwendeten Geldmünzen und Goldstücke in die Satteltaschen eines Esels und verließ fluchtartig den Ordenssitz und die quirlige Hafenstadt. Angesichts der Unsicherheit seiner nächsten Zukunft befestigte der kampferprobte Ritter auch die schwarze Statue Unserer Lieben Frau, die er gleich nach seiner Ankunft eigenhändig in der Kapelle der Bruderschaft aufgestellt hatte, auf seinem Lasttier. Er wollte sein Schicksal, welches auch immer es sein würde, mit der wundertätigen Statue teilen, die er mindestens zwei Mal vor der Zerstörung durch die Ungläubigen gerettet hatte und der er, Antoni Barral, ebenfalls mindestens zwei Mal, sein Leben verdankte.

War es sein Instinkt, die magnetische Anziehungskraft des vom Sternenhimmel markierten Wegs oder der Lockruf seiner Ahnen? Jedenfalls wählte er die gefährlichen Straßen der Provence, ohne noch an das abenteuerliche Überqueren der Pyrenäen zu denken, das zu bewältigen war, um in die heimatlichen katalanischen Täler zu gelangen. Bevor er Marseille verließ, legte er vorsichtshalber die Tracht seines Ordens ab und scherte seinen Bart, der ihn als Tempelritter verraten konnte. In den Wirtshäusern, Gesindehütten oder Herbergen gab er sich als Büßender auf dem Weg zur Grabstätte des Apostels Jakob aus. Unter dieser Tarnung erfuhr er von den schrecklichen Ereignissen, über die in den südlichen Ländern viel gesprochen wurde. Tausende Ordensbrüder waren binnen weniger Wochen verhaftet und ins Gefängnis geworfen worden, insbesondere in Paris und den größeren Städten des französischen Reiches. Die Reisenden erzählten von der Beschlagnahmung von Unmengen Gold, Münzen und Reliquien, die die Oberen der Bruderschaft in ihren Festungen gehortet hatten. Sie berichteten von Ordensmitgliedern, die mit dem Teufel im Bunde stünden und das Kreuz verhöhnten, von sodomitischen Praktiken, die zwischen den Rittern gang und gäbe seien. Einige behaupteten sogar, es sei bekannt, dass der große geheime Plan der Templer darin bestehe, die Herrschaft Gottes und seine Macht durch bloße Willensanstrengung und Geisteskraft an sich zu reißen. Fertigkeiten, die sie in geheimen Zusammenkünften erlernten, an denen auch verhexte hebräische Kabbalisten teilnähmen. Solch giftiges Gerede brachte die schlimmsten Fantasien der Leute in Wallung. Man hörte von mit oder ohne Folter erzielten Geständnissen, von grausamen Strafen für die Ordensleute, egal, ob sie solche Ketzereien gestanden oder leugneten. Von ersten Scheiterhaufen, auf denen sie verbrannt wurden, wie zum Beispiel im Wald von Vincennes. In einer einzigen Nacht seien dort vierundfünfzig Soldaten-Mönche umgekommen. Als wären es jüdische Hexenmeister! Die verleumderischen, demütigenden Prozesse machten nicht einmal vor dem Großmeister des Ordens und seinen Marschällen halt, die von den Inquisitoren des Königs Philippe, genannt »der Schöne«, in Paris, Lyon und Lüttich in unterirdische Verliese geworfen wurden.

Im Laufe dieser Monate von Angst, Flucht und Verstellung hatte Antoni Barral sehr viel Zeit, um über das, was mit seinen Brüdern geschah, nachzudenken. Doch er begriff es nicht. Es erschien ihm unfassbar, dass so viele jener Männer, die für ihre Tapferkeit und unerschütterlichen Überzeugungen bekannt waren, die er so oft auf Leben und Tod hatte kämpfen sehen, sich widerstandslos in die Knie zwingen ließen. Dieselben, die sich in Safed aufgeopfert, dieselben, die im wunderschönen Tripolis erfolgreich Widerstand geleistet hatten. Die bereit gewesen waren, in den Türmen, den Mauern, unter den Trümmern der Festungen des herrlichen Akkon zu sterben. Die zurückgekehrt waren, um in Ruad für ihren Glauben zu kämpfen, obwohl sie wussten, dass bereits alles verloren war. Diese tapferen Männer demütigten sich jetzt und bekannten, die verstocktesten Sünder zu sein! Sie gaben zu, mit ihrem weltlichen Ehrgeiz den Verlust des Heiligen Landes herbeigeführt und es den Sarazenen ausgeliefert zu haben. Sie gestanden ein, dass sie tatsächlich Ketzer, Hexenmeister, Sodomiten und Gotteslästerer seien. Welche Ängste, Drohungen und Schmerzen konnten sie gebrochen haben? Nicht bloß einige vereinzelte Feiglinge und Opportunisten, nein, erprobte, stolze Krieger, die zu Tausenden während der letzten zweihundert Jahre für ihren Glauben im Heiligen Land gekämpft hatten und gestorben waren!

Als Antoni Barral den kleinen Sprengel erreichte, der in einem von König Jakob von Aragón beherrschten Gebiet lag, wusste er sich, jedenfalls für den Augenblick, in Sicherheit. Es war bekannt, dass sich der iberische Monarch aufgrund alter politischer Streitigkeiten und eigener Ambitionen zunächst nicht an der von seinem französischen Amtskollegen verordneten Jagd auf die Tempelritter beteiligt hatte. Als er sich einige Monate später schließlich doch dazu bereit erklärte, schien er nicht besonders eifrig bei der Sache zu sein, zeigte aber großes Interesse daran, die Situation auszunutzen, um die Besitztümer des Ordens an sich zu reißen.

Im Sprengel angekommen, hatte der Flüchtling die Statue Unserer Lieben Frau in der winzigen Kapelle, eigentlich mehr ein überdachter Altar, aufgestellt. Dort stand bereits eine kleine alte Madonnenstatue, sie war aus weniger edlem Holz geschnitzt, ihre Gesichtszüge grob und unvollkommen. Frater Antoni genoss den Frieden dieses Ortes, beteiligte sich an der Ernte und der Verarbeitung der Oliven und half sogar, die Kapelle zu verschönern. Und doch verließ ihn niemals die Vorahnung, dass früher oder später die widrigen Winde der Geschichte diesen friedvollen Ort heimsuchen würden. Denn was zurzeit über das Land hereinbrach, war kein einfaches Gewitter, sondern eine verheerende Sintflut. Er wusste, dass er nur wenig tun konnte, sich dagegen zu wehren. Schutzlos sah er sich den Umwälzungen ausgeliefert, die die Welt umgestalteten oder zurückentwickelten. Offenbar war dies seine Bestimmung.

Dieses beunruhigende Gefühl stieg denn auch in ihm auf, als er mit zwei Pferden des Sprengels in den nahe gelegenen Ort ritt, um die Tiere beschlagen zu lassen, und an der Mauer der Dorfkapelle eine päpstliche Bekanntmachung sah. Sie forderte die flüchtigen Ordensritter auf, vor den Bischöfen ihrer Diözese zu erscheinen, um verhört und in einem Prozess verurteilt oder freigesprochen zu werden. Wer der Aufforderung nicht nachkäme, würde exkommuniziert und nach Ablauf eines Jahres als Ketzer betrachtet und musste damit rechnen, auf dem Scheiterhaufen verbrannt zu werden.

Der bedrückende Gedanke, der Willkür der Geschichte ausgeliefert zu sein, wurde zur Gewissheit, als einige Wochen später zwei fahrende Sänger im Sprengel auftauchten und Aufnahme fanden. Sie kamen von dem jährlich in Tolosa stattfindenden Jahrmarkt. Am Abend vor ihrer Weiterfahrt beschlossen die Bänkelsänger, den Ordensmitgliedern und den Bauern der Umgebung zum Dank für ihre Gastfreundschaft die beliebtesten Lieder aus ihrem Repertoire vorzutragen. Zunächst lauschte ihnen Antoni Barral mit Vergnügen: dem unvermeidlichen Rolandslied, den aufregenden Erlebnissen von Robert le Diable und den kürzlich erst in Verse gebrachten »Außergewöhnlichen Abenteuern des Großen Kapitäns Roger de Flor«, wie sie es nannten. Das Lied besang Ereignisse im bewegten Leben des legendären Kapitäns des *Falken,* des Mannes, der zunächst Matrose, dann Kreuzritter, Templer und schließlich gefürchteter Kommandant des Piratenschiffs *La Olivette* unter der Flagge des Königs Friedrich von Sizilien gewesen war. Doch dann hörte Antoni mit Entsetzen die letzten Verse des Liedes von den Umständen seines Todes. Er wurde »geviertelt wie ein Schwein«, nachdem er in Byzanz in einen Hinterhalt geraten war. Nach Ende der Darbietung fragte Antoni Barral die Barden, ob das Lied der Wahrheit entspreche. Zwar konnten die Sänger keine Quelle benennen, versicherten jedoch, dass in Marseille, Venedig und Genua seit einigen Monaten vom tragischen Ende des Kapitäns gesprochen wurde. An Bord seines majestätischen *Falken* hatte Roger de Flor Jahre zuvor angeblich zahlreiche Schätze der habsüchtigen und ketzerischen Tempelritter von Akkon und weitere Schätze aus Zypern mitgebracht. Unter den vom Kapitän erbeuteten Reliquien befänden sich das einzig erhaltene Fragment des Heiligen Kreuzes und die zur Auffindung der Bundeslade benötigten Pläne. Und eine schwarze Marienskulptur, geschnitzt zu Zeiten der letzten Pharaonen Ägyptens und berühmt für ihre zahlreichen Wundertaten.

»Coll dels Llops« hatten die Bauern der umliegenden Täler ihn genannt, obwohl nur wenige wirklich wussten, wo genau er sich befand. Viele Bergbewohner zweifelten sogar daran und hielten einen so niedrig gelegenen Pass durch das massive Felsengebirge für eine reine Erfindung. Und manche betrachteten ihn schlicht als Eingang zur Hölle. Antoni jedoch hatte ihn bei verschiedenen Gelegenheiten benutzt. Allerdings musste er mit wachsender Beklemmung feststellen, dass es sehr viel einfacher war, ihn auf der sonnenzugewandten Seite der Sierra als auf der sonnenabgewandten Seite zu finden, aus dem einfachen Grund, weil er in den südlichen Tälern geboren und aufgewachsen war. Dort war er ein erfahrener Wanderer auf allen Wegen und konnte sich mühelos orientieren.

Der Maulesel, den er dem Sprengel entwendet hatte und auf dessen Rücken er seine Verpflegung und die Statue der schwarzen Madonna transportierte, war ein sehr viel weniger behänder Kletterer als er, was sein Fortkommen nicht eben erleichterte. Antoni hätte schwören können, dass sich der Aufgang zum niedrig gelegenen Pass in der Gegend befand, die er gerade durchquerte. Aber er konnte ihn nicht finden und dachte schon daran, aufzugeben und den gefährlichen Aufstieg über die Berge zu wagen. Doch dies konnte verhängnisvoll werden mit seinen sechzigjährigen Knien und diesem Flachland-Lasttier: Berghänge hochklettern, sich über Abgründe hangeln, Schneestürmen und Eiseskälte trotzen. Nein, daran war nicht zu denken. Und wieder umzukehren, um die Gebirgskette über den Camí de Menera oder, östlicher, über die Küstenpfade zu umgehen, kam einem Selbstmord gleich. Jeder wusste, dass die Ordensritter zumeist die Route über Perpignan und Port Bou nutzten, um sich vor der königlichen Verfolgung in Frankreich und in der Provence in die hispanischen Königreiche zu retten.

Am Rande der Verzweiflung traf Antoni Barral eine risikoreiche Entscheidung. Er würde den Maulesel zurücklassen und, beweglicher geworden, allein den Coll dels Llops suchen. Doch zuvor traf er zwei wichtige Vorsichtsmaßnahmen: Er versteckte die Marienstatue in einer kleinen Höhle und vergrub das Geld und die Gegenstände, die er noch besaß, am Fuße eines absterbenden Kastanienbaums. Das Lasttier führte er auf eine Lichtung, wo es aus einem Bach trinken und auf einer üppigen Wiese grasen konnte. Und dann drang er mit seinem Schwert, etwas Brot und Käse und einer Decke in den dichten Wald vor.

Drei Tage später fand er endlich den fast unsichtbaren Zugang zum Coll dels Llops. Als er seinen geduldigen Maulesel holen wollte, war der spurlos verschwunden. Also musste er die schwere Skulptur der wundertätigen Jungfrau, die in der Höhle auf ihn wartete, selbst schultern.

Als Antoni Barral die Bäche, Täler und Schluchten seiner Kindheit vor sich sah, spürte er, wie sich der Kreis seines Lebens schloss. Zugleich stellte sich ihm die Frage, an die er während seiner erzwungenen Flucht kaum gedacht hatte: Was würde er dort machen? Natürlich hoffte er, in jener abgelegenen Gegend vor Verfolgungen, Verhören, Folter und Strafen in Sicherheit zu sein. Und in diesem gottverlassenen Erdenwinkel war er ja einst zu Hause gewesen. Aber nach so vielen Jahren, in denen er die halbe Welt bereist und so viele außergewöhnliche Erfahrungen gemacht hatte, gehörte der Ort nicht mehr zu ihm. Wie sollte er in seinem Alter an ein Leben als Hirte oder als Bauer im Dienste eines geldgierigen Adligen denken? Vielleicht konnte er zu einer der kleinen Siedlungen an den Ufern des Ter hinabsteigen und dort irgendwie seinen Lebensunterhalt verdienen. Oder er konnte sich einem Señor aus der Gegend als Knappe andienen. Oder gar riskieren, eine der Burgen oder Befestigungen des Ordens aufzusuchen, wie zum Beispiel die in Miravet und Monzón, wo etliche Brüder sich verschanzten, seit König Jakob den päpstlichen Befehl widerstrebend befolgt und die Templer von Valencia festgenommen hatte. Eine letzte Möglichkeit blieb Antoni Barral: Ganz Spanien zu durchqueren, um in Córdoba Zuflucht zu suchen, der sagenumwobenen Stadt des alten Kalifats, wo, wie es hieß, Tausende von Muselmanen, Christen und Juden einträchtig zusammenlebten.

Der Flüchtende wusste, dass er bei jeder dieser eher imaginären Möglichkeiten denunziert, verhaftet und vor Gericht gezerrt werden konnte. Doch er war nicht bereit, das Schicksal zu akzeptieren, in das sich so viele seiner Brüder widerstandslos ergeben hatten. Als einziger Besitz aus seinem langen Leben war ihm diese wundertätige schwarze Madonna geblieben. Mit ihr war er durch die halbe Welt gereist. Stolz konnte er auf die wilde Geschichte seines Lebens zurückblicken. Alles hatte mit einer Laune des Schicksals begonnen. Er hatte als leseunkundiger Bauernjunge den scheinbar einfachen Auftrag bekommen, zwei Tempelritter, die dem päpstlichen Aufruf zu einem neuen Kreuzzug gefolgt waren, auf die Nordseite der Pyrenäen zu führen. Dies öffnete ihm den Weg, aufgrund seiner Fähigkeiten und seiner Intelligenz die bescheidene Herkunft hinter sich zu lassen. Schließlich wurde er zum Ritter geweiht und bekam das Templerkreuz verliehen. Eine außergewöhnliche Ehre! In Dutzenden von Schlachten hatte er gekämpft und im Namen Christi so viele Ungläubige getötet, dass er sie gar nicht mehr zählen konnte. Gemeinsam mit seinen Brüdern stand Antoni vor den majestätischen Mauern Jerusalems, sah das prächtige Tripolis fallen und das imposante Akkon in Flammen. Er, der so viel Großes erlebt hatte, würde sich nie einer sicheren Strafe in einem demütigenden Prozess unterwerfen. Nie würde er einem Monarchen dienen, der sich als fürstlicher Hüter des reinen Christentums gebärdete, in Wahrheit aber faul und träge in seinem

Pariser Palast hockte und nichts tat außer konspirieren, sich bereichern und um Kredite bitten, die zurückzuzahlen er nicht beabsichtigte. Nein, Antoni Barral, nein!

Sollte er vielleicht ein neues Leben als Bandit beginnen und von Raubzügen leben?, fragte er sich und gab sich gleich selbst die Antwort: Niemals würde das für ihn infrage kommen. Das hatte er schon damals von sich gewiesen, als sein aus dem Orden ausgeschlossener und nun verstorbener Freund Roger de Flor ihm vorgeschlagen hatte, sich der Katalanischen Kompanie anzuschließen und als Söldner und Pirat in wenigen Jahren zu Reichtum zu gelangen.

Aus dem Tal unter sich sah er eine weiße Rauchsäule emporsteigen, untrügliches Zeichen dafür, dass es dort eine Feuerstelle gab, auf der feuchtes Holz brannte. Er schätzte, dass sich die Stelle hinter dem Eichen- und Buchenwald befand, am Ufer des Baches, der neben ihm dahinplätscherte, und beschloss, seinem Lauf bergab zu folgen.

Seit ihm zwei Wochen zuvor der Maulesel und die letzten Vorräte gestohlen worden waren, hatte sich Antoni Barral ausschließlich von Beeren, Wurzeln, ein paar Eiern und einem Hasen ernährt, den er mit seinem Schwert hatte erlegen können. Der Hunger quälte ihn, und die nahe Feuerstelle konnte bedeuten, dass es dort etwas Essbares gab.

Er ging weiter, bis ihm Essensgeruch in die Nase stieg. Ja, irgendjemand briet dort Ziegenfleisch. Der Templer hielt einen Moment inne, um nachzudenken. Dann stieg er, fast am Ende seiner Kräfte, zu einer Biegung des Flusses hinunter. Am Fuße einer riesigen Steineiche errichtete er einen Steinhaufen, stieg darauf, hob die Statue der schwarzen Madonna über seinen Kopf und ließ sie in den Spalt fallen, den ein Blitzschlag in den Stamm gerissen hatte. Der verdorrte Baum eignete sich hervorragend als Orientierungspunkt, da die beiden einzigen Äste, die ihm geblieben waren, ein beinahe vollkommenes Kreuz bildeten. Der Flüchtige wusste nicht, was ihn an der Feuerstelle erwartete, und wollte nicht riskieren, dass die wundertätige Statue, die ihn während der letzten siebzehn Jahre begleitet hatte, in die Hände von Banditen fiel. Befriedigt stellte Antoni Barral fest, dass nur Gott im Himmel oder ein riesenhafter Zyklop in den

Spalt der Eiche blicken und die Madonna entdecken konnte. Gleich darauf beschlich ihn die Sorge, wie er es anstellen sollte, sie später zu bergen. Würde er die durch einen Ausbruch himmlischen Zorns gestrafte Eiche fällen müssen?

Als er der Flussbiegung weiter folgte, sah er ihn. Der Mann war in seinem Alter, vielleicht etwas älter. Volles, weißes Haar reichte ihm über die Schultern bis auf den Rücken, und ein ebenfalls schlohweißer Bart ging ihm bis über die Brust. Er trug eine Art Umhang aus Lederflicken und darunter eine zerlumpte Mönchskutte. Anstatt in Schuhen, steckten seine Füße in Beuteln aus Stoff- und Lederfetzen, die an den Knöcheln festgebunden waren. Sein Blick war auf das Ziegenfleisch gerichtet, das über dem Feuer briet. Antoni überlegte, dass er wohl gefährlicher für den Mann war als der Mann für ihn, und beschloss, sich ihm zu nähern.

Als der Alte ihn erblickte, schreckte er hoch. Er hob das Jagdmesser vom Boden auf, mit dem er vermutlich die Ziege getötet und zerlegt hatte, und richtete es auf den Fremden. Antoni hob die linke Hand und zeigte mit der rechten auf sein Schwert, das in der Scheide steckte: Wollte er es auf einen Kampf ankommen lassen? Der Alte wusste, dass er nur verlieren konnte, und ließ das Messer sinken. Daraufhin begrüßte ihn Antoni in der Sprache, die in diesem Land gesprochen wurde, nannte seinen Namen und bot ihm ein Goldstück für die Hälfte des bratenden Ziegenfleischs an. Der Mann mit dem langen weißen Bart zeigte sein fast zahnloses Zahnfleisch, was wohl ein Lächeln sein sollte, und fragte ihn, ob er die Sprache Okzitaniens spreche. Als Antoni nickte, sagte er, er solle sein Goldstück behalten, hier habe es keinen Wert, und er sei zum Essen herzlich eingeladen.

Bruder Jean de Cruz war der geschwätzigste Eremit, den man sich vorstellen konnte. Wie war es möglich, fragte sich Antoni Barral immer wieder während der langen Zeit, die sie miteinander verbrachten, dass dieser Mann zwei Jahre lang ein Schweigegelübde hatte einhalten können? Bald wusste er alles über das Leben dieses Zisterziensermönchs, der vier Winter in völliger Einsamkeit meditierend in einer Höhle im Tal der katalanischen Pyrenäen verbracht hatte.

Dank der Utensilien, die Bruder Jean selbst angefertigt hatte, und Antonis Fähigkeiten fehlte es ihnen nie an Fleisch auf dem Feuer, während sie sich mit dem Gemüse und den Kartoffeln aus dem Garten versorgten, den der Eremit angelegt hatte. Die viele tote Zeit am Tag und in der Nacht nutzten sie, um über Gott und die Welt zu reden, wobei sie den weltlichen Dingen den Vorzug über die göttlichen gaben.

Frater Antoni Barral, der Neuankömmling in dieser Klause, hatte keine Bedenken, von den Wechselfällen seines Lebens zu erzählen, angefangen von seinen Jahren in den Tälern dieses Landstrichs als Sohn eines Bauern, der für Jaume Pallard, den bettelarmen Feudalherrn von Campodrón, gearbeitet hatte. Diese Hochebene, die mit mildem Klima, fruchtbarer Erde, kristallklaren Bächen und reichlichem Wildbret gesegnet war, hatten sie auf den wenig fantasievollen Namen La Vall, »Das Tal«, getauft. Antoni gestand dem Eremiten sogar, dass er ein Verfolgter war, ein Geächteter mit ungewisser Zukunft. Allerdings würde er bestimmt nicht zu einem Einsiedler ohne Verbindung zur Außenwelt, wie Bruder Jean de Cruz. Er erzählte ihm von seiner Flucht aus der Stadt Akkon am letzten Tag ihrer christlichen Existenz, und wie er sie von der Kommandobrücke des *Falken* aus hatte brennen sehen, auf die ihn eine riesige Welle gespült hatte, nachdem er von den Überresten der brennenden Stadtmauer ins Meer gesprungen war. Was er dem Eremiten aber nicht anvertraute, war, dass seine wunderbare Rettung das Werk einer schwarzen Madonna gewesen war, über deren wundertätigen Kräfte es zahlreiche Legenden gab. Jener Marienstatue, die jetzt wenige Meter von ihnen entfernt der Unterhaltung lauschte.

Der Eremit eröffnete ihm nun seinerseits, dass er fünf Jahre zuvor die Abtei von Le Thoronet in der Provence verlassen hatte. Als Jugendlicher war er dort eingetreten und hatte mehr als vierzig Jahre dort gelebt. Zeit genug eigentlich, um das schlimmste aller menschlichen Laster, den Jähzorn, zu überwinden und nebenbei auch das loszuwerden, was zu seiner fixen Idee geworden war: dass der allseits verehrte Bernhard von Clairvaux kein Heiliger, sondern ein Teufel sei. Doch weder geistige Erziehung noch einsames Gebet, weder Zucht noch Strafe hatten ihn von seinem Charakter und seiner Überzeugung befreien können. Nachdem er eine Todsünde begangen hatte, auf die er nicht näher einging, hatte er seine wenigen Habseligkeiten zusammengepackt und sich auf die Suche nach dem abgeschiedensten Ort der Welt gemacht. Er wollte in Einsamkeit leben, ohne Verbindung zu anderen Menschen, so wie es ein Mann mit seinen Fehlern und Sünden verdiente. Vier Jahre lebte er nun in diesem so abgeschiedenen wie beschaulichen Gebirgstal, und Frater Antoni war der vierte Mensch, mit dem Bruder Jean sprach. Der letzte Besucher war ein konvertierter Jude aus Toledo auf dem Weg nach Santiago gewesen, der sich fast ein Jahr zuvor verirrt hatte und schließlich, Gott weiß, wie, in dieser unwegsamen Gegend gelandet war. Neben anderen Neuigkeiten hatte ihm der konvertierte Pilger, der sich Federico von Genf nannte und noch geschwätziger war als selbst Bruder Jean, von dem berichtet, was in Frankreich und anderen Königreichen mit den *Milites Christi* des Templerordens geschah. Doch im Lichte dessen betrachtet, was Frater Antoni ihm anvertraut habe, sagte Bruder Jean, sei der Mann, der ihm einen sehr sephardischen Namen genannt und die Sprache Kastiliens mit einer übertriebenen Betonung gesprochen habe, vielleicht ein weiterer Ordensbruder von Antoni und auf der Flucht wie er.

Bruder Jean schien nicht sonderlich überrascht von Antoni Barrals Geschichte. Außerdem glaubte der Eremit, dass die Templer an ihrem Verderben selbst schuld seien, weil sie die Sünde des Hochmuts begangen hätten. Sie hätten sich für die Krone des Glaubens und des Schwertes, der Glaubensweisheit und der kaufmännischen Tüchtigkeit gehalten. Wo sie doch in Wahrheit Gescheiterte seien. Da nun alle christlichen Reiche im Heiligen Land verloren waren, waren sie ihrer Daseinsberechtigung als Beschützer der Frommen, die nun nicht mehr zum Heiligen Grab pilgern könnten, beraubt. Zudem dulde kein Monarch in Europa auf seinem Territorium eine Armee, die nicht seinem Befehl gehorche. So hätten weltliche Sünden, militärisches Scheitern und die Struktur des Ordens selbst zu ihrem Untergang geführt, den der ehrgeizige und gefürchtete König Philippe nun mühelos besiegele. Selbstverständlich mit Zustimmung eines

Papstes, den Philippe selbst auf den Thron Petri gesetzt habe, wie die gesamte Christenheit wisse.

Diese Überlegungen schienen dem Tempelritter Antoni anfangs übertrieben hart gegenüber seiner Bruderschaft, die so viel für die Verteidigung des christlichen Glaubens getan hatte. Doch schließlich überzeugten ihn Bruder Jeans Argumente. Doch da blieb ein Geheimnis, für das er keine befriedigende Erklärung fand. Antoni Barral quälte die Frage: Wie war es möglich, dass so viele seiner Brüder, einschließlich der hohen Würdenträger, in ihren Geständnissen alle diese Sünden und Ketzereien in Gedanken und Taten zugegeben hatten? Sie waren doch keineswegs üblich in der Bruderschaft! Gewiss hatten sich vereinzelte Ordensbrüder in der Einsamkeit von Feldlagern und Sprengeln sodomitischen Praktiken hingegeben. Das geschah ja auch in vielen Militärlagern und Klöstern, wie selbst der Eremit bestätigte. Es konnte auch zutreffen, dass einige den Schwur auf das Kreuz nur geleistet hatten, um durch die Zugehörigkeit zum Orden Privilegien und Ansehen zu gewinnen. Und sogar, dass der eine oder andere nur an den eigenen Vorteil oder den seines Sprengels gedacht hatte. Doch Antoni Barral, dem mit zwanzig Jahren die Ehre zuteilgeworden war, trotz seiner niederen Herkunft zum Tempelritter geweiht zu werden, der die halbe Welt mit dem roten Templerkreuz, der unverwechselbaren Insigne des Ordens, bereist und in den härtesten Schlachten im Heiligen Land gekämpft hatte, Antoni Barral konnte versichern, dass das Ausnahmen waren. Die angeblichen geheimen Initiationsriten hatten nichts Esoterisches an sich, sie ähnelten der Zeremonie bei jedem anderen Ritterschlag. Es wurde nicht Gott gelästert, schon gar nicht aufs Kreuz gespuckt oder Jesus und der Jungfrau abgeschworen. Die Wangenküsse waren lediglich eine Liebesbekundung zu den Brüdern und gehörten zur Initiation eines neuen Mitglieds. Und die Gerüchte um die Anbetung heidnischer Götter waren eine absurde Lüge. Die groteskeste Lüge aber war die Unterstellung, die Templer wollten sich die Macht Gottes aneignen. Warum also häuften sich diese fatalen Geständnisse von Männern, die er in den grausamsten Schlachten unerschütterlich für ihren Glauben und ihre Überzeugungen hatte kämpfen und sterben sehen?

Bruder Jean de Cruz, der sich dazu bekannte, ein jähzorniger Mensch und ein Sünder zu sein, war wenig bereit, an Wunder und heilige Männer zu glauben. Aber er bewies Antoni bei zahlreichen Gelegenheiten, dass er ein weiser Mann war und trotz seines langen Mönchslebens alles über die dunklen Seiten der Menschennatur wusste. Darum konnte er seinem Gefährten in der Eremitenhöhle eine Antwort geben, die den Frater verstörte: »Wirklich unüberwindlich, mächtiger als der Glaube, die Hoffnung auf Vergebung oder materielles Streben, ist nur die Angst.« Er hatte die Augen starr auf das Feuer gerichtet, das sie in jener Dezembernacht im Jahre des Herrn 1308 wärmte. »Die Angst und der Selbsterhaltungstrieb sind stärker als alle anderen Regungen des Menschen. Stärker sogar als die Liebe zu Gott.«

Antoni Barral schüttelte energisch den Kopf. »Ich habe gesehen, dass jene Männer keine Angst vor dem Sterben hatten«, entgegnete er. »Ich habe gesehen, wie sie noch im Todeskampf, das Kreuz umklammernd, ihr Schwert in das Herz eines Ungläubigen stießen. Sie haben gekämpft im Wissen, dass ihnen in Gefangenschaft die rituelle Enthauptung durch die Ungläubigen sicher war. Oder noch schlimmer: Die gefürchtete Hölle der Sklaverei im Land der Muselmanen.«

Bruder Jean trank ein paar Schlucke des mit Honig gesüßten Minzetees aus seiner Schale. »Ich spreche von einer anderen Angst, einer schlimmeren als der vor dem Tod, Frater Antoni«, erwiderte er. Jetzt kam er richtig in Fahrt: »Ich weiß sehr wohl, dass viele von denen, die jetzt gestehen, Gotteslästerer und Sodomiten zu sein, bereit gewesen wären, den Märtyrertod etwa in den Mauern von Akkon zu sterben. Denn ihr seid Krieger, die für den Kampf ausgebildet wurden und nur einen Feind kannten: den Ungläubigen. Ihr wart auf ein Opfer vorbereitet, das ihr kanntet, das ihr nicht fürchtetet, das ihr sogar suchtet. Ihr wusstet, wie du sagst, dass die Muselmanen nicht zögern würden, die gefangenen Templer zu foltern. Und ihr seid ihnen mutig entgegengetreten. Tausende von Rittern haben sich für den Glauben Christi abschlachten lassen und sich dabei Unserer Lieben Frau anvertraut. Jetzt aber spielt man mit gezinkten Karten. Die Würdenträger der Christenheit sagen ihnen, dass sie Verbündete der Sarazenen waren und für den Verlust des Heiligen Landes verantwortlich sind. Plötzlich werden überzeugte Verteidiger des katholischen Glaubens des Gegenteils beschuldigt und als Ketzer bezeichnet. Man sagt ihnen, dass der beste Dienst, den sie der Menschheit, der Christenheit, Jesus und der Muttergottes noch erweisen können, darin besteht, ein Geständnis abzulegen. Das befehlen ihnen der König von Frankreich, dieser mustergültige Christ, und der Papst, sein Beschützer, der Mann, der Gott am nächsten steht auf Erden. Falls sie all diese Sünden nicht gestehen, um der Christenheit zu helfen, drohen sie mit Folter oder foltern tatsächlich. Weißt du, was Folter bewirkt?«

»Schmerzen?«, vermutete Frater Antoni.

»Viel mehr«, entgegnete der Eremit. »Die Folter ist wie ein Zaubertrank, der Halluzinationen hervorruft. Wenn ein Mensch gefoltert wird, dreht sich ihm alles, was sein bisheriges Leben ausgemacht hat, durch den Kopf und explodiert. Der Unglückliche wird zu einem anderen Menschen und sagt dann nicht nur das, was der Inquisitor hören will, sondern auch das, von dem er annimmt, dass er es hören will, wobei eine teuflische Verbindung zwischen dem einen und dem anderen besteht. Unter der Folter kann ein Mensch die absurdesten Lügen von sich geben, denn es ist ja nicht er, der spricht, sondern es sind seine entfesselten Ängste, die sich doppelt und dreifach bewahrheiten. Weißt du, welches die besten Folterer sind? Nicht die brutalen Henkersknechte, die die Verurteilten hängen oder ihnen den Kopf abschlagen. Nein, die effizientesten Folterer sind meine ehemaligen Brüder der Bettelorden, die Dominikaner und die Franziskaner, kämpferische Männer des Glaubens, die um die Schwächen des Körpers und des Geistes wissen. Denn die Folter ist eine spezielle Methode, und die, die heute angewandt wird, ist raffiniert, sie wurde erst vor Kurzem entwickelt – aber für die Ewigkeit, davon bin ich überzeugt. Die Kenntnisse, die wir über die Manipulation der Angst und das Wesen der Folter gewonnen haben, wird man noch viele Jahrhunderte lang anwenden. Egal wie die zukünftigen Gesellschaften aussehen mögen. Obwohl, unglücklicher- oder glücklicherweise, weder du, Antoni Barral, noch ich auf dieser Welt sein werden, um uns davon zu überzeugen. Aber meine Seele kann ich über die Zeit hinwegfliegen sehen, und die Zeit ist eine größere Wahrheit als die der Berge, die uns umgeben.«

Der Winter in jenem Jahr war lang und grimmig, auch in diesem Tal, in dem es, wie Antoni Barral wusste, nur selten schneite. Ohne die Ortskenntnis und die Fähigkeiten des ehemaligen Bergjungen hätte Bruder Jean de Cruz die Härten der sich hinziehenden kalten Jahreszeit nicht überlebt.

Als der Frühling des Jahres 1309 kam, war Antoni Barral entschlossen, etwas mit seinem weiteren Leben anzufangen. Aber was sollte es sein? Als der Schnee in den Niederungen zu schmelzen begann und ein erster Pilger durch das Tal kam, erfuhr er, dass sich in verschiedenen Festungen in Katalonien noch immer Tempelbrüder aufhielten. König Jakob hatte versprochen, sie zu begnadigen, um sie in den besetzten Gebieten auf der Iberischen Halbinsel gegen die Mauren kämpfen zu lassen – nachdem er ihr Vermögen konfiszierte. Doch die Erfahrungen der letzten Jahre hatten Antoni in seinem Glauben erschüttert. Alles, an das er geglaubt hatte, hatte sich vor seinen Augen in nichts aufgelöst. Mehr noch, es war ins Gegenteil verkehrt. Nun quälte ihn die entsetzliche Gewissheit, dass dieser Krieg nur ein Instrument der Mächtigen gewesen war. Nach der erhofften Niederlage des Islam wollten sie die Reichtümer der Levante in ihren Besitz und die Handelswege zu den reichen asiatischen Ländern unter ihre Kontrolle bringen. Nur dafür, jetzt wusste er es – sein Freund Roger de Flor hatte es immer gewusst –, hatte er seinen Schweiß, sein Blut und seine Tränen vergossen im Namen des Glaubens an eine dem Himmel nähere, gerechtere Welt. Welch eine Illusion! Und nun, da er ihnen nicht mehr von Nutzen war, wollten sie ihn auf einem Scheiterhaufen brennen sehen.

An den Tagen, an denen ihn derartige Gedanken quälten, ging der Tempelritter zu der todkranken Steineiche mit den beiden kreuzförmigen Ästen, in der die Statue der schwarzen Madonna versteckt war. Dort betete er bis zur Erschöpfung und hoffte auf ein Zeichen, wie damals, als er dem Tod so nahe wie nie gewesen war.

Denn sein Glaube war unerschüttert, würde es immer bleiben. Auch wenn er nie wieder eine Marionette sein würde. Dass er einen Baum anbetete, blieb Bruder Jean nicht verborgen, und so sah Antoni sich gezwungen, zu seiner Rechtfertigung eine Geschichte zu erfinden: dass sein Vater aus einem Stück Holz jener vom Himmel verwundeten Eiche mit den kreuzförmigen Ästen eine kleine Madonna geschnitzt habe, denn die Bewohner des Tals glaubten seit vielen Jahrhunderten an die himmlische Macht dieses Baumes. Nur darum habe sie den verheerenden Blitzschlag überlebt und sei nicht bis auf die Wurzeln abgebrannt. Außerdem diene der von Gottes Hand zu einem Kreuz geformte Baum, mangels anderer Symbole, seinen spirituellen Übungen.

Doch soviel er auch betete und meditierte, er fand keine befriedigenden Antworten auf seine Fragen. Ihm war sehr wohl bewusst, dass er für ein Eremitenleben nicht taugte und auch nicht das Recht hatte, die selbst gewählte Einsamkeit des großherzigen Bruders Jean noch länger zu stören. Aber er konnte auch nicht einfach aufbrechen und unter anderem Namen und mit einer anderen Lebensgeschichte neu anfangen. Denn selbst wenn man seine wahre Identität nicht aufdeckte: Wie sollte er überzeugend erklären, dass er mit einer so außergewöhnlichen Marienstatue ankam, die sogar Könige begehrten?

Als wäre das nicht schon genug, hatte Antoni Barral gerade sein sechzigstes Lebensjahr vollendet. Er wusste, dass der letzte Abschnitt seiner Zeit auf Erden begonnen hatte. Er war jetzt ein alter Mann, dem es schwerfiel, Berge hinaufzuklettern und mit den wenigen Zähnen, die sich noch nicht aus seinem Mund verabschiedet hatten, Fleisch zu kauen.

Eines Nachmittags, als er am Fluss in der Nähe der Höhle des Eremiten urinierte und danach seine Füße im kalten Wasser kühlte, durchlief ihn ein Zittern. Er spürte, dass seine Füße wieder zu gehen verlangten. Dies war eine Erleuchtung, ein Ruf des Schicksals. Doch zuvor musste er die wundertätige schwarze Madonna in Sicherheit bringen. Nun war ihm auch klar, wo die Bestimmung der Statue lag: in einem Konvent oder einem Kloster. Er hatte gehört, dass in Camprodón, einem Dorf in der Region, eine Abtei oder Einsiedelei gegründet worden war, doch wusste er nicht, zu welchem Orden sie gehörte. Er war bereit, die wundertätige Jungfrau anderen Männern des Glaubens zu übergeben, doch er war inzwischen überzeugt, dass es Mönche gab, die sie nicht verdienten. Bruder Jean de Cruz hatte nur vage Informationen über diese Abtei. Also gab es keine andere Möglichkeit, als in das Dorf hinunterzugehen und eigene Nachforschungen anzustellen.

Unter dem Vorwand, dem Eremiten geeignetere Werkzeuge für die Gartenarbeit und Stricke fürs Fallenstellen und für die Jagd von Großwild zu besorgen, verabschiedete sich Frater Antoni Barral von seinem Gastgeber, dem Eremiten Bruder Jean de Cruz. Er versprach ihm, in zwei oder drei Wochen wieder zurück zu sein. Und er bat den ehemaligen Mönch, hin und wieder vor der Steineiche niederzuknien und für ihn zu beten. Beten konnte man nie genug.

Der Winter 1314 war noch härter als der des Jahres 1309. Das ganze Tal versank unter einer dichten Schneedecke, und die Bäche froren zu. Da die in den warmen Sommermonaten gehorteten Lebensmittel nicht ausreichten, musste Bruder Jean de Cruz schließlich seine Höhle verlassen, um etwas Essbares sowie Feuerholz zu besorgen. Stundenlang irrte er im Schnee umher, folgte den Spuren von Tieren, die er nie zu Gesicht bekam, bis er irgendwann merkte, dass er sich verlaufen hatte. Also versuchte er, den Rückweg zu seinem Schlupfwinkel zu finden. Als er die Hoffnung schon aufgeben wollte, sah er in der Ferne, wie einen Lichtstrahl, die Steineiche, deren Äste ein Kreuz bildeten. Es war schon dunkel, als der alte Eremit, starr vor Kälte und mit leerem Magen, zu seiner Höhle kam. Er spürte, sein Ende war nahe. Und da sagte er sich: Diese Steineiche ist ein gesegneter Ort. Er bekreuzigte sich, kniete vor der verdorrten Eiche mit den kreuzförmigen Ästen nieder und tat das Einzige, was er noch tun konnte: Er betete. Zwei Stunden später starb Bruder Jean de Cruz, auf den Knien, erfroren.

Den Tempelritter Antoni Barral sah er nie wieder, seinen einzigen Gefährten dieser Einsiedlerjahre in einem namenlosen Tal, das von Bergen umgeben war, deren hoch aufragende Gipfel sich in den Himmel und in die Ewigkeit zu bohren schienen.

13

11. September 2014

Jener Teil des Stadtviertels El Cerro war als El Canal bekannt und auf der ganzen Insel seit jeher für seine heißblütigen Menschen berüchtigt. Seit der Kolonialzeit war es das Reich von Maulhelden, Messerstechern, Meuterern und Mördern. Hier und in dem benachbarten Viertel El Manglar hatten dunkelhäutige Kerle aus Sevilla ihr Revier, lärmende Andalusier, die sich von ihren armen afrikanischen Verwandten durch das rote Halstuch, seitliches Ausspucken und das blitzende Messer aus Toledo-Stahl unterschieden, das sie stets im Gürtel trugen ... Bis der Moment gekommen war, es zu zücken.

Conde folgte den vagen Beschreibungen, die ihn zu dem Haus des Freundes von Yúnior Colás führen sollten, Platero genannt wegen seiner phallisch proportionalen Ähnlichkeit mit dem berühmtesten und Condes Meinung nach blödesten Esel der spanischsprachigen Literatur. Er überlegte, ob es die schwarze Madonna wohl darauf angelegt hatte, ihn an jede grindige Stelle dieser Stadt zu führen, die, wenn man genau hinschaute, von der Lepra befallen zu sein schien.

Conde fragte sich mit der gebotenen Höflichkeit – er wollte nicht unangenehm auffallen – zum Haus des jungen Strichers durch. Als er in seinem verschwitzten Hemd und mit in den mörderischen Schuhen brennenden Füßen vor dessen Tür stand, sah er an der Straßenecke drei Typen, die ihm nicht eben menschenfreundliche Blicke zuwarfen. Ist normal, dachte er und wischte sich, so gut er konnte, den Schweiß vom Gesicht. Dann klopfte er an die Tür, deren Farbe abgeblättert war.

Eine Frau von etwa siebzig Jahren öffnete ihm. In ihrem ungekämmten schwarzen Haar vermischten sich weiße Strähnen mit mahagonibraunen und mausgrauen Resten von ausgeblichenem Färbemittel. Conde grüßte und fragte sie, ob Platero zu sprechen sei. Die Frau musterte ihn eingehender, als es die drei Kerle an der Straßenecke getan hatten. Wahrscheinlich versuchte sie abzuschätzen, ob der Besucher Polizist war oder ein perverser Kunde.

»Was wollen Sie von ihm?«, fragte sie.

»Ich muss mit ihm reden. Wegen seinem Freund Yúnior oder Raydel, ich weiß nicht, unter welchem Namen er ihn kannte. Der Mulatte aus dem Osten.«

Die Frau schloss den perversen Kunden aus und entschied sich für den Polizisten. »Der, den man umgebracht hat, nicht wahr?«

»Genau der.«

»Armer Junge. Ja, mein Enkel hat ihn gekannt, aber er hatte nichts mit ihm zu tun.«

»Es ist nämlich so: Platero hat mit ihm über etwas Wichtiges gesprochen. Übrigens, wie heißt er eigentlich richtig? Der Name Platero gefällt mir nämlich nicht besonders.«

»Mein Enkel heißt Yamichel. Und wie gesagt, er hatte nichts mit diesem Raydel zu tun. Mein Enkel studiert an der Universität.«

»Ist doch toll«, sagte Conde. Er begann, einiges zu verstehen, vieles andere aber nicht. Dann war Yamichel also gescheit, vielleicht sogar gebildet, da er ja an der Uni studierte. Gleichzeitig jedoch betätigte er sich als Freudenspender auf eigene Rechnung und im Akkord. War so etwas jetzt normal? »Señora, ich möchte Yamichel nur bitten, mir zu sagen, was er über eine Marienstatue weiß, die Raydel gesehen hat.«

Die Frau mit den trikoloren Haaren und dem ungepflegten Äußeren murmelte: »Die Jungfrau von Regla, die nicht von Regla ist.«

»Genau die.«

Während Conde noch das kariöse Lächeln der Großmutter des Freundes von Yúnior-Raydel betrachtete, wurde ihm schlagartig der galoppierende Verlust seiner Fähigkeiten bewusst. Falls Yamichel um den wahren Wert der Madonna wusste, konnte er da nicht an dem Coup beteiligt gewesen sein, der zu ihrem Verschwinden und dem Tod zweier Menschen geführt hatte? Am liebsten hätte er sich ausgepeitscht, doch als die Frau weitersprach, war er erleichtert.

»Sind Sie Polizist?«

Diese Frage musste ja kommen. Und er entschied sich für eine Antwort, die ihn ein paar Schritte weiterbringen konnte. »Mehr oder weniger.«

Die Frau wog die Information ab und kam zu dem Schluss, dass Conde eher mehr als weniger Polizist war. Und bestimmt wusste sie aus Erfahrung, dass, wenn einem nichts anderes übrig blieb, es besser war, Polizisten nicht zu verärgern. Die Angehörigen dieser Zunft standen im Ruf, einen schlechten Charakter zu haben, auch wenn sie so aussahen wie El Conde.

»Yamichel ist in der Uni, aber er wird jeden Moment hier sein. Er kommt immer zum Essen. Wollen Sie auf ihn warten?«

»Ja, natürlich«, erwiderte Conde, überrascht von dem Angebot.

»Gut, dann kommen Sie rein.« Die Alte streckte die Hand aus, um ihn in den kleinen Raum vorzulassen, der eher einer Grotte glich. Wie in allen Häusern des Viertels, die Wand an Wand gebaut waren, kam das Licht mangels seitlicher Fenster von der Straße oder durch die hintere Tür, die auf den kleinen Hof mit der Waschstelle führte. An einer der Seitenwände, an der ein Pfosten das Dach abstützte, sah Conde die Statue der kleinen Jungfrau von Regla, die er von jeher kannte, die volkstümliche, billige Kopie des Originals in der Kapelle der Muttergottes.

»Setzen Sie sich.« Die Frau wies auf einen alten Sessel aus dunklem Holz, dasselbe Modell wie das, das in Condes Elternhaus gestanden hatte. »Mein Enkel ist ein guter Junge. Er tut Dinge, die junge Leute eben so tun, aber er ist ein guter Junge. Habe ich Ihnen schon gesagt, dass er an der Universität studiert? Kann ich Ihnen etwas anbieten, eine Limonade vielleicht?«

»Ja, vielen Dank, bei dieser Hitze…«, murmelte Conde, nachdem er den Impuls unterdrückt hatte, sie zu fragen, ob sie für die Zubereitung der Limonade abgekochtes Wasser verwendete. Nein, so tief wollte er nicht sinken.

»Wir haben schon September«, sagte die Frau, während sie in die Küche ging. »Dieses Land ist die Hölle.«

»In Alaska lebt man besser«, bemerkte Conde.

»Sogar auf dem Mond!«, rief die Alte, um dann erklärend hinzuzufügen: »Wegen der Hitze, meine ich.«

Eine halbe Stunde später, nachdem Conde Limonade getrunken und sich die makellose akademische und politische Laufbahn in der großmütterlichen Version angehört hatte, kam Yamichel herein. Conde war nicht überrascht, einen normalen Jungen vor sich zu haben, der keine Ähnlichkeit hatte mit den Parias Ramiro der Rochen und Yunieski die Fledermaus. Nur dass Yamichel schwärzer war als Schuhwichse, wogegen seine Großmutter weiß war oder zumindest so schien. Auftreten und Bewegungen des Jungen waren ohne jeden Zweifel maskulin, und der kahl rasierte, glänzende Schädel sowie der Umfang seiner Bodybuilderoberarme unterstrichen diesen Eindruck.

Die Großmutter beeilte sich, ihm zu erklären, wer der Besucher war. Conde hatte keine Mühe, den Code zu dechiffrieren, durch den die Großmutter ihrem Enkel zu verstehen gab: Pass auf, mein Junge, er ist Polizist. Deswegen beschloss Conde, die Information zu vervollständigen. Er sagte ihm, warum er ihn aufgesucht hatte: Yamichel solle ihm erzählen, warum er glaube, dass Raydels Madonna wertvoll sei. Mehr nicht.

Der Junge hörte seiner Großmutter und dem angeblichen Polizisten schweigend zu, während er seine eisgekühlte Limonade trank. Conde war sich sicher, dass er einen intelligenten Menschen vor sich hatte. Genau darum war er wohl genauso gefährlich oder noch gefährlicher als die Kleinkriminellen von Raydels Kaliber, mit denen er es bisher zu tun gehabt hatte.

»Was kannst du mir dazu sagen?«, fragte er ihn erwartungsvoll.

»Ich hatte nichts mit Raydels Geschäften zu tun, aber ich will Ihnen trotzdem helfen. Moment ...« Yamichel hob seinen Rucksack, mit dem er gekommen war, vom Boden auf und zog ein Notebook hervor. Mit schnellen Handgriffen öffnete er das Gerät, wartete ein paar Sekunden und tippte kurz herum. Als er fand, was er gesucht hatte, reichte er das Notebook an Conde weiter. Während der gesamten Aktion war die Großmutter mit den trikoloren Haaren den Bewegungen ihres Enkels voller Bewunderung gefolgt, als ginge es darum, den Trick eines Zauberers zu durchschauen.

Behutsam nahm Conde das Notebook entgegen. Über die gesamte Bildschirmfläche war eine Madonna zu sehen, die der auf Bobbys Fotos sehr ähnlich war.

»Sie sehen sich verdammt ähnlich …« Conde ging bedachtsam vor.

»Sehr, wie zwei Schwestern. Diese Madonna hier befindet sich in einer Kirche in Nordspanien. Es ist eine Skulptur aus dem Mittelalter, romanisch, und stammt möglicherweise aus Nordafrika oder der Levante, aus der Zeit der Kreuzzüge, zwölftes Jahrhundert.«

»So alt?«

»Ja, sehr alt. Sie hat keinen Preis.«

»Was heißt das, sie hat keinen Preis?«

Yamichel lächelte. Die schneeweißen Zähne kontrastierten mit dem glänzenden Schwarz seiner bis zum Zahnfleisch dunklen Haut. »Das heißt, dass diese Marienskulpturen sehr selten sind und nicht zum Verkauf stehen. Wenn jemand trotzdem eine verkauft, kann er ein Vermögen für sie verlangen. Keine Ahnung, wie viel, aber auf jeden Fall sehr viel. Alles hängt davon ab, wie gerne der Käufer sie haben will und wie clever der Verkäufer ist. Und davon, wie beschädigt die Statue ist. Das sind Reliquien.«

Conde nickte. Er dachte nach. »Und das hast du Raydel gesagt?«

»Ja, ich habs ihm gesagt, weil er mir von einer Jungfrau von Regla mit magischen Kräften erzählt und das Foto auf seinem Handy gezeigt hat. Ich wusste sofort, dass das hier keine Jungfrau von Regla ist.« Er zeigte auf den Bildschirm. »Ich bin in Regla aufgewachsen und kenne sie in- und auswendig. Den Rest hab ich im Internet nachgesehen.«

»Was hatte Raydel vor, nachdem er erfahren hatte, was die Statue wert sein konnte?«

Wieder lächelte Yamichel. »Sie klauen, natürlich. Und dann nach Miami gehen, um sie dort zu verkaufen. Hier in Kuba gibt es keinen Käufer für ein solches Juwel.«

»Mit wem hat er gesprochen, um aus Kuba fortzugehen?«

»Das weiß ich nicht. Ich wollte es auch gar nicht wissen, und ich bin froh darüber. Denn wie es aussieht, hat die Jungfrau ihn bestraft. Oder Raydel hat mit der am wenigsten geeigneten Person gesprochen.«

»Conde, Conde, Conde … Wie großzügig! Wenn ich die Wahl habe: Santiago Añejo. Das ist der einzige Rum, der noch in der alten Bacardí-Fabrik hergestellt wird, und zwar nach Originalrezeptur. Wusstest du das? Na ja, dir muss ich das ja nicht erzählen, was? Aber deswegen ist der Santiago Añejo vom Feinsten. Du tust dir einen Liter davon rein, und am nächsten Tag bist du topfit! Ohne Kater wie von dem anderen Gesöff mit den hübschen Etiketten, in das sie Farbstoff reinkippen und die Jahreszahl draufschreiben, die ihnen gerade passt. Als wären wir Vollidioten.«

Miki war nur ein paar Jahre älter als Conde, und doch wies sein einst so hübsches Gesicht, das ihm den Spitznamen Cara de Jeva, »Mädchengesicht«, eingebracht hatte, bereits ein ganzes Sortiment von Falten, Runzeln und Furchen auf. Die unbarmherzige Rache der Zeit, dachte Conde immer, wenn er ihn sah. Obwohl er ihm möglichst aus dem Weg ging, war er gezwungen, sich hin und wieder mit ihm zu treffen. Denn dieser angebliche Schriftsteller, der nicht schrieb, war eine Fundgrube für zahlreiche Informationen, die er aufschnappte und einsammelte.

In der kühlen Flüsterkneipe, in der sämtliche Getränke mit konvertiblen Pesos bezahlt werden mussten, ließ Conde seinen Blick über die verlockenden Etiketten schweifen, die hinter der Theke aufgereiht waren wie unwiderstehliche Magnete: Whisky und Bourbon, Gin und Rum, Likör und Wodka, Wein und Kräuterschnaps aus aller Herren Länder. Sich in so eine Bar zu setzen, sich der Qual der Wahl auszusetzen, war ein Traum, der ihn sein Leben lang verfolgt hatte. Dass es diese geschmähte und vergessene Möglichkeit jetzt wieder gab, verdankten sie paradoxerweise dem Umlauf der harten Währung und der Wiedergeburt eines bescheidenen Privatunternehmertums. Conde hatte beschlossen, sich diese Freude und diesen Luxus zu gönnen. Er war ja Teil einer geschäftlichen Investition. Und an einem sauberen, klimatisierten und dezent beleuchteten Ort war es leichter, Miki Mädchengesicht zum Sprechen zu bringen, als in dem stets überfüllten, lärmenden Café des Schriftstellerverbandes, dem Miki angehörte. Ganz zu schweigen von der abstoßend hässlichen Bar der Verzweifelten, wo Conde, umgeben von den Säufern des Viertels und vier räudigen Hunden, seine tägliche Ration Alkohol zu kaufen pflegte. Die Rechnung für dieses Treffen konnte er ja später an Bobby weiterreichen.

Der Santiago Añejo wurde in bauchigen, dem goldbraunen, angewärmten Inhalt angemessenen Gläsern serviert. Als Conde der Duft in die Nase stieg, fühlte er sich wie eine Romanfigur, die sich in einem fremden Buch wiederfindet. Wie ein Irrtum.

»Du weißt ja, mit Kunsthändlern habe ich nichts am Hut«, sagte Miki. »Aber man kriegt ja so einiges mit. Damit du dir eine ungefähre Vorstellung machen kannst: Es gibt da einen bekannten Schriftsteller, der sich mit tausend Tricks eine Sammlung kubanischer Maler angelegt hat. Da gehen dir die Augen über! Die Werke, die bei ihm rumhängen, müssen Millionen wert sein. Alle auf eine Art und Weise zusammengegaunert, die du dir nicht vorstellen kannst. Durch Gefälligkeiten, Tricks, wie auch immer. Er ist unersättlich. Er ist ein Freund von René Águila. Wenn du ihm sagst, dass er der beste Schriftsteller der Welt ist, fühlt er sich gebauchpinselt und plappert wie ein Papagei. Und was er dir alles erzählt! Von ihm hab ich erfahren, dass René sich ein Haus in Las Alturas de Guanabo gekauft hat. Ein Haus wie eine Festung. Komplett renoviert, mit Mauern wie bei einer mittelalterlichen Burg. Er hat Überwachungskameras und eine Alarmanlage installieren lassen. Sogar Leibwächter hat er sich zugelegt, denn was da drin ist, ist der Wahnsinn: Möbel, Küchengeschirr, Gemälde, Juwelen. Dieser René kauft einfach alles. Aber immer zum Schnäppchenpreis, weil er nämlich ein Arsch ist und weder Skrupel noch Gesetze kennt. Der würde sogar Mohammed übers Ohr hauen.«

»Und ausgerechnet der hat mir was von der Ethik der Zunft erzählt«, erinnerte sich Conde.

»Ethik? Die einzige Ethik, die ich kenne, ist die von Spinoza. Kennst du dich mit Spinozas Schriften aus? Na ja, nichts ist mehr, wie es früher war, *brother*, glaub das nicht. Sieh mal, früher hatten nur die ganz hohen Tiere und die Kinder der hohen Tiere und die Frauen und die Geliebten der hohen Tiere solche Häuser und führten so ein Leben. Jetzt gibt es außer den hohen Tieren eine Menge Gauner, die Kohle gemacht haben, indem sie Leuten, die am Arsch sind und Geld brauchen, um zu überleben, alles abluchsen, was sie haben. Genau das macht René Águila. Ethik? Der Typ ist zu jeder Schweinerei fähig, aber einen beschissenen kleinen Dieb umbringen, der keine Ahnung hat, was er in der Hand hält? Ich weiß nicht, Conde, ich weiß nicht. Das ist was ganz anderes.«

»Und der andere, dieser Elizardo?«

»Über Elizardo kann ich dir eine ganze Menge erzählen. Zuerst mal hat er einen abenteuerlichen Weg hinter sich. Stell dir vor, er hat rund fünfzehn Jahre in Frankreich gelebt. Vor etwa zehn Jahren ist er zurückgekommen, zu einer Zeit, als so eine Rolle rückwärts schwerer war, als in diesem Land ein Stück Seife zu kaufen, das dir nicht die Haut aufreißt. Aber er hats geschafft. Warum ist er nach Frankreich gegangen, was hat er da gemacht, und warum ist er zurückgekommen? Darüber gibts nur Gerüchte. Dass er eine reiche Schweizerin geheiratet hat. Dass er fortgegangen ist, um das Millionenerbe eines katalanischen Großvaters anzutreten. Dass er Superagent 008 war, der ins Ausland geschickt wurde, um dort auf dem Schlachtfeld den Imperialismus zu bekämpfen. Such dir was aus. Tatsache ist, dass er Knete hat. Zumindest scheint es so. Und wenn er welche hat, dann weil er drüben Dinge gekauft und hier verkauft hat. Und das Haus, in dem er wohnt … ein Palast! Und wenn ich sage, ›Palast‹, dann meine ich ›Palaaaaaast‹. Sicher scheint aber, dass er in Frankreich, in der Schweiz und in Deutschland einige Kunsthändler kennt, die er mit kubanischen Malern in Kontakt bringt. Bei jedem Verkauf kassiert er eine Provision. Damit verdient er ein Schweinegeld, denn in Kuba gibt es mehr Maler als Spatzen. Sie geben sich wild, und einige sind wirklich gut. Und weil alle glauben, dass irgendwann, so im 24. Jahrhundert, sich die Vereinigten Staaten wieder einkriegen, die amerikanischen Sammler hierherkommen und alles kaufen, was sie können, wird am Tag X alles verkauft sein. Wer dann was haben will, muss viel Geld hinblättern, und die, die jetzt kaufen, machen den Reibach. Elizardo arbeitet auch mit modernen kubanischen Klassikern. Viele Werke der guten Maler gehen durch seine Hände. Ein weiteres einträgliches Geschäft. Aber das Interessante daran ist, der Mann hat Klasse. René ist ein Schlitzohr, einer von den Neureichen, ein Geschäftsmann. Elizardo dagegen gibt sich als Mäzen oder als Kunstvermittler oder wie du es verdammt noch mal nennen willst. Aber immer auf die kultivierte Tour. Und er hat Freunde bis ganz oben, jedenfalls behauptet er das. Im Grunde macht er dasselbe wie René. Er verkauft nämlich auch Juwelen, Nippes, Möbel, Geschirr, aber über Strohmänner. Damit es nicht so aussieht, als wäre er ein Gemischtwarenhändler, wie René. Auch er ist unersättlich und dazu größenwahnsinnig, das ist mal sicher. Aber jemanden umbringen wegen eines wertvollen Stücks? Das glaub ich nicht, ehrlich nicht.«

»Da hab ich so meine Zweifel. Geld verdirbt die Welt.«

Miki trank einen Schluck. »Ja, wenn mans recht bedenkt, *brother*... Inzwischen läuft es hier so beschissen, dass keiner was auslässt, um sich über Wasser zu halten. Ich kann mich noch daran erinnern, dass die Maler, die sich jetzt bestens verkaufen, ihre Werke an Freunde verschenkt oder bei einem Ausländer gegen eine Jeans oder einen Kassettenrekorder eingetauscht haben. Keiner hatte eine Vorstellung davon, was seine Arbeit wert war, und noch weniger, wie er sie verkaufen konnte. Aber von den romantischen Zeiten ist nicht mal die Erinnerung geblieben, Condenado. Nicht mal die Erinnerung. In diesem Land leben die Menschen mit einem Messer zwischen den Zähnen, sonst leben sie nämlich nicht. Mal ehrlich, Conde, wie lebst du, wie lebt Carlos, wie lebt der Hasenzahn? Wie durch ein Wunder, ständig knapp bei Kasse. Und wer ist gekommen und hat dich gerettet? Bobby, die Tucke! Marxist, Leninist, Stalinist und alle sonstigen -ists. Hat sein halbes Leben lang verheimlicht, dass er schwul ist, damit man ihn nicht bei lebendigem Leib in Stücke reißt. Und als sie ihn trotzdem in Stücke gerissen haben, hat er beschlossen, die Augen aufzumachen. Seine neue Parole: Kommunismus nein, Konsumismus ja! Er hat angefangen, Geschäfte zu machen. Und angeblich, Conde, du wirst es mir nicht glauben, aber angeblich ...«, Miki senkte die Stimme. »Angeblich soll er was mit Fälschungen von Tomás Sánchez zu tun gehabt haben, die in Miami wieder aufgetaucht sind.«

Conde hob die Hand, um Mikis Redefluss zu stoppen. »Bobby hat Fälschungen verkauft?«

»Ich kann es nicht beschwören, aber man erzählt es sich. Glaubst du, weil er früher ein Blödmann war, kann er jetzt kein Tiger sein?«

»Ich glaube bald gar nichts mehr, Miki.«

»Recht hast du. Egal, jedenfalls verdient Bobby einen Haufen Kohle und lebt wie ein König, mit Sexsklaven und allem Drum und Dran. Aber dann wurde ihm übel mitgespielt. Die Erniedrigten und Beleidigten haben den Aufstand geprobt und ihn bis aufs Hemd ausgezogen. Deswegen sage ich dir, Conde: Ich weiß nicht, was die Polizei meint, aber ein Typ wie Bobby weiß bestimmt, was diese beschissene Madonna wert ist. Und er ist tief getroffen, weil sein Freund ihn beklaut hat. Glaubst du wirklich, er wäre nicht fähig, den Kleinen auf diese Weise umzubringen? Bei dem anderen weiß ich nicht – Ramiro, hast du gesagt, ja? Also, das erinnert mich mehr an einen Roman von Raymond Chandler. Denk an den Schlag, den sie dir auf den Kopf verpasst haben. Was meinst du, hab ich recht oder nicht?«

»Marlowe hat ständig was auf die Nuss gekriegt …«

Miki stürzte sich auf sein Getränk, als sei er am Verdursten, und leerte sein Glas bis auf den letzten Tropfen. »Aber es könnte gut sein, dass Bobby mit diesem Raydel oder Yúnior oder wie der heißt, nun richtig abgerechnet hat. Im Streit, in einem Wutanfall. Verdammt, Conde, mein Glas ist leer! Für das, was ich dir alles erzählt habe, hab ich doch wohl ein zweites verdient, oder?«

Wie er es im Kino gesehen hatte, hob Conde einen Finger und machte dem Barkeeper das klassische Zeichen, um eine zweite Runde zu bestellen.

Nach diesem Ritual, das im Havanna der Geschäftsleute erfolgreich zustande zu bringen er nie geglaubt hätte, fühlte er sich so richtig gut. Wie lange würde dieses Wunder an Gastlichkeit und privater Effizienz andauern? Irgendwann würde es Ärger geben, und sie würden den Laden dichtmachen. Immer dasselbe Spiel.

»Dann verdien es dir auch wirklich, Miki. Was ist mit Karla Choy?«

Der Barkeeper füllte die Gläser nach und stellte als Beigabe ein Tellerchen mit Oliven und Nüssen vor sie hin. Lebten sie in der Realität, oder befanden sie sich in einem der Filme mit Humphrey

Bogart, nach denen Conde so verrückt war? In einem Krimi mit Femme fatale als Dreingabe?

»Wer dir irgendwas über sie erzählt und meint, es wär die Wahrheit, der ist ein Schwätzer. Denn das Einzige, was man über diese Frau sicher weiß, ist, dass sie ein Klasseweib ist, mit einem Gesicht, das ... das ... ein Flugzeug in der Luft stoppt. Wenn du sie siehst ...«

»Ich hab sie gesehen. Ich hab sogar ein Gläschen mit ihr getrunken.«

»Verdammt!«, entfuhr es Miki. »Hast du gesehen? Was für ein Geschoss!«

»Sie ist eine Sünde wert.«

»Eine Todsünde! Wenn ich die zu meiner Zeit ...«

»Vergiss deine Altmännerfantasien und erzähl weiter, Miki.«

»Wie gesagt, Genaues weiß man nicht. Die einen sagen, sie ist die Geliebte eines Superministers, eines ›Historischen‹, wie man sie jetzt nennt, und der hält seine schützende Hand über sie. Andere sagen, sie ist in Wirklichkeit die Tochter von einem von noch weiter oben, einem richtig hohen Tier, und dieser Papi ist ihr Raketenabwehrschirm, und deshalb kann sie machen, was sie will. Es wird sogar gemunkelt, dass sie die Frau eines italienischen Grafen ist, eines Weingutbesitzers aus der Toskana. Aber ich glaube, das ist alles nur dummes Gerede. Für mich, ehrlich gesagt, ist die Frau ein Naturtalent, sie hat diesen angeborenen Geschäftssinn.«

»Chinesen halt ...«

»Ja, aber die heutigen Chinesen. Deswegen sag ich dir: Soweit ich weiß, und ich weiß nicht viel, Condenado, soweit ich weiß, würde sie sich nie auf so ein Geschäft einlassen. Und schon gar nicht, wenn Tote im Spiel sind.«

»Die Toten könnten hinterher ins Spiel gekommen sein«, wandte Conde ein. »Als unvorhergesehene Komplikationen. Kollateralschäden.«

»Du meinst also ...«

»Ich meine nur, dass für drei oder vier Millionen jeder die Bastille stürmt und sie dann abreißt, Miki.«

»Tja, das ist wahr. So wahr, wie das der beste Rum ist, den man in

Kuba kriegen kann, weil, destilliert wird er nämlich in ... Sag mal, hast du gehört, dass der Hasenzahn abhauen will?«

Conde gab es einen Stich ins Herz. Dass Miki von den Plänen seines Freundes wusste, war schon schlimm genug, aber dass er das in aller Öffentlichkeit hinausposaunte, war Hochverrat. Und Selbstmord.

»Hör mal, Miki, musst du hier so rumschreien? Über so was spricht man nicht.«

Der andere lächelte nur und trank einen Schluck. »In was für einer Welt lebst du eigentlich, Condenado? Verdammt, du kommst mir vor wie ein Außerirdischer. Diese Zeiten sind vorbei, Schluss, aus! Wenn du früher wusstest, dass jemand abhauen will, und es nicht angezeigt hast, hat man dir Strom und Wasser abgestellt. Erinnere dich, was mit deinem Freund Fernando Terry passiert ist. Wenn heute jemand fortgeht, ob Arzt, Baseballspieler oder Schriftsteller, dann gibt er vorher eine Party, und alles ist total easy. Machs gut, Kumpel. In ein paar Jährchen sehen wir uns hier wieder. Oder, besser noch, drüben, falls sie mir das Visum geben. Klar, ein paar Blödmänner haben immer noch Schiss und flüstern, aber ansonsten herrscht allgemeine Aufbruchstimmung. Hast du gehört, wie viele Baseballspieler jede Woche abhauen? Und dass sie später nach Kuba zurückkommen, um hier Urlaub zu machen? Und wie viele Leute jetzt einen spanischen Pass haben und für zweihundert Dollar Pakete und Koffer aus Panama oder Burkina Faso nach Kuba bringen? Nicht auszuhalten. Sogar der Hasenzahn haut uns ab, Junge, er haut uns ab!«

Um vierzig Pesos für die sechs Rum erleichtert, verließ Conde die kühle Bar. Die feuchte Hitze des Septembernachmittags schlug ihm entgegen. In seiner Trägheit war er versucht, über das Gefühl von Ferne und Nähe, von Eigenem und Fremdem zu schreiben, das er in jener Bar empfunden hatte. Weiß der Himmel, warum sie ihn so untergründig, so chandlerisch angerührt hatte. Außerdem brummte ihm noch immer der Schädel von dem Schlag, den man ihm verpasst hatte. All die neuen Informationen bildeten ein wirres Knäuel in seinem Hirn, aus dem etwas Brauchbares herauszuholen er sich nicht imstande sah. Und die Erkenntnis, wie es in der Welt, laut

Miki Mädchengesicht, heutzutage zuging, war auch nicht gerade ermutigend. Offensichtlich war in diesem Land klammheimlich ein hektischer Kampf um die letzten noch brauchbaren Überreste ausgebrochen. Ein Dschungel war das.

Erschöpft beschloss er, den Rückzug anzutreten. Doch vorher wollte er etwas für seine Füße tun und irgendein preiswertes Angebot in einem der nahe gelegenen Devisenläden aufstöbern. Ein Paar nagelneue Mokassins und weitere vierzig verpulverte Pesos später nahm er ein Taxi nach Hause. Es wurde eine halbstündige Fahrt im Gedröhn eines Reguetón und in den Giftschwaden von reinem Kohlendioxid. Er fütterte und streichelte Basura II. ein Weilchen. Dann duschte er ausgiebig, als wolle er sich desinfizieren – Miki war ansteckend, und der Dieselgestank klebte in all seinen Poren. Und er wechselte die Wäsche.

Als es dunkel zu werden begann und die sengende Sonne an Kraft verlor, machte er sich auf den Weg zum dünnen Carlos. In der Bar der Verzweifelten besorgte er einen Liter ihres üblichen billigen Fusels. Er selbst wollte keinen Schluck mehr trinken, denn in seinem Zustand war die Wahrscheinlichkeit groß, dem Teufel wieder zu begegnen. Doch er ahnte, dass Carlos mit trockener Kehle auf ihn wartete. Ihm jeden Gefallen zu tun, war eine der wichtigsten Missionen seines Lebens, und eine in Flaschen abgefüllte Ration Vergessen war immer willkommen. Doch plötzlich kam er sich schäbig vor. Um ein paar Gerüchte zu hören, hatte er mit dem unsäglichen Schriftsteller und talentierten Schwätzer Miki den besten Santiago Añejo getrunken, und jetzt brachte er seinem engsten Freund eine Flasche Fusel mit. Das schlechte Gewissen nahm überhand, und er wechselte den Kurs zu einem Laden, in dem gegen Devisen alles zu haben war. Er kaufte eine Flasche Rum, die zumindest mit einem Etikett versehen war, und zog Tagesbilanz: Die ersten selbst verdienten hundert konvertiblen Pesos waren ausgegeben. Wie lebt man in diesem Land ohne hundert Pesos pro Tag?, fragte er sich. Mit mörderischen Schuhen an den Füßen und Muckefuck im Magen, das war die einzig mögliche Antwort.

Als der Dünne ihn kommen sah, wusste er gleich, wie schlecht es um seinen alten Freund stand. Sein Eindruck bestätigte sich, als

Conde ihm den guten und den schlechten Rum reichte, und ihn anwies, ihm auf keinen Fall ein Glas einzuschenken. Nicht an diesem Abend. Und Josefina solle mit dem Essen nicht auf ihn zählen. Er wolle früh, nüchtern und hungrig bei Tamara erscheinen.

»Du bist nicht im Arsch, Conde, du liegst im Sterben«, stellte Carlos angesichts einer so überraschenden Eröffnung fest. »Was zum Teufel ist los mit dir, Alter? Du willst keinen Rum trinken und den Reis mit Huhn nicht essen, den Jose gerade zubereitet? Hat dir der Schlag auf den Kopf den Verstand geraubt?«

»Ich weiß nicht, ich bin … Keine Ahnung … In meinem Kopf dreht sich alles.«

»Das können nur die Wechseljahre sein. Da hilft auch keine Spargelcremesuppe.« Der Dünne schenkte sich ein Glas Rum ein, natürlich aus der etikettierten Flasche.

Conde versuchte, dem Freund die Gründe für seine Abstinenz darzulegen. Es sprudelte nur so aus ihm heraus, was ihm in den letzten Tagen widerfahren war, von den Plänen des Hasen und der Standpauke, die Tamara ihm gehalten hatte, über Mikis Enthüllungen, dem Besuch bei Rangel und der Reise durch die Hölle der Ansiedlungen, bis hin zu Bobbys Geständnissen, und von einem hautnah und einem fast hautnah erlebten brutalen Mord bis hin zu einem armen Teufel ohne Schuhe. Das Ganze glich einem Tsunami von erschütternden Ereignissen, die ihn schlimm erwischt und noch schlimmer mit der Realität des Lebens und des Landes konfrontiert hatten.

»Ziemlich scheiße, das alles«, stimmte Carlos zu. »Aber sag mal, *please* … Ist der ganze Rum für mich?«

»Alles für dich«, bestätigte Conde und sah, wie sein Freund achselzuckend die Flasche mit Etikett in die Hand nahm und sich nachschenkte. Conde gab sich alle Mühe, seinem Vorsatz vollumfänglich treu zu bleiben, aber so ganz gelang ihm das nicht. »Hast du was von Reis mit Huhn gesagt?«, fragte er.

»*A la Chorrera.* Schön saftig, mit roten Paprikaschoten obendrauf.«

Es war bereits dunkel geworden, als er zu Tamara aufbrach. Er beschloss, den Weg zu Fuß zurückzulegen, um den Reis mit Huhn *à la Chorrera* besser zu verdauen und einen klaren Kopf zu bekommen. Er sog die wohltuende Atmosphäre dieses Viertels in sich ein, das zwar nicht seins war, jedoch die schönsten sentimentalen Erinnerungen in ihm wachrief: die Jahre in der Oberstufe, die Freundschaft mit Carlos, seine Beziehung zu Tamara, das kleine Stadion, in dem er mit Freunden wie dem inzwischen abwesenden Andrés Baseball gespielt hatte, die lauschigen, friedlichen Parks, wo er mit seinen ersten Freundinnen geknutscht hatte. Er wusste, dass zwischen seinen Erinnerungen und der Gegenwart Jahrzehnte lagen, die alles gründlich und mit fast vorsätzlicher Bösartigkeit hatten verkommen lassen, aber der ins Auge springende Verfall, der sich auch hier wie eine Plage ausgebreitet hatte, überraschte ihn doch. Von Balken gestützte und nie frisch gestrichene Häuser. Abfallhaufen an jeder Straßenecke. Bürgersteige und Straßen, wie vom Gazastreifen importiert. Neue mit Improvisationskunst und schlechtem Geschmack eingerichtete ärmliche Geschäfte. Straßenköter, die ein Bein hergegeben hätten, um das Glück seines armen Basura II. zu haben. Nichts, was seine Stimmung aufgehellt hätte.

Tamara begrüßte ihn mit einem Kuss, der ihn halb von seiner Niedergeschlagenheit befreite, bemerkte, dass ihm die neuen Schuhe hervorragend stünden, und teilte ihm mit, dass Yoyi bei ihm zu Hause, bei Carlos und bei ihr angerufen habe. Er müsse ihn dringend sprechen, hatte er ausrichten lassen und sich wieder einmal darüber beklagt, dass Conde kein Handy hatte. Als ob er nicht wüsste, dass sein Freund unfähig war, ein solches zu bedienen, und dazu neigte, es gleich wieder zu verlieren.

Während Conde beobachtete, wie geschickt Tamara das Gemüse für die Suppe klein schnitt, rief er vom Nebenanschluss in der Küche aus Palomo an.

»Wo zum Teufel hast du gesteckt, *man*?«, polterte die Stimme am anderen Ende los.

Conde starrte auf den Telefonhörer und staunte über Yoyis siebten Sinn. »Yoyi, dich ruft halb Havanna an. Wieso, verdammt noch mal, wusstest du, dass ich dran bin?«

»Ach, Conde, ein Handy erkennt die Nummer des Anrufers. Und auf dem Display – du weißt doch, dass Handys ein Display haben, oder? Also, auf dem Display erschien Tamaras Name. Aber was reden wir da für einen Scheiß!«

Conde musste über die Verzweiflung seines Partners lächeln. »Also, was ist denn so dringend?«

»Etwas, das ich gehört habe, und etwas anderes, über das ich nachdenke. Wir müssen reden, und zwar schnell.«

»Dann schieß mal los.«

Conde hörte Yoyi seufzen. »Nicht am Telefon, es ist sehr kompliziert. Setz dich in ein Taxi und komm zu dem Restaurant, zu dem ich gleich mit meiner Freundin fahre.«

Conde schaute zu Tamara hinüber, die gerade das Gemüse in den Topf warf. »Also, heute ... Tamara kocht uns was. Und ich hab schon ...«

»Es ist wichtig, *man!* Du weißt, dass ich das nicht nur so zum Spaß sage. Los, schreib dir die Adresse auf und fahr hin. Außerdem will ich dir meine Freundin vorstellen. Und du sollst mal mit eigenen Augen sehen, was ein Luxusrestaurant ist. Es ist gerade sehr angesagt. Ach ja, und bring Tamara mit, ich lade euch ein.«

»Aber ...«

»Das reicht jetzt, Conde. Los, gib mir mal Tamara«, befahl Yoyi.

Conde drehte sich um und sagte zu Tamara, dass Yoyi mit ihr sprechen wolle, während er den Zeigefinger verneinend hin und her bewegte. Neugierig geworden, trocknete sie sich die Hände an der Schürze ab und nahm den Hörer, den ihr Lebensgefährte ihr hinhielt. »Hallo, Yoyi«, sagte sie, hörte zu und nickte zwei, drei Mal, bis sie schließlich mit einem Lächeln zusagte. »Nein, ich vergesse die Adresse nicht. Ich zieh mich nur schnell um, dann fahren wir los. Und wenn ich ihn an den Ohren mitschleifen muss. Okay, bis gleich«, sagte sie und legte auf.

Die Villa im Vedado war nach Zeiten des Glamours und langen Jahren des Niedergangs schließlich zur Ruine verkommen. Dann erwarb ein einheimischer Geschäftsmann sie zu einem Spottpreis und eröffnete ein Restaurant. Sie erwachte zu neuem Leben und kam wieder zu angemessenen Ehren. Die Renovierung und Umgestaltung umfasste das gesamte Anwesen, angefangen von dem Gitterzaun der Vorfahrt bis hin zur Dachtraufe. Nun strahlte alles wieder auf im Glanz der Lampen: Möbel, spanische Wände, gewagte Designeraccessoires, blitzblank poliertes Messing und Emailmalereien, alles auf unbekannten Wegen aus dem Ausland herbeigeschafft. Und alles Ausländern und gut situierten Kubanern vorbehalten (oder aber Kubanern wie ihm, die von einer der beiden Spezies eingeladen wurden). Die erste Frage, die Conde sich beim Betreten des Lokals stellte, war, wie viel die Renovierung und Einrichtung der Immobilie wohl gekostet hatte. Schon bei der ersten Hochrechnung wurde ihm schwindlig. Dann die zweite Frage: Woher stammte wohl das Geld für eine solche Investition? Ein kubanisches Geheimnis. Noch eins. Die dritte Frage stellte er sich dreieinhalb Stunden später, als Yoyi, wie Dutzende von Gästen vor und nach ihm, in klingender Münze die Rechnung für das Verschlungene und Geschluckte bezahlte. Wie viel warf dieses Lokal pro Tag ab? Jetzt schwindelte ihm nicht nur, er hatte das Gefühl, zu ersticken. Das hier war eine Goldgrube. So wurden also die Vermögen gemacht, von denen Miki gesprochen hatte. Und Conde kam nicht umhin, sich dieselbe Frage wie am Nachmittag zu stellen: Wie lange würde das andauern?

El Palomo war hier Stammgast, und der Maître d'hôtel ein ehemaliger Studienkollege. Beide hatten ihr Ingenieursstudium mit einem Diplom abgeschlossen, das ihnen jetzt, wenn überhaupt, als Wandschmuck diente. Sie betätigten sich längst in lukrativeren Gewerben. Warum Pläne für Brücken zeichnen, wenn sie nie gebaut werden? Ganz wie Karla Choy gesagt hatte. Da Yoyi wusste, dass Conde ein hyperaktiver Raucher war, vor allem, wenn er Alkohol trank, hatte er nicht nur den angenehmsten, sondern auch abgelegensten Tisch auf der Terrasse reserviert und für seine Gäste zwei Flaschen eines guten spanischen Rotweins kalt stellen lassen.

Mit einer eleganten, strahlend schönen und zart parfümierten Tamara am Arm, denn so kam ihr Ehering besser zur Geltung, durchschritt der proletarische Conde, neuerdings immerhin anständig beschuht, den Vorplatz auf der Suche nach seinem Geschäftspartner. Stolz stellte er fest, dass seine ewige Verlobte noch immer die Blicke aus allen Richtungen auf sich zog. Doch als er an den von Yoyi reservierten Tisch kam und die neue Freundin seines Freundes erblickte, musste er doch leer schlucken. Die Frau sah fast so gut aus wie Karla Choy, die kubanische Chinesin. Das platinblonde Haar schimmerte, die wie ampelgrünen Augen blinkten einladend, und die vollen Lippen samt allem anderen Drum und Dran bewiesen, dass Yoyi in allen wichtigen Dingen des Lebens ein Kenner war. Die derzeitige Schöne hieß María de la Merced, zog es jedoch vor, Merche genannt zu werden. Für Conde passten der klassische Name und der Spitzname perfekt zur Person. Sie schien eine der wenigen im Land geborenen Frauen um die dreißig, die keinen Fantasienamen oder einen jener extravaganten Spitznamen hatten, die möglichst beide mit Y begannen. Merche war überdies Geschäftsführerin einer privaten Inneneinrichtungsfirma, dazu eine angenehme Gesprächspartnerin, recht gebildet und zurückhaltend genug, um zu schweigen oder mit Tamara zu tuscheln, wenn die Männer sich auf vermintes Gebiet begaben. Wo, zum Henker, gabelte Yoyi einen Engel wie diesen auf?

Nachdem sie sich einander vorgestellt hatten, tranken sie einen Whisky. Dann war es Zeit, die Speisekarte zu lesen, die Bestellung aufzugeben und sich den kühlen Ribera del Duero bringen zu lassen. Wie immer, wenn er unter der Qual der Wahl litt, entschied sich Conde für das erste vielversprechende Gericht auf der Karte: gegrillten Spanischen Schweinsfisch mit irgendwelchen Küchenkräutern, dazu Reis, schwarze Bohnen, eine ganze Armee von gebratenen Bananenscheiben und frittierten Malanga-Chips, begleitet von köstlich angerichtetem und stupend präsentiertem Avocadosalat. Den Reis mit Huhn, den er sich ein paar Stunden zuvor einverleibt hatte, hatte sein Magen bereits vergessen. Tamara dagegen bestellte ein leichtes kubanisches Gericht mit französischem Namen und wenigen Kalorien, während sich Yoyi und Merche für grünen Salat entschieden und das Mahl mit einem Tintenfisch-Carpaccio mit Parmesanstreifen beschließen wollten. Welch ein Luxus, verdammt!

Während sie Wein schlürften und von den Oliven und Sardellen kosteten, schaute sich Conde auf der Terrasse um. Die unerträgliche Auswahl der Speise- und der Weinkarte ging ihm nicht aus dem

Kopf. Ein Feuerwerk der Vielfalt. Davon hatte seine Generation, die in den Lokalen sozialistischer Prägung aufwuchs, nicht die geringste Vorstellung. Dort war geistige Beweglichkeit gefragt gewesen, und es hatte der liebevollste Umgangston geherrscht: »Heut gibts das hier. Und das. Und sonst nichts, mein Hübscher. Und bestell endlich, du weißt ja, gleich gibts nichts mehr, weder dies noch das. Und damit dus weißt, mein Herzblatt, mehr als zwei Bier pro Person geht nicht. Aber es ist nicht besonders kalt, mein Engel.« Conde studierte interessiert das Ambiente, wobei er sich bemühte, nicht den Polizisten, der noch immer in ihm steckte, heraushängen zu lassen. Er versuchte, sich nonchalant elegant zu geben, was für einen ungehobelten Kerl wie ihn ziemlich schwierig war. Dazu hörte er sich Merches Kommentare zur Inneneinrichtung des Restaurants an, wo, so sagte sie, der neonordische Stil sich verbinde mit dem Minimalismus, wo klare Linien und helles Holz vorherrschten. Um ein Haar hätte Conde gefragt, wie viel dieses ganze Mobiliar und die Dekoration wohl gekostet haben mochten. Und, vor allem, woher all das stammte. Die Geschäfte, in denen neonordische oder minimalistische oder ganz einfach nur gut gemachte Möbel verkauft wurden, befanden sich, soweit er wusste, jenseits des Meeres, jenseits der verdammten Möglichkeiten.

Gerade als Conde zu argwöhnen begann, dass Yoyis eilig einberufene Zusammenkunft nur zum Ziel hatte, ihn und Tamara an einem angenehmen Ort mit exklusiven Preisen einzuladen, nutzte sein Freund einen stummen Moment des Genießens, um ihm den zweiten Grund zu offenbaren. Ihm sei die ziemlich vage, aber zuverlässige Information zugetragen worden, dass ein katalanischer Antiquitätenhändler, ein Jordi Puig-was-weiß-ich, in Kuba weile. Der Mann sei im europäischen Kunsthandel gut vernetzt und habe sich angeblich, auch wenn er auf allen Gebieten tätig sei, auf Stücke mittelalterlichen Ursprungs spezialisiert. Soweit er, Yoyi, wisse, habe es in Kuba im Mittelalter aber keine Kunst gegeben, lediglich ein paar ausgehungerte Indios, die Baumratten gejagt und Maniok gegessen hätten, obendrein auch noch ohne Knoblauch-Butter-Zitronensauce. Nach dem, was Conde ihm erzählt habe, könne Bobby Roques verschwundene Madonna gut und gerne aus dem Mittelalter stammen.

Zwei und zwei, zählte Yoyi mit seinem Ingenieurswissen zusammen, ist vier, Conde. Oder fast immer, korrigierte er sich. Als er merkte, dass er die Spürnase in Conde geweckt hatte, versprach er ihm, sich ein wenig umzuhören, was ausgerechnet diesen Antiquitätenhändler und Mittelalter-Spezialisten Puig-was-weiß-ich nach Kuba geführt habe. Außerdem sei der Katalane, wie Bobbys Großvater, wie die Statue. Puigventós heiße der Mann, genau!

»Wenn er aus dem Grund, an den wir beide denken, nach Kuba gekommen ist«, entgegnete Conde, nachdem er die neue Information verdaut hatte, »dann deshalb, weil jemand davon gesprochen hat, etwas verkaufen zu wollen, was ihn interessieren könne. Und wenn dieses Etwas tatsächlich Bobbys schwarze Madonna ist, die wirklich antik und wertvoll zu sein scheint, dann ist sie bereits oder bald im Besitz von jemandem, der den Wert der Statue kennt und weiß, wie und an wen er sie verkaufen kann. Und dieser Jemand spielt nicht in der Liga, der Raydel und der Rochen angehört haben. Er ist Geschäftsmann. Oder er gehört zur Zunft.«

»Was bedeutet«, nahm Yoyi den Faden auf, »die schwarze Madonna befindet sich noch in Kuba, und hinter dem Diebstahl stecken Leute der Zunft, oder sie sind irgendwie darin verwickelt. Soviel ich weiß, gibt es in Kuba nur vier oder fünf Kunstlöwen mit solchen Connections, darunter deine Freunde René Águila und Elizardo Soler. Und die Erdbebenchinesin.«

»Kennst du auch die anderen?«

»Ein bisschen. Einer hatte jahrelang mit Renovierungen in der Altstadt zu tun und hat angeblich alles geklaut, was er kriegen konnte, sogar die Nägel von den Kreuzen. Enrique Garcés heißt er. Er ist gay, wie dein Freund Bobby. Und mit allen Wassern gewaschen. Der andere, der mir dabei einfällt, ist Italiener, der kommt und geht, ein Hurenbock wie kein zweiter. Guido soundso, mehr weiß ich auch nicht. Alle nennen ihn nur Guido Corleone, aber mit stummem u, als wärs ein spanischer Name.«

»Wie willst du weiter vorgehen, Yoyi? Die Sache ist heiß! Vergiss nicht, es hat schon zweieinhalb Tote gegeben.«

Merche führte gerade ihre Gabel mit dem Carpaccio an den Mund, hielt aber in der Bewegung inne und riss ihre grünen Augen weit auf, so weit, dass man befürchten musste, sie könnten auf ihren Teller kullern. Von zwei Toten und einem Halbtoten zu sprechen, als wäre es das Natürlichste der Welt, passte nicht in ihre Welt des Designs, der Mode und der Inneneinrichtungen.

»Zweieinhalb Tote?«

Yoyi strich seiner Freundin lächelnd übers Haar. Er zwinkerte Tamara Hilfe heischend zu, und die Zahnärztin setzte um, was sie in den vielen Jahren des Zusammenlebens mit dem ehemaligen Polizisten gelernt hatte.

»Du übertreibst mal wieder maßlos, Mario! Zwei Typen sterben bei einem Motorradunfall, und du bringst das mit dieser Geschichte in Verbindung. Und wenn du im Bad ausgerutscht bist und dir dabei fast den Hals gebrochen hast, dann deshalb, weil du ein alter Sack bist.«

Merche sah zur lächelnden Tamara, dann zu Conde, der Tamara einen wenig freundlichen Blick zuwarf, und schließlich zu Yoyi, der ihr tief in die Augen schaute.

»Schatz, du weißt doch, dass ich nur mit Leuten wie den Besitzern dieses Lokals Geschäfte mache. Die erschlagen dich nur mit der Rechnung. Oder wenn du abhauen willst, ohne zu bezahlen.«

Die junge Frau schob, noch nicht so ganz überzeugt, das Carpaccio in den Mund und liebkoste die Tintenfischscheiben mit ihren Zähnen.

»Also gut, Conde«, sagte Yoyi, »wenn ich etwas höre, lasse ich es dich wissen, okay?«

In diesem Moment kam der zum Maître mutierte Diplomingenieur an den Tisch und fragte nach, ob alles in Ordnung sei. Alles bestens, versicherten die vier unisono, und Conde beobachtete voller Vorfreude, wie der Mann den köstlich trockenen Ribera del Duero in die Weingläser goss.

»Wenn ihr wollt, reserviere ich euch einen Tisch auf der Terrasse im ersten Stock, gleich neben der Bar. Heute Abend gibt es Live-Musik.« Er nannte den Namen eines angesagten Musikers. »Mexikanische Touristen haben ihn engagiert.«

»Was meint ihr?«, fragte Yoyi Tamara und Conde. »So was wird einem nicht alle Tage geboten.«

»Ich bin dabei«, sagte Tamara, und Conde fügte sich widerstandslos.

»Wenn wir zu Ende gegessen haben, gehen wir rauf, also warte noch mit der Rechnung«, bat Yoyi seinen Freund, der sich zurückzog, um weiter seines Amtes zu walten.

Eine halbe Stunde später gingen die beiden Paare auf die obere Terrasse. Eine leichte Brise wehte vom nahen Meer herüber. Zwar hatten die Mexikaner die Musik bestellt und bezahlt (wie viel mochten sie dafür hingeblättert haben?, fügte Conde ein weiteres Fragezeichen den vielen anderen hinzu), doch der Tisch in der ersten Reihe, direkt vor der kleinen Bühne, war für Yoyi und seine Gäste reserviert. Daneben befand sich eine einladende Bar, die dieser Bezeichnung alle Ehre machte, bis hin zu den bunten Neonlämpchen.

Da sie beschlossen hatten, auf Nachtisch zu verzichten, ließ Yoyi eine Platte mit französischem Käse und einen Bordeaux kommen, seiner Meinung nach der beste Abschluss einer Mahlzeit. Conde bestellte zusätzlich seinen ewigen Kaffee. Yoyi erzählte, dass Merche sich für ein Stipendium zur Weiterbildung in Kanada beworben habe. Wenn sie über diesen Weg ausreisen könne, habe sie vor, dort zu bleiben und zu sondieren, welche Möglichkeiten sich ihr böten. Conde betrachtete die strahlende junge Frau und musste sich eingestehen, dass ihn ihre Schönheit und ihr guter Geschmack bezauberten. Noch jemand, der Lebewohl sagte? Wo zum Teufel führte das noch hin?

Auf der Terrasse herrschte eine lebhafte Atmosphäre, es wurde geredet und gelacht. Die Hintergrundmusik war wie durch ein Wunder so leise, dass sie die Gespräche der Gäste nicht beeinträchtigte. Conde observierte mit seiner déformation professionnelle die Umgebung und stellte fest, dass außer den etwa zehn Mexikanern, die an einem langen Tisch saßen, die meisten Anwesenden der nationalen Fauna angehörten und fast alle jung waren. In diesem Moment wurde ihm klar, dass er sich an einem Ort befand, wo er nicht hingehörte, an dem er fremder war als die Mexikaner. Doch es gelang ihm, glücklich zu sein, weil Tamara glücklich war, auch wenn er sich unbehaglich fühlte. Nie würde er es sich leisten können, sich in einem Lokal wie diesem mit seinen Freunden zu amüsieren, die mit Sicherheit nicht mal ahnten, dass es Orte wie diesen überhaupt gab. Orte, die gemäß

Yoyi in der Stadt immer häufiger zu finden waren und die so begehrt waren, dass man lange im Voraus reservieren musste. Orte, an denen die Leute sich nicht um etwas stritten, weil für alle genug da war. Für alle, die die Preise bezahlen konnten. Und da war sie wieder, seine blöde Manie: Woher hatten diese so unglaublich jungen Leute die Knete? Sie schienen sich pudelwohl zu fühlen, in natürlichem Einklang mit dem wiederauferstandenen Luxusleben in Havanna, mit dem er, Conde, an diesem Abend in engen Kontakt getreten war, gutes Essen und guter Wein inklusive.

Der Musiker und seine Band betraten die Bühne und begannen ihr Konzert. Conde fand es bemerkenswert, dass die Jugendlichen, sogar Yoyi und Merche, die Texte der Lieder auswendig kannten. Einige waren Balladen, andere luden zum endlos Tanzen ein. Yoyi und Merche gingen auf die Tanzfläche. Unter dem Vorwand, sich anzuschauen, wie gut die beiden sich bewegten, betrachtete Conde verzückt die faszinierenden Bewegungen der Frau. Sah er sie zum ersten und einzigen Mal?

Tamara fragte ihn, mehr aus Höflichkeit denn aus Überzeugung, ob er es mit ein wenig Bewegung versuchen wolle. Doch Conde lehnte entschieden ab. In Kuba, so sein fundamentalistisches Argument, gebe es zwei Arten zu tanzen: gut oder schlecht. Und er tanze schlecht. Und über diejenigen, die schlecht tanzten, machten sich die Leute lustig. Er werde schon genug angestarrt wegen seines Aussehens, seines Alters, seiner offensichtlichen Verblüffung angesichts dieser exotischen Welt, die aus weiß Gott, welchem Winkel der Gesellschaft hervorgegangen war. Tamara stimmte ihm in allem zu, sagte zu allem Ja, selbstverständlich, doch dann stand sie auf, ließ ihren gepeinigten Quasi-Ehemann sitzen und ging allein auf die Tanzfläche.

Während Conde an seinem Cognac nippte, eine Aufmerksamkeit des Hauses – und vor allem der letzte an diesem Abend, so nahm er sich vor –, gingen ihm all die Höllenszenen durch den Kopf, durch die er in den letzten Tagen gegangen war. Er strich über die immer noch schmerzende Wunde am Hinterkopf. Ja, diese Höllen waren so real wie dieses Paradies unter Havannas Sternenhimmel. Hier saß er nun und trank echt französischen Cognac, von dessen Gegenwert sich eine ganze Großfamilie einen Tag lang hätte ernähren können. Zwei parallele Welten, und zwischen ihnen eine Mauer. Ganz wie in der Epoche, aus der Bobbys schwarze Jungfrau zu stammen schien. Der gemeine Pöbel und der Adel. Hatte man nicht versucht, genau diese Mauer auf der Insel einzureißen? Diese manchmal subtile, wenn auch nicht weniger kompakte Mauer, die sich aber, zäh wie das Leben, bei der kleinsten Gelegenheit wieder aufrichtete? Mitten in seinen soziohistorisch-philosophischen Überlegungen über die Abgründe des immerwährenden Kreislaufs der Zeit, drang plötzlich ein leuchtend goldener Schimmer an sein Auge. Im äußersten linken Winkel seines Blickfelds sah er ein intensives Leuchten. Er musste hinschauen. Dort, vor der Bar, tanzten, sangen und drehten sich mehr als ein Dutzend Mädchen, darunter Merche. Conde begriff, dass dieses Strahlen von den Körpern, den Kleidern, den Schuhen, den Parfüms, der lässigen Eleganz und den goldschimmernden Haaren jener jungen Frauen ausging. Alle waren sie schön, elegant, schlank und blond. Da war sie wieder, die trennende Mauer.

14

12. September 2014

Lautlos wie ein Dieb bewegte er sich durchs Zimmer. Tamara lag anmutig wie immer in tiefem Dornröschenschlaf, auf ihrem Gesicht noch die Spuren des Glücks der vergangenen Nacht. Er ging in die Küche, um Kaffee zuzubereiten, trank zwei Tassen und rauchte zwei Zigaretten. Zwischen den beiden Zigaretten machte er eine ausgiebige Pause auf der Toilette, wo er die verdauten Überreste des exklusiven Essens vom Vorabend ausschied und über das kümmerliche Ende des exquisiten französischen Käses nachdachte.

Ausgeschlafen, aber schlecht gelaunt wegen der Erlebnisse und Erkenntnisse der letzten Tage, machte er sich grollend auf den Weg zu Bobby, auf der Suche nach Wahrheiten, ohne die er nicht weiterarbeiten, ja, nicht mal weiterleben konnte. Und wenn er das höchste Honorar, das er in seinem erbärmlichen Leben jemals bekommen hatte, abschreiben müsste.

Er nahm sich nicht einmal die Zeit, seinen Blick über das Meer schweifen zu lassen, sondern ging direkt zu Bobbys Haus und hämmerte an die Tür. Auf dessen Gesicht spiegelte sich panische Angst wider, die sich auch dann kaum legte, als er sah, dass es sein Freund war und nicht die hartnäckigen Polizisten. Er war nur mit einem Kimono bekleidet und schien keine gute Nacht gehabt zu haben.

»Conde, diese Polizisten lassen mich nicht in Ruhe. Jetzt gibt es noch einen Toten, und sie behaupten, ich hätte was damit zu tun! Dabei bin ich das Opfer! Das Opfer!«

Conde folgte ihm schweigend auf die Terrasse und wartete, bis Bobby mit dem Tablett zurückkam, auf dem die Porzellantassen klirrten. Bedächtig trank er seinen Kaffee und genoss das Geschenk, das er seinem Gaumen machte, bevor er sich die unvermeidliche Zigarette anzündete. Bobby fuhr währenddessen fort, sich zu beklagen und zu rechtfertigen, und rief die Jungfrau Maria und Yemayá an, ihm beizustehen, bis Conde energisch eine Hand hob und ihn aufforderte, still zu sein.

»Schluss mit dem Gejammere, mein Lieber. Ich weiß nicht, ob die Polizei dir glaubt, ich jedenfalls glaub dir kein bisschen von dem, was du da erzählst. Du bist ein verdammter Lügner und verdienst alles, was dir im Moment passiert. Und noch viel mehr!«

Der andere starrte ihn mit weit aufgerissenen Augen an und rieb sich nervös die Hände, während er den Wutausbruch des von ihm engagierten Privatdetektivs über sich ergehen ließ. »Was verdiene ich, Conde, was?«

»Alles, Bobby.«

»Aber du weißt doch, dass ich niemanden getötet habe.«

»Das ist das Einzige, was ich zu wissen glaube, und auch da hab ich manchmal so meine Zweifel.«

»Aber mein Freund, wie kannst du …?«

»Du hast mich enttäuscht, Bobby«, stellte Conde fest und fixierte ihn streng. »Du hast mich mehrmals belogen, hast mich benutzt, indem du mich um etwas batest, während du etwas ganz anderes wolltest. Du erzählst mir nur, was dir passt und wann es dir passt. Und dabei faselst du was von früheren Zeiten und von Freundschaft. Und ich hab dir geglaubt. Typen wie du sind zu allem fähig.«

Bobby senkte den Blick. Er schien wirklich betroffen zu sein. »Du hast recht, Alter. Verzeih mir.«

Conde hasste solche Methoden, doch er war sich sicher, dass er seinen ehemaligen Mitschüler da hatte, wo er ihn hinhaben wollte. Also legte er nach: »Einen Scheiß werde ich! Und um mit deinen Katastrophen und Lügen aufzuräumen, erzählst du mir jetzt erst mal die vollständige Geschichte der schwarzen Madonna. Die wahre, verdammt noch mal! Und komm mir nicht wieder damit, dass sie Macht hat! Denn falls sie welche hat, dann macht sie den Leuten damit nichts als Ärger. Durch ihre Schuld oder durch deine hat es bereits zwei Tote gegeben.«

Bobby schüttelte den Kopf und unterbrach ihn: »Verzeih mir, bitte, verzeih mir, wenn ich dir nicht immer die Wahrheit gesagt habe. Aber du musst mich verstehen.«

»Nein, ich verstehe dich nicht. Ich will die Wahrheit! Los, erzähl!«

Bobby starrte auf die riesigen, grün leuchtenden Blätter des dekorativen Aronstabs. »Warum, um Gottes willen, geschehen mir solche Dinge?« Er sah zum Himmel, bekreuzigte sich und zog den Rotz durch die Nase hoch. »Nichts von alldem musste passieren. Ja, es ist eine schwarze Madonna aus dem Mittelalter«, sagte er schließlich. Er entspannte sich ein wenig und fuhr dann fort, den Blick wieder auf sein Gegenüber gerichtet: »Und sie hat wirklich Macht, Conde, wirklich. Sie hat mich geheilt, sie hat in Spanien Menschen gerettet, sie hat Wunder bewirkt. Du musst mir glauben, Junge! Der Spanier, der Mann meiner Großmutter, hat sie mitgebracht, so wie ich es dir gesagt habe. José kam aus einem kleinen Dorf in den katalanischen Pyrenäen, das nicht mal auf der Landkarte verzeichnet ist. Er hat die schwarze Madonna mitgebracht und sie immer bei sich gehabt. Und er hat sie nur ungern gezeigt. Wenn jemand aus der Familie sie sah und ihn danach fragte, behauptete er, es sei die Jungfrau von Regla.«

»Bobby, Bobby, die Geschichte kenne ich schon. Und dann?«

Der andere stieß einen Seufzer aus. »Allen hat José die Geschichte erzählt, die ich dir erzählt habe. Aber sie war erfunden. Nur meiner Großmutter hat er die Wahrheit gesagt. Und das ist die Wahrheit, die ich kenne: Die Madonna befand sich jahrhundertelang in einer Kapelle außerhalb seines Dorfs. Seit sie in einem Baumstamm entdeckt wurde und ein Wunder bewirkt hat. José sagte, in jener Gegend habe sie immer in dem Ruf gestanden, Wunder zu wirken, zu heilen, dafür zu sorgen, dass Frauen schwanger wurden, solche Dinge eben. Aber er hat meiner Großmutter immer wieder versichert, dass er die Marienstatue nicht gestohlen habe. Er habe sie gerettet, behauptete er. Und um sie zu retten, habe er sehr schlimme Dinge getan, und darum habe er aus Spanien fliehen müssen. Welche Dinge genau, hat er nie gesagt, aber sie müssen wirklich schlimm gewesen sein. Das alles geschah während des Bürgerkriegs, als die Anarchisten und andere Gruppen Priester ermordet und Kirchen und Heilige in Brand gesteckt haben. Sogar gotische Kathedralen haben sie niedergebrannt, und das ist nicht erfunden. Sie haben sich gegenseitig umgebracht, mit oder ohne Grund.«

»Weißt du wirklich nicht, was für schlimme Dinge José getan hat? Meinte er damit vielleicht doch, dass er die Statue gestohlen hat?«

»Ich glaube nicht, er war ein guter Mensch. Aber ehrlich gesagt, weiß ich nicht, was zum Teufel er dort im Krieg getan hat, ob er zu denen gehörte, die Priester umgebracht haben, um die große Revolution zu machen. Er hat nur erzählt, dass er mit der Statue in einem Kohlensack auf einem Schmuggelpfad die Pyrenäen überquert hat. Halb Frankreich hat er mit ihr durchquert. In Le Havre, ja, ich glaube, es war Le Havre, hat er sich als blinder Passagier auf ein Schiff geschlichen, das nach Havanna und Buenos Aires fuhr. Als sie ihn entdeckten, warfen sie ihn beinahe ins Meer. Aber dann haben sie ihn dazu verdonnert, das Schiff zu putzen. In Havanna hat er die Madonna aus ihrem Versteck geholt und ist mit ihr von Bord gesprungen. Und ist in Regla gelandet. Da hat er dann die andere Jungfrau gesehen, die von hier. Von da an hat er jedem, der ihn danach fragte, erzählt, dass seine Madonna eine schwarze Jungfrau von Regla sei. Ich glaube, sogar meine Großmutter hat es am Anfang geglaubt.«

Conde senkte den Blick. Die Geschichte klang plausibel, auch wenn sie noch nicht ganz vollständig war. »Aber die beiden Madonnen gleichen sich überhaupt nicht. Na ja, beide sind schwarz ...«

»Ich finde das durchaus logisch. In Kuba ist eine schwarze Madonna für alle Welt die Jungfrau von Regla, nicht wahr? Später hat meine Großmutter gemerkt, dass sie nicht die von Regla sein konnte, und daraufhin hat er ihr seine Geschichte anvertraut. Oder umgekehrt. Aber bevor meine Großmutter sie mir erzählt hat, habe ich, neugierig, wie ich bin, herausgefunden, was sie in Wirklichkeit war: eine Madonna aus dem Mittelalter, romanisch, schwarz, sogar älter als die Jungfrau von Regla in Chipiona. Wie ich später dann erfahren habe, wird sie dort ›Heilige Jungfrau von La Vall‹ genannt, weil es nämlich eine der Statuen ist, die während des Bürgerkriegs verschwunden sind. Also hat José nicht gelogen. Kurz vor ihrem Tod hat meine Großmutter sie mir geschenkt und mir auch Josés Geschichte erzählt, jedenfalls die, die sie kannte und die wahr sein kann oder auch nicht. Sie hat bestätigt, was ich schon wusste: dass die Statue mehrere Jahrhunderte in der Kapelle in Josés Dorf gestanden hatte und dass ihr José nicht Josep Bonet hieß und alles andere …«

»Aber damit ist die Geschichte noch nicht zu Ende.«

Bobby schüttelte den Kopf und schluckte. Conde war sich sicher, dass das Wichtigste noch folgte. »Ich habe ein wenig nachgeforscht«, fuhr Bobby fort, »und ich habe herausbekommen, dass so eine Madonna bis zu drei, vier Millionen Dollar einbringen kann. Mindestens. Es gibt nämlich nur noch wenige solcher Statuen auf der Welt. In Südfrankreich, in Nordspanien, ein paar wenige in Deutschland und die eine oder andere in Polen. Heute sind das Museumsstücke, sind in Katalogen abgebildet. Stell dir vor, der heilige Ludwig, der König von Frankreich, hatte ein paar im Gepäck, als er von seinem Kreuzzug im Heiligen Land nach Frankreich zurückgekehrt ist. Aber ich wollte sie nicht verkaufen, Conde. Ich wollte sie für mich, um sie später an meine Söhne weiterzugeben, die dann damit machen können, was sie wollen. Verehren oder verkaufen. Aber erst, wenn ich tot bin. Deswegen will ich sie zurückhaben. Und weil es stimmt, was ich dir gesagt habe, genauso wie das, was José erzählt hat: Diese Jungfrau hat Macht. Vielleicht weil sie schwarz ist, ich weiß es nicht, oder weil sie aus dem Mittelalter stammt und sehr selten ist. Oder weil sie aus dem Heiligen Land kommt, wie einige Historiker sagen. Keine Ahnung. Aber sie hat die Macht, dir Frieden zu bringen. Und Kraft. Und Gesundheit. Es ist ein Mysterium, aber es ist die Wahrheit, Conde, ich schwörs dir. Aus all diesen Gründen will ich sie wiederfinden, ohne Staub aufzuwirbeln. Ich weiß nämlich nicht, ob der spanische Staat Anspruch auf sie erheben kann, als nationales Kulturerbe. Und wenn ich Lärm schlage, wird alle Welt wissen, wie wertvoll sie ist. Conde, fast niemand wusste, dass ich diese Statue besaß. Jetzt weiß es auch die Polizei, und es gibt sogar Fotos von ihr in Büchern. Nur einen Augenblick, Conde …«

Bobby stand auf, brachte die Schöße seines Kimonos in Ordnung und ging ins obere Stockwerk. Er kam mit zwei Büchern zurück, eins davon großformatig, in Leder gebunden. Er schlug es auf und legte es vor Conde auf das Beistelltischchen. »Hier. Die Heilige Jungfrau von La Vall. Romanische Skulptur aus dem 12. Jahrhundert. 1936 aus ihrer Kapelle verschwunden. Verbleib unbekannt.«

Trotz der dürftigen Qualität des Fotos erkannte Conde sie sofort, und er hatte das Gefühl, dass die Puzzlestücke endlich perfekt zusammenzupassen begannen. Die Madonna in dem Buch war die auf Bobbys Fotos. Es konnte auch gut die sein, restauriert und ausgebessert, die Yamichel ihm auf seinem Computer gezeigt hatte.

»Damit ist klar, dass José sie geklaut hat.«

»Oder gerettet, wie er sagte. Der Bürgerkrieg war in vollem Gange, es wurden Kirchen niedergebrannt.«

»Die hier auf dem Foto hat zwei Hände.«

»Die fehlende Hand hat José abgebrochen, als er sie mit sich genommen hat. Das behauptete er jedenfalls.«

»Und ich soll dir diese ganze Geschichte von dem Katalanen und deiner Großmutter glauben, was, Bobby?«

»Ich schwöre dir bei allem, was mir heilig ist: Es ist die Wahrheit! Woher zum Teufel sollte ich eine solche Statue haben? Wie sollte ich an so was kommen? Wo sollte ich sie kaufen?«

»Was will ein gewisser Jordi Puigventós in Kuba?«

»Meine Jungfrau«, antwortete Bobby ohne Zögern. »Der Kerl ist ein Pirat. Jemand muss ihm gesteckt haben, dass es diese Madonna gibt und dass sie verschwunden ist. Bestimmt war es René Águila. Wie ich dir gesagt habe, Conde: Es ist bekannt, dass sie existiert und dass sie in Kuba ist.«

»Und zu verkaufen«, ergänzte Conde.

»Ja, und zu verkaufen. Aber wer hat sie, Conde, wer? Der, der Raydel und den anderen Jungen ermordet hat?«

Conde nickte, schüttelte den Kopf, dachte nach. »Alles deutet darauf hin, dass sich die Statue immer noch in Kuba befindet. Und wer sie jetzt hat, ist der Mörder von Raydel und Ramiro. Oder weiß zumindest, wer die beiden umgebracht und sich die Madonna unter den Nagel gerissen hat. Die gute Nachricht ist, dass er sie nicht verkaufen kann, weil er sich sonst verraten würde.«

»Wer immer sie auch hat, weiß, was die Statue wert ist. Ich überlege gerade, ob dieser Jemand Raydel sogar damit beauftragt haben könnte, sie zu stehlen. Und dann sind die Dinge aus dem Ruder gelaufen.«

Auch Conde hatte bereits an diese Möglichkeit gedacht. Dagegen sprach aber die Tatsache, dass der falsche Raydel eine wertvolle Marienstatue gestohlen hatte, um Millionen daran zu verdienen und aus Kuba fortzugehen, nebenbei aber noch einen Wasserkocher und ähnlichen Kram hatte mitgehen lassen. Conde hatte auch in seine Überlegungen einbezogen, dass der Mörder sie an jemand Skrupellosen wie Jordi Puigventós verkaufen könnte und nach dem Deal versuchen würde, mit dem Geld abzuhauen. Mit wie viel Geld? Wo würde Puigventós es hernehmen? Conde wog das Für und Wider ab und wandte sich dann wieder Bobby zu: »Wer kann diese Madonna kaufen, die Millionen wert ist? Mehr noch: Wer würde sich trauen, sie zu kaufen, in dem Wissen, dass dahinter wenigstens zwei Tote stecken und hinter den beiden Toten kubanische Polizisten, die, das kann ich dir versichern, alles andere als blöd sind und inzwischen wissen, dass es bei dem ganzen Scheiß um eine Marienstatue geht? Bobby, wenn die Madonna in Spanien gestohlen wurde, dann ist in Spanien kein Geschäft mit ihr zu machen. Nein, ich blicke da nicht durch. Glaubst du, dass dieser Jordi so weit denkt?«

»Puigventós kennt sich sehr gut aus, Conde. Wer so ein Geschäft betreibt, muss das. Und hier in Kuba gibt es Leute, die sich ebenfalls sehr gut auskennen und genug Kohle haben.«

»Leute aus deiner Zunft?«

»Ja, aber es gibt da auch andere, die in sichere Wertanlagen investieren. Häuser, Juwelen, Gemälde. Zurzeit tummeln sich alle möglichen Leute in diesem Geschäft, die reinste Plage. Einige von ihnen haben die nötigen Kontakte, um solche Dinge aus Kuba fortzuschaffen. Jemand in Spanien oder in Miami, jemand mit sehr viel Geld, könnte an der Statue interessiert sein. Nicht um sie auszustellen oder sie weiterzuverkaufen, nein, um sie bei sich aufzubewahren, wegen ihrer Macht.«

»Hör auf, mich mit dieser verdammten Macht zu nerven, Bobby.«

»Schon gut, krieg dich wieder ein. Aber sie hat Macht! Sie hat mich geheilt! Und darum ist sie so wertvoll für mich! Verstehst du das nicht?«

Conde grübelte weiter. Er begann zu ahnen, dass er den Anfang der Spirale gefunden hatte, wusste aber noch nicht, wohin sie ihn bringen würde. Nicht einmal, ob sie ihn zu der verdammten Jungfrau führen würde, die am Ursprung dieser immer makabreren Geschichte stand. Er musste etwas tun. Und er würde etwas tun.

»Man muss verrückt sein, um diese Madonna kaufen zu wollen. Zieh dir was über, Bobby, jetzt gleich! Wir müssen los.«

»Wohin, Conde?«

»Wohin mich meine Ahnungen führen. Los, mach schon!«

»Was ist los mit dir, Bobby, verdammt noch mal?«

»Ich bin nervös. Und ich habe Angst.«

»Große Angst scheinst du aber nicht zu haben. Es macht dir wohl nichts aus, zu sterben, du Vollidiot. Aber mir! Jedenfalls nicht auf diese Weise, es würde sehr wehtun.«

»Ach, Conde …«

»Fahr langsam, verdammt! Wir haben Rot!«

Bobby kam mit quietschenden Bremsen direkt vor der Ampel zum Stehen, sodass Conde um ein Haar mit dem Kopf gegen die Windschutzscheibe geknallt wäre. Als der Fahrer wieder startete, wäre er beinahe mit dem Hintern durch den Boden des Fahrzeugs deutscher Bauart gesaust. Conde hatte das Gefühl, sein Leben auf die absurdeste Weise aufs Spiel zu setzen. Bobby Roque war der lausigste Fahrer, den er je erlebt hatte. Seit er seinen VW Käfer gestartet und in die Séptima Avenida in Miramar eingebogen war, hatte er nichts ausgelassen. Überfahren von Stoppschildern, Nichtbeachtung eines Rotlichts, Beinahe-Überfahren eines alten Mannes, eines Motorradfahrers und sogar eines Hundes, der schön brav an einen Hydranten neben einem Blumenbeet pinkelte.

Zwanzig Minuten später atmete Conde schweißgebadet und ans Seitenfenster und an den Sitz geklammert auf. Endlich konnte er seinen Fuß wieder auf festen Boden setzen. Und dort, vor dem Haus von Elizardo Soler, wechselte seine Panik in Sprachlosigkeit.

Die Villa in der Calle 19 im Vedado hatte schon seit Jahren Condes Aufmerksamkeit auf sich gezogen. Etwas unterschied sie von den anderen Villen des Viertels. Es lag nicht nur an den majestätischen Dimensionen des beispielhaft eklektischen Gebäudes oder am einwandfreien Zustand inmitten der verwitterten, ungepflegten anderen Häuser. Vielmehr ging eine geheimnisvolle Aura von ihr aus, zumindest für Condes immer ein wenig fabulierende Fantasie. Dieses Geheimnisvolle, dachte er jetzt, beruhte möglicherweise auf dem Zusammenspiel des von einem Wetterhahn gekrönten Turms, der Dachtraufen, die gotische Wasserspeier imitierten, dem Giebel mit den beiden Füllhörnern, aus denen Früchte aller Art hervorquollen, und den aus der üppigen Bepflanzung ragenden exotischen Dattelpalmen. Der hohe, mit schwarz gestrichenen Metallplatten verkleidete Gitterzaun gewährte einen großzügigen Blick auf die oberen Teile des Gebäudes.

»Bobby, du musst mir sagen, was Elizardo weiß, denn er war darüber informiert, was man dir gestohlen hatte und wie viel es wert war. Aber sag mir erst mal, wer zum Teufel dieser Elizardo Soler ist, der in diesem Palast wohnt. Man hat mir seltsame Geschichten über ihn erzählt. Komm, setzen wir uns.« Conde zeigte auf den Park gegenüber, in dem auf einer der Bänke seit mehreren Jahren kein Geringerer als John Lennon saß. Noch nie hatte Conde diesen Park betreten, seit die Bronzestatue des Beatle enthüllt worden war, der als ein Symbol der Gegenkultur zu späten Ehren kam, nachdem man seine Musik auf der Insel jahrelang als ein Produkt kapitalistischer und bürgerlicher Ideologie stigmatisiert hatte.

Elizardo Soler, so berichtete Bobby, als sie sich gesetzt hatten und Conde sich eine Zigarette anzündete, war quasi der uneheliche Enkel des früheren Besitzers der Villa, eines Angehörigen des Sarrá-Clans. Wie die gesamte Familie hatte Emilio Sarrá Kuba verlassen, als die revolutionären Absichten der neuen Regierung deutlich wurden. Daraufhin ließ sich ein unehelicher Sohn jenes Sarrá, dem der Magnat zwar nicht seinen Namen, wohl aber seine Zuneigung hatte schenken können, mit seiner Mutter, der Tänzerin Adela Soler, in der Villa nieder. Der Flüchtige hoffte, bald wieder auf die Insel und zu seinen Besitztümern zurückkehren zu können. Und wenn Emilio Sarrá etwas auf dieser Welt bewahren wollte, dann sein tropisches Xanadu. Dieses traumhafte Anwesen von in Kuba reich und heimisch gewordenen spanischen Auswanderern, Besitzer riesiger Vermögen, deren Herkunft oft so dunkel war wie die afrikanischen Sklaven, die sie erfolgreich kauften und verkauften. Um die Villa zurückzubekommen, vertraute Sarrá auf seine Geliebte und ihren gemeinsamen Sohn, Octavio Soler, der, wie Conde sich denken könne, der Vater von Elizardo war. Es kam der Tag, als das Haus seines Erzeugers, in dem er bisher gelebt hatte, revolutionär verstaatlicht werden sollte, so wie es mit der Zuckerfabrik, der Rumfabrik, mehreren Geschäften und den Ländereien der Familie Sarrá in Camagüey geschehen war. Als Octavio dagegen kämpfte, kam ihm zugute, dass er, wie viele andere junge Studenten aus großbürgerlichem Hause, im revolutionären Untergrund Havannas gegen Batista gekämpft hatte. Sehr bald schon wurden sein Fall und auch der Garten des Hauses dank eines mächtigen Freundes den Augen der Öffentlichkeit entzogen. Octavio Soler galt fortan als legaler Nutznießer und schließlich als Eigentümer der Villa des Mannes, den er als seinen biologischen Vater ausgab.

Elizardo seinerseits, fuhr Bobby fort, war in seiner Jugend ein leichtlebiger Bonvivant gewesen, ein Mitglied der Clique von Kindern einflussreicher Eltern. Um sich sein angenehmes Leben zu finanzieren, hatte er nach Octavios Tod damit begonnen, die Einrichtung der Villa nach und nach zu verscherbeln. Mitte der Achtzigerjahre, als Elizardo es für die Finanzierung seines aufwendigen Lebensstils am dringendsten benötigte, eröffnete die Regierung das sogenannte »Haus für Gold und Silber«, kurz darauf in »Casa de Hernán Cortés« umbenannt, wo man Wertsachen gegen Dinge eintauschen konnte, zu denen die Kubaner sonst keinen Zugang hatten. Elizardo gab für einen nagelneuen russischen Lada und ein paar elektrische Haushaltsgeräte ein Vermögen an Schmuck und Juwelen weg. Als dann die Krise kam, verkaufte er auch Möbel und Nippes, um im allgemeinen Mangel seinen Lebensstandard aufrechtzuerhalten. Bis die Goldader zu versiegen begann. Da erschien, wie im Märchen, eine französische Dame am Horizont, die zwar nicht steinreich war, aber immerhin über einiges Geld verfügte. Über ziemlich viel Geld, vermutete Bobby. Elizardo heiratete sie und ging mit ihr in die Schweiz. Oder war sie Schweizerin, und er ging mit ihr nach Frankreich, und war sie doch steinreich? Wie dem auch sei, er lebte etwa zehn Jahre dort in Europa, zwischen Paris und Genf, während seine Mutter das Haus in Havanna hütete.

Als Elizardos Mutter krank wurde, kehrte er zurück. Die Familienvilla war so etwas wie der Ruf des Blutes, der die Sarrás nicht losließ. Für Eli war die Rückkehr einfach, er musste nur den Namen seines Vaters und der Freunde seines Vaters erwähnen, und schon bekam er eine Sonderbehandlung. In Europa hatte er einiges gelernt und beschloss nun, nicht bloß zu verkaufen, sondern zu handeln. Dank seiner Kenntnisse, seiner Beziehungen in Paris und dem Kapital, das er seiner Frau hatte abluchsen können, stieg er mit außergewöhnlicher Energie, viel Geschick und wahnsinnigem Glück ins Geschäft ein und wurde Mitglied der Zunft. Als hätte er magische Kräfte, kamen die wertvollsten und gefragtesten Stücke, die, die am meisten Kohle einbrachten, wie von selbst zu ihm. Bald schon konzentrierte er sich auf Malerei, wurde Vertreter verschiedener Künstler und eine Art Vermittler von Kunsthändlern und europäischen Galerien, die an kubanischer Kunst interessiert waren. Er verdiente sich dumm und dämlich und wohnte in dem Traumhaus, in dem der ursprüngliche Eigentümer nie wieder auftauchte. Eher eine reine Erfindung war, und damit beendete Bobby seinen Bericht, dass Eli angeblich von seinem Großvater Emilio Sarrá eine Erbschaft in Spanien gemacht hatte.

Urban Legends, dachte Conde. Bobbys Geschichte klang ganz ähnlich wie das, was Miki ihm erzählt hatte. Alles passt zusammen im Reich der Legenden.

»Ja, ich glaube, Eli ist ein notorischer Lügner«, bestätigte Bobby.

»Jemand hat mir gesagt, dass er möglicherweise auch ein Spitzel ist«, deutete Conde an.

Bobby lachte laut los. »Als Agent des Geheimdienstes wäre er die Idealbesetzung! Mit seinen krummen Geschäften und diesem großspurigen Getue.«

»Aber könnte er es nicht gewesen sein? Vielleicht ist er es nicht mehr, aber wenn er es früher einmal war, hat er nie aufgehört, einer zu sein ... Wie Polizisten. Das würde ihm eine gewisse Straflosigkeit garantieren, oder er glaubt es zumindest.«

»Nein, Conde, Eli ist zu großkotzig und zu unverschämt. Manchmal tut und sagt er Dinge, da fragt man sich, ob er verrückt ist oder sich nur über einen lustig macht. Aber Agent, Spitzel, nein, das glaube ich nicht. Wenn er mir irgendwann mal schwört, einer zu sein, werde ich davon ausgehen, dass es eine weitere seiner eitlen Lügen ist. Gut, gehen wir. Obwohl ich, ehrlich gesagt, nicht so recht weiß, was du dir von einem Gespräch mit Eli versprichst.«

In Bobbys Schlepptau ging Conde endlich durch das Gittertor und dann über einen asphaltierten Weg zur Villa. Er kam aus dem Staunen gar nicht mehr heraus. Der professionell gepflegte Vorgarten war mit einer wahren Armee von geflügelten Engeln und gekrönten Madonnen aus Marmor bestückt, die Conde bekannt vorkamen. Sahen die nicht aus wie die wertvollen Skulpturen, die von den prunkvollsten Grabstätten des Friedhofs von Havanna geklaut worden waren? Die Veranda, die sich über die gesamte Front der Villa erstreckte, wurde von elegant gewölbten Korbmarkisen vor der Sonne geschützt, unter denen Sessel, Stühle und Tische aus Rattan und mit Früchtemotiven verziertem Schmiedeeisen standen. In großen Käfigen erholten sich bunt gefiederte Vögel mit riesigen goldgelben Schnäbeln, die Conde als Tukane identifizierte, von der Mittagshitze. Und an der gewaltigen Mahagonitür, die in die Villa führte, lächelte ihnen, als wäre er ein weiteres Accessoire, Elizardo Soler entgegen, ganz in Weiß gekleidet, wie ein Mädchen am Tag der Erstkommunion.

»Was verschafft mir die Ehre?«, fragte er, wobei er beiden Besuchern entgegensah, sich aber an Conde wandte.

»Wie geht es dir, Eli?«, begrüßte ihn Bobby, dessen Verlegenheit nicht zu übersehen war, und küsste den Hausherrn auf die Wange. »Conde muss unbedingt mit dir reden.«

Conde grüßte ihn, vermied es aber, ihm die Hand zu geben.

»Dann mal rein mit euch«, forderte Elizardo sie auf.

Das Entree der Villa war so groß wie Condes gesamtes Haus. Auf die geschwungene Treppe im Hintergrund, die ins obere Stockwerk führte, fiel buntes Licht durch ein langes Fenster, auf dem eine maritime, vielleicht in Anlehnung an den ursprünglichen Hauseigentümer mediterrane Szene zu sehen war. Boden und Säulen waren aus Marmor. Zierliche Glasnippes, Stilmöbel und Stillampen verteilten sich über die gesamte Empfangshalle, und das elegante, harmonische Gesamtbild zeugte definitiv von Qualitätssinn und gutem Geschmack.

Eine Hand auf Bobbys Schulter, führte Elizardo sie in einen Salon, in dem er offensichtlich sein Arbeitszimmer eingerichtet hatte. In die holzgetäfelten Wände waren Regale eingelassen, in denen ehrwürdige, durch die digitalen Alternativen wertlos gewordene, aber zu ihrer Zeit kostspielige Enzyklopädien dahindämmerten. Conde hatte ähnliche bei seiner Arbeit bereits kennengelernt. Die Wand hinter dem Schreibtisch war frei gelassen, und Conde musste leer schlucken, als er dort ein großes Gemälde von René Portocarrero erblickte. Im unverkennbaren Stil des Meisters stellte es das Haus dar, in dem sie sich gerade befanden. Wer war dieser Elizardo Soler wirklich? Wer war sein Vater gewesen, wer seine Mutter, die vergessene Tänzerin? Waren diese Legenden seiner Biografie tatsächlich bereits in die außergewöhnliche Geschichte dieses Landes eingegangen, das das Reich der Gleichheit auf Erden schaffen wollte, und in dem es immer noch möglich war, auf einen Ort wie diesen hier zu stoßen?

Elizardo forderte sie auf, auf dem Ledersofa Platz zu nehmen. Er selbst setzte sich auf den Bürosessel mit hoher Lehne, offenbar seine bevorzugte Sitzgelegenheit. »Ihr habt mich nur durch ein Wunder hier angetroffen. Die kubanische Unart, unangemeldet zu Besuch zu kommen ...«

»Das war meine Schuld«, unterbrach ihn El Conde. »Ich muss dringend mit Ihnen sprechen.«

»Lass das mal mit dem ›Sie‹, mein Lieber. Also, was gibts denn?«, fragte Elizardo.

Conde glaubte, so etwas wie Abneigung aus seinem Ton herauszuhören. »Was haben Sie inzwischen über Bobbys Madonna herausgefunden?«

Elizardo lächelte. Er wirkte entspannt, selbstsicher wie immer, überlegen. Er zeigte deutlich, dass er dem Stamm der einflussreichen Einwanderer-Persönlichkeiten angehörte, die Macht über Dinge und Personen hatten und ein leichtes Leben führen konnten. Ein Merkmal wie ein Brandzeichen, das einen für immer definierte. Auf Bobby schien diese Macht eine ganz besondere Wirkung auszuüben, in Gegenwart seines verehrten Freundes schien er geistig und sogar körperlich zusammenzuschrumpfen.

»Ich habe gehört, dass man noch einen weiteren Jungen ermordet hat. Der Fall ist also noch komplizierter geworden.«

»Was gibt es denn noch, abgesehen von den Toten?«, hakte Conde nach.

»Reichen dir zwei Tote nicht, die mit Bobbys Madonna zu tun hatten?«

»Nein, die beiden Toten lassen nämlich auf etwas anderes schließen«, tastete Conde sich vor.

Elizardo dachte eine Weile nach, bevor er antwortete. Conde wusste, dass dieser Mann, wie auch René Águila, ein Raubvogel war, schwer zu jagen, kaum in die Enge zu treiben. Sein stechender Blick hatte etwas Verschlagenes. Oder meinte Conde nur zu sehen, was ihm seine Vorurteile diktierten?

»Darauf, dass die Statue sich noch immer in Kuba befindet, nicht wahr?«

»Ja, und was noch?«

»Dass es jemanden gibt, der sie haben will. Und dass dieser Jemand hinter dem Diebstahl steckt.«

»Möglicherweise«, stimmte Conde zu. »Und dass dieser Jemand die Kontrolle über das, was zunächst ganz einfach schien, verloren hat. Eine Jungfrau von Regla zu entwenden, sollte eigentlich nicht so schwierig sein. Vor allem, wenn man einen Schwachkopf wie Raydel als Dieb engagiert. Aber dass er ein Schwachkopf war, heißt noch lange nicht, dass er auch blöd war. So blöd kann einer nämlich nicht sein, wenn er es schafft, drei oder vier Jahre unbemerkt unter falschem Namen zu leben.«

Bobby verfolgte das Gespräch mit weit aufgerissenen Augen. »Wusste Raydel, dass die Statue wertvoll ist?«, fragte er.

»Er wusste es, kannte sogar den Preis. Ein Freund hat es ihm gesagt. Einer, der wusste, wo und wie er so was herausfinden kann. Doch seinen Komplizen hat Raydel Bobbys Version erzählt, nämlich dass es eine Jungfrau von Regla sei und sie Macht habe. Was sie tatsächlich wert ist, hat er ihnen nicht gesagt.«

»Sie hat wirklich Macht, verdammt noch mal!«, protestierte Bobby und schloss für einen Moment die Augen. »Sei nicht so skeptisch, du Ungläubiger«, fügte er hinzu. Offensichtlich dämmerten ihm nun einige Dinge, die er sich bis jetzt nicht hatte vorstellen können. Wieder rief er Gott, die Jungfrau Maria und Yemayá an und versäumte es auch nicht, den Boden zu berühren und die Finger an die Lippen zu führen.

»Aber bevor die Dinge aus dem Ruder liefen, schien alles nach Plan zu laufen. Sogar einen Käufer hatte er gefunden«, sagte Conde.

»Puigventós!«, rief Elizardo. Ein Licht war ihm aufgegangen.

»Ja, deswegen ist Puigventós in Kuba. Kennen Sie ihn, Elizardo?«

»Warum bestehst du darauf, mich zu siezen?«

»Keine Ahnung, vermutlich wegen diesem Haus. Sie kennen Puigventós, stimmts?«

»Jeder in dieser Branche kennt ihn. Er kauft viel und geschickt. Auch ich habe ihm ein paar Antiquitäten verkauft. Aber alles legal, wie ich dir schon beim letzten Mal gesagt habe. Für ein paar Dollar mehr oder weniger setze ich nicht das, was ich habe, aufs Spiel.«

»Manchmal sind es eher mehr als weniger. Wie die Skulpturen, die im Garten stehen. Von welchen Toten stammen sie?«

»Von den Grabstätten meines Urgroßvaters mütterlicherseits und meines Großvaters väterlicherseits. Das heißt, von den Familien Sarrá und Parrad«, antwortete Elizardo selbstsicher und ein wenig stolz. »Bevor irgendein Aasgeier sich die Skulpturen unter den Nagel reißt. Sie sind das Eigentum meiner Familie, alle in Italien angefertigt, aus Carrara-Marmor.«

»*Waren* das Eigentum«, korrigierte Conde.

»Kommt auf den Standpunkt an. Für mich sind sie es immer noch. Erste Person Plural Indikativ Präsens des unregelmäßigen Verbs *sein*.

Grabstätten sind nach wie vor Privateigentum. Darum habe ich die Skulpturen hierherbringen lassen.«

»Dritte«, bemerkte Conde, als der andere ihn zu Wort kommen ließ.

»Dritte was?«, fragte der Hausherr.

»Dritte Person. Sie, die Skulpturen, *sind,* aber der Imperfekt lautet *waren* und das Perfekt *sind gewesen.*«

»Egal, Grammatik geht mir am Arsch vorbei. Jedenfalls gehören sie mir, erste Person.«

Conde blieb nichts anderes übrig, als zu lächeln, auch wenn es ihm schwerfiel. »Weil alles wieder an die ursprünglichen Besitzer zurückfallen wird?«

»Alles ist möglich. Das Land verändert sich und wird sich noch mehr verändern. Es *muss* sich noch mehr verändern.«

»Damit alles wieder so wird, wie es war?«

»Wie gesagt: Alles ist möglich. Wir wissen beide, dass nichts wieder so sein wird wie früher. Es wird etwas anderes entstehen. Auf dieses andere muss man vorbereitet sein. Oder man wird im Abseits stehen und zurückgepfiffen werden.«

Conde nickte. Elizardo hatte recht. In der Tat war so vieles in Bewegung geraten. Das hatte er in den letzten Tagen erschöpfend feststellen können. Und bereits jetzt gab es Menschen, die im Abseits standen. Doch die Vergangenheit war Vergangenheit, und die Zukunft … die kannte nur der Himmel. Vielleicht lief ja am Ende alles nur darauf hinaus, die Zeiten der Verben korrekt zu konjugieren.

»Deswegen mag ich Fußball nicht«, sagte Conde, der Zeit gewinnen wollte, um wieder auf das gewünschte Terrain zurückzukehren.

Elizardo seinerseits lächelte zufrieden. »Wie auch immer, etwas wird hier passieren, so viel steht fest. Was, weiß ich nicht, auch nicht, ob wir eine Rolle rückwärts oder vorwärts machen werden. Aber irgendetwas wird passieren. Irgendwann. Ich habe so eine Vorahnung. Und ich werde nicht in die Abseitsfalle laufen.«

»Ja, das ist jetzt Mode geworden, das mit den Vorahnungen. Gerade jetzt habe ich wieder eine, und die heißt Jordi Puigventós. Haben Sie ihn schon getroffen?«

»Nein, ich habe ihn nicht getroffen. Er hat mich nicht angerufen.«
»Aber Sie wissen, wo er zu finden ist?«
»Im Meliá Cohiba. Da steigt er immer ab, der Geschäftsführer ist nämlich ein Freund von ihm und gibt ihm Rabatt. Ein Katalane eben.«
»Diese Geschichte wimmelt geradezu von Katalanen. Sogar die schwarze Madonna ist katalanisch. Auch Ihr Großvater war Katalane. Viele Katalanen. Zu viele.«
»Und deswegen bin ich Fan von Barça!«, rief Elizardo, griff in die Tasche seiner blütenweißen Hose und holte einen blau-rot gestreiften Schlüsselanhänger in Form des Vereinswappens des FC Barcelona hervor.

Conde forderte Bobby auf, ihn zu begleiten. Er vermutete, dass das Gespräch mit einem so weit gereisten Mann wie Jordi Puigventós schwierig werden würde. Die Anwesenheit des Besitzers der schwarzen Madonna konnte von Nutzen sein, auch wenn Conde nicht wusste, wozu, und obwohl Bobby ihn enttäuscht hatte.

An der Rezeption des Hotels bat Bobby, mit dem Zimmer des Katalanen verbunden zu werden. Das Telefon klingelte lange, Puigventós war nicht in seinem Zimmer. Conde schaute sich in der Eingangshalle um, und sein Blick fiel auf einen Schwarzen in einer makellos weißen traditionellen Leinenhemdjacke. Er stand an einer Theke der Lobby, vor sich eine Tasse Kaffee und versuchte vergeblich, nicht wie ein Security-Mann auszusehen. Oder versuchte er es gar nicht? Conde ging zu der Theke und setzte sich auf den freien Hocker rechts neben ihm. Ohne zu fragen, ob er einer der Wachmänner des Hotels sei, ohne ihn auch nur anzusehen, erzählte er ihm, so als beichte er bei einem Priester, dass er ein ehemaliger Kollege sei und dem Leiter der Zentrale für Gewaltverbrechen bei einem Fall helfe. Er sei hier, fuhr er fort, weil er Informationen über den Hotelgast Jordi Puigventós brauche. Der rabenschwarze Schwarze im blütenweißen Leinenhemd sah Conde die ganze Zeit über ernst an, als handele es sich um ein Insekt.

»Und woher soll ich wissen, dass es stimmt, was du mir da erzählst?«, fragte er schließlich.

»Ruf die Kripozentrale an und lass dich im Auftrag von El Conde mit Mayor Palacios verbinden. El Conde bin ich.«

Der Mann betrachtete ihn aufmerksam. Sein Mund verzog sich leicht. »El Conde? Teniente Mario Conde?«

Bis vor einiger Zeit, ja. Soweit er wisse, sei er Mario Conde. Zumindest das, was von ihm übrig sei. Und ja, er sei Teniente gewesen.

»Aber woher weißt du das?«

»Ich bin der Neffe von Capitán Arcadio Jorrín. Mein verstorbener Onkel mochte dich sehr. Ariel Jorrín«, fügte der Wachmann hinzu und streckte Conde die Hand hin. Der fühlte sich in die Vergangenheit zurückversetzt. Ein Neffe von Capitán Jorrín! Vor vielen Jahren waren er und Jorrín Kollegen und Freunde gewesen, und Conde hatte den Tod des Capitán sehr bedauert. Aber er wollte sich nicht mehr daran erinnern.

»Wenn du mir behilflich sein könntest …«

»Komm mit«, sagte Ariel Jorrín. Conde folgte ihm und machte im Vorbeigehen Bobby ein Zeichen, er solle auf ihn warten. Sie gingen in ein Büro direkt neben der Rezeption. Conde setzte sich auf den Stuhl, der ihm angeboten wurde.

»Was ich gerade mache, ist gegen die Vorschriften, wie dir ja bekannt sein dürfte. Ich weiß, dass du kein Polizist mehr bist. Ich tus nur wegen dir«, betonte Jorríns Neffe.

»Danke.«

»Puigventós ist ein Hotelgast. Wir wissen, dass er in Kuba Kunst kauft. Er kauft alles, was man kaufen kann, und manchmal wohl auch, was man nicht kaufen kann. Aber bisher konnten wir ihm nichts nachweisen. Er ist sehr gewandt. Vielleicht hilft ihm irgendein Diplomat, Dinge auszuführen, die nicht ausgeführt werden dürfen. Oder jemand anderer mit besten Verbindungen. Puigventós weiß, wie die Dinge laufen. Am Zimmertelefon spricht er nie über Wichtiges.« Der Security-Mann wählte eine Nummer auf dem Telefon, das vor ihm stand. »Alfredo, ich bins, Ariel. Sag mal, was weißt du über Puigventós?« Er hörte eine ganze Weile zu, nickte mehrmals und bedankte sich, bevor er auflegte. »Die von der Luxusetage sagen, dass er seit Tagen nicht mehr im Hotel aufgetaucht ist. Sein Zimmer ist auf unbestimmte Zeit reserviert, seine Sachen sind im Zimmer. Demnach hat er Kuba wohl noch nicht verlassen. Seltsam, nicht wahr?«

Conde stimmte ihm zu. Und dann dachte er einen Moment lang nach. »Ariel, ruf jetzt bitte Mayor Palacios an. Dass der Mann seit zwei Tagen verschwunden ist, kann nichts Gutes bedeuten.«

Ein heimtückischer Schwindel überkam ihn, als er die Stirn an das kalte Fenster presste und das weite Panorama betrachtete, das sich vor und unter ihm ausbreitete: die dunkle Schlange des Malecón, die graue Betonmauer, wo viele Träume begannen oder endeten. Das Meer, weit und verlockend. Und beides vervielfacht durch seine Vogelperspektive. Verlockende Weite ... Er schloss die Augen, wartete einen Moment, bis der Schwindelanfall vorüber war, und atmete tief durch. Dann wagte er wieder einen Blick in die weite Leere. Vom fünfundzwanzigsten Stockwerk aus war der Blick auf die Welt ein ganz anderer. Selbst die Farbenspiele des Ozeans konnte er aus dieser Entfernung sehen. Es begann mit einem warmen Grün, unter dem die Felsen der Küste durchschimmerten, wurde kühler und setzte sich fort bis zu einem intensiven Blau, das die unergründlichen Tiefen des Meeres verbarg. Nicht ein Boot war zwischen der Küste und dem fernen Horizont zu sehen. Die Abwesenheit jeglichen Lebens auf der Wasseroberfläche verstärkte das Gefühl von Unermesslichkeit und Stille. Aber die Erinnerung daran, welche Herausforderung es bedeutete, das Wasser auf irgendeinem schwimmenden Konstrukt zu überqueren, wie es so viele Kubaner im Laufe so vieler Jahre so oft versucht hatten. Wie es sich der junge Yúnior Colás Gómez, alias Raydel, erträumt hatte. Ein Traum, der ihn möglicherweise das Leben gekostet hatte.

Tief in Gedanken versunken, hörte Mario Conde nicht einmal die Stimme, die nach ihm rief. Durchs Fenster des Hotelzimmers schaute er aufs Meer hinaus und ließ den Gang seiner Ermittlungen an sich vorüberziehen. Ja, er hatte Schiffbruch erlitten und war hart auf dem Boden der schäbigen Realität gelandet. Er hatte sich aus einer erhöhten, trügerischen Perspektive, so wie er sie jetzt genoss, dazu hinreißen lassen, Yúnior-Raydel, seinen Cousin Ramiro den

Rochen und sogar ihren Komplizen Yuniesky die Fledermaus als Schuldige auszumachen. Dabei waren sie in Wirklichkeit Opfer gewesen, Opfer ihrer überspannten Ambitionen, die ihre Möglichkeiten überstiegen, mehr noch, die sie verschlungen hatten. Ein ärgerlicher Irrtum, der ihn möglicherweise davon abgehalten hatte, mit der nötigen Klarheit zu erkennen, was er selbst zu dieser Fehlanalyse beigetragen hatte. Dass er sich, ausgehend von seiner eigenen Situation, das alles zusammengereimt hatte. Dass er in diesem ganzen Prozess als Katalysator fungierte. Und er stellte desillusioniert fest, wie leicht die Urteilskraft durch Vorurteile und Voreingenommenheit getrübt werden kann.

Er drehte sich um. Manolo hatte es sich in einem der Sessel bequem gemacht. Und ein völlig verängstigter Bobby saß, die Hände zwischen den Knien eingeklemmt, auf der Bettkante. Die beiden Männer, die sich in diesem Hotelzimmer fast Knie an Knie gegenübersaßen, gaben ein lächerliches Bild ab. Würden sie gleich miteinander ins Bett gehen?

»Bitte, sagt, dass das nicht wahr ist«, flehte Conde.

»Was meinst du?«, fragte Manolo.

Conde schnappte sich einen Stuhl und zog ihn zu sich heran. Er wollte hier am Fenster bleiben, mit Blick aufs Meer. »Ach, nichts, dummes Zeug ...«

Mayor Palacios und Teniente Duque waren nur zwanzig Minuten nach Ariel Jorríns Anruf ins Hotel gekommen. Während Duque sich darum bemühte, in der Kommandozentrale des Sicherheitsdienstes Informationen von Jorrín und dem Chef der Security zu bekommen, hatte Manolo darum gebeten, ihm einen ruhigen Ort zur Verfügung zu stellen, um sich mit Conde und Bobby zu unterhalten. Man hatte ihm den Schlüssel zu diesem Zimmer gegeben, das für den Sicherheitsdienst frei gehalten wurde. Conde wusste, dass in allen Hotels die Wände Ohren hatten, genauso wie die Telefone und die Lautsprecher. Als er sich wieder gefasst hatte, stellte er fest, dass trotz der gemütlichen Atmosphäre, die Normalität vortäuschen sollte, in diesem Hotelzimmer mehr Kameras und Mikrofone installiert waren als in einem Fernsehstudio. Die Kulisse einer makabren Reality-Show.

Manolo stieß einen tiefen Seufzer aus und schlug sich mit beiden Händen auf die Oberschenkel. Die Vorstellung begann.

»Sie machen uns viel Arbeit, Bürger Roque Rosell«, sagte er, und Bobby nickte. Ja, er mache der Polizei sehr viel Arbeit, gab er, von Panik getrieben, widerspruchslos zu. »Diebstahl, zwei Morde, Verschwinden von Personen, falsche Identitäten«, zählte Manolo auf. »Das ganze Programm, und Sie mittendrin. Sie müssen mir schon eine gute Geschichte erzählen, eine, die ich noch nicht kenne.«

Es brauchte keine weiteren Druckversuche. Ohne eine seiner Gottheiten um Schutz zu bitten, fing Bobby an zu reden, fast so, als hätte er das Bedürfnis, eine Beichte abzulegen. Die Geschichte, die er erzählte, war der, die Conde bereits kannte, sehr ähnlich, einschließlich des Erlebens der heilenden Kraft der schwarzen Madonna am eigenen Leib und der Tatsache, dass er seit Jahren den Wert der Marienstatue kannte. Den Betrag behielt er allerdings für sich. Was Puigventós betraf, bestand er darauf, nie direkten Kontakt zu ihm gehabt zu haben. Mit anderen Mitgliedern der Zunft ja, mit dem verschwundenen Katalanen aber nicht.

Manolo hörte ihm stumm zu. Conde wusste, dass der Mayor müde und erschöpft war. Nach dem Grund wollte er gar nicht fragen. Irgendeinen würde es schon geben. Für einen Offizier der Kriminalpolizei, der sich ständig mit dem schlimmsten menschlichen Elend herumzuschlagen hatte, gab es immer einen Grund, erschöpft zu sein.

»Und du, Conde, was sagst du dazu?«, fragte Manolo schließlich. »Glaubst du auch, dass die schwarze Madonna Kranke heilt? Sollen wir die Statue vor dem Gesundheitsministerium aufstellen?«

Conde rapportierte. Er war beunruhigt, dass der Antiquitätenhändler Jordi Puigventós mit der Aussicht nach Kuba gelockt worden war, diese Jungfrau zu erwerben. Diese und keine andere, betonte er. An die magischen Kräfte glaubten immerhin viele Menschen seit Jahrhunderten, und dies bis auf den heutigen Tag. Wie dem auch sei, so oder so könne die Statue mehrere Millionen Euro erzielen. Obwohl er sich nicht vorstellen könne, wie und wem Puigventós sie verkaufen wolle, bei ihrer ganzen Vorgeschichte, der bekannten und der noch unbekannten. Doch es scheine ihm kein Zufall, dass Puigventós nur einen Tag nach seiner Ankunft auf der Insel aus seinem Hotel verschwunden sei, ohne dass irgendjemand, auch nicht sein Freund, der spanische Geschäftsführer der Nobelherberge, die geringste Ahnung habe, wo er sich aufhalte oder was ihm passiert sein könne.

»Vielleicht hat er sich durch ein Wunder in Luft aufgelöst«, spottete Manolo.

»Der einarmige Mackandal erhob sich vom Scheiterhaufen, auf dem man ihn bei lebendigem Leibe verbrannte. Und die Menge sah, wie er aufstieg. Und die Menge schrie: ›Mackandal sauvé‹.«

Manolo kniff die Augen zusammen und versuchte, Conde zu folgen. Er sah, dass Bobby nickte, als wollte er damit ausdrücken, dass er wusste, woher die Szene und das Zitat stammten. Aus Alejo Carpentiers *Das Reich von dieser Welt*.

Conde begann, über die möglichen Ursachen für das Verschwinden des Ausländers zu spekulieren, von den harmlosesten zu den abwegigsten: eine anhängliche kubanische Freundin, fest oder für Stunden oder Tage verpflichtet. Ein Meditationsurlaub auf dem Lande. Oder ein Untertauchen wegen der Suche nach der schwarzen Madonna. Denn die lückenlosen Nachforschungen von Ariel Jorrín und seinen Kollegen, die auch dem Innenministerium Ehre gemacht hätten, hatten ergeben, dass Jordi Puigventós sich weder in einem anderen Hotel noch in einer Privatpension aufhielt und auch in kein Krankenhaus eingeliefert worden war. Jedenfalls nicht unter seinem richtigen Namen. Wo, zum Henker, konnte der Mann sein?, fragten sich die Security-Leute.

Mayor Palacios dachte eine Weile nach, dann rief er einen seiner Untergebenen zu sich und wies ihn an, Bobby hinauszubegleiten. Der Bürger Roque Rosell könne nach Hause gehen, müsse sich aber zur Verfügung halten. Mario Conde dagegen werde noch hier im Zimmer bleiben, sie müssten unter vier Augen reden.

Bobby wollte gar nicht aufhören, sich beim Mayor zu bedanken. Als sich endlich die Tür hinter ihm schloss, legte Conde los. »Spar dir deine Vorwürfe, Manolo.«

Der Mayor ging zu seinem Sessel zurück und stieß schon wieder einen tiefen Seufzer aus. »Das wäre reine Zeitverschwendung. Du wirst dich nie ändern.«

»Und bessern schon gar nicht.«

»Du wiederholst dich.«

»Weil es stimmt.«

Manolo streckte und reckte sich und rieb sich dann die Augen. »Und häng hier nicht den Intellektuellen raus. Wer zum Teufel ist dieser Mandrake?«

»Mackandal. Ein Schwarzer aus Haiti mit Werwolfqualitäten. Hat sich in verschiedene Tiere verwandelt. Jedenfalls haben die Menschen das geglaubt. So wie sie an die Wunder der Madonna oder an die hellseherischen Kräfte der Muscheln eines Babalao glauben.«

»Okay, okay ... Worauf tippst du?«

Conde holte eine Zigarette hervor. Doch bevor er sie anzündete, zeigte er auf die Wände des Hotelzimmers: »Wer schaut uns zu?«

»Niemand, soviel ich weiß«, versicherte Manolo. »Ich habe angeordnet, alles abzuschalten. Also red schon, aber erzähl mir eine schönere Geschichte.«

»Ich fürchte, es wird eine ziemlich hässliche Geschichte, Manolo. Wer hinter dem Verschwinden der Statue steckt, ist auch, direkt oder indirekt, für den Tod der beiden unglücklichen jungen Männer verantwortlich. Er hat Yúnior und Ramiro zu dem Diebstahl angestiftet und sie aus dem Verkehr gezogen, als sie gefährlich wurden. Und bestimmt steht er mit dem Katalanen in Kontakt und hat etwas mit seinem Verschwinden zu tun. Ich weiß nicht, ob er ihn persönlich kennt oder über einen Vermittler, vielleicht einen der Kunsthändler der Zunft, aber Kontakt hat er.«

»Das Problem ist, dass Puigventós das Huhn zu sein scheint, das die goldenen Eier legt, oder?«

»Ja, wie König Midas. Er kann ein Stück schwarzes Holz in eine ungeheure Menge Scheine verwandeln. Das schützt ihn. Solange er nicht zur Gefahr wird.«

»Zu was für einer Gefahr, Conde?«

»Keine Ahnung. Ich spekuliere nur, werfe Steine ins Wasser. Puigventós muss wohl ausgefuchster sein als alle seine kubanischen

Kollegen zusammen. Er weiß sehr gut, wie er vorgehen muss. Ich habe da so eine Vorahnung. Ich sehs direkt vor mir, aber ich kann es nicht erkennen. Denn bei alldem gibt es etwas, das ich nicht kapiere. Etwas Irrationales, Krankes, keine Ahnung …«

Manolo schnalzte mit der Zunge. Condes Vorahnungen und Zweifel waren das, was er im Augenblick am wenigsten brauchen konnte. »Gibt es für dich etwas noch Irrationaleres, als an himmlische Kräfte zu glauben?«

»Ich meine etwas anderes. Es geht nicht ums Glauben, es ist etwas anderes.«

»Warum hast du gesagt, ›etwas Irrationales‹?«

»Weil ich den Grund nicht finden kann. Und was keinen Grund hat, ist irrational, oder?«

Manolo schüttelte den Kopf. Eine langsame, müde Bewegung. »Hast du schon vergessen, wie es war, als du Polizist warst, mein Lieber? Irrational? Wir sind ständig gezwungen, uns mit dem Übelsten herumzuschlagen, mit Scheiße, und du weißt …«

»… dass man am Ende selbst nach Scheiße stinken kann.«

»Du hast es also noch nicht vergessen. Wie weit steckt dein Freund Bobby in diesem ganzen Dreck?«

»Das wisst ihr doch inzwischen. Du hast ja gesehen, wie er zu zittern beginnt, wenn er dich nur sieht. Ihr habt ihn ausgewrungen wie einen Scheuerlappen. Man hat ihm seine Jungfrau geklaut, und er will sie zurückhaben. Aber der bringt keine Leute um. Er ist vielleicht ein Schwindler, aber kein Mörder. Ich glaube, alles, was er dir erzählt hat, ist die Wahrheit, wenn auch nicht die ganze. Niemand sagt die ganze Wahrheit, und schon gar nicht der Polizei.«

»Mir ist aufgefallen, dass er nicht erwähnt hat, wie viel diese Madonna wert ist. Conde, der, der Ramiro ermordet hat, hat auch die Statue. Er hat Ramiro ermordet, weil er irgendwie rausgekriegt hat, dass der sie in den Fingern hatte. Und weil er vorher schon wusste oder auf die übelste Weise festgestellt hat, dass Raydel oder Yúnior sie nicht hatte.«

»Sucht ihr noch auf dem Grundstück hinter Ramiros Haus nach ihr?«

»Ja. Und wir haben in einem Bodenloch Juwelen gefunden. Aber nicht die, die Bobby gestohlen wurden.«

»Ich wusste, dass da was war! Und wie passt der verschwundene Katalane ins Bild? Was meinst du?«, fragte Conde. In seiner Zeit als Ermittler der Kripozentrale hatte er so oft das Informationskarussell in die eine oder andere Richtung bewegt und Manolo eine Frage nach der anderen gestellt, um ihn zu animieren, Theorien zu entwickeln. Bemerkenswert oft hatte sich die eine oder andere Theorie seines ehemaligen Untergebenen, des jetzigen Mayor Palacios, mit den effektiven Ereignissen gedeckt.

»Das weiß ich noch nicht. Als hätten wir nicht schon genug Probleme, verschwindet jetzt auch noch dieser Mann. Was glaubst du, Conde, wer steckt hinter alldem? Jemand aus der Zunft der Kunsthändler? Oder eine Frau?«

Der ehemalige Polizist dachte einen Moment nach. »Eine Frau ist immer ein guter Grund, um zu verschwinden. Von den Mitgliedern der Zunft würde ich auf keinen Speziellen tippen. Weil ich nämlich, trotz meiner Vorurteile oder gerade wegen ihnen, auf alle tippe. Wobei es eine Sache ist, im Geschäftsleben eine Ratte zu sein, eine ganz andere aber, zwei Typen umzubringen. Oder drei.«

Manolo ächzte wieder und sah Conde so intensiv an, dass seine Augen zu schielen begannen.

»Warum setzt du Karla Choy nicht auf diese Liste?«

Conde lächelte und schloss die Augen. Hatte er Manolo von Karla Choy erzählt? Hatte Bobby es getan? Nein, er erinnerte sich nicht. »Manolo! Habt ihr mich beschattet? Was weißt du über Karla Choy?«

»Mach dich nicht wichtiger, als du bist, Conde. Wer zum Teufel sollte dich beschatten? Und warum? Polizei ist Polizei, und wir Polizisten wissen so manches. Müssen wir doch. Aber Schluss jetzt, hau ab und lass uns in Ruhe arbeiten. Und bei allem, was dir lieb und teuer ist: Hör auf, zu nerven. Misch dich nicht mehr ein! Der Fall wird immer unappetitlicher. Stell dir vor, sie bringen auch noch den Katalanen um.«

»Vielleicht haben sie ihn schon umgebracht«, ergänzte Conde, und

Manolo sah ihn mit seinen mehr denn je schielenden Augen beinahe hasserfüllt an.

»Sag so was nicht, verdammt. Wenn der Kerl ermordet wurde, schneiden sie mir die Eier ab.«

»Bitte die schwarze Jungfrau um ein Wunder, Junge. Übrigens, ich wollte dich noch was fragen. Aber ich erinnere mich nicht mehr, was ...«

»Weil du alt wirst. Hau schon ab. Adiós!« Manolo wedelte mit der Hand. Da wurde an die Tür geklopft. Ohne sich aus seinem Sessel zu erheben, rief er: »Ja?«

Die Tür öffnete sich, und herein trat Teniente Duque, im Arm ein Notebook mit aufgeklapptem Bildschirm. »Das sollten Sie sich ansehen, Mayor«, sagte er.

»Was denn? Zeig her.«

»Aber ...« Duque sah zu El Conde hinüber.

»Der soll sich das auch ruhig anschauen. Mal sehen, ob er noch zu etwas anderem nütze ist, als Stunk zu machen und Vorahnungen zu haben.«

Duque ging zum Tisch und stellte das Notebook vor seinen Chef. Er betätigte die Maus, und in die beiden Bilder, die den Bildschirm in zwei Hälften teilten, kam Bewegung. Conde trat näher heran und begriff sogleich, dass es sich um die Aufzeichnungen der Lobby aus zwei unterschiedlichen Perspektiven handelte.

»Der im Sessel ist Puigventós. Am selben Tag hat er Besuch bekommen. Wir sind dabei, herauszufinden, von wem, denn weder Jorrín noch die anderen Wachleute kannten ihn. Die Aufzeichnungen wurden um halb sieben abends gemacht. Er ist aus seinem Zimmer heruntergekommen und hat sich in die Lobby gesetzt.«

Der Mann, der laut Teniente Duque Jordi Puigventós war, musste um die vierzig sein. Weißes Haar, ungezwungene Kleidung. Er hielt eine kleine Flasche Mineralwasser in der Hand.

»Das ist also der Katalane?«, fragte Conde, ohne sein Erstaunen verbergen zu können.

»Ja, das ist er. Warum?«

»Verdammt. Ich würde sagen, es ist Richard Gere.«

»Richard wer?«, fragte Manolo.
»Deine Allgemeinbildung wird immer lückenhafter, mein Lieber. Richard Gere, der Schauspieler. Der Typ sieht genauso aus.«
»Wie der amerikanische Schauspieler, klar. Und was bringt uns das?«, fragte Manolo.
»Nichts, gar nichts.« Conde beschloss, das Thema zu wechseln, und konzentrierte sich auf das, was auf dem Bildschirm zu sehen war.
Das Kommen und Gehen in der Lobby war wohl normal für solch einen Ort. In den Hotels der kubanischen Hauptstadt war mehr Betrieb als auf einem Bahnhof. Conde erinnerte sich daran, dass er als Student an heißen Nachmittagen häufig ins Habana Libre gegangen war, um sich in die klimatisierte Hotelhalle zu setzen und dort eine Weile zu lernen. Plötzlich fiel Conde eine Frau in einem weißen, luftigen Gewand auf, die ganz nah am Katalanen vorbeiging. Sie trug eine Sonnenbrille und einen ebenfalls weißen Schlapphut, der ihr fast bis auf die Augenbrauen reichte. Puigventós bemerkte sie und folgte ihr mit gierigen Blicken. Es war nicht zu sehen, ob er lächelte, obwohl Conde glaubte, dass er es tat. Die Aufzeichnungen liefen weiter, der Katalane schien ganz offensichtlich auf jemanden zu warten.
»Das geht die ganze Zeit so weiter. Er ist nicht aufgestanden, hat aber ein Getränk bestellt. Ich geh jetzt mal auf sieben Uhr vor«, sagte Teniente Duque. Er betätigte wieder die Maus, und auf dem Bildschirm erschienen ähnliche Bilder wie zuvor. Inzwischen brannte in der Lobby Licht. Jordi Puigventós saß immer noch im Sessel und rauchte eine Zigarre. Er nahm ein kleines Glas vom Tischchen und trank. Als er das Glas zurückstellte, hob er den Blick. Etwas schreckte ihn auf. Er stand auf. Und da kam, im Profil beziehungsweise von vorn, René Águila in beide Bilder.

Zwei, drei, vielleicht zehn Mal überlegte es sich Mayor Palacios. Schließlich willigte er ein. Ja, das sei das kleinere Übel. Und Teniente Miguel Duque gehorchte seinem Chef, obwohl man ihm deutlich anmerkte, dass er ganz und gar nicht begeistert war.
Der zivile, von Duque gelenkte chinesische Geely fuhr hinter dem Polizeiwagen über die Vía Blanca in Richtung Guanabo. Mario

Conde saß auf dem Beifahrersitz. Das Fenster war heruntergekurbelt, und er atmete gierig den Geruch der Meeresbrise ein. Er hatte ein Déjà-vu-Erlebnis. Viele Jahre zuvor war er ebenfalls zu den Stränden im Osten Havannas gefahren, nur dass er sehr viel jünger gewesen war und am Steuer der damals noch hagere Manolo Palacios gesessen hatte. Doch die Landschaft, die Brise, das nachmittägliche Licht und das erregende Gefühl, auf die Jagd zu gehen, waren dieselben gewesen. Sogar Condes Sonnenbrille war noch dieselbe. Verdammt, er sollte mal daran denken, sich eine neue zu kaufen.

»Warum bist du Polizist geworden?«, fragte er den jungen Teniente, als sie den Tunnel, der unter der Bucht hindurchführt, hinter sich gelassen hatten und in Richtung Autobahn fuhren.

»Weil ich gerne Polizist bin«, antwortete der andere.

»Es gibt Vorlieben, die verdienen Prügel! Bei dir sieht man das von Weitem. Manolo sagt, du bist sehr gut. Ein aufgehender Stern.«

Condes Bemerkung schien den Teniente zu entspannen. Er brauchte ein paar Sekunden, um zu antworten. »Ich bemühe mich, meine Arbeit so gut wie möglich zu machen.«

»Das ist keine Frage des Bemühens. Jedenfalls nicht nur. Bei der Polizei gibt es Leute mit einer besonderen Begabung. Mit Fähigkeiten, die andere nicht haben.«

Duque nickte, sagte aber nichts. Entweder hielt er es für überflüssig, darauf einzugehen, oder er wollte es nicht. Conde gab sich nicht geschlagen und machte nach zwei Kilometern einen weiteren Versuch: »Darf ich dich fragen, was du über diese Geschichte mit der Madonna denkst, über die Toten, den Katalanen?«

»Klar, hast du ja schon«, entgegnete Duque, scheinbar voll aufs Fahren konzentriert.

Aber Conde war wild entschlossen, den Teniente aus der Reserve zu locken. »Meinst du nicht auch, dass Bobby was damit zu tun hat?«

»Ich spekuliere nicht gern. Ich halte mich lieber an Tatsachen, an Indizien«, antwortete der andere, nachdem er eine Weile nachgedacht hatte. Offensichtlich hatte Duque nicht vor, über das Thema zu sprechen, jedenfalls nicht mit ihm.

Conde überlegte sich, ob er weitermachen sollte oder nicht. Er hatte schon immer zu denen gehört, die sich nicht bremsen können.

»Warum nervt es dich so, dass ich mit von der Partie bin?«

Duque stieß ein gekünsteltes Lachen aus. »Ist mir so was von scheißegal! Das ist dein Problem. Und das von Mayor Palacios.«

»Doch, Teniente, es nervt dich. Aber egal, wenn du nicht mein Freund sein willst, dann musst du das auch nicht. Wenn es dich stört, dass ich etwas suche, was einem, den ich kenne, gestohlen wurde, dann steck mich in den Knast. Und wenn du dir vor Wut in den Hintern beißt, weil dein Chef entschieden hat, dass ich euch begleite, dann kneif den Arsch zusammen und fahr zur Hölle. Oder quittier den Dienst. Oder zeig deinen Chef an.«

Teniente Duque wandte den Blick für einen Moment von der Fahrbahn ab und sah seinen Begleiter an.

Conde wollte sich gar nicht vorstellen, was dieser Mann, der so gerne Polizist war, gerade dachte. »Schau nach vorn. Heute hab ich keine Lust, zu sterben«, warnte er ihn und widmete sich wieder der vorbeiziehenden Landschaft.

Die restliche Fahrt über schwiegen sie. Conde bedauerte es, das Gespräch durch seine Bemerkung abgewürgt zu haben. Als kenne er die Psychologie eines Polizisten nicht bestens, die Humorlosigkeit und das Bedürfnis, sein bisschen Macht zu demonstrieren. Offenbar war er etwas zu weit gegangen.

Condes Anweisungen folgend, bogen sie an der blinkenden Ampelanlage zum Strand von Guanabo ab und fuhren die Straße hinauf, die zu dem Plateau führte, das einen Blick auf die gesamte Küste gestattete.

Die Häuser in der Nähe der Autobahn waren eher bescheiden und fast alle von sehr fragwürdiger Ästhetik gewesen, aber die Villen auf dem höher gelegenen Plateau boten einen vollkommen anderen Anblick. Die meisten von ihnen waren erst kürzlich errichtet worden, zweistöckig, jede auf ihre Weise luxuriös, umgeben von hohen Mauern, die den Zugang und die Sicht auf sie verhinderten. Über einen parallel zur Zufahrtsstraße verlaufenden Weg fuhren sie an mehreren Häusern vorbei, bis sie zu dem letzten gelangten, hinter dem das Plateau abrupt abfiel. Wer wohnte hier in diesen eingemauerten Prachtvillen, hoch über dem Lärm der übrigen Welt? Conde überlegte, dass die sichtbare Stadt in Wirklichkeit aus zwei unsichtbaren Städten bestand: aus dem kochenden Ameisenhaufen der Unglücklichen und den prachtvollen Bezirken der Glücklichen aus Politik und Wirtschaft. Die Spuren einer schwarzen Madonna machten Distanzen sichtbar, die unüberbrückbar und doch immer alltäglicher zu werden begannen.

Die Mauer, die die letzte Villa abschottete, war noch höher als die der benachbarten Häuser und von Bewegungsmeldern und mehreren Reihen Stacheldraht gekrönt. Am äußersten Ende, hinter dem Tor, das zur Garage führte, entdeckte Conde etwas, das wie eine Überwachungskamera aussah. Dies war also die Festung von René Águila. Sein Adlerhorst.

Miguel Duque näherte sich dem hölzernen Doppeltor, drückte auf die Klingel und rief in die Gegensprechanlage: »Teniente Duque, Kriminalpolizei. Öffnen Sie! Sofort!«

Ein geheimer Mechanismus entriegelte das Schloss, und Duque stieß die Tür auf. Die beiden uniformierten Polizisten folgten ihm. Als Letzter, sozusagen als Nachhut, ging Conde hinein, unter dem schroffen, kühlen Blick des Schwarzen, Typus Knochenbrecher, der die Aufgabe hatte, René Águila zu beschützen.

Der schöne Mulatte erwartete sie in der Empfangshalle und führte sie in einen Raum, der das Musik- und Fernsehzimmer des Hauses sein musste. Alles hier glänzte und blitzte. Musikanlage und Fernsehapparat waren hypermodern, leistungsstark, riesig und, selbstverständlich, glänzend und blitzend. Vier ebenfalls glänzende Ledersessel boten dem Hausherrn und den drei Polizisten bequem Platz. Als ungebetener Gast, der er war, eine Art Unsichtbarer ohne Stimme und Stimmrecht, blieb Conde neben der Tür stehen. In dem Raum roch es nach dem teuren Leder der Sessel und dem herben Parfüm von René Águila, der heute ein orangefarbenes Lacoste-Hemd und makellose menorquinische Ledersandalen trug.

»Was ist passiert? Wie kann ich Ihnen behilflich sein?«, fragte er.

Teniente Duque nahm das Notebook in Empfang, das einer der Polizisten ihm reichte. »Sehen Sie sich erst einmal das hier an«, sagte er, öffnete das Notebook und betätigte die Maus, bis auf dem

Bildschirm die Aufzeichnungen der Hotellobby erschienen. Dann schob er den Computer zu René Águila hinüber und wartete geduldig auf dessen Reaktion.

»Ja, das bin ich. An dem Tag, als ich Jordi Puigventós getroffen habe. Und wenn Sie die weiteren Aufzeichnungen verfolgt haben, werden Sie wissen, dass wir im italienischen Restaurant des Hotels gegessen haben. Und Sie werden auch wissen, was wir gegessen, und sicher auch, worüber wir in den zwei Stunden geredet haben. Jordi wollte an einem besonderen Tisch sitzen, aber der Kellner hat uns einen anderen gegeben. Den mit dem Mikrofon, nicht wahr? Was ist das Problem?«

»Das Problem ist, dass Jordi Puigventós verschwunden ist.«

René Águila schüttelte den Kopf und schob das Notebook wieder zu Duque hinüber. »Hier verschwindet niemand, der nicht verschwinden will, Teniente. Dieser Galizier treibt sich irgendwo mit einer Mulattin herum.«

»Katalane. Er ist jetzt seit achtundvierzig Stunden unauffindbar. Er hat das Hotel gleich nach Ihnen verlassen«, fügte Duque hinzu. »Zu lange, um ...«

... ihm nur die Fresse zu polieren, ergänzte Conde im Stillen. Er an Duques Stelle hätte den Satz zu Ende gesprochen.

»... sich mit einer Frau herumzutreiben«, sagte der Teniente.

»Kommt auf die Frau an«, gab der Mulatte lächelnd zurück. René Águilas Selbstsicherheit war bis zu Condes Beobachterposten spürbar. Er sagte sich, dass dies der Moment war, das Gespräch in eine andere Richtung zu lenken. Miguel Duque schien seine Gedanken gelesen zu haben.

»Das ist möglich, alles ist möglich. Warum haben Sie ihn getroffen?«

»Wir machen Geschäfte miteinander.«

»Darf man fragen, was für Geschäfte?«

»Selbstverständlich, schließlich sind Sie Polizist. Und da ich nichts Illegales getan habe ... Übrigens haben wir im Hotel darüber gesprochen.« Er berührte mit dem Zeigefinger sein Ohr, um seiner Überzeugung Ausdruck zu verleihen, dass man ihr Gespräch abgehört oder aufgezeichnet hatte. »Ich habe Dokumente der Katalanischen Wohltätigkeitsgesellschaft besorgt, hinter denen Puigventós her war und die er nirgendwo finden konnte. Ich bin imstande, sogar Dinge zu besorgen, die unter der Erde liegen. Und genau da habe ich sie gefunden. Die Gründungsurkunde der Gesellschaft von 1848. Dazu noch jüngere Dokumente, fast alle aus den Zwanzigerjahren des letzten Jahrhunderts, im Zusammenhang mit einer Art Verschwörung von Katalanen mit dem Ziel, einen unabhängigen Staat zu gründen. Ich weiß nicht, ob Sie wissen, dass Francesc Macià in Havanna war, nachdem er versucht hatte, in Katalonien einzumarschieren, um die Unabhängigkeit zu erzwingen. Hier hat er den Entwurf einer republikanischen Verfassung niedergeschrieben. Auch die katalanische Fahne wurde in Kuba entworfen. Man sagt, dass sie deswegen der kubanischen ähnelt, mit einem einzigen Stern. Viele katalanische Nationalisten dachten, sie müssten dem kubanischen Beispiel folgen und ihre Unabhängigkeit von Spanien erklären. Sie wollten sich die Krise und das allgemeine Chaos in Katalonien zunutze machen, sogar die Methoden der Anarchisten wollten sie übernehmen. Wie es scheint, haben sich einige von ihnen hier in Havanna mit dem Anarchisten Buenaventura Durruti getroffen, um ihn für ihre Sache zu gewinnen. Wussten Sie das?«

Conde spürte die Verblüffung des Teniente angesichts dieser Geschichte, deren Einzelheiten ihm selbst unbekannt waren und an deren Wahrheitsgehalt er zweifelte. Anarchisten und Nationalisten im selben Boot? Alles war möglich, dachte Conde und betrachtete Miguel Duque. Ganz sicher war er ein Genie der Informatik und der logischen Schlussfolgerung, wie Manolo behauptete. Aber ebenso sicher stand für Conde fest, dass er unzureichend belesen war. Nicht von Computern allein lebt der Mensch, sagte er sich, und schon gar nicht ein Ermittler der Kriminalpolizei. Dennoch schwieg er weiter. Was René Águila erzählte, hatte historisch Hand und Fuß, konnte aber auch ein Ablenkungsmanöver sein. Von ihm oder von Puigventós erdacht? Auch das mit dem katalanistischen Komplott konnte stimmen, und das sprach für den Mulatten.

»Den Inhalt dieser Dokumente kann man aber bestimmt in den Geschichtsbüchern nachlesen«, wandte Miguel Duque ein.

»Nicht alles, Teniente, das können Sie mir glauben. Vor einiger Zeit habe ich einen Satz gelesen, der auf diesen Fall zutrifft: Das Leben ist größer als die Geschichte. Und in diesen Dokumenten ist viel Leben enthalten. Details und Namen, die, wenn man sie miteinander verbindet, heute von großem Wert sein können. Und nicht nur für einen Historiker.«

»Ein Geheimnis der Katalanen?«, fragte Miguel Duque mit ironischem Unterton, weil er aus dem Ganzen nicht recht klug wurde.

»Ja, ein katalanistisches Komplott«, präzisierte René Águila. »Eine Bewegung, die in Spanien ihren Anfang nahm, nach Kuba kam, wieder nach Spanien zurückkehrte, den Bürgerkrieg und den Franquismus überlebte und noch lange nicht erledigt ist. Im Gegenteil, die Sache wird immer heißer. Die Dokumente, die ich besorgt habe, sind viel Geld wert für jemanden, der sich für das Thema interessiert und sie verwenden will. Um sie der Öffentlichkeit zugänglich zu machen oder sie verschwinden zu lassen, weiß ich nicht. Das ist in der Tat ein Geheimnis der Katalanen, wie Sie sagen.«

»Die Dokumente sind doch wohl Eigentum der Wohltätigkeitsgesellschaft«, bemerkte Duque, und Conde wusste, dass er auf dem Holzweg war.

»Nicht, wenn es persönliche Dokumente sind. Oder Kopien der Originale, Kopien, die früher einmal gemacht wurden. Wir können die Leute von der Katalanischen Gesellschaft fragen, aber heutzutage, in Zeiten von Wikileaks …«

René Águila gab eine Gratis-Galavorstellung seiner Fähigkeiten. Mit seinen vielen Begabungen und seinen wenigen Skrupeln konnte er fast jeden Abgrund überqueren, ohne abzustürzen.

»Und Puigventós ist nach Kuba gekommen, um diese Dokumente zu kaufen?«

»Ja. Aber da ich weiß, dass das Spektrum seiner Interessen sehr weit gefächert ist, und da er Katalane ist und kein Galizier, nehme ich an, dass er versucht, die Reise rentabler zu gestalten. Aber über allfällige Zusatzgeschäfte weiß ich nichts. Weder, wen er treffen wollte, noch, mit wem er zusammen ist. Und noch weniger, wo er sich zurzeit aufhalten könnte.«

»Wie sind Sie mit ihm verblieben?«, setzte Duque die Befragung fort.

»Wir treffen uns morgen, um das Geschäft abzuschließen. Dokumente gegen Geld.«

»Wo?«

»Wir haben verabredet, dass er um acht hierherkommt. Er wollte die Gelegenheit nutzen, um am Strand zu baden, dann wollten wir hier zu Abend essen und das Geschäft zum Abschluss bringen. Ich habe ihn zum Essen eingeladen, weil ich die Möglichkeit habe, an Schwertfischfilets zu kommen. Einfach köstlich ...«

»Kann ich die Dokumente sehen, die Sie ihm verkaufen wollen?«

»Bin ich verpflichtet, sie Ihnen zu zeigen?«

»Sehen Sie es als eine Geste des Entgegenkommens«, sagte Duque, und Conde beglückwünschte ihn im Stillen zu dieser Bemerkung.

Der Mulatte lächelte und erhob sich. Beim Hinausgehen kreuzte sich sein Blick mit dem Condes. Ein Blick, der so unschuldig ist, dass er nicht der eines Unschuldigen sein kann, dachte Conde, doch er behielt seine Überlegung für sich. Außerdem überkam ihn der unerträgliche Wunsch, zu rauchen. Wie lange hatte er sich keine Zigarette mehr angezündet?

Teniente Duque hatte den Fehler gemacht, sich von seinem persönlichen Stolz und der Arroganz der Macht hinreißen zu lassen. Nachdem er die Dokumente der katalanischen Unabhängigkeitskämpfer gelesen und, mit René Águilas Einwilligung, sogar fotografiert hatte, erklärte er den Besuch für beendet. Er wies den Verkäufer von Kunst, Dokumenten und anderen Kostbarkeiten an, sich unverzüglich mit ihm in Verbindung zu setzen, falls er etwas von Jordi Puigventós hören sollte, entschuldigte sich bei ihm für die gestohlene Zeit und verabschiedete sich.

Aus dem chinesischen Auto heraus warf Conde noch einen letzten Blick auf die Festung von René Águila. Inzwischen war es dunkel geworden, und die Villa wurde von starken Lampen angeleuchtet, die auch einen Teil der Straße und das Brachland dahinter erfassten. Da der Teniente nicht das Wort an ihn richtete, verharrte auch er in

Schweigen. Als sie auf die Autobahn fuhren, um Kurs auf Havanna zu nehmen, bat er den Teniente, ihn gleich dort rauszulassen.

»Ich möchte einen Freund in Guanabo besuchen«, erklärte er. »Das ist angenehmer für dich, und ich komme schon irgendwie zurück«, fügte er hinzu und stieg aus. Der in seinem Stolz verletzte Teniente atmete erleichtert auf, als er sich von Condes Gesellschaft befreit sah. Ohne ein Wort des Abschieds raste er mit Höchstgeschwindigkeit in Richtung Havanna davon.

Conde ging in eine Bar, kaufte eine Dose Bier und setzte sich draußen auf dem Parkplatz auf ein niedriges Mäuerchen. Nach dem ersten Schluck zündete er sich die Zigarette an, nach der es ihn so sehr verlangte. Er hatte es nicht eilig, im Gegenteil, er wollte etwas Zeit verstreichen lassen und sich eine Strategie zurechtlegen, bevor er sich freiwillig in die Höhle des vermutlichen Löwen begab.

Es war zwanzig vor neun, als er die Autobahn überquerte und den steilen Weg zu Águilas Adlerhorst hinaufging. Am Ende der Mauer, dort, wo sich das Tor zur Garage befand, sah man ein oranges Licht blinken. Conde beglückwünschte sich. Gerade noch rechtzeitig. Er beschleunigte seine Schritte, und als das Tor vollständig geöffnet war, wurde er von den Scheinwerfern des Autos erfasst. Conde wusste, dass er sich auf dünnem Eis bewegte, und spürte sein Herz in der Brust klopfen. Das Einzige, was ihm Schutz gewährte, war die Tatsache, dass er vorhin drei Polizisten begleitet hatte. Wenn René Águila so intelligent war, wie es schien, dann würde er nicht riskieren, Schwierigkeiten heraufzubeschwören. Denn bislang hatte er sich noch keine einzige Schramme eingefangen.

Der Mulatte stieg auf der Beifahrerseite aus dem Wagen und ging Conde entgegen. Jetzt hatte er zu dem orangefarbenen Polohemd braune Mokassins assortiert. Auf der Fahrerseite zeichnete sich die Gestalt des schwarzen Knochenbrechers ab.

»Heute hast du uns nicht den besten Kaffee Havannas in Porzellantassen angeboten«, sagte Conde und zündete sich eine weitere Zigarette an. Er bemühte sich, ruhig zu wirken.

»Sie haben gesagt, Sie seien kein Polizist mehr«, beschwerte sich René Águila.

»Das stimmt auch. Der Beweis ist, dass ich ruhig zugesehen habe, wie du dem Teniente ein katalanisches Märchen aufgetischt hast.«

»Du glaubst, dass das mit den Dokumenten gelogen ist?«, fragte der andere, wobei er es plötzlich an dem Respekt fehlen ließ, der Conde aufgrund seines Alters zukam.

»Nein. Ich weiß, dass das stimmt und dass sie echte Informationen enthalten. Ob wertvoll oder nicht, weiß ich nicht. Aber was ich wiederum weiß, ist, dass dir ein paar nicht besonders wertvolle Dokumente nicht den Schlaf rauben. Ich denke an deinen sonst üblichen Standard.« Er sah zu der Villa hinüber. »Es sei denn, diese Dokumente sind eine richtige Bombe. Aber das glaube ich nicht. Mit anderen Worten: Du willst Puigventós etwas anderes verkaufen, das richtig Kohle bringt. Möglicherweise andere Dokumente als die, die du dem Starermittler gezeigt hast. Aber solange es nicht die schwarze Madonna meines Freundes ist und nichts mit dem Tod der beiden Jungen zu tun hat, kümmert mich das nicht, ich schwörs dir. Ich kann weder den Kleinkrieg beeinflussen, der sich in diesem Land entwickelt hat, noch den Katalanen die Unabhängigkeit schenken oder verweigern.«

René Águila lächelte, jetzt irgendwie traurig. »Diese Scheißmadonna samt den beiden Toten macht uns das Leben schwer. Wenn sich die Polizei erst mal einmischt ...«

»Stimmt, die Geschichte ist völlig außer Kontrolle geraten. Und das Schlimmste: Sie ist noch nicht zu Ende! Wenn dem Katalanen etwas zustößt, brennt Troja, mitsamt Trojanern und Griechen. Wen wollte Puigventós sonst noch treffen? Wenn du es mir sagst, geb ich dir Informantenschutz. Vielleicht kehrt ja dadurch wieder Ruhe ein. In deinem Geschäft ist Ruhe Gold wert. Kannst du dir vorstellen, was für ein Theater es gibt, wenn der Katalane ermordet wird?«

René Águila sah über Condes Schulter hinweg in unbestimmte Ferne. Aus irgendeinem Grund war sich der ehemalige Polizist jetzt sicher, dass der Mulatte mit dem Diebstahl der Madonna und den beiden Morden nichts zu tun hatte, auch wenn er über die nötigen Mittel verfügte, einschließlich der Dienste des Knochenbrechers. Seine Geschäfte gingen ihm über alles, und dafür brauchte er vor allem Ruhe. Die war nun dahin. Mit der Polizei im Nacken liefen die Geschäfte nicht gut.

»Als Puigventós das letzte Mal in Kuba war und wir über die Dokumente der katalanischen Wohltätigkeitsgesellschaft gesprochen haben, hat er gesagt, er müsse unbedingt nach Spanien fliegen, wegen einer Versteigerung, komme aber bald zurück, weil er mit Elizardo ein Geschäft machen wolle. Was für eins, weiß ich wirklich nicht, auch nicht, ob es stimmte und ob sie es inzwischen gemacht haben. Aber eins weiß ich: Wenn der Katalane verschwunden ist, dann weil eine Kubanerin dahintersteckt. Das ist seit tausend Jahren so. Während des Essens im Hotel hat er zu mir gesagt, diese Kubanerin mache ihn ganz verrückt. Sie sei ... ein Erdbeben.«

Conde schloss die Augen, geblendet vom Licht seiner Vorahnungen.

»Hat er wirklich ›Erdbeben‹ gesagt?«

»Nein, das sage ich. Ein Erdbeben. Der absolute Rambazamba.«

»Danke, René«, sagte Conde zufrieden und wandte sich zum Gehen.

René Águila hatte ihm erzählt, was er wissen musste, und der Mulatte wusste das auch. Nachdem Conde sich zwei Schritte von ihm entfernt hatte, blieb er stehen. Als René Águila in seinen blitzblank glänzenden Hyundai steigen wollte, ging er zum Garagentor zurück und rief: »Nimmst du mich mit in die Stadt?«

Carlos und der Hasenzahn applaudierten, als sie ihn kommen sahen. Bei dem niedrigen Gittertor des Hauses verbeugte sich Conde vor seinen jubelnden Freunden und hob die Arme. In jeder Hand hielt er eine Plastiktüte, die eine mit Essbarem, die andere mit Trinkbarem.

»Verdammt, Alter, weißt du, wie spät es ist? Fast zehn«, rief Carlos. »Das ist Folter, du Saftsack!«

»Los, beeil dich«, drängte ihn der Hasenzahn. »Ich hab schrecklichen Durst. Und Hunger!«

Conde brauchte Abstand von der rätselhaften Geschichte, auf die er sich eingelassen hatte. Im Hyundai hatte er René gebeten, die Nummer des Dünnen in sein Handy einzugeben. Dann beauftragte er Carlos, den Hasen anzurufen und auszurichten, sie müssten sich heute alle unbedingt treffen. Es sei zwar schon spät, aber er habe Außergewöhnliches zu berichten. Unterwegs hatte er die nötigen Einkäufe getätigt, die jetzt auf dem Tisch im Innenhof standen, dem kühlsten Ort des Hauses. Die Septemberhitze lähmte weiterhin die Stadt, die den ganzen Tag über unter einer unbarmherzigen Sonne gelitten hatte.

Bevor Conde die Sitzung eröffnete, ging er zur Toilette und urinierte ausgiebig, bis er sich leer und ausgepumpt fühlte. Unvermittelt überfiel ihn Traurigkeit: Konnte das der Abend sein, an dem er den Hasen für immer verlor? Als er aus dem Bad kam und sah, wie die unverwüstliche Josefina schon das Bett für ihn herrichtete, rief er Tamara an, um ihr zu sagen, dass sie nicht auf ihn warten solle. Die Sache sei noch komplizierter geworden, und er müsse sich mit seinen *Consiglieri* besprechen. Sie wisse ja, wie solche Besprechungen abliefen. Das wusste auch Josefina, und nachdem sie Conde einen Gutenachtkuss gegeben hatte, mahnte sie, sie sollten nicht so laut herumschreien und Carlos danach ins Bett bringen.

»Was hast du Josefina mitgebracht?«, wollte der Hasenzahn wissen, als Conde auf den Hof zurückkam.

»Kuchen und zwei Dosen Limonade. Aber zu Hause habe ich eine ganze Ladung Kichererbsen, Chorizo, Blutwurst und Kartoffeln. Morgen bring ich alles mit. Neulich hat sie mir nämlich gesagt, sie würde gern mal wieder Kichererbseneintopf essen.«

»Mit neunzig Jahren, bei dieser Hitze! Du machst mich noch zur Waise, Kollege!«, protestierte er lachend.

»Lass gut sein, Dünner, deine Mutter kann auf sich selbst aufpassen«, mischte sich der Hasenzahn ein. »Aber vergesst bloß nicht, mir Bescheid zu sagen, verdammt! Ich hab schon seit zehn Jahren keinen Kichererbseneintopf mehr gehabt.«

»Vergiss den Schinken nicht, Condesito!«, rief Josefina aus der Küche. »Danke für die Limonade. Und schreit nicht so laut rum!«

»Die Alte ist auch nie zufrieden«, beschwerte sich Conde leise und trank den ersten Schluck des Tages.

»Wusstest du, dass Dulcita nächste Woche kommt?«, fragte Carlos ihn.

»Nein. Du und Tamara, ihr sagt mir ja nichts. Ihr schließt mich systematisch aus! Ich bin schon seit einer Weile der Letzte, der etwas erfährt.«

Carlos' Freundin aus Oberstufenzeiten, seit einigen Jahren verwitwet und seit vielen Jahren wohnhaft in Miami, pendelte zurzeit zwischen den Magnetfeldern zu beiden Seiten der Meerenge von Florida hin und her. Dank ihrer finanziellen Unterstützung hatte das Haus des Dünnen einige Verschönerungen erfahren, unter anderem ein erneuertes Badezimmer und frisch gestrichene Wände. Allerdings zwang ihre Anwesenheit in Havanna die wilde Bande zu einer gewissen Disziplin. Im Gegensatz zu Tamara war die zurückgewonnene Freundin des Dünnen in der Lage, sich mit den Freunden im Stemmen von Rumgläsern zu messen, was sie oft und gerne tat. Doch es gelang ihr auch, die Männer dazu zu bewegen, mit ihren Gewohnheiten zu brechen. Und das auf die liebenswerteste Weise, indem sie nämlich dem Invaliden Gesellschaft leistete, vor allem in trauter Zweisamkeit hinter verschlossenen Türen. Kein Wunder, dass dadurch die Lebensgeister des seit vielen Jahren gelähmten Mannes merklich geweckt wurden. War auch Dulcita in die Reisepläne des Hasen eingeweiht?

»Das muss gefeiert werden!«, rief der Hasenzahn, der grundsätzlich immer fürs Feiern zu haben war. Mit oder ohne Grund. Sie erhoben ihr Glas auf Dulcita, ihre Ankunft, ihre unerschütterliche Freundschaft. Sie war immer die Beste von ihnen allen, gestanden sie sich ein. Und auch darauf tranken sie.

Wie er sich vorgenommen hatte, berichtete Conde den Freunden von seinen jüngsten und sehr turbulenten Abenteuern. Ausnahmsweise hörten Carlos und der Hasenzahn ihm schweigend zu, bis Conde die Hände hob, um zu sagen: So, das wars.

»Und wie gehts jetzt weiter, Alter?«, erkundigte sich Carlos.

»Jetzt werd ich Manolo sagen, was ich denke. Und alles Weitere denen überlassen. Schließlich sind sie die Polizisten, nicht wahr?«

»Du glaubst, bei dem Geschäft zwischen Puigventós und Elizardo ging es um die schwarze Madonna?«, fragte Carlos.

»Kann sein«, sinnierte Conde. »Aber wenn es bei dem Geschäft um die Madonna ging, dann hatte Elizardo Soler längst geplant, sie in seinen Besitz zu bringen, oder? Das könnte der Schlüssel zu dem ganzen Geheimnis sein.«

»Und die Ursache dafür, dass es jetzt zwei Tote gibt«, ergänzte der Hasenzahn.

»Das Problem ist, ich weiß nicht, wie ich Elizardo zu packen kriege, um zu erfahren, was er weiß oder getan hat.«

»Eins verstehe ich nicht. Wieso wusste niemand, dass die Statue hier in Kuba war?«, warf der Hasenzahn ein.

»Bobbys katalanischer Großvater hat sie immer bei sich zu Hause versteckt«, sagte Conde. »Er hat sie niemandem gezeigt und immer gesagt, dass es eine Jungfrau von Regla ist. Vielleicht ist alles so kompliziert geworden, weil Bobby die Jungfrau mit Yemayá identifiziert und sie rumgezeigt hat. Und weil er mit dem Gerede über ihre Macht alle genervt hat.«

»Viele Menschen glauben, dass diese Madonnen Wunder bewirken, Conde«, bemerkte der Hasenzahn. »Dass sie die Macht der Erde und der Schöpfung besitzen. Ich habe gelesen, dass es nur wenige von solchen Statuen gibt. Alle wurden mehr oder weniger in derselben Epoche geschnitzt, und viele stehen mit den Kreuzrittern und den Templern in Zusammenhang. Du weißt ja, dass um diese Leute viele mystische Spekulationen und eine Menge echter oder erfundener Geheimnisse existieren. Und verrückte Menschen, die nur zu gerne an verrückte Dinge glauben, gibt es ja mehr als genug auf dieser Welt. Eins ist jedenfalls bewiesen: Diese Madonnen wurden in ganz besonderer Weise verehrt.«

»Weil sie schwarz sind?«, hakte Carlos nach.

»Anscheinend ja. Schwarz sind sie, weil sie mit der Erde in Verbindung gebracht werden, der Mutter aller Dinge in vielen alten Kulturen. Die Erde ist das weibliche Gefäß, in dem der männliche Same keimt. Wenn es stimmt, was ich gelesen habe, verbindet sich in den schwarzen Statuen das religiöse Denken verschiedener Kulturen: der afrikanischen in Ägypten, der europäischen der Kelten. Und natürlich der christlichen in Rom und Byzanz, die durch die jüdische und andere, lokale Religionen, die man später als heidnisch betrachtete, bereits durchdrungen waren. Deswegen bestehen Zweifel daran, dass alle diese Madonnen aus Afrika oder aus dem Mittleren Osten stammen, ja, sogar aus Jerusalem, aus der Zeit am Ende des 11. Jahrhunderts, als die Christen die Stadt wiedererobert haben. Vielleicht wurden einige von venezianischen Künstlern geschaffen, die sie im Heiligen Land gesehen hatten, wo sich viele Venezianer, Pisaner und Genuesen herumgetrieben haben. Möglich auch, dass die Heiden Maria mit ihren Erdgöttinnen gleichgesetzt haben, die ja auch weiblichen Geschlechts sind.«

»Ein Heidendurcheinander, was?«, stellte Carlos fest. Conde stimmte ihm zu und genehmigte sich einen großen Schluck, um seine Gehirnzellen durchzuspülen.

»Wie gesagt: Rund um diese Statuen gibt es viele Unklarheiten und Geheimnisse, auch triviale«, fuhr der Hasenzahn unbeirrt fort. »Aber niemand scheint zu bezweifeln, dass die ersten von ihnen ungefähr nach der Wiedereroberung Jerusalems in Europa aufgetaucht sind. Das ist kein Zufall. Man weiß, dass die Kreuzritter und die Templer diese Madonnen verehrt haben und davon überzeugt waren, dass sie Macht besaßen, wenn auch nur eine spirituelle.«

»Wer glauben will, der sieht und spürt Dinge, die der Ungläubige weder sieht noch spürt«, bemerkte Carlos. »Darum überrascht es mich nicht, dass, wenn Bobby wirklich gläubig ist, er davon überzeugt ist, dass die Jungfrau ihn geheilt hat. Magischer Realismus. Rulfo, García Márquez, Carpentier. Seht ihr, wie gebildet ich bin?«

Conde hob den Blick zum wolkenlosen, sternenbedeckten Himmel. »Also darf ich davon ausgehen, dass unsere Madonnengeschichte direkt mit der Eroberung Jerusalems und dem ganzen Hexenzauber der okkulten Mächte zusammenhängt? Haben wir denn in Kuba nicht genug eigene ungelöste Probleme?« Er schenkte sich nochmals ein.

In stillem Einvernehmen kamen die drei Freunde zum Schluss, dass es schon zu spät, wirklich zu heiß und der Rum zu gut war, um sich diesen Abend mit solchen Fragen unnötig zu vergällen. Morgen würde man weitersehen. Zur Hölle mit dem Mittelalter, der Weltgeschichte und der Gegenwart. Scheiß drauf!

15

Antoni Barral, 1291

Als Frater Antoni Barral die Kapelle betrat, in die das morgendliche Licht nur schwach durch die Scheiben des Vorraums und die schmalen seitlichen Giebelfenster fiel, war er sich bewusst, dass nun wohl der letzte Tag seines Lebens begann. Der letzte Tag auch dieser Stadt, die einen hohen Preis würde zahlen müssen, weil sie so hochmütig gewesen war, sich für unbesiegbar zu halten. Den Blick starr nach vorn gerichtet, ging er zu dem kleinen Altar aus weißem Stein, der vom erkalteten Wachs der erloschenen Kerzen, die zu entfernen sich niemand mehr die Mühe machte, überkrustet war. Im Halbrund des Altarraums hing ein blank poliertes Kreuz aus granatrotem Zedernholz, wie mit Blut gefärbt. Darunter thronte, erhaben und majestätisch, die prachtvolle, wundermächtige Statue der Heiligen Jungfrau.

Der Christusritter legte seinen Helm auf die Stufe, die den Altar, den heiligsten Ort des Gotteshauses, erhöhte, schob das Schwert an seinem Gürtel zur Seite und kniete nieder. Er faltete die Hände über dem roten Templerkreuz auf seiner Brust und schloss, das Gesicht zur Statue erhoben, die Augen. Er atmete mehrmals tief ein, um sich zu sammeln. Das menschenunwürdige Geschrei der Belagerer gellte in seinen Ohren, und das rhythmische, markerschütternde Getöse der infernalischen Musik von Hunderten Trommeln, Zimbeln und Trompeten drohte seinen Herzschlag aus dem Takt zu bringen. So lärmte und raste nur, wer sich seines Sieges sicher war. Sie hatten auf den Koran geschworen, nicht zu ruhen, ehe sie nicht den letzten Anhänger des Kreuzes, der sich im vom Propheten geliebten Heiligen Land aufhielt, ins Meer geworfen hätten.

Antoni Barral wusste, dass es für ihn kein Entrinnen gab. Also schickte er sich an, eine Beichte vor Ihr abzulegen und all seine Sünden zu bekennen, um mit reinem Geist aus dieser Welt zu scheiden. Er fürchtete sich nicht, da er meinte, die Tage seines Lebens gut genutzt zu haben. Er hatte sie einem höheren Ziel gewidmet, an das er glaubte und für das er sterben würde. Er schwor zur Muttergottes, dass er in seinem Glauben nie schwach geworden war, noch je schwach werden würde. Er betete und gedachte all der Gewalttaten, die er im Laufe vieler Jahre begangen hatte. Doch hatte er sich nicht immer von Kreuz und Schwert leiten lassen, vom Keuschheits- und Armutsgelübde, von der Hingabe an Sie und vom Glauben an Ihn, den Allmächtigen? Zu alldem hatte er sich durch einen Schwur verpflichtet. Wenn also durch seine Hand unzählige Menschen den Tod gefunden hatten, dann in einem gerechten und heiligen Krieg. Aber noch während er betete, vergegenwärtigte er sich unter Tränen, dass es ihm trotz seiner Überzeugungen und Taten und seines guten Willens nicht gelungen war, die Welt zu einem besseren Ort zu machen. Eher im Gegenteil. Vielleicht war das der Grund, warum er dieses letzte Opfer erbringen musste. Er flehte um Vergebung für seine unsterbliche Seele, falls er sich je zu unnötigen Gewalttaten hatte hinreißen lassen. Dann bemerkte er, dass das Geschrei und das Getöse aufgehört hatten. Gleichzeitig spürte er, wie er in einen friedvollen, bisher unbekannten Zustand glitt, in eine entrückte, schwerelose Geborgenheit vor dem Hexenkessel um ihn herum. Das Chaos dieser letzten Stunden schien ihn nicht mehr zu berühren. Ihm war, als schwebte er sogar ein paar Zentimeter über dem Boden. Da spürte er auf seiner Stirn ganz deutlich den Druck einer warmen Hand. Er verlor das Gleichgewicht und fiel auf den Rücken. Schwert und Schild schlugen dumpf klirrend auf dem Boden auf. Er öffnete die Augen und stellte fest, dass um ihn herum alles verschwunden war – nur noch das Kreuz war zu sehen und darunter, auf dem Altar, die Statue der Muttergottes mit ihrem schwarz glänzenden, feierlich ernst dreinblickenden Antlitz. Ihre blauen Augen leuchteten, als wäre Leben in ihnen. Und in diesem Moment sah er, er konnte es beschwören, zwei Tränen aus ihnen hervorquellen und über ihre Wangen rinnen. Antoni Barral erahnte mit klopfendem Herzen, dass er seine Aufgabe im Reich dieser Welt noch nicht erfüllt hatte. Er wusste, dass eine höhere Macht ihre schützende Hand über ihn hielt. Dass er nicht sterben würde an diesem Schreckenstag der letzten Schlacht, die den endgültigen Verlust jener Stadt besiegeln würde, die so lange die Stadt der strahlenden Verheißung und des treulosesten Verrats im ganzen Erdenkreis gewesen war. Eine Stadt, die sich durch ihre vielen Sünden selbst verurteilt hatte. Im Wissen um seine Mission, um das höhere Ziel, für das er am Leben bleiben sollte, erhob sich der Ritter, setzte seinen Helm auf, rückte das Schwert im Gürtel zurecht und näherte sich dem Altar.

Monate zuvor waren Frater Antoni Barral und einige seiner Christusbrüder hungrig und zerlumpt in Akkon angekommen. Antoni hatte die Statue der schwarzen Madonna mit sich geführt. Der unerbittlichen Raserei der Sarazenen des Mamelucken-Sultans Qalawun während der Eroberung und Zerstörung des reichen Tripolis waren sie nur durch ein Wunder lebend entkommen.

Die Madonna hatte bereits eine lange Reise hinter sich. Als Sultan Saladin Jerusalem erobert hatte, war sie zusammen mit weiteren Reliquien nach Tripolis gebracht worden. Obwohl inzwischen für ihre Wundertätigkeit bekannt, fristete sie in einem Winkel der St.-Markus-Kirche, einer der reichsten Kirchen von Tripolis, ein trauriges Dasein und wartete darauf, wie der unwürdige weltliche Streit um sie entschieden würde. Sie gehörte nämlich zu den Dingen, um die sich in Tripolis die Ritter des Templerordens und die mächtigen genuesischen und venezianischen Kaufleute in den Haaren lagen, jene habsüchtigen und dreisten Herren, die mit ihrer Gier und ihrer Unverfrorenheit den Zorn des Sultans herausgefordert hatten.

Um während der Zerstörung von Tripolis die Statue zu retten, hatte Frater Antoni sein Leben aufs Spiel gesetzt. Denn die mohammedanischen Soldaten-Mönche mit den wilden Mähnen waren die fanatischsten und wildesten Gotteskrieger des Islam. Sie wollten sich Ruhm und Ehre verdienen, indem sie Christen enthaupteten oder von ihnen enthauptet wurden, ganz gleich. Den christlichen Verteidigern der Stadt waren sie an Zahl wie auch an Waffen überlegen.

Nach mehreren Tagen des Widerstands gegen die Belagerer begriffen Frater Antoni Barral und seine Ordensbrüder, dass das Schicksal dieses Ortes besiegelt war. Der Rückzug blieb als einziger, demütigender Ausweg. Selbst in diesem totalen Chaos – die feindlichen Gotteskrieger schwärmten bereits durch die Straßen – entschieden die Tempelritter, dass sie auf keinen Fall die Insignien und Dokumente des Ordens zurücklassen durften. Und auch nicht, forderte Antoni Barral, die Statue der Heiligen Jungfrau, die der Orden schon immer für sich beansprucht hatte. Hatten nicht alte Fratres bestätigt, dass sie in den Trümmern jenes Gebäudes aufgefunden wurde, das mehr als ein Jahrhundert lang das Hauptquartier des Templerordens gewesen war? Und zwar genau dort, wo gemäß zuverlässigen Quellen König Salomons Tempel gestanden hatte und die Bundeslade aufbewahrt worden war. Schwarz wie Teer mitten in der Wüste war sie wundersam aufgetaucht. Und alsbald ereigneten sich zahlreiche Zeichen und Wunder, die man ihr zuschrieb. So wurden die Ritter des Templerordens ihre treuesten Anhänger und Anbeter. Um die Schönheit der Jungfrau hervorzuheben und ihre Macht zu unterstreichen, baten sie einen venezianischen Holzschnitzer, die Statue mit Farben zu versehen und den besten Firnis aufzutragen, um sie zu konservieren. Für diese Madonna, so dachten Antoni Barral und drei seiner Brüder, lohnte es sich, sein Leben zu riskieren. Wegen seiner Körperkraft war Antoni dazu ausersehen, die Statue fortzubringen. Beim Verlassen des heiligen Ortes musste er mit ansehen, wie seine drei Eid- und Waffengenossen unter einem Regen von Lanzen, Steinen und Pfeilen zusammenbrachen. Doch an seinem Kopf und zu beiden Seiten seines Körpers rauschte alles vorbei, ohne ihn zu streifen. Ganz so, als machten die Wurfgeschosse einen Bogen um ihn, den Retter der Jungfrau. Glück oder Wunder?, hatte sich der Templer seither häufig gefragt. Und diese Frage war auch auf seinen Lippen, als er am vermutlich letzten Tag seines Lebens in der Kapelle der Templerburg im zum Tode verurteilten Akkon meditierte.

Mit der Madonna auf den Armen hatte Antoni Barral die Weinberge und Olivenhaine um Akkon durchquert, schwer beeindruckt von der Größe und der Anlage der Stadt, auf die er blickte. Doch als der Templer sie durch das Sankt-Antonius-Tor des imposanten doppelten Mauerrings betrat, meinte er verblüfft, auf dem größten Jahrmarkt der Welt gelandet zu sein. In den zu jener Zeit bereits verlorenen fränkischen Reichen des Heiligen Landes war die Lebendigkeit dieser Stadt allgemein gerühmt worden. Sie galt als die am dichtesten bevölkerte, kosmopolitischste und reichste aller Städte in den eroberten Gebieten und war nach dem unseligen Verlust der Heiligen Stadt zum Sitz des ehemaligen Königreichs Jerusalem auserkoren worden. Antoni Barral stellte mit Bewunderung und Erstaunen fest, dass man tatsächlich alles, was die bekannte Welt an Gütern, Schätzen und Launen bot, in dieser Hafenstadt kaufen konnte. Hier blieb keine Laune, kein Wunsch ungestillt.

Innerhalb und außerhalb dieser hoch aufragenden Mauern und selbst auf ihnen kreuzten sich die unterschiedlichsten Menschen aus aller Herren Länder. Von blasshäutigen Germanen, die in ihrer eigenen Straße wohnten, über katalanische Seefahrer, französische, lombardische und englische Kreuzritter bis hin zu Handwerkern und steinreichen Kaufleuten aus Genua, Pisa und Venedig, alle in ihren eigenen Vierteln. Menschen aus Byzanz, Griechenland, Zypern, sogar aus dem fernen Land der Mongolen, außerdem wie überall die jüdischen Kaufleute. Dazu libysche, syrische und ägyptische Bauern mit bronzefarbener Haut, von denen manche bereits christianisiert waren. Soldaten und Ordensritter hatten hier ihre Hauptquartiere und lebten neben Herzögen, Grafen, sogar Fürsten mit nahen oder fernen, echten oder fiktiven Besitztümern. Ungezählte Kleriker mit einer Kathedrale, vierzig Kirchen, mehreren Klöstern und Hospitälern sowie unzähligen Kapellen innerhalb der Stadtmauern sorgten fürs Seelenheil. Natürlich wimmelte es in der Stadt und ihrer Umgebung von Matrosen, Abenteurern, Söldnern, Gaunern und Vagabunden. Und in ihren Katakomben war ein Heer von Prostituierten aller Schattierungen tätig, deren Zahl in die Tausende ging.

Frater Antoni Barral wanderte durch die Straßen und ließ sich treiben im Strudel der Menschenmassen und schreienden Straßenhändler. Alles hier war in Bewegung. Aus dem arabischen Bazar strömten die Gerüche von Myrrhe und wohlduftenden Ölen, von auf Holzkohle schmorendem Fleisch und honigsüßen Süßspeisen, begleitet von dem Gestank der Kamelscheiße und dem säuerlichen Geruch abgestandener Milch. Auf dem angrenzenden jüdischen Markt leuchteten die kostbarsten Stoffe in den schönsten Farben. Geldverleiher, Schreiber und Goldschmiede boten lauthals ihre Dienste an, wobei sie versuchten, das Geschrei ihrer maurischen Nachbarn zu übertönen. In den überfüllten Gassen, die auf den Platz zuliefen, priesen Händler aus Pisa und Genua ebenso laut ihre Waren an: von Überfahrten zu sämtlichen Häfen des Mittelmeers auf ihren äußerst seetüchtigen Schiffen bis zu authentifizierten Splittern vom Heiligen Kreuz und Knochen von Heiligen und Märtyrern. Dicht daneben und in offener Konkurrenz zu ihren Nachbarn rühmten die stets elegant gekleideten Venezianer die zarte Schönheit hauchdünner, frisch importierter Glasgefäße, die Qualität ihrer Spiegel und die Exklusivität ihrer neusten, angeblich von Marco Polo persönlich aus dem Fernen Osten importierten Waren. Vergrößert wurde das allgemeine Chaos durch Horden betrunkener, aggressiver Lombarden, durch bettelnde Kriegsversehrte, nach ranzigem Fett und säuerlichem Schweiß stinkende fränkische Soldaten und fanatische Anhänger der Thora, des Korans und der Bibel, die sowohl das Ende aller Zeiten als auch die nahende Erlösung verkündeten. Und das in allen Sprachen aus dem Turm zu Babel.

In der eindrucksvollen Festung des Ordens, am südlichen Stadtrand nahe den Landungsstegen des Hafens und dem Eisernen Turm, übergaben Frater Antoni Barral und seine Gefährten die schwarze Holzstatue dem Kaplan. Er kannte die Geschichte der majestätischen Madonna und ihrer Wundertaten und räumte ihr den besten Platz in der Kapelle der Ordensritter ein, wo seit einigen Jahren auch die Aufnahmezeremonien für die neuen Christusritter stattfanden. Jene uralten Rituale, über die arglistige, missgünstige Zungen böswillige Gerüchte über schamlose, ketzerische Praktiken in Umlauf zu bringen begonnen hatten.

Im Laufe der folgenden Tage wurde Antoni Barrals erster Eindruck von dem freien, zügellosen Leben in Akkon zur beunruhigenden

Gewissheit. Am Anfang glaubte er, er als spröder Bauernjunge aus einem abgelegenen katalanischen Dorf müsse sich an diesen offen zur Schau gestellten Luxus nur noch gewöhnen, zumal nach den vielen Jahren seines mönchischen Lebens in einem Sprengel des Ordens nahe Tolosa. Doch dann sah er es klar. Vielleicht weil sie wussten, dass die Stadt dem Untergang geweiht war und bald den Armeen des Sultans in die Hand fallen würde, gaben sich die Städter dem Taumel ihrer Geschäfte, Intrigen und Betrügereien und der Anhäufung von Reichtümern hin. Wein, Speichel und Sperma flossen in Strömen. Niemand sprach mehr von höherer Mission, es ging nur noch um Gold und Lust im Diesseits.

Die ältesten Bewohner klagten, alles habe sich zum Schlimmeren gewendet, seit dieser letzte, bunt zusammengewürfelte Haufen von Kreuzfahrern in die Stadt gekommen war. »Italiener« nannte man sie, diesen Haufen aus Bauern und Abenteurern aus dem Norden der Apenninhalbinsel. Mehr als der Wunsch, gegen die Ungläubigen zu kämpfen und die biblischen Territorien für die Christenheit zu retten, hatte sie das Versprechen eines hohen Solds angelockt. Dieser »Kreuzzug«, der nie einer war, endete schließlich mit gewaltsamen Beutezügen der »Italiener« bei den syrischen und libyschen Händlern und Bauern, also bei fast allen Muselmanen, die sich in der Stadt aufhielten. Die mit Prügeleien und manchmal sogar mit Exekutionen verbundenen Raubzüge führten zu einem Aufstand, der die nachlässigen Stadtoberen zwang, einzugreifen und die italienischen Unruhestifter ins Gefängnis zu stecken. In Wirklichkeit wagten sie nicht, Soldaten des Vatikans zu bestrafen, und setzten die »Italiener« mit einer bloßen Ermahnung wieder auf freien Fuß. So lieferten sie den Mamelucken den letzten Vorwand, um die mit der Stadt vereinbarte Waffenruhe aufzukündigen und den Feldzug zu beginnen, der das Ende von Akkon herbeiführen sollte.

Die einzige Ausnahme inmitten jener allgemeinen, ungehinderten Zügellosigkeit bildeten die Angehörigen der christlichen Kreuzritterorden. Auf ihren Schultern lastete die schwierige Aufgabe, den Stadtfrieden zu sichern und die Verteidigung zu organisieren. Doch Templer, Hospitaliter und Deutschritter wussten sehr wohl, dass ihre Bemühungen vergeblich waren. Trotz der hervorragenden Befestigungsanlagen würde die Stadt dem angekündigten massiven Angriff nicht standhalten können. Nur einige erfahrene Soldaten wie Antoni Barral ahnten darüber hinaus, dass die Tage der fränkischen Reiche im Heiligen Land und der Kreuzzüge abgelaufen waren. Die Zeit ihrer Vorherrschaft und ihres Glanzes gehörte der Vergangenheit an. Für die Soldaten Christi gab es bald keine Verwendung mehr.

Unter all den Fürsten, Grafen, Herzögen, Großmeistern, Bischöfen und Feldmarschällen, die sich in Akkon aufhielten, war ein Mann, der Frater Antoni Barral seit ihrer ersten Begegnung wegen seiner unabhängigen Denkweise faszinierte. Er schien liebenswürdig und umgänglich, doch gleichzeitig schuf seine unnahbare und zupackende Art eine gewisse Distanz.

Der große Kapitän Roger de Flor behauptete, in Deutschland geboren zu sein, aber niemand war sich sicher, ob das auch stimmte, denn irgendwann hatte man ihn sagen hören, dass er aus Brindisi, und ein andermal, dass er aus Barcelona stamme. Je nach Herkunft nannte er sich anders, manchmal Roger van Blume oder Rutger Blume, meistens jedoch Roger de Flor. Er selbst erzählte einmal, dass er einer deutschen Adelsfamilie angehöre, ein anderes Mal, dass seine Vorfahren reiche bayrische Kaufleute, dann wieder, dass sie katalanische Seefahrer seien, und bisweilen trat er sogar als Sohn eines italienischen Kardinals und enger Vertrauten von Papst Gregor X. auf. Er behauptete von sich, sämtliche Mittelmeerhäfen zu kennen, und brüstete sich damit, der beste Kapitän und Seemann zu sein, der jemals die Meere befahren habe. Er ging sogar so weit, zu erzählen, er habe an den größten Schlachten des Jahrhunderts teilgenommen und sei mit den meisten Fürsten der christlichen Welt befreundet. Weil er gerade mal fünfundzwanzig Jahre zählte, waren sich alle einig, dass sie es mit einem ausgemachten Schwindler zu tun hatten, doch alle genossen sie seine Eloquenz und seinen Charme, denn sie bemerkten auch, dass seine Lügengeschichten einen wahren Kern enthielten. Ohne Zweifel war er ein tüchtiger Seemann, hatte feine Manieren und konnte sich in zehn Sprachen fließend ausdrücken.

Nicht umsonst hatte der Großmeister des Templerordens, um sich die Fähigkeiten des jungen Mannes zunutze zu machen, ihn als Laienbruder aufgenommen, ihm den Titel »Großkapitän« verliehen und das Kommando über das größte Schiff übertragen, das jemals das Mittelmeer befahren hatte. Der *Falke,* in Genua gebaut, lag am besten Landungssteg des Hafens von Akkon vor Anker.

Trotz ihrer so verschiedenen Charaktere, hegte Antoni Barral für den Großkapitän viel Sympathie. Vielleicht war sie auf die Schwäche des berühmten Seefahrers für die katalanischen Matrosen und die rohen Soldaten aus Aragón zurückzuführen, aus denen fast die gesamte Mannschaft und die Schutztruppe seines *Falken,* dieser schwimmenden Festung, bestand. Zwischen dem jungen Kapitän und den brutalen Kriegern hatte sich eine so große Nähe entwickelt, dass er nur Katalanisch mit ihnen sprach, eine Sprache, die er gelegentlich als seine Muttersprache bezeichnete. Er erhoffte sich davon, dass von den dunklen Machenschaften, in die sie ständig verwickelt zu sein schienen, nichts nach außen drang.

Während einer Unterhaltung, die Roger de Flor mit dreien seiner Matrosen führte, näherte sich ihm Antoni Barral und sprach ihn in seiner Muttersprache an. Von den häufigen Versammlungen, die die Ritter der Bruderschaft angesichts der schwierigen militärischen Lage der Stadt abhielten, kannten sie sich bereits, doch nun unterhielten sie sich zum ersten Mal länger, und so hatte Antoni die Gelegenheit, sich selbst von den Qualitäten des jungen Seefahrers als Schlangenbeschwörer zu überzeugen.

Auf der Kommandobrücke des *Falken* begegneten sich der Frater und der Kapitän während ihrer gemeinsamen Monate in Akkon häufig. Antoni Barral, der beim Aufwachsen in den katalanischen Pyrenäen nichts als Felsen, Berge und Sturzbäche, Ziegen und Wölfe, Armut und unerbittliche Härte gesehen hatte, überkam beim Anblick des Meeres immer ein Gefühl von Freiheit und Glückseligkeit, das zu genießen er nicht müde wurde. Außerdem hatte man vom Hafen aus eine herrliche Aussicht auf die Stadt mit dem doppelten Mauerring und den zwölf Festungstürmen, mit ihren in der Sonne leuchtenden gelben Steinmauern, ihren als unüberwindlich geltenden

Befestigungsgräben und den bunten, in den Himmel ragenden Fahnen der vielen militärischen, geistlichen, kaufmännischen, städtischen und marinen Bruderschaften, die sich hier in diesem brodelnden Schmelztiegel niedergelassen hatten. Direkt gegenüber befand sich, ein Symbol von Stärke und Macht, die Festung der Tempelritter. Auf ihren Mauern thronten vier stolze, mit Goldemail überzogene Löwen von der Größe gemästeter Bullen, die auf die Stadt und das Meer hinabblickten.

Verglichen mit der Lebensgeschichte des jungen Roger de Flor, empfand Antoni Barral die seine als armselig und belanglos. Vierzig Jahre alt war er nun, und konnte doch nur die Erlebnisse eines Bauernjungen vorweisen, den eine Laune des Schicksals in den Sprengel des Templerordens im benachbarten Rosellón verschlagen hatte. Er war Führer und Gehilfe zweier fahrender Ritter geworden, die sich an einem Kreuzzug beteiligen wollten und den Jungen in ihre Dienste genommen hatten. Als sein Auftrag erledigt war, musste er auf das Ende des Winters warten, um über den Coll dels Llops in sein Tal zurückkehren zu können. Er verdiente sich Brot und Bett mit Arbeiten auf den Feldern des Sprengels und nutzte die Gelegenheit, um lesen und schreiben zu lernen, mit einer Schnelligkeit, die alle überraschte. Als ein kastilischer Geistlicher namens Juan de Mendoza seine handwerklichen Begabungen und seine Intelligenz erkannte, wurde Antoni als Novize aufgenommen. Der Großmeister des Sprengels gewährte ihm Zugang zu Büchern und sogar zur strengen militärischen Ausbildung des Ordens. Da die Lage der fränkischen Städte im Nahen Osten kritisch war, wurde der kluge, aufgeweckte Junge trotz seiner niederen Herkunft zum Tempelritter geweiht und in jenen kosmopolitischen und turbulenten Winkel des Mittelmeers geschickt, wo die mächtige Bruderschaft der Soldaten-Mönche ihr Zentrum hatte, dessen Existenz nun auf dem Spiel stand.

Als Antoni Barral Roger de Flor erzählte, wie er die Statue der Heiligen Jungfrau, die jetzt in der Burgkapelle stand, aus der verlorenen St.-Markus-Kirche in Tripolis gerettet hatte, überraschte ihn der Kapitän des *Falken* mit einer Frage, die Antoni im ersten Moment nicht richtig verstanden zu haben glaubte: »War es das wert, sein

Leben zu riskieren für eine Statue, von der in dieser Gegend unzählige angefertigt wurden? Sie ist doch nicht mehr als ein schönes Stück Holz!« Antoni Barral hatte nie darüber nachgedacht. Für ihn war sie viel mehr als »ein schönes Stück Holz«. Ohne Zögern antwortete er, die Madonna sei eine ganz besondere Statue, nicht umsonst hätten seine Ordensbrüder bei dieser Mission ihr Leben geopfert. Darüber hinaus sei sie das Oberhaupt und die Schutzpatronin des Ordens, dem sie beide angehörten.

»Sehr heldenhaft«, entgegnete Roger de Flor. »Aber wir reden von zwei verschiedenen Dingen: von einem göttlichen Wesen und von seiner Darstellung. Du hast die Darstellung gerettet. Man könnte jederzeit eine andere anfertigen, nicht wahr?«

Antoni lächelte. »Die Darstellung verkörpert das Göttliche, das Heilige. Außerdem hat diese Statue bewiesen, dass sie eine höhere Macht besitzt, alle sagen das. In einer Darstellung kann sich das Wesen des Dargestellten verbergen.«

Roger de Flor sah zur Stadt hinüber und fuhr fort: »Weißt du, dass die Muselmanen, die gerade zu uns vordringen, nicht an Bilder glauben, sie, im Gegenteil, verbieten? Und dass Gott im Alten Testament jede Form der Darstellung des Göttlichen und die Anbetung von Götzen und Bildern verboten hat?«

Antoni Barral musste ihm recht geben, doch er ließ sich nicht beirren. »Unsere Religion hat vieles verändert. Wir sind weder jüdische Ketzer noch ungläubige Islamiten. Die Statue steht für das, was sie darstellt, und für uns verkörpert sie die göttliche Mutter Gottes.«

Roger lachte. »Also haben wir eine schwarze Mutter?«

Jetzt lachte auch Antoni. »Die Farbe hat keine Bedeutung, sie ist das Materielle«, sagte er. »Entscheidend ist der Glaube, und der ist das Wesentliche.«

»Du vermischst alles, Bruder Antoni. Und die Statue, die du unter Einsatz deines Lebens gerettet hast, ist das Ergebnis dieser Vermischungen.«

Antoni begriff nicht. »Was für Vermischungen?«, fragte er.

Roger de Flor erklärte es ihm: »Sie ist schwarz wie Osiris im alten Ägypten der Pharaonen, und sie ist schwarz wie die Mutter Erde der alten keltischen Sagen meines Landes. Wir Christen nennen sie Maria. Alles vereint in einer Holzskulptur, die unmöglich während Jahrhunderten unter den Trümmern des salomonischen Tempels begraben sein konnte, weil ihre göttliche Macht die Schwächen der Materie nicht überwinden kann. Wenn sie so alt wäre, wäre sie längst zu Staub zerfallen, mein Bruder.«

»Das ist ihr erstes Wunder. Gibt es etwa keine unverwesten Leichen? Also warum nicht auch eine Madonna?«, wandte Antoni Barral ein, obwohl er unsicher geworden war. Roger de Flors Argumenten war er nicht gewachsen, doch er gab sich nicht geschlagen. »Und ihre Wundertaten?«, fragte er. Genüge es nicht, dass er und andere daran glaubten und mit ihnen beschenkt würden?

Roger sah ihn mit seinen Falkenaugen an. »Weißt du, dass der heilige Ludwig, der König von Frankreich, ein Dutzend schwarzer Madonnen wie die, die du gerettet hast, von hier nach Frankreich mitgenommen hat?« Nein, das wusste Antoni nicht. »Er hat sie nach Paris gebracht, weil sie so prächtig sind und nur in dieser Gegend mit so viel Meisterschaft geschnitzt werden«, fuhr der Seemann fort. »Mit ihnen wollte der König nicht nur die der Muttergottes geweihten Kirchen seines Reiches schmücken, sondern auch die Nachwelt an seine Kreuzzüge ins Heilige Land erinnern, die in Wirklichkeit, wie du weißt, eine militärische Katastrophe waren. Dafür wollte er die Statuen haben. Nur um seine Eitelkeit zu befriedigen und seine Legende zu begründen.«

Vielleicht hatte der Seemann ja recht, wenigstens zum Teil, dachte Antoni Barral. Doch seine Überzeugungen verboten ihm, das zu akzeptieren.

Roger de Flor ließ eine Karaffe Bordeaux-Wein und zwei venezianische Kristallgläser aus seiner Kajüte bringen. Nach dem ersten Schluck zeigte der Kapitän mit ausgestrecktem Arm auf die Stadtmauern und die Türme von Akkon. »Weißt du, was sich mit dem Schicksal dieser Stadt entscheiden wird? Das Schicksal der fränkischen Reiche in der Levante, die Anwesenheit der Christen im Heiligen Land – so sagt es die Propaganda des Glaubens, das ist die öffentliche und offizielle Version. Erinnere dich daran, dass ein anderer

König, Richard I. von England, genannt Löwenherz, vor nur hundert Jahren hier Tausende muselmanischer Gefangener enthaupten ließ, weil Gott ihm die Erlaubnis gab, Ungläubige zu töten, ohne dass dieser Massenmord eine Sünde war. Und erinnere dich auch daran, dass euer so geliebter Bernhard von Clairvaux, sogar mit Billigung des Papstes, die Taten von Löwenherz rechtfertigte, indem er verkündete, dass im heiligen Krieg das Töten des Nächsten keine Beleidigung des Schöpfers darstelle, sondern einen weiteren Grund, der göttlichen Gnade teilhaftig zu werden. Gott steh mir bei! Die Wahrheit aber, mein Freund, die ganze Wahrheit ist, dass sich hier und jetzt entscheidet, wer die wichtigste Handelsroute der Welt, die Quelle so vieler Reichtümer, kontrolliert. Darum treiben sich die von Kaufleuten aus Venedig, Genua und Pisa bezahlten Söldner mit ihren Schwertern und Standarten hier herum. Ganz zu schweigen von den brutalen Lombarden der vatikanischen Armee. Es geht um den Besitz dieser gesegneten Länder, ihrer Wälder und Täler, ihrer Rebstöcke, Olivenbäume und Zedern, um die Kontrolle der Karawanenstraßen in den Orient, um die Herrschaft über Dutzende von Häfen wie diesem. Es geht um die Reichtümer, die einst schon Alexander, die Cäsaren und die Pharaonen groß machten. Wie jeden, der sie in ihren Besitz bringt. Im Namen Mohammeds, Gottes oder Allahs, das macht keinen Unterschied. Du weißt das. Und trotzdem bist du bereit, zu kämpfen und für ein Stück Holz zu sterben? Weißt du, wie viele Menschen bereits für weltlichen Reichtum gestorben sind, in gutem Glauben, sie kämpften im Namen einer himmlischen Macht? Weißt du, dass genau das in Kürze hier geschehen wird, vor und hinter diesen prächtigen Mauern? Im Laufe der Jahrhunderte, solange Menschen diese Erde bewohnen, wird das noch viele, viele Male geschehen! Hast du eine Ahnung davon, wie sich der Glaube, die Suche nach dem Guten und Wahren, pervertieren kann, wenn er keine Abweichung duldet? Wenn er zugespitzt wird im Namen eines Gottes, eines Prinzips oder einer Idee? Dann verwandelt er sich in entfesselten Hass! Wir Christen töten Muselmanen, die Muselmanen töten uns Christen. In dieser Stadt, in diesem Land, das ›heilig‹ genannt wird, bringen wir uns gegenseitig um, Jahrhundert für Jahrhundert, jetzt und künftig, immer im Namen des Glaubens, in Wirklichkeit aber wegen der Reichtümer und der Gier nach Macht.«

Beunruhigt sah Antoni Barral den Großkapitän an, der ihm diese tückischen Fragen entgegenschleuderte. Nach einer Weile des Nachdenkens sagte er zu ihm: »Du sprichst wie ein Ketzer. Nein, schlimmer noch, wie ein falscher Prophet, der den Anspruch erhebt, Gottes Pläne zu erkennen. Du sagst beunruhigende Dinge. Du bist gefährlich, Roger de Flor. Wer bist du wirklich? Woher kommst du?«

Der Seemann trank einen Schluck aus seinem hauchdünnen Kristallglas und wandte das Gesicht dem Ozean zu, der im Abendlicht golden schimmerte. »Ich komme von dort, vom Meer. Sein Geheimnis ist mein Glaube.«

Mit dem Frühling tauchten, einberufen und befehligt von dem jungen Sultan Chalil, die osmanischen Fußsoldaten und Reiter in den Ebenen um Akkon auf. Der Thronerbe des verstorbenen Qalawun war entschlossen, die Mission seines Vaters zu vollenden und dessen Tod zu rächen. Für die Sarazenen bestand kein Zweifel daran, dass der plötzliche Tod des großen Qalawun auf Vergiftungsversuche zurückzuführen war, die die Anhänger des »Alten vom Berge« regelmäßig und mit viel Geschick unternahmen. Die Herren von Akkon hatten sich die Dienste der Sekte der Assassinen erkauft, dieser Abtrünnigen, in der Hoffnung, so die Stadt retten zu können. Einige Jahre zuvor hatten sie in Damaskus schon den mächtigen türkischen Sultan Baibar beseitigen können, sagte der junge Chalil. Also hätten sie es auch bestimmt bei seinem Vater versucht. Er würde diesen Christen bald zeigen, wie sehr sie sich irrten, wenn sie glaubten, ihr Problem sei durch dieses Verbrechen gelöst. Wenige Wochen später überfluteten die weiten weißen Mäntel des bedrohlichsten aller muslimischen Heere die Ebene.

Die Verteidiger der Stadt sahen von den Türmen Hugos, Heinrichs oder des Verfluchten herab zu und verfielen in blankes Entsetzen. Armeen aus Damaskus und Misir, aus Hama und dem übrigen Syrien rückten zusammen mit denen des Sultans aus dem fernen Ägypten wie Ameisen vor. Die erfahrensten Krieger schätzten ihre Zahl auf sechzigtausend Berittene und einhundertsechzigtausend Fußsoldaten. Sie kesselten die Stadt ein, alle in Weiß gekleidet und begleitet von hundert Kriegsmaschinen, darunter das gewaltigste Katapult, das je gebaut worden war, genannt »das Schreckliche«. Zehn Ochsengespanne waren nötig, um es zu ziehen. Wie die Verteidiger von Akkon bald erfahren sollten, konnte es mehrere Zentner schwere Geschosse schleudern, die imstande waren, die dicksten Mauern zu durchbrechen. Am 5. April 1291 wurde das purpurne Zelt des Sultans Chalil auf einem Hügel errichtet, wo bereits die Fahne mit dem Halbmond wehte. Die Belagerung der reichsten und begehrtesten christlichen Stadt des Erdballs hatte begonnen.

Am Morgen nach dem Beginn der Belagerung nahm Antoni Barral zusammen mit allen seinen Brüdern an der Messe teil, die der Großmeister des Ordens, Guillaume de Beaujeu, in der Kapelle der Templerburg anberaumt hatte. Nachdem die Liturgie beendet und die Kommunion empfangen war, hielt der Oberste Ordensritter seine Ansprache: Da aus den christlichen Reichen Europas keine Verstärkung komme, König Heinrich sich in Zypern in Sicherheit gebracht habe und sich der Oberbefehlshaber für die Verteidigung der Stadt als unfähig und wenig vertrauenerweckend erweise, müssten sie, die Templer, die Führerschaft übernehmen. Dies sei ohnehin ihre Aufgabe und Pflicht. Sie würden im ihnen zugewiesenen Sektor im Norden der Stadt kämpfen, aber auch ohne Zögern der Bastion zu Hilfe eilen, dort wo sie am verwundbarsten war. Wahrscheinlich am Verfluchten Tor gegenüber der königlichen Zitadelle, vor der die Belagerer mehrere Wurfmaschinen aufgestellt hätten. Die Streitkräfte des Feindes seien an Zahl und Bewaffnung so sehr überlegen, dass die Hoffnung auf einen Sieg illusorisch sei, betonte der Großmeister. Dennoch müsse jeder Einzelne von ihnen, die sie vor der Heiligen Jungfrau auf das Kreuz geschworen hätten, in diesem Heiligen Krieg bis zum Tode kämpfen. Dies sei der einzige Befehl. Eine andere Entscheidung sei nicht möglich. Dies fordere die Berufung und die Geschichte des Ordens.

Kapitän Roger de Flor und seine katalanisch-aragonesische Mannschaft würden auf dem *Falken* bleiben, ordnete der Großmeister an. Sollte sich das militärische Schicksal gegen sie wenden, hätten sie den Auftrag, die Verwundeten, die Frauen, Kinder und Priester nach Zypern oder an die europäischen Küsten zu bringen. Und auch die Schätze der Kirchen. Obwohl das Schiff bis zu tausend Seelen und hundert Pferde aufnehmen könne, werde der Raum nicht ausreichen. Deshalb, schloss der Großmeister, dürfe sich keiner der Tempelritter auf den *Falken* retten. Eid und Ehre verlange von ihnen, bis zum Tode zu kämpfen und die Bastion bis zum letzten Atemzug zu verteidigen.

Fünf Wochen dauerten die Belagerung und die Angriffe nun schon an. Auf beiden Seiten hatte es zahlreiche Verluste gegeben, am meisten bei den Christen. Aber noch widerstand Akkon. Noch nie hatten die Armeen des Feindes mit vergleichbarer Inbrunst gekämpft. Die Hauptlast aufseiten der Europäer trugen, wie zu erwarten, die Ritter des Templerordens unter der Führung ihres unermüdlichen Großmeisters, des tüchtigen Feldmarschalls Pierre de Servey. Doch ihre Lage wurde mit jeder Stunde verzweifelter, denn nur zweitausend Soldaten aus Zypern waren als Verstärkung gekommen. Die Verteidigungsanlagen waren bereits von den Kriegsmaschinen durchlöchert. Auf der einen wie auf der anderen Seite der Mauern wusste jeder, welches das unvermeidliche Ende sein würde.

Bei den Kämpfen am Fuße der Mauer oder während Ausfällen ins offene Feld hatte Antoni Barral seine Fähigkeiten als Soldat mehrmals unter Beweis gestellt. Sein Schwert und seine Lanze hatten ungezählte Feinde ausgeschaltet. Mehr als einmal fragte er sich, ob es, wenn doch dieser Kampf verloren war, nicht besser wäre, der Himmel würde ihm den Tod schicken, um seinen Frieden mit ihm zu machen.

Am Morgen des 18. Mai im Jahre des Herrn 1291 war Antoni Barral, erschöpft von den Kämpfen und den langen Stunden der Wache, auf dem König-Hugo-Turm eingedöst, als ihn der Lärm aufschreckte. Über den Tälern im Osten klarte es nur langsam auf, doch er konnte die Bewegung der weißen Masse erkennen, die sich auf sie zuwälzte wie eine Schneelawine, aus der das Getöse der Trommeln, Zimbeln,

Trompeten und Trommlerpfeifen drang. Eine furchterregende Kriegsfanfare, um die Angreifer aufzupeitschen und die Belagerten zu verunsichern. An der Spitze gingen Fußsoldaten mit großen, hohen Schilden, gefolgt von denen, die den Befehl hatten, das gefürchtete »Griechische Feuer« auf die Stadt zu schleudern. Diese grauenhaften Geschosse, mit einer Mischung aus Naphtha und Öl gefüllte Tonkrüge, wurden mit einer Zündflamme in Brand gesteckt und konnten nach der Explosion nur mit Essig gelöscht werden. Ihnen folgten die treffsicheren Lanzenwerfer und die Bogenschützen, die von einer Minute zur anderen den fahlen Morgenhimmel durch eine Wolke aus Pfeilen verdunkelten. Und vor den Bataillonen der Berittenen kamen die Artilleristen, die die bereits geschwächten Mauern der Stadt mit den Wurfgeschossen der Katapulte erzittern ließen. Nichts schien die vernichtende Schlussoffensive aufhalten zu können, weder die Katapulte der Belagerten noch das kochende Pech oder der heiße Sand, den sie vom Verfluchten Turm, dem König-Heinrich-Turm und dem König-Hugo-Turm schleuderten. So groß war der Furor der angreifenden Glaubenskrieger, dass sie sich, wie schon in Tripolis, opferten und mit ihren Leibern die Festungsgräben aufschütteten, um so ihren Armeen den Zugang zur Stadt zu ermöglichen.

Als der gesamte Mauerabschnitt um den Sankt-Antonius-Turm einstürzte, brach bei den Verteidigern Panik aus. Wer sich noch in der Stadt aufhielt, rannte zum Hafen, welcher der letzte Ausweg war. Doch der aufkommende Sturm schien sich mit den Angreifern zu verbünden. Die schwere See machte es unmöglich, die Flüchtenden und ihre Habseligkeiten, von denen sie sich nicht trennen wollten, aufs Schiff zu bringen. Vor die Wahl gestellt zwischen den tödlichen Säbeln und dem Meer, zogen es viele vor, den Kampf gegen die Natur aufzunehmen. Sie warfen sich in die Fluten, die sie gierig verschlangen.

Alles schien schon verloren, als jemand schrie, Guillaume de Beaujeu, der Großmeister des Templerordens, befinde sich unter den Flüchtenden. Auf einer Tragbahre entdeckte man den von einem Pfeil unter der linken Achselhöhle tödlich verwundeten Ritter. Mit letzter Kraft richtete sich der Großmeister auf und schrie im

Todeskrampf, sie sollten den Kampf fortsetzen, die Muttergottes werde die Gläubigen beschützen oder sie mit dem Aufstieg in den Himmel belohnen.

Und das Wunder geschah. Die völlige Auflösung wurde verhindert. Die Belagerten hielten stand, und noch am selben Abend zogen sich die Angreifer, auch die, die bereits in die Stadt eingedrungen waren, in ihre Feldlager zurück. Für den Moment blieb das halb zerstörte und von den lodernden Flammen des Griechischen Feuers verbrannte Akkon christlich.

An diesem Tag, von dem er gedacht hatte, es sei sein letzter auf Erden, stieg Antoni Barral auf die Mauer der Templerburg und blickte auf die Stadt hinunter. Was noch vor Kurzem eine blühende, freizügige, stolze Stadt gewesen war, mit bleigefassten Fensterscheiben und Markisen gegen Regen und Sonne, wimmelnd von Menschen und Waren, mit einem kunterbunten Bazar, wie es keinen zweiten auf der Welt gab, war jetzt nur noch eine qualmende Ruine. Die Sieger, berauscht von ihrem Triumph und befeuert von ihrem Hass, brandschatzten die Stadt und legten alles in Schutt und Asche, die Warenlager ebenso wie die Kirchen, angestachelt von den infernalischen Rhythmen ihrer Kriegsinstrumente. An jenem Tag hielt in Akkon nur die Festung der Tempelritter stand, wo an die zweihundert Ordensbrüder und einige Hundert von Panik erfüllte Bürger auf das Ende warteten. Insgesamt etwa tausend Christen der mehr als vierzigtausend, die in der Stadt gelebt, gebetet und gesündigt hatten. Hinter sich, an der Hafenausfahrt, sah Antoni die Umrisse des *Falken*, in Sicherheit vor Katapulten und Pfeilen, überquellend von Waren und Menschen, bereit, die letzten Überlebenden in Sicherheit zu bringen. Aber noch galt es, den begehrten Schatz der Templer zu retten. Trotz der inständigen Bitten Roger de Flors weigerte sich Marschall Pierre de Servey immer noch, ihn zu evakuieren.

Während Antoni Barral diese Bilder von Hass, Rache, Plünderung, Angst und Schmerz vor sich sah, stiegen große Fragen in ihm auf. Warum hatte ihn die Vorsehung an diesen Ort geführt und in diese ausweglose Lage gebracht? Welches Gewicht hatte seine persönliche

Entscheidung dabei gehabt? Oder war es das, was manche das Unvermeidliche nannten, Zufall, Schicksal, das Gewicht der Geschichte? Hätten ihn vor vielen Jahren, es kam ihm vor wie ein anderes Leben, nicht die beiden Kreuzritter aus seinem Tal mitgenommen, wäre dann sein Schicksal ein besseres gewesen? Nein, er haderte nicht mit seiner Bestimmung. Ohne diese Wendung seines Schicksals wäre er Hirte oder Soldat des Königs geworden wie sein Vater, sein Großvater und sein Urgroßvater. Mittellos und ungebildet wäre er mit noch nicht vierzig Jahren in irgendeiner Schlacht gegen die maurischen Armeen oder am Fieber gestorben. Zumindest hatte er einige der prächtigsten Orte der bekannten Welt gesehen: die Stadt Konstantins, das reiche Venedig, den Hafen von Marseille, die Stadtmauern von Jerusalem, das schöne Tripolis, das verschwenderische Akkon. Nur fragte er sich in dieser historischen Stunde: Hatte es an irgendeinem Punkt seines Lebensweges vielleicht einen Irrtum gegeben? Oder hatte eine unerforschliche Entscheidung der Vorsehung seinem Schicksal diese Wendung gegeben? Von diesen Zweifeln beherrscht, stieg er von der Burgmauer herab und trat in die leere Kapelle, kniete nieder und betete.

So behutsam und respektvoll, wie er es unter diesen extremen Umständen vermochte, küsste Antoni Barral die ausgestreckte Hand der Jungfrau Maria, bevor er den Arm um sie legte und sie vom Altar hob. Sie kam ihm schwerer vor als an dem Tag, als er sie in Tripolis aus der St.-Markus-Kirche fortgetragen hatte, doch schrieb er das seiner Schwäche und seiner Erschöpfung zu. In diesem Moment überkam ihn die Gewissheit, dass alles in seinem Leben geschehen war, damit er genau diese letzte Mission erfüllte. Ein höherer Plan mit unerforschlichen Absichten hatte für ihn entschieden und ihn hierhergeführt, wie zuvor schon in die Kirche in Tripolis, aus der er ohne die kleinste Wunde hatte entkommen können, während seine Ordensbrüder einer nach dem anderen tot zu Boden gestürzt waren. Jetzt wusste er, dass er überleben würde, dass er die schwarze Madonna retten konnte, dass ihre himmlische Gestalt etliche Menschen viele Jahrhunderte hindurch in ihrem Glauben beistehen würde.

Als er aus der Kapelle trat, bot sich ihm ein Anblick wie aus den Beschreibungen der Apokalypse im Heiligen Buch: Die vordere Mauer der Festung war unter dem Angriff eingestürzt, und unter dem Berg von Steinen, auf dem zwei der herrlichen goldenen Löwenskulpturen lagen, verbluteten und verbrannten, wie in Visionen der Hölle, Verteidiger und Angreifer. Beide waren gleichermaßen vom Einsturz überrascht worden. Staub und Flammen stiegen aus dem Schutt empor, der süßliche Gestank verbrannten Fleisches hing in der Luft.

Inmitten dieser Endzeitstimmung schritt, als wäre er der letzte Bewohner der Stadt, Antoni Barral zu einem der Löcher in der Mauer. Er stieg über Körper von Freund und Feind hinweg, versuchte, das Gleichgewicht zu halten, um seine kostbare Last nicht fallen zu lassen. Zwischen den Flammen suchte er einen Weg durch die Ruinen zum nahen Hafen. Als er den Weg zu einem der noch nicht zerstörten Landungsstege gefunden hatte, musste er die Statue umlagern, denn mit den Armen allein konnte er sie nicht mehr halten. Mit einem Ruck hob er sie auf seine rechte Schulter und lehnte sie gegen seinen Hals. Als er seinen Weg fortsetzte, vernahm er ein Pfeifen und spürte einen Aufprall, hielt aber nicht inne. Mit der linken Hand tastete er nach dem Grund und berührte das blanke Holz des Pfeils, der sich, genau in Höhe seiner Kehle, in die Seite der Jungfrau gebohrt hatte. Die Statue hat mein Leben gerettet, weil ich meine Aufgabe erfülle und sie rette!, so schoss es ihm durch den Kopf. Er ging weiter bis zum Ende der Mole. Im Hafen lagen keine Schiffe mehr vor Anker, aber er sah unzählige Leichen in den Wellen treiben, als habe sich hier ein furchtbarer Schiffbruch ereignet. In der Ferne, unerreichbar, lag der *Falke* mit bereits gesetzten Segeln. Da nahm Antoni Barral die Statue wieder von seiner Schulter, umklammerte sie mit beiden Armen vor seiner Brust und gab sich in ihre Hände: Er ließ sich ins Meer fallen. In diesem Augenblick schlug eine riesige Welle gegen die Felsen und ließ einen von dem Blut, das aus der zerstörten Stadt ins Hafenbecken floss, dunkelrot gefärbten Gischtregen hochspritzen. Auf dem Wellenkamm ritten in inniger Umarmung ein Mann und eine Muttergottesskulptur, die noch einen langen, gemeinsamen Weg durch die unergründlichen Spiralen der Zeit zurückzulegen hatten.

16

13. September 2014

Der Teufel war nicht erschienen, obwohl man ihm ideale Bedingungen geboten hatte. Vielleicht hatte er sich aus Angst vor der Madonna, von der ständig die Rede gewesen war, nicht gezeigt. Doch schließlich war er der Teufel und verfügte über unbegrenzte Möglichkeiten, wie Conde beim Aufwachen feststellen musste. Er fühlte sich, als hätte man ihn in schwefelhaltige Flüssigkeit getaucht. Jedenfalls stank er so.

Erst unter der Dusche und mit zwei Tabletten im Magen spürte er leichte Linderung. Nach dem ersten Kaffee und der ersten Zigarette des Tages ging es ihm noch ein wenig besser. Und als ihm klar wurde, dass einer wie er und sein Hund Basura II. ihre eigene Höhle brauchten, wo die Freiheit, keine Regeln anerkennen zu müssen, das höchste Gut war, war er wieder bei den Lebenden angekommen.

Nun, da er wieder klar denken konnte, erinnerte er sich an das, was er an diesem Tag vorhatte. Er würde sich wieder seine Tagesgage verdienen müssen, möglicherweise die letzte dieses Auftrags. Er rief Manolo an und bestellte ihn zu sich nach Hause.

»Jetzt, bei dem Chaos, das hier herrscht? Der verdammte Katalane ist immer noch nicht aufgetaucht!«

»Tu, was ich dir sage, Manolo, du wirst es nicht bereuen.«

Eine halbe Stunde später öffnete er seinem ehemaligen Untergebenen die Tür. Am Bordstein parkte der Zivilwagen, den Manolo jetzt benutzte.

»Was ist denn mit dir passiert, Conde?«, fragte Manolo Palacios besorgt, als er das Gesicht des Hausherrn sah.

»Gestern Nacht hab ich mich in Akkon mit den Mamelucken

herumgeprügelt. Und ich glaube, ich hab geträumt, ich hätte mich mit einer kubanischen Chinesin im Bett gewälzt. Aber Träume sind Schäume.«

»Was erzählst du da für einen Scheiß? Fängst du schon wieder mit deinem Blödsinn an?«

»Keine Angst. Ehrlich, mir geht es schon wieder besser, ich schwörs dir«, versicherte Conde, stolz auf seine Regenerationsfähigkeit. Er hatte noch Schwierigkeiten, seine Bewegungen zu koordinieren, und durfte den Kopf nicht zu abrupt drehen. Aber er konnte sprechen und sogar denken, zumindest das Nötigste.

Manolo setzte sich an den Küchentisch. Conde entzündete die Herdflamme, um eine weitere Kanne Kaffee aufzusetzen. Der Mayor wollte etwas sagen, doch Conde hielt ihn mit einer Handbewegung zurück und sagte: »Zuerst der Kaffee.«

Manolo trommelte ungeduldig mit den Fingern auf die Tischplatte, während Conde darauf wartete, dass der Kaffee durchgelaufen war. Dann süßte er ihn und goss ihn in zwei Tassen. Die zweite Tagesdosis würde seinen Hirnwindungen zusätzlich Leben einhauchen.

Manolo, der wieder mit dem Rauchen angefangen hatte, aber weiterhin keine Zigaretten selbst kaufte, nahm sich eine aus Condes Schachtel. »Was ist gestern zwischen dir und dem Duque passiert?«, wollte er wissen. »Er schäumt ja vor Wut.«

»Es ist das passiert, was vorauszusehen war. Er ist zu sehr Polizist, um zu akzeptieren, dass ihm jemand anderer als sein Chef in die Quere kommt.«

»Irgendetwas hast du zu ihm gesagt, Conde. Ich kenne dich.«

»Gar nichts hab ich gesagt, Manolo. Ich wollte nur nett zu ihm sein. Aber dein brillanter Starermittler ist stolz. Er bildet sich ein, die Wahrheit gepachtet zu haben. Jetzt hab ich ihn mir zum Feind gemacht, und schuld daran bist du.«

Mayor Palacios schüttelte den Kopf, obwohl er wusste, dass Conde mit seiner Einschätzung richtiglag. »Er ist noch sehr jung …«

»Und nicht der Hellste. Deswegen hat René Águila ihn nach Strich und Faden verarscht. Hat ihm sogar das Märchen von einer anarchokatalanistischen Verschwörung aufgetischt.«

Manolo drückte seine Zigarette aus. »Lass hören, Conde, was hast du herausgefunden?«

»René Águila hat mir gesagt, wo der verschwundene Katalane stecken könnte.«

Mayor Palacios wusste, dass er nicht überrascht sein durfte. Oder zumindest, dass er es nicht zeigen durfte. »Du bist also noch mal zu ihm gegangen? Ich wusste es, ich wusste es. Aber warum, zum Henker?«

»Ich musste mit ihm reden, aber Duque hat mich nicht gelassen.«

»Reden? Worüber? Was hat der Typ dir erzählt?«

»Dass Puigventós einem Erdbeben zum Opfer gefallen ist.«

»Redest du wieder Blödsinn, Kollege?«

»Ich spreche von dem, was dein Teniente Duque gestern rauszukriegen nicht in der Lage war. Der Katalane Puigventós ist mit der ehrbaren Absicht nach Kuba gekommen, Dokumente der Katalanischen Wohltätigkeitsgesellschaft zu kaufen, die René Águila ihm besorgt hat. Und mit der weniger ehrbaren, eine schwarze Madonna mit nach Hause zu nehmen. Im Grunde kein größeres Problem. Na ja, außer dem Diebstahl. Aber auch und vor allem ist er gekommen und wird wiederkommen, sooft er kann, um mit einer Frau zu vögeln, die Karla Choy heißt, die auch mit Kunsthandel zu tun hat und möglicherweise in die Sache mit der Madonna verwickelt ist. Und vor allem anderen ist diese Frau ein Erdbeben, Manolo. Du wirst es erleben, wenn du sie siehst!«

Um Körper und Geist etwas zu schonen, zog Conde es vor, Manolo und seine Truppe nicht zu der Adresse zu begleiten, die er ihm gegeben hatte. Schließlich war es nicht sein Job, einen verschwundenen Katalanen zu finden. Sollte ihnen bei ihrem Jagdausflug außerdem noch eine schwarze Madonna in die Hände fallen, hieße das, dass die Statue nach langer Zeit zu ihrem Besitzer zurückkehren könnte. Und das wiederum bedeutete, dass er mit seinem Job krachend gescheitert wäre. Denn falls diese Frau zwei Tote auf ihrem Konto hatte, für die sie irgendwie verantwortlich war, konnte er den Finderlohn vergessen. Conde überlegte, dass er seinen geschäftstüchtigen Freund Yoyi konsultieren sollte, um zu erfahren, ob er sein Honorar dennoch einfordern konnte oder nicht. Oder, besser noch, um Yoyi zu bitten, es für ihn zu tun.

Bis Manolo ihn anrief, wie er es versprochen hatte, konnte er nichts anderes tun, als zu warten. Deswegen verließ er um zehn Uhr das Haus und traf sich, wie letzte Nacht bei der letzten Flasche Rum verabredet, mit dem Hasenzahn vor dem alten Schulgebäude von La Víbora. Sie wollten eine ganz besondere Suchexpedition starten. Für den historisch interessierten Hasenfuß ging es um die Befriedigung seiner Neugier. Für Conde aber um eine Wahrheit, an die er sich klammern konnte.

Mit Erleichterung stellte Conde fest, dass das Gesicht des Hasen durchaus vergleichbare alkoholische Verwüstungen zeigte wie sein eigenes. Es war offensichtlich, dass die Jahre es ihnen zunehmend schwerer machten. Oder dass sie sich vornehmen sollten, weniger zu trinken. Mit ihren sechzig oder fast sechzig Jahren brauchten sie nämlich immer mehr Zeit, um sich zu erholen. Die zweite Erleichterung kam, als sie bereits im Sammeltaxi saßen, das sie ins Stadtzentrum von Havanna bringen sollte. Ein stürmischer Regen brach über die Stadt herein: Zwar erhöhte er zunächst die Luftfeuchtigkeit, doch kurz darauf ließ die Affenhitze ein wenig nach.

Sie flüchteten sich in den Eingang des Kinos *Payret* und beschlossen zu warten, bis der Regen aufhörte, um dann den Weg zum Hafen und der historischen Mole, dem »Emboque de Luz«, zu Fuß zurückzulegen. Während er zu dem verlassen daliegenden Parque Central hinübersah, überlegte Conde, dass er diese Pause nutzen sollte, um etwas längst Überfälliges anzusprechen.

»Wie läufts bei dir, Hase?«, begann er das Gespräch. Er wollte sich langsam zum eigentlichen Thema vortasten.

»So lala, wie immer. Du weißt ja. Warum fragst du?«

»Nur so, wegen deiner Reise. Ich habe mich dir gegenüber nicht richtig verhalten, glaub ich. Ich bin ein Scheißegoist, der nur an sich denkt. Und manchmal übertreib ichs.«

Der andere lächelte und zeigte seine Zähne, denen er seinen Spitznamen verdankte. »Schon gut, ich kenn dich doch. Ich wusste, dass du so reagieren wirst. Aber weil ich dich kenne, war ich auch nicht überrascht, als du mir das Geld angeboten hast, das du mit der schwarzen Madonna verdienen wirst.«

»Verdienen sollte«, korrigierte ihn Conde. »Ich fürchte, das Geld kann ich abschreiben. Aber was ich eigentlich sagen wollte, Bruder, wir werden immer einsamer. Alles geht den Bach runter.«

»*Du* redest von Einsamkeit? Vergiss nicht, meine Tochter lebt da oben im Norden, und meine Frau redet den lieben langen Tag nur davon, wie sehr sie sie vermisst, dass sie ihre Enkel nicht aufwachsen sieht, dass wir keine Familie mehr sind.«

Conde schnippte die Kippe auf den nassen Bürgersteig und sah seinen Freund an. »Glaubst du wirklich, dass es das Beste für dich ist, da oben im Norden zu bleiben, wie du es nennst? Deine Tochter lebt da, stimmt, deine Familie …«

»Ich weiß noch nicht, was ich machen werde, Bruder«, unterbrach ihn der Hasenzahn. »Ich will mein Leben nicht auf meine Tochter ausrichten, will ihr nicht hinterherreisen, ihr nicht zur Last fallen. Sie hat das gemacht, was sie machen wollte und musste. Was viele junge Leute in ihrem Alter jeden Tag machen. Mikis Kinder haben es gemacht. Und Rafaelito, Tamaras Sohn. Die Jungen schauen uns an und kommen sehr schnell zum Ergebnis, dass sie nicht so enden wollen wie wir. Weil nämlich auch wir das gemacht haben, was wir für nötig hielten oder was man uns gesagt hat, dass wir es machen müssen. Aber ich will auch nicht im Elend sterben. Und ich hab auch keine Lust, mit dem bisschen Rente, die uns erwartet, mit Ach und Krach über die Runden zu kommen. Die paar Pesos reichen ja nicht mal für eine anständige Mahlzeit am Tag, wie du weißt. Das Blöde ist nur, dass ich auch nicht fern von hier sterben will, zerfressen von Heimweh. Warum soll ich in der Fremde sterben, nach allem, was wir hier zusammen erlebt und gemacht haben und was man uns nicht hat machen lassen oder wir nicht machen konnten?«

Darauf hatte Conde eine Antwort parat: Wir sollten hier sterben, weil wir hier hingehören. Weil wir von hier sind. Aber wen würde er, so wie die Dinge nun einmal lagen, mit diesem Argument überzeugen? Was war wichtiger: Ordentlich leben oder dort leben, wo man hingehört?

»Tu, was du tun musst«, sagte er, denn mehr fiel ihm dazu nicht ein.

»Conde, unser ganzes Leben lang hat man uns nicht reisen lassen. Obwohl wir das Recht dazu haben wollten. Erinnerst du dich, als wir zwanzig waren und du so sehr von Hemingway begeistert warst? Du hast immer gesagt, du würdest gerne nach Paris fahren und leben wie Hemingway in Paris.«

»Das war dummes Gerede. Selbstbefriedigung. In Paris ist es kalt, es gibt keine Avocadobäume, und der Rum ist bestimmt sauteuer.«

»Aber du hattest nie die Möglichkeit, nach Paris zu fahren. Auch nicht nach Alaska. Denn sich auch nur vorzustellen, irgendwohin zu fahren, war genau das, Selbstbefriedigung. Das Land war verriegelt und verrammelt, und den Schlüssel hatten jene, die bestimmten, wer wohin reisen durfte. Die darüber entschieden, was gut und was schlecht für dich war, welche Bücher du lesen oder nicht lesen solltest, wie du dir die Haare zu schneiden und welche Musik du zu hören hattest. Das war immer so und ist es immer noch: Irgendjemand entscheidet für uns, für unser Bestes, um uns zu retten. Jetzt haben sie ein kleines Türchen geöffnet: Sie lassen uns reisen, Junge! Ob du Geld dafür hast oder nicht, ist dein Problem, wie überall auf der Welt. Aber endlich können wir reisen. Und ich werde es ausprobieren. Wenn die Arschlöcher von Amerikanern mir das Visum geben, fliege ich nach Miami, zu meiner Tochter. Ich werde Andrés wiedersehen, ein Glas mit Dulcita trinken, und nachprüfen, ob der Flughafen von Miami nach kubanischem Kaffee riecht und ob die Leute in Hialeah so leben wie im Zentrum von Havanna, aber mit Wasser aus dem Hahn, den ganzen Tag über. Und dann schaue ich weiter.«

»Hört sich gut an, Hase. Klingt wie die Glocken, die freie Wahlen einläuten.«

»Oder wie die Glocke von La Demajagua, der Zuckermühle des Freiheitskämpfers Carlos Manuel de Céspedes, Vater des Vaterlandes, der seinen Sklaven die Freiheit schenkte, wie man uns im Geschichtsunterricht in der vierten Klasse beigebracht hat. Freiheit, Unabhängigkeit, Menschenwürde!«

Conde musste über die Anspielung auf die Geschichte lachen, die beim Hasenzahn nie fehlen durfte. »Erzähl mir besser nichts von solchen Glocken. Klingt irgendwie beschissen.« Er war erleichtert, dass er endlich das Gespräch mit dem Hasenzahn geführt hatte. »Nur zu, benutze deine Freiheit, es ist dein Recht und dein Unrecht. So, Schluss mit dem Philosophieren. Gehen wir, es hat aufgehört zu regnen.«

Ihr verkatertes Aussehen brockte den beiden diesmal am Landungssteg eine Leibesvisitation ein. Danach erst durften sie an Bord der Lanchita de Regla gehen, die Kurs nach Regla und zur Kapelle der kubanisierten schwarzen Madonna nahm.

Obwohl sie gut im vom Hasenzahn festgelegten Zeitplan lagen, atmeten sie auf, als sie hörten, Pater Gonzalo Rinaldi erwarte sie in der Sakristei. Überrascht stellte Conde fest, dass der Pfarrer jünger war als sie. Bisher waren alle Priester, die er kannte, älter gewesen als er, also hatte er angenommen, dass ein Geistlicher zwangsläufig eine »ältere Person« sein müsse. Und jetzt war er älter als der Priester, der vor ihm stand. Ein Alarmzeichen! Laut Statistik war er inzwischen älter als sechsundsechzig Prozent der Bewohner des Planeten, einschließlich einiger Priester. Verfluchte Scheiße, dachte er.

Feiner Regen überzog die Stadt, und unter dem hohen Dach der Kapelle war die Luft angenehm kühl. Der Pfarrer, der in seiner Alltagskleidung fast jugendlich aussah, stellte ihnen einen Krug Limonade hin, aus dem sich beide bedienten. Der Hasenzahn erläuterte noch einmal ihre Absichten, die er Pater Rinaldi bereits am Telefon mitgeteilt hatte: Sie wollten mehr über die schwarzen Madonnen aus dem Mittelalter erfahren. Zum Beispiel über die Jungfrau von Regla, die von Montserrat. Und die Heilige Jungfrau von La Vall, die allem Anschein nach mehrere Jahrzehnte zuvor nach Kuba gekommen war, mitgebracht von einem jungen Katalanen, der vor den Grauen des Bürgerkriegs geflohen war.

»Ich kann Ihnen nicht viel Zeit widmen, daher werde ich mich auf das Wichtigste beschränken«, begann der Priester, als sie an dem kleinen, ungewöhnlich hohen Tisch Platz genommen hatten. Hier, an diesem Tisch, überlegte Conde, wurde die Eucharistie vorbereitet, die der Kommunion voranging. Den Gedanken, dem Göttlichen so nah zu sein, fand er durchaus erhebend.

Der Priester wandte sich jetzt direkt an den Hasenzahn. »Um das Thema einzugrenzen, möchte ich Ihnen sagen, dass jene drei Madonnen sehr unterschiedlich sind. Um die Herkunft der Jungfrau von Chipiona, von der unsere Madonna inspiriert ist, ranken sich viele Legenden. Demnach stammt sie aus dem 4. Jahrhundert, und zwar aus Hippo im Norden Afrikas. Manche behaupten sogar, dass der heilige Augustinus persönlich sie geschnitzt habe und seine Schüler sie im 5. Jahrhundert in das Land gebracht hätten, das heute Spanien heißt. Aber all das sind Mythen. Wahrscheinlich stammt die Originalstatue aus dem 14. Jahrhundert, das heißt, sie ist spätromanisch, auch wenn sie ebenfalls aus schwarzem Holz geschnitzt ist. Dagegen ist die Madonna von Montserrat nicht schwarz. Ihre Farbe ist das sogenannte Bleiweiß, das mit den Jahren schwarz geworden ist, und das ist etwas ganz anderes.«

»Dann ist die schwarze Moreneta also gar nicht schwarz?« Conde lachte. »Und da machen die Katalanen so ein Theater um sie.«

»Sie ist nicht schwarz, vielleicht weil sie eine europäische Skulptur ist, wenn auch aus dem Mittelalter, romanisch, aus derselben Schule und derselben Zeit wie die Heilige Jungfrau von La Vall. Wie man auf den Fotos sieht, ist die Madonna, die Sie suchen, romanisch und schwarz, und es ist sehr wahrscheinlich, dass Templer und andere Kreuzritter sie im 12. Jahrhundert aus Jerusalem und den Kreuzfahrerstaaten mitgebracht haben. Das sind keine Märchen oder Mythen. Der Beweis für die Herkunft dieser Madonnen ist ein historisches Dokument. Eine französische Chronik von 1255 erwähnt, dass ein Jahr zuvor der heilige Ludwig, der König von Frankreich, von seiner Fahrt während des Sechsten Kreuzzugs mehrere schwarze Madonnenstatuen aus dem Heiligen Land mitgebracht hat. Es gibt keinen Grund, daran zu zweifeln, erstens, weil in der Chronik nichts mystifiziert und niemand glorifiziert wird, und zweitens, weil sie sich auf einen sehr engen Zeitraum bezieht. Es ist nur eine kleine Nachricht, aber sie schafft Gewissheit. In Nordafrika und der Levante gab es viele solcher schwarzer Madonnen, sodass der französische König eine größere Anzahl von ihnen nach Frankreich mitbringen konnte.«

»Warum aus dem Heiligen Land? Warum so viele Madonnen? Und warum schwarz?« Der Hasenzahn schoss eine ganze Salve von Fragen ab.

Der Priester hob Gnade heischend die Hände. »Da wird die Geschichte kompliziert. Das Problem ist, dass es viele Antworten darauf gibt und zu viel Erdichtetes und Mystifizierendes. Aber ich werde Ihnen das Wichtigste erklären. Oder das am besten Belegte. In der Epoche der Kreuzzüge befand sich der Kult um die Jungfrau Maria auf dem Höhepunkt. Zwei oder drei Jahrhunderte davor hatte es eine so starke Verehrung der Mutter Jesu nicht gegeben. Sie begann erst im 12. Jahrhundert, der größte Impuls kam von Bernhard von Clairvaux, von dem gesagt wird, er sei damals die prägende Figur gewesen. Unter anderem war er der Gründer der Zisterzienser und außerdem der Unterstützer des Templerordens in seiner endgültigen Form. Er verteidigte auch die Idee des gerechten Kriegs, in dem es im Namen des Glaubens gebilligt wurde, seinen Nächsten zu töten, wenn er denn ein Ungläubiger war, ein Ketzer, ein heidnischer Feind der Heiligen Kirche.«

»Dies zum Thema die andere Wange hinhalten, wenn du eins in die Fresse kriegst«, stichelte der Hasenzahn.

»Nein, ganz so heißt das nicht. Na ja, so ungefähr ... Wie dem auch sei, Bernhard von Clairvaux hatte ein ganz besonderes Erlebnis mit der Jungfrau Maria: Er erzählte, dass er als junger Mann vor der Muttergottes gekniet habe, als aus ihrer Brust drei Tropfen Milch auf seine Lippen getropft seien. Und die wundertätige Madonna war schwarz.«

»Ein Freund von mir hat Ähnliches gesagt«, erinnerte sich Conde. »Er habe sie weinen sehen, oder schwitzen.«

»In jener Epoche hat sich die Verehrung der ›Heiligen Jungfrau‹ so ausgebreitet, dass man anfing, ihr Einsiedeleien, Kirchen und sogar die großen gotischen Kathedralen zu weihen. Und wenn manche jener Statuen schwarz waren und aus dem Heiligen Land kamen, dann deshalb, glaube ich, weil es dort damals geschicktere Künstler gab als in Europa. Sie waren die Erben der alten Hochkulturen, denn die Zeiten der ägyptischen und die griechisch-lateinische Blütezeit wurden dort mehr bewahrt als im damaligen Europa. In einem Teil der Welt also, in dem es normal ist, eine schwarze oder kupferne Hautfarbe zu haben.«

Der Priester trank einen Schluck Limonade und fuhr mit neuem Elan fort: »Andererseits ist das Christentum, wie Sie wissen, das Resultat vielfältiger Traditionen, die miteinander verschmolzen sind. Einer der entscheidenden Einflüsse war ohne Zweifel die Verehrung der Muttergöttin in Ägypten, die in jener Kultur Isis war, Tochter des Gottes der Erde, Frau und zugleich Schwester von Osiris, dem Richter über die Toten, und Mutter von Horus, dem Herrn über den Tag. Isis war die Muttergottheit, das Zentrum des Universums, die Schöpferin des Lebens. Sie wurde mit schwarzem Gesicht dargestellt, denn Schwarz ist die Farbe der fruchtbaren Erde. Da diese Madonnen in Mode kamen, um es mal so auszudrücken, wurden sie von europäischen Künstlern in größeren Mengen hergestellt, vor allem in Venedig, das damals in allem, was mit Kunst, Seefahrt und Handel zu tun hatte, die Nase vorn hatte. Niemand konnte sich schwarzes Holz aus dem Inneren Afrikas oder dem Nahen Osten beschaffen, wo es Ebenholz und andere Holzarten ähnlicher Textur und Farbe gibt.«

»Und wie passen die Templer in diese Geschichte, Pater?«, wollte Conde wissen.

»Es ist belegt, dass die Ritter des Templerordens in diesem kulturellen Prozess eine wichtige Rolle gespielt haben. Es ist kein Zufall, dass der Boom der allgemeinen Marienverehrung mit der Blütezeit der Christusritter zusammenfällt. Sie propagierten sie dank der Ausbreitung ihrer Sprengel, in denen zumindest ein Eremit lebte, in ganz Europa, insbesondere im Süden Frankreichs und im Norden Spaniens. In diesen Regionen findet man, ebenfalls nicht zufällig, seit Jahrhunderten die meisten der erhaltenen schwarzen Madonnen. Gewiss ist der größte Teil untergegangen, zum Beispiel durch die damals so häufigen Brände. Als Pfarrer einer Kirche, in der eine schwarze Madonna verehrt wird, musste ich mich diesem Thema intensiv widmen. Auch heute noch ranken sich viele historische Geheimnisse darum, die auf eine fundierte Erklärung warten. Und mystische Geheimnisse, die immer Geheimnisse bleiben werden.«

Conde und der Hasenzahn nickten und dachten nach. Der Priester hatte tatsächlich etwas Licht in die Sache gebracht.

»Welche historischen und mystischen Geheimnisse, Pater?«, erkundigte sich der Hasenzahn.

»Zum Beispiel halten einige der schwarzen Madonnen oder das Jesuskind eine Weltkugel in der Hand. Die Kugel steht für Vollendung und Vollkommenheit, so viel ist klar. Aber sie steht auch für die Erde, die Welt, den Planeten, das Reich Gottes. Doch im 12. Jahrhundert trauten sich nur ein paar Verrückte zu denken, dass die Welt eine Kugel ist. Ein anderes Geheimnis ist, dass viele der Einsiedeleien, die der Jungfrau Maria geweiht sind, sich an Orten befinden, die für die europäischen Kelten, die die Mutter Erde auf eine ganz besondere Weise verehrten, eine tellurische Kraft besaßen. Oder der Zusammenhang zwischen ihr und dem Jakobsweg, der Bahn der Sterne, der Milchstraße. Mutter und Milch, Erde und Fruchtbarkeit, der Handelsweg nach Westen …«

»Und was ist mit der angeblichen Macht dieser Madonnen?«, unterbrach ihn Conde.

Pater Gonzalo Rinaldi lächelte. »Sind Sie gläubig?«

Conde und der Hasenzahn sahen sich an und schüttelten langsam den Kopf. Nein, das waren sie nicht.

»Dann wird es schwer für Sie sein, mich zu verstehen, denn dafür braucht es den Glauben. Bis jetzt habe ich zu Ihnen mit dem Verstand gesprochen, habe Ihnen eine historisch belegte Geschichte erzählt. Doch mit oder ohne Glauben – die Sache mit der Macht dieser Madonnen ist ganz einfach. Weil sie nämlich real ist für die, die sie verehren. Es ist von vielen Wundern die Rede, wie zum Beispiel dem des Bernhard von Clairvaux, von dem ich Ihnen erzählt habe. Davon gibt es Hunderte, vielleicht Tausende. Am häufigsten kommt es vor, dass Frauen fruchtbar werden und tote Kinder zum Leben erweckt werden. Als Priester kann ich bestätigen, dass solche Wunder geschehen sind, obwohl nicht alles, was als Wunder bezeichnet wird, auch wirklich eins ist. Als rationales Wesen, das ich auch bin, sage ich, dass viele unerklärliche Dinge, die wir dann Wunder nennen, sich zutragen, weil das Denken oder das Unterbewusste Macht hat. Da stimmen selbst Sie mir zu, nicht wahr? Und da Sie mir zustimmen, werden Sie wohl auch akzeptieren, dass diese Macht real ist für den, der sich aufrichtig darauf beruft. Das ist der Schlüssel zu allem.«

»Die Macht des Glaubens und des Geistes«, sinnierte Conde.

»Ja, eine Macht, deren wahre Dimensionen und Möglichkeiten die Wissenschaft noch nicht erkannt hat. Aber man weiß, dass das Bedürfnis zu glauben größer ist als wir. Das ist die Antwort auf das Geheimnis. All das wird auf eine Figur projiziert, ein Symbol, die Verkörperung einer Idee. Eine Fahne, zum Beispiel. Wie viele Menschen haben sich mit einer Fahne in der Hand oder im Namen einer Fahne geopfert? Natürlich ist das nicht dasselbe, aber es zeigt uns die Macht der Symbole. Das Bedürfnis nach Symbolen, würde ich sagen. Und es erklärt die Macht dieser Statuen, die die Heilige Jungfrau darstellen, die Mutter Gottes, die Mutter allen Lebens.«

Die beiden Freunde schwiegen. Manches von alldem war neu und aufschlussreich für sie. Das Wesentliche allerdings hatten sie schon gewusst. Nur dass jetzt klar war, wie wertvoll Bobbys schwarze Jungfrau für jeden Besitzer sein konnte. Wegen ihrer mystischen Macht wie auch der realen Geschichte. Unschätzbar wertvoll. Vielleicht waren deshalb noch zwei weitere Todesopfer hinzugekommen auf der zweifellos langen Liste der Menschen, die sich für diese mächtige Statue geopfert hatten. Oder für sie geopfert wurden. Eine Statue, die vielleicht ein anonymer Tempelritter oder ein heiliggesprochener König von den mythischen Hügeln Jerusalems mitgebracht hatte. Aus dem Heiligen Land, für das sie gekämpft und getötet hatten und für das drei Religionen, die absurderweise an denselben Gott glaubten, heute noch kämpften und töteten.

Plötzlich schien es, als wäre etwas so Ungewöhnliches wie der Herbst auf die Insel gekommen. Der Regen hatte aufgehört, doch der Himmel war weiterhin tief und dunkel und die Luft für eine kurze Zeit von einer samtenen Dichte. Pater Gonzalo Rinaldi erläuterte auch dies: Ursache sei ein Tief, das sich im äußersten Westen Kubas aufgebaut hatte. Wenn es sich weiter nach Osten bewege, werde es den Zauber der Jahreszeit zerstören.

Wie immer bei derartigen meteorologischen Erklärungen fragte Conde sich, seit wann es diese sogenannten Tiefs gab. Als er klein war, war alles ganz einfach gewesen: Es hatte Hurrikans gegeben, schlechtes Wetter, Regenschauer im Sommer und Nieselregen im Winter. Weil der Großvater einer seiner Freunde eine außergewöhnliche Schlechtwetterphase von mehreren Tagen mit dem vorübergehenden Winterregen verwechselt hatte, bekam er für den Rest seines Lebens den Namen jenes meteorologischen Ereignisses verpasst. Aber heute wurde alles mit Tiefs erklärt.

Als die Fähre, die sie nach Havanna zurückbrachte, am Emboque de Luz anlegte, wartete Manolo in dem gefängnisartigen Hafengebäude auf sie. Conde brauchte ihn nur anzusehen, um zu wissen, was los war. »Ist der Katalane immer noch nicht aufgetaucht?«, war seine erste Frage.

»Gehen wir, wir reden besser draußen«, schlug Manolo vor. »Hier drin stinkts.«

»Kann ich bei euch bleiben?«, fragte der Hasenzahn, wie immer sehr taktvoll.

»Ja«, sagte der Mayor und zeigte auf Conde. »Der Blödmann da erzählt dir hinterher sowieso alles.«

Conde und der Hasenzahn sahen sich vielsagend an und folgten dem Mayor zur frisch renovierten Alameda de Paula, der ältesten Promenade der Stadt. Die Sonne war immer noch nicht wieder zum Vorschein gekommen, also setzten sie sich auf eine der Steinbänke mit Blick auf das dunkle Wasser der Bucht.

»Los, sag schon«, drängte Conde ungeduldig.

Manolo seufzte. »Also, wir waren im Haus dieser Frau, dieses Erdbebens. Sie ist wirklich ein Erdbeben. Was für ein Weib!«

»Verdammt, ich bin der Einzige, der sie noch nicht gesehen hat!«, beschwerte sich der Hasenzahn. »Ist sie wirklich Chinesin? Apropos, als die Chinesen im 19. Jahrhundert aus Kanton hier im Hafen angekommen sind, hat man sie ...«

»Verschon uns mit den chinesischen Märchen, Hase«, bat Conde. »Los, Manolo, erzähl weiter.«

»Sie sagt, dass sie Puigventós nicht gesehen hat und er nicht bei ihr war. Sie gibt zu, dass sie den Katalanen kennt und dass sie wusste, dass er sich in Kuba aufhält. Aber weil sie kein Geschäft mit ihm am Laufen hatte, hat sie sich nicht weiter um ihn gekümmert.«

Conde überlegte einen Moment. »Sie lügt«, stellte er fest. »Karla hat ihn gesehen, da bin ich mir sicher.«

»Und wo hat sie ihn versteckt?«, fragte Manolo. »Unter ihrem Rock?«

»Nicht der schlechteste Ort, um sich zu verstecken«, bemerkte Conde. »Aber wenn er nicht bei ihr ist, dann hält er sich ganz in der Nähe auf.«

»Ich habe mich eine Weile mit ihr unterhalten, hab sie in die Mangel genommen, so gut ich konnte, aber mehr war nicht drin. Danach sind wir zu einer anderen Person gefahren, die etwas wissen könnte: Elizardo Soler. Er wollte gerade sein Haus verlassen. Auch er schwört Stein und Bein, dass er Puigventós nicht gesehen hat und nicht weiß, wo er steckt. Aber er hat mir von der Vorliebe des Katalanen für unsere Frauen erzählt.«

»Auch er macht uns was vor. Er weiß was.«

»Wieso bist du dir da so sicher? Wieder eine der Vorahnungen?«

Der Hasenzahn wollte etwas sagen, aber Condes Blick hielt ihn davon ab.

»Es ist mehr als eine Ahnung, Manolo. Es ist etwas, das ich weiß ... und nicht weiß. Etwas, das ich gesehen habe und das mir entfallen ist. Aber ich bin mir ganz sicher, im Ernst. Ich bin davon überzeugt, dass alle diese Halunken lügen oder etwas verbergen. Alle, auch mein Freund Bobby.«

Conde holte seine Zigaretten hervor und bot auch Manolo eine an.

»Geht das jetzt so weiter von wegen wissen und nicht wissen?« Manolo Palacios zündete die Zigarette an und schimpfte: »Wegen dir hab ich wieder mit dem Rauchen angefangen. Und wegen diesem Katalanen und der schwarzen Madonna und allem. Conde, dieser Puigventós ist jetzt seit drei Tagen verschwunden. Zu lange. Ich musste Duque ins Hotel schicken, um den spanischen Geschäftsführer, den Freund des Katalanen, zu bitten, noch ein wenig mit der Vermisstenanzeige zu warten. Erstens, weil wir schon nach ihm suchen, und zweitens, weil wir, wenn er ihn als vermisst meldet, das spanische Konsulat, das Auswärtige Amt und die Herren von der Ausländerpolizei benachrichtigen müssen. An das Theater, das dann losgeht, möchte ich gar nicht denken!«

Conde hörte eine Alarmglocke in einem dunklen Winkel seiner Erinnerung läuten. »Und hat die Staatssicherheit auch was damit zu tun?«

»Nein, natürlich nicht«, versicherte Manolo. »Wieso kommst du auf die Staatssicherheit?«

»Mir ist gerade eingefallen, dass Ramiro mir gesagt hat, jemand von der Sicherheit sei bei ihm gewesen.«

»Nein, das glaube ich nicht, das wüsste ich«, beteuerte Mayor Palacios.

Der Hasenzahn hob schüchtern die Hand, als wollte er um Erlaubnis bitten, etwas sagen zu dürfen. Und ohne dass jemand sie ihm erteilte, fing er an zu sprechen: »Ich wollte nur sagen, dass man die Chinesen aus Kanton in Notunterkünften untergebracht hat, drüben, in Regla. Und ich wollte eine Frage stellen: Wie geht es jetzt weiter?«

Conde und Manolo sahen erst den Hasenzahn und dann sich an. »Wir suchen weiter nach Jordi Puigventós«, antwortete Manolo. »Ich weiß nur nicht, wo.«

»Puigventós ist da, wo die Madonna ist. Oder ganz in der Nähe. Und die Madonna hat der, der Raydel und Ramiro ermordet hat. Das ist der Ariadnefaden«, stellte Conde fest.

Manolo zog noch ein letztes Mal an seiner Zigarette und schnippte die Kippe durch die Luft. »Die Einwanderungsbehörde hat mir schon die Hölle heißgemacht. Ich hab sie gebeten, noch nichts zu unternehmen. Sie haben mir einen Tag gegeben, also bis heute. Ich bin verzweifelt.«

Conde wusste, unter welchem Druck sein ehemaliger Untergebener stand. »Manolo, bring mich nach Hause, ich muss nachdenken. Und aufs Klo.«

Mayor Palacios stand auf und schaute sich um. »Ist hübsch geworden hier, nicht wahr?« Er zeigte auf die frisch renovierte alte Promenade.

Früher einmal war diese Gegend eins der Zentren einer Stadt gewesen, die ganz von der Bucht und ihrem Hafen abhing. Doch mit den Jahren war die Gegend vollkommen heruntergekommen, und ihre Wiederauferstehung zu erleben, war ermutigend.

»Im 19. Jahrhundert ist hier ganz Havanna spazieren gegangen«, erinnerte sich Conde. »Martí, Casal, Villaverde ... Hier haben Heredia, Varela, Domingo del Monte, Saco gesessen und geredet.«

»Und?«, drängte ihn Manolo.

»Gemeinsam haben sie Kuba erfunden. So, wie es jetzt aussieht, weiß ich nicht, ob es eine gute oder schlechte Erfindung war. Was meinst du, Hase?«

»Das reicht jetzt, Kollege«, protestierte der Polizist. »Ich hab nur noch wenig Zeit.« Er kratzte sich am Kopf. »Dann haben diese Leute also hier gesessen und Kuba erfunden? Red keinen Scheiß, Conde, wir gehen«, beendete er Condes Überlegungen zur Gründung der Nation. »Außerdem fängt es wieder an zu regnen, seht mal!«

Vom Meer her bewegten sich die gewaltigen schwarzen Wolken des angeblichen Tiefs über Regla und Casablanca auf die Stadt zu.

»Soll es doch regnen, soll die ganze Stadt versinken, das Land, die Welt. Donnern und blitzen und brennen soll es und hageln und schneien. Mit Wind, Sturm, Zyklonen und von mir aus auch mit Tiefs!« Conde ließ seinen Untergangsfantasien freien Lauf, während die beiden anderen ihn nachsichtig ansahen. Sie kannten ihn zu gut, um seine Verwünschungen ernst zu nehmen »Soll der Hurrikan kommen, soll es ein Erdbeben geben! Das ist genau das, was wir brauchen, ein Erdbeben! Oder zumindest ein Wunder«, beendete Conde seine Schimpfkanonade und beeilte sich, zum Hasenzahn und zu Mayor Palacios aufzuschließen, die ihn schon nicht mehr hörten, weil sie zum Wagen rannten, überrascht von den ersten dicken Tropfen des neuerlichen Wolkenbruchs, den das sogenannte Tief mit sich brachte.

Der Regen ging den ganzen Nachmittag großzügig auf die Stadt nieder. Trotz apokalyptischer Neigungen hatte Condes mangelhafte Voraussicht in praktischen Dingen ihn einmal mehr davon abgehalten, sich auf eine solche Situation vorzubereiten. Deswegen musste er sich, als der Hunger sich meldete, mit einer Tortilla begnügen, zubereitet aus den beiden letzten Eiern, die er im Kühlschrank fand, sowie mit einer Avocado, die er den Nachbarn klaute, den glücklichen Besitzern eines üppigen Avocadobaums, die sich wegen des Regens im Haus verkrochen hatten. Die Tortilla teilte er sich mit Basura II., und danach machte er sich mithilfe von Kaffee und Zigaretten daran, nachzudenken. Als Gedankenhilfe benutzte er manchmal ein Blatt Papier, auf dem er Namen, Fakten und Ideen notierte, die er in einen Zusammenhang zu bringen versuchte. Diese Methode hatte er sich bei dem verstorbenen Capitán Jorrín abgeschaut.

Klar war zum jetzigen Zeitpunkt, und er hielt es mit Initialen und Pfeilen fest, dass zwischen Karla Choy, Jordi Puigventós, Elizardo Soler, René Águila und seinem Freund Bobby unterschiedliche Beziehungen bestanden, die jetzt aber alle um die schwarze Madonna und ihr unbekanntes Schicksal kreisten. Die Statue, für die er die Initialen SM benutzte, und die er, versehen mit einem Kreis, in die Mitte des Blattes platzierte, brachte sie alle, oder zumindest einige von ihnen, auch mit Raydel-Yúnior und Ramiro dem Rochen in Verbindung, den beiden Toten in dieser Grafik. Von der Madonna selbst gingen zwei Kraftlinien aus, die sich durchaus auch kreuzen konnten: die mystische, also die Macht, und die weltliche, also das Geld, letztlich die pragmatische, konkrete Variante der Macht. Welche der beiden Linien verband SM und die einzelnen Personen? Conde fing an, auch um die Wörter, die er notiert hatte, Kreise zu malen, dazu Pfeile, die sich von der Blattmitte entfernten wie Fluchtlinien mit unbestimmtem Ziel. Er fühlte sich außerstande, die Schlüsselverbindung herzustellen. Seine kombinatorischen Fähigkeiten hatten seit dem Ende seiner Zeit als Ermittler der Kripozentrale ganz offensichtlich gelitten! Durch die fortschreitende Verhärtung oder Verweichlichung seiner alternden Neuronen hatten sie nachgelassen. Irgendwann fiel ihm ein, dass er Tamara anrufen sollte, beschloss dann aber, noch eine Stunde zu warten, um sicher zu sein, dass sie inzwischen nach Hause gekommen war. Die Heraufbeschwörung der Frau, ihres Hauses, der friedlichen Atmosphäre, der harmonischen

Liebe, rief in ihm ein Gefühl der Ruhe hervor, das in Schläfrigkeit umschlug.

Dem monotonen Geräusch des Regens lauschend und die Kühle der Luft genießend, legte er sich mit einem der alten Gedichtbände von José María Heredia aufs Bett. Bei der Vorstellung, wie der Dichter fast zweihundert Jahre zuvor über die Alameda de Paula geschlendert war, bekam er wie so oft wieder Lust, diese mit tellurischer Energie, überschwänglichen Leidenschaften und Naturdialogen aufgeladenen Verse zu lesen. War Heredia so apokalyptisch gewesen wie er? Nein, viel mehr als er. Um das zu erkennen, musste man nur immer wieder seine Verse lesen.

> Hurrikan, Hurrikan, nahen fühle ich dich
> Und in deiner heißen Umarmung
> Erwarte ich entzückt
> Des Herrn der Winde Atem

Als er erwachte, war es dunkel geworden, und es hatte aufgehört zu regnen. Er konnte nicht sagen, ob er wieder geträumt hatte. Nur dass das Bild da war. Wie der Dinosaurier. Und jetzt konnte er es sehen.

Eine Stunde später erblickte er, als er die Tür öffnete, das müde Gesicht von Mayor Manuel Palacios. Und gleich dahinter das wenig freundliche von Teniente Miguel Duque. Conde schenkte ihm einen missmutigen Blick. Später würde er noch genug Zeit haben, ihn nach Herzenslust zur Weißglut zu bringen. Im Hintergrund, im Dunkeln und im anhaltenden Regen, der wieder eingesetzt hatte, parkte der chinesische Geely, der die beiden Polizisten aus der Kripozentrale hierhergebracht hatte.

Manolo begrüßte ihn mit einer Warnung: »Ich hoffe nur, dass das nicht wieder einer deiner Scherze ist! Was soll der Quatsch mit dem Dinosaurier?«

»Die kürzeste Geschichte der Welt. Und die beste«, antwortete Conde. »Soll ich sie dir erzählen?«

»›Als ich erwachte, war der Dinosaurier da‹«, zitierte Miguel Duque. »Augusto Monterroso.«

Manolo drehte sich zu seinem Untergebenen um. Conde lächelte, wenn auch gegen seinen Willen. Hatte er sich in dem Teniente getäuscht? War dieser Duque am Ende ein gebildeter Polizist? Wer den Glauben hat, dem geschehen Wunder, hatte Carlos gesagt. Und Pater Gonzalo Rinaldi hatte es mit einem Nicken bestätigt.

»Ich kapier überhaupt nichts!«, gestand Manolo.

Conde bat sie ins Wohnzimmer. Er stellte fest, dass Duque das Notebook mitgebracht hatte, und fragte die Besucher, ob sie einen Kaffee wollten. Frisch aufgebrüht, fügte er hinzu. Doch beide lehnten sein Angebot ab. »Ich krieg keinen Kaffee mehr runter«, sagte Manolo. Der andere gab keine Erklärung ab. Es war offensichtlich, dass er von Conde nichts annehmen wollte. Nicht mal Kaffee.

Als sie sich gesetzt hatten, ergriff Conde als Erster das Wort. »Heute Mittag hab ich gesagt, dass ich was gesehen habe und nicht mehr weiß, was es war.«

»Ja, und hast du es wieder gesehen? Im Traum?«

»Nein, in einem Film, besser gesagt, in zweien, und ich glaube, wir alle haben es gesehen«, antwortete Conde. Er genoss seinen melodramatischen Auftritt. »Den ersten Film haben wir im Fernsehen oder im Kino gesehen. Die Hauptrolle spielt ein Schauspieler namens Richard Gere, der in diesem und in allen seinen Filmen das tut, was er immer tut, weil die Frauen meinen, dass er gut aussieht, obwohl er schlechter spielt als ich Baseball.«

»Wovon redest du, Kollege?«

»Von einem Typen, der den Frauen gefällt: Richard Gere. Und von Filmen. Zum Beispiel von dem, der hier in diesem Computer ist. Teniente Duque, darf ich Sie demütigst um etwas bitten?«

»Conde, Conde …«, ermahnte ihn Manolo.

»Was wollen Sie?«, fragte der Teniente.

Conde antwortete mit treuherziger Miene: »Zunächst einmal möchte ich Ihnen zu Ihren literarischen Kenntnissen gratulieren. Aber ich darf Sie daran erinnern, dass die Geschichte, aus der Sie zitiert haben, sehr viel länger ist: ›Als ich erwachte, war der Dinosaurier *noch immer* da.‹ Und dann möchte ich Sie fragen, ob Sie so nett sein könnten, dieses digitale Machwerk einzuschalten und die erste Aufzeichnung zu suchen, die wir gestern von Puigventós in der Lobby des Hotels gesehen haben.«

Der Teniente atmete geräuschvoll ein. Er wusste, dass Conde ihn reizen wollte, allerdings auf eine Weise, gegen die er machtlos war. Er klappte das Notebook auf und schaltete es ein. Manolo sah abwechselnd Conde und den Teniente an und wartete ab. Das Jurassic-Bild, das Conde gesehen hatte, würde etwas Wichtiges zutage fördern, das wusste er, und darum war er *noch immer* da. Wie der Dinosaurier.

Duque suchte die Aufzeichnung und klickte sie an. Er drehte das Notebook um, und Conde zog es mit spitzen Fingern zu sich heran, als sei es ansteckend. Minutenlang schwiegen sie. Dann bewegte Conde ganz langsam den Kopf auf und nieder. »Teniente, würden Sie mir bitte den Gefallen tun, diesen Teil der Aufzeichnung noch einmal laufen zu lassen? Und nun schaut euch das bitte an, beide.« Duque nahm das Notebook, klikte ein paar Mal und schob es wieder Conde zu. Manolo und Duque stellten sich hinter den Hausherrn.

Auf dem Bildschirm kam wieder Leben in die Lobby. Puigventós saß im Sessel und nahm einen Schluck aus seiner kleinen Wasserflasche. Leute gingen in beiden Richtungen an ihm vorbei.

»Was ist denn nun, Conde?«, fragte Manolo, doch Conde bat ihn mit einer Handbewegung um Geduld. Die Bilder bewegten sich so, wie sie es schon mehrere Male gesehen hatten, bis, von vorn und im Profil, die Frau in Weiß mit dem Schlapphut und der Sonnenbrille ganz nah an Jordi Puigventós vorbeiging.

»Stopp, Duque!«, befahl Conde. Der Teniente drückte eine Taste, und das Bild stand still. Conde starrte auf das eingefrorene Bild. »Nein, man kann das Gesicht nicht erkennen, aber …«

»Die Frau in Weiß? Was ist mit ihr?«, fragte der Mayor.

»Sie scheint jung zu sein«, murmelte Conde statt einer Antwort.

»Sie *ist* jung. Das sieht man an ihrer Art zu gehen«, behauptete Manolo.

»Manolo, auch wenn man ihr Gesicht nicht sieht, glaube ich zu wissen, wer das ist und warum sie in dem Hotel war. Ich glaube jetzt sogar zu wissen, warum Jordi Puigventós verschwunden ist. Die Frau ist Karla Choy. Sie ist nicht zufällig da und nicht zufällig so gekleidet. Ich glaube, das ist das verdammte Ende des Ariadnefadens, an dem wir ziehen müssen.«

Diesmal beschloss Conde, sie zu begleiten. Um nichts in der Welt wollte er sich den Höhepunkt des Schauspiels entgehen lassen.

Als der Geely vor dem Galerie-Haus von Karla Choy hielt, tauchten zwei Streifenwagen aus dem Nichts auf und parkten direkt hinter dem chinesischen Wagen. Einer der Uniformierten im Rang eines Sargento, den die anderen Calixto nannten, kam zu Mayor Palacios und reichte ihm ein Blatt Papier. Im Licht einer Laterne überprüfte Manolo das Schriftstück, um sich zu vergewissern, dass alles seine Ordnung hatte. Sie könnten nun das Haus von Karla Choy durchsuchen, sagte er, und Calixto meldete, dass er zwei Männer hinter dem Haus postiert habe, um einen allfälligen überstürzten Fluchtversuch zu vereiteln.

Die Frau, die sich rühmen konnte, zu den attraktivsten Frauen Havannas zu zählen, öffnete ihnen die Tür. Verstimmung und Überdruss machten sich auf ihrem Gesicht breit. »Schon wieder!«, seufzte sie.

»Ja, Karla, schon wieder, aber anders«, sagte Manolo und präsentierte ihr den Durchsuchungsbeschluss.

Sie las ihn durch und gab ihn dem Mayor zurück. »Was wollen Sie sich ansehen? Zeichnungen oder Gemälde?«

»Zuerst wollen wir, dass Sie sich etwas auf dem Computer ansehen.« Manolo zeigte auf das Notebook, das Miguel Duque im Arm hielt. »Können wir uns irgendwo hinsetzen?«

Die Frau bedeutete ihnen mit einer Geste, ihr zu folgen, und ging in den gläsernen Salon voran. Conde folgte ihr an der Spitze der Eindringlinge, um die harmonischen Bewegungen des Erdbebens aus nächster Nähe zu genießen. Nein, es bestand für ihn kein Zweifel mehr: Karla Choy war die Dame in Weiß. Danke, Wilkie Collins.

»Du hast mich angelogen, König«, sagte die junge Frau zu ihm.

»Überhaupt nicht. Ich bin zufällig hier vorbeigekommen und hab mich ihnen angeschlossen. Ich bin kein Polizist mehr, ehrlich nicht.«

Karla und Duque setzten sich auf die Stühle, die Manolo ihnen anwies, und er stellte sich hinter sie. Conde nutzte die Gelegenheit, um mit den vier Uniformierten zu verschwinden, die mit der Hausdurchsuchung begannen, begleitet von zwei Nachbarn, die sie als Zeugen hergebeten hatten. Das Ziel war, irgendeine Spur zu finden, die auf die Anwesenheit von Jordi Puigventós in diesem Haus hindeutete.

Ein paar Minuten später kam Conde in den Salon zurück. Die Bilder der Lobby liefen über den Bildschirm. Er wartete den passenden Moment ab und wies Duque wieder an: »Stopp!«

Alle vier starrten auf die beiden Bilder, in deren Mitte Jordi Puigventós und die Dame in Weiß zu sehen waren.

»Was haben Sie dazu zu sagen, Karla?«, fragte Manolo.

»Wozu, Mayor?«

»Zu der Frau, die da zu sehen ist.« Manolo zeigte auf den Bildschirm.

Karla betrachtete das Bild eingehend. Dann sah sie Manolo an und schüttelte den Kopf. »Ich weiß nicht, wer das ist, man kann ihr Gesicht nicht sehen.«

»Aber jetzt können wir die Frau identifizieren, Karla. Mit Schlapphut und allem Drum und Dran«, sagte Conde, und als die anderen sich umdrehten, sahen sie, wie er mit den Bewegungen eines Zauberkünstlers aus einer großen Tasche, auf der das Emblem des Armani-Imperiums prangte, einen Schlapphut und einen Seidenschal zog, beides weiß. Exakt die Kleidungsstücke, die die Dame in Weiß auf dem Bildschirm des Notebooks trug, die Frau, der Jordi Puigventós mit offenem Mund hinterherstarrte.

Das tropisch heiße, feuchte, für Heimsuchungen durch Tiefs und Ähnliches so anfällige Havanna führte an diesem Tag einen Kampf mit dem Regen. Acht oder zehn Stunden lang hatten die schon beinahe herbstlich anmutenden Schauer die Stadt in eine bejammernswerte Version von Venedig verwandelt: eine große Pfütze mit Häusern.

Die Straßen mit ihren von Dreck und allem möglichen anderen Mist verstopften Abwasserkanälen hatten sich, je nach Gefälle, in Seen oder Flüsse verwandelt. Die durch Jahre der Vernachlässigung mit Löchern, Stolperkanten und Rissen überzogenen Gehsteige waren zu Fallen geworden, die jedes Lebewesen, das sich traute, sie zu benutzen, zu verschlingen drohten. Die Elektro- und Telefonkabel hoch oben an den Strommasten ließen ihre Volt und Ampere knistern, bis sie explodierten, herunterfielen und so die Verbindung zwischen den Stadtbewohnern auf unbestimmte Zeit unterbrachen. Die von der Sonne verbrannten und mit den Jahren schadhaft gewordenen Dächer ächzten unter dem Wasserschwall, schwitzten den himmlischen Niederschlag aus und leiteten ihn ins Innere der Häuser. Die Ansiedlungen an der Peripherie der Stadt boten gewiss einen trostlosen Anblick: Schlamm, der sich über die Wege wälzte, überlaufende Abwassergräben, eingestürzte Dächer und geborstene Wände, zur Strecke gebracht von der Feuchtigkeit und dem Gewicht des Wassers. Abendgrauen und Verzweiflung.

Aus Freude und Stolz über seinen Triumph schlug Conde das Angebot von Teniente Duque aus, ihn nach Hause oder wohin auch immer zu bringen. Als Polizist, der er einmal gewesen war, wusste er: Seine Hauptrolle in dem soeben zum Abschluss gebrachten Theaterstück war mit der Schlüsselszene, in der er den Beweis für eine geheime Beziehung erbracht hatte, beendet. Jetzt waren die echten Polizisten gefragt, und Conde war keiner mehr. Egal, was einige Leute dachten. Danke und Adiós. Sollten andere die Arbeit machen.

Als die uniformierten Polizisten mit Karla Choy bereits auf dem Weg zur Kripozentrale waren, ging Manolo zu seinem ehemaligen Kollegen, der sich anschickte, fortzugehen. Der Regen hatte in diesem Moment aufgehört, doch von den nassen Blättern des Baums, unter dem sie Schutz gesucht hatten, tropfte es weiter auf sie herab.

»Was hältst du von dem Ganzen, Conde?«, fragte Manolo und bat ihn mit einer Geste um eine Zigarette.

»Das hab ich dich früher immer gefragt.«

»Wenn du mit deinem Latein am Ende warst«, erinnerte sich der Mayor.

»Aber das sind wir jetzt nicht. Es gibt eine Verbindung zwischen Karla und dem Katalanen, das hat sie inzwischen selbst zugegeben. Zieh an dem Faden.«

»Die Verkleidung, die du gefunden hast, beweist, dass sie in dem Hotel war. Aber warum hat eine so intelligente und weitsichtige Frau wie Karla diese Beweisstücke nicht verschwinden lassen? Wo sie doch wusste, dass wir sie im Visier hatten? Nein, so blöd ist sie nicht, Conde. Wenn das, was sie uns erzählt hat, der Wahrheit entspricht? Wenn sie nur eine sexuelle Beziehung zu Puigventós hatte? Wenn es stimmt, dass sie ihn seit zwei Tagen nicht mehr gesehen hat und nicht weiß, wo er steckt? Wenn sie uns heute Morgen nichts davon erzählt hat, weil sie nicht in ein Problem verwickelt werden wollte, mit dem sie nichts zu tun hat?«

»Zu viele Wenns, Manolo. Sie weiß etwas. Wenn sie – noch ein Wenn –, wie du sagst, nichts mit dem Diebstahl der Madonna zu tun hat, weiß sie vielleicht, wer mit ihrem katalanischen Liebhaber Geschäfte machen wollte. Elizardo Soler und René Águila stehen da ganz oben auf der Liste. Du weißt ja, wie man sie ausquetschen kann. In der Zentrale werden auch die Härtesten weich. Die Chinesin ist da bestimmt keine Ausnahme.«

»Aber wenn sie in nichts Schlimmes verwickelt ist, warum sagt sie uns dann nicht, was sie weiß?«

Conde überlegte. »Weil sie Angst hat?«

Manolo sah ihn fragend an. »Angst wovor? Oder weswegen?«

»Nicht eher *vor wem?*«

»Vor jemandem, der fähig ist, zwei Männer zu töten, um sich die Madonna unter den Nagel zu reißen?«

»Das ist nicht die schlechteste Möglichkeit. Vor so einem Typen hätte ich auch Angst. Oder sie hat Angst vor dem verschwundenen Puigventós.«

»Was ist bloß mit dem Katalanen passiert, verdammt noch mal?«, murmelte Manolo und schnippte die Kippe auf die Straße.

Conde zog noch zweimal an seiner Zigarette und tat es Manolo gleich. Dann sah er hinauf zu den Blättern, von denen es nach wie vor auf seinen Kopf und seine Schultern tropfte. Er fühlte sich durchweicht, triefnass, wie Havanna. »Wenn du Puigventós heute nicht findest, kriegst du es mit dem spanischen Konsul und denen vom Auswärtigen zu tun, und das kann unangenehm werden.«

»Warum musst du mich daran erinnern, Conde? Ich weiß das.«

»Ich denke nur laut, Manolo, einen Moment …«

»Und was fällt dir ein?«

Conde dachte noch ein wenig länger nach. Dann antwortete er: »Nichts. Mir fällt nichts ein. Und weißt du, warum? Weil in dem ganzen Durcheinander irgendetwas irrational ist.«

»Das sagtest du schon. Aber was? Ich gehe. Mal sehen, was wir aus Karla rauskriegen. So müde, wie ich bin. Diese Scheißarbeit!«

»Manolo, kannst du dir vorstellen, was für ein Fest das wird für die Lesben im Frauengefängnis, wenn ihnen so ein Bonbon wie Karla Choy serviert wird?«

»Du hast wirklich nichts als Scheiße im Kopf, Junge.«

»Sag ihr das. Der Gedanke daran wird sie schneller weich kochen als jeder Schnellkochtopf.«

Kopfschüttelnd ging Mayor Palacios zu Teniente Duque, der neben dem chinesischen Geely auf ihn wartete. Conde sah sie abfahren, und im nächsten Augenblick wusste er, dass Euphorie und Stolz im Allgemeinen keine guten Ratgeber sind. Es regnete wieder, und er hatte keine Ahnung, wie er von diesem Nobelviertel zu der Straße kommen sollte, in der Tamara wohnte. Er erinnerte sich dunkel daran, dass von hier aus Busse gefahren waren, die ihn jetzt dorthin hätten bringen können. Buslinien, die nicht mehr existierten, wie so viele andere Dinge. Wie die Dinosaurier.

Eine Stunde später philosophierte ein völlig durchnässter Conde, schon ganz in der Nähe des Zufluchtsorts, den er sich für diese Nacht ausgesucht hatte, noch immer über die problematische Beziehung zwischen der Stadt und dem Regen, zwischen den Kubanern und dem städtischen Nahverkehr, zwischen Tiefs und Regenschauern. Und er versuchte herauszufinden, wie der Zusammenhang zwischen der Realität und der Erfindung von Heredia, Varela, Saco und Del Monte und dem idealistischen Traum von Martí geartet war. Zum Glück musste er nicht nach Hause gehen, denn bevor er mit Manolo und Duque losgefahren war, hatten ihm seine Nachbarn, die Besitzer des Avocadobaums, eine Plastiktüte mit übrig gebliebenem Reis und Huhn für Basura II. geschenkt. Die Reste hatten so gut gerochen, und Conde hatte so großen Hunger gehabt, dass er seinen Hund beneidet hatte. Er hatte ihm eine üppige Ration in seinen Napf geschüttet, damit er bis zur nächsten Verköstigung durchhielt.

Als er die Tür zu Tamaras Haus öffnete, wo ihn, wie er vermutete, ein gesundes, aber frugales Mal erwartete, stieg ihm ein würziger Geruch in die Nase. Er hatte das angenehme Gefühl, in ein *sweet home* zurückzukehren. Sogleich gerieten seine Magensäfte in Aufruhr. Bei Tamara roch es nach Olivenöl, Knoblauch und Zwiebeln, nach Kümmel und Lorbeer, nach leckeren Dingen, kurzum: nach Essen. Fleischeintopf? Hackfleisch à la habenera, mit Oliven und Kapern? Filet à la hollandaise? Erlebte er gerade ein Wunder der Natur, der Geschichte und der hartnäckigsten Erinnerungen?

Lautlos, wie er es gern tat, ging er weiter und bereitete sich darauf vor, mit einer gekonnten Demonstration seiner Schauspielkunst auf die gastronomische Überraschung zu reagieren, die Tamara für ihn bereithielt. Noch im Flur zog er die triefenden Schuhe, das durchnässte Hemd und die tropfnasse Hose aus, und wo er schon mal dabei war, entledigte er sich auch seiner Unterhose. Überraschung gegen Überraschung, sagte er sich und betrat, mit nichts als den feuchten Socken bekleidet, die Küche, wo Tamara mit dem Rücken zu ihm vor dem Herd stand und mit einem langen Holzlöffel die wohlriechenden Zutaten umrührte, die in einer riesigen Pfanne brutzelten.

»Wann gibt es Essen?«, fragte er.

Die Frau drehte sich erschrocken zu ihm um, und Conde spürte, wie sich sein Hodensack augenblicklich zusammenzog und sein Penis schrumpfte. Wie ein Akkordeon, in das jemand hineingestochen hat.

»Aymara!«, rief er, als er erkannte, dass nicht Tamara, sondern ihre Zwillingsschwester die Köchin war.

»Conde!«, stammelte die Frau, sprachlos angesichts seiner Nacktheit. Doch sogleich wechselte ihr Gesichtsausdruck, und sie rief lachend: »Tamara, dein Mann ist verrückt geworden!«

17

14. September 2014

Die Nacht hatte die Regenwolken verschluckt, und der Morgen präsentierte sich leuchtend und klar. Vom Bett aus sah Conde auf die glänzenden, vom Regen gewaschenen Bäume im Garten und genoss die entspannte Ruhe. Ein Morgen ohne Terminkalender, ohne körperliche oder existenzielle Qualen, ja, sogar ohne Tiefs? Das musste er auskosten. Er drehte sich auf die andere Seite und betrachtete das Gesicht der friedlich schlafenden Tamara und den silbernen Speichelfaden, der aus ihrem Mundwinkel rann. Am liebsten hätte er diese Flüssigkeit getrunken, die ihn immer so belebte, doch er beherrschte sich. Niemand hat das Recht, den Traum eines anderen zu unterbrechen, sagte er sich, er, der ein wahres Depot an zerbrochenen Träumen war.

Vorsichtig stand er auf und ging ins Bad, um seine Blase zu entleeren. Während er pinkelte, erinnerte er sich lächelnd an seinen bühnenreifen Auftritt am Abend zuvor und das gemütliche Abendessen mit Tamara und ihrer Schwester Aymara, die unangekündigt aus Italien gekommen war, zusammen mit Tamaras Sohn Rafael, den sie vor einigen Jahren in ihr lombardisches Heim aufgenommen hatte. Der erste Grund für die Reise, hatte die Zwillingsschwester erklärt, als sie in friedlicher Runde einen vorzüglichen Brunello di Montalcino tranken und Parmesankäsewürfel, Prosciutto und schwarze Oliven aus Kreta aßen, sei das bohrende Heimweh gewesen. Dieses hartnäckige Gefühl der Zugehörigkeit überfalle sie manchmal selbst in den friedlichsten und glücklichsten Momenten, diese unzerstörbare Hassliebe zum Eigenen, durch die Distanz nur in Tiefschlaf versetzt. Der Hauptgrund aber war eine frohe Botschaft, die sie persönlich überbringen wollte und drum verschwiegen hatte: Rafael junior und seine italienische Frau Cristina würden bald Eltern sein. Die werdende Großmutter Tamara war vor Glück zu Tränen gerührt und zugleich geschockt, dass sie nun ins Großmutteralter eintrat, noch dazu mit einem italienischen Enkelkind! Und der dritte Grund – denn wenigstens an Gründen herrschte kein Mangel – war das Fest zu Condes sechzigstem Geburtstag, das Carlos und Dulcita bereits vorbereiteten, und das sich Aymara und Rafael junior um nichts in der Welt entgehen lassen wollten. Sechzig!, wiederholten sie nachdrücklich die Schreckenszahl. Das sei doch was, das müsse man feiern! Conde war peinlich berührt wegen der Erinnerung an seinen Geburtstag und dem beunruhigenden Gedanken, bald der Geliebte einer Großmutter zu sein. Vor allem aber war er verblüfft über Tamaras Sohn. War Rafael durch seine bevorstehende Vaterschaft weich geworden? Offenbar hatte er beschlossen, seine Haltung gegenüber Conde zu überdenken und ihn als das zu akzeptieren, was er in den letzten fünfundzwanzig Jahren gewesen war und allem Anschein nach wohl bleiben würde: die Liebe des Lebens seiner Mutter. Trotz seinem etwas kurzen Pimmel, hatte die unverbesserliche Aymara, die sich immer noch über Condes theatralischen Auftritt amüsierte, eingeworfen.

Conde beschloss, sich für das von seiner Schwägerin zubereitete Abendessen mit einem Frühstück zu revanchieren, das durch die üppigen Zuwendungen aus dem fernen Italien reichhaltig ausfiel. Als er aus feinem Porzellan mehrere Tassen Kimbo – für ihn die weltweit beste Kaffeesorte – getrunken und den Tisch gedeckt hatte, war es bereits nach acht, und die Schlafenden, erschöpft von der Zeitverschiebung und den Emotionen des Vorabends, zeigten keinerlei Absicht, von der Horizontalen in die Vertikale zu wechseln.

Bewaffnet mit einer weiteren Tasse Kaffee, ging er ins Arbeitszimmer, schloss die Tür und wählte die Nummer von Manolos Büro. Die Sekretärin bat ihn, am Apparat zu bleiben, was ihm Muße schenkte, sich den neapolitanischen Geschmack seines Kimbo auf der Zunge zergehen zu lassen und eine Zigarette anzuzünden.

Zwei Mal konnte er an ihr ziehen, bevor er Manolos Stimme hörte: »Gut, dass du schon wach bist! Duque wartet vor Tamaras Haus auf dich. Komm sofort hierher!«

Conde erschrak über den dringlichen Tonfall. »Was ist los, Manolo?«
»Der helle Wahnsinn. Ich erzähls dir, wenn du hier bist. Und tu mir bitte den Gefallen, dich nicht mit Duque anzulegen, ja, Conde?«

»Ich hab dich hergebeten, weil ich jetzt wirklich mit meinem Latein am Ende bin.«

»Hör auf, so geheimnisvoll zu tun. Sag mir endlich, was, verdammt noch mal, passiert ist!«

Manolo zeigte auf den Sessel, der vor seinem Schreibtisch stand, und ließ sich auf seinen Bürostuhl mit der gepolsterten Rückenlehne fallen. »Zuerst einmal muss ich dich an etwas erinnern. Wenn irgendjemand da oben erfährt, dass ich dich in diesen Fall eingeweiht habe, dann machen die mich fertig. Vergiss das nicht!«

»Wieso sollten die das erfahren? Bist du jetzt nicht der Chef in dieser Bude? Meinst du, dein Starermittler könnte dich verpfeifen?«

»Nein, das würde Duque niemals tun. Aber ich muss auf der Hut sein. Es gibt immer Leute, die einen reinreiten wollen. Oder hast du vergessen, was Rangel passiert ist?«

»Natürlich hab ich das nicht vergessen. Aber Schluss jetzt mit dem Gequatsche. Red endlich, und bitte nicht um den heißen Brei herum, Kollege!«

»Der Katalane ist aufgetaucht«, platzte Manolo heraus.

Conde brauchte eine Weile, um die Neuigkeit zu verdauen. »Hat Karla gesagt, wo er war?«

»Nein, Conde, er ist aufgetaucht, buchstäblich. Wie von den Toten auferstanden. Das war er auch fast. Sie haben ihn gestern Nacht im Provinzkrankenhaus von Matanzas aufgespürt, und von da haben sie ihn mir hierhergeschickt, in die Zentrale.«

»Was erzählst du da, Manolo?«

»Du hast richtig gehört. Duque war gerade dabei, Karla zu bearbeiten, als mich die von der Abteilung in Matanzas angerufen haben, um mir zu sagen, dass sie den verschwundenen Ausländer lokalisiert hätten. Jordi Puigventós Batet. Lag seit einigen Stunden im Krankenhaus, war aber zunächst nicht bei Bewusstsein und hatte keine Ausweispapiere bei sich. Als er dann ein paar Worte auf Katalanisch gesagt hat, hat es der Polizist im Krankenhaus zuerst als Französisch identifiziert, nicht als Spanisch.«

Conde kratzte sich an den Unterarmen. Er kapierte gar nichts mehr. »Nicht bei Bewusstsein? Was ist mit ihm passiert?«

»Er sagt, er sei in Matanzas überfallen worden, in der Nähe der Einsiedelei der Katalanen. Man hat ihm alles geklaut. Aber er glaubt, dass man ihn umbringen wollte, wie Raydel und Ramiro. Er hat sich vor Angst in die Hosen geschissen. Ich hab das ausgenutzt, um ihn zum Reden zu bringen.«

»Was, zum Teufel, hatte er in Matanzas zu suchen?«

»Die Madonna, Conde! Die verdammte schwarze Jungfrau!«

Conde kratzte sich noch heftiger. »Jetzt mal der Reihe nach, Manolo. Spul zurück und erklär mir das der Reihe nach. Er hat die Madonnenstatue in der Einsiedelei der Katalanen gesucht?«

»Wenn du mich mal ausreden lassen würdest, Kollege! Also, da capo, ja?« Conde nickte, und der Mayor seufzte. »Puigventós hat mir erzählt, dass er, wie wir uns gedacht haben, am Tag seiner Ankunft in Kuba zu Karla gegangen ist, nachdem er mit René Águila im Hotel zu Abend gegessen hatte. Karla und er hatten, na ja, haben eine Beziehung, und sie hat sich für ihn verkleidet, als Teil eines Spielchens, von dem ich keine Details wissen wollte. Deswegen ist sie in diesem Aufzug im Hotel erschienen. Du weißt ja, wie das so ist ...«

»Nein, das weiß ich nicht. Aber ich kanns mir gerne vorstellen. Karla als Nackedei verkleidet, zum Beispiel. Als Erdbeben ...«

»Was für eine Verkleidung ist denn das? Erzähl keinen Mist, Mann!«

»Du glaubst wohl, es sei ein Vergnügen, sechzig Jahre alt zu werden! Kannst du dir vorstellen, dass ich nicht mal den Versuch gemacht habe, mich bei ihr einzuschleimen?«, jammerte Conde. »Los, erzähl weiter.«

»Er ging also zu ihr und blieb zwei Tage, also bis vorgestern, dann hat ihn jemand auf seinem Handy angerufen und ihm gesagt, sie könnten das Geschäft mit der schwarzen Madonna machen.«

»Jemand hat ihn angerufen? Wer? Hat Puigventós herumerzählt, dass er wegen der Statue nach Kuba gekommen ist?«

»Er wusste von René Águila, dass die Madonna geklaut war.

Daraufhin hat er von Spanien aus René, Elizardo und Karla gebeten, herauszufinden, wer sie haben könnte. Er wolle sie kaufen, für welchen Preis auch immer. Die drei haben ihm gesagt, das Beste, was er tun könne, sei, hierherzukommen und selbst nach ihr zu suchen. Aber während er noch ein paar Geschäfte in Spanien abwickeln musste, gab es hier Probleme. Raydel ermordet, Ramiro kurz darauf ebenfalls.«

»Raydel kannte er nicht?«

»Er sagt, vielleicht habe er ihn ein Mal gesehen, aber eine geschäftliche Beziehung habe es zwischen ihnen nicht gegeben. Vielleicht ist das eine Lüge, und er hat Raydel dazu angestiftet, die Madonna zu stehlen. Aber bestimmt hat er ihn nicht umgebracht. Und Ramiro auch nicht, denn zu der Zeit war er noch in Spanien.«

»Wer hat ihn dann angerufen und ihn nach Matanzas bestellt?«

»Jemand, der sich als Róger Flor ausgegeben hat. Der Name muss erfunden sein.«

»Irgendwie kommt er mir bekannt vor. Hab ihn schon mal irgendwann gehört ...«

»Also, dieser Róger Flor hat gesagt, er wisse, dass Puigventós daran interessiert sei, Bobby die Statue abzukaufen, und dass Bobby sie ihm nicht habe verkaufen wollen. Aber darüber ließe sich reden. Der Katalane dachte, das sei seine Chance, sich die Beute allenfalls zu einem niedrigeren Preis unter den Nagel zu reißen.«

»Hm, mal sehen, ob ich alles kapiere. Das ist alles ziemlich verrückt! Róger Flor? Ja, der Name kommt mir bekannt vor. Aber wer kann die Person sein, die wusste, dass Puigventós Bobby die Madonna abkaufen wollte? Bobby hat sie keinem gezeigt, sie stand nicht zum Verkauf. Ich wusste zum Beispiel gar nicht, dass die beiden darüber geredet haben.«

»Puigventós wusste seit ein paar Monaten, dass Bobby die Madonna besaß. Er hat es von Karla erfahren. Und die wiederum hat es von Elizardo Soler gehört. Bevor Bobby nach Miami geflogen ist, hat der Katalane ihm gesagt, dass er daran interessiert sei, ihm die schwarze Madonna abzukaufen.«

Conde konzentrierte sich. So langsam bekam alles eine Logik und einen Sinn. Oder zu viel Sinn.

»Und was geschah nach dem Anruf von diesem Róger Flor?«

»Er hat ihn nach Matanzas bestellt. In die Einsiedelei der Katalanen. Er solle allein kommen und weder Karla noch irgendjemandem sonst etwas davon erzählen. Ansonsten sei das Geschäft gestorben. Die Madonna sei heiß, habe man ihm gesagt, sagt Puigventós. Also ist er zum Busbahnhof gegangen und in ein Sammeltaxi nach Matanzas gestiegen. Bei all dem Geld, das der hat, leistet er sich nicht mal ein eigenes Taxi! In Matanzas ist er wieder in ein Sammeltaxi gestiegen, das ihn in die Nähe der Einsiedelei gebracht hat. Und auf der Straße, die zur Loma de Montserrat hinaufführt, hat man ihm einen Schlag auf den Hinterkopf verpasst, und von da an kann er sich an nichts mehr erinnern. Bis er im Krankenhaus aufgewacht ist und erfahren hat, dass man ihn überfallen hat. Ein paar Jungen haben ihn auf der Straße gefunden.«

Conde schloss für ein paar Sekunden die Augen. »Glaubst du ihm? Ein Überfall, ausgerechnet auf ihn? In der Nähe des Ortes, an den man ihn bestellt hatte?«

»Das ist schon sehr seltsam. Bei den vielen Touristen, die sich in Varadero und Matanzas rumtreiben, überfallen sie ausgerechnet Puigventós, kurz bevor er das Geschäft mit der Madonna machen will?«

»Und wenn es kein Überfall war, Manolo, was war es dann? Was wollten sie? Niemand konnte davon ausgehen, dass Puigventós das viele Geld für diese Statue in der Tasche rumträgt. Aber töten wollten sie ihn offensichtlich nicht, so wie die beiden anderen. Denn der, der ihm den Schlag verpasst hat, hätte ihn umbringen können, und alles, was er über die Madonna wusste, würde nie rauskommen, auch das über Bobby, Soler, Karla, René ... Und wen noch?«

»Ja, das ist alles sehr merkwürdig. Wir haben geglaubt, Puigventós sei verschwunden, weil er der lose Faden war ...«

»Das ist er, Manolo, das ist er! Denn der, der hinter alldem steckt, dachte, dass Puigventós nicht mehr nach Kuba kommen würde, nachdem schon zwei Menschen wegen der Madonna hatten sterben müssen. Geplant war ja ein Geschäft ohne größere Probleme, mit Puigventós oder ohne ihn, aber besser mit ihm. Doch dann ist alles außer Kontrolle geraten. Wenn die Person oder die Personen, die ihn nach Matanzas bestellt haben, ihn zum Schweigen bringen wollten, der Katalane aber noch lebt ... Dann ist er wirklich überfallen worden! Die Angreifer sind ihnen zuvorgekommen und haben ihm dadurch das Leben gerettet, Manolo!«

»Glaubst du wirklich?« Mayor Palacios schien nicht überzeugt von Condes Hypothese.

»Aber das interessiert jetzt nicht, oder weniger. Jedenfalls ist der Mann wieder aufgetaucht, lebend.«

»Übrigens, der Katalane mag dem Schauspieler, von dem du sagst, er sei hübsch und gefalle den Frauen, zwar sehr ähnlich sehen, aber unter den Achseln stinkt er wie ein Puma. Ich weiß nicht, wie eine Frau wie Karla ...«

Conde schüttelte nur unwillig den Kopf und fuhr in seinen Überlegungen fort: »Jetzt wissen wir, dass er wegen der Madonna nach Kuba gekommen ist. Und dass Karla nichts mit dem dunklen Teil der Geschichte zu tun hat. Und dass sie sich gerne verkleidet, um die Sache heißer zu machen. Kannst du dir Karla vorstellen? Verdammt, Manolo, der Faden führt uns jetzt direkt zu Bobby und seinem Freund Elizardo. Oder bin ich dabei, den Verstand zu verlieren?«

Durch den Einwegspiegel beobachtete Conde, wie Bobby und Elizardo den Verhörraum der Kripozentrale betraten, jeder auf seine typische Weise: Bobby angstschlotternd, Elizardo selbstsicher und überheblich. Für einen Moment zweifelte Conde an seinen Hypothesen, Vorahnungen und Theorien. Doch von einem war er überzeugt: Diese beiden Männer waren der einzige Weg zur Wahrheit und zur schwarzen Madonna.

Wenige Minuten später sah er Manolo und Duque hereinkommen. Der eine mit einem Notizbuch, der andere mit einem Notebook bewaffnet.

Conde spürte, wie es in seinen Schläfen vor lauter Aufregung pochte. Er war gezwungen gewesen, Manolos Bedingung zu akzeptieren: Seine Anwesenheit im Verhörraum könne die Befragung unverwertbar machen. Darum müsse er das Gespräch (so nannte es der

Mayor) hinter dem Spiegel verfolgen und ihn gegebenenfalls über den Ohrhörer auf etwas hinweisen, falls es ihm wichtig erscheine.

Noch während der Vorbereitungen zur Befragung rief Conde, dem die Sache keine Ruhe ließ, den Hasenzahn an und fragte ihn, ob ihm der Name Róger Flor etwas sage.

»Natürlich, Alter! Und wie. Roger de Flor, ohne Akzent auf dem O. Er war Tempelritter und Kapitän des *Falken,* des größten Schiffs, das es im 13. Jahrhundert auf dem Mittelmeer gab. Danach wurde er Pirat oder Korsar und gründete mit ein paar Schurken die sogenannte Katalanische Kompanie. Später dann wurde er in einen Hinterhalt gelockt und umgebracht, glaube ich. Ach ja, und er wurde verdächtigt, einen Teil des Schatzes der Templer gestohlen zu haben, jener Templer, die die Heilige Jungfrau verehrten, als schwarze Madonnen gerade in Mode waren, wie Pater Rinaldi uns gestern erzählt hat.«

»Danke, Hase. Siehst du, was soll ich nur machen, wenn du nicht mehr hier bist?«

»Im Internet suchen, du Idiot.«

»Steht das wirklich alles im Internet?«

»Das und noch mehr.«

»Toll! Danke, mein Lieber.«

Eine halbe Stunde, bevor man Bobby und Elizardo hierhergebracht hatte, war Teniente Duque mit der frustrierenden Meldung aus der Villa des Kunsthändlers zurückgekommen, dass sie bei der genehmigten und durchgeführten Hausdurchsuchung nichts gefunden hatten, das auf eine Verbindung des Hausherrn zu der schwarzen Madonna oder den Verbrechen um sie herum hinwies. Allerdings waren unter den tausend Objekten allerlei begehrte Stücke gefunden worden: gestohlene Grabskulpturen, Pornofilme *made in Cuba* und noch andere Waren, darunter so kompromittierende Dinge wie tiefgefrorenes Rindfleisch. Das allein würde dem Kunsthändler einen langen Gefängnisaufenthalt wegen Hehlerei sichern, denn laut den Gesetzen des Landes konnte einem das Stehlen und Zerlegen einer Kuh mehr Jahre einbringen als das Töten eines Christenmenschen. Doch zum Erstaunen aller wurden keine größeren Geldsummen im Haus gefunden, auch keine Juwelen oder wertvolle Gemälde. Die einzige Option für die Vernehmung schien es demnach zu sein, alle Register zu ziehen, jeden bei seinen Interessen und Charakterzügen zu packen, um möglicherweise einen Funken zu entfachen, der das reinigende Feuer entzündete.

Wie verabredet, ließ Manolo den Teniente mit der Vernehmung beginnen. Die verheißungsvollsten Themen waren die Beziehungen von Bobby und Elizardo zu Jordi Puigventós im Licht der Aussagen des Katalanen sowie der Überfall, dessen Opfer er in Matanzas geworden war und der ihn möglicherweise vor größerem Schaden bewahrt hatte.

Conde musste zugeben, dass Duque gute Arbeit leistete. Er verhielt sich wie ein Raubtier auf der Jagd, lauerte, suchte nach Schwächen und Unachtsamkeiten seiner Opfer, trieb sie in die Enge, um sie zu stellen. Er bat sie um Informationen und ließ gleichzeitig selbst welche einfließen, um ihnen zu zeigen, wie gut er über sie informiert war. Aber er trat auf der Stelle. Als er Bobby befragte, sagte dieser nur, was sie bereits wussten. Und als er sich an Elizardo Soler wandte, wiederholte der die inzwischen sattsam bekannten Geschichten. Beide stritten ab, Jordi Puigventós in den letzten Tagen gesehen zu haben. Karla Choy und René Águila, über deren geschäftliche Ambitionen, Gemeinheiten und Skrupellosigkeit sie sich länger ausließen, hätten sie nur getroffen, um herauszukriegen, ob sie etwas über die gestohlene Madonna wüssten, und sie darüber zu informieren, dass sie möglicherweise auf den Markt geworfen werde. Duque fragte wieder und wieder, verlangte Einzelheiten zu hören, versuchte, die beiden gegeneinander auszuspielen, um eine Bresche zu schlagen und so voranzukommen.

Von seinem erzwungenen Zuschauerposten aus verfolgte Conde das Gespräch, seinerseits beobachtet von Sargento Calixto, der wie eine Klette an ihm klebte. Je länger die Vernehmung ohne nennenswerte Fortschritte andauerte, desto größer wurde sein Unbehagen. Vielleicht wussten Bobby wie Elizardo tatsächlich nicht mehr, dachte er. Doch beide waren gerissene Lügner. Und sein Gefühl, dass beide oder zumindest einer von beiden sehr viel mehr wusste oder gar getan hatte, als er einräumte, ließ ihn nicht los.

An einem gewissen Punkt des Gesprächs keimte in Conde die Hoffnung, dass Licht in die Sache kommen werde. Manolo mobilisierte nach zwei fast völlig schlaflos verbrachten Nächten seine letzten Kräfte und griff mit seinem typischen Ungestüm ins Geschehen ein. Hier werde niemand rausgehen, schrie er, bevor nicht die Wahrheit ans Licht käme. Er werde eine Gegenüberstellung veranlassen, mit allen Beteiligten, einschließlich Jordi Puigventós, Karla Choy und René Águila. Er werde weitere Hausdurchsuchungen anordnen, werde alles auf den Kopf stellen und sogar ihre Zahnfüllungen untersuchen lassen. Ob einer von ihnen Róger Flor kenne? Doch er konnte die Befragten nicht aus der Reserve locken. Bobby schluchzte, Elizardo stritt ab. Sie wüssten nichts, überhaupt nichts, schon gar nichts von einem ... Róger Flor?

Conde war sich sicher, dass die beiden Ermittler sich nicht auf dem richtigen Weg befanden. Er flüsterte Manolo zu, die Offensive zu unterbrechen und eine Pause zu machen. Vielleicht wäre es besser, sie getrennt zu vernehmen, mit unterschiedlichen Strategien, schlug er ihm vor.

Manolo nickte und sah die Vorgeladenen an. »Ich weiß, dass Ihnen beiden oder einem von Ihnen die Scheiße bis zum Hals steht«, begann er. »Und wir werden das rauskriegen. Wenn einer von Ihnen beiden sich nichts hat zuschulden kommen lassen, hat er jetzt die Gelegenheit, in sich zu gehen und darüber nachzudenken, inwiefern ihn der andere reinreißen wollte. Wir werden einen Kaffee trinken gehen und in ein paar Minuten wiederkommen. Ich bedaure, Sie nicht einladen zu können, aber man hat uns die Zuteilung gekürzt. Sie wissen ja, wie das ist.«

»Wie lange wollen Sie uns noch hier festhalten?«, fragte Elizardo Soler, ohne eine Spur seiner Selbstsicherheit und Überheblichkeit zu verlieren.

»Das entscheide ich. Und ich bin langsam, wenn es um Entscheidungen geht. Das Gesetz räumt mir zweiundsiebzig Stunden ein. Es ist mir egal, wessen Sohn du bist oder wer deine Freunde sind oder ob du der kubanische James Bond bist oder was auch immer. Also, machen Sie es sich bequem.«

Bobby war wieder kurz davor, in Tränen auszubrechen. Elizardo dagegen grinste sarkastisch, beinahe zufrieden. Manolo klopfte Duque auf den Unterarm, und beide standen auf und gingen zur Tür.

»Darf ich rauchen?«, fragte Elizardo Soler. Manolo drehte sich um und sah ihn wenig freundlich an. Er wollte schon die Hand heben, um abzulehnen, musste sie aber ans Ohr drücken, da Conde ihm zuschrie: »Lass ihn rauchen! Ich hab so eine Vorahnung!«

Manolo ließ den Arm sinken und wandte sich ab. Bevor er hinausging, sagte er: »Ja, rauchen Sie. Und denken Sie nach.«

Durch die Scheibe sah Conde, dass Elizardo lächelte, unauffällig, da er wusste, dass er beobachtet wurde. Ohne den schluchzenden Bobby eines Blickes zu würdigen, zog er ein Feuerzeug und eine Schachtel Zigaretten aus der Hosentasche, entnahm ihr eine Filterzigarette und steckte sie sich in den Mund. Als er das Feuerzeug anknipste und es an die Zigarette hielt, bemerkte Conde, dass seine Hand leicht zitterte, was allerdings normal war in einer solchen Situation.

In diesem Moment trat Manolo an Condes Seite. »Warum, zum Teufel, sollte ich ihn rauchen lassen?«

»Weil niemand perfekt ist, Manolo. Warte ab und halt die Klappe.«

Während Conde Elizardo Soler beim Rauchen zusah, durchsuchte er in schwindelerregendem Tempo jeden Winkel seines Gedächtnisses nach einem Anhaltspunkt. Als er sich an die Ergebnisse der Hausdurchsuchung bei dem Kunsthändler erinnerte, glaubte er, ihn gefunden zu haben.

»Manolo, geh noch mal rein und sag mir dann, ob Elizardo amerikanische Zigaretten raucht und ob sie auch so riechen.«

Manolo sah seinen ehemaligen Chef an, und in seinen Augen flammte ein Licht auf.

»Und wenn es heller amerikanischer Tabak ist, frag ihn, was er mit dem Bild von Portocarrero gemacht hat, das in seinem Arbeitszimmer hing. Los, mach schon!«

Conde näherte sein Gesicht noch ein wenig mehr der Scheibe, um Manolos Rückkehr in den Verhörraum zu beobachten. Mürrisch, ohne Eile, ging der Mayor zu seinem Stuhl und setzte sich.

»Der Kaffee war gut, frisch aufgebrüht. Geben Sie mir eine

Zigarette?«, fragte er Elizardo. Der hielt Manolo wie beiläufig die Schachtel hin. Manolo ergriff sie und machte ein angeekeltes Gesicht. »Chesterfield? Nein, danke, ich kann hellen amerikanischen Tabak nicht ausstehen. Schmeckt süßlich und riecht so penetrant.«

Elizardo hob die Schultern und steckte die Schachtel wieder ein. Conde schwitzte.

»Elizardo, was haben Sie mit dem Gemälde von Portocarrero gemacht, das in Ihrem Arbeitszimmer hing?«

Ein leichtes Zucken mit der Schulter verriet Conde, dass ihn seine Vorahnung nicht getäuscht hatte.

»Ich habe es vor ein paar Tagen verkauft.«

»An wen?«, soufflierte Conde, und Manolo wiederholte die Frage.

»An einen Amerikaner, der sich in Kuba aufgehalten hat. Jerry Carlson heißt er.«

»Für wie viel?«, diktierte Conde. Manolo wiederholte.

Elizardo dachte einen Moment nach. Er sah Bobby an, der aufgehört hatte zu weinen und den Dialog interessiert verfolgte. »Vierzigtausend«, sagte Elizardo schließlich.

»Ziemlich preiswert, nicht wahr?«, sagten Conde und Manolo gleichzeitig.

»Kommt drauf an …«

»Ja, darauf, wie klamm man ist, um so ein Bild verkaufen zu müssen, das bestimmt viel mehr wert ist. Und das Geld, wo ist das Geld? Bei Ihnen zu Hause haben wir es nicht gefunden«, soufflierte Conde dem Mayor, der ihm in diesem Moment wie die Puppe eines Bauchredners vorkam.

Elizardo dachte wieder nach, aber nur kurz. Lang genug, damit Conde wusste, dass er eine weitere Lüge ausbrütete. »Der Amerikaner hat mich noch nicht bezahlt. Er konnte ja nicht mit dem Geld in der Hand in Kuba einreisen. Sie wissen ja, das Embargo.«

»Ja, das Embargo. Das nenn ich eine vertrauensvolle Beziehung«, sagte Conde und wiederholte Manolo. Dann flüsterte Conde in verändertem Ton dem Mayor ins Ohr: »Sag ihnen, du wirst überprüfen lassen, ob Jerry Carlson in Kuba war, dann sag ihnen noch ein, zwei Dinge und lass gehen. Lass sie gehen!«

Ohne sich weiter um das zu kümmern, was in dem Verhörraum vor sich ging, wandte sich Conde an Teniente Duque: »Verplempere deine Zeit nicht damit, dich mit mir herumzustreiten und sauer auf mich zu sein. Hängt euch an die beiden ran, vor allem an Elizardo Soler. Wenn ich mich nicht irre, werden wir noch heute Abend die Madonna zurückbekommen. Die Überwachung von Elizardo muss aber sehr unauffällig vonstattengehen, er weiß, dass wir ihn beschatten werden. Der Typ erzählt herum, er sei von der Sicherheit, und vielleicht glaubt er das manchmal sogar selbst.«

Als er sah, dass der Mayor seine Gäste lang und breit verabschiedete, brüllte er Manolo ins Ohr: »Das reicht jetzt!« Ohne zu merken, was er tat, wischte sich Conde die schweißnassen Hände an der Hose ab. Er schwitzte, und sein Herz raste. Jetzt hatte er sich bewiesen, dass er immer noch auf der Höhe war. Er hatte agiert wie der Polizist, der er früher gewesen war. Elizardo Soler hatte recht gehabt mit seiner Bemerkung bei ihrer ersten Begegnung. Und schon bald sollte Conde erfahren, dass er mit seiner ebenfalls richtiglag: Ein Psychopath handelt immer irrational.

Mit den letzten konvertiblen Pesos, die ihm geblieben waren, lud Conde Manolo in ein Restaurant nahe der Kripozentrale ein. Das Lokal war weder elegant noch teuer, dafür hatte es eine gute Küche, und die Teller waren schön voll. Sie mussten unbedingt etwas essen, und danach konnte sich Manolo ausruhen, bis der Moment zum Handeln gekommen war. Jetzt hieß es nur noch abwarten. Wie Jäger auf dem Anstand.

Während sie aßen, vergewisserte sich Conde zwei, drei Mal, dass Manolos Handy funktionierte. Auf diesem elektronischen Ding sollte er angerufen werden, wenn der Hase aufgescheucht war und seinen Bau verließ. Um die Leitung nicht zu blockieren, ging er hinaus und rief von einem öffentlichen Telefon mehrere Leute an. Tamara, um ihr zu sagen, sie solle nicht auf ihn warten und sich mit ihrer Schwester und ihrem Sohn aufs Schönste amüsieren. Carlos, um ihn zur Sau zu machen, weil er hinter seinem Rücken eine Party zu seinem Geburtstag organisierte, den er nicht feiern wollte, und ihm zu sagen, dass die Geschichte um Bobbys Jungfrau noch komplizierter geworden sei, dass er ihn aber vermisse, ihn liebe und nicht ohne ihn leben könne, obwohl er immer noch nicht schwul sei. Als Letzten rief er Yoyi an, um ihn zu fragen, ob er es für möglich halte, die vereinbarte Summe für die Wiederbeschaffung der schwarzen Madonna zu kassieren, wenn diese, wie er glaube, in Kürze zwar wieder auftauche, die Polizei sie aber bis auf Weiteres oder für immer behalte. Er erhielt von seinem Geschäftspartner die erhoffte Antwort: »Sieh zu, dass sie wieder auftaucht, ich kümmere mich darum, das Honorar einzutreiben. Mal sehen, vielleicht geb ich dir das Geld auf deiner Geburtstagsparty, die wird super.« Conde schickte ihn zum Teufel und legte mit einem wohligen Gefühl auf. So vieles ging den Bach runter, aber er konnte auf Freunde zählen, die ihn liebten und die er liebte.

Danach ging er ins Restaurant zurück, bestellte seinen Kaffee, zahlte alles und versuchte, den restlichen Tag zu planen. Er wusste, dass es Manolo lieber gewesen wäre, ihn von dieser letzten Phase der polizeilichen Ermittlung fernzuhalten, aber er konnte und wollte sich den Schlussakt der Vorstellung nicht entgehen lassen. Schließlich hatte er ihr beigewohnt, seit Bobby ihn angerufen und sich der Vorhang gehoben hatte.

Sie fuhren in die Kripozentrale zurück. Der Mayor wies seine Sekretärin an, ihn nur zu behelligen, wenn Teniente Duque oder Sargento Calixto anriefen. Oder, natürlich, wenn sich ein Erdbeben ereignete. Dann verschanzten sich die beiden in Manolos Büro, wo die Klimaanlage auf Hochtouren lief. Manolo beschimpfte Conde als verdammten Opportunisten, verkündete aber gleich darauf, dass er hundemüde sei, und legte sich auf das Sofa an der hinteren Wand. Conde ließ sich in den Besuchersessel fallen, von dem aus man einen bemerkenswerten Blick auf die scheinbar friedliche Stadt hatte. Manolos Schnarchen ließ nicht lange auf sich warten.

Um neun Uhr, als sie schon nicht mehr mit einem Anruf rechneten, klingelte Manolos Handy. Auf dem Display erschien Miguel Duques Nummer: Der Vogel hatte sein Nest verlassen. Elizardo Soler war in einem Auto, das nicht sein eigenes war, offenbar allein in Richtung

Osten gefahren, vielleicht zum Malecón und dem Tunnel, der unter der Bucht hindurchführt.

»Er will das Land verlassen«, sagte Conde, nachdem der Teniente den Bericht abgeschlossen hatte.

»Da macht sich einer Hoffnungen …«, gab Manolo zurück. Sie gingen hinaus auf den Parkplatz der Zentrale, wo der Dienstwagen fahrbereit auf sie wartete.

Von da an lief die Kommunikation zwischen Duque und Manolo über Polizeifunk. Duque meldete, dass sie den Tunnel hinter sich gelassen hatten und jetzt in östlicher Richtung weiterfuhren, zu den Stränden an der Nordküste und dann voraussichtlich nach Matanzas. Achtzig Kilometer Küstenstraße, die häufig für illegale Ausreisen genutzt wurde. Sargento Calixto, der mit der Leitung von Bobbys Überwachung betraut war, informierte sie, dass sich die Zielperson noch in ihrem Haus aufhalte.

Als ihr Wagen auf die Autobahn nach Osten fuhr, musste Conde dagegen kämpfen, an sein Déjà-vu zu denken. Das Leben war genau das: Kreisbewegungen, Wendungen, Purzelbäume, und dann, eines Tages, pulsierte eine Kraftlinie, und alles veränderte sich innerhalb weniger Minuten. Oder du fährst zur Hölle, dachte er. Ins Nichts.

»Was meinst du, Conde, wo mag die Madonna sein?«, fragte Manolo. Conde fiel auf, dass sich in der ganzen Aufregung keiner von ihnen beiden die Preisfrage gestellt hatte. »Nach der Hausdurchsuchung bei ihm glaube ich nicht, dass sie dort ist. Und wenn sich Elizardo aus dem Staub macht, nach allem, was passiert ist, wird er das ohne sie tun? Es sind ja immerhin drei Millionen, mindestens.«

Conde zündete sich eine Zigarette an. Er hatte keine auch nur halbwegs passende Antwort auf Manolos Frage parat. »Entweder hat er sie sehr gut versteckt und kann sie in Kuba lassen, bis sie jemand für ihn abholt. Oder er holt sie sich, bevor er zu dem Ort fährt, von dem aus er das Land verlassen will.« Er überlegte laut, ohne die geringste Ahnung zu haben, ob er damit ins Schwarze traf. »Aber er weiß, dass der Kreis sich um ihn geschlossen hat. Sein größtes Problem ist es jetzt, sich abzusetzen.«

»Ob er seine Ausreise bereits vorher organisiert hat? Oder hat er das heute geregelt, nachdem wir mit ihm gesprochen haben?«, fuhr Manolo mit seiner unbestechlichen Polizistenlogik fort.

»Meiner Meinung nach hat er alles vorbereitet, als der Katalane verschwunden ist und die Geschichte brenzlig wurde«, spekulierte Conde. »Darum habt ihr in seinem Haus nicht viel gefunden. Außerdem ist es nicht leicht, eine illegale Ausreise von jetzt auf gleich zu organisieren.«

»Hängt davon ab, wie viel du zahlst, Conde. Ein schnelles Boot kann in wenigen Stunden hier sein.«

»Stimmt, und Elizardo kann viel zahlen. Mir leuchtet immer noch nicht ein, warum sich einer wie er durch diese Madonna alles versaut, was er hatte.«

»Geld, Conde, Geld«, befand der Mayor.

»Oder Macht, Manolo. Etwas, das schwerer wiegt als Geld und süchtig macht. Und das weißt du. Viele Leute hier wissen das.«

»Das hast du gesagt, nicht ich«, antwortete Manolo lächelnd.

»Jedenfalls fällt es mir immer noch schwer, zu glauben, dass Elizardo die beiden Jungs umgebracht hat. Zu viel Gewalt für seinen Stil. Zu viel Risiko für jemanden, der so viel Geld bewegt wie er und so lebt wie er. Der hat sich sogar auf das vorbereitet, was in Zukunft passieren kann. Er wollte nicht abseitsstehen bei dem Spiel, das hier irgendwann mal beginnt.«

»Aber du weißt ja, Conde …«

»Ja, ich weiß … Die Unergründlichkeit der menschlichen Seele und eines verwirrten Geistes. Denn wenn ich versuche, Ordnung in das zu bringen, was geschehen ist, mit zwei Toten, einer Madonna, von der behauptet wird, dass sie Wunder bewirkt, mit Menschen, die immer am Abgrund leben, und jemandem, der so tut, als wäre er von der Staatssicherheit, wenn ich all das zusammenzähle, Manolo, dann kommt mir der Verdacht, dass hier Wahnsinn im Spiel ist. Verdammt, es wäre schön, wenn …« Conde hielt in seinen Überlegungen inne, als über Funk nach Manolo verlangt wurde. Es war Sargento Calixto.

»Ja, Calixto, ich höre …«

»Die Zielperson hat Besuch. Soeben sind Karla Choy und der Katalane gekommen.«

Conde und Manolo sahen sich an. Was, zum Teufel, ging da vor sich?

»Überwachung aufrechterhalten! Verstärkung anfordern! Sie sollen Karla und Puigventós folgen, wenn sie wegfahren. Durchsucht sie, wenn sie ein Paket bei sich haben!«, ordnete Manolo angesichts der unerwarteten Wendung an und unterbrach die Verbindung. »Was wollen die beiden denn jetzt bei deinem Freund Bobby, Conde?«

»Die Madonna abholen, Manolo, was sonst? Diese verdammte Madonna.«

»Siehst du, Conde! Wenn du dich rausgehalten hättest, wie ich dir gesagt habe, dann könnte ich dich jetzt zu Bobby schicken. Aber wenn die Madonna bei Bobby ist, warum will Elizardo Kuba dann verlassen?«

»Keine Ahnung, aber mach dir deswegen keine Sorgen, Manolo. Für Bobby und die beiden anderen haben wir immer noch Zeit. Aber wenn Elizardo das machen will, was wir annehmen, haben wir nur einen *swing*. Wenn wir den Ball nicht treffen, haben wirs versaut. Falls er aber nur ein wenig durch Havanna fahren will, dann sagen wir Hallo, wenn wir ihm begegnen. Ach, und ich wollte dir gerade sagen, dass es schön wäre …«

Wieder knackte und knisterte das Funkgerät. Diesmal meldete sich Teniente Duque. Seine Stimme klang panisch.

»Ja, sprich, was ist los?«

»Elizardo hat die Autobahn verlassen! Er hat die alte Landstraße nach Guanabacoa genommen. Offenbar will er nicht das Land verlassen.«

»Folge ihm, wir sind fast direkt hinter dir«, sagte Manolo.

»Aber ich hab ihn verloren! Der Kerl ist mir entwischt!«, rief Duque in weinerlichem Ton.

Manolo beschleunigte, und Conde schloss die Augen. Er stellte sich im Geist den Stadtplan vor. Die alte Landstraße nach Guanabacoa, der Süden und der Osten von Havanna … Und schrie plötzlich auf: »San Miguel del Padròn! In diese Richtung fährt er, und dann in die Ansiedlung, Manolo. Ich wusste es, Mann, ich wusste es! Da ist die Madonna!«

»Aber was …?«

»Los, gib Gas! Blaulicht einschalten! Wir nehmen die Vía Blanca, vielleicht schaffen wir es vor ihm. Sag Duque Bescheid! Ich wusste es, verdammte Scheiße, ich wusste es! Die Madonna ist immer noch da. Ich wollte dir nur sagen, dass es schön wäre, zu wissen, ob Elizardo früher tatsächlich Geheimagent war oder ob er irgendwann mal in der Psychiatrie von Havanna war. Fahr langsamer, Manolo, du bringst uns noch ins Grab, verdammt!«

Die Nacht gab der Armut in der Ansiedlung einen noch düstereren Anstrich. Der Regen vom Vortag hatte die unbefestigten Straßen in einen Morast verwandelt, und mehr als einmal wären Conde und Manolo fast in den Schlamm gefallen. Einige wenige Lichter fielen aus den zusammengezimmerten Häusern und spendeten den Wegen, die von Asphaltierung oder öffentlicher Beleuchtung nicht einmal träumen konnten, etwas Licht. Dafür begleiteten sie die monotonen, stampfenden, sich überlagernden Rhythmen verschiedener Reguetóns (für die beiden alten Herren klangen sie alle gleich), die an Kriegsgeschrei der Massai erinnerten.

Manolo hatte das Auto an einer Straßenecke abgestellt, die so dunkel war wie das gesamte Viertel. Duque meldete, dass der Wagen von Elizardo Soler, den er inzwischen wieder hatte lokalisieren können, die Carretera Central genommen hatte und jetzt auf dem Weg in das Viertel war. Von nun an würden sie über das Handy kommunizieren, das Manolo in den Vibriermodus schaltete. Sie würden alles auf eine Karte setzen.

Aus den Häusern, Baracken, Blechhütten und Bretterbuden, in denen die Emigranten aus dem Osten hausten, sahen Conde und Manolo Kinder, Jugendliche, Erwachsene und Greise, die sie mit feindseligen, aber diskreten Blicken musterten. Ihr gut trainierter siebter Sinn sagte den Bewohnern, dass die beiden Fremden nichts anderes sein konnten als Polizisten, und deswegen jede Konfrontation zu vermeiden war. Sie wussten ja, dass sie, die Ausgestoßenen dieser Welt, gegen die Staatsmacht nur den Kürzeren ziehen konnten. An einer Straßenkreuzung bekamen die beiden die Bestätigung, dass sie identifiziert worden waren: Auf einen langen Pfiff hin, der sogar den Reguetón übertönte, sah man an der nächsten Ecke mehrere Schatten davonhuschen. Einen Moment lang befürchtete Conde, dass jemand Elizardo warnen könnte, doch dann beruhigte er sich mit der Überlegung, dass sie ungewöhnlicherweise vor dem Verfolgten hier waren. Elizardo würde als dritter Polizist betrachtet werden, also würde sich niemand einmischen. Schließlich und endlich ging sie das, was da gerade vor sich ging, nichts an, jedenfalls noch nicht. So schrieb es das Gesetz des Dschungels vor.

Als sie die Steigung nahmen, die zum Haus des ermordeten Ramiro führte, rutschte Conde aus und fiel in den Dreck. Er verfluchte den Schlamm, Elizardos Mutter, sich selbst und die Tatsache, dass er ein alter Sack mit ungeschickten Beinen war. Er warnte Manolo, er würde ihm in den Hintern treten, wenn er ihn auslache. Wenig überrascht sahen sie, dass Ramiros Behausung, als Tatort ein paar Tage zuvor mit einem Band abgesperrt, bereits in revolutionärer Entschlusskraft von einer Familie in Besitz genommen worden war. Aus dem Haus klang kein Reguetón, sondern, dem Ton nach zu urteilen, die Aufzeichnung irgendeiner höchstwahrscheinlich in Miami gedrehten Fernsehsendung, in der von einer bevorstehenden Invasion der seit fünfundfünfzig Jahren von einem diktatorischen Regime unterdrückten Insel die Rede war.

Conde führte Manolo hinter Ramiros Haus. Nachdem sie dessen Taschenlampe kurz eingeschaltet hatten, überwanden sie den schlaffen Stacheldrahtzaun und suchten sich zwischen den Bäumen, deren Blattwerk bis auf den Boden reichte, einen geeigneten Beobachtungsposten. Von dort aus konnten sie den Weg, Ramiros ehemaliges Haus und einen Großteil des eingezäunten Brachlands überblicken. Manolos Handy vibrierte. Er holte es aus der Tasche, schaute aufs Display, gab ein fast unhörbares »Ja« von sich. Er hörte eine Weile zu und quittierte in gleichem Ton und gleicher Lautstärke: »Ja.« Dann nickte er seinem Jagdgenossen in der Dunkelheit zu.

Kurz darauf sahen sie im Lichtstrahl, der durch das hintere Fenster des Hauses fiel, eine schwach beleuchtete Gestalt. Sie kletterte über den Zaun direkt hinter dem Haus und blieb dann stehen, wohl um die

Umgebung zu beobachten und sich zu orientieren. Ein konzentrierter Lichtkegel aus einer kleinen, aber starken Quelle gab Aufschluss über die Position des Mannes, der sich jetzt einen Weg zwischen den Bäumen und den aggressiven Marabusträuchern bahnte.

Conde und Manolo folgten dem Lichtstrahl mit der gebotenen Vorsicht. Mehrmals hörten sie unterdrückte Schreie. Auch sie hätten bei jedem Angriff der messerscharfen Marabustacheln am liebsten geschrien. Hin und wieder blieb der Mann stehen, um sich zu orientieren. Conde und Manolo wagten kaum zu atmen. Sie wussten, dass alles, was sie bislang gegen Elizardo Soler in der Hand hatten, als reiner Zufall bewertet werden konnte. Sie mussten ihn mit der Madonna überraschen, dem göttlichen Objekt der Begierde.

Nach etwa vierzig Metern blieb Elizardo stehen. In der Dunkelheit konnte Conde den dicken Stamm eines Baums erkennen, eines Lorbeerbaums vielleicht, aus dem nur zwei Äste herausragten, die wie ein Kreuz geformt waren. Die dichten Sträucher rund um den Baumstamm verdeckten den Körper des Mannes und manchmal auch den Lichtstrahl, der vermutlich von seinem Handy ausging. In diesem Moment fiel Conde ein, was Pater Gonzalo Rinaldi erzählt hatte: Der Legende nach seien viele schwarze Madonnen in Höhlen und Brunnen entdeckt worden. Und in Baumstämmen! Er zögerte keine Sekunde: Er riss Manolo die Taschenlampe aus der Hand und rannte, ungeachtet der Angriffe der stachligen Marabusträucher, auf den Schatten zu. Er brach durch die Sträucher, die den Mann verdeckten, und knipste die Lampe an. Genau in dem Moment stand Elizardo auf einem Balken, der gegen den schrundigen Baumstamm gelehnt war. Aus dem tiefen Spalt in dem Baum zog er die schwarz schimmernde Statue einer Madonna.

Von da an spielte sich alles wie in Zeitlupe ab: Conde sah, wie Elizardo Soler sich umdrehte und in seiner Hand so etwas wie ein Blitzlicht aufflammte, das ihn blendete. Conde hörte die Detonation über das ausgedörrte Brachland hallen und spürte gleichzeitig den Schlag, der seinen Brustkorb traf und ihn gegen die dornigen Klauen eines wütenden Marabustrauchs schleuderte. Mehr als der Brustkorb tat ihm der Rücken weh, gelang es ihm noch zu denken. Ihm blieb sogar noch Zeit, zu jammern, dass nun alles zu Ende ging, bevor er das obszöne sechzigste Altersjahr erreicht hatte. So jung sterben?, schoss es ihm durch den Kopf. Dann hörte er eine zweite und gleich darauf eine dritte Detonation. Und plötzlich begrub ihn der Schmerz unter sich, und um ihn herum versank alles in Schweigen. Nur noch Schweigen. Für immer.

18

14., 15. und 16. September 2014

Schwarzer, kann ich ein Gläschen trinken?«

Doktor Francisco Galarraga sah den Patienten an und drohte ihm mit einem mahnenden Finger, der einer Bantu-Lanze ähnelte. Im Kontrast zu dem dunklen Gesicht wirkten seine Augen wie zwei brennende Scheinwerfer, die über den Körper des Patienten strichen, als wäre er ein seltsames Objekt.

Chirurg Doktor Galarraga hatte den Mann mit der Schussverletzung drei Tage zuvor in der Notaufnahme behandelt. Auf einer Krankenbahre, die der hinkende Pfleger unterwegs gegen sämtliche Wände und Stühle stieß, war der Verwundete in den Vorraum des Operationssaals gebracht worden. Als er über sich ein pechschwarzes Gesicht sah, aus dem ihn diese leuchtenden Augen anstarrten, hatte er gedacht, dass er nach all seinen guten Taten auf Erden nun in den Himmel auffuhr und ihn sein alter Freund als Schutzengel in Empfang nahm.

»Was, zum Teufel, machst denn du hier?«, hatte ihn der Chirurg gefragt, dessen tiefschwarze Haut plötzlich einen Grauton bekommen hatte.

»Bin ich tot, Schwarzer?«, hatte der Patient besorgt zurückgefragt.

»Das sag ich dir gleich«, hatte der Arzt geantwortet und angefangen, die Schussverletzung zu untersuchen. »Jaja, die Welt ist ein Dorf, El Conde höchstpersönlich! Aber wie, verdammt noch mal …«

»Vorsichtig, Schwarzer, es tut weh, so weh!«, jammerte der Mann auf der Bahre, als der Chirurg die Wundränder auf der oberen linken Seite des Brustkorbs abtastete.

»Halt still, Mann«, schimpfte der Arzt. »Sei nicht so wehleidig.«

»Ich bin aber wehleidig. Gleich werd ich ohnmächtig, Mann. Auf mich ist geschossen worden, verdammt! Muss ich jetzt sterben?«

Doktor Galarraga grinste. Seine Zähne, stark wie die eines Pferdes, leuchteten. »Unkraut vergeht nicht. Ein glatter Durchschuss, anscheinend weder Organe noch Knochen verletzt, möglicherweise das Schlüsselbein ein wenig gesplittert. Ich muss dich röntgen, zur Sicherheit. Zuerst aber werde ich die Wunde reinigen. Wenn keine größeren Probleme auftauchen, werde ich einen kleinen Eingriff vornehmen und dann nähen. Soll ich dir eine kleine Narkose geben?«

»Ja, klar. Am besten Vollnarkose, Schwarzer.«

»Das kannst du dir abschminken, Conde.«

Arzt und Patient kannten sich seit vielen Jahren. Wie das Leben so spielt, hatten sie zusammen die Oberstufe von La Víbora besucht und außerdem in derselben Baseballmannschaft gespielt. Pancho Galarraga, alias »Der Schwarze«, als etatmäßiger *second base*. Conde und die anderen Klassenkameraden hatten ihn »Schwarzer« getauft, weil Galarraga unter den vielen schwarzen Schülern, die mit ihnen die Schulbank drückten, durch die besonders tiefe Schwärze seiner Haut hervorstach. Sämtliche ehemaligen Mitschüler, die noch ihre Sinne beieinanderhatten, erinnerten sich noch gut daran, wie die Mannschaft durch einen sensationellen Homerun von Pancho ins Finale um die Provinzmeisterschaft gekommen war, das sie dann aber verloren hatte.

»Ruf Tamara und Carlos an. Sag ihnen, dass es sehr schlimm um mich steht. Los, mach schon!«

»Lass mich erst mal die Wunde versorgen. Dann ruf ich sie an, aber das wird mir jede Menge Ärger einbringen, Conde!«

Der Arzt sollte recht behalten. Kurz vor Mitternacht glich der Raum um das Krankenbett des inzwischen genähten und verbundenen Patienten mit ruhiggestelltem Arm einem Bienenstock. Tamara und Aymara waren als Erste gekommen. Kurz darauf erschien, soeben gelandet, Dulcita, die den Rollstuhl mit Carlos hereinschob. Yoyi, der Hasenzahn und Candito kamen etwas später, und den Schluss des Aufmarschs bildeten Mayor Palacios und Teniente Duque, dessen Gesicht wie das eines stümperhaft gemalten Tigers aussah: Orangefarbene Linien überzogen Wangen und Stirn in alle Richtungen.

Als Conde Manolo sah, fragte er ihn: »Was ist denn eigentlich passiert?«

»Das weiß ich nicht so genau, Kollege. Wir müssen den Hergang rekonstruieren.«

»Und Elizardo?«

»Ich musste ihn erschießen«, sagte Manolo.

»Wie das?«

»Ich habe ihn getötet, Conde«, murmelte Mayor Palacios und schaute zum Fenster, das auf den Garten hinausging.

In diesem Moment beschloss Doktor Galarraga, die Versammlung aufzuheben. »Gut, jetzt wissen alle, dass El Conde diesmal noch nicht stirbt. Ich werde ihn zur Beobachtung zwei oder drei Tage hierbehalten. Es besteht immer die Gefahr einer inneren Blutung oder einer Infektion. Drum will ich ihn in meiner Nähe haben. Einer kann heute Nacht bei ihm bleiben.«

»Ich bleibe«, rief Tamara, auf ihr unbestrittenes Vorzugsrecht pochend.

»Ich auch«, sagte Carlos entschieden.

»Nur einer darf bei ihm bleiben«, erinnerte der Arzt.

»Tamara bleibt hier, und ich auch«, entgegnete Carlos. »Oder soll ich aufstehen und dich in den Hintern treten? Oder im ganzen Krankenhaus rumerzählen, dass du ein gemeiner schwarzer Dieb bist, der mit mir zusammen Fleischkonserven aus dem Lagerraum des Landschulheims geklaut hat?«

»Ach, dann war es also der Schwarze, der mit dir die russischen Fleischkonserven geklaut hat!«, rief Candito erstaunt.

Der Arzt hob die Arme und gab sich geschlagen, bestand aber darauf, den Verletzten auf die Beobachtungsstation zu bringen.

Am nächsten Abend verwandelte sich Condes Krankenzimmer wieder in den Ort einer Solidaritätskundgebung. Fehlten nur noch die Musik von Creedence und ein paar Flaschen Rum, dann wären die »Festivitäten«, so nannte das Krankenhauspersonal das Ereignis, übervordert. Als um acht Uhr die Besuchszeit endete, versuchten Doktor

Galarraga und die Oberschwester, wieder Ruhe und Ordnung herzustellen. Doch Condes Freunde, die rund um sein Bett versammelt waren, weigerten sich, das Zimmer zu verlassen. Mayor Palacios hatte seinen Besuch angekündigt, und keiner wollte von hier fortgehen, ohne die Einzelheiten der Geschichte zu erfahren, die Conde fast das Leben gekostet und mit dem Tod von Elizardo Soler geendet hatte. Als das Ganze in einen unkontrollierbaren Aufstand auszuufern drohte, handelte der Schwarze mit den Meuterern aus, dass sie noch eine Stunde bleiben konnten. Aber dann würde er die Polizei rufen. Ehrlich, ich rufe die Polizei, verdammt, drohte er.

Der Arzt musste die Polizei nicht rufen, denn rund zwanzig Minuten später waren Mayor Manuel Palacios und Teniente Miguel Duque zur Stelle und entschuldigten sich beim Chirurg für den späten Besuch.

Manolo setzte sich auf den Stuhl, den man neben dem Bett des Patienten für ihn reserviert hatte. »Wie fühlst du dich, Conde?«

»Gut, Manolo, danke. Aber nun red endlich, Alter! Wie war das mit Elizardo?«

»Beruhige dich, Conde. Keine Aufregungen, bitte«, ermahnte ihn Doktor Galarraga, der sich ebenfalls gesetzt hatte. Auch er wollte sich den schönsten Teil der Show nicht entgehen lassen. Natürlich blieb auch die Oberschwester im Zimmer, um sich die Geschichte anzuhören.

»Meiner Meinung nach hat Elizardo den Verstand verloren«, begann der Mayor. »Als du ihn mit der Madonna erwischt hast, hat er auf dich geschossen, und du bist ohnmächtig geworden. Ich glaube, das hat dir das Leben gerettet.«

»Jeder wird ohnmächtig, wenn auf ihn geschossen wird!«, verteidigte sich Conde. »Es soll sogar Leute geben, die danach tot sind.«

»Das Problem war, dass ich nichts gesehen habe, weil du mir ja die Taschenlampe aus der Hand gerissen hattest. Außerdem konnte ich wegen der Straucher nicht erkennen, was neben dem Baum mit dem Versteck vor sich ging. Dann hat Elizardo einen weiteren Schuss abgegeben. Wegen der Flugbahn der Kugel, die einen der Sträucher gestreift hat, nehmen wir an, dass sie über dich hinweggefegt ist, denn du lagst ja bereits auf dem Boden.«

»Der Arsch hat noch mal auf mich geschossen?«

»Ja, und beide Male wollte er dich umbringen. Er war verzweifelt und wusste nicht mehr, was er tat. Aber der zweite Schuss wurde ihm zum Verhängnis. Ich hatte bereits beim ersten meine Pistole gezogen. Als ich das Mündungsfeuer sah, habe ich zwei Mal in seine Richtung geschossen und ihn dann schreien hören. Ich habe mich dann vorsichtig angeschlichen und mich am Licht der Taschenlampe orientiert, die neben dir auf dem Boden lag. Als ich zu euch kam, hab ich gesehen, dass ich Elizardo zweimal getroffen hatte. Beim ersten Mal in die Brust und dann in den Hals. Er lag im Sterben. Und als ich dich so daliegen sehen habe, reglos, das Hemd voller Blut, da dachte ich, er hätte dich erschossen.«

»Und was genau hast du da gedacht? Armer Conde?«

»Nein. Ich dachte, siehst du, Conde, das kommt davon, wenn man so blöd ist. Aber dann hast du angefangen zu stöhnen, und da wusste ich, dass du am Leben warst, obwohl ich nicht wusste, wie schwer es dich erwischt hatte. Zwei Minuten später kam Duque mit seinen Leuten, und wir haben dich so schnell wie möglich weggebracht. Duque hat sich dich geschnappt und ist losgerannt. Sieh dir sein Gesicht an.«

Alle drehten ihre Köpfe zu Teniente Duque. Wie am Abend zuvor sah er aus wie der letzte Mohikaner. Oder der König der Löwen. Die orangefarbenen Streifen des Desinfektionsmittels liefen quer über sein Gesicht.

»Die Stacheln der Marabusträucher hätten ihn fast in Fetzen gerissen. Sie mussten die Wunden desinfizieren und ihm eine Tetanusspritze geben.«

»Danke, Teniente«, sagte Conde.

»Nichts zu danken«, antwortete Duque barsch, weil er nicht anders konnte.

»Heute hat Sargento Calixto Elizardos Krankenakte aus der Psychiatrie eingesehen. Man könnte eine Doktorarbeit darüber schreiben.«

»Ich wusste es«, murmelte Conde. »Der Typ war eine explosive Mischung aus Psychopath und Arschloch.«

»Mir wäre es lieber gewesen, ich hätte ihn nicht umbringen müssen«, sagte Manolo leise. »Hab einfach in seine Richtung geschossen. Ich dachte, er hätte dich getötet.«

»Ich hätte dasselbe getan, Manolo«, versuchte Conde, ihn zu trösten. »Schließlich hat der Kerl wirklich versucht, mich umzubringen.«

»Auf jeden Fall wird es eine interne Untersuchung geben. Denen von der Staatsanwaltschaft macht es Spaß, uns auf einen Stuhl zu setzen und fertigzumachen. Bestimmt werden sie auch dich vorladen.«

»Und die Madonna?«, mischte sich jetzt Carlos mit einer alles beiseitewischenden Handbewegung ein. »Was zum Henker ist mit der Madonna?«

»Die liegt in der Zentrale. Wir wissen nur, was wir wissen«, antwortete Manolo sokratisch. »Raydel hat sie gestohlen und sie Ramiro zur Aufbewahrung überlassen. Oder sie selbst in dem Baum versteckt. Vielleicht wollten die beiden gemeinsam aus Kuba abhauen. Aber wir können sie ja nicht mehr fragen, ob Elizardo hinter dem Diebstahl steckte. Ich würde sagen, ja.«

»Ich auch«, stimmte Conde zu. »Raydel hat sich auf Bobbys Kosten ein feines Leben gemacht. Die Madonna hat er gestohlen, weil sie ihm jemand abkaufen wollte, in der Annahme, dass man den Jungen leicht übers Ohr hauen konnte. Das deutet auf Elizardo hin. Obwohl es mir immer noch nicht einleuchten will, wie so ein reicher Typ auf die Idee mit dem Diebstahl kommen konnte. Auch wenn er noch so verrückt war.«

»Die Sachverständigen sagen, dass die Madonna echt ist, dass sie aus dem Mittelalter stammt und sehr wertvoll ist. Zwischen zwei und drei Millionen Euro«, gab Teniente Miguel Duque zu bedenken.

»Himmelarsch!«, rief El Palomo. »Das ist echt Kohle, für Elizardo und für jeden anderen auch.«

»Stimmt, drei Millionen, da geht in manchem der Psychopath durch«, musste Conde zugeben. »Elizardo wollte wohl so reich sein wie sein Großvater Sarrá. Er hat sogar die Grabskulpturen der Familie vom Friedhof geklaut.«

»Das Logischste wäre, dass Raydel die Madonna gestohlen und Elizardo ihm etwas Geld gegeben hat, um sie später außer Landes zu bringen. So muss der Deal gewesen sein. Als Raydel dann die schwarze Madonna hatte, hat Elizardo die Nummer mit dem Verkauf und der illegalen Ausreise abgezogen mit dem Hintergedanken, die Statue für noch weniger oder gar kein Geld an sich zu bringen und nebenbei Raydel aus dem Weg zu räumen. Alles lief aus dem Ruder, als der Junge ohne die Skulptur ankam und höchstwahrscheinlich mehr Geld verlangte, weil er inzwischen erfahren hatte, wie viel sie wert war. Und da ist der Psychopath mit Elizardo durchgegangen, wie Conde es ausgedrückt hat.«

»Ein durchgedrehtes Arschloch«, präzisierte Conde. »Er hat Raydel gefoltert, um rauszukriegen, wo er die Madonna versteckt hatte. Yúnior hat ihm gesagt, dass Ramiro der Rochen sie hatte, und daraufhin hat Elizardo ihn umgebracht. Er hat ein paar Tage gewartet, um zu sehen, was passierte, oder weil er Schiss gekriegt hat. Und als er schließlich zu Ramiro ging, um sie ihm abzukaufen oder wegzunehmen, bin ich auf der Bildfläche erschienen.«

Manolo nickte. »Und nachdem er dich k. o. geschlagen hatte, hat er Ramiro gezwungen, ihm zu sagen, wo die Madonna war, und ihn dann getötet. Ein Wunder, dass er dich an dem Tag nicht auch umgebracht hat.«

»Dieser alte Wichser!«, rief Carlos. »Und warum, glaubst du, hat er nicht auch Conde plattgemacht?«

»Weil Super-Palomo aufgetaucht ist!«, sagte Yoyi, knöpfte sein Hemd auf und zeigte seinen gewölbten Täuberich-Brustkorb.

»Ich glaube, so wars«, pflichtete Manolo ihm bei. »Ihm blieb keine Zeit dazu, oder er hat Angst gekriegt. Oder er hat geglaubt, dass Conde immer noch Polizist ist, und einen Polizisten zu töten, macht alles immer noch schlimmer.«

»Was mir nicht in den Kopf will, ist, warum er die Madonna in ihrem Versteck gelassen hat«, sagte Candito. »Ihr hättet sie finden können.«

»Bestimmt hat er gedacht, dass die Madonna in dem Baum am besten aufgehoben ist«, vermutete Manolo. »Wenn wir oder Conde oder sonst jemand sie gefunden hätte, dann hätte er sie nicht mal angefasst gehabt. Er hätte die Madonna verloren, aber seine anderen

Verbrechen wären unentdeckt geblieben. Die beiden Toten haben alles verändert. Nein, es war keine schlechte Idee, sie dort zu lassen. Im schlimmsten Fall hätte er nur das verloren, was er nie besessen hatte.«

»Kann sein«, bemerkte Conde. »Hört sich gut an. Was bedeutet, dass er gar nicht so verrückt war. Er hat sie im Baumstamm gelassen, doch dann ist ihm das Ganze über den Kopf gewachsen, und er hat beschlossen, sie sich zu schnappen und mit ihr abzuhauen. Was den Wespenschwarm wieder aufgescheucht hat, war die Ankunft des Katalanen Puigventós. Wollte Elizardo den etwa auch um die Ecke bringen?«

»Wenn es tatsächlich Elizardo war, der ihn nach Matanzas in die Einsiedelei der Katalanen bestellt hat, dann, um ihn ebenfalls umzubringen. Wer sonst konnte Puigventós nach Matanzas locken? Und der fährt voller Vorfreude hin. Vielleicht hat er sich die Geschichte mit diesem Róger Flor aber auch nur ausgedacht.«

»Und was ist mit den anderen, Manolo? Bobby, Karla, René Águila, Puigventós?«

»Das ist eine Bande von Lügnern und Betrügern, aber wir haben sie gehen lassen. Wenn einer von ihnen irgendwas mit Elizardos Geschichte zu tun hatte, werden wir es nie erfahren, glaube ich. Zum Glück für sie hat Elizardo den ganzen Mist mit ins Grab genommen. Und keiner wird sich selbst beschuldigen, irgendeine Rolle in diesem ganzen Theater gespielt zu haben.«

»Und was geschieht jetzt mit der Madonna?«, fragte Conde weiter.

»Sie ist die Einzige, die hinter Schloss und Riegel sitzt.«

»Werdet ihr sie Bobby zurückgeben?«

»Das entscheidet nicht die Polizei, Conde, das weißt du doch.« Manolo zeigte nach oben in Richtung Stratosphäre. »Die vom Auswärtigen haben sich bereits mit denen vom Spanischen Kulturerbe in Verbindung gesetzt. Anscheinend ist die Statue tatsächlich während des Bürgerkriegs aus Spanien fortgebracht und für verschollen erklärt worden. Jetzt suchen sie Belege dafür. Ich habe nicht die geringste Ahnung, wie es jetzt weitergehen wird. Mit viel Glück kriegt dein Freund Bobby sie zurück, wenn die Untersuchungen abgeschlossen sind, aber das ist eher unwahrscheinlich.«

»Hörst du, Yoyi?«, sagte Conde zu seinem Geschäftspartner.

»So, die Vorstellung ist zu Ende«, unterbrach sie Doktor Galarraga mit einem Blick auf seine Armbanduhr. »Conde braucht Ruhe. Morgen früh werde ich ihn untersuchen und dann entscheiden, ob ich ihn entlassen kann. Wer bleibt heute Nacht bei ihm?«

»Ich«, entschied Yoyi El Palomo, ohne den anderen eine Chance zu geben. »Conde und ich haben viel miteinander zu besprechen. Wenn du ihn morgen früh entlässt, kann ich ihn gleich mitnehmen. Wir müssen Benzin sparen, nicht wahr?«

Der Abschied zog sich in bester kubanischer Manier eine halbe Stunde hin. Als sie endlich allein waren, sah Conde Yoyi nur an.

»Ich hab dir doch gesagt, dass ich mich um Bobby kümmere. Du hast die Madonna gefunden. Auftrag erledigt.«

»Glaubst du?«, fragte Conde, der nicht daran glaubte. Nein, nicht bei Bobby.

Nach der Untersuchung am nächsten Morgen entschied Doktor Galarraga, dass der Patient nach Hause gehen könne, unter der Bedingung, weiter Antibiotika zu nehmen und in den nächsten sieben Tagen strikte Ruhe einzuhalten. Dann solle er zur Nachuntersuchung erscheinen. Tamara, die gekommen war, um den Arztbericht zu hören, und Yoyi, der darauf wartete, Conde in seinem Chevrolet Bel Air nach Hause zu fahren, akzeptierten nickend die Auflagen des Chirurgen. Dann hörten sie, wie Conde dem ehemaligen Mitschüler die Alkoholfrage stellte.

Mit vorgestrecktem Zeigefinger und leuchtenden Augen im rabenschwarzen Gesicht sprach Doktor Galarraga das Urteil: »Nicht einen Schluck, Conde, nicht einen! Du nimmst Antibiotika und darfst nicht trinken, bis … bis …«, der Arzt dachte nach. »Bis zu deinem Geburtstag. Am 9. Oktober hebe ich das Verbot auf. Ist das klar?«

19

Antoni Barral, 8. Oktober 2014

Du sammelst, ordnest und gruppierst die Blätter, auf denen du in mehreren Wochen und vielen Stunden erzwungener Einsamkeit, schmerzhaften Bemühens und quälenden Zweifelns Buchstaben, Silben, Wörter, Satzglieder, Sätze und Absätze aneinandergereiht und stehen gelassen oder später gestrichen und wieder neu geschrieben hast. Immer unter großer Anstrengung und bedrängt von allen möglichen Unsicherheiten. Du hast einen ungleichen Kampf ausgefochten mit deinen beschränkten Fähigkeiten, mit deren Hilfe du versucht hast, irgendeinen Sinn, zumindest einen Fetzen Sinn, in dem Geheimnis aufzuspüren und auszudrücken, was dir am meisten auf der Seele brennt: Wie entwickelt sich ein Leben, oder besser, wie zerfällt es, gerupft, durchgeprügelt, fortgerissen von den Stürmen der herrschenden tyrannischen Umstände?

Während die Blätter durch deine Hände gleiten und du sie mechanisch nummerierst, überrascht dich ein Gefühl der Distanz, der Fremdheit beinahe. Es weckt ein unerklärlich nagendes Unbehagen in dir. Sogar deine Haut reagiert mit Ablehnung, wenn du das faserige, grobe Papier berührst, das du im Laufe der letzten Tage so oft befingert hast. Du begreifst, dass nichts, auch nichts Materielles, langlebiger ist als das Gefühl der Zugehörigkeit, der Entfaltung und der Eingebung, das dich die ganze Zeit über begleitet hat, während du die uralte Underwood, ein Erbstück deines Vaters, bearbeitet und später, beim Streichen und Hinzufügen, über diese Blätter gebeugt deine Unfähigkeit verflucht hast.

Nichts bleibt von den Erschütterungen des Suchens und Findens, die dich überkamen, wenn du versuchtest, das Handeln und Denken vergangener und gelebter Leben von jemandem, dem du immer nur ein und denselben Namen geben konntest, in wiedereroberte Gegenwart zu verwandeln. Der immer selbe Name, auch wenn es ein anderer Mensch war. Du hast ihn mit der Gabe der Reinkarnation oder der Rückkehr oder der Wiederholung oder auch nur mit dem zufälligen Zusammenfließen von Urbestandteilen verschiedener Leben ausgestattet, dazu verdammt, vom kraftvollen Magnetfeld der Geschichte, der irdischen Mächte und der Tyrannei der Zeit angetrieben und vorangezogen zu werden. Dieser immer selbe Mensch ist aus deinen Obsessionen geboren, du hast ihm Taten und Gedanken verliehen, die deinem Leben als Person und Schriftsteller so nah waren, dass sich die Grenzen zwischen dem Geschaffenen und dem Gelebten verwischten. Dieser Akt des Übertragens von Eigenschaften erschien dir irgendwann wie ein tückischer, wenn auch harmloser Verdrängungsprozess, dem du jedoch nicht entfliehen konntest noch wolltest. Denn Täuschung ist auch Rettung, ist Schöpfung, und zeigt mögliche Wahrheiten. Aus dir selbst heraus hast du diesen historischen und zugleich zeitlosen Menschen geschaffen. An die Gegenwart gefesselt, schriebst du die Vergangenheit nieder, bis sich für dich die Grenzen zwischen dem Bleibenden und dem Vergangenen auflösten. Doch warst du dir stets bewusst, dass du die Vergangenheit in Gegenwart verwandelt hast, das Geschriebene aber sogleich Teil der Vergangenheit wurde, irreversibel und flüchtig. Du hast dich befreit, indem du auf Papier gebannt hast, was vor deinen Augen sogleich wieder Distanz gewann wie ein sich entfernender Trauerkahn, ein Phantom, dessen Umrisse vor deinen Augen verschwammen, so als sähest du das Geschehen und die Zeiten durch einen Tränenschleier.

Bis dahin hattet ihr den Weg gemeinsam zurückgelegt, von nun an würdet ihr allein weitergehen, jeder für sich. Das ist der Zeitpunkt der schmerzhaften Geburt. Nun erleidest du den Fluch des Schöpfers, der sich selbst zerlegt, Rippe für Rippe, weil er Ableger mit neuen Wesenszügen hervorbringen will, um am Ende zu erkennen, dass es letztlich nur ein toter Klotz ist, der leblos in irgendeiner Schleife der Zeit hängt. Aber es bleiben dir, fast bist du überrascht, deine Füße, und die Füße sind der Weg.

Im Schöpfungsakt dieser Erzählung von den dramatischen Wendungen des Menschen, den Antoni Barral zu nennen du dich entschlossen hattest, dem du Gestalt verliehen hast, dem du mehrere Leben eingehaucht hast, die eines und verschiedene zugleich waren, hast du deine Macht gespürt. Ein tröstlicher Gedanke ... Beim Schreiben zumindest konntest du auswählen, gestalten, erhalten oder verwerfen, mit einer Machtbefugnis, die dir in deinem Leben nie zugestanden worden war. Du durftest entscheiden über Vergangenes und Kommendes, mit einer noch nie erlebten Machtfülle. Die vielen Leben des Antoni Barral, wenn er sie denn gelebt hat in jenen Räumen und Zeiten, die wir Realität nennen, geschahen vielleicht ganz anders als in dieser Neuschöpfung, wie sie sich herauskristallisiert hat. Und doch bist du überzeugt, dass sie denselben Gesetzen gehorchten. Denn hier war keine gezielt auswählende Macht, kein freies Ermessen und noch weniger eine willkürliche Konstruktion am Werk. Du weißt sehr wohl, dass in den vielen Leben der leibhaftigen Antonis mächtige, bestimmende, unbeeinflussbare Kräfte am Werk waren. Diese Kräfte haben Antonis Leben geformt, so wie das deine geformt wurde: von oben und von außen, mit einer anstößigen Beschränkung deiner Entscheidungsfreiheit, ohne Spielräume für Fehler und Korrekturen. Mit einem bedrückenden Fehlen jeglichen Freiraums, der es erlaubt hätte, das Getane nochmals anders zu tun und sich auf das Zukünftige neu auszurichten.

Das Schreiben eröffnet die Möglichkeit, andere zu erschaffen, ausgehend von dem, was du warst und bist. Es erlaubt, dich von dir selbst zu distanzieren, zu versuchen, dich aus anderem Blickwinkel zu erkennen. Diese Möglichkeit ist aufschlussreich, tröstlich und schmerzhaft zugleich. Denn deine Vorstellungskraft hat so viele Schwächen, wird bestimmt von einer auf dein Leben und die Welt der Bücher beschränkten Erfahrung, die nur deine eigene und damit infiziert ist. Darum hast du, während du Blatt um Blatt vollgeschrieben hast, Informationen gesucht und verarbeitet. Nach und nach hast du jene reinigende Distanzierung von dir selbst verspürt, hast dich in andere verwandelt, dich von dir selbst befreit. Jener andere, von dir Geschaffene, hat dich in gewisser Weise vervollständigt. So hast du Freiheit gewonnen. Das also ist Schreiben? Sich in einen anderen verwandeln? Dir selbst entsagen zugunsten des Erschaffenen? Versuchen, neu zusammenzusetzen, was unmöglich wiederhergestellt werden kann? Das stumpfsinnige, planlos scheinende Schauspiel des gelebten Lebens manipulieren und es in eine gelungenere und logischere, irgendwie weniger menschliche und darum befriedigendere Schöpfung transformieren? Frei sein spielen? Oder sogar frei sein?

20

9. Oktober 2014, Geburtstag

Er öffnete die unter den im Laufe mehrerer Tage vollgeschriebenen Blättern verborgenen Augen, eingerollt, an einen alten Hund geschmiegt, der wieder mal ein Bad brauchte, gewärmt von dem zudringlichen, blendend hellen Licht des tropischen Morgens. Das gewohnte Sonnenlicht drang durchs Fenster ins Zimmer, überflutete es und fiel wie der Lichtkegel eines Theaterscheinwerfers auf die Wand, von der er, als erste Handlung des Tages, den Jahreskalender reißen und zerfetzen würde. Jenen Kalender mit seinen zwölf auf vier Farbfeldern verteilten Monatsquadraten, der ihn in den letzten neun Monaten, neun Tagen und neun Stunden aktiv verfolgt hatte: 9–9–9. Heute war er sechzig Jahre alt. Er hatte das vierte Lebensalter erreicht.

In der letzten Zeit hatte er oft das Gefühl gehabt, jeden Moment zu explodieren. Mit eiserner Disziplin hatte er die ärztlichen Anweisungen befolgt und während endlos sich hinziehender Tage keinen Alkohol getrunken. Während dieser schrecklichen und zugleich lichten Woche der Abstinenz hatte er seine Waffen strecken und auch noch die zahlreichen Anordnungen, Befehle und Vereinbarungen akzeptieren müssen, die das »Organisationskomitee für den sechzigsten Geburtstag des Genossen Mario Conde« getroffen hatte. Auf diesen Namen hatte Aymara das Vorbereitungsgremium getauft. Die Beteiligten hatten ihn einstimmig angenommen. Trotz so viel Gehorsam und Reglementierung hatte es Conde dennoch geschafft, eine bescheidene Forderung durchzubringen, die er als nicht verhandelbar betrachtete: Den letzten Abend vor dem Tag, an dem er in das vierte Lebensalter eintreten würde, wollte er bei sich zu Hause verbringen. Allein, nur in Gesellschaft von Basura II. In seinem eigenen Bett schlafen, wo er dann am Tag der geplanten Feier aufwachen würde. Und nun war dieser Tag gekommen.

In vielerlei Hinsicht kamen ihm die letzten Tage seines nun abgelaufenen Lebensabschnitts ganz besonders und verwirrend vor. Fremdartig, wie nicht zu seinem bisherigen Leben gehörig, gleichzeitig aber friedvoll und produktiv. Es begann mit dem Tag, als Elizardo Soler auf ihn schoss und er glaubte, sterben zu müssen. Buchstäblich am eigenen Leib stellte er fest, wie leicht der Übergang sein kann, wie schnell man die Linie vom Sein zum Nichtsein überschreiten kann, was ja seit jeher die Frage ist und immer sein wird.

Als er sich in Tamaras Reich begab, um unter permanenter Aufsicht seine Genesung voranzutreiben, stellte sich ihnen das Problem der Versorgung von Basura II. Da keine andere Lösung möglich schien, fingen Candito und der Hasenzahn den Hund ein und brachten ihn ins Rehabilitationszentrum seines Herrchens. Würde ihn Tamara aufnehmen? Die Verhandlungen gestalteten sich so schwierig wie jede Friedensverhandlung. Von Anfang an bestand die Hausherrin auf einer unverzichtbaren Bedingung: Der Hund musste gebadet werden und durfte nicht mit ihr und Conde im Bett schlafen. Der Genesende und sein Hund akzeptierten beide Klauseln und nahmen sich gegenseitig das Versprechen ab, sich so anständig zu benehmen, wie es ihrer beider Natur erlaubte. Und gelobten zudem, auf gar keinen Fall an irgendein Sesselbein zu pinkeln.

Während Tamara und Aymara, diese zwei so ähnlichen und doch so unterschiedlichen Frauen, ihn abwechselnd betreuten, kam Conde einem dringenden Bedürfnis nach, das in seinem Innern immer unmissverständlicher die Stimme erhoben hatte. Vielleicht hatte ihn die Kugel wachgerüttelt. Oder es lag daran, dass er nun sein übliches Lotterleben nicht mehr führen konnte. Jeden Morgen, nachdem er mit einer üppigen Dosis Kaffee Kimbo gefrühstückt und seine ersten Zigaretten des Tages geraucht hatte und mit Basura II. durch das Viertel geschlendert war, setzte er sich an den riesigen Mahagonischreibtisch, den Tamaras Vater, der Botschafter Valdemira, viele Jahre zuvor von einem französischen Antiquitätenhändler erworben hatte. Er stellte sich der Herausforderung des Schreibens. Er folgte diesem unergründlichen Lockruf, dem nicht mehr zu unterdrückenden Drang. Ihm stand eine gut ausgestattete Bibliothek zur Verfügung, die er selbst in seiner Zeit als Händler alter Bücher mit dem einen oder anderen Juwel bereichert hatte. Und so begann er, eine – natürlich untergründige und berührende – Erzählung zu schreiben, die von den Abenteuern eines historischen Menschen ohne Historie handelte, der innerhalb der Weltgeschichte verschiedene fiktive, weil romanhafte, wenn auch in vielerlei Hinsicht seinem eigenen Leben ähnliche Leben lebte.

Die Rückkehr zum Schreiben war tröstlich und zugleich quälend. Der neuen Aufgabe konnte er sich noch intensiver und beharrlicher widmen, nachdem Bobby auf Veranlassung von El Palomo im Haus der Zwillingsschwestern erschienen war, um die offene Rechnung zu begleichen. Jene offene Rechnung, die Condes Arbeit betraf, aber auch seine eigene Vergangenheit und seine Befreiung von einer schweren Last.

Kaum eingetreten, fing Bobby an, sich für alles Mögliche zu entschuldigen. Er fühle sich, sagte er fast unter Tränen, für das schlimme Erlebnis verantwortlich, das seinen Freund fast das Leben gekostet hätte. Jeden Tag, fuhr er fort, habe er für Condes Genesung gebetet, und seine Fürbitten seien ganz sicher erhört worden. Der alte Bobby bedauerte nur, dass nach jenen unheilvollen Ereignissen, die drei Todesopfer gefordert hatten, einschließlich des niederträchtigen, ehrlosen Elizardo Soler, er die Statue wohl für immer verlieren könne. Seine wundertätige Jungfrau von Regla, die in Wirklichkeit keine Jungfrau von Regla, ohne jeden Zweifel aber wundertätig und für ihn unbestreitbar seine Mutter und Retterin Yemayá sei. Doch Conde trage keinerlei Verantwortung für ein Ende, an dem er, Bobby, nicht ganz unschuldig sei. Denn das Drama habe bereits viel früher seinen Lauf genommen, als er nämlich, um Elizardo zu beeindrucken und, wenn möglich, ins Bett zu kriegen, den Schleier des Geheimnisses gelüftet habe, hinter dem sein Quasi-Großvater Josep Maria Bonet, der eigentlich nicht Josep Maria Bonet geheißen hatte, die schwarze Madonna verborgen gehalten habe. Durch diesen Vertrauensbruch hatte Bobby letztlich Elizardos verrückte, krankhafte Gier entfacht.

Und darum bestand er ausdrücklich darauf, den Freund für seine Arbeit zu bezahlen, wie er es mit Yoyi El Palomo vereinbart hatte. Wie es sich gehöre, fügte er hinzu.

Als Bobby ihm die für die Auffindung der Madonna vereinbarten zweitausend Dollar überreichen wollte, hatte Conde bereits entschieden, dass er, wenn es gerecht zugehen solle, sich weigern müsse, das Geld anzunehmen. Und so sagte er es auch seinem ehemaligen Klassenkameraden. Zwar sei die Madonna wieder aufgetaucht, doch Bobby habe sie leider nicht wiederbekommen, werde sie vielleicht niemals wiederbekommen. So gesehen, habe er den Auftrag nicht erfolgreich erledigt, schloss Conde und fügte mit einem unvermeidlichen Seufzer hinzu: »Wo ich die Kohle doch so gut gebrauchen könnte.«

»Conde, ich weiß, was du jetzt denkst. Bitte, nimm das Geld! Du hast es dir verdient«, versicherte Bobby und schob ihm den Umschlag mit dem Honorar hin. »Ich habe meine schwarze Jungfrau nicht zurückbekommen, und du weißt, wie sehr mich das schmerzt. Aber du hast sie gefunden, und Geld ist kein Problem für mich.« Er schaute sich nach allen Seiten um und fuhr mit gesenkter Stimme fort: »In dem ganzen Chaos nach Elis Tod hat niemand mitgekriegt, dass ich einige seiner Bilder an mich genommen habe, darunter den Portocarrero, von dem du so begeistert warst. Ich habe alles an Israel nach Miami geschickt.« Er senkte die Stimme noch ein wenig mehr und beugte sich zu seinem Gesprächspartner vor. »Weißt du, für wie viel er den Portocarrero verkauft hat?« Die Augen des Mannes, der früher einmal ein schüchterner, unterdrückter Schüler gewesen war, leuchteten, und seine Mundwinkel verzogen sich zu einem Lächeln.

Conde spürte einen Schmerz in der Brust und ahnte, dass Bobby ihm gleich eine weitere Kugel verpassen würde, diesmal aus nächster Nähe, und reagierte schnell. »Nein, ich will es gar nicht wissen«, sagte er und nahm den Umschlag mit dem Geld. Dieses kulturelle Ausbluten, das in letzter Zeit immer häufiger vorkam, zerriss ihm das Herz. Dass er wieder eine von Bobbys raffinierten Transaktionen erleben musste, und dass er selbst sie in gewisser Weise durch die Suche nach der verschwundenen Madonna ermöglicht hatte, war

ihm höchst zuwider. Aber schließlich, dachte er weiter, hatte er nur einen Job erledigt, denn er musste ja leben. Darum entnahm er dem Umschlag vier Hundertdollarscheine und gab Bobby das restliche Geld zurück. »Hier, nimm. Du schuldetest mir drei Tage Arbeit plus Spesen, nicht mehr.«
»Aber Conde ...«
»Nichts da, Alter.«
»Ich verstehe dich nicht, Bruder.«
»Natürlich verstehst du mich nicht, Bobby. Das kannst du auch gar nicht. Als du mich besucht hast und wir über die Vergangenheit gesprochen haben, wollte ich glauben, dass du mich aufgesucht hattest, damit ich dir helfe, weil wir Freunde sind. Aber ich weiß nicht, ob du immer schon so warst oder weil wir alle dich dazu gemacht haben, jedenfalls bist du ein schlechter Mensch geworden, dem nicht mal die heiligsten Dinge heilig sind. Du hast mich, ich weiß nicht, wie oft, belogen. Du hast mir immer nur gesagt, was dir in den Kram passte. Du hast meine Freundschaft ausgenutzt, Bobby. Und wie die Dinge stehen, weiß ich immer noch nicht, ob der Katalane Puigventós sich für die Marienstatue interessiert hat, weil du selbst sie ihm verkaufen wolltest, oder ob die anderen dir zuvorgekommen sind.«
»Wie kannst du so etwas denken? Ich schwöre dir bei ...«
»Schwör lieber nicht, bei nichts und niemandem. Das alles ist allein dein Problem. Ich weiß nur, dass ich nichts haben will, was mir nicht gehört und was, weil du so bist, wie du bist, auch dir nicht gehören sollte. Ich bin ein ausgemachter Blödmann? Das weiß ich seit Jahren. Was ich nicht weiß, Bobby, was ich nicht verstehen kann, ist, dass ein Mann wie du, der schwört, dass er an die Jungfrau Maria glaubt, an Yemayá, an Gott, an die Engel und Erzengel, der betet und den Himmel anruft, dass so einer so unmoralisch sein kann. Ist es das, was du aus deinem Glauben ableitest?«
»Mann, ich hab doch nichts verbrochen.«
»Doch, Bobby, hast du! Du hast mich mehrmals benutzt. Und jetzt, nachdem man mir eine Kugel verpasst hat, an der ich beinahe krepiert wäre, jetzt kommst du und sagst, dass du wieder einmal die Gelegenheit genutzt hast. Du hast dir das Bild von Portocarrero unter

den Nagel gerissen und außerdem noch andere Dinge, von denen ich nicht weiß noch wissen will, wie du sie aus Elizardos Haus herausschmuggeln konntest. Du bist ein Ganove. Und was mich am meisten wurmt, ist, dass ich dir vertraut habe. Geh jetzt, Bobby!«

Der andere stand auf, den Tränen nahe. Ohne es zu wollen, fühlte Conde so etwas wie Mitleid in sich aufsteigen.

»Wirst du mich anzeigen?«, fragte Bobby, mit dem restlichen Geld in der Hand und mit Angst in den Augen.

»Nein. Obwohl ich das tun sollte. Weil du ein Dieb bist und ein Schwein. Ich hab mich wirklich sehr in dir getäuscht. Du hast mich mit deinen Geschichten gerührt, mit deinen Ängsten und deiner Unterdrückung, mit deinem Krebs und deinem Glauben. Aber das hat nichts damit zu tun. Also los, verschwinde! Ich kann nicht sagen, dass es mir ein Vergnügen war, dich wiedergesehen zu haben. Außerdem weiß ich inzwischen, dass du Fälschungen außer Landes gebracht hast, um sie in Miami zu verkaufen. Scheiße, Bobby, hau endlich ab, verdammt noch mal!«, schrie Conde und spürte einen Stich in der verletzten Schulter und in der verletzten Seele.

Als er wieder allein war, bemerkte er, dass seine Hände zitterten. Doch im nächsten Moment spürte er eine große Erleichterung. Er war im Frieden mit sich selbst und mit der Geschichte. Was mit Roberto Roque Rosell, alias Bobby, und der Statue der Heiligen Jungfrau von La Vall geschehen würde, ging ihn jetzt nichts mehr an.

Und dann überspülten ihn diese seltsam alkoholfreien, literarischen, emotionalen und friedlichen Tage. Für seinen Geschmack waren sie bald zu friedlich und zu alkoholfrei. Am Ende langweilten sie ihn nur noch. Er empfand diese Kombination von bereichernden Wohltaten und schmerzendem Mangel als eine Verschwörung gegen seinen Geist und seine Person. Er musste in sein erbärmliches Leben zurückkehren, das, als größte Belohnung, seinen persönlichen Stempel trug: Es war *sein* schlechtes Leben, *seines*. Das andere, das er im Moment lebte, kam ihm wie Heuchelei vor. Wie Bobbys Leben. Darum war er, mit Tamaras verständnisvoller Einwilligung und im Einklang mit den getroffenen Vereinbarungen, am Abend vor seinem Geburtstag nach Hause gegangen, zu seinem Hund, seiner Unordnung, seinen

Obsessionen, seiner Routine und ein paar beschriebenen, mit Streichungen und Anmerkungen übersäten Blättern. Unterwegs vervollständigte er seine Besitztümer durch eine Flasche Rum.

Nachdem Conde den Kalender mit dem entsetzlichen Datum des Tages, der soeben begonnen hatte, von der Wand gerissen und zerfetzt hatte, bereitete er sich den ersten Kaffee seines vierten Lebensalters zu. Die Tasse in der einen und die Zigarettenschachtel in der anderen Hand, stieg er auf die Dachterrasse. Er hatte das Bedürfnis, den schönen Oktobermorgen auszunutzen, und oben angekommen, setzte er sich auf den Zementblock, der ihm als Aussichtsplatz diente. Unter ihm lag das Viertel seines sechzigjährigen Lebens, des Lebens seiner Eltern und seiner Großeltern, wahrscheinlich auch seiner Urgroßeltern und vielleicht sogar seiner Ururgroßeltern. So viele Leben, so viele Jahre auf einem kleinen, heruntergekommenen Raum, der aufgrund des beharrlichen Bleibens über eine so lange Zeit ihm gehörte und zu dem er gehörte. Und der zur Beruhigung seines stets aufgewühlten Geistes beitrug. Ruhig atmete er die Luft ein, in der sich die zarten Düfte eines Flamboyants mit den schwarzen Rauchwolken der Auspuffe vermischten und mit dem undefinierbaren Geruch der unsäglichen Mehlklumpen, die soeben aus modernen Backöfen gezogen worden waren und in nichts an den Duft der Brote erinnerte, die in einer verlorenen Vergangenheit aus denselben Öfen gekrochen waren. Ein verschwundener, zärtlicher Duft, der nur noch in seiner hartnäckigen Herzenserinnerung überlebte.

Er zündete sich die erste Zigarette seiner sechzig Jahre an, ohne den Vorsatz zu fassen, mit dem Rauchen aufzuhören, und dachte an das, was ihn am Abend erwartete. Eine Party zum Abschied von einem Alter und zum Willkommen für ein anderes. Es würde eine zwiespältige Feier werden. Vor der Horde seiner Freunde musste er so tun, als wäre er glücklich, was er in Wirklichkeit nicht war. Nicht sehr jedenfalls. Denn er fühlte sich älter und müder als je zuvor. Nicht einmal das Wissen darum, dass die in den sieben Tagen kontrollierter Rekonvaleszenz bei Tamara vollgeschriebenen Blätter auf ihn warteten, weil er zu seinen gröblich vernachlässigten Ambitionen zurückgefunden hatte, befreite ihn von dem bedrückenden Gefühl von Verlust und Erschöpfung. In ihm breitete sich eine fast organische Leere aus, die zu verspüren er nie erwartet hätte, zumindest nicht so deutlich und pünktlich. Denn er hatte nie an Geburtstage oder Jubiläen geglaubt. Als ein unaufhaltsames Dahinfließen hatte er sein Leben erlebt, in dem du deinen wertvollsten Besitz hinter dir lässt: die Zeit, *deine* Zeit. Und dich jeden Tag aufs Neue dem Unvorhergesehenen gegenübersiehst. Einer Zukunft, von der du weder weißt, wie sie sein, noch, wie lange sie andauern wird, ob sie eine unerwartete Wendung nehmen oder monoton und friedlich verlaufen wird. Und genau dort, im Unergründlichen, deutet sich die unheimliche Leere an: im Morgen, nicht im Gestern.

Und da sah er ihn: Entschlossenen Schrittes und verwahrlost und schmutzig wie immer ging er über den Bürgersteig. Wie jemand, für den Vergangenheit und Zukunft ein und dasselbe oder, schlimmer noch, ohne Bedeutung sind, weil sich ihre Konturen im ewigen Kreislauf der Zeit verwischt haben. Anstatt der Plastiktüten trug er jetzt an den Füßen die inzwischen aus dem Leim gegangenen Schuhe, die Mario Conde ihm drei, vier Wochen zuvor geschenkt und denen der Träger seither weiß Gott wie viele Kilometer zugemutet hatte.

Conde lächelte, als er ihn sah, und war überrascht, als der Mann mit den Plastiktüten an den Füßen, der jetzt keine Plastiktüten mehr an den Füßen hatte, stehen blieb, den Kopf hob und zu ihm hochblickte. Der Alte hob die Hand zum Gruß, der mit einer ähnlichen Geste erwidert wurde, und sagte gerade so laut, dass es von der Dachterrasse gehört werden konnte: »Lange nicht gesehen, freut mich, dass es dir gut geht. Ach ja, und herzlichen Glückwunsch zum Geburtstag!«

Conde traf es wie ein elektrischer Schlag. Er war auf alles gefasst gewesen, nur nicht auf einen Glückwunsch von diesem tagelang unsichtbaren Mann, den er nur kannte, weil er ihm die Schuhe geschenkt hatte. So verwirrt und verwundert war Conde, dass er den Mann fragte: »Was haben Sie gesagt?«

»Ich habe dir zum Geburtstag gratuliert. Sechzig ist ein gutes Alter. Um weiterzuleben oder um zu sterben.«

Conde verschlug es die Sprache. Hatten Carlos und der Hasenzahn sich einen Spaß mit ihm gemacht? Nein, das konnte nicht sein. Der Mann hatte ihm gratuliert, weil er die sechzig geschafft hatte!

»Aber ... Woher wissen Sie das?«

»Es gibt Dinge, die ich weiß. Aber viele andere, die ich nicht weiß. Dinge, die nie jemand wissen wird, auch wenn man von dort zurückkehrt, wo man nie war. Machs gut«, sagte der Alte noch, dann hob er die Hand zum Abschied, nahm seinen von weiß Gott welcher Kompassnadel vorgezeichneten Weg wieder auf und verlor sich zwischen den Leuten, den Auspuffschwaden, dem blendenden Oktoberlicht, dem nicht mehr vorhandenen Geruch nach frischem Brot. Der Mann löste sich in Luft auf, wie er es immer tat.

Mario Conde fragte sich wieder und trotz der Schuhe, die der Mann trug und die er selbst bis zu dem Moment getragen hatte, als er sie ihm geschenkt hatte, ob diese Person real war oder lediglich die Projektionsfläche seiner Ängste, Obsessionen und schmerzhaften Grübeleien. Oder ein Fallstrick der Zeit.

Epilog

17. Dezember 2014, Tag des heiligen Lazarus

Er erwachte mit der Vorahnung, dass etwas in der Luft lag. Er wusste nicht, was, er konnte es sich nicht vorstellen. Nur dass an diesem Tag irgendetwas geschehen würde. Etwas Großes, Kleines oder Mittleres. Etwas Außergewöhnliches. Auch hatte er keine Ahnung, warum ihn diese Gewissheit überkam, als er die Augen öffnete und ihn das wie immer unbarmherzige Licht traf, das durchs Fenster in sein Zimmer drang. Ärgerlich schob er das eindringliche Gefühl zur Seite, so weit es ihm möglich war, und bereitete sich, wie an jedem Morgen seines Lebens, darauf vor, den Tag in Angriff zu nehmen. Er bereitete Kaffee zu, rauchte Zigaretten, fütterte Basura II. Er zog sich an, um nach draußen zu gehen und sich auf die Suche nach alten Büchern zu machen, sich seinen Lebensunterhalt zu verdienen, so gut er konnte. Durch irgendeine Laune seines Unterbewussten oder vielleicht aufgrund seiner jüngsten Erfahrungen mit Heiligen aller Art erinnerte er sich daran, dass heute der 17. Dezember war, der Tag des heiligen Lazarus. Des leprakranken, von Hunden umgebenen Heiligen, des Babalú Ayé der Yorubas. Der Tag, um Gelübde einzulösen oder auf Wunder zu warten. Vielleicht würde er, Mario Conde, von einem überrascht werden. Zum Beispiel würde es ihm zupasskommen, eine gut bestückte Bibliothek zu finden, die zum Verkauf stand und die ihm helfen würde, einen der finanziellen Engpässe zu überbrücken, die sein Leben begleiteten. Das wäre mal ein willkommenes Wunder. Obwohl er von Heiligen und Madonnen die Schnauze voll hatte und noch immer nicht an das Unbegreifliche glaubte, wusste er jetzt, dass, wenn man nur genug glaubte, das Wunder geschehen konnte. Doch Glaube war genau das, was Mario Conde am meisten fehlte und immer fehlen würde. Auch Kaffee fehlte ihm. Richtiger Kaffee. Und Träume. Und Hoffnungen. Und Jahre, um zu glauben, dass es möglich war und ist, wieder ganz von vorn zu beginnen, falls ein solches Wunder möglich war. Zum Glück hatte er von anderen Dingen reichlich. Vorahnungen, zum Beispiel. Und er war sich sicher, dass sich einige davon sogar erfüllen konnten.

Anmerkungen des Autors

Die Durchlässigkeit der Zeit ist ein Roman und muss als solcher gelesen werden. Die Darstellungen der Gegenwart und der Vergangenheit haben eine historische Grundlage sowie reale Kontexte und Vorbilder, die für die Niederschrift und ihre Verwendung im Roman jedoch bearbeitet wurden. Wie man heutzutage sagt: Der Roman ist von realen Tatsachen inspiriert.

In den Kapiteln des Romans, die in die Vergangenheit zurückreichen, habe ich völlig fiktive Personen erschaffen, die in historisch belegte Momente und Situationen eingebettet sind. Ausgehend von ausführlichen Recherchen, habe ich die Essenz jener Epochen bei der Fiktionalisierung zu respektieren versucht. Das Dorf La Vall de Sant Jaume ist das Werk meiner Fantasie, es steht für ein beliebiges kleines Dorf der katalanischen Garrotxa mit seiner Struktur und seinen Landschaften. Auch die schwarze Madonna, die Heilige Jungfrau von La Vall, ist Fiktion, aber wie so viele andere romanische Madonnen, die es gibt oder gegeben hat und verschwunden oder zerstört worden sind, hat sie eine Geschichte und eine Herkunft, die jene hätten sein können, die ich geschaffen habe.

Dagegen beruhen die Episoden der kubanischen Gegenwart auf einer tiefen und genauen Kenntnis und Erforschung einer Realität, die Teil meines eigenen Lebens und meiner Erfahrungen ist. Der polizeiliche Ermittlungsprozess, an dem Mario Conde sich beteiligt, ist reine Fiktion.

Wie immer möchte ich einer Gruppe von Freunden, meinen treuen Lesern und freiwilligen Mitarbeitern, für ihre Hilfe danken, die für die Niederschrift dieses Romans unentbehrlich war. Meiner Freundin und französischen Übersetzerin Elena Zayas für ihre engagierte Mitarbeit bei der Suche nach historischer Information in Text und Bild und für ihr ausdauerndes und kritisches Lesen der Originale. Meiner lieben Lourdes Gómez für ihr Gegenlesen und für die Suche nach Bibliografien, die in Kuba nicht erhältlich sind. Meinem Verleger Juan Cerezo für seine sorgfältige Lektüre und dafür, dass er auf einer denkwürdigen Exkursion mein ortskundiger Führer bei der Entdeckung der Landschaft und des Lebens der Garrotxa war. Carme Simón, der Direktorin der Stadtbibliothek von Olot, für die aufschlussreiche Tour durch die abgelegensten und charakteristischsten Gegenden der katalanischen Pyrenäen. Alejandro Ramírez Anderson dafür, dass er mir die Türen der »Ansiedlung« geöffnet hat. Meiner Freundin und Verlegerin Vivian Lechuga für ihre bereitwillige Hilfe und ihre Geduld.

Auch möchte ich es nicht versäumen, mich für die Zeit und die kritischen Anmerkungen zu bedanken, die mir meine Freunde und Leser José Antonio Michelena, Rafael Grillo, Miguel Katrib und Rafael Acosta geschenkt haben.

Und wieder einmal, wie zu erwarten, gebührt mein Dank Lucía. Für ihr Gegen- und Korrekturlesen, dafür, dass sie mich, wenn nötig, bremst und mich an den Tagen, an denen das Schreiben nicht fließt, zu ignorieren weiß. Dass sie mich erträgt (im weitesten Sinn des Wortes), und zwar immer: im Frieden und, vor allem, im Krieg, in jenen Scharmützeln, in denen das Leben, die Geschichte und die Geografie mich zu leben und schreiben gezwungen haben, vor und nach welchem Wunder auch immer.

Mantilla,
17. Dezember 2014 bis 10. August 2017

Leonardo Padura im Unionsverlag

DAS HAVANNA-QUARTETT
Havanna im Jahr 1989: Im Paradies der Revolution steht nicht alles zum Besten. Schicht um Schicht legt der Polizist Mario Conde die kubanische Realität frei und misst sie an den Illusionen und Träumen seiner Jugend.

Ein perfektes Leben (Winter)
Handel der Gefühle (Frühling)
Labyrinth der Masken (Sommer)
Das Meer der Illusionen (Herbst)

WEITERE WERKE
Adiós Hemingway
Der Nebel von gestern
Der Mann, der Hunde liebte
Der Schwanz der Schlange
Ketzer
Die Palme und der Stern
Neun Nächte mit Violeta
Die Durchlässigkeit der Zeit

»Leonardo Paduras Romane sind kritische Liebeserklärungen an Kuba, die oft weit in die Vergangenheit zurückreichen, aber doch in der Gegenwart ankommen. In ihnen erweist sich Padura als einer der großen Autoren der gegenwärtigen Weltliteratur.« *Wilhelm Roth, Die Welt*

»Padura hält nichts von der Schwarz-Weiß-Malerei, die in Kuba und anderswo so beliebt ist; er verdammt die über sein Land kursierenden Stereotype in Bausch und Bogen und freut sich über den angekündigten Wandel.« *Knut Henkel, Neue Zürcher Zeitung*

Mehr über Autor und Werk auf *www.unionsverlag.com*

Wendy Guerra im Unionsverlag

Alle gehen fort
Nieve wächst auf Kuba bei ihrer schrägen Hippie-Mutter auf und erzählt nur ihrem Tagebuch, was sie wirklich denkt. Als sie zu ihrem alkoholkranken und gewalttätigen Vater ziehen muss, wird ihr Tagebuch zu ihrem einzigen Rückzugsort, zu dem Ort, an dem sie vor den Schlägen und Demütigungen sicher ist. Hier darf sie sich fürchten, hier darf sie zweifeln, lieben, streiken. Über die Jahre hinweg bleibt ihr Tagebuch ihr treuester Begleiter, denn nach und nach verlassen alle um sie herum die Insel – Freunde, Familie, Geliebte. Sie wollen fort, den Enttäuschungen Kubas entkommen. Nur Nieve bleibt zurück, auf der Suche nach sich selbst und ihrem Platz im Leben.

»›Alle gehen fort‹ ist ein glänzender Roman, er füllt eine Lücke. Guerra ist sich durchaus bewusst, dass sie mit ihrem Werk eine gut überwachte Grenze überschreitet.« *Le Monde*

»Wendy Guerra vermag es, spezifisch kubanischen Themen eine internationale Dimension einzuschreiben.«
Neue Zürcher Zeitung

Mehr über Autorin und Werk auf *www.unionsverlag.com*

Spannung im Unionsverlag

GARRY DISHER *Leiser Tod*
Im abgelegenen Buschland hinter Waterloo stolpert den Kommissaren eine junge Frau vor die Füße – nackt, verdreckt und verstört. Der Täter: ein Vergewaltiger in Polizeiuniform? Gleichzeitig lässt eine Reihe von perfekt geplanten Einbrüchen und Raubüberfällen die Ermittler an ihre Grenzen stoßen. Hal Challis sieht sich an allen Fronten belagert.

LEONARDO PADURA *Ein perfektes Leben*
Teniente Mario Conde soll einen Verschwundenen finden, Rafael Morín, der mit Conde zur Schule gegangen ist. Der Mann mit der scheinbar blütenweißen Weste war schon damals ein Musterschüler, der immer das bekam, was er wollte – auch Condes Freundin Tamara. Der Teniente muss sich den Träumen und Illusionen seiner eigenen Generation stellen.

JEAN-CLAUDE IZZO *Die Marseille-Trilogie*
Fabio Montale: ein kleiner Polizist mit großem Herz. Für ihn ist es reiner biografischer Zufall, ob einer Polizist wird oder Gangster. Freund bleibt Freund. Deshalb rächt Fabio zwei seiner Gangster-Freunde, die ermordet wurden. Das Spiel wird allerdings nach Regeln von Leuten gespielt, denen ebenso egal ist, ob einer Polizist ist oder Verbrecher.

JEONG YU-JEONG *Der gute Sohn*
Yu-jin erwacht blutverschmiert. Mit wachsendem Grauen geht er ins Untergeschoss, wo er eine entsetzliche Entdeckung macht: Seine eigene Mutter liegt mit durchgeschnittener Kehle im Wohnzimmer. Seine Erinnerungen an den letzten Abend sind wie ausgelöscht. Wer hat seine Mutter auf dem Gewissen? Und wieso deuten alle Hinweise auf ihn selbst?

Mehr über alle Bücher und Autoren auf *www.unionsverlag.com*

Spannung im Unionsverlag

COLIN DEXTER *Zuletzt gesehen in Kidlington*
Vor zwei Jahren ist die junge Valerie Taylor spurlos verschwunden. Inspector Morse soll den Fall neu aufrollen, sieht aber keine Chance, das Mädchen noch lebend zu finden. Bis ein Brief eintrifft, der Valeries Unterschrift trägt und der damalige Ermittler kurz darauf bei einem Verkehrsunfall ums Leben kommt. Morse glaubt nicht an einen Zufall.

HELON HABILA *Öl auf Wasser*
In Port Harcourt, Nigeria, regieren die Ölkonzerne. Als die Frau eines hochrangigen Mitarbeiters entführt wird, wittert der Journalist Rufus eine Story. Er reist ins Nigerdelta und betritt eine apokalyptische Welt, in der die Fischer ums Überleben kämpfen. Nur in einem kleinen Dorf scheint die Welt noch in Ordnung – doch die Ruhe trügt.

MERCEDES ROSENDE *Krokodilstränen*
Der Schauplatz: die Altstadt von Montevideo. Der Coup: ein Überfall auf einen gepanzerten Geldtransporter. Die Besetzung: Germán, gescheiterter Entführer. Úrsula López, resolute Hobbykriminelle. Doktor Antinucci, zwielichtiger Anwalt. Und schließlich Leonilda Lima, erfolglose Kommissarin mit einem letzten Rest von Glauben an die Gerechtigkeit.

PETRA IVANOV *Täuschung*
Jasmin Meyer sucht in Thailand nach Puzzlestücken ihrer Vergangenheit. Unter Einheimischen und Schweizer Auswanderern versucht sie, dem Geheimnis ihres seit zehn Jahren verschollenen Vaters auf die Spur zu kommen. Dabei stößt sie auf Dinge, die sie und ihre Familie im Innersten erschüttern.

Mehr über alle Bücher und Autoren auf *www.unionsverlag.com*